MANFRED BOMM

Blumenrausch

MANFRED BOMM

Blumenrausch

Der neunzehnte Fall für August Häberle

GMEINER SPANNUNG

Bisherige Veröffentlichungen im Gmeiner-Verlag:
Nebelbrücke (2018), Traufgänger (2017), Todesstollen (2016), Lauschkommando (2015), Machtkampf (2014), Grauzone (2013), Mundtot (2012), Blutsauger (2011), Kurzschluss (2010), Glasklar (2009), Notbremse (2008), Schattennetz (2007), Beweislast (2007), Schusslinie (2006), Mordloch (2005), Trugschluss (2005), Irrflug (2004), Himmelsfelsen (2004)

Personen und Handlung sind frei erfunden.
Ähnlichkeiten mit lebenden oder toten Personen sind rein zufällig und nicht beabsichtigt.

Im Ehnried 5, 88605 Meßkirch
Telefon 07575/2095-0
info@gmeiner-verlag.de

2. Auflage 2019

Lektorat: Claudia Senghaas
Herstellung: Mirjam Hecht
Umschlaggestaltung: U.O.R.G. Lutz Eberle, Stuttgart
unter Verwendung eines Fotos von: © Eberhard / fotolia.com und Jenzig71 / photocase.de
Druck: GGP Media GmbH, Pößneck
Printed in Germany
ISBN 978-3-8392-2364-2

EIN PAAR WORTE ZUM NACHDENKEN IM VORAUS

Gewidmet allen, die sich nicht von den Naturentwöhnten blenden lassen, deren Welt nur aus Bildschirmen und virtuellen Spielen besteht und die uns Glauben machen wollen, in greifbarer Nähe gebe es »da draußen« einen zweiten Planeten, der eine vergleichbare Schöpfung hervorgebracht hat. Selbst wenn es einen gibt, dann ist er unerreichbar von uns entfernt, getrennt durch Raum und Zeit.

Gewidmet ist dieses Buch deshalb allen, die sich des Wunders der Schöpfung bewusst sind und sie als etwas Kostbares und Einmaliges zu erkennen vermögen, das wir sorgfältig schützen und erhalten müssen. Ein jeder Käfer, eine jede Blume, ein kleines Bächlein und die Luft – alles ist Teil der Natur, die eine unergründliche Einheit bildet. Mag dieses Zusammenspiel für die einen nur ein Zufall sein, so werden alle jene, die bereit sind, sich tieferen Gedanken hinzugeben, unweigerlich das Werk einer großen Kraft und Macht vermuten.

Beschützen und hüten wir unseren Planeten, der von Schwärze und Eiseskälte umgeben ist, vor all denen, die nur der Gier und der Bilanzen wegen den unsäglichen Zwängen des betriebswirtschaftlichen Denkens oder dem gnadenlosen Machtstreben verfallen sind und nicht davor zurückschrecken würden, diese einzige Heimat zu zerstören, die wir und alle Mitgeschöpfe haben. Hüten wir uns vor denen, die nur an die materielle Welt glauben, die wahren Werte aber mit Füßen treten. Hüten wir uns ebenso vor den Unverantwortlichen und Ahnungslosen, die gerade in unserer Zeit in den höchsten Ämtern anzutreffen und in existentiellen Fragen der Menschheit beratungsresistent sind. Wehren wir uns gegen alles, was die Schöpfung in Gefahr bringt.

Meine Hochachtung gilt deshalb nicht den Schönrednern und »Totrechnern«, sondern allein jenen, die wirklich Wichtiges für die Menschheit hervorbringen: Naturwissenschaftlern, Medizinern und allen, die sich um ein friedliches Zusammenleben bemühen. Und jenen, die den Mut haben, auf innovative Weise in neue Sphären vorzustoßen.

Aber auch jenen gilt meine Hochachtung, die oft im Schatten stehen, weil ihre Arbeit von denen, die das Sagen haben, nicht würdevoll beachtet wird: den Hilfskräften landauf, landab ebenso wie dem Pflegepersonal in den Kliniken und Heimen, aber auch jenen, die sich trotz maroder Bildungssysteme ernsthaft und engagiert dafür einsetzen, dass junge Menschen lernen, mit der Natur im Einklang zu sein.

PROLOG

Nie zuvor hatte er sich zu so etwas hinreißen lassen. Doch jetzt war die Gelegenheit günstig: eine stockfinstere Winternacht, dazu noch eisig kalt. Kein vernünftiger Mensch kam auf die Idee, sich bei diesem Wetter im Freien aufzuhalten. Schon gar nicht hier, wo Sperrgitter den Zutritt zu einem Areal verwehrten, das bis vor wenigen Jahren dahingegammelt war. Das Streulicht der nahen Stadt verlor sich in sanften Nebelschwaden, die aus dem vorbeifließenden Neckar waberten. Die Geräusche einiger weniger Autos lagen gedämpft in der feuchten Luft.

Nur schemenhaft war im Grauschwarz dieser Nacht die farblose Umgebung zu erahnen: die alte Schleuse, der Wilhelmskanal, irgendwo eine Eisenbahnbrücke und hier, ganz nah, die Auffahrt zu einer gesperrten Straßenbrücke, die über den Alt-Neckar zu dem jenseitigen Gelände führte, auf dem tagsüber seit Jahren schon fieberhaft gearbeitet wurde. Jetzt lag es still und friedlich im nächtlichen Schlummer. Übergangslos schien es mit dem ebenso schwarzen Himmel zu verschmelzen, der offenbar wolkenverhangen war. Ohne Mond, ohne Sterne. Einige hoch aufragende Gebäude standen wie eine gigantische Mauer vor ihm.

Ideale Bedingungen also für den Mann, dessen dunkle Kleidung ihn bestens tarnte. Allerdings drohte überall die Gefahr, von dem Sicherheitsdienst aufgespürt zu werden. Aber zwischen den Baumaterialien und Gerätschaften, die hier lagerten und herumstanden, bot sich genügend Deckung. Hier war er seit Stunden selbst zu einem Teil der Nacht geworden. Es roch nach frischem Beton und feuchter Erde.

Dass er jetzt am ganzen Körper zitterte, war der unguten Mischung aus Angst und Kälte geschuldet. Ein regelmäßiger Schluck aus dem handlichen Flachmann, den er in der Tasche seiner dicken Winterjacke stecken hatte, wärmte ihn nur für ein paar Minuten innerlich auf. Allzu viel durfte er davon allerdings nicht trinken, denn er musste seinen Geist wachsam halten.

Als sich ein Sattelzug mit dröhnendem Dieselmotor brummend näherte und drüben vor der Schranke zur abgesperrten Brückenauffahrt anhielt, war die bleierne Müdigkeit wie weggeblasen. Also doch. Das Warten hatte sich gelohnt. Der Lkw-Fahrer stieg aus und ging durch den Scheinwerferkegel zu dem spärlich beleuchteten Bürocontainer, in dem ein einsamer Posten den Zugang bewachte. Offenbar mussten jetzt Papiere überprüft werden, was aber nur wenige Minuten in Anspruch nahm.

Der Fahrer durchschritt wieder die Scheinwerfer seines Lkws und kletterte in das Führerhaus zurück. Dann heulte der Dieselmotor dumpf auf und das schwere Gefährt rollte über die Bleichinselbrücke.

Der Schwarzgekleidete hatte unterdessen ein Fernglas an die Augen gepresst, um aus seiner seitlichen Perspektive das Kennzeichen des Sattelauflegers ablesen zu können. Es war gelb. Wie erwartet. Eines aus den Niederlanden. Buchstaben und Ziffern konnte er aber nicht genau erkennen. Er stopfte das kleine Fernglas wieder in die Jackentasche – während der dröhnende Dieselmotor die nächtliche Stille zerriss und schnell abebbte, als die Schlussleuchten bei den ziemlich massig erscheinenden Neubauten verschwanden, die hier innerhalb eines Jahres hochgewachsen waren.

Von seiner Position aus konnte der heimliche Beobachter nicht erkennen, wie weit sich der Sattelzug entfernt hatte. Der Motor jedenfalls war ziemlich schnell verstummt.

Für den Schwarzgekleideten folgte jetzt der heikle Teil seiner Mission. Reflexartig verließ er die Deckung zwischen den Baumaterialien. Beinahe hätte ihm ein aufragendes Stück Gummischlauch die Mütze vom Kopf gerissen, als er wieselflink von einem nachtschwarzen Schatten zum nächsten huschte.

Er kannte sich aus, denn er war schon einige Male tagsüber mit einer Besuchergruppe hier gewesen. Trotzdem fiel es ihm schwer, sich den großen, noch eingerüsteten Bauten zu nähern. Der Regen der vergangenen Tage hatte den ohnehin morastigen Untergrund aufgeweicht, sodass er mehrmals bis zu den Knöcheln im weichen Erdreich versank und sofort die eisige Nässe in den Schuhen zu spüren bekam.

Er war erleichtert, als er endlich mit dem Schwarz eines der Gebäude verschmelzen konnte. Denn nun, auf dem finsteren Baustellengelände, boten Container, Materialien, Humushaufen und Fahrzeuge ein nächtliches Wirrwarr, zwischen dem eine schwarz gekleidete Person nicht auffiel. Allerdings war natürlich nicht auszuschließen, dass es neben dem Sicherheitsdienst auch noch Überwachungskameras gab. Dieses Risiko hatte er jedoch bewusst auf sich genommen. Schließlich war das, was er vorhatte, ziemlich ehrenwert, wenngleich natürlich nicht ganz gesetzeskonform. Und falls das Gelände tatsächlich flächendeckend überwacht wurde, würde er ganz bestimmt nicht zu sehen bekommen, was er sich erhoffte.

Jedenfalls hatte er sich die Aktion reiflich überlegt.

Die beißende Kälte war verdrängt, als er sich langsam, vorbei an hoch aufragenden Gebäuden, immer weiter auf knirschendem feinen Schotter in das Gelände schlich, über Steine stolperte und ihm erneut kurzatmig der Geruch von frischem Beton in die Nase stieg.

Doch dann schreckte ihn etwas auf. Stimmen. Tatsächlich, Männerstimmen. Kaum vernehmbar, aber real. Er verharrte, um zu lauschen. Vermutlich kamen sie aus einem der unbeleuchteten Wohnblocks, die nun beidseits den breiten Weg säumten. Er sah an der finsteren Fassade zum dunklen Himmel hoch. Alle Gebäude waren von Baugerüsten umgeben und allem Anschein nach noch nicht bezogen.

Wieder eine Stimme. »Alles okay?«, war jetzt deutlich zu verstehen.

Der Mann wagte noch immer nicht, sich zu bewegen, und konzentrierte sich auf die Richtung, aus der die Stimmen kamen.

»Halt's Maul, du Arschloch!«, zischte jemand so laut, dass der schwarz Getarnte keinen Zweifel daran hatte, Ohrenzeuge einer dubiosen Aktion geworden zu sein. Auch wenn der Lkw ganz offiziell ins Gelände eingefahren war, so schien hier, in einer ziemlich finsteren Ecke, etwas Merkwürdiges vor sich zu gehen.

Er glaubte, nun die Richtung, aus der die Stimmen kamen, genauer geortet zu haben: von der Rückseite des links vor ihm stehenden Blocks.

Langsam setzte er einen Schritt vor den anderen, orientierte sich dicht an dem Neubau und vermied es, verdächtige Geräusche zu verursachen. Doch Augenblicke später schreckte ihn ein Scheppern auf. Metall auf Metall. Wurde jetzt eine Ladeluke geöffnet? Wie selbstverständlich ging er davon aus, dass es der niederländische Sattelzug war, an dem hantiert wurde. »Los, los, los – anpacken!«, schallte ein Kommando durch die Nacht.

Tausend Gedanken fuhren im Kopf des herangeschlichenen Mannes wild Achterbahn. Er durfte unter keinen Umständen ertappt werden. Denn mit Leuten wie diesen, die hier zugange waren, konnte man nicht vernünftig reden. Und vielleicht war er auch schon zu weit gegangen. Er könnte einfach abbrechen, denn er hatte doch gesehen, was er zu sehen gehofft hatte. Einfach abbrechen und alles Weitere anderen überlassen.

Aber noch fehlte ihm der letztendliche Beweis. Er wollte

sich mit eigenen Augen vergewissern, ob es tatsächlich um den besagten Lastzug ging.

Deshalb wagte er einen nächsten Schritt. Kies knirschte unter seinen Schuhen. Neugier schlug für einen Moment in pure Angst um.

Unsinn, bläute er sich ein. Nichts davon würde an der Stirnseite des Hauses zu hören sein. Außerdem drangen von dort klappernde und scheppernde Geräusche herüber. »Verdammt noch mal, wie oft soll ich noch sagen, dass ihr leise sein sollt?«, giftete eine Männerstimme so wild und zornig, dass der Schwarzgekleidete abrupt stehen blieb, als habe die Frage ihm gegolten. Weil nun drei oder vier aufgeregte Stimmen gleichzeitig herüberhallten, waren einzelne Worte nicht zu verstehen. Den wilden Disput der Unbekannten nutzte er für weitere Schritte, ohne dabei auf Trittgeräusche achten zu müssen. Mut und Angst wechselten jetzt im Sekundentakt. Wieder waren es die Neugier und der Drang, etwas aufdecken zu wollen, die ihn antrieben und geradezu magisch nach vorne zu der Hausecke zogen, hinter der er das Geschehen vermutete.

»Und Oldi?«, drang eine Stimme laut und deutlich herüber. »Lässt der sich auch noch sehen?« Poltern und Rumpeln war zu vernehmen, wie es beim Stapeln schwerer Holzkisten entsteht.

Die Antwort auf die vorausgegangene Frage folgte ziemlich unfreundlich: »Der Oldi geht dich nichts an, kapiert? Oder hat man dir nicht gesagt, dass du den Namen niemals in den Mund nehmen darfst? Niemals.« Es klang nach höchster Alarmstufe. »Bei keiner Gelegenheit. Nirgendwo und bei niemandem.«

Obwohl ihn dies alles nichts anging, war der Lauscher an der Ecke von diesem Umgangston geschockt. Hier herrschten andere Sitten, als er sie gewohnt war.

Er ließ einige Sekunden verstreichen, während derer Kommandos erteilt wurden, die auf das Heben schwerer Gegenstände schließen ließen, die offenbar in ein anderes Fahrzeug umgeladen wurden.

Dann wagte er den letzten Schritt bis dicht an die Ecke des Gebäudes, sodass er klar und deutlich verstand, was eine verängstigte Männerstimme wissen wollte: »Und wo hast du die restlichen schwarzen Rosen?«

»Idiot!«, schallte es dem Fragesteller wohl entgegen. »Frag nicht so blöd. Wie immer, ganz vorne, wo sonst …?«

Der am ganzen Körper zitternde Mann an der Hausecke rang mit sich, ob er jetzt einen Blick riskieren konnte. In dieser Finsternis würde er bestimmt unbemerkt bleiben. Licht gab es keines, sonst hätte er längst einen schwachen Schimmer davon wahrnehmen müssen. Die Männer arbeiteten also vermutlich mit Hand- oder Stirnlampen.

Er holte tief Luft, tastete sich an der rauen Hauswand vollends bis zur Ecke vor und presste die linke Backe nun an das kühle Mauerwerk, an dem seine Winterjacke entlangstrich. Noch zwei, drei Zentimeter. Er brauchte nur kurz einen schnellen Blick um die Ecke zu werfen. Möglicherweise war es aber viel zu dunkel, um Details erkennen zu können. Doch selbst wenn nur Taschenlampen genutzt wurden, würde er sehen, ob dort ein Sattelzug stand. Er kämpfte mit den Warnungen seiner inneren Stimme, rang sich dann aber dazu durch, auf ein neuerliches Geräusch oder weitere Wortfetzen zu warten. Dann würden die Männer abgelenkt sein.

Doch außer hektischen Schritten und dem Stapeln von Kisten drang nichts mehr an seine Ohren.

Der Herzschlag jagte das Blut mit Hochdruck durch den ganzen Körper, ihm war kalt und heiß gleichermaßen. Gerade als er den entscheidenden Blick riskieren wollte, geschah etwas, was ihm beinahe den Verstand geraubt hätte. Es kam so plötzlich wie ein Blitz aus heiterem Himmel. Augenblicklich war er in eine Schockstarre versetzt. Es hatte sich wie ein Giftpfeil in seine Seele gebohrt: ein schriller Signalton. Nur ein einziger, aber mit einer gefühlten Lautstärke, die ihm den Atem raubte und sein Herz außer Takt brachte. Es dauerte den Bruchteil einer Sekunde, bis er überhaupt erst wieder in der Lage war, seinen Körper zu bewegen. Instinktiv wich er zwei, drei Meter zurück. Flucht. Bloß weg, schnell, dröhnte es durch seinen Kopf. Nein, gebot die Vernunft. Das konnten die doch gar nicht gehört haben. Die hinter der Hausecke.

Er erstarrte in der Bewegung, lauschte angespannt und war mit allen Sinnen auf das stockdunkle Ende des Hauses fixiert – auf Flucht programmiert, falls sie um die Hausecke gestürmt kamen, Waffen im Anschlag.

Sein Herz raste in höchster Not. Die Knie weich, der Kopf im Ausnahmezustand. Noch konnte er nicht realisieren, dass es nur der Signalton einer am Smartphone ankommenden WhatsApp-Nachricht gewesen war, die ihm alles vermasselt hatte. Nein, keine Sekunde länger wollte er hierbleiben.

Hinter der Hausecke war es plötzlich still geworden. Kein klapperndes Holz mehr, keine Stimmen. Verdächtige Ruhe.

1

»Worauf wir natürlich ganz besonders stolz sind, das ist unser Astronaut aus der Nachbarschaft.« Die Frau, die an diesem tristen Februartag des Jahres 2018 eine Gruppe Garten- und Landschaftsgestalter durch ein riesiges Baustellenareal führte, ließ ihrer Begeisterung freien Lauf. »Alexander Gerst kommt aus dem Nachbarkreis Hohenlohe, aus Künzelsau«, erklärte Heidi Miraldi, die seit zwei Jahren schon regelmäßig Besuchergruppen über jenes Gelände führte, auf dem die Bundesgartenschau von Heilbronn inzwischen deutlich sichtbar Gestalt angenommen hatte. Viele Bauten waren bereits errichtet, zwei künstliche Seen gefüllt und weit mehr als 2.000 Bäume gepflanzt. Nun galt es, die Ausschmückung mit Stauden, Hecken und Blumen voranzutreiben, denn in spätestens 14 Monaten sollte aus einer ehemaligen Gewerbebrache eine blühende Landschaft geworden sein. »Die Heilbronner sind so gut wie nie hierhergekommen«, berichtete die engagierte Frau, die in dieser Stadt vor knapp 40 Jahren geboren wurde und sich deshalb entsinnen konnte, wie verwahrlost das Gelände zwischen Alt-Neckar und dem großen schiffbaren Neckar einst gewesen war. »Da hätte jeder Krimi drin spielen können«, meinte sie süffisant, als sich die aus zwei Dutzend Personen bestehende Gruppe auf dem aufgeschütteten Wall versammelt hatte, der das völlig umgestaltete Gelände auf eine Länge von einem Kilometer von den angrenzenden Industriegleisen und dem Neckarhafen trennte. Dahinter ragten die Silos eines Futtermittelbetriebes in die Höhe.

Noch fiel es schwer, sich auf dem 40 Hektar großen Areal fröhlich gelaunte Besucher zwischen prächtig blühenden Stauden, bunten Wiesen, spiegelnden Wasserflächen und kleinen Weinberg-Parzellen vorzustellen. Wo noch lärmende Bagger Gräben zogen und jede Menge Handwerker wuselten, wo Leitungen und Rohre gestapelt waren, da würde es im Frühjahr 2019 so aussehen, als sei hier nie etwas anderes gewesen. Das einst topfebene Gelände war behutsam modelliert worden, sodass von den Erhöhungen ein herrlicher Ausblick geboten wurde – hinüber zum Bahnhof und über die Weinberge am nördlichen Stadtrand hinweg zum Wartberg mit seinem Turm.

Die Frau mit den blonden halblangen Haaren und dem freundlichen Auftreten wurde nicht müde, die architektonisch gelungene Verwandlung zu erläutern: »Nach dem Krieg, als die Briten die ganze Stadt und somit auch dieses Hafengebiet zerbombt hatten, siedelte sich sehr schnell alles Mögliche an.« Was sie damit meinte, konnte sie bereits im Schlaf aufzählen: »Schrotthändler, Lumpensammler, Altpapierhändler.« Sogar das Ufer des Neckars sei alles andere als ein Ort zum Bummeln und Wohlfühlen gewesen.

Die Mitglieder der Expertengruppe, die bereits eine Dreiviertelstunde in winterlicher Kälte über das eingezäunte Gelände gegangen waren und jetzt auf dem Erdwall ausharrten, fröstelten zusehends. Ein älterer Mann, dessen Gesicht von Wind und Wetter gezeichnet war, zeigte sich aber an dem Hinweis auf den Astronauten interessiert: »Dieser Gerst, der fliegt ja demnächst wieder. Wird das auch irgendwie bei der Gartenschau thematisiert?«

Heidi Miraldi stutzte für einen Moment. Mit dieser Frage war sie offenbar noch nie konfrontiert worden. »Er … ja, er fliegt in vier Monaten, glaub ich, zur ISS. Von Baikonur aus. Mit den Russen. Einen direkten Kontakt zu ihm hatten wir bisher nicht.« Sie lächelte verlegen. »Aber Sie haben natürlich recht. Gerst ist Sympathieträger ersten Ranges. Vor allem, was den Schutz unserer Erde anbelangt.« Für diese Feststellung erntete sie eifriges Kopfnicken. »In vielen seiner Interviews bringt er sein Anliegen zum Ausdruck. Umweltschutz und Natur würden zu unserem Gartenschau-Projekt hier passen.« Die Pressesprecherin überlegte, ob sie etwas erwähnen durfte, was nur intern bekannt war, entschied sich dann aber doch dafür: »Indirekten Kontakt zu Herrn Gerst gibt es allerdings.« Die Zuhörerschar horchte sichtlich auf. »Eine Biophysikerin aus Ulm, die externe Beraterin eines von uns beauftragten Planungsbüros ist, hat als Wissenschaftlerin irgendetwas entwickelt, was Herr Gerst bei seinem nächsten Flug ins Weltall testen soll.«

Die Besuchergruppe nahm's mit Staunen zur Kenntnis. »Worum geht's bei dieser Entwicklung?«, wollte eine der wenigen Frauen aus der Runde wissen.

»Da dürfen Sie mich nicht fragen«, wiegelte Heidi Miraldi ab. »Irgendetwas mit Klimaschutz und Treibhauseffekt.«

»Das hört sich ja so an, als sei das eine höchst geheime Angelegenheit«, meinte die junge Fragestellerin.

2

Christian Hofknecht war schlank und groß, zerzaustes Lockenhaar, raue Hände. Das braun gebrannte Gesicht wies mehr Falten auf, als es die 38 Lebensjahre hätten erwarten lassen. Die Arbeit im Freien war seiner Haut nicht zuträglich gewesen.

Daran hatte sich auch nichts geändert, seit er seine gärtnerische Tätigkeit nun überwiegend in Gewächshäusern ausübte. Er war eben ein Naturbursche, der sich eng mit Acker und Scholle verbunden fühlte. Als Gärtnermeister hatte er stets nach Höherem gestrebt und mithilfe renommierter Fachfirmen entsprechende Kontakte geknüpft. So blieb es nicht aus, dass seine Ehefrau bisweilen den Eindruck hatte, er würde den eigenen Betrieb sträflich vernachlässigen. Auch heute, an diesem bitterkalten Wintertag, war er wieder zu einem Termin gefahren. Allerdings hatte ihn seine Frau dazu gedrängt. Der Mann, den er in Ulm treffen sollte, war so etwas wie die »letzte Rettung«. Sie hatten ihn voriges Jahr bei einer Gartenbauausstellung in der Ulmer Donauhalle kennengelernt. Sympathisch, um die 50, ein gemütlicher Bayer, dem man ohne Weiteres zutraute, einem hilfreich zur Seite zu stehen. Vielleicht auch finanziell. Zumindest hatte es damals so geklungen.

Rainer Warnecke galt in der Branche offenbar als ein angesehener Gartenbau-Großhändler aus München. Mit ihm waren Christian Hofknecht und seine Ehefrau damals ins Gespräch gekommen, als sie gerade ihren neuen Gärtnereibetrieb eingeweiht hatten. Natürlich war es um künftige Pflanzenlieferungen gegangen – und um Rabatte. Hofknecht hatte durchblicken lassen, dass ihn eine mächtige Schuldenlast drückte, worauf Warnecke geradezu väterlich beruhigt hatte: »Junger Mann, wenn's mal ganz große Probleme gibt, dann melden Sie sich bei mir.«

Hofknecht hatte die Visitenkarte dankbar entgegengenommen. Jetzt, da die finanzielle Schere zwischen Einnahmen und Ausgaben immer größer wurde, war von Katharina, seiner Ehefrau, der Vorschlag gekommen, den Mann zu kontaktieren und auf sein Hilfsangebot anzusprechen. Bei einem Telefongespräch hatte sich Warnecke sofort an den jungen Gärtnermeister erinnert – oder zumindest so getan, als sei ihm dessen

Name noch bestens geläufig. Er war nach kurzem Überlegen bereit gewesen, sich mit ihm zu treffen, hatte dafür Ulm vorgeschlagen und spontan gefragt: »Mögen Sie Linsen mit Spätzle?«

»Ja, wieso?«, hatte der junge Gärtner irritiert geantwortet.

»Dann kommen S' übermorgen um 13 Uhr in den ›Barfüßer‹ nach Neu-Ulm, direkt am Donauufer. Falls Sie mich nicht mehr erkennen: Ich hab die ›Süddeutsche‹ dabei.«

Hofknecht war pünktlich. Er stellte seinen weißen, ziemlich betagten VW-Kleinbus auf dem Parkplatz des Lokals ab, dessen Gartenwirtschaft in tiefem winterlichen Schlummer lag. Beim Betreten des großen Gastraumes schlug ihm wohlige Wärme entgegen. Die meisten der Plätze waren belegt, sodass er sich vor der wuchtigen Theke zunächst orientieren musste. Schon bei der Herfahrt hatte er versucht, sich an das Gesicht Warneckes zu erinnern, doch trotz aller Anstrengung wollte es sich in seinen Gedanken nicht formen. Während ihm bereits ein freundlicher Ober einen Platz avisierte, ließ er seinen Blick über die vielen Köpfe hinwegstreifen – bis er einen einzelnen Mann erspähte, der an der Fensterfront saß und eine Zeitung las, deren Titelblatt zu sehen war: Die »Süddeutsche«.

Hofknecht deutete dem Ober an, dass er sich »zu dem Herrn da drüben« setzen wolle und ging mit leichtem Lampenfieber auf den Älteren zu. »Herr Warnecke?«, fragte er zögernd, worauf der Mann die Zeitung beiseitelegte und höflich aufstand.

»Dann sind Sie Herr Hofknecht«, lächelte er, drückte die angebotene Hand und bot ihm den Platz gegenüber an. Hofknecht zog seine Jacke aus und hängte sie über die Stuhllehne. »Pünktlich wie die Maurer«, ergänzte der Münchner mit leichtem bayerischem Akzent.

»Ich will Ihre Zeit nicht lange in Anspruch nehmen«, gab sich der Gärtnermeister aus Geislingen unterwürfig.

»Keine Sorge, junger Mann. Ich hab Ihnen doch damals versprochen, dass Sie sich stets vertrauensvoll an mich wenden können.« Warnecke konnte, wenn er wollte, nahezu astreines Hochdeutsch sprechen.

Nach den üblichen Begrüßungsfloskeln empfahl er seinem Gast noch einmal Linsen mit Spätzle, die er hier immer esse, wenn er in Ulm sei. »Schon gar, weil's auf der bayerischen Uferseite der Donau ist«, grinste er. »In Bayern versteht man, gut zu essen.« Er bestellte für sie beide diese Speise, dazu eine Halbe Bier.

Kaum hatte der Ober dies in seinen elektronischen Apparat eingegeben, kam Warnecke zur Sache: »Es klemmt finanziell?« Er verzog sein breites Gesicht zu einem mitleidsvollen Lächeln. »Jetzt sei'n S' mal net so deprimiert«, fügte er, in seinen Münchner Dialekt verfallend, an und strich sich übers schüttere Haar.

»Das sagen Sie so leicht«, erwiderte Hofknecht leise. Er wollte vermeiden, dass die Personen an den Nebentischen mithören konnten. »Obwohl unser Laden gar nicht mal so schlecht läuft, kommen wir auf keinen grünen Zweig.«

»Das ist bei einem Gärtner immer schlecht, wenn er keine grünen Zweige hat«, griff Warnecke das Gesagte ironisch auf, bemerkte aber sofort, dass dem jungen Mann nicht zum Scherzen zumute war. »Sie glauben, dass die Sache mit Heilbronn was wird?« Er knüpfte mit dieser Frage an ihr kurzes Telefonat an, bei dem Hofknecht davon berichtet hatte, dass er sich von einer Beteiligung an der Bundesgartenschau neue Impulse für sein Geschäft erhoffe. Diese Bemerkung hatte Warnecke aufhorchen lassen.

»Die Buga ist eine Chance, über die Provinz hinaus bekannt zu werden«, meinte der Gärtnermeister und benutzte die gebräuchliche Abkürzung für die Bundesgartenschau.

»Provinz!«, empörte sich Warnecke gekünstelt. »Ihr Schwaben macht euch immer kleiner, als ihr seid. Geislingen an der Steige! Da kommen Sie doch her, stimmt's?«

Hofknecht nickte stumm.

»Das mag zwar Provinz sein, aber doch eine mit Bedeutung. Wer kennt sie nicht, die Geislinger Steige? Die Eisenbahn, die dort erstmalig mit einer sensationellen Steigungsrate ein Gebirge überquert hat.«

»Sie sind Eisenbahnfan?«, entfuhr es Hofknecht.

»So ein bisschen. Ich bin, wenn sich's einrichten lässt, mit der Bahn unterwegs, auch heute übrigens.« Er runzelte die hohe Stirn. »Deshalb fahr ich hin und wieder über die Geislinger Steige. Schade, dass das im Fernverkehr wohl bald vorbei ist, wenn die neue Trasse Stuttgart-Ulm vollends fertig wird.«

»Dann sieht man bei uns nur noch die langsamen Bahnen und die lärmenden Güterzüge«, bestätigte Hofknecht abwesend.

»Aber als Provinz braucht ihr euch deswegen nicht zu bezeichnen. Ich nehm doch an, dass die Eisenbahn bei euch touristisch vermarktet wird.«

Hofknecht wollte nicht darauf eingehen. Natürlich zog es Eisenbahn-Enthusiasten in die Stadt, insbesondere, wenn Dampfzüge angekündigt waren, aber mehr als einen Wanderweg um die Steige herum hatte ihnen die Stadt bisher nicht bieten können. Dafür wurde wenigstens umso mehr über den Tourismus geredet. Hofknecht hätte noch sehr viel Kritisches anmerken können, doch nun ging es um ihn selbst.

Der Ober stellte das Bier auf den Tisch, sagte »Zum Wohl« und entschwand wieder. Warnecke hob sein Glas, um mit Hofknecht anzustoßen. »Auf Sie«, sagte der Bayer und nahm einen kräftigen Schluck.

»Die Idee mit der Buga ist gut, aber erfordert eine Menge Arbeit«, meinte Warnecke und wischte sich mit dem Handrücken den Schaum vom Mund.

»Aber man kann mit der Teilnahme werben«, verteidigte Hofknecht sein Engagement.

»Sie treten dort als Friedhofsgärtner in Erscheinung – hab ich Sie da am Telefon richtig verstanden?«

»Ja, Schaugräber. Man hat sich bewerben können – und ich bin einer von denen, die akzeptiert wurden«, sprudelte es aus Hofknecht heraus. »Diese einmalige Chance darf man sich nicht entgehen lassen.«

»Aber Geld bringt's net viel«, brummte Warnecke. »Sagen S' mal, wie tief stecken S' denn in der Kreide?«

Hofknecht holte Luft und fingerte an dem kalten Glas herum. »Noch geht's«, wich er aus, »aber sobald die Zinsen steigen, wird's eng.«

»Nur eng oder bedrohlich?«

»Tödlich«, flüsterte Hofknecht.

»Ach, reden S' doch nicht daher. Tödlich ist gar nix. Wenn dir der Kittel brennt, gibt's immer eine Feuerwehr.« Er sah seinem Gegenüber fest in die unsicheren Augen.

»Das sagt sich so leicht, Herr Warnecke. Ich will Sie auch gar nicht für weitere Rabatte anbetteln. Aber ich muss energisch sparen oder mir neue Einnahmequellen erschließen.«

»Die Konkurrenz ist groß bei euch?«

»Ja, da gibt es einige sehr innovative Kollegen. Ein Betrieb macht sogar kulturelle Events. In einem Gewölbekeller.«

»Aber Sie haben doch eine ganz moderne Anlage gebaut.«

»Modern schon«, Hofknecht lächelte verlegen, »aber auch ganz schön teuer.«

Warnecke überlegte und sah aus dem Fenster zu den winterlich eingemotteten Tischen und Stühlen. »Eine neue Einnahmequelle wollen S' erschließen«, resümierte er. »Vielleicht könnte ich Ihnen da vorübergehend eine anbieten.«

»Ach?« Hofknechts Interesse stieg. »Und die wäre?«

In diesem Moment brachte der Ober das bestellte Essen.

»Lassen wir's uns erst mal schmecken, Herr Hofknecht«, entschied der Bayer, als sich der Ober wieder entfernte. »Wir können uns übrigens gerne duzen. Ich bin der Rainer.«

Hofknechts Miene erhellte sich. »Und ich der Christian.«

Sie stießen mit den Gläsern an. Nach einem kräftigen Schluck wandte sich Warnecke dem Essen zu und meinte: »Die Buga könnte für dich wirklich lukrativ werden. Wie gut sind deine Kontakte dorthin?«

»Kontakte?« Hofknecht wurde verlegen.

Warnecke erklärte, was er meinte: »Naja, persönliche Kontakte, Einblicke und so …?«

3

Was der Mann wollte, war ihr am Telefon nicht ganz klar geworden. Natürlich ging es um ihr Projekt, um ihr großes Experiment, das ihr in wissenschaftlichen Kreisen viel Ruhm und Ehre eingebracht hatte, obwohl es sich in den nächsten Monaten erst noch bewähren musste. Aber allein schon die Tatsache, dass es ihr als junge Biophysikerin gelungen war, ihr Experiment bei einer Mission in der Internationalen Raumstation ISS unterzubringen, galt in Fachkreisen als sensationell.

Vanessa Eickhoff, gerade mal 35 Jahre alt, in Ulm wohnhaft und Tochter eines angesehenen Arztes in Stuttgart, hatte ihr Studium zielstrebig durchgezogen und mit einem Thema promoviert, das so aktuell war wie nie zuvor: der Klimawandel. Seit der umstrittene US-Präsident Donald Trump Mitte vorigen Jahres angekündigt hatte, das Pariser Klimaschutzabkommen aufkündigen zu wollen, waren die Stimmen jener lauter geworden, die sich um die Zukunft des Planeten sorgten. Allerdings gab es auch anderweitig Skeptiker, die Zweifel daran hegten, ob die Erderwärmung tatsächlich menschengemacht und damit auf den erhöhten Ausstoß von Kohlendioxid zurückzuführen war. Bereits vor der Industrialisierung, so argumentierten sie, seien die Gletscher abgeschmolzen. Klimaschwankungen habe es in der Geschichte der Erde schon häufig gegeben.

Vanessa kannte derlei Einwände zur Genüge und sie war auch bereit, darüber zu diskutieren, vorausgesetzt, sie hatte es mit Experten zu tun, die sich auf belastbare Fakten beriefen. In den Medien und auch in der Politik wurden hingegen oftmals Begriffe durcheinandergeworfen und jeweils der eigenen Weltanschauung wegen zurechtgebogen und interpretiert.

Noch gut hatte sie den Vortrag des Physiknobelpreisträgers von 1973, Ivar Giaever aus Norwegen, in Erinnerung, den sie vor drei Jahren auf einer Tagung in Lindau gehört hatte. Der Physiker war damals im Gegensatz zu den anderen Teilnehmern nicht bereit gewesen, die sogenannte »Mainauer Deklaration 2015 zum Klimawandel« zu unterzeichnen und galt seither als »Klimaleugner«. Obwohl seine Thesen, wonach die globale Erwärmung natürlichen Ursprungs sei und nichts mit Luftschadstoffen zu tun habe, von der Wissenschaft nahezu einhellig verworfen wurden, blieb er seiner Linie treu. Die »globale Erwärmung«, so hatte Vanessa noch einen Satz von ihm im Ohr, sei eine »neue Religion geworden«, weil man sie nicht anzweifeln dürfe. Das war jetzt gewiss Musik in Donald Trumps Ohren.

Die Frau, die sich bei ihrer wissenschaftlichen Arbeit von keinerlei Ideologie leiten ließ, sondern einzig und allein von objektiven Daten, war bei den distinguierten älteren Herrschaften der etablierten Forscherelite anfangs auf vornehme

Zurückhaltung gestoßen – und dies, obwohl sie dem allgemeinen Mainstream der Klimaforschung entsprach. Als es ihr innerhalb kürzester Zeit gelang, zusammen mit ihrem Freund, einem Astro-Physiker, ein Experiment zu entwickeln, das aus dem Weltall die Verteilung des Kohlendioxids in der Erdatmosphäre nicht nur aufzeigen, sondern über ein ausgeklügeltes elektronisches Messverfahren auch winzigste chemische Reaktionen und deren Auswirkungen auf die äußeren Luftschichten analysieren konnte, da war das Interesse an ihr plötzlich gestiegen. Vollends ins Scheinwerferlicht rückte sie, nachdem sich herumgesprochen hatte, dass ihr Experiment bei allen Auswahlverfahren als würdig betrachtet worden war, zur ISS gebracht zu werden. Auch dank vielfältiger Beziehungen hatte sie geschafft, wovon viele ihrer Kollegen aus der Forschung nur träumen konnten. Ganz besonders freute es sie, dass ihre Entwicklung dabei sogar von einem deutschen Astronauten betreut wurde, der genau wie sie aus Baden-Württemberg stammte, nur etwa 200 Kilometer von Ulm entfernt.

Außerdem sollte während Gersts Weltraummission ein Umweltprojekt des Radolfzeller Max-Planck-Instituts für Ornithologie installiert werden, mit dem die Wanderbewegungen von Tieren erforscht würden. Selbst Schmetterlinge, die mit winzigen, federleichten Minisendern ausgestattet waren, konnten dann vom Weltall aus verfolgt werden. »Icarus« wurde dieses Projekt genannt.

Dass sich nun viele Wissenschaftler und Klimaforscher auch für Vanessas Projekt interessierten, war sie mittlerweile gewohnt. Doch dieser Anruf eines Mannes, der vorgab, im Auftrag der NASA »einige Details« besprechen zu müssen, hatte sie stutzig gemacht. Am Display war keine Rufnummer übertragen worden und der Mann, der sich als Doktor Robert Olberding vorgestellt hatte, war nur bereit gewesen, ihr eine Handynummer zu geben – von einem deutschen Mobilfunknetz.

Als Treffpunkt hatte er ein Bürocenter beim Stuttgarter Flughafen vorgeschlagen und erklärt, er werde mit dem Flugzeug anreisen und müsse nach dem Gespräch sofort weiter. Deshalb sei es ihm zeitlich nicht möglich, zu ihr ins rund 100 Kilometer entfernte Ulm zu kommen.

Er habe für die Dauer von zwei Stunden einen Besprechungsraum angemietet. Nie zuvor hatte sich Vanessa Eickhoff auf Treffen dieser Art eingelassen. Und obwohl sie skeptisch war, genoss sie es inzwischen, eine begehrte Gesprächspartnerin geworden zu sein. Wenn es stimmte, dass Olberding mit der NASA zu tun hatte, dann konnten solche Kontakte nicht schaden.

Das Bürocenter lag direkt neben der B 27, nur ein kurzes Stück von der Landebahn des Stuttgarter Flughafens entfernt. Nachdem sie ihren dunkelgrauen Mercedes GLC in einem Parkhaus abgestellt hatte, meldete sie sich am Empfang des Gebäudes und wurde von einer jungen, leichenblass geschminkten Frau zu einem Aufzug geleitet, mit dem sie beide schweigend zwei Stockwerke hochfuhren. Vanessa hatte keine Lust auf Konversation und ließ sich über einen hellen Vorplatz zu einem der Büros führen, die sich in dieser Etage offenbar schmucklos aneinanderreihten. Nach kurzem Klopfen öffnete die Angestellte die Tür und sagte knapp: »Herr Doktor Olberding – Ihre Besucherin ist jetzt da.« Dann verschwand sie wieder und Olberding kam strahlend auf Vanessa zu. »Herzlich willkommen, Frau Doktor Eickhoff, ich bin hocherfreut, Sie zu sehen.« Er drückte ihr die Hand und bot ihr einen Platz an dem kleinen Besprechungstisch an, auf dem zwei Gläser und eine Flasche Mineralwasser standen. Alles um sie herum wirkte steril, dachte Vanessa. Helle Vorhänge, ein ziemlich farbloses abstraktes Bild an der Wand, ein weißes Schränkchen als Ablage.

Olberding entsprach ziemlich genau dem Typ Mann, den sie sich nach dem Telefongespräch vorgestellt hatte: um die

50, Anzugträger, Krawatte, korrekter Haarschnitt mit einem Schuss Gel, leicht angegraut, ein herbes Parfüm, groß, breitschultrig. Die Gesichtsfarbe vermutlich aus dem Bräunungsstudio. »Es war natürlich eine Anmaßung von mir, Sie von Ulm hierher nach Stuttgart zu beordern«, sagte er mit leicht amerikanischem Akzent, während er sich setzte und die Gläser mit Wasser befüllte. Es klang ziemlich selbstbewusst und überheblich.

»Von ›herbeordern‹ kann keine Rede sein«, stellte Vanessa kühl fest. So, wie sie in ihrem schwarzen Hosenanzug vor ihm gestanden war, groß und schlank, hatte sie schon rein optisch gleich gar keinen Zweifel daran aufkommen lassen, wie sie Machos zu begegnen pflegte. »Ich hab ohnehin in Stuttgart zu tun«, log sie überzeugend. »Meine Zeit ist deshalb eng bemessen, kommen wir also gleich zur Sache.«

Olberding war überrascht. Sie hatte ihm wohl klargemacht, dass sie sich mit ihm durchaus auf Augenhöhe unterhalten konnte. Er stellte die Flasche zurück und lächelte wieder. »Nun ja, gnädige Frau, es ist mir natürlich eine Ehre, eine so erfolgreiche junge Wissenschaftlerin treffen zu dürfen.«

Vanessa musterte ihn mit versteinerter Miene. »Kommen wir zur Sache«, forderte sie noch einmal und nahm einen Schluck Wasser.

»Nun ja«, er räusperte sich. »Ihre Entwicklung hat in der Fachwelt für großes Aufsehen gesorgt. Es ist anzunehmen, dass damit die Diskussion um die globale Klimaveränderung noch weiter angeheizt wird.«

»Ich wüsste nicht, was es darüber noch zu diskutieren gibt«, konterte sie eine Spur unterkühlter, überlegte kurz und stellte fest: »Sie haben am Telefon gesagt, Sie hätten etwas mit der NASA zu tun. Soweit ich weiß, ist die Mission, die jetzt unmittelbar bevorsteht, eine Sache der ESA, der Europäer.«

Über seine rechte Wange huschte ein überhebliches Lächeln.

»Die Europäer, ja«, echote er, »die sollten nicht vergessen, wer die ISS federführend auf den Weg gebracht hat.«

»Und Sie sollten nicht vergessen«, fuhr sie ihm über den Mund, »dass die NASA seit Jahren überhaupt kein Vehikel mehr hat, um einen Astronauten auch nur einen einzigen Meter von der Erdoberfläche hochzuheben.« Sie grinste und genoss es wieder einmal, einem Mann Kontra gegeben zu haben. »Also«, drängte sie energisch, »was ist nun der Zweck unseres Meetings?«

Olberding spielte nervös mit einem Kugelschreiber. Er hatte sich offenbar verschätzt. Die junge Frau ließ sich nicht so einfach einschüchtern. »Oh, verzeihen Sie«, wurde er deshalb eine Nuance höflicher, »ich habe das Vergnügen, eine Institution zu vertreten, die so etwas ist wie die diplomatische Vertretung der NASA.«

»Ach«, staunte Vanessa, »um ehrlich zu sein, von einer solchen Einrichtung hab ich noch gar nichts gehört.«

»Können Sie auch nicht. Unsere Aufgabe besteht nur darin, zivile Kontakte zu knüpfen zu Industrie und Wirtschaft oder sonstigen Institutionen, um die Nutzlasten für die ISS zu koordinieren.«

»Sind Sie wissenschaftlich tätig? Oder Lobbyist?«

»Nein, ich bin kein Wissenschaftler, aber wie Sie gewiss selbst erfahren haben, ist der Andrang, ein Experiment für die ziemlich beschränkte Nutzlast eines Transports zur ISS unterzubringen, sehr groß …«

»… und das Auswahlverfahren nicht gerade einfach«, unterbrach ihn Vanessa leicht gereizt. Sie musste sich zusammennehmen, um nicht laut hinauszuschreien, dass ihr dieses Geschwätz höchst zuwider war. »Falls Sie gekommen sind, um mit mir etwas zu koordinieren, dann kommen Sie ein Dreivierteljahr zu spät.«

Er presste die Lippen zusammen. »Natürlich ist uns bekannt, welch hohe Investition um Ihr Experiment getätigt wird, aber

Ihnen ist sehr wohl bewusst, dass es auch jene Ergebnisse erbringen muss, die Sie sich erhoffen. Wenn nicht, dann werden die Kritiker des Klimawandels Oberwasser kriegen.«

»Ja, und dies ist in erster Linie Ihr ›sehr verehrter‹ Mister President«, keifte sie.

»Darum geht es überhaupt nicht«, blieb Olberding ruhig. »Aber ist es nicht ein bisschen viel Aufwand, um ein Ergebnis zu erzielen, das für Sie und wahrscheinlich viele andere von vorneherein feststehen muss? Die Geldgeber werden wohl kaum Millionen in den Wind schießen wollen, um sich ihre eigenen, jahrelang schön zurechtgelegten Mainstream-Theorien von Ihnen zunichtemachen zu lassen.«

Vanessa ballte ihre linke Hand zu einer Faust und versteckte sie unterm Tisch. Sie hatte in den vergangenen Jahren bei unzähligen Konferenzen gelernt, Emotionen zu verbergen. Aber jetzt fiel es ihr besonders schwer. Hatte dieser Kerl doch gerade deutliche Zweifel an ihrer wissenschaftlichen Reputation geäußert und ihr Kumpanei mit den Geldgebern vorgeworfen – als ob sie sich dafür bezahlen ließe, den globalen Klimawandel auch dann als realistisch darzustellen, falls doch ernsthafte Fakten dagegensprächen.

Vanessa hob eine Augenbraue und nahm ihr Gegenüber angriffslustig ins Visier. »Sie wollen mir unterstellen, dass es uns nur einseitig darum geht, Argumente für die globale Erwärmung zusammenzuschustern – und dies so hieb- und stichfest, dass auch ein Präsident der Vereinigten Staaten von Amerika nicht daran vorbeikommt?«

Olberding winkte ab und lehnte sich lässig zurück. Auf seiner Stirn glitzerten Schweißperlen. »Vielleicht möchte ich Sie, die Wissenschaft und alle, die an dem Experiment der ISS beteiligt sind, vor einer Blamage bewahren, Frau Doktor Eickhoff. Sehen Sie das mal so.«

Die junge Frau ließ sich nicht beeindrucken. »Und jetzt werden Sie mir gleich sagen, ich solle mein Experiment zurückziehen.«

Er lächelte und lockerte seinen Krawattenknoten. »Oh nein, gnädige Frau. Ich möchte nur zum Ausdruck bringen, dass nicht alles, was heute die so weit verbreiteten Populisten, egal welcher Couleur, als Tatsachenbehauptung hinstellen, auch gleich wissenschaftlich untermauert werden muss – wenn Sie versteh'n, was ich meine.«

»So?«, machte Vanessa interessiert weiter. »Vielleicht sollten wir mal bei den angeblichen Tatsachenbehauptungen des Herrn Trump anfangen. Aber für diesen Herrn sind ja alle Fakten, sobald sie nicht in sein etwas merkwürdiges Weltbild passen, nur Fake-News. Hab ich recht?«

»Um es klar zu sagen, Frau Doktor Eickhoff«, wurde Olberding jetzt leicht verstimmt. »Sie sollten sich nicht für so wichtig nehmen und mutmaßen, der Präsident der Vereinigten Staaten von Amerika würde sich höchstpersönlich für Sie interessieren.«

»Warum eigentlich nicht?«, zeigte sich Vanessa bissig. »Dafür ist er doch bekannt, der Herr Trump – dass er sich für Frauen interessiert. Muss ich zitieren, was auf der Tonspur eines Videos aus dem Jahre 2005 zu hören ist?« Die junge Frau war damals so empört gewesen, dass sie die entscheidende Textstelle aus der Zeitung noch immer parat hatte: »Als Star könne man alles machen. ›Pack ihnen an die Muschi. Du kannst alles machen.‹« Vanessa wurde energisch: »Falls er wirklich hinter Ihrem Auftauchen hier steckt, dann sagen Sie ihm: Mit dieser Vanessa Eickhoff kann er solche Spielchen nicht machen. Solche nicht – und andere auch nicht.«

Olberding war nun sichtlich überrascht und innerlich aufgewühlt, weshalb er sich zu einer Bemerkung hinreißen ließ, die er Augenblicke später am liebsten gleich wieder zurückgezogen hätte: »Manchmal spielt man mit dem Feuer, ohne es zu merken, Frau Doktor Eickhoff. Denken Sie einfach mal an Columbia und Challenger.«

Vanessa Eickhoff fühlte sich wie vom Donner gerührt. Was hatte der Mann soeben gesagt? War das jetzt ein böser Traum oder ein schlechter Film? Drei Sekunden eisiges Schweigen. Natürlich wusste sie, was er meinte: Es waren die Namen zweier Spaceshuttles, die verunglückt waren: die Raumfähre Challenger im Januar 1986 und die Columbia im Februar 2003.

Olberding räusperte sich. »Wäre es nicht besser, Sie persönlich würden sich deshalb auf Ihre Blümchen in Heilbronn konzentrieren – anstatt auf das ganze Drumherum?« Er lächelte überlegen. »Vor allem das Drumherum, wenn Sie verstehen, was ich meine. Wenn man sich allzu viel um Nebensächlichkeiten kümmert, könnte das Wichtigste aus den Augen verloren werden.« Er sah sie eindringlich an. »Sie wollen doch auch, dass Ihr Weltraumexperiment gelingt, oder nicht?«

Vanessa hatte es buchstäblich die Sprache verschlagen, weshalb er nachsetzen konnte: »Wenn man zu viele Eisen im Feuer hat, könnte leicht eines davon außer Kontrolle geraten. Oder das eine Eisen, weil es zu heiß geworden ist, das andere verbrennen.« Er spürte, wie sie innerlich kochte, womit er erreicht hatte, was er wollte, und sie vollends zum Siedepunkt brachte: »Vielleicht sollten Sie ein Feuer löschen, bevor es ein anderes gefährdet, Ihr Lieblingsprojekt.«

Vanessa sprang auf und verließ wortlos, aber türenschlagend, das Büro.

4

»Es wird was ganz Großartiges.« Die Frau, die an diesen eiskalten Spätwintertagen 2018 so euphorisch werden konnte, war diplomierte Landschaftsarchitektin und Inhaberin eines renommierten Fachbüros, das für einen Teilbereich der Bundesgartenschau im nächsten Jahr in Heilbronn verantwortlich war. Maleike Cortes, Mitte 40, sportlich-elegante Erscheinung und nicht nur am Computer eine begnadete Gestalterin, sondern auch draußen im Gelände, wo ihr zwischen Baumaschinen und kleinen Humushaufen gerade eisiger Wind entgegenschlug. Ihre zwei Dutzend Mitarbeiter schätzten es besonders, dass sie sich selbst bei miesestem Wetter nicht zu schade war, selbst irgendwo mit anzupacken.

Dass sie einen so großen Auftrag hatte an Land ziehen können, empfand sie als besondere Ehre. Schließlich war eine Bundesgartenschau nicht irgendeine gewöhnliche Blumen- und Pflanzenausstellung, sondern immer auch ein Projekt, mit dem eine Stadt ihr Erscheinungsbild auf ganz besondere Weise aufpolieren konnte. Hier in Heilbronn hatte man die Chance ergriffen, das sogenannte Fruchtschuppen-Areal, ein ehemaliges Hafen- und Industriegelände, völlig neu zu gestalten. »Ich will keine Nullachtfuffzehn-Geschichte«, pflegte sie immer wieder zu sagen, wenn sie mit ihren überwiegend jungen Mitarbeitern die Umsetzung der Pläne bis ins kleinste Detail diskutierte und – wie heute – direkt vor Ort ihre weiteren Vorstellungen erläuterte. Ihre Zuhörer waren in dicke Winterkleidung gehüllt, mit klammen Fingern versuchten sie, großformatige Pläne aus dem böigen Wind zu halten oder auf Tablets Daten abzurufen. »Dieser kleine Weinberg ist eine super Idee«, lobte sie, nachdem sie sich alle vor den Rebstöcken versammelt hatten, die bisher offenbar gut durch den Winter gekommen waren. Nebenan, im »Inzwischenland«, schienen auch die 1.700 dicht aneinanderstehenden und bereits zwei Meter hohen Pappeln zu gedeihen.

Einer der jungen Männer, der als Praktikant zum ersten Mal an einer solchen Besprechung teilnahm, konnte sich eine kritische Bemerkung nicht verkneifen: »Das mit den Pappeln ist zwar originell, aber problematisch. Ich kann mir schon jetzt vorstellen, was es für einen Aufschrei geben wird, wenn die schönen Bäume nach der Buga abgeholzt werden.«

»Das ist nicht von der Hand zu weisen«, nickte die Chefin ernst. »Deshalb nennen wir den Bereich ja auch ›Inzwischenland‹ – womit jedem klar sein muss, dass diese Pappeln nur eine begrenzte Zeit stehen. Wir wollen damit die energetische Verwendung von Holz als regenerativen Energieträger thematisieren.« Wie immer verstand sie es auch diesmal wieder, kritischen Nachfragen eine humoristische Seite abzugewinnen: »Bloß wenn sich dort der Juchtenkäfer ansiedelt, wird's ein Problemfall für uns.« Sie spielte schmunzelnd auf jenen legendären und streng geschützten Krabbler an, der den Erbauern des Stuttgarter Bahnhofsprojekts schwer zu schaffen gemacht hatte.

Gerade jetzt war vom nahen Heilbronner Bahnhof das Geräusch eines einfahrenden Zuges zu vernehmen. »Ich glaube«, meldete sich eine mit Schal dick eingepackte junge Frau zu Wort, »wir sollten eher die aktuellen Probleme angehen. Die Sache mit den Rosen …«

Maleike Cortes zögerte für einen Moment, nickte kurz und drehte sich wieder zu den Reben. »Wie ich schon ein paarmal gesagt habe: Alles, was wir hier machen, muss etwas Besonderes sein. Nichts soll so sein, wie es anderswo schon war. Wir wollen keinen Abklatsch der früheren Bugas, sondern neue Farbkompositionen, neue Ideen.«

»Aber die Lieferanten«, warf ein ziemlich korpulenter Mitarbeiter ein, »werden sich an das klammern, was bisher schon ...«

»Was bisher war«, fuhr ihm Frau Cortes schnell über den Mund, »das interessiert uns nicht. Wir wollen bei uns in Heilbronn etwas Exklusives. Keine Sorge, das steh'n wir durch. Außerdem wird sich auch Frau Doktor Eickhoff für uns starkmachen. Es war gut, dass wir sie mit an Bord geholt haben. Externe sind es gewohnt, etwas energischer aufzutreten als wir. Die brauchen sich nicht mit so viel Befindlichkeiten herumzuschlagen.«

Der Korpulente, der viel älter erschien, als er war, runzelte die Stirn und grinste. »Wenn's um viel Kohle geht, könnte mancher auch versuchen, seine Aufträge über ein Hintertürchen zu holen.«

Maleike ließ sich nicht beirren und wurde deutlich: »Bei uns nicht, Herr Plasser. Das ist bisher nicht geschehen und das wird auch jetzt nicht mehr passieren. Das dürfen Sie mir glauben. Ich werd mir hinterher nicht nachsagen lassen, irgendeinen Lieferanten bevorzugt zu haben. Von wegen Korruption und so. Vergessen Sie nicht, wenn's nachher ans Abrechnen dieses Projekts geht, werden die ›Kontrollskis‹ in ihren Amtsstuben jede Rechnung zehnmal prüfen.« Sie ging schnell weiter – den sanften, künstlich aufgeschütteten Hügel hinauf zu dem Erdwall, der das Gelände von der jenseitigen Industriebahn trennte. Der eisige Wind pfiff ungewöhnlich rau aus östlicher Richtung.

Die meisten Mitarbeiter, die bereits seit dem ersten Spatenstich 2013 mit dem Projekt befasst waren, staunten immer wieder, wie schnell sich das Gelände verändert hatte. Und schon in einem halben Jahr musste alles so weit fertig sein, dass sämtliche Außenanlagen noch vor dem nächsten Winter vollends hergerichtet werden konnten, um den Besuchern am Eröffnungstag, dem 17. April 2019, eine prachtvolle Frühlingsblumenlandschaft präsentieren zu können. Für insgesamt 173 Ausstellungstage ein immenser Aufwand – der sich aber nach Überzeugung aller lohnte, wurde damit doch Nachhaltiges geschaffen.

Plasser, der Korpulente, hatte Mühe, den Anstieg zum Erdwall schwer atmend hinter sich zu bringen. Vor fünf Jahren war er schon dabei gewesen, als das Grünflächenamt der Stadt damit begonnen hatte, Mauereidechsen in einen Bereich außerhalb des Baugeländes umzusiedeln. Später war auch für Zauneidechsen eine neue Habitatfläche gefunden worden. Seltsam, dachte Plasser, dass sich diese Tierchen meist gerne in der Nähe von alten Eisenbahnanlagen ansiedelten. Ihnen hatte es eben der Gleisschotter besonders angetan.

»Jetzt kommt erst die filigrane Arbeit«, hörte er die Teamleiterin sagen, als er endlich die Gruppe wieder eingeholt hatte. »Sagen wir mal so: Die Hardware ist geschafft, nun kommt die Software – unsere eigentliche Aufgabe.«

Anhand eines großformatigen Plans, den vier Mitarbeiter auseinandergefaltet hatten und an dem nun der Wind heftig zerrte, schilderte sie, wie sie sich die Bepflanzung rund um die beiden künstlichen Seen vorstellte. »Und da lassen wir uns von niemandem reinreden«, betonte sie. »Das muss bei der Eröffnung so aussehen, als sei das schon immer so gewesen.«

Sie alle wussten, dass die Wasserflächen an die früheren drei Hafenbecken erinnern sollten – an Karl-, Floß- und Winterhafen. Man hatte sie vor Jahrzehnten bereits zugeschüttet. Als sie jetzt wieder ausgebaggert wurden, trat Seltsames ans Tageslicht: ein Neckarkahn, ein kompletter Eisenbahnwaggon für Stückgut, 120 Gasflaschen und ein leerer Tresor. Auch sonst war man bei den Tiefbauarbeiten nie davor gefeit gewesen, auf Unerwartetes oder Mysteriöses zu stoßen – ganz zu schweigen von Bomben, Granaten und Minen aus dem Zweiten Weltkrieg. Als am 4. Dezember 1944 die Briten einen Luftangriff auf Heilbronn geflogen hatten, waren fast zwei Drittel der Stadt zerstört worden, darunter die gesamte historische Innenstadt. 6.500 Menschen kamen ums Leben. Nach dem Krieg war sogar daran gedacht worden, die Stadt an anderer Stelle komplett neu aufzubauen.

Das Fruchtschuppen-Areal – darüber hatten sich die Gartenschau-Planer ausgiebig informiert – war ziemlich konzeptlos und unkoordiniert wiederbesiedelt worden. Höchste Zeit also, es völlig umzukrempeln. Mit nahezu jeder Baggerschaufel aber, so hatte sich seit Baubeginn gezeigt, war auch deutlich geworden, wie sehr mit der Umwelt Schindluder getrieben worden war. So tauchte eines Tages auch ein leckgeschlagener Tank mit Schweröl auf. Insgesamt war man auf 300 Tonnen Schrott gestoßen. Die jungen Mitarbeiter des Planungsbüros hatten sich jedenfalls gewundert, dass nicht auch noch skelettierte Leichen entdeckt worden waren.

In derlei Gedanken versunken, folgte Plasser wieder den anderen, die viel zu schnell, wie er es empfand, hinüber zum Neckarufer gingen, wo einst die aufgegebene Kalistraße vorbeigeführt hatte. Sie hätte das Buga-Areal vom Fluss getrennt, der nun wieder erlebbar gemacht wurde.

»Romantisch und ideal zum Flanieren«, schwärmte Maleike Cortes vor sich hin, wohl wissend, dass die momentane Wetterlage nicht gerade zu einem Spaziergang einlud. Sie alle kannten natürlich noch den verwilderten Zustand des diesseitigen Ufers. Man hatte den Neckar wirklich jahrzehntelang ziemlich stiefmütterlich behandelt. Inzwischen waren diese Sünden schon weitgehend ausgemerzt und es wurde dem Betrachter veranschaulicht, dass sich hier, bei der historischen, noch von Hand betriebenen Schleuse, der weiter flussaufwärts abgezweigte Wilhelmskanal wieder mit dem Alt-Neckar vereinigte. Dieser Kanal, der heute das Hafenbecken der Sportboote darstellte, diente früher dazu, die Mühlen zu umgehen, die am parallel fließenden Alt-Neckar lagen. Statt ihrer staute dort nun das Wasserkraftwerk der ZEAG Energie AG den Fluss auf – vom Wilhelmskanal getrennt durch die schmale Kraneninsel.

Die Berufsschifffahrt benutzte hingegen den breiten Neckar, die sogenannte Hauptschifffahrtsstraße, die vor rund 90 Jahren angelegt wurde und heute den eigentlichen Hafen darstellt, an dem die Frachtschiffe anlegen können. Hier fließt das meiste Wasser abseits des Stadtzentrums an Heilbronn vorbei. Längst war der Neckar zwischen seiner Mündung in den Rhein bei Mannheim einerseits und Plochingen andererseits auf eine Länge von 203 Kilometern schiffbar.

Maleike Cortes hatte sich tief in die Geschichte des Neckars eingelesen und musste oft an die noch kühneren Pläne denken, die bis 1978 offenbar aktuell gewesen waren: Man hatte den kanalisierten Neckar bis Göppingen – unter Einbeziehung der Fils – weiterführen und letztlich eine Verbindung zur Donau bei Ulm herstellen wollen. Und dies über die Schwäbische Alb hinweg. In Geislingen (Steige) waren sowohl eine Untertunnelung des Mittelgebirges als auch ein Schiffshebewerk ins Auge gefasst worden. Ziemlich verrückte Pläne, dachte Maleike jedes Mal, wenn sie sich derlei Aufwand für eine Wasserstraße vorstellte. Da war es vergleichsweise einfach, eine neue Eisenbahnstrecke über die Schwäbische Alb zu bauen – wie es derzeit geschah.

Maleike verdrängte all diese Gedanken. Um sich aufzuwärmen, eilte sie nun immer schneller voraus – hinüber zur Bleichinselbrücke, die den Neckar unweit jener Stelle querte, an der der Wilhelmskanal mit seiner historischen Schleuse in den Alt-Neckar mündete.

»Nur noch schnell einen Blick auf die Parzellen der Friedhofsgärtner«, kommentierte sie die eingeschlagene Richtung. Dort, direkt am Ufer, gegenüber vom Rollsportstadion, das sich beim nahen Europaplatz rechts in eine Parkanlage duckte, konnten sich Friedhofsgärtner mit der Gestaltung von Gräbern präsentieren. Wer von den vielen Bewerbern zu dieser Ehre kam, hatte man durch ein entsprechendes Auswahlverfahren festgelegt. Für sie war die Teilnahme an der Buga sogar eine Art Wettbewerb, weil die Gräber letztlich von einer Jury bewertet wurden. Ein vorderer Platz war auch der Werbung fürs eigene Geschäft dienlich.

»Da ist der Konkurrenzkampf groß«, kommentierte Maleike, nachdem sie ihren Mitarbeitern noch einmal den Lageplan der einzelnen Gräber erläutert hatte. Noch war hier nur aufgeweichtes Erdreich zu sehen, das sich dick und schwer an die Schuhe klammerte. Ein Radlader hatte tiefe Spuren hinterlassen.

Dann wurde die Planerin von einem Handyanruf unterbrochen. Sie meldete sich, lauschte kurz und sagte dann in die fröstelnde Runde: »Tut mir leid. Ich muss weg. Wir sehen uns.« Mit jedem Wort kondensierte ihr Atem in der kalten Winterluft.

Schnellen Schrittes eilte sie über die morastige Böschung zur Brücke hinauf, um das umzäunte Gelände zu verlassen. Auf dem abgesperrten Teil der Straße parkte ihr rotes Mercedes SLK-Cabrio, bei dessen Anblick sie stutzte: Hinterm Scheibenwischer des Fahrersichtfeldes steckte ein schmaler, länglicher Gegenstand. Instinktiv verlangsamte sie ihre Schritte, um dann zu erkennen, worum es sich handelte: um eine merkwürdig anmutende Blume. Eine schwarze. Eine Rose. Und der Stiel unterhalb der Blüte geknickt.

5

Was wusste dieser Robert Olberding – und worauf hatte er angespielt? Diese Frage plagte Vanessa Eickhoff, seit sie den Mann vor einigen Wochen, türenschlagend, hatte sitzen lassen. Wäre es nicht besser gewesen, sich seinen Andeutungen zu stellen? Eine böse Ahnung machte sich in ihr breit. Natürlich, es war eine versteckte Drohung gewesen.

Aufgewühlt und von tausend schlimmen Gedanken zermürbt, warf sie ihre schulterlangen schwarzen Haare nach hinten. Sosehr sie auch bei Google klickte, der Monitor erbrachte nicht, was sie erhofft hatte. Zum Namen »Robert Olberding« ließ die Suchmaschine zwar wissen, dass es rund 91.400 »Ergebnisse« gebe, aber wohl keines, das mit der NASA in Verbindung zu bringen war. Je mehr die junge Wissenschaftlerin recherchierte, desto ärgerlicher wurde sie über sich selbst. Weshalb hatte sie sich auch so blauäugig auf dieses Treffen in Stuttgart eingelassen? Warum hatte sie nicht zuvor schon im Internet recherchiert? Auch hätte eine kurze Rückfrage bei den Verantwortlichen der ESA ausgereicht, um Gewissheit zu bekommen. Jetzt aber hatte man sie einfach überrumpelt. Und sie war, weil sie sich vom Interesse eines NASA-Vertreters geschmeichelt gefühlt hatte, geradezu laienhaft darauf hereingefallen. Was konnte dieser angebliche Olberding nicht alles sein? Ein Spion? Ein Terrorist? Oder einer, der sie tatsächlich nur einschüchtern wollte, um sie von etwas abzuhalten, was sie seit einigen Wochen bewegte, sie aber zu verdrängen versuchte.

Wie war die Bemerkung des Mannes zu verstehen, es könne leicht eines der vielen »Eisen im Feuer« außer Kontrolle geraten? Je mehr sie darüber nachdachte, desto stärker machte sich das Gefühl breit, das Interesse des Mannes an ihrer wissenschaftlichen Arbeit könnte nur vorgeschoben gewesen sein.

Nun musste sie sich eingestehen, einen dilettantischen Fehler begangen zu haben. Vielleicht war sie allzu leichtfertig und sorglos an ihre Aufgabe herangegangen – beflügelt von ihrer erfolgreichen Forschungsarbeit zum Klimaschutz.

In wessen Auftrag war dieser Olberding unterwegs? Hatte jemand tatsächlich Interesse daran, sie an ihrer Arbeit zu hindern? An jener für den Klimaschutz – oder an ihrem Engagement, im Sinne von Umwelt und Natur an der Planung für die Bundesgartenschau mitzuarbeiten? Oder …?

Sie verwarf den Gedanken, womöglich ins Visier von Agenten geraten zu sein – um im selben Moment von einer inneren Stimme ermahnt zu werden, dass ihr Wohnort Ulm als Wissenschaftsstadt gewiss ein Ziel von Spionen war, die sich für innovative Entwicklungen interessierten. Außerdem war draußen in der Weststadt eines der größten Rüstungsunternehmen dieser Republik angesiedelt, das sich mit der Entwicklung von Radarsystemen befasste, die sogar Flugzeuge aufspüren konnten, die sich gegen herkömmliches Radar tarnten. Wesentliche Produkte dieses Unternehmens, so hatte Vanessa einmal gelesen, waren Primärradar, Sekundärradar und Passivradar. Sie konnten Drohnen aufspüren und abwehren sowie Funknetze mit einem Störsender außer Gefecht setzen und Fernzündungen von Bomben verhindern. Den Fahrzeugkonvois, die damit ausgerüstet waren, hatten sie den Namen »Jammer« gegeben – nach dem englischen »jam« (Blockierung). Alles höchst geheim natürlich. Für einen Moment musste sie an ihren Vater denken, der sich einstens gegen alles gestellt hatte, was eine militärische Konfrontation hätte auslösen können. Damals, in den frühen 80ern, als er Vorkämpfer gegen die am Stadtrand von Heilbronn – auf der Waldheide – stationierten amerikanischen Atomraketen gewesen war.

Aber was, so überlegte Vanessa zum wiederholten Male, war an ihrer Entwicklung zur Erforschung des Klimawandels derart wichtig, dass sich Agenten, offenbar amerikanische, dafür interessierten? Als äußerst beunruhigend empfand sie den Hinweis auf die beiden verunglückten Raumfähren. Wie gut dieser angebliche Olberding über alles Bescheid wusste, hatte ja allein schon die Bemerkung bewiesen, sie solle sich doch lieber um die »Blümchen in Heilbronn« kümmern. Also doch ein versteckter Hinweis auf diese Tätigkeit? Hatte die Drohung möglicherweise mit ihrer Arbeit in Heilbronn zu tun? Etwas, was damit zusammenhängen könnte?

Vanessa beschloss, sich dem Leiter ihrer wissenschaftlichen Forschungsgruppe anzuvertrauen – und auch ihre direkte Ansprechpartnerin bei der Bundesgartenschau, Maleike Cortes, einzuweihen. Die Freude über ihr erfolgreiches Projekt war mit einem Schlag getrübt.

6

Luftlinie 4.000 Kilometer östlich, in der Steppe von Kasachstan. Die bitterkalten Wintertage mit ihren unbarmherzigen Schneestürmen gehörten noch lange nicht der Vergangenheit an. Man schrieb erst den 12. Februar – und der Frühling war noch weit. Irgendwo dort im Nirgendwo, in der Weite dieser lebensfeindlichen Ebene, wo im Sommerhalbjahr starke Winde den grau-bräunlichen Sand aufwirbelten, jetzt aber tiefer Frost herrschte, hatte die Sowjetunion Ende der 50er-Jahre eine Ansiedlung aus dem Boden gestampft, die bis heute kaum einen Touristen anzog. Wäre da nicht der mächtige Fluss Syrdarja, gäbe es in dieser Einöde kaum etwas, an dem sich das Auge des Besuchers festhalten könnte.

20 Kilometer nördlich der Stadt befand sich jedoch das Kosmodrom, der größte Raketenstartplatz der Welt. Weitaus größer als das amerikanische Cap Caneveral in Florida – und inzwischen auch viel bedeutender. Denn seit die NASA im Juli 2011 nach insgesamt 135 Starts ihre zuletzt noch drei Shuttles eingemottet hatte, konnten bemannte Missionen zur Internationalen Raumstation ISS nur noch mit den russischen Sojus-Raketen erfolgen – hier, von Baikonur aus. Seit dem Zusammenbruch der Sowjetunion 1992 lag dieser Weltraumbahnhof allerdings nicht mehr auf Russlands Territorium – sondern im selbstständigen Staat Kasachstan. Um den Startplatz weiterhin nutzen zu können, bezahlten die Russen alljährlich 200 Millionen Euro Miete. Deshalb hatten sie inzwischen auf eigenem Staatsgebiet eine neue Anlage errichtet – weit weg, in Wostotschny, nahe der chinesischen Grenze.

Noch freilich war Baikonur das Tor zur Internationalen Raumstation. Doch wer als Zuschauer zu einem Raketenstart kam, hatte entweder gute Beziehungen oder er zählte zu den VIPs, die auf Einladung der Raumfahrtagentur jenes Landes, das für die jeweilige Mission zuständig war, anreisen konnten. Im Gegensatz zum Cape Canaveral, wo der Tourismus boomte, fehlte es in Baikonur an der nötigen Infrastruktur. Raketenstarts waren nie als Touristenmagnet gesehen worden. Einer der früheren deutschen Astronauten hatte es einmal so formuliert: »Einige Sachen sind bei den Russen anders, aber nicht schlechter.« Und Alexander Gerst, der jetzt zum zweiten Mal zur ISS fliegen sollte, hatte einstens von Baikonur geschwärmt und gesagt, es sei »schöner als erwartet«. Der große Fluss und die Wüstenlandschaft böten eine »großartige Atmosphäre«.

Für so etwas hatten die drei Männer, die zu einer Delegation des Deutschen Zentrums für Luft- und Raumfahrt (DLR) gehörten, keinen Blick. Sie waren als Missionsmanager angereist, um den Start der nächsten Sojus-Kapsel vorzubreiten. Immerhin sollten damit Gerst und seine beiden Kollegen bereits Ende April starten. Hier draußen am Kosmodrom waren die Vorbereitungen planmäßig gelaufen, doch dann hatte man den Start plötzlich auf den 6. Juni verschoben. Angeblich, um japanischen Astronauten, die sich derzeit auf der Internationalen Raumstation befanden, mehr Zeit zum Forschen zu geben. Immerhin habe Japan mit einem finanziellen Anteil an der ISS von knapp 13 Prozent mehr Mitspracherecht als Europa mit seinen mickrigen 8 Prozent. So jedenfalls hatte die NASA argumentiert und auf die Verschiebung gedrängt.

»Was auch immer sonst dahinterstecken mag«, meinte der deutsche Missionsmanager, der von der ärgerlichen Terminänderung erfahren hatte. Sie würden auf jeden Fall noch einmal heimfliegen.

Wenn nicht wieder etwas dazwischenkam, dann würde die Sojus-Rakete also erst am 6. Juni von Startrampe LC 1 mit Gerst und den beiden anderen Wissenschaftsastronauten Sergej Prokopjew und Serena Auñón-Chancellor als nächste ISS-Besatzung abheben.

Immerhin galt die Sojus, die in den vergangenen 40 Jahren kontinuierlich weiterentwickelt worden war, als dienstältestes und meistgeflogenes Modell der Welt. Inzwischen hatte es schon mehr als 850 Starts gegeben – und seine Zuverlässigkeit wurde mit 97,5 Prozent angegeben. Das Restrisiko war demnach verschwindend gering. Immerhin hatten die Amerikaner von ihren einst fünf Shuttles zwei verloren.

Vorige Woche allerdings, das hatten alle in Baikonur mit Interesse verfolgt, war in Cape Canaveral die größte derzeit aktiv genutzte Weltraumrakete abgeschossen worden. Nicht von der NASA, sondern von dem privaten Raumfahrtunternehmen SpaceX, dessen Chef Elon Musk war, der Produzent des Elektroautos Tesla. Seine »Falcon Heavy«-Rakete konnte mehr als 60 Tonnen Nutzlast ins All transportieren. »Ein richtiger Himmelhund, dieser Musk«, meinte einer der Männer, die sich in Baikonur darüber lustig machten, dass Musk mit einer Rakete ein rotes Tesla-Cabrio hochgeschossen hatte. Der Plan, es zum Mars zu bringen, musste jedoch gleich nach dem Start aufgegeben werden, weil der Kurs nicht eingehalten werden konnte. Nun würde die Rakete mit dem Auto für eine halbe Ewigkeit durchs Sonnensystem kurven.

Trotzdem war das Vorhaben spektakulär und dazu angetan, die Raumfahrt wieder ins Interesse der Öffentlichkeit zu rücken. Darin waren sich die Männer einig, die an diesen Tagen in Baikonur für den reibungslosen Ablauf der bevorstehenden Mission mit der Bezeichnung »Horizon« zuständig waren. Sie überblickten von der obersten Etage eines schmucklosen Baus das weitläufige Raketengelände, von dem aus einst Juri Gagarin am 12. April 1961 als erster Mensch in eine Erdumlaufbahn geschossen worden war.

»Die Amerikaner sind unberechenbar geworden«, stellte Marko Jankus, einer der Männer, fest. »Und soll ich euch was sagen? Je mehr ich darüber nachdenke, halte ich die plötzliche Startverschiebung wegen der Japaner für ziemlich fadenscheinig.«

»Woran denkst du?«, wollte sein Kollege Stefan Nowak wissen, der ebenso wie Florian Winkler seit Bekanntgabe der Verschiebung immer wieder über deren Ursache rätselte.

»Ich kann's euch nicht sagen. Aber ich glaube, wir sollten vorsichtig sein.«

Marko sah jetzt den Moment gekommen, seine weiteren Erkenntnisse preiszugeben: »Die Russen haben«, er blätterte in einigen Unterlagen, »vergangene Nacht gegen 1.17 Uhr hiesiger Ortszeit eine Unregelmäßigkeit im internen Datennetzwerk festgestellt, das beim Start der Sojus die Systeme überwacht.«

»Wie bitte?«, entfuhr es Stefan empört. »Und das sagst du uns erst jetzt so nebenbei?«

»Und was bedeutet das genau?«, verlangte Florian gleich nach mehr Informationen.

»Die Raumfahrtbehörde Roskosmos hat gestern sogar den Start ihres Frachters zur ISS gestoppt.«

»Wie bitte?«, wiederholte Stefan erstaunt.

»Ja, offiziell heißt es, die Triebwerke seien weniger als eine Minute vor dem Start automatisch abgeschaltet worden. Neuer Startversuch ist morgen, ausgerechnet der Dreizehnte …« Er überlegte. »Ist wohl nicht weiter schlimm, die Transportkapsel soll ja nur Treibstoff, Lebensmittel und Güter zur ISS bringen.«

»Also kein Zusammenhang mit den merkwürdigen Signalen?«

Marko gab sich betont zurückhaltend – wie er dies immer zu tun pflegte, wenn es galt, keine Aufregung aufkommen zu lassen. Ruhe zu bewahren, in allen noch so brenzligen Situationen, das hatte er schon in der Ausbildung zur Privatpilotenlizenz gelernt. »Noch haben wir fast vier Monate Zeit bis zum Start«, wandte er deshalb ein. »Das Kontrollzentrum in Moskau ist schon dabei, die Quelle der merkwürdigen Signale herauszufinden.«

»Signale?«, staunte Florian. »Was denn für Signale? Ich denke, es geht um Unregelmäßigkeiten …?«

Marko sah seinen beiden Kollegen nacheinander in die Augen: »Na ja«, er kramte in seinen Unterlagen, auf denen eine Grafik mit einer zackigen Kurve zu sehen war, »die Jungs können es sich nicht genau erklären, woher es kam. Ob aus dem Netz oder über eine ihrer Funkanlagen.«

Die beiden anderen stutzten. »Ein Angriff über die Funknetze?«, staunte Florian.

»Denkbar ist alles. Zunächst dachten sie wohl, es handle sich um eine natürliche Quelle aus dem Weltall ...«

»Und jetzt? Keine natürliche Quelle?«, unterbrach ihn Stefan zweifelnd.

»Sie suchen fieberhaft«, antwortete Marko und deutete auf eine Grafik, die einen intervallmäßigen Impuls zeigte.

»Das ...«, Stefan rang nach einer Formulierung, »klingt ja irgendwie nach dem berühmten Wow!-Signal.«

Über Markos Gesicht huschte ein gezwungenes Lächeln. Nicht nur er, sondern auch Fabian wusste, was damit gemeint war: ein bis heute mysteriöses Radiosignal, das vor fast 41 Jahren, am 15. August 1977, vom Radioteleskop der Ohio State University aus Richtung des Sternbildes Schütze empfangen worden war. Der Astrophysiker Jerry R. Ehman hatte das auf Papier aufgezeichnete schmalbandige Signal mit dem Kommentar »Wow!« versehen. Der Versuch von Wissenschaftlern, es zu erklären, mündete in viele Vermutungen. Ein vorbeiziehender Komet innerhalb des Sonnensystems könnte es ausgelöst haben – oder ein riesiger Ausbruch eines Pulsars. Allerdings wurde auch eingeräumt, dass es vielleicht doch ein »interstellarer Kommunikationsversuch« gewesen sein könnte. Eine Botschaft aus einer fernen Welt.

»Also«, holte Marko seine Kollegen wieder aus diesen Gedanken zurück, »bleiben wir Realisten. Es werden schon keine Aliens sein, die uns dazwischenfunken wollen.«

Stefan seufzte in sich hinein. »Und wenn schon, dann wären sie uns haushoch überlegen und würden uns wohl kaum durch einen Cyber-Angriff kontaktieren wollen.«

Florian ergänzte: »Sie müssten eine Technologie haben, mit der sie viele Lichtjahre – Hunderte oder gar Tausende – zurücklegen könnten.«

Marko nickte und meinte süffisant: »Wenn sie uns zuvor studiert hätten, kämen sie sicher zu der Erkenntnis, dieser Planet sei voll von primitiven Wilden – so, wie es die Eroberer hier vor Jahrhunderten geglaubt haben, als sie in der Südsee oder in Afrika auf primitive Stämme gestoßen sind.« Marko holte tief Luft, als fiele es ihm schwer, dieses Szenario auszusprechen. »Sie würden uns ausrotten, um den Planeten zu retten.«

Stefan pflichtete ihm bei: »Eigentlich könnte der Erde doch nichts Besseres passieren, als dass Aliens auftauchen.«

Fabian gab zu bedenken: »Damit stellt sich aber auch die Frage, ob es so erstrebenswert ist, dass wir uns ganz gezielt mit entsprechenden Funksignalen bemerkbar machen.« Tatsächlich stießen derartige Projekte zunehmend auf Kritik.

Stefan jedoch wiegelte ab: »Bis unsere Funkwellen irgendwo da draußen von jemandem aufgefangen werden, dürfte uns dreien und mindestens zehn nachfolgenden Generationen keine Gefahr drohen.«

7

Der Frühling zog Anfang März in den Neckarniederungen nur mühsam ins Land. In den nächsten Wochen wurden die letzten Pflanzen vollends geliefert, die nun ein Jahr Zeit hatten, anzuwachsen und möglichst prächtig zu gedeihen. Bald würden die ersten Familien in die Wohnblöcke ziehen, die am Rande des Buga-Areals hochgezogen worden waren. Diese Gebäude galten als Bestandteil des Themas »Stadtausstellung« – ein modern und naturnah gestalteter urbaner Bereich. So etwas hatte es offenbar nie zuvor bei einer Gartenschau gegeben. Die Häuser waren somit Vorzeigeobjekte für das Wohnen in der Stadt. Später, so sah es die Planung vor, würden die 1.700 angrenzenden Pappeln des »Inzwischengeländes« abgeholzt, um dort Platz für weitere Bauabschnitte zu schaffen. Letztlich sollten dort einmal 3.500 Menschen wohnen.

Wie oft Heidi Miraldi dies schon Besuchergruppen erklärt hatte, vermochte sie nicht zu sagen. Jedes Mal aber staunten ihre Zuhörer, dass es möglich war, sich direkt auf dem Areal einer Gartenschau wohnlich niederzulassen.

Sie und ihre Besucher genossen die ersten wärmenden Strahlen der vormittäglichen Frühlingssonne, die schräg von der Innenstadt her herüberschien.

»Die Seen hier ziehen sicher auch Amphibien an«, meinte ein älterer Herr, während er seine Sonnenbrille aufsetzte.

»Ja, das werden sie tun«, erwiderte die Führerin. »Da wird sich einiges ansiedeln. Wasservögel, Kröten, Frösche, Molche.«

»Ärger mit den Naturschützern hat's keinen gegeben?«, wollte eine junge Frau mit Strickpulli wissen.

»Wir haben das alles im Einklang mit dem Naturschutz gemacht. Die Bevölkerung wurde gleich von Anfang an, als 2003 die Idee entstand, miteinbezogen und wir können mit Stolz behaupten, es hat kaum Widerstände gegeben.« Das sei in Mannheim ganz anders gewesen, berichtete Heidi Miraldi weiter. Dort habe man sich für die Ausrichtung der Bundesgartenschau 2023 beworben – und sogleich massiven Widerstand durch eine Bürgerinitiative hervorgerufen. Ein Bürgerentscheid habe dann eine knappe Mehrheit für das Projekt erbracht.

Ein großer Mann aus der zweiten Reihe, vermutlich um die 50, energischer Blick, schwarze Schildmütze, mochte offenbar nicht glauben, dass in Heilbronn alles anders gewesen sein sollte. »Es gab auch keine Probleme mit Immobilienhaien, Grundstücksbesitzern, Spekulanten?« Dem Akzent nach kam er aus Bayern.

Die Frau überlegte kurz. »Nein, gar nichts, die Stadt hat die Flächen aufgekauft – und wie ich Ihnen vorhin schon sagte, es waren ja ziemlich verwahrloste Flächen. Die Heilbronner standen größtenteils voll hinter diesem Projekt.«

Ein junger Mann mit Ohrring runzelte kritisch die Stirn: »Keine Demo, keine Proteste, keine Bürgeraktion dagegen, keine Prozesse – alles nur Friede, Freude, Eierkuchen?«

Die Frau ließ sich nicht beirren und lächelte charmant: »So was werde ich immer wieder gefragt. Aber ich kann Ihnen versichern: nichts von alledem.« Sie fügte etwas leiser an: »Nur kleinere Widerstände, ja – aber das ist bei Großprojekten ja immer der Fall.«

Sie ging langsam weiter, hinauf auf den Erdwall, ihren üblichen Weg. Dabei berichtete sie von den Funden, die man während der Bauarbeiten gemacht hatte, und fügte – bevor sie wieder einmal danach gefragt werden würde – sofort hinzu: »Übrigens keine Leichen.« Sie wusste inzwischen, was die Besucher interessierte, wonach sie fragten und worüber sie staunten.

Nach etwas mehr als einer Stunde war auch diese Führung wieder vorbei und sie entließ ihre Besucher an der Zugangskontrollstelle auf der Bleichinselbrücke. Bereits von Weitem sah sie auf dem abgesperrten Straßenbereich Vanessa Eickhoff aus ihrem Mercedes SUV steigen. Seit die Planungen in ein konkretes Stadium getreten waren, hatten sie sich schon oft getroffen, einige Male sogar einen Kaffee getrunken.

»Wartest du auf mich?«, fragte Heidi erstaunt.

»Ja, man hat mir in deinem Büro gesagt, dass du hier seist und gleich fertig sein müsstest«, erwiderte Vanessa und umarmte sie herzlich.

»Gibt's denn was Besonderes?«, fragte Heidi dann vorsichtig nach.

»Nichts Besonderes, nein, Heidi«, wiegelte Vanessa ab und kramte aus ihrer großen Handtasche eine Sonnenbrille. »Ich möchte nur noch mal die Ufer von den Seen anschauen – und dann auch noch die Rosenbeete.« Sie sah auf ihre Armbanduhr. »Maleike wird auch gleich da sein. Es gibt wohl ein bisschen Ärger mit den Lieferanten der restlichen Pflanzen.«

»Darf ich mitkommen – oder störe ich?«

»Ach was. Stell dich nicht an. Natürlich kannst du mitkommen, wenn du Zeit hast.«

Vanessa tauschte ihre modischen Schuhe gegen baustellentaugliche und ließ das Schloss ihres Mercedes' einrasten, um gleich voraus zu den Stadthäusern zu gehen. Heidi hatte auf dem weichen und nur mäßig geschotterten Erdreich Mühe, ihrem forschen Schritt zu folgen, und hörte sie fragen: »Hat Maleike eigentlich mal gesagt, was aus der Geschichte mit der schwarzen Rose neulich geworden ist?«

»Die schwarze Rose?«, entfuhr es Heidi, während Vanessa abrupt stehen blieb und gespannt auf eine Antwort wartete. »Wenn *du* es nicht weißt – woher soll ich es wissen. Ich denke, ihr beide habt doch regelmäßig Kontakt.« Weil Vanessa nichts dazu sagte, machte Heidi im Getöse einer Baumaschine weiter: »Bei uns im Büro ist das schon lange kein Thema mehr.« Sie zögerte. »Beschäftigt dich das denn?«

»Na ja, schwarze Rosen«, Vanessa zuckte mit den Schultern und ging rasch weiter, »sind ja nicht gerade ein Liebesbeweis.«

»Sind sie nicht«, erwiderte Heidi und überlegte, warum sie überhaupt danach gefragt wurde. Während Vanessa einem kleinen Lkw auswich, mit einem Schuh tief im Morast versank und mit Dieselabgasen angeblasen wurde, bemühte sich Heidi, das Thema zu wechseln: »Du bist wahrscheinlich mit deinem Projekt mit der ESA vollauf beschäftigt.«

»Ja«, kam es zurück. »Sagen wir so, es beschäftigt mich gedanklich.« Vanessa blieb wieder stehen. »Es steckt eine Menge Arbeit dahinter, die mich viel Zeit und Energie gekostet hat. Aber glaub mir, so etwas wie das hier – etwas schön gestalten, um der Natur eine Chance zu geben und den Menschen zu zeigen, was man alles machen kann –, das find ich genauso interessant. Sonst hätt ich mich nicht für dieses Projekt beworben.« Sie ging beim jungen Pappelwald ein Stück weiter. »Weißt du, wir müssen alle etwas tun, um unsere Umwelt zu schützen. Jeder nach seinen Kräften, jeder an seinem Platz. Alle wissen es, alle reden darüber, wie wir mit dem Planeten umgehen, aber die, die verantwortlich sind, die etwas tun und etwas bewegen könnten, die verlieren sich in endlosen Diskussionen, um nicht zu sagen, in dummem Geschwätz, ideologisch verbrämt und verblendet, irgendwelchen anderen schwachsinnigen Themen nachrennend, machtbesessen, stur, voller Gier.« Sie überlegte kurz. »Ja, Gier, Heidi. Gier frisst Hirn auf – und leider geraten überall diejenigen an die Schalthebel der Macht, deren Hirn schon aufgefressen ist.«

Heidi war über diese deutlichen Worte überrascht. So hatte sie diese Frau, die als angesehene Wissenschaftlerin galt, noch nie reden hören.

»Und deshalb«, fuhr Vanessa fort, als sie den sanften Hügeln der Rosensträucher entgegeneilten, »deshalb bin ich hocherfreut, dass Alexander Gerst mein Experiment betreuen darf. Ihm ist sehr viel daran gelegen, die Botschaft rüberzubringen, diesen Planeten zu schützen und auf ihn aufzupassen, denn er ist das wahre Paradies.« Sie zögerte und ergänzte: »Wenn der Mensch nicht als Störfaktor aufgetreten wäre.«

Sie schlug jetzt den Weg in Richtung der großen Wasserfläche ein, ohne ihren Redefluss einzudämmen, der nur vom Lärm eines Muldenkippers gestört wurde: »Es gibt keinen zweiten Planeten wie unsere Erde, zumindest nicht in Reichweite, also nicht in einer Entfernung, die wir jemals erreichen könnten, Heidi. 40 Lichtjahre ist der nächste entfernt, der möglicherweise als geeigneter Kandidat infrage kommen könnte – nach heutigem Stand der Wissenschaft. 40 Lichtjahre, Heidi, unerreichbar für uns, nach unseren physikalischen Maßstäben.« Sie blieb wieder stehen und drehte sich um. »40 Jahre«, wiederholte sie, »allein ein Funkspruch würde zwischen Frage und zurückkommender Antwort 80 Jahre in Anspruch nehmen!«

Sie näherten sich dem großen, mit schwarzer Folie ausgelegten See, der schon vor einem Jahr mit Wasser gefüllt worden war und an dessen Ufer ein kleiner Bagger zugange war. Sie beobachteten, für einen Moment stehen bleibend, die Arbeiten. Dann nahm Heidi die Gelegenheit wahr, eine Frage zu stellen, zu der sie bisher keine Zeit gefunden hatte. »Wie bist du eigentlich an dieses Weltraumprojekt gekommen?«

»Ja«, antwortete Vanessa mit einem kurzen Seufzer, »durch meinen Freund, der ist Astrophysiker und hat mir vor sechs Jahren schon eine Veröffentlichung der ESA mitgebracht. Darin wurde dazu aufgefordert, als Ergänzung zu den Missionen der verschiedenen Erdbeobachtungssatelliten neue Experimente zu entwickeln, mit denen von der ISS aus der Klimawandel erforscht und studiert werden kann.«

»Und dann hast du dich gemeldet?«

»Vereinfacht ausgedrückt, ja. Gemeinsam mit Egeas, meinem Freund, hab ich dann etwas entwickelt, was den hieb- und stichfesten Nachweis für den Klimawandel erbringen wird.« Stolz schwang in ihrer Stimme mit, dann aber brach sie ab, weil sie Maleike Cortes von der anderen Seite des Sees auf das Baustellengelände kommen sah. »Wir können gern ein andermal darüber plaudern, falls es dich interessiert«, sagte sie bestimmend und ging weiter.

Heidi war über den abrupten Abbruch des Gesprächs irritiert, weshalb sie süffisant anmerkte: »Jetzt kannst du ja Maleike selbst nach der schwarzen Rose fragen.«

Vanessa ging nicht darauf ein, sondern beließ es bei einem leicht gereizten Blick.

Heidi spürte, dass es nun besser war, nicht weiter nachzubohren. Schweigend folgten sie dem wenig bewachsenen Ufer.

Maleike kam auf Vanessa zu und umarmte sie zur Begrüßung.

Heidi hielt sich im Hintergrund, weil sie sich von Vanessas plötzlich verändertem Verhalten brüskiert fühlte.

Sie beließ es deshalb bei einem kurzen »Hi, Maleike« und ging auf Distanz: »Dann lass ich euch beide am besten mal allein. Tschüss.«

Sie schenkte den Frauen ein gezwungenes Lächeln und machte sich wieder auf den Rückweg, während ihr Vanessa noch unerwarteterweise hinterherrief: »Wir telefonieren wieder, Heidi.«

Doch die Angesprochene entfernte sich rasch. Sie kannte Vanessa jetzt schon mehrere Jahre. Von einer echten Freundschaft konnte natürlich nicht die Rede sein, aber immerhin waren sie sich auch persönlich etwas nähergekommen. Meist jedoch hatten sich die Gespräche um die Planung der Gartenschau gedreht und darum, auf welche Besonderheiten die Baustellenbesucher während der momentanen Führungen hingewiesen werden konnten.

Erst im Laufe der Zeit hatte Heidi davon erfahren, dass Vanessa an einem wissenschaftlichen Projekt für die Weltraumstation beteiligt war. Die Frau schien damit nicht prahlen zu wollen – ein Umstand, den Heidi sogar als besonders angenehmen Charakterzug empfand. Diese bescheidene Zurückhaltung schätzte sie an Menschen, die eigentlich Grund genug hätten, auf ihre Fähigkeiten und Erfolge zu verweisen. Lange Zeit hatte Heidi geglaubt, es sei Vanessas Freund, der Astrophysiker Egeas, der das vielgepriesene Experiment entwickelt habe. Erst als die Medien vor einigen Wochen groß darüber berichtet hatten, war ihr bewusst geworden, dass Vanessa selbst im Rampenlicht stand.

War der Frau dieser Erfolg nun doch ein bisschen zu Kopf gestiegen? Vielleicht war es auch nur ein rein subjektives Gefühl gewesen, versuchte sich Heidi einzureden. Denn natürlich gebot es der Anstand, dass sich Vanessa zuallererst um Maleike kümmerte, die schließlich ihre Auftraggeberin war.

Heidi schossen tausend Gedanken durch den Kopf, während sie über den ockergelb aufgeschwemmten Baustellenweg zurück zu den Wohnblöcken ging. Ein paar Schritte vom letzten Gebäude entfernt stand der grüne Info-Container, der schon seit geraumer Zeit der Begrüßung von Besuchergruppen diente. Heidi vergewisserte sich, dass er abgeschlossen war, und wandte sich zu ihrem dort angelehnten Fahrrad, mit dem sie sich meist zwischen Gartenschau-Areal und ihrem nahen Büro jenseits des Alt-Neckars bewegte. Wieder musste sie an die schwarze Rose denken und daran, dass Vanessa ausgerechnet von ihr hatte wissen wollen, was damit geschehen war.

Gerade als sie losfahren wollte, entdeckte sie im Schatten des Containers eine große Gestalt, die sie beim Näherkommen nicht wahrgenommen hatte. Es war ein Mann, dessen auffällige Erscheinung ihr sofort bekannt vorkam: hünenhaft und mit schwarzer Schildmütze. Sie hatte ihn erst vor einer halben Stunde gesehen und als ziemlich unsympathisch empfunden – nicht nur, weil er sich nach Immobilienhaien und Spekulanten erkundigt hatte. Nun stand er zehn Meter von ihr entfernt und hob ein Smartphone vor die Augen, vermutlich, um zu fotografieren oder zu filmen. Eigentlich hätte er mit der Besuchergruppe längst das Areal verlassen müssen.

Heidi nahm die Füße von den Pedalen ihres Fahrrads, stoppte abrupt und blieb, auf dem Sattel sitzend, stehen. »Suchen Sie noch was?«, rief sie zu ihm hinüber, obwohl ihre Stimme im Lärm eines vorbeifahrenden Lastwagens unterzugehen drohte. »Sie dürfen sich nicht so ohne Weiteres hier drin aufhalten.«

»Ach, Sie sind's«, erwiderte der Mann mit sonorer Stimme und leicht bayerischem Akzent etwas verlegen, steckte sein Smartphone in eine Tasche der Freizeitjacke und kam auf Heidi zu. »Mich interessiert, was noch an alter Bausubstanz erhalten geblieben ist. Sie sagten vorhin, man habe einiges stehen lassen.« Er deutete quer übers Gelände in Richtung des Bahnhofs. »Diese Halle da, wie hieß sie noch mal?«

Heidi stieg ab und ließ den Radständer ausklappen. »ABX-Halle. Benannt nach dem gleichnamigen weltweit größten Speditionsunternehmen für Luft- und Seefracht. Wie ich sagte: Sie ist so ziemlich das einzige Industriedenkmal hier, das erhalten bleibt.«

»Und doch wohl auch die alte Reederei Schwaben, da drüben, wenn ich Sie richtig verstanden habe«, stellte der Mann fest.

»Ja, da drüben am Neckarufer. Die ehemalige Werkstatt der Reederei Schwaben wird Gaststätte«, sah sich Heidi bemüßigt, dem Besucher noch einmal zu erklären, was sie während der Führung bereits erwähnt hatte. Der Mann schaute nun auch dorthin, ohne jedoch von hier aus das lang gezogene flache Gebäude sehen zu können. Bäume des Neckarufers versperrten den Blick.

»Und die Wilhelmsschleuse«, zeigte er sich weiter interessiert, »die ist auch historisch, haben Sie gesagt.«

»Ja, der Kanal dazu zweigt drüben beim Insel-Hotel ab, an der Friedrich-Ebert-Brücke. Und er mündet da vorne …«, sie deutete in die entsprechende Richtung, »wieder in den Alt-Neckar. Die Schleuse für die Sportboote wird noch von Hand bedient. Die Einzige übrigens in ganz Baden-Württemberg. Hab ich aber vorhin erklärt.«

Wieder kramte der Mann sein Smartphone hervor. »Möchte nur ein paar Fotos machen«, sagte er und ging an Heidi vorbei in Richtung des Kanalufers, drehte sich aber nochmals um: »Wo kommen eigentlich die Gräber für die Friedhofsgärtner hin? Das muss doch hier auch irgendwo sein.«

Heidi stutzte. Sie hatte ihrer Besuchergruppe die Stelle gezeigt, aber meist stieß dieser Hinweis auf kein allzu großes Interesse. »Gleich da drüben an der neuen Bleichinselbrücke, auf der anderen Seite des Alt-Neckars«, erklärte sie leicht genervt.

Doch der Fremde wollte sich damit nicht zufriedengeben: »Und was hat es mit diesem Wilhelmskanal hier auf sich?«

Auch das hatte Heidi bereits während der Führung erklärt, aber Touristen taten sich bekanntermaßen mit den verschiedenen Wasserläufen schwer. »Ich kann's Ihnen gerne noch einmal erklären«, seufzte sie gereizt. »Mit diesem Wilhelmskanal wurde hier auf eine Länge von einigen Hundert Metern der einst mit Mühlen bestandene Alt-Neckar für die Schifffahrt umgangen. Heute liegen in dem alten Hafen die Boote des Württembergischen Motorsportclubs Heilbronn. Rund 30 Liegeplätze gibt es für die Mitglieder. Das meiste Wasser fließt aber durch den Kanalhafen, der Anfang der 30er-Jahre angelegt wurde – jenseits des Bahnhofs und des Buga-Geländes.«

Heidi wollte eine längere Konversation vermeiden und beschied ihn: »Sie sollten aber jetzt den abgesperrten Baustellenbereich verlassen. Sonst gibt's Ärger«, mahnte sie und stieg auf ihr Fahrrad, um über die Bleichinselbrücke den Alt-Neckar zu queren. Als sie von dort aus einen Blick auf das abfallende Ufer warf, war der Mann verschwunden. Er schien sich geradezu in Luft aufgelöst zu haben.

Sie verminderte deshalb kurz den Druck auf ihre Pedale und bedauerte es, den Mann nicht energisch weggeschickt zu haben. Noch einmal warf sie von der Brücke aus einen Blick auf den einmündenden Kanal – doch da war niemand mehr.

So schnell hatte sich der Mann doch gar nicht davonmachen können, dachte sie, als sie weiterradelte und an der Zugangspforte dem Sicherheitsdienstler im Bürocontainer freundlich zuwinkte, um an der geschlossenen Schranke seitlich vorbei das Areal zu verlassen. Eigentlich hätte sie den Mann auf den Unbekannten hinweisen sollen – überkam es sie später. Aber vielleicht gehörte er ja zu einer der vielen Firmen, die auf dem Gelände zugange waren.

8

Sie waren doch nicht heimgeflogen, sondern hatten einige zusätzliche Aufgaben in Baikonur übernommen. Denn die Männer, die über den verschobenen Raketenstart verärgert waren, hatten alle bei der Europäischen Raumfahrtagentur ESA Karriere gemacht und waren mit den langwierigen Vorbereitungen der wissenschaftlichen Mission bestens vertraut. Ihr Know-how war gefragt.

Mit dem Umstieg von den Shuttles auf herkömmliche Raumkapseln hatte sich vieles verändert. Zunächst war es ihnen noch so vorgekommen, als sei man wieder zu den Anfangszeiten der Raumfahrt zurückgekehrt. Allein schon das Umfeld bot einen herben Kontrast zu dem Glitzer- und Glamourleben von Florida, vom Klima ganz zu schweigen: eisige Winter, wüstenartige

Sommer. Zwar hatte sich das nahe Baikonur ein modernes Gesicht gegeben, aber die großen Plätze, die vielen Denkmale und die gradlinig verlaufenden breiten Straßen erinnerten doch noch sehr an sozialistischen Möchtegern-Prunk.

Auch die Mentalität der Menschen war natürlich eine andere, wie eben eine Landschaft ihre Bewohner prägt. Einer sekundengenauen Planung schien oftmals die Pflege traditioneller Rituale gegenüberzustehen, die den Lebensrhythmus bestimmten. Vieles folgte den Gepflogenheiten des Juri Gagarin, der auf der Fahrt zum Startplatz noch aus dem Bus ausgestiegen war, um an einem Reifen seine Blase zu entleeren – seither soll auch dies zu den Ritualen gehören.

Ebenso der Film »Die weiße Sonne der Wüste«, den jede Crew am Vorabend ihres Starts anschaute. Dass dieses Ritual auch auf Juri Gagarin zurückgeht, beruht allerdings auf einer falschen Überlieferung, denn dieser russische Kino-Klassiker wurde erst später, nämlich 1969, gedreht. In Wirklichkeit hatte diese Gepflogenheit ihren Ursprung in der tödlich verlaufenen Landung von Sojus 11 im Juni 1971. Denn die dann mit Sojus 12 folgende Besatzung der nächsten Mission hatte diesen Film tatsächlich am Vorabend ihres Starts gesehen.

Die Reihe der Rituale ließe sich noch weiter fortführen: So wird in Baikonur angeblich niemals mehr an einem 24. Oktober eine Rakete gestartet – weil bereits zweimal an so einem Datum ein schweres Unglück geschehen ist.

Auch muss jedes Mitglied einer Crew einen Baum für die »Allee der Kosmonauten« pflanzen.

Die drei Männer, die jetzt zusammensaßen, hatten sich längst mit derlei Traditionellem abgefunden und hüteten sich davor, es als Aberglauben abzutun. Außerdem waren sie hier zu Gast und hatten die Gepflogenheiten zu akzeptieren. Und vielleicht war ja an all dem Glauben an diese Rituale doch etwas dran. War nicht bei den Amerikanern die Apollo-13-Mission, die um 13.13 Uhr Houstoner Ortszeit abgehoben hatte, an einem 13. April durch die Explosion eines Tanks auf dem Weg zum Mond gescheitert?

Durchforstete man auf diese Weise Ereignisse und Zahlen, stieß man vermutlich immer wieder auf solche Zufälligkeiten. Oder waren es doch Winke des Schicksals? Die drei Raumfahrtexperten, Ende 30 und mit Leib und Seele Techniker, für die nur zählte, was sich berechnen, nachweisen und logisch erklären ließ, hatten meist nur ein müdes Lächeln für die Befindlichkeiten ihrer russischen Kollegen übrig – ohne aber eine abschätzige Bemerkung zu machen.

»Wir sollten den Hinweis durchaus ernst nehmen«, meinte Gruppensprecher Marko Jankus und nahm einen Schluck Wasser. Er sah seine beiden Kollegen nacheinander an. Sie kannten bereits den Inhalt einer ausgedruckten Mail, die gestern eingegangen war. Eine deutsche Wissenschaftlerin, die eines der Experimente für die bevorstehende »Horizon«-Mission entwickelt hatte, schien ziemlich besorgt zu sein, es könnte ein Anschlag auf das Projekt verübt werden. »Das Security-Management ist verständigt«, erklärte der Mann weiter.

»Und das Ganze ist kein Fake?«, fragte einer der beiden anderen zweifelnd.

»Fake oder nicht, Stefan, das sei mal dahingestellt. Tatsache ist, dass weder wir noch die Russen das ignorieren dürfen. Und …«, er überlegte, »bei den Russen sind wir gut aufgehoben, wie ich meine. Die können es sich nicht leisten, dass mit ihrer Sojus etwas schiefgeht. Putin wär darüber wohl nicht ›amused‹, gerade jetzt, wo die Fußballweltmeisterschaft bei ihm daheim bevorsteht.«

»Und ein Angriff auf die ISS?«, hakte Stefan Nowak nach, der wie seine Kollegen im legeren Pullover zu dem Gespräch erschienen war. Jetzt mischte sich sein Nebenmann ein: »Chinesen? Die sind doch außen vor. Vergesst nicht, dass die Amis, die Japaner, die Kanadier und wir Europäer alle daran beteiligt sind. Und Brasilien auch einen Vertrag hat.«

Stefan ergänzte: »Wir können getrost davon ausgehen, dass die ›Verrückten‹ aus der islamistischen Szene wohl kaum dazu fähig sind, die ISS zu attackieren. Oder was meinst du, Marko?«

Der Angesprochene, der das kleine Meeting leitete, umklammerte die Armlehnen seines Stuhls und nickte: »Seh ich auch so. Ich glaube, wir müssen uns freimachen von dem Gedanken, da würde jemand mit irgendwelchen Raketenabwehrsystemen nach ›Krieg der Sterne‹-Manier die Sojus oder die ISS vom Himmel holen wollen. Wenn, dann werden solche Attacken über die Computersysteme geführt.«

»Hacker«, entfuhr es dem Dritten am Tisch.

»Das ist der Punkt, Florian«, pflichtete Marko ihm bei. »Cyber-Attacken. Ich erinnere nur an ›WannaCry‹, den Erpressungstrojaner, der sich vor knapp einem Jahr über eine Sicherheitslücke von Windows verbreitet hat.«

9

Vanessa Eickhoff hatte seit der Begegnung mit Olberding Mühe, sich auf ihre Arbeit zu konzentrieren. Noch kämpfte sie mit der Frage, inwieweit sie auch Maleike Cortes in alles einweihen sollte. Jetzt, an diesem herrlichen Frühlingstag, wollte sie es nicht tun. Wieder mal nicht. Stattdessen versuchte sie geschickt, ihre innere Zerrissenheit zu überspielen. Wie üblich legte sie wortreich ihre Pläne und Vorstellungen dar – heute zur Bepflanzung des Seeufers. »Das wird etwas Einmaliges«, versicherte sie der Landschaftsarchitektin Maleike Cortes, die ihren Ausführungen schweigend gefolgt war. »Damit«, so fuhr sie fort, »liegen wir voll auf der Linie eures Geschäftsführers, dem der Natur- und Artenschutz bekanntermaßen ein großes Anliegen ist.« So jedenfalls hatte sie eine Aussage von Hanspeter Faas in Erinnerung, dem Chef der Bundesgartenschau Heilbronn GmbH. »Weißt du«, machte Vanessa weiter, »irgendwo irgendetwas reinpflanzen kann jeder – die Kunst ist es aber, alles im Einklang mit den verschiedenen Lebensräumen von Tieren und Pflanzen zu gestalten. Die Natur ist ein komplexes Gebilde, das man nicht beliebig formen und umgestalten kann.« Sie zog im frischen Frühlingswind ihren Schal fester, während Maleike über Humus- und Erdhaufen hinweg einen Mann beobachtete, der etwa 50 Meter von ihnen entfernt langsam an einem Absperrgitter vorbeiging. »Du hast dich sehr um unsere Buga verdient gemacht«, stellte sie leicht abwesend, aber anerkennend, fest. »Ohne dich hätten wir das wohl kaum so hingekriegt – wenn ich allein schon an die fast 600 europaweit streng geschützten Tiere denke, die die Arbeitsgemeinschaft für Tierökologie und Planung – du weißt, diese Institution aus Filderstadt – auf diesem Gelände hier entdeckt hat.«

»Ja«, seufzte Vanessa und faltete ihre Pläne wieder zusammen. »Ich kenn sie fast alle auswendig, das darfst du mir glauben. Schlaflose Nächte haben sie mir bereitet, die Eidechsen, Heuschrecken, Wildbienen und all die Vögel wie Girlitz, Dorngrasmücke, Bluthänfling oder Grauschnäpper oder die Falter wie Nachtkerzenschwärmer, der Große Feuerfalter und so weiter und so fort. Soll ich dir noch mehr aufzählen?«

Maleike grinste und schüttelte den Kopf. »Oh nein, danke, Vanessa. Aber ohne dich hätten wir all diesem Viehzeug keine neuen Lebensräume schaffen und die Populationen retten können.«

»Ich hab das ja schließlich studiert, Maleike«, wiegelte sie ab. »Jeder tut, was er kann. Du bist hier die große Gestalterin – ohne so jemanden wäre ein solches Projekt auch nicht zu realisieren.«

»Ich bin eine von vielen«, entgegnete Maleike. »Übertreib also nicht.«

Sie verfolgte unterdessen noch immer beiläufig den Mann, der eine Schildmütze trug und nun zwischen Erdhaufen und Baumaterial außer Sichtweite geriet. Sie war deshalb einen kurzen Moment abgelenkt, sagte dann aber: »Menschen wie dich sollte es viel mehr geben, dann sähe unsere Erde anders aus.«

»Vielleicht trag ich ein kleines bisschen dazu bei – aber um unsere Umwelt zu retten, bedarf es mehr als ein paar einsichtiger Kommunalpolitiker wie hier in Heilbronn.«

Maleike nickte: »Wenn überhaupt, so kann die Erde nur sich selbst retten.«

»Schön, wie du das sagst«, entgegnete Vanessa und verstaute ihre mitgebrachten Unterlagen in ihrem Aktenkoffer.

»Ist schön, ja«, lächelte Maleike, »ist aber nicht von mir, sondern von einem renommierten britischen Professor namens James Lovelock, mittlerweile 99 Jahre alt, falls er noch lebt, vielleicht hast du schon mal was von ihm gehört. Er hat in einem BBC-Interview einmal gesagt, für die Menschheit sei es zu spät, die Erde zu retten.«

Vanessa musste sich eingestehen, mit dem Namen nichts in Verbindung bringen zu können. »Vielleicht hat er recht«, sagte sie schmallippig.

»Dieser Professor hat die sogenannte ›Gaia-Theorie‹ entwickelt, schon vor fast 60 Jahren. Er geht davon aus, dass die Erde mit all ihren Lebewesen als großer Organismus anzusehen ist, der sich selbst reguliert und stabilisiert«, beeilte sich Maleike, ihr Wissen kundzutun, um hinzuzufügen, welches Zitat von ihm ihr noch aus der Lektüre einer Fachzeitschrift in Erinnerung geblieben war: »Bevor der Mensch die Erde vernichtet, vernichtet die Erde den Menschen.«

Vanessa war überrascht über Maleikes Ansichten. Nie zuvor hatten sie sich so intensiv über dieses Thema unterhalten. »Deshalb wird es höchste Zeit, dass sich die Wissenschaft Gehör verschafft«, fühlte sie sich in ihrer Arbeit bestätigt.

Maleike ging ein paar Schritte voraus am Seeufer entlang. »Lovelock hat gesagt, die Menschheit sei sich beim Aufbau ihrer Zivilisation nicht der Folgen bewusst gewesen und habe, ohne es zu ahnen, die Klimaerwärmung ausgelöst.«

Vanessa wurde bei diesem Thema besonders hellhörig. Sie war Maleike gefolgt, blieb aber nach wenigen Metern stehen, weil sie ihr Auto am anderen Ende des Geländes geparkt hatte und sich ihre Wege nun trennen mussten.

Maleike hielt ebenfalls inne und sah der Wissenschaftlerin fest in die Augen: »Genau, wie du auch immer sagst, Vanessa. Man darf nicht nur am Computer sitzen und Mausklicken – so sieht das auch dieser Lovelock. Er wirft den Wissenschaftlern sogar vor, ihrer eigenen Karriere wegen falsche Daten und Ergebnisse zu propagieren.«

Vanessa zuckte innerlich zusammen. Falsche Daten und Ergebnisse, hallte es in ihrem Kopf nach. Sofort hatte sie wieder den Mann namens Olberding vor Augen. »Du willst damit sagen, da würden Fakten zurechtgebogen, damit sie ins derzeit aktuelle Weltbild passen?«

»Das kann ich nicht beurteilen. Aber dieser Lovelock hat es so ähnlich ausgedrückt. Musst du mal nachlesen im Internet.« Sie lächelte. »Wenn das einer so ungeschönt sagen kann, dann einer in seinem Alter. Der hat nichts mehr zu verlieren.«

»Du meinst …«, Vanessa verspürte plötzliches Unbehagen, »die jungen Wissenschaftler trauen sich nicht, Ergebnisse zu veröffentlichen, die dem allgemeinen Trend widersprechen?«

»Ich will dir nicht zu nahe treten, Vanessa – aber ist auf dieser Welt nicht die Tendenz verbreitet, dem Chef nach dem Mund zu reden, um ja nirgends anzuecken? Glaub mir, dann werden Wahrheiten verbogen und falsche Eide geschworen. Bis rauf in die höchsten Ebenen der Politik.«

Vanessa seufzte. »Ja, da stimm ich dir voll und ganz zu, Maleike. Ich glaube, wir sollten uns über dieses Thema mal ausführlich unterhalten.«

Maleike überlegte und erwiderte mit einer erhobenen Augenbraue: »Darüber und auch über die andere Sache.«

Vanessa nickte wissend. »Die gehn wir an, sobald ich den Kopf wieder frei habe. Nach dem Weltraumexperiment. Hast du schon etwas rausbekommen?«

Maleike schwieg und lächelte.

10

In Baikonur waren die Vorbereitungen für den Start planmäßig vorangeschritten. Alexander Gerst hatte mit seinem Kollegen und seiner Kollegin mehr Zeit als geplant im Kosmonautentrainingszentrum »Juri Gagarin« verbringen können, das sich vor den Toren Moskaus befand und liebevoll »Sternenstädtchen« genannt wurde. In den Hallen gab es mehrere Sojus-Kapseln, mit denen sich Flüge ins All simulieren ließen.

Die drei Spezialisten im fernen Baikonur freuten sich über das milder gewordene Wetter und fieberten nun auch dem 6. Juni entgegen. Allerdings hatte Florian wieder eine merkwürdige Nachricht entdeckt, die ihn daran zweifeln ließ, dass der Start zur ISS wirklich nur wegen japanischer Befindlichkeiten verschoben worden war. Er erwähnte auch wieder die Verzögerung beim Start eines Versorgungsfrachters vor einigen Wochen. »Da geht doch irgendetwas vor«, erklärte er beim Abendessen seinen beiden Kollegen. Marko hob eine Augenbraue. Er neigte nicht dazu, irgendwelchen Verschwörungstheorien nachzuhängen. »Und das wäre?«, fragte er, während Stefan neugierig dreinblickte.

»Am 24. Februar soll es über Albuquerque in den USA zu einer seltsamen Beobachtung gekommen sein«, ereiferte sich Florian und zog einen Zeitungsausschnitt hervor. »Der Pilot eines Learjets und der eines Airbusses, die sich in unterschiedlichen Höhen entgegenkamen, haben über sich ein merkwürdiges Objekt gesichtet, das aber nicht auf dem Radarschirm der Fluglotsen aufgetaucht ist. Man kann den Funkverkehr dazu im Internet hören.«

Marko holte tief Luft und grinste. »Was glaubst du, was heutzutage alles rumfliegt? Militärisch und zivil. Drohnen und sonstiges Zeug! Oder glaubst du an einen Ufo-Angriff auf die ISS? Dass unser ›Astro-Alex‹ noch zu den Aliens auf Schwäbisch ›Grüß Gott‹ sagen kann?«

11

War es Zufall gewesen, dass Maleike Cortes diesen betagten britischen Professor zitiert hatte? Der Gedanke beschäftigte Vanessa in den folgenden Tagen immer wieder. Oder war es eine versteckte Anspielung auf das, was dieser angebliche NASA-Agent auch hatte durchblicken lassen? Dass Forschungsergebnisse möglicherweise bereits im Vorfeld feststehen mussten? Gab es tatsächlich diese Tendenz, wissenschaftliche Fakten zu verbiegen oder zu unterdrücken – womöglich, um parteipolitischen oder gar religiösen Ideologien gerecht zu werden?

»Du solltest dir nicht allzu viele Gedanken darüber machen«, hatte sie Egeas, ihr Freund, einige Male schon beruhigen müssen. Das waren dann jene Momente, in denen er sie an ihre Erfolge mit dem weltweit anerkannten Weltraumexperiment erinnerte und ihr damit neues Selbstbewusstsein bescherte.

Egeas Petridis, ein Astrophysiker griechischer Abstammung, in München geboren und inzwischen in Ulm wohnhaft, konnte ihr jedes Mal mit seinen großen dunklen Augen neuen Mut vermitteln, den sie in diesen hektischen Zeiten dringend brauchte.

Noch immer haderte sie mit sich, ob sie Egeas in alles einweihen sollte. Ihr Verhältnis zueinander war schon seit geraumer Zeit abgekühlt, wohl auch durch die monatelange intensive Arbeit. Oft sahen sie sich tagelang nicht. Im Spätherbst hatte sie es sogar genossen, ohne ihn Urlaub zu machen.

Inzwischen hatte sie gar nicht mehr das Bedürfnis, ihm ihre innersten Sorgen anzuvertrauen. Zunehmend überkam sie auch das Gefühl, am glücklichsten dann zu sein, wenn sie nicht bei ihm in Ulm war.

Sie hatte ihm bisher nur andeutungsweise geschildert, welche Mutmaßungen sie quälten. Allerdings, so musste sie sich eingestehen, waren es tatsächlich nur Spekulationen und Vorahnungen. Nicht zu beweisen, vermutlich völlig haltlos. Natürlich hätte sie allem keine Bedeutung beigemessen, wäre da nicht dieser Olberding aufgetaucht.

»Du hast ein dünnes Nervenkostüm«, sagte Egeas ruhig und gedanklich offenbar abwesend. »Großprojekte bergen immer irgendwelche Merkwürdigkeiten. Da gibt es Neider und Verrückte. Außerdem vergiss nicht: Du bist für deine Pflanzen zuständig. Nicht für den Verwaltungskram.« Er sagte dies so gelassen und beruhigend, vielleicht sogar teilnahmslos, wie er es immer tat, wenn sie voller Argwohn und Zweifel war.

»Weißt du, ich hab seit einigen Wochen schon ein sehr unangenehmes Gefühl«, sagte sie schließlich.

Ihr Freund sah ihr fragend in die Augen. »Du hast Angst?«

»Was heißt Angst, Egeas? Ich glaube, dass mich dieser Typ verfolgt.«

»Dieser Typ? Dieser angebliche Vertreter der NASA?«

»Ja, aber nicht nur der. Denn als ich bei Maleike war, soll da ein komischer Mann gewesen sein. Heidi, die Pressesprecherin, hat es mir erst jetzt am Telefon erzählt. Er sei zuerst bei einer Führung dabei gewesen und habe sich anschließend auf dem Gelände herumgetrieben. Maleike hat ihr bestätigt, ihn auch gesehen zu haben.«

»Du hast ihn aber nicht gesehen?«

»Nein. Aber jetzt, als es mir Heidi am Telefon erzählt hat, ist mir eingefallen, dass Maleike während unseres Gesprächs am Teich damals ziemlich unkonzentriert war.«

»Und Heidi kennt ihn nicht?«, wollte Egeas wissen.

»Nein. Merkwürdig war wohl, dass er am Wilhelmskanal plötzlich verschwunden sei.«

»Wie? Er verschwindet spurlos und wird gleichzeitig von Maleike gesehen?« Egeas' Interesse schien zu steigen.

»Gleichzeitig sicher nicht. Aber wohl kurz danach«, beeilte sich Vanessa, die zeitliche Abfolge zu erklären.

»Können Heidi oder Maleike ihn denn beschreiben?«

»Nur vage. Maleike hat gesagt, ihn nur von Weitem gesehen zu haben. Heidi hatte ihn aber zuvor schon in ihrer Besuchergruppe. Groß sei er, so etwa Mitte 50, habe eine schwarze Schildmütze getragen und sich während der Führung nach etwaigen Querelen um Immobilien erkundigt, die's für die Buga gegeben haben könnte.«

»Ein Deutscher?«, wollte Egeas wissen.

Vanessa wusste sofort, worauf er hinauswollte. »Heidi sagt, ja, da sei sie sich ganz sicher. Ich hab sie natürlich gefragt, ob er einen amerikanischen Akzent hatte. Aber er habe, so meint sie, Hochdeutsch mit möglicherweise leicht bayerischem Akzent gesprochen.«

Egeas nickte wissend und lächelte: »Also keiner von der NASA.«

»Demnach vermutlich nicht dieser Olberding.«

»Aber vielleicht einer von der ESA, von Oberpfaffenhofen. Das liegt doch in Bayern.« Egeas grinste, wurde aber gleich wieder ernst: »Könnte es der mit der schwarzen Rose gewesen sein?«, fragte er einfühlsam, wohl wissend, dass Vanessa damit inzwischen ein ganz anderes Problem verband.

Vanessa beschloss, sich in den nächsten Wochen und Monaten auf die derzeit wichtigsten Dinge zu konzentrieren: den Flug ihres wissenschaftlichen Experiments zur Raumstation – und natürlich die Buga, für die der Endspurt begann.

12

Dienstag, 5. Juni 2018. Schönes Wetter, der Himmel blau. Beste Voraussetzungen für den morgigen Start. Marko Jankus, einer der drei Missionsmanager der DLR, hatte sich soeben im Kreise seiner beiden ESA-Kollegen optimistisch über die bevorstehende Mission zur Internationalen Raumstation geäußert. Von einer möglichen Bedrohung war nichts in die Medien gelangt. Und wenn etwas davon nach außen gedrungen wäre, hätten die Russen bestimmt alle Register gezogen, um derartige Meldungen als böse Gerüchte darzustellen. Die Besatzung war zwar bereits im Februar von der ESA über das seltsame Auftreten eines vermeintlichen NASA-Vertreters informiert worden, doch erschien es ihnen so, als handle es sich um irgendeinen verrückten Wichtigtuer, zumal die Sicherheitsvorkehrungen in Baikonur ziemlich strikt waren und es ohnehin in dieser gottverlassenen Einsamkeit von Kasachstan so gut wie unmöglich wäre, dass sich Terroristen oder andere Störer den Anlagen nähern konnten. Auch das Personal, das mit den Startvorbereitungen beschäftigt war, hatte unzählige Sicherheitschecks über sich ergehen lassen müssen. Hinzu kam, dass die russischen Behörden wohl kaum zimperlich mit etwaigen Angreifern umgehen würden – jedenfalls war so etwas wie beim G20-Gipfel vor einem Jahr in Hamburg hier kaum möglich. Wenn es Angreifer gab, dann kamen sie digital daher – ein Umstand, der allerdings seit wenigen Wochen für erhebliche Unruhe gesorgt hatte. »Und Sie glauben, dass die Russen dies im Griff haben?«, fragte Florian, der gedankenversunken durch die große Glasfront auf das weite Startgelände hinaussah, wo aus der rotbraunen Landschaft vereinzelt Stahlgittermasten aufragten.

»Was heißt ›im Griff‹?«, erwiderte Marko. »Ich geh davon aus.«

»Die Russen meinen ja, dass dieses dubiose Funksignal, um das es im Februar ging, von einem Nachrichtensatelliten stammte«, erklärte Stefan, der dritte Mann in diesem kleinen ESA-Team. »Glauben wir's halt mal.«

»Ob Nachrichten- oder vielleicht eher Spionagesatellit, was soll's«, seufzte Marko. »Mich wundert überhaupt, dass bei all dem, was da draußen rumschwirrt, noch irgendein Mensch den Durchblick hat.«

»Wenn da jemand vorsätzlich dazwischengefunkt hat«, hakte Stefan nach, »wer könnte da infrage kommen?«

»Hm«, machte Florian und lächelte. »Wär das jetzt eine rein amerikanische Mission, dann würde Donald Trump wohl den Putin im Verdacht haben. Aber wer will schon uns Europäern an den Kragen? Terroristen?«

»Vielleicht der IS und deren Hacker«, ereiferte sich Stefan, während Florian eher die Amerikaner im Visier hatte: »Oder vielleicht auch die Amerikaner, wer weiß. Seit Trump ist denen doch alles zuzutrauen.«

»Und was haltet ihr von Sabotage?«, warf Stefan ein. »Stellt euch vor, da bohrt jemand ein winziges Loch in die ISS oder in die angekoppelte Sojus.« Weil ihn seine Kollegen Stirne runzelnd anschauten, führte er das Katastrophenszenario fort: »Langsamer Druckabfall, sofortige Evakuierung der Astronauten, womöglich Totalverlust der ISS.«

Marko sah sich als Chef des Teams veranlasst, derlei Spekulationen nicht ausufern zu lassen und fuhr ihm über den Mund: »Dann müsste es einen Saboteur an Bord geben, was mir ziemlich abwegig erscheint. Wir wissen alle, dass es ein Psychopath wohl kaum bis zum Astronauten bringen würde.«

Stefan wollte sich nicht so schnell überzeugen lassen: »Vergiss nicht, vor drei Jahren hat es sogar einen Airliner-Piloten gegeben, der angeblich seine Maschine absichtlich gegen einen Berg gesteuert hat.«

»Vielleicht«, so gab jetzt Florian zu bedenken, »könnte ein Saboteur bereits auf dem Boden ein Loch in die Sojus bohren und es mit einem Material verstopfen, das sich erst Tage später im Weltall auflöst.«

»Also, liebe Kollegen«, wurde Marko jetzt ungewöhnlich ernst, »manchmal glaub ich, ihr habt zu viele Science-fiction-Filme gesehen.« Er selbst hoffte inständig, dass die Mission reibungslos verlief und es bei den Sicherheitschecks keine Lücken gegeben hatte. Um die Diskussion zu versachlichen, stellte er fest: »Erstens bin ich mir ziemlich sicher, dass unser Astro-Alex einem Saboteur an Bord das Handwerk legen würde – und zweitens erscheinen mir digitale Bedrohungen für viel wahrscheinlicher. Denn wer die deutsche Regierung im Netz angreifen kann, dem ist alles zuzutrauen.« Er spielte auf eine Hackerattacke auf den Bundestag Ende Februar an.

13

»Du glaubst doch nicht etwa im Ernst, dass wir jemals eine Chance haben«, sagte die junge Gärtnermeisterin, während sie in dem großen Gewächshaus zusammen mit ihrem Mann, der dieselbe Ausbildung absolviert hatte, die Sommerblumen umtopfte. Wieder einmal hatte sie angesprochen, was sie schon seit Monaten beschäftigte: Hatten sie als kleine mittelständische Gärtnerei von der Schwäbischen Alb, weitab von Heilbronn, überhaupt eine Chance, auf dieser Bundesgartenschau wahrgenommen zu werden? Sie waren lange im Zweifel gewesen, ob sie sich in der Kategorie der Friedhofsgärtner beteiligen sollten. Reizvoll war es, aber anstrengend, zumal ihre Gärtnerei ihre ganze Arbeitskraft erforderte.

Christian Hofknecht sah verärgert auf: »*Du* warst es doch, die die Idee hatte, dass ich mich an den Warnecke wende. Der hat genügend Kohle. Wenn der zu uns steht, kriegen wir das hin. Die Buga kann ein Rettungsanker sein.«

»Rettungsanker!«, keifte sie. »Womöglich noch ein Nebenjob für dich! Diese Buga wird dir den Hals abdrehen.«

»Das ist ja alles noch ein Dreivierteljahr hin«, meinte Christian. »Wir werden dann vielleicht vorübergehend noch eine weitere Hilfskraft einstellen müssen.«

»Hilfskraft«, echote Katharina, ohne aufzuschauen. Sie wischte sich mit dem bloßen Unterarm Schweiß von der Stirn. Die Sonne prallte auf das moderne Gewächshaus und bescherte dem Innenraum trotz elektronisch gesteuerter Lüftung eine tropische Atmosphäre. »Du tust gerade so, als ob wir uns dies so locker leisten könnten. Wie stellst du dir das eigentlich vor? Du unternimmst große Reisen, lässt mich hier rumwerkeln – und du spielst den großen Macker.« Sie hielt bei ihrer Arbeit inne und sah ihren Mann eindringlich an. »Denk dran, Tims Studium beginnt und Lea wird an die Uni nach Heidelberg wechseln. Das kostet alles noch richtig Geld.«

»Ich weiß, ich weiß«, erwiderte Christian leicht genervt. »Aber es ist eine einmalige Chance.«

Katharina schwieg. Sie musste immer, wenn ihr Mann wieder einmal große Pläne hatte, an den hochverschuldeten Neubau der Gärtnerei denken. Obwohl das Geschäft gut lief, blieb am

Monatsende kaum noch etwas übrig. An die Altersvorsorge, die in diesem Lande ohnehin immer fragwürdiger wurde, gar nicht zu denken. Zunehmend musste sie mit dem Gedanken kämpfen, alles hinzuschmeißen und einen Schlussstrich zu ziehen. Doch dazu bedürfte es großen Muts. Den sie nicht hatte. Noch nicht. Vielleicht sollte sie nur ihren Zorn noch deutlicher zum Ausdruck bringen.

Erst im November hatte Christian großen Wert darauf gelegt, mit Kollegen aus dem Meisterkurs eine dreiwöchige Reise zu unternehmen – für sehr viel Geld. Bis heute war ihr Ärger darüber nicht abgeklungen. Ausgerechnet im November hatte er sie mit all den Arbeiten für Adventskränze und vorweihnachtlichen Schmuck sitzen lassen. Auf eine Adventsausstellung, wie sie die Konkurrenten mit großem Erfolg veranstalteten, hatten sie deshalb verzichten müssen.

Christians Gedanken kreisten unterdessen um einen Gesprächstermin, der für morgen Nachmittag auf dem Gelände der Gartenschau anberaumt worden war. Man wollte allen Gärtnern, die an der Gestaltung von Gräbern beteiligt sein würden, das zur Verfügung stehende Areal zeigen. Als ob Katharina seine Gedanken hätte lesen können, sagte sie plötzlich: »Und heute bist du schon wieder den halben Tag nicht da. Einmal meldest du dich zum Gespräch bei der Handwerkskammer ab – und dann wieder nach Heilbronn. Und ich? Ich steh hier und arbeite mich bucklig. Ist dir eigentlich bewusst, welcher Stress hier ausbricht, jetzt, mitten in der Gartensaison? Und du gerätst mit deiner Gartenschau in einen wahren Blumenrausch, oder was?«

»Na ja«, wiegelte er ab, »das meiste dürften wir schon hinter uns haben.«

»Weißt du«, sie stellte einen Blumentopf beiseite, »wenn ich genau darüber nachdenke, ist das vielleicht alles eine Nummer zu groß für uns.«

»Aber es ist eine Ehre«, fuhr er ihr über den Mund. »Wir sind die Einzigen aus unserer Region, die dabei sind.«

»Ehre hin, Ehre her. Das nützt uns nichts, wenn uns die Bank den Hahn zudreht.«

»Also, Katharina, jetzt versteh mich doch bitte. Wir haben beide den Job gelernt, um voranzukommen. Und Warnecke …« Er wollte nicht schon wieder damit anfangen. »Wir können doch nicht ewig hier im Gewächshaus sitzen und vor uns hin wurschteln.«

»Wie bitte?« Sie sah ihn über das Hochbeet hinweg entrüstet an. »Du sagst ›vor uns hin wurschteln‹? Wieso haben wir dann dies hier alles gebaut? Doch nicht, damit wir nach noch Höherem streben und schließlich hier abhauen? Sag mal, was denkst du dir eigentlich? Wonach steht dir der Sinn? Soll ich dir sagen, wonach …?« Sie konnte sich gerade noch zurückhalten, doch hatte allein diese Bemerkung ihre Wirkung nicht verfehlt.

Christian war erbleicht. Was hatte Katharina damit sagen wollen? War es nur so dahingeredet – in Wut und aus Zorn – oder steckte mehr dahinter? Natürlich war mit dem Bau der Gärtnerei die Zukunft besiegelt. Da gab es kein geordnetes Entrinnen mehr. Das war jetzt ihre Firma, ihr Lebensmittelpunkt, ihre Existenz. Sie waren Gefangene ihrer eigenen Courage. Aber weil die Kinder, bei allem, was sie studierten, kompetente Nachfolger werden würden, war es tatsächlich eine Investition in die Zukunft gewesen. Sofern es gelang, alles über die Jahre zu retten. »Wir müssen innovativ sein!«, warf er seiner Frau an den Kopf. »Neue Ideen entwickeln.«

»Ja, mit deinem Spleen für exotische Pflanzen, Christian, auch das ist eine Nummer zu groß. Meinst du im Ernst, es interessiert sich hier jemand für diese komischen Sträucher?« Sie spielte auf seine Begeisterung für die Exoten an, deren Blätter an Engelsflügel erinnerten. Von seiner Novemberreise hatte er einige davon mitgebracht und zwei Tüten des flachen, von klebrigem Harz umgebenen Samens ebenfalls.

»Wintergärten sind nach wie vor beliebt«, hielt er dagegen. »Der Bedarf an Pflanzen, die solches Klima vertragen, wird größer.«

»Der Aufwand steht in keinem Verhältnis zu dem, was damit zu verdienen ist. Hat dir das der Warnecke nicht gesagt?«, keifte seine Frau. »Du weißt genau, was auf dem Spiel steht. Wir haben kein Geld für derlei Abenteuer«, hörte er sie wie aus der Ferne sagen, während er eine kleine Pflanze umtopfte. »Wenn wir nicht beide bei der Stange bleiben, ganz konzentriert, dann geht das hops. Wenn die Menschen eines Tages weniger Geld zur Verfügung haben, werden sie auch weniger für Pflanzen ausgeben. Und schon gar nichts für exotische Pflanzen, die unser Klima nicht vertragen. Du siehst doch jetzt schon, wie die Leute zu den Billigheimern rennen, zu den Baumärkten und Supermärkten.«

Christian winkte verärgert ab. »Es wird immer eine Kundschaft geben, die heimische Produkte will – und nicht nur Blumen, die im Flugzeug stundenlang von irgendwo hertransportiert werden. Womöglich mit giftigem Zeug behandelt. Wer will schon Blumen bei sich daheim auf dem Wohnzimmertisch stehen haben, die irgendwelches Gift absondern?«

»Das sagst *du*, das sagen wir«, entgegnete Katharina. »Aber was zählt, ist doch nur der Preis, egal, welche Qualität ins Haus kommt – das ist bei den Lebensmitteln nicht anders. Aber uns gelingt es halt nicht, die Qualität unserer Ware in den Vordergrund zu stellen.«

»Anfänge sind doch gemacht«, stoppte Christian den Redefluss seiner Frau, »Bioläden, Hinweise auf heimische Erzeugung.«

»Ach, Christian, lügen wir uns doch nicht selbst in die Tasche. Die Welt hat sich brutal verändert. Andere kämpfen mit Onlineverkäufen und wir – wie die Landwirte auch – mit der Billigkonkurrenz aus dem Ausland, wo man nicht weiß, unter welchen Bedingungen dort gearbeitet wird.«

Christian holte tief Luft. Er hatte eigentlich keine Lust, während der Arbeit darüber zu diskutieren. Zumal auch sie einen Teil ihrer Blumen über den Großhandel bezogen, der wiederum seine Lieferanten dort hatte, wo die Arbeitskräfte billig waren.

Aber wie immer, wenn sie sich im Gewächshaus am Hochbeet gegenüberstanden, brachen die Probleme aus ihnen heraus. Frust, Ärger, Wut, Zorn. »Jedenfalls hätte ich Lust, so einem Großmaul, der uns vorwirft, wir seien zu teuer, bloß weil wir ordentlich Steuern und Sozialabgaben zahlen und uns von allen möglichen Institutionen – Handwerkskammer, Industrie- und Handelskammer, Berufsgenossenschaft, Finanzamt – und von meiner über alles geliebten Steuerberaterin melken lassen, ordentlich Bescheid zu stoßen. Wer da behauptet, wir sind zu teuer, weil wir uns unserer Hände Arbeit bezahlen lassen, ich sag dir …« Er konnte richtig giftig werden; wenn er an die vielen Kosten und, wie er zu sagen pflegte, an die »abzockenden Sesselfurzer und Taugenichtse« dachte, dann stieg ihm die Zornesröte ins Gesicht. »… wenn ich jemals so einen erwische, der es wagt, mir so was ins Gesicht zu sagen, ich glaub, ich schlag ihn tot.«

Katharina sah ihn entgeistert an. Welcher Frust, welcher Zorn musste sich in Christian angestaut haben!

14

Maleike Cortes' Ehrgeiz kannte bisweilen keine Grenzen. Seit sie von ihrem Mann geschieden war, setzte sie ihre ganze Energie für das Projekt ein, dessen Erfolg zumindest in einem kleinen Bereich auch von ihr abhing. Es war inzwischen auch ein Stück von ihr selbst geworden. Sie genoss es von Tag zu Tag mehr, mit ansehen zu können, wie sich etwas Großartiges entwickelte – wie sozusagen aus Schutt und Unrat etwas Wunderbares entstand. Wie Phönix aus der Asche, dachte sie oft in Anlehnung an die ägyptische Mythologie, in der ein mystischer Vogel am Ende seines Lebens verbrannte und aus dem verkohlten Leib wiedererstand. Immer wieder klickte sie sich auch durch die Homepage der Buga, um auf den Webcams und den Videoberichten mit gewisser Genugtuung den Baufortschritt zu verfolgen. Zu sehen war da auch noch der kurze Videoclip, als auf dem Marktplatz die Countdown-Uhr enthüllt wurde, die sekundengenau die verbleibende Zeit bis zur Eröffnung abzählte. Von heute an waren es noch 315 Tage.

Als Timo Plasser in ihr Büro kam, bot sie ihm einen Platz am Besprechungstisch an. Sie hatte den korpulenten und ungelenk erscheinenden jungen Mann aus ihrem Team hergebeten, um »etwas unter vier Augen zu besprechen«. Timo, der im Kollegenkreis als äußerst zuverlässig und gewissenhaft galt, war Mitte 30 und ein begnadeter Landschaftsplaner. Innerhalb kürzester Zeit hatte er sich mit der Materie vertraut gemacht und, was die Bepflanzung anbelangte, völlig neue Ideen entwickelt. Maleike gefiel dies, obwohl sie ihn nicht gerade sympathisch fand. Aber im Job zählte nicht Sympathie, sondern Leistung. Trotzdem war ihr eine Bemerkung nicht mehr aus dem Kopf gegangen, die Timo vor einigen Wochen eher beiläufig bei einer Begehung des Geländes gemacht hatte: Wenn's um viel Geld gehe, könnte mancher versuchen, die Aufträge auch »über ein Hintertürchen« zu ergattern.

Wusste Plasser etwas, was ihr entgangen war? Man hatte schließlich schon von vielen Großprojekten gehört, bei denen etwas aus dem Ruder gelaufen war. Sie glaubte auch, ein feines Gespür für merkwürdige Tendenzen zu haben.

Wenn Timo etwas aufgefallen war, würde er es ihr sagen. Daran hatte sie keinen Zweifel. Sein Verhalten war so etwas wie eine Mischung aus ängstlicher Schüchternheit und Unsicherheit, die er durch gespieltes Selbstbewusstsein zu verdecken versuchte – ein Selbstbewusstsein, wie es die jungen Leute heutzutage vielfach von den unsäglichen Dokusoaps der privaten Fernsehstationen bereits in frühester Kindheit eingetrichtert bekamen: ja nichts gefallen lassen, rechtzeitig aufmucken, auch wenn man nichts in der Birne hatte. Immerhin, dass Plasser fachlich nichts aufzuweisen hätte, konnte ihm keiner nachsagen. Er hatte sich wirklich in das Metier eingearbeitet, überlegte Maleike und lächelte, um sich derlei Gedanken nicht anmerken zu lassen. Timo lehnte sich zurück und verschränkte die Arme, was rein äußerlich ein Zeichen der Abwehr war. Er wollte offensichtlich nichts an sich herankommen lassen.

»Keine Sorge«, sagte sie deshalb beruhigend und überlegte, weshalb der junge Mann so korpulent war. Trieb er zu wenig Sport? Saß er nur an seinem Computer? Litt er unter einer Krankheit? Jedenfalls kämpfte er ganz bestimmt gegen sein Äußeres, das so gar nicht dem athletisch gebauten Kleiderschrank-Typen entsprach, wie er in allen Modezeitschriften und in der Werbung zu sehen war. Aber was in dieser Hinsicht auf Männer zutraf, ließ sich auch auf Frauen beziehen. Maleike stellte seit der Trennung von ihrem Mann immer wieder fest, dass sie trotz ihrer schlanken Figur auch nicht der Norm eines Models entsprach. Wer sich aber an solchen Kriterien orientierte, der kämpfte ein Leben lang gegen Minderwertigkeitskomplexe. Denn was da überall zur Schau gestellt wurde, waren sogenannte Idealbilder, die keinesfalls jeder als »ideal« bezeichnen musste. Meist wurden die Models auf den Fotos mithilfe von Photoshop aufgehübscht.

»Wir haben jetzt noch ein Jahr vor uns«, begann sie und spielte mit einem Kugelschreiber. »Das ist noch eine Menge Zeit – und eigentlich doch eine kurze Zeitspanne.«

Timo runzelte die Stirn. Vermutlich wartete er darauf, dass ihm nun vorgeschlagen wurde, sich rechtzeitig einen neuen Job zu suchen.

»Wir haben«, so fuhr sie fort, »jetzt fast fünf Jahre eng zusammengearbeitet. Da wurde viel entschieden, umgeplant, neu überdacht. Wir hatten es mit vielen Auftragnehmern zu tun, mit kleinen und großen, und irgendwann muss ich für das, wofür ich verantwortlich bin, Rechenschaft ablegen.«

Plasser sah sie mit bleich gewordenem Gesicht an.

»Wir müssen«, Maleike holte Luft, »rechtzeitig darüber nachdenken, dass wir – also unser ganzes Team – eine korrekte Abwicklung anstreben.«

Plasser nickte zaghaft und presste die Zähne zusammen.

»Ich will«, betonte Maleike, »dass diese Buga ein echtes Sommermärchen wird. Keines wie die Fußballweltmeisterschaft vor zwölf Jahren, als man später angeblich unsaubere Geschichten aufgedeckt hat. Und das ist der Grund, weshalb ich mit Ihnen reden wollte, Herr Plasser. Sie haben vor einigen Wochen eine Bemerkung gemacht, die mir im Hinblick auf den Abschlussbericht immer wieder ins Gedächtnis kommt.«

Plassers Augen verengten sich. Er legte die Beine übereinander und umklammerte jetzt die Armlehnen des Stuhles.

»Sie haben mal gesagt«, fuhr Maleike fort, »dass bei großen Projekten, bei denen es um ›viel Kohle‹ geht – so haben Sie sich ausgedrückt –, dass da, ja, formulieren wir es mal so, gewisser Druck ausgeübt werden könnte, um an Aufträge zu kommen.«

Natürlich konnte sich Plasser lebhaft entsinnen, dies bei einer Begehung des Geländes gesagt zu haben. Und natürlich hatte er es nicht einfach so beiläufig dahingesprochen. Er saß wie versteinert, als Maleike direkt wurde: »Darf ich Sie ganz konkret fragen, ob Sie jemals in den vergangenen Jahren den Eindruck hatten, dass von irgendjemandem in irgendeine Richtung ein gewisser Druck ausgeübt wurde – auf Sie oder auf andere aus unserem Team?«

Er schluckte, räusperte sich und sagte mit zaghafter Stimme: »So war das nicht gemeint.« Sein Mund wurde trocken. »Es war eher eine rhetorische Frage, ob möglicherweise Ihnen etwas aufgefallen ist, beziehungsweise – ja – auch der Hinweis, dass wir aufpassen müssen. Mehr nicht.«

Sie sah ihn ein paar Sekunden schweigend an, was ihm sichtlich Unbehagen bereitete. »Da war also nichts, nichts, was Anlass zu dieser Bemerkung oder nennen wir's mal Frage«, sie betonte das Wort »Frage« ganz besonders, »gewesen sein könnte?«

»Nein, Frau Cortes, nein.«

»Okay«, erlöste sie ihn. »Falls Ihnen aber in den nächsten Wochen oder Monaten etwas auffallen sollte, dann halten Sie mich bitte auf dem Laufenden. Es bleibt dann auch unter uns.«

Sie erhob sich schnell, um deutlich zu machen, dass das Gespräch beendet war.

Plasser rang sich ein Lächeln ab, stand auf und wandte sich der Tür zu.

»Noch eine Frage«, hörte er Maleikes Stimme hinter sich. »Die Zusammenarbeit mit Vanessa Eickhoff läuft reibungslos?«

Er verharrte in der Bewegung und drehte sich um. »Ja, natürlich. Reibungslos«, sagte er und wollte den Raum verlassen, doch Maleike schob noch eine weitere Frage nach: »Hat uns eigentlich einer der Rosenhändler schwarze Rosen angeboten?«

»Was bitte?«, stutzte Plasser. »Schwarze Rosen?« Er wusste natürlich, worauf sie anspielte. Das ganze Team hatte vor einigen Wochen darüber gerätselt, wer ihr eine solche Blume an den Scheibenwischer geheftet haben könnte. Plasser schluckte: »Ich glaube kaum, dass schwarze Rosen dazu angetan sind, die Stimmung der Buga-Besucher zu heben.«

15

Vanessa hatte eine gute Nachricht bekommen. Der Start in Baikonur schien programmgemäß zu klappen. Sämtliche Systeme an Bord der Sojus funktionierten. Auch das Wetter spielte morgen offenbar mit. Somit würde dem ersten Teil der Mission nichts mehr entgegenstehen. Die nächste Zitterpartie gab's dann erst, wenn der Mini-Satellit, wie ihr kaum handtaschengroßes Instrument genannt wurde, im All ausgesetzt sein würde und die vorgesehene Umlaufbahn erreichte. Dann erst kam der entscheidende Moment: Das Gerät würde per Funk zum Leben erweckt und musste Daten sammeln und sie zur Erde übermitteln – sofern die Technik nicht versagte, der Kontakt über zahlreiche Erdfunkstationen stabil blieb und die Signale nach Ulm ins Labor weitergleitet wurden.

Vanessas Vorfreude blieb jedoch getrübt. Sie hatte zwar den Besuch des angeblichen NASA-Vertreters damals pflichtgemäß an die ESA weitergeleitet, von dort aber nichts gehört. Gleichzeitig sorgte sie sich auch um ihre Tätigkeit für die Buga, wo bisher glücklicherweise alles so gelaufen war, wie sie es Maleike vorgeschlagen hatte. Trotzdem wurden die Gedanken, die sie seit geraumer Zeit plagten, immer finsterer. Lange hatte sie damit gekämpft, ob sie aussprechen durfte, was ihr aufgefallen war. Sie wollte schließlich niemanden beunruhigen – und letztlich ging sie das alles auch gar nichts an. Deshalb hatte sie vor einigen Wochen auch gegenüber Maleike lediglich eine vage Andeutung gemacht, ohne konkret zu werden. Denn falls alles nur ein unbestimmtes Gefühl war, würde eine unnötige Unruhe entstehen – vor allem wären dann Misstrauen und eine negative Stimmung gesät.

Doch das Gespräch mit Maleike ging ihr nicht mehr aus dem Kopf. Die Teamchefin hatte seltsam zurückhaltend reagiert und auch keine bohrenden Fragen gestellt. Zunächst war Vanessa darüber froh gewesen, doch nun erschien ihr im Nachhinein alles ziemlich seltsam. Von Woche zu Woche immer mehr.

Spätestens seit dem Auftauchen dieses Olberdings an jenem kalten Februartag hatte sich ihre Gefühlslage zunehmend verschlechtert. Sie beschlich sogar eine gewisse Traurigkeit darüber, den wissenschaftlichen Erfolg mit dem Start in Baikonur nicht genießen zu können. Jahrelang hatte sie sich darauf gefreut, doch nun war mit einem Schlag alles anders geworden. Auch privat.

Wahrscheinlich hatte ihr Freund Egeas recht. Vielleicht war sie einfach überarbeitet und viel zu sensibel. Außerdem ging sie tatsächlich nicht alles etwas an. Sie war Planerin, Gestalterin, externe Beraterin, keinesfalls fürs Organisatorische oder gar Finanzielle zuständig. Man hatte sie engagiert, um als Außenstehende Ideen einzubringen, vor allem zum Landschafts- und Naturschutz, ihrem ureigensten Fachgebiet. Es war sicher besser, die Hände von Dingen zu lassen, die sie nichts angingen. Kaum hatte sich dieser Gedanke breitgemacht, mahnte die innere Stimme: Hat denn nicht genau dies der Olberding gewollt?

Sie versuchte, diesen wilden Gedankenwirrwarr abzuschütteln – und sich auf die Straße zu konzentrieren, auf der sie jetzt gerade unterwegs war. Wo war sie überhaupt? Die letzten Kilometer hatte sie wohl wie in Trance zurückgelegt.

Immer wenn sie in Heilbronn zu tun hatte, besuchte sie ihren Vater, der in Stuttgart noch weiterhin eine Arztpraxis für Privatkunden betrieb. In bestimmten Kreisen galt er als angesehener Mediziner, dem man dankbar dafür war, dass er noch weit über die Ruhestandsgrenze hinaus seine angestammten Patienten behandelte. Seine Praxis befand sich in einem dieser schicken Häuser an der sogenannten Stuttgarter Halbhöhe, dort, wo diejenigen wohnten, die es durch hohes berufliches Engagement zu Ansehen gebracht hatten, damit jedoch als Angehörige der älteren Generation nicht prahlten – eben so, wie man es von einem echten Schwaben erwartete: Der Daimler stand nicht protzig vor dem Haus, sondern war versteckt in der Garage – und nur der Zweitwagen, vielleicht ein Polo oder Golf, parkte am Straßenrand. Doktor Erich Eickhoff, von Freunden meist kurz »der EE« genannt, freute sich jedes Mal, wenn seine Tochter zu Besuch kam. Dann ließ er von der Haushälterin, die ihn seit dem Tod seiner Frau betreute, ein paar Stücke Torte besorgen und Kaffee brühen.

»Glückwunsch zu deinem Erfolg«, sagte er plötzlich. Vanessa war so tief in Gedanken versunken, dass sie den Bruchteil einer Sekunde brauchte, um zu wissen, was er meinte: ihren Mini-Satelliten, der morgen ins All geschossen werden würde.

»Ja, wirklich. Ich hätt's nie für möglich gehalten«, erwiderte sie mit gedämpfter Freude. »Aber Egeas hat auch einen großen Anteil daran.«

Der Vater nickte. Insgeheim war er zufrieden, dass seine Tochter bei dem Astrophysiker in guten Händen war. Zumindest schien es ihm so. Die beiden hatten gemeinsame Interessen, verfolgten zielstrebig ihre beruflichen Ziele und stiegen auf der Karriereleiter weiter nach oben.

»Und was macht die Buga?«, fragte er, als sie gemütlich beisammensaßen und der Blick durch eine große Glasfensterfront über den Stuttgarter Talkessel hinwegging. Die Haushälterin hatte sich mit dem Hinweis verabschiedet, man solle das Geschirr in die Spülmaschine verfrachten, sie komme morgen wieder vorbei.

»Sie wächst und gedeiht, die Buga«, erwiderte Vanessa mit Stolz in der Stimme. »Vieles ist schon gepflanzt.«

»Willst du dir eigentlich auch eine Wohnung in den neuen Stadthäusern im Neckarbogen kaufen?«, fragte ihr Vater plötzlich.

»Ich? Wieso sollte ich? Mein Stuttgarter Zuhause ist doch hier, bei dir.«

»Ha«, entfuhr es ihm und er grinste. »Erbschleicherin, was?«

»Ach, Papa, das darfst du nicht sagen. Du bist mir viel lieber als dieses Haus.«

Er strich ihr sanft über den Unterarm. »Vielleicht zieht's dich irgendwann nach Amerika. Mit Egeas. Astrophysiker haben dort sicher eine große Zukunft.«

»Ulm ist aber auch nicht schlecht«, unterbrach sie ihn schnell. »Ulm ist eine schöne Stadt. Richtig aufstrebend, kulturell, wirtschaftlich, wissenschaftlich. Und vergiss nicht: Eines der größten Genies der Physik ist in Ulm geboren.«

»Ja, eigentlich schade, dass die Ulmer so wenig aus Einstein machen. Da, wo sein Elternhaus stand, bauen sie wohl gerade ein Shoppingcenter, wenn ich das richtig weiß.«

»Ja, aber irgendwie wollen sie dort etwas machen, was an ihn erinnert. Langsam wachen sie auf und erkennen, welche Ehre es für Ulm ist, die Geburtsstadt von Einstein zu sein.«

»Dich wird's also nicht nach Amerika ziehen?«, blieb der hagere Arzt mit dem schneeweißen Oberlippenbart beharrlich.

Vanessa stutzte. Sie musste sofort wieder an den angeblichen NASA-Vertreter denken. »Wieso Amerika? Ich glaube kaum, dass es Wissenschaftler bei einem solchen Präsidenten nach Amerika zieht. Es sei denn, es sind Großkonzerne, denen Trump ja Steuervergünstigungen beschert hat.«

Ihr Vater grinste. »Wahrscheinlich hast du recht. Mich wundert ohnehin, dass es die Amerikaner bisher nicht geschafft haben, ihn loszuwerden. Die sind schon ganz andere losgeworden …«

»Aber sag mal, Papa, eigentlich hast du's ja mit den Amerikanern nicht so recht.«

»Ach, Vanessa, das liegt jetzt mehr als 30 Jahre zurück.« Er nahm einen Bissen Torte in den Mund und verspeiste ihn genüsslich. »Ich weiß, worauf du anspielst, Vanessa. Die Waldheide in Heilbronn. Ein bisschen stolz bin ich schon noch auf mich, dass ich zu den Ersten gehört habe, die die Friedensbewegung angestoßen haben.«

Vanessa kannte natürlich sämtliche Geschichten, die ihr Vater schon viele Male erzählt hatte. Als 1982 durchgesickert war, dass auf besagter Waldheide die Amerikaner ihre Pershing-Atomraketen lagerten, hatte er sich dem aufkommenden Protest angeschlossen und sich im damals gegründeten Friedensrat engagiert. Allerdings fand diese pazifistische Gruppe zunächst wenig Gehör. Das änderte sich 1983, als der Schriftsteller Günter Grass zu einer Veranstaltung anreiste. Dem soll der damalige Oberbürgermeister Manfred Weinmann jedoch empfohlen haben, statt zu demonstrieren, sich lieber »einen Trollinger hinter die Binde zu gießen«. Im Rathaus hatte man über die Vorgänge auf der Waldheide geschwiegen.

Vanessa kamen mit einem Schlag all die vielen Erzählungen ihres Vaters wieder in Erinnerung, der den 11. Januar 1985 nie vergessen konnte. An jenem Tag war auf der Waldheide – von der US-Armee »Fort Redleg« genannt – eine Raketenstufe explodiert, womit die bis dahin geheim gehaltene Existenz von Pershing-II-Raketen öffentlich wurde. Mit dem dort gelagerten Arsenal und jenem der Sowjets auf der anderen Seite Europas hätte der ganze Kontinent unbewohnbar gemacht werden können. Ein Höllenfeuer, das niemand mehr unter Kontrolle gehabt hätte.

Protest dagegen hatte sich bereits eineinhalb Jahre zuvor, im Oktober 1983, in einer 100 Kilometer langen Menschenkette von Stuttgart bis nach Neu-Ulm entladen. Vanessas Vater war noch heute stolz auf ein vergilbtes Schwarz-Weiß-Foto, das ihn als menschliches Glied dieser Kette zeigte. Er war auch an den anderen Standorten der US-Pershing-Raketen gewesen – in Mutlangen und im bayerischen Neu-Ulm. Von Neu-Ulm aus hatte er sogar gemeinsam mit anderen Aktivisten mehrfach heimlich die Übungstransporte von Pershings zum möglichen Abschussort in einem Wald bei Merklingen im Alb-Donau-Kreis beobachtet. Auf schweren Lkws waren die Raketen über die nahe Autobahn A 8 hergebracht worden. Kaum jemand hatte in den umliegenden Gemeinden etwas von der gefährlichen Fracht bemerkt. Im Volksmund war nur verharmlosend vom »Bombenwald« die Rede. Was dort tatsächlich geschah, hatte erst jüngst ein Hobbymilitärhistoriker mit einer umfangreichen Dokumentation aufgedeckt, das hatte Vanessa zufällig vor einigen Monaten in der Zeitung gelesen und sofort an ihren Vater denken müssen.

»Ich hab nichts gegen Amerikaner«, wurde sie in diesem Moment von seiner Stimme aus ihren Gedanken gerissen. »Sind wir doch froh, dass die Vernunft gesiegt hat – auch wenn die Menschheit nach dem Zerfall des Warschauer Paktes beginnt, die alten Fehler zu wiederholen. Wir müssen alle wachsam sein, Vanessa, alle. Sonst richten ein paar verrückte, kranke Gehirne unsere schöne Welt zugrunde. Ich hab's noch gut im Kopf, dass im vorigen Sommer der Kommandeur der US-Pazifikflotte gesagt hat, dass er eine Atombombe auf China abwerfen würde, wenn ihn der Präsident dazu auffordern würde.«

Vanessa spürte, wie sehr ihren Vater dies emotional bewegte.

Noch immer verfolgte er aufmerksam das Weltgeschehen und war empört, wie leichtfertig mit der Erde und den Menschen umgegangen wurde.

»Du musst dir das mal vor Augen führen«, sprach er, wieder ruhiger geworden, weiter. »Da ist ein unberechenbarer, jähzorniger, impulsiver, vermutlich auch seniler Präsident, der möglicherweise gar nicht überblickt, was er anrichten kann – und dem will keiner aus dem Militär widersprechen. Auch nicht dieser Kommandeur Scott Swift. Ich hab mir extra seinen Namen gemerkt.« Er schüttelte fassungslos den Kopf. »Sind die denn alle krank im Kopf? Oder denk an den anderen Irren in Nordkorea – und jetzt wollen sie sich kommende Woche treffen und tun so, als seien sie plötzlich die besten Freunde.«

Vanessa nippte an ihrem Kaffee, während ihr Vater fortfuhr: »Manchmal denk ich, die fühlen sich wie Kinder im Sandkasten und spielen Krieg. Zerstörst du meine Burg, zerstör ich deine. Ich frag mich, warum solche Burschen immer ganz nach oben kommen. Warum gibt es keinen Mechanismus, der das verhindert? Kann sich die normale zivilisierte, gesittete Welt, diese normalen Menschen – können die sich nicht gegen ein paar Idioten zur Wehr setzen, sie ausrotten?« Der Arzt bekam einen hochroten Kopf.

Vanessa schwieg und entschied, ihren Vater mit einer Frage abzulenken: »Sag mal, Papa, ist dir jemals ein Amerikaner untergekommen, der Olberding heißt?«

»Olberding?«, wiederholte ihr Vater, eine Spur zu schnell, wie sie es empfand.

»Ja, Olberding. Doktor Robert Olberding«, bestätigte sie.

Er aß den Rest seines Tortenstücks. Unterdessen verrieten seine faltigen Gesichtszüge scharfes Nachdenken. Vanessa behielt ihn fest im Auge. »Olberding«, sagte sie noch einmal, »du hattest doch damals mit der Friedensgruppe engen Kontakt zu den Amis.«

Ihr Vater kaute langsam und schüttelte bedächtig den Kopf. »Wie kommst du denn auf diesen Namen?«, fragte er schließlich.

»Du kennst ihn?«

»Hat der sich bei dir gemeldet?«, wollte ihr Vater wissen.

»Du kennst ihn also.«

Der Arzt legte die Kuchengabel beiseite und trank seine Tasse leer. »Ich meine, mich dunkel an so einen ähnlichen Namen zu entsinnen. Aber ich hab kein Gesicht dazu. Wirklich nicht.« Er überlegte. »Und wenn schon, Vanessa. Wir sollten die alten Dinge ruhen lassen. 30 Jahre und mehr sind vergangen. Seien wir froh, dass alles so gelaufen ist.«

16

Plasser hatte das Gespräch, zu dem ihn Maleike Cortes gebeten hatte, noch immer nicht verdaut. Was hatte sie ihm sagen wollen? Oder, anders ausgedrückt, was hatte sie von ihm erwartet? War es tatsächlich nur seine Bemerkung gewesen, die die Teamchefin zu dem kurzen Vier-Augen-Gespräch veranlasst hatte? Aber warum erst jetzt? Das Ganze war doch irgendwann vor vier Monaten, im Februar, gewesen, überlegte Plasser, nachdem er das Bürogebäude verlassen hatte, um auf das Baugelände zu gehen. Er wollte den neu gestalteten Uferbereich des Neckars noch mal in aller Ruhe auf sich wirken lassen. So jedenfalls hatte er sein Weggehen gegenüber seinen Kollegen begründet. In Wirklichkeit brauchte er ein paar ruhige Auszeit-Minuten.

So richtig schlau war er aus Maleikes Verhalten in den vergangenen Jahren ohnehin nicht geworden. Sie schien sich in ihre Arbeit geradezu verbissen zu haben und behielt trotz des freundschaftlichen Umgangs mit ihrem Team stets eine gewisse Distanz. Natürlich, so musste sich Plasser eingestehen, war sie deutlich älter als er, sodass allein schon dadurch eine gewisse natürliche Autorität vorhanden war. Außerdem hätte er es ohnehin nie gewagt, sich ihr in einer Weise zu nähern, die übers rein Berufliche hinausging. Dazu war er auch viel zu schüchtern und introvertiert. In gewisser Weise ähnelten sich ihrer beider Einstellungen zu dem Job: Sie konnten sich auf ihre Aufgaben bis ins letzte Detail konzentrieren. Plasser galt bei seinen Kollegen als Streber, als einer, der des eigenen Weiterkommens willen auf die tariflich geordneten Freizeiten verzichtete und lieber über dem Computer brütete, als einen sonnigen Feierabend irgendwo mit Freunden und Bekannten zu genießen.

Tief in Gedanken versunken, erreichte er hinter dem Gitterzaun der gesperrten Bleichinselbrücke das Neckarufer, wo jetzt die Vorbereitungen für die Gestaltung der Friedhofsgräber bereits weit fortgeschritten waren. Jenen Ort, an dem Plasser jedes Mal ein seltsames Gefühl überkam. Natürlich gehörte auch die Bepflanzung von Gräbern zu einer Gartenschau – aber ob dies die Stimmung der Besucher hob, daran hegte er gewisse Zweifel. Allerdings, das wusste er, war das Interesse der Friedhofsgärtner im Lande groß, sich vor einem breiten Publikum zu präsentieren.

Der laue Sommerwind raschelte im frischen Laub der Bäume, während Bauarbeiter mit einem kleinen Bagger das Gelände modellierten, das in die sanft abfallende Uferböschung überging. Plasser verspürte einen Hauch von Wehmut. Alles ist vergänglich, dachte er. Und nun hatte er schon fast fünf Jahre seines Berufslebens mit diesem Projekt verbracht. Danach hieß es wohl Abschied nehmen und sich einer neuen Herausforderung zu stellen. Wie würde das, was sie mit ihrem Team geschaffen hatten, wohl in zehn, zwanzig Jahren aussehen? Nächstes Jahr, zur Eröffnung der großen Blumenschau, war alles frisch und neu – doch die Natur würde ziemlich schnell versuchen, wieder in ihren eigenen Rhythmus zurückzukehren, und sich holen, was der Mensch für ordentlich hielt.

In seinem Job hatte Plasser gelernt, dass das Arbeiten in der Natur auch ein ständiger Kampf gegen deren Drang war, zum natürlichen Chaos zurückzukehren. Alles, was der Mensch für schön und geordnet betrachtete, empfand die Natur offenbar als sinnwidrig. Oder war der Mensch einfach nicht bereit, die chaotische »Ordnung« zu akzeptieren, weil er alles optimieren wollte? Optimieren hieß: optimalen Gewinn mit der Natur zu erzielen. Da blieb eben keine Zeit für die Langsamkeit, mit der die Natur auf wundersame Weise all ihre Ziele durchsetzte. Und zwar gnadenlos. Vor Plassers geistigem Auge liefen plötzlich einige Szenen aus Dokumentarfilmen ab, in denen gezeigt worden war, wie die Erde nach einigen Jahrzehnten ohne Menschen aussähe: Schlingpflanzen an den Hochhäusern, Gestrüpp in den Straßenschluchten, bröckelndes Mauerwerk. Plasser war mal in Mexiko auf der Halbinsel Yucatán gewesen und hatte gestaunt, wie der Urwald das Reich der Mayas schon in wenigen Hundert Jahren überwuchert hatte.

Ist alles auf der Welt dieser unbändigen Kraft ausgesetzt, die alles wieder in den Urzustand zurückversetzen möchte? Ist der Mensch tatsächlich der Störfaktor, der sich dieser Kraft und Macht entgegenstemmt? Ist die Unordnung das Normale? Plasser musste daran denken, wie die Menschheit auf dem ganzen

Planeten gegen das Böse kämpfte. Plötzlich schien es ihm so, als sei das Böse, der Terrorismus, die Extremisten, die machtgierigen Potentaten und die Kriminellen auch so etwas wie ein Urwald, der alles überwuchern möchte – und der die Oberhand gewinnen würde, wenn man sich nicht dagegen wehrte, einem Gärtner gleich, der nur in Frieden ernten kann, wenn er sämtliche Schädlinge beseitigt.

»Haben Sie Ihren Rosengarten schon beerdigt?«, schreckte ihn eine hämisch klingende Männerstimme aus seinem finsteren Tagtraum. Plasser, der auf den kleinen Bagger gestarrt hatte, ohne das Gesehene wirklich wahrzunehmen, fuhr herum – so schnell eben, wie es seine Körperfülle zuließ. Vor ihm stand ein stattlicher Mann, der ihn um einen Kopf überragte. Eine schwarze Schildmütze betonte die Größe sogar noch.

Plasser wusste mit der Bemerkung nichts anzufangen und musterte den Fremden irritiert. War es ein Bauarbeiter? Fremden war der Zutritt streng verboten. Andererseits war der Zaun rund um das Areal natürlich an manchen Stellen leicht zu überwinden.

»1.500 Quadratmeter Rosengarten ist eine ganze Menge«, machte der Mann mit leicht bayerischem Akzent ungerührt weiter und behielt Plasser fest im Auge. Denn diese Bemerkung hatte bei dem verschüchtert dastehenden Landschaftsplaner ihre Wirkung nicht verfehlt. Noch bevor er etwas erwidern konnte, stellte der Unbekannte süffisant fest: »Ein schöner Auftrag für den, der das bepflanzen darf.«

Plasser kämpfte gegen seine eigene Sprachlosigkeit. »Könnte man meinen«, kam es ihm schließlich über die Lippen. »Aber reich wird damit keiner.«

Der Fremde behielt seine Hände lässig in den Taschen seiner Jeans und ließ erkennen, dass er sich nicht einfach wegschicken lassen würde. »Na ja, meist werden auch nicht jene reich, die den Dreck machen«, lächelte er und wandte den Blick von

Plasser ab. »Ist doch überall so«, sinnierte er weiter, »der Handel verdient die große Knete.« Er lachte schallend.

»Da mögen Sie recht haben«, beeilte sich Plasser zu sagen und überlegte, wo er den Mann schon einmal gesehen haben könnte.

»10.000 Quadratmeter Wechselflorpflanzen – auch ein schöner Auftrag«, fuhr der Unbekannte fort und bescherte Plasser mit dieser Feststellung weitere Irritationen. Der Kerl, so dachte er, kannte sich aus. Aber all diese Fakten waren unschwer seit langer Zeit im Internet nachzulesen. Nichts Geheimnisvolles also.

»Sie interessieren sich dafür?«, fragte Plasser vorsichtig.

»Man sollte sich immer dafür interessieren, wofür Steuergelder ausgegeben werden«, hielt ihm der Mann entgegen, der seinen Blick über das Gelände schweifen ließ.

»Die Investition wird sich schnell amortisieren«, verteidigte Plasser das Projekt, »und außerdem ist es nachhaltig. Die Heilbronner werden einen völlig neuen Stadtteil bekommen.«

»Da mögen S' recht haben, junger Mann.« Er klopfte Plasser kumpelhaft auf die Schulter. »Dann schau'n Sie nur, dass es in dem Rosengarten auch einige exotische Exemplare gibt.«

Plasser wurde hellhörig. In seinen Gedanken tauchte Maleike auf. Maleike und die Rosen. Deshalb vernahm er die Stimme des Mannes wie aus der Ferne: »Nicht nur rote Rosen. Das ist doch auf die Dauer ein bisschen langweilig, finden Sie nicht auch?«

Plasser spürte, wie sein Blutdruck stieg. Gleich würde der Fremde aussprechen, was er nicht hören wollte. Nicht schon wieder. Doch der Mann wandte sich ab und war unter der Bleichinselbrücke schnell außer Sichtweite. Plasser fühlte sich wie ein begossener Pudel. Denn eigentlich hätte er den Fremden zur Rede stellen und vom Gelände jagen müssen.

17

Mittwoch, 6. Juni 2018, Baikonur am Nachmittag. 13.14 Uhr mitteleuropäischer Sommerzeit. Ortszeit vier Stunden später. Der Himmel leicht eingetrübt, sengende Hitze. Die schlanke Sojus Trägerrakete wirkte in der sie umgebenden Steppenlandschaft wie ein Fremdkörper. Gespannte Stille, als die letzten Sekunden des Countdowns liefen.

Dann ein orange gleißender Blitz, ein Höllenfeuer – und eine sich gewaltig aufplusternde Rauchwolke. Wo bis vor wenigen Sekunden nur ein Zischen in der Luft lag und weißer Dampf aufgestiegen war, wurden mit einem Schlag die gebändigten Urkräfte entfesselt. Ein dumpfes Grollen erfasste die Zuschauer, die in respektablem Abstand verfolgten, was unumkehrbar erschien: Die einmal entfachte Glut, die jetzt ihre explosiven Kräfte entfaltete, war nicht mehr aufzuhalten. Zwei, drei Sekunden noch – da hob sich mit ihrem gewaltigen Rückstoß in den Triebwerken die majestätisch anmutende Rakete aus der Verankerung. Zuerst bedrohlich langsam, dann immer schneller – der Schwerkraft trotzend. 29 Millionen PS katapultierten die Sojus MS-09-Rakete auf einem Feuerschweif in Richtung Weltall, anfangs noch senkrecht, kurze Zeit später dann bereits in einem flachen Winkel, der Erdrotation nach Osten folgend.

»In acht Minuten sind sie schon fast 210 Kilometer hoch und nahezu 1.700 Kilometer entfernt«, stellte Marko beim Blick auf die weite Ebene hinaus fest, wo einige der vielen Stahlgittertürme in dicken Qualm gehüllt waren, während sich die Rakete immer schneller entfernte und in der dünnen Bewölkung ein Feuerinferno hinter sich ausstieß. Gleich würde die erste Stufe abgetrennt und irgendwo in der unbewohnten Steppe niedergehen.

»Wahnsinn!«, entfuhr es Stefan. »Jedes Mal aufs Neue ein grandioser Augenblick.« Sein Kollege Florian starrte wie gebannt dem kleiner werdenden Feuerball nach.

»Für Alex«, so wurde der deutsche Astronaut im Freundes- und Kollegenkreis genannt, »sicher wieder ein erhebendes Gefühl.«

»Hätt ich nie gedacht, dass er innerhalb so kurzer Zeit wieder fliegen darf«, meinte Teamchef Marko anerkennend. »Ein wirklich toller Kerl. 42 Jahre alt und jetzt sogar der zweite Europäer, der als Kommandant auf der ISS eingesetzt wird.«

»Ja, im zweiten Teil der Mission«, ergänzte Stefan gedankenversunken. »Aber die Jungs werden auch ganz schön beschäftigt sein – mit ihren 35 Experimenten, die sie an Bord haben.«

Inzwischen war der Feuerball am Himmel so weit entfernt, dass er nur noch wie ein heller Stern aussah, der nun langsam erlosch.

»Bin ja mal gespannt, wie das Ding dieser Forscherin aus Ulm funktioniert«, brummte Marko vor sich hin. »Ist ja eigentlich schon verrückt. Da wird jahrelang an etwas geforscht und dann entscheidet so ein Raketenstart über Erfolg oder Misserfolg.«

Florian, der den winzigen Punkt nicht aus den Augen verlieren wollte, erwiderte: »Hattest du denn Zweifel, dass der Start funktioniert?«

»Natürlich nicht«, wiegelte Marko ab, »aber man weiß ja nie. Die Wissenschaftstante aus Ulm hat doch mit ihrem falschen NASA-Heini alle verrückt gemacht.« Er grinste. »So verrückt, dass die Russen schon ein simples Funksignal ziemlich beunruhigt hat.«

Florian, der seit dem Start aus dem Fenster gesehen hatte, drehte sich zu den anderen um: »Na ja, noch ist ihr kleiner schnuckeliger Satellit nicht oben …«

18

Vanessa hatte die Nacht zu diesem wichtigen Tag bei ihrem Vater in Stuttgart verbracht. Gerne wäre sie in Baikonur dabei gewesen, aber der zeitliche Aufwand machte dies unmöglich. So wollte sie den Start der Sojus-Rakete wenigstens live am Fernseher verfolgen. ARD-alpha übetrug schon ab der Mittagszeit und ließ im europäischen Weltraum-Kontrollzentrum in Oberpfaffenhofen den früheren deutschen Astronauten Doktor Ulf Merbold die Mission erläutern. Merbold selbst hatte genügend Erfahrung – als bisher einziger Deutscher, der dreimal im Weltall war: 1983 mit dem Spaceshuttle Columbia, 1992 mit der Discovery und 1994 mit einer Sojus-Rakete.

Vanessa und ihr Vater verfolgten voll innerer Unruhe die TV-Bilder aus Baikonur. Gleichzeitig war auf einem Live-Stream im Internet die Begeisterung in Alexander Gersts Heimatgemeinde Künzelsau zu sehen, wo bei Public Viewing dem Start entgegengefiebert wurde. Der Oberbürgermeister der Stadt und der Landrat des Hohenlohekreises zeigten sich stolz auf ihren prominenten und beliebten Mitbürger.

Als die Rakete im fernen Baikonur abhob, verspürte Vanessa feuchtkalte Hände. Irgendwo in der Nutzlast befand sich auch ihr Mini-Satellit. Allerdings wurde die Freude über diesen wissenschaftlichen Erfolg überschattet – von den versteckten Drohungen des merkwürdigen Amerikaners, den ihr Vater offenbar kannte, aber nicht gerne über ihn sprechen wollte.

19

Von den Ingenieuren, die im Kontrollzentrum in Koroljow, einige Kilometer nordöstlich von Moskau, jede Mission überwachten, war die Anspannung gewichen. Zwar galten Sojus-Starts längst als Routine. Doch wenn derart hochkomplexe, vor allen Dingen explosive Maschinerien beherrscht werden mussten, verblieb ein gewisses Restrisiko. Außerdem waren solche Starts auch jedes Mal Prestige-Unternehmen, mit denen die Russen der Weltöffentlichkeit zeigen wollten, zu welchen Leistungen ihre Raumfahrt inzwischen fähig war. Noch immer saß den Verantwortlichen der Schock der amerikanischen Mondlandung von vor fast 50 Jahren tief in den Knochen. Auch wenn es Kritiker gab, die noch hartnäckig mutmaßten, dieses Ereignis könnte in Zeiten des Kalten Krieges in den Disney-Filmstudios inszeniert worden sein, so bestand in seriösen Fachkreisen keinerlei Zweifel an der Echtheit der insgesamt sechs erfolgreichen US-Missionen zum Mond.

Im fernen Baikonur war längst wieder Stille eingekehrt. Qualm und Dampf hatten sich verzogen. »Super gelaufen«, meinte Marko, während nun auf einem großen Monitor Videobilder aus dem Inneren der Raumkapsel übertragen wurden, wo die Kosmonauten – wie in Russland die Astronauten genannt wurden – von ihren Liegesesseln aus die unzähligen Instrumente prüften. Für einen Moment musste Marko an den legendären Funkspruch aus der damals verunglückten Apollo-13-Kapsel denken: »Houston, wir haben ein Problem.« Aber hier war weder Houston zuständig noch gab es ein Problem. Und Alexander Gerst, der als Co-Pilot seitlich im Bild zu sehen war, hatte sich seinen großen Traum erfüllt, ein zweites Mal in die Erdumlaufbahn zu fliegen. In seinem Heimatort, dem hohenlohischen Künzelsau, hatten sie gewiss genauso mitgefiebert wie vor ziemlich genau vier Jahren, als der Geophysiker als Bordingenieur zur ISS gestartet und ein halbes Jahr lang im Orbit geblieben war. Nach Thomas Reiter und Hans Schlegel war er dort der dritte deutsche Astronaut gewesen. In Erinnerung blieben Gersts Video-, Twitter- und Facebook-Botschaften, mit denen er während seiner Mission oftmals direkt mit der Bevölkerung in Kontakt stand. Kein Wunder, dass er nicht nur in seiner Heimat umjubelt und liebevoll »Astro-Alex« genannt wurde. Er war ein Sympathieträger und ein Botschafter für die Raumfahrt.

Marko erinnerte sich an einige Interviews, die Gerst in der Vergangenheit gegeben hatte und die viele Denkanstöße enthielten und im positiven Sinne für Aufsehen gesorgt hatten. So sagte Gerst einmal in Düsseldorf, er habe Zweifel, ob etwaige Außerirdische das Leben auf der Erde als intelligent einstufen würden, da diese aus dem All sehen würden, »wie wir das Amazonasgebiet roden, uns bekriegen und die Meere überfischen und verpesten.«

Marko wurde aus diesen Gedanken gerissen, als auf dem Monitor Datenreihen angezeigt wurden, die jedoch seine beiden Teamkollegen nur beiläufig verfolgten.

»Ich gönn's dem Alex«, sagte Stefan und sprach damit aus, was die beiden anderen dachten. »Der hat so viel erreicht und ist bescheiden geblieben.«

Kaum hatte er ausgesprochen, zerriss der schrille elektronische Ton eines Telefons die geradezu andächtige Stille in dem Büro. Marko nahm ab, meldete sich und lauschte. Sekunden später war von der Hochstimmung, die ihn beim Start der Rakete befallen hatte, nichts mehr vorhanden. »Ach Gott!«, entfuhr es ihm leise. Er starrte auf die Schreibtischplatte. Stefan und Florian sahen ihn erschrocken an. Markos Entsetzen konnte nur eines bedeuten: Mit der Sojus war etwas passiert. Womöglich beim Abtrennen der dritten Stufe.

20

Donnerstag, 7. Juni 2018. Der Mann, der an diesem sonnigen Frühlingsmorgen seinen jungen Mischlingshund am Wilhelmskanal entlang der Sportboote Gassi führte, ging meist bis zu dem Gitterzaun, mit dem vor der nahen Eisenbahnbrücke der Abstieg zu den Bootsanlegern versperrt war. Schilder wiesen auf Videoüberwachung hin. Hier endete der Weg an der Kaimauer entlang. Zutritt hatten nur die Mitglieder des Württembergischen Motorbootclubs Heilbronn (WMBC), die am Ufer entlang bis zu ihrem Clubheim und bis zum abgesperrten Buga-Gelände weitergehen konnten. Mit ihren Booten war natürlich die Weiterfahrt bis zum Alt-Neckar möglich – durch die historische Wilhelmsscheuse und unter drei Brücken hindurch.

Der Hundebesitzer hatte in den vergangenen Jahren die Veränderung des nahen Buga-Areals mit Interesse verfolgt. Entlang des Sportboot-Hafens war ein Parkhaus entstanden, jenseits des Kanals erhob sich das futuristische Gebäude der neuen Experimenta.

Anfangs noch war der Hundebesitzer über die Buga skeptisch gewesen, zumal es doch ein erheblicher Eingriff in ein liebgewonnenes Landschaftsbild gewesen war. Seine einstige Lieblingsrunde war nämlich jenseits der kleinen Insel verlaufen, die Wilhelmskanal und Alt-Neckar bis zu deren Zusammenfluss trennte. Doch das dortige Flussufer, das sich entlang einer kleinen Parkanlage namens Hospitalgrün erstreckte, war inzwischen auch nicht mehr durchgängig bis zur Rollsporthalle begehbar. Alles wurde umgekrempelt und den Buga-Plänen unterworfen, mit denen vieles schöner und naturnaher werden sollte.

Obwohl das diesseitige Ufer flussabwärts hinter den Brücken früher nie zum Verweilen eingeladen hatte, war es dem Hundebesitzer trotzdem schwergefallen, sich vom Anblick des Althergebrachten zu verabschieden. Und als entlang des Alt-Neckars Planierraupen und Bagger angerollt waren, hatte er sogar Wehmut verspürt, musste er doch seinen kurzen Spaziergang wegen der Absperrungen nun auf den Sportboothafen begrenzen. Nichts mehr würde so sein, wie es einmal war. Das alte Schleusenhaus, das zuletzt ziemlich ramponiert am Auslauf des Wilhelmskanals gestanden hatte, war verschwunden, doch fügte sich das Wenige, das auf dem restlichen Gelände an alter Gebäudesubstanz erhalten geblieben war, harmonisch in die neue Umgebung ein. Der moderne Neubau der »Experimenta« drüben auf der sogenannten Kraneninsel bot mit der auffälligen Architektur einen zwar ungewöhnlichen, aber keinesfalls störenden Kontrast. Heilbronn wollte sich schließlich innovativ und weltoffen präsentieren. Der Mann hatte keinerlei Zweifel, dass die Stadt auf dem besten Weg dorthin war, zumal es dank der in Heilbronn ansässigen Stiftung des Lidl-Gründers Dieter Schwarz demnächst einen Campus der Technischen Universität München mit 20 Professuren geben würde.

Gorri, das Hündchen, schien bei jeder Gassitour wieder etwas anderes zu entdecken. Der Vierbeiner setzte hier eine

Duftmarke, schnupperte da an einem Pflänzchen und bellte dort einer Ente hinterher, die sich schnell ins langsam dahinfließende Wasser zwischen den Bootsanlegern rettete. In ihm schaukelten rund 30 Motorboote, die hier an ihren Liegeplätzen aufgereiht waren. Große und kleine, mit fantasievollen Namen.

Der Mann, ein in Ehren ergrauter Buchhändler, der sich im Ruhestand einen Hund zugelegt hatte, um zu den täglichen Spaziergängen genötigt zu werden, ließ dem Vierbeiner freien Lauf. Nur, wenn besonders ängstliche Passanten daherkamen, pfiff er ihn zurück, was Gorri allerdings meist wenig beeindruckte, worauf Herrchen reflexartig mit der allen Hundebesitzern eigenen und selten beruhigenden Feststellung reagierte: »Der tut nix, der will nur spielen.«

An diesem frühen Morgen zeigte Gorri jedoch ungewöhnlich schlechten Gehorsam. Weil weit und breit keine Passanten zu sehen waren, ließ ihn der Buchhändler gewähren. Der Hund schnüffelte auf der Grasnarbe oberhalb der etwa drei Meter hohen Kaimauer entlang, schien sich heute aber eher für etwas zu interessieren, was sich unten zwischen zwei Booten befand. Gorris Eifer stieg, er begann, schwanzwedelnd zu bellen. »He, he, he!«, rief ihm sein Herrchen deshalb energisch zu. Der Mann beschleunigte seine Schritte, um den Vierbeiner einzuholen. »Gorri, komm zurück.« Es nützte nichts. Der Hund gebärdete sich wie wild an der Kante über der Kaimauer. Immer weiter kläffend, drehte er den Kopf reflexartig zu seinem Herrchen und dann wieder zu den Booten hinab, als wolle er etwas Wichtiges mitteilen.

Ein ziemlich ungewöhnliches Verhalten, wusste der Mann und versuchte, irgendetwas zu erkennen, was Gorri bei den Booten entdeckt haben musste. Vermutlich eine Ente. Was auch sonst?

Doch dort trieben nur einige welke Blätter vorbei, die

irgendwo in das Wasser geweht worden waren. Keine Spur von Enten oder anderem Getier.

Dafür aber etwas, was ihm augenblicklich das Blut in den Adern gefrieren ließ. Kleidungsstücke. Er blieb stehen. Tatsächlich Kleidungsstücke. Sie hatten sich zwischen zwei weißen Booten verfangen. Aber sie sahen nicht so aus, als habe sie jemand achtlos hier ins Wasser geworfen. In ihnen steckte ein Körper. Gorri bellte so laut und heftig er nur konnte, als wolle er sein Herrchen auffordern zu helfen. Doch so, wie es aussah, kam jede Hilfe zu spät. Die Person lag bäuchlings im ruhigen Wasser. Kopf, Arme und Beine versunken. Die Haare, lang und vermutlich schwarz, schwammen nahezu bewegungslos auf der Oberfläche.

21

Gärtnermeister Christian Hofknecht war nur ein paar Stunden im Bett gelegen. Von Schlaf konnte keine Rede sein. Er hatte sich schlafend gestellt, um seine Frau nicht aufzuwecken. Kaum war er eingedöst, war er wieder schweißgebadet erwacht. Waren es Albträume, die ihn plagten, oder gaukelte ihm sein aufgewühltes Gehirn irgendetwas Verrücktes vor? Etwas zwischen Traum und Wirklichkeit? Jetzt, am Spätnachmittag, kämpfte er mit bleierner Müdigkeit und er hatte Mühe, dies vor seiner Frau zu verbergen.

Den ganzen Vormittag über hatte er das Gefühl, als wachse ihm die Arbeit über den Kopf. Das milde Wetter hatte die Nachfrage nach Pflanzen enorm gesteigert – und außerdem waren auch noch zwei Kränze für Beerdigungen herzurichten.

»Du fühlst dich heute beschissen«, hörte er plötzlich die Stimme seiner Frau Katharina hinter sich, als er gerade einen Schluck abgestandenen Mineralwassers aus der Flasche nahm und sie mit einem tiefen Seufzer zurückstellte. Offenbar funktionierte die sündhaft teure Klimatisierung des neuen Gewächshauses nicht wie erwartet. Dass seine Hände zitterten, sah Katharina zum Glück nicht.

»Du bist auch viel zu spät heimgekommen«, warf ihm seine Frau heute schon zum wiederholten Male vor.

»Ach, hör doch auf«, drehte er sich entnervt zu ihr um. »Wie oft soll ich dir noch sagen, dass dies eine einmalige Chance ist, an etwas Großem mitzuarbeiten. Meint auch Warnecke.«

»War er denn auch da, der Warnecke?«, fragte sie plötzlich.

»Warnecke?«, wiederholte er überrascht. »Wie kommst du denn da drauf?«

»Na ja, ich denke, ihr arbeitet da irgendwie zusammen.« Sie wich seinen Blicken aus.

»Da geht's nur um ein paar Informationen, hab ich dir doch gesagt. Es waren die anderen Friedhofsgärtner da. Alle sind begeistert, an etwas Großem mitzuarbeiten.«

»Das kann ich mir vorstellen«, erwiderte Katharina, doch der Klang ihrer Stimme verriet wenig Interesse. Sie wischte die Hände an ihrer zerschlissenen Jeanshose ab. »Wir Kleinen sind bei so einem großen Ding nur ein winziges Mosaiksteinchen. Kapier das doch endlich. Glaubst du, es interessiert einen einzigen Besucher der Gartenschau, wer da irgendein Grab auf dem Schaufriedhof gestaltet hat? Irgendeiner aus Geislingen an der Steige! Ha ...«, sie zwickte mit der kleinen Zange ein Stück Blumenbindedraht ab, um es mit in den Nebenraum zu nehmen. Auf dem Weg dorthin keifte sie vor sich hin: »Geislingen. Wo bitte ist Geislingen, werden die Besucher fragen. Aus Heilbronner Sicht ist Geislingen doch hinter den sieben Bergen. Hier irgendwo an der Alb.« Ihre schrill gewordene Stimme drang nur noch gedämpft aus dem Nebenraum, obwohl die Alutür dorthin offen stand.

Christian konnte seinen Zorn nur mühsam verbergen. »Es werden ja wohl auch einige Besucher aus dem Raum Ulm und Geislingen zur Gartenschau nach Heilbronn kommen«, rief er, so laut er nur konnte, und stieß, um dem Ganzen noch mehr Nachdruck zu verleihen, einen Fluch aus: »Himmeldonnerwetternochmal. Es geht doch nicht nur um die Gräber. Hast du vergessen, dass dieser Warnecke …« Dabei schob er einige Blumentöpfe scheppernd beiseite und eilte zornig quer durchs Gewächshaus zum Nebenraum, wo seine Frau erschrocken aufblickte, als er sie anfuhr: »… dass uns dieser Warnecke aus der Patsche helfen kann?«

»Warnecke!«, keifte seine Frau. »Ja, der Warnecke, der ist vielleicht weitsichtiger und erfolgreicher als du! Hast du ihm denn schon etwas geliefert, etwas, mit dem er vielleicht was anfangen kann?«

»Was denkst du denn, warum ich öfters mal nach Heilbronn fahre? Nur zur Gaudi oder was?« Er suchte einen Weg, davon abzulenken: »Übrigens bist du vergangene Nacht auch nicht wesentlich früher heimgekommen als ich. Frag ich denn, wo du dich rumtreibst, wenn ich weg bin? Soll ich im Ernst glauben, dass deine 80-jährige Mutter um drei in der Nacht mit dir zusammenhockt? Katharina, machen wir uns doch nichts vor …«

»Woher willst du denn wissen, wann ich heimgekommen bin«, zeterte sie zurück.

»Meinst du, ich bin ganz blöd?«, fauchte er sie an. »Der Motor deines Autos war noch warm, als ich um halb vier hier war.«

»Wie bitte?« Sie sprang auf, sodass zwei Topfpflanzen zu Boden fielen. »Du schnüffelst mir nach?«

»Davon kann keine Rede sein«, gab er sich gelassen. »Ich hab an den Kühler deines Autos gefasst. Der war noch ziemlich warm.«

»Soll ich dir mal was sagen?«, zischte sie giftig. »Es kommt der Tag, da kannst du den ganzen Scheißdreck hier alleine machen.« Sie drehte sich weg und ließ Christian wie einen begossenen Pudel stehen.

22

Heulende Sirenen von Einsatzfahrzeugen, zuckendes Blaulicht, irritierte Passanten: Innerhalb weniger Minuten war der schmale Uferweg entlang des Sportboothafens zur Kulisse eines schaurigen Szenarios geworden. Uniformierte drängten Neugierige zurück, die das rot-weiße Absperrband der Polizei ignoriert hatten. Einige hielten ihre Smartphones in die Höhe, um zu filmen oder zu fotografieren, ohne zu wissen, was da geschehen war. Gleich würden die ersten Bilder in den sozialen Netzwerken auftauchen.

Ein Notarztwagen und ein Feuerwehrfahrzeug waren vorsichtig so dicht wie möglich an die Kaimauer heranmanövriert worden, unterhalb derer ein lebloser Körper bäuchlings zwischen den Booten im Wasser lag. Kleidung und Haare ließen auf eine Frau schließen. Rettungskräfte, die sich mit Schlauchbooten angenähert hatten, bewegten den Kopf des Opfers vorsichtig aus dem Wasser. Das jugendlich wirkende Gesicht war fahl, an den langen schwarzen Haaren zerrten jetzt sanfte Wellen.

»Tot«, stellte der Notarzt fest, als er über den nahen Metallsteig zu den wartenden Streifenbeamten oberhalb der Kaimauer zurückgekehrt war. Dort mussten Uniformierte einige unbelehrbare Gaffer, die aus dem angrenzenden Parkhaus gekommen waren, energisch zurückweisen. Drüben, am jenseitigen Ufer, hatten sich auf der Baustelle der »Experimenta« ebenfalls viele Schaulustige versammelt.

Bei den Einheimischen weckte der Großeinsatz bittere Erinnerungen an den April 2007, als gar nicht weit von hier, auf der Theresienwiese unweit des Bahnhofs, eine Polizistin erschossen und ihr Kollege schwer verletzt worden waren. Ein bis heute rätselhaftes Verbrechen. Und jetzt, elf Jahre später, schon wieder eines, durchzuckte es manchen, der geschockt die Bergung der weiblichen Leiche verfolgte.

Einer der Uniformierten, den vier silberne Sterne auf der dunkelblauen Schulterklappe als Polizeihauptkommissar auswiesen, würdigte die ungebetenen Zuschauer keines Blickes. Stattdessen wandte er sich an den altgedienten Notarzt, der von einem der Bootsanleger zurückkam. »Und?«, fragte der Beamte knapp und erhielt eine ähnlich wortkarge Antwort: »Kann reingefallen und ertrunken sein.« Dann jedoch fügte er mit gedämpfter Stimme hinzu: »Aber irgendetwas ist da am Hals.«

»Am Hals?«, echote der Beamte sofort, während Dieselabgase aus einem lärmenden Aggregat ihm kurz den Atem nahmen.

»Könnte eine Drosselmarke sein. Das muss die Obduktion ergeben«, stellte der Mediziner sachlich fest.

»Sie meinen, die Frau war schon tot, als sie ins Wasser gefallen ist?«

»Dann wohl eher nicht gefallen, sondern geworfen worden«, meinte der Arzt emotionslos. »Erdrosselte haben noch Luft in der Lunge, weshalb sie nicht untergehen«, sah er sich bemüßigt, den Beamten aufzuklären.

Der jedoch war während seiner langen Berufslaufbahn mit der gesamten Bandbreite schlimmster Tötungsdelikte konfrontiert worden und gab sich nun der Routine hin: »Wie alt ist sie und wann ungefähr ist der Tod eingetreten?«

Der Arzt zuckte mit den Schultern. »Ich schätze sie auf etwa 30. Und den Todeszeitpunkt würde ich auf maximal vergangene Nacht taxieren. Aber das sollen die Kollegen der Gerichtsmedizin abklären.« Er wandte sich zur Seite und ging wortlos zum Rettungswagen, in dem einige Sanitäter bereits wieder ihre Utensilien verstauten.

Unterdessen informierte der Kommissar über sein Funkgerät die Leitstelle im Präsidium von den ersten Erkenntnissen. Zweifelsohne gab's jetzt für die Kollegen der Kriminalpolizei Arbeit.

Noch bevor das knappe Gespräch beendet war, gab er einem vorbeieilenden jungen Beamten per Handbewegung zu verstehen, kurz innezuhalten. »Gibt's irgendwelche Anhaltspunkte, wer die Tote ist?«, wollte er wissen, weil dies die hörbar gereizte Stimme von der Leitstelle soeben gefragt hatte.

Der Angesprochene erwiderte eifrig: »Nein. Es gibt auch keine Handtasche oder Ähnliches. Keine sonstigen Utensilien. Sieht nicht so aus, als gehöre die Frau zu einem der Boote.«

Der Hauptkommissar gab diese Antwort per Funk weiter und beendete das Gespräch. Er wollte sich jetzt dem Hundebesitzer widmen, der seinen Vierbeiner an die kurze Leine genommen hatte und drei Fahrzeuglängen weiter mit einer jungen Polizistin sprach.

Als sich der Beamte näherte, verstummten die beiden. »Sattler mein Name«, stellte sich der Kommissar vor und begrüßte den hageren, groß gewachsenen Mann mit Handschlag.

»Kuhnert, Thomas Kuhnert«, murmelte der sichtlich geschockte Mittsechziger. »Ich hab die Leiche gefunden. Das heißt, eigentlich war's Gorri.« Er deutete auf den schwanzwedelnden Mischling.

»Sie kommen öfters hierher?«, erkundigte sich Kommissar Sattler, während sich die Polizistin nun aufs Zuhören beschränkte. Schließlich war die Polizei trotz des nach außen hin modernen Auftretens innerdienstlich ziemlich hierarchisch strukturiert. Aber dies musste wohl angesichts der komplexen Aufgaben auch so sein.

»Seit hier überall gebaut wird, komm ich höchstens einmal die Woche her. Früher bin ich drüben durchs Hospitalgrün gegangen, aber das ist ja jetzt wegen der Baustelle alles abgesperrt«, erklärte Kuhnert. »Ich wohn am Stadtrand, da hat Gorri eigentlich genügend Auslauf. Aber bei schönem Wetter kommen wir hierher. Dann nehm ich Gorri im Auto mit.«

»Wann waren Sie zuletzt hier?«

»Vorige Woche war's, am Mittwoch.«

Sattler wusste, dass es jetzt keinen Sinn machte, weitere Fragen zu stellen. Außerdem war dies Sache der Kriminalisten. Aber Kuhnert schob noch eine Antwort nach: »Wenn ich herkomme, dann bei gutem Wetter meist morgens, ziemlich früh. Das Einzige, was mir letzten Mittwoch aufgefallen ist – wenn ich mir das so überlege …« Er musste nachdenken und bemerkte, dass Sattlers Interesse wieder stieg. »Da war eine junge Frau, allein, ohne Hund. Zuerst da vorne bei dem Tor, wo's zu den Bootsanlegern runtergeht«, er deutete in Richtung der Eisenbahnbrücke, »dann, als ich näher zu ihr hinkam, hat sie zuerst in Richtung der Brücke durchfotografiert und danach da rüber zum Neubau der ›Experimenta‹.«

»Ach«, entfuhr es Sattler eher ironisch, als sei es heutzutage eine Besonderheit, alles und jeden zu knipsen. »Sie hat hier fotografiert.«

»Na ja«, mischte sich jetzt die junge Kollegin ein, die in Heilbronn aufgewachsen war. »Das ist immerhin ein historischer Kanal. Mit der angeblich ältesten noch von Hand betriebenen Schleuse Baden-Württembergs.«

»Vermutlich war's wohl eine archäologisch interessierte Dame, hab ich mir gedacht«, fuhr Kuhnert fort, während sein Hündchen jetzt ungeduldig an der Leine zerrte. »Das sind ja alles irgendwie historische Dinge hier.« Er lächelte verlegen. »Ich hab sie dann darauf angesprochen, na ja, das macht man halt so, wenn man mit dem Hund unterwegs ist, das ist immer sehr kommunikativ …« Es klang so, als wolle er sich dafür entschuldigen. »Ich hab sie gefragt, was sie an dem Kanal hier so interessant finde.«

»Und dann?«, drängte Sattler zur Eile.

»Sie hat nur gelächelt und gemeint, es sei halt ein bedeutendes Bauwerk, dieser Kanal und die Schleuse.«

»Diese Schleuse«, echote Sattler desinteressiert. »Die ist aber noch ein Stück flussabwärts, hinter der Brücke, kann man aber derzeit nicht besichtigen. Gehört zum Buga-Gelände.«

»Das war ihr klar, deshalb ist sie dann auch schnell hier zurück in Richtung Kaiserstraße gegangen – zur Stadt.«

»Wie hat sie denn ausgesehen?«

»Oh, Herr Kommissar, da fragen Sie mich jetzt Dinge …« Er zuckte mit den Schultern. »Sie war hübsch anzusehen, irgendwie selbstbewusst.«

»Haarfarbe?«, unterbrach ihn Sattler.

»Dunkel, ja, wahrscheinlich dunkel. Aber es war nur eine kurze Begegnung, müssen Sie wissen.«

Sattler war insgeheim froh, dass für ihn die Sache bald erledigt sein würde. Wie immer hatten er und seine Kollegen vom

Streifendienst die ersten Maßnahmen am Tatort ergriffen – jetzt kamen die »Damen und Herren von der Kripo«, wie es im Kreis der Uniformierten mancherorts süffisant hieß. Denn die Kriminalisten waren ob ihres bisweilen selbstgefälligen Auftretens nicht überall beliebt. Sattler kam der Ausspruch eines Kollegen in den Sinn, der mal gesagt hatte, die Kriminalisten kämen erst an den Tatort, »wenn das Blut schon angetrocknet ist«. Das klang zwar ziemlich unfreundlich, traf aber auch nach Meinung Sattlers den Nagel auf den Kopf – obwohl das Verhältnis unter den Kollegen in Heilbronn sehr kameradschaftlich war.

23

Kriminalrat Volker Dreisamer, Mitte 50, Chef der Kripo im Heilbronner Polizeipräsidium und im langen Berufsleben ergraut, war selbst vor Ort gewesen und ließ sich jetzt von seinem Büro aus die ersten Erkenntnisse von der Gerichtsmedizin telefonisch erläutern. »Drosselmerkmale, sagten Sie«, wiederholte er, was er soeben gehört hatte, und schrieb das Wort »Drosselmerkmale« auf einen Schmierzettel. »Lässt sich sagen, womit?«

»Etwas Dünnem«, antwortete die Männerstimme im Hörer, »also kein Seil, kein Schal, vermutlich auch kein Damenstrumpf.«

»Sondern?«, verlangte der Kriminalrat eine schnelle Auskunft.

»Ich würde mal auf ein Kabel, eine dünne, feste Schnur oder einen Draht tippen. Aber lassen Sie uns noch ein paar Stunden Zeit, dann kann ich's Ihnen vielleicht genauer sagen.«

»Ich verstehe Sie also richtig«, wollte der Kripochef Klarheit, »dass Sie von Fremdeinwirkung ausgehen?«

»Ja, so viel kann man wohl mit an Sicherheit grenzender Wahrscheinlichkeit sagen.«

»Okay, halten Sie mich auf dem Laufenden.« Dreisamer beendete das Gespräch und lehnte sich für einen Moment in seinen Bürostuhl zurück.

Ein Kapitalverbrechen also, wieder einmal. Aber solange sie nicht wussten, um wen es sich bei der Toten aus dem Wilhelmskanal handelte, würde es schwierig sein, konkrete Ansatzpunkte für die Ermittlungen zu finden. Die Spurensicherung war zwar vor Ort, ja sogar Taucher hatte man hinzugezogen, aber was würde man schon am Ufer und im Wasser finden, überlegte er. An der Bootsanlegestelle gab es vermutlich kaum verwertbare Spuren. Ebenso wenig gegenüber, an der bewachsenen Böschung zur »Experimenta« hin. Und wenn das Verbrechen in der vergangenen Nacht geschehen war, hätte nur ein zufällig vorbeikommender Passant etwas Verdächtiges wahrnehmen können. Aber seit die Baustelle den angrenzenden Grünbereich unpassierbar machte, hielt sich hier nach Einbruch der Dunkelheit kaum noch jemand auf – es sei denn, einige Bootsbesitzer wären noch da gewesen. Aber danach sah es nicht aus. Der Hafenmeister war bereits hinzugezogen worden, doch der schaute nur ein- oder zweimal am Tag vorbei, nachts meist gar nicht.

Man musste also mit einem Zeugenaufruf an die Öffentlichkeit – und fragen, wer in der vergangenen Nacht im Bereich des Neckarbogens und des Wilhelmskanals etwas Ungewöhnliches beobachtet hatte. Obwohl die Leiche außerhalb des Buga-Geländes im Wasser gelegen war, bestand natürlich die Möglichkeit, dass es einen Bezug zu dieser Baustelle gab. Oder der Täter hatte sein Opfer gar nicht hier umgebracht, sondern es erst nach dem Mord hier abgelegt, überlegte Dreisamer. Der Täter hätte die Leiche sogar mit einem Boot herbringen können, von beiden Seiten, denn auf dem Wasser konnte man durch das ansonsten abgesperrte Buga-Gelände hindurchschippern. Wäre es so gewesen, hätte sich das Verbrechen natürlich auch auf dem Buga-Gelände zutragen können.

Dreisamer versuchte, diese Gedanken zu ordnen. Erste Priorität hatte jetzt aber der Medienaufruf. Nachdem auch der zuständige Staatsanwalt am Tatort gewesen war, bedurfte es keines aufwendigen bürokratischen Vorgangs mehr, ihn von der Notwendigkeit einer solchen Maßnahme zu überzeugen.

Mit Sicherheit würde der Heilbronner Polizeipräsident die Bildung einer Sonderkommission anregen, zumal allein schon der Tatort aufgrund seiner Nähe zum Gelände der Bundesgartenschau als sensibel eingestuft werden musste. Nach außen hin durfte gewiss nicht der Eindruck entstehen, ausgerechnet hier laufe ein Mörder frei herum. Das Verbrechen von der Theresienwiese war in der Öffentlichkeit noch präsent genug, vor allem auch, weil es damals einige merkwürdige Ermittlungspannen gegeben hatte, die aber nicht in seiner Verantwortung lagen, versuchte sich Dreisamer selbst aus der Schusslinie zu nehmen. Schließlich war das alles vor seiner Zeit hier gewesen.

24

Doktor Erich Eickhoff war beunruhigt. Seine Tochter war gestern nach dem gemeinsamen Fernsehgucken noch zum Gartenschau-Areal nach Heilbronn gefahren und hatte anschließend in ihre Ulmer Wohnung zurückkehren wollen. Meist rief sie ihn dann von dort aus an, um zu sagen, dass sie gut angekommen sei. Dass dies gestern Abend wieder mal nicht geschah, war allerdings keinesfalls ungewöhnlich, denn die junge Frau hatte sich sehr viel Arbeit aufgebürdet – und außerdem verfolgte sie vermutlich zusammen mit ihrem Freund Egeas im Internet den Flug der Sojus-Rakete. Das Andockmanöver an die Internationale Raumstation war allerdings erst für den morgigen Freitagnachmittag geplant.

Bisher war alles, wie Eickhoff in den Nachrichten verfolgt hatte, offenbar problemlos verlaufen. Gerne hätte er mit seiner Tochter heute Vormittag darüber gesprochen, aber ihr Handy meldete lediglich, sie sei vorübergehend nicht erreichbar. Vermutlich war mal wieder der Akku leer, dachte er. Vanessa wollte zwar immer und überall erreichbar sein, nahm's dann aber oft mit der rechtzeitigen Stromversorgung ihres Geräts nicht so genau. Er versuchte bereits zum wiederholten Male, Egeas zu erreichen. Doch der hatte vermutlich sein Smartphone wie so oft auf stumm geschaltet.

Eickhoff legte das Gerät auf den Tisch neben seinem Sessel zurück und nahm wie aus der Ferne die Stimme seiner Haushälterin wahr. »Sie sollten sich keine Sorgen machen«, meinte die ältere Dame, die seine mehrfachen Versuche, die Tochter telefonisch zu erreichen, mitbekommen hatte. »Junge Mädels wollen sich auch mal amüsieren und nicht nur für die Arbeit leben. Oder vom Vater beaufsichtigt werden.« Sie ging grinsend wieder an die Küchenzeile zurück, die mit einer Theke Wohn- und Essbereich voneinander abgrenzte. In der einkehrenden Stille war wieder der leise gestellte Radiosender zu hören, der jetzt die 14-Uhr-Nachrichten ankündigte. Eickhoff war allerdings nicht in der Stimmung, sich für die Weltpolitik und all die unschönen Meldungen zu interessieren, die tagtäglich verbreitet wurden. Erst als gegen Ende der Nachrichten die Männerstimme mit den Worten »Polizei« und »unbekannte Tote im Neckar in Heilbronn« an sein Ohr drang, wurde er hellhörig. »Die Frau wird wie folgt beschrieben: etwa 30 Jahre alt, schlank, lange schwarze Haare. Die Polizei bittet um Hinweise, wo eine Frau, auf die diese Beschreibung zutrifft, vermisst wird.«

Eickhoff stockte der Atem. 30 Jahre, schlank, lange schwarze Haare. Ihm wurde heiß, seine Finger zitterten, er schluckte, wollte etwas sagen, schloss die Augen und ließ die Stimme des Radiosprechers nachklingen. Neckar, Heilbronn, tote Frau, unbekannt. Nein, er wollte es gar nicht wissen. Nicht jetzt. Er hätte die Polizei anrufen können, aber dann würde es eine Gewissheit geben, die sich nicht mehr umkehren ließ. Solange es nicht ausgesprochen wurde, war es auch nicht geschehen. Erst wenn man etwas sah und bestätigt bekam, war es nicht mehr zu ändern. Aber nein, es machte natürlich keinen Sinn, hier zu sitzen und zu warten. Irgendwann würden sie klingeln, anrufen, die schreckliche Nachricht überbringen. Mein Gott, Vanessa, dachte er. Mein Gott. Weil er regungslos im Sessel saß, kam die Haushälterin von der Küche herüber. »Herr Doktor Eickhoff, ist Ihnen nicht gut?«

Er erwiderte nichts, sondern atmete schwer.

»Herr Doktor, ist Ihnen schlecht geworden?«

Er hielt die Augen geschlossen. »Haben Sie's nicht gehört? Sie haben eine …«, er kämpfte gegen Tränen, »eine Tote im Neckar gefunden. In Heilbronn.«

25

Heidi Miraldi hatte an diesem Nachmittag nur mal schnell von ihrem Büro zu ihrem grünen Info-Würfel hinüberradeln wollen. Weit war das nicht. Ihr Büro befand sich in einem Gebäudekomplex an der Edisonstraße, direkt an der Ostseite des Alt-Neckars, sozusagen einen Steinwurf von der Großbaustelle entfernt. Um an ihr Ziel zu gelangen, nahm sie eine Rad- und Fußwegverbindung vorbei an einem Shopping-Komplex mit Mediamarkt zum Europaplatz, an dem die zur Bleichinselbrücke abzweigende Kalistraße zugunsten der Gartenschau gekappt worden war.

Normalerweise durften Buga-Mitarbeiter den dortigen Zugang zum Ausstellungsgelände benutzen – heute jedoch flatterte dort ein rot-weißes Absperrband der Polizei im lauen Sommerwind.

Heidi stoppte irritiert und gab dem Sicherheitsmann im Bürocontainer mit einer Handbewegung zu verstehen, er solle zu ihr kommen. »Da dürfen auch Sie jetzt nicht durch«, erklärte er. »Die Polizei hat abgesperrt.«

Heidi erschrak. Erster Gedanke: ein Unfall. Der Mann mit der hellroten Signalweste wurde noch eine Spur ernster: »Eine Tote im Wilhelmskanal, hinter der Eisenbahnbrücke, beim Bootshafen.«

»Eine Tote? Ein Unfall?«

»Keine Ahnung, aber es hat sich eher nach einem Verbrechen angehört.«

»Und wo …?«

»Bei den Sportbooten, sag ich doch.«

Heidi wandte sich wortlos ab, stieg wieder auf ihr Fahrrad und fuhr hastig zum Europaplatz zurück, um an der Parkanlage der Rollsporthalle entlang und dann zwischen Parkhaus Bollwerksturm und Freizeitbad Soleo die untere Neckarstraße zu erreichen. Hier musste sie ihre wilde Fahrt wegen zahlreicher Passanten verlangsamen, die entlang der großen Wasserfläche flanierten, zu der sich der Neckar vor dem Kraftwerk weitete. »Hagenbucher See« sagten die Einheimischen dazu.

Vollends ausgebremst wurde sie, als sie sogleich die Kaiserstraße erreichte, die mit ihren Stadtbahngleisen aus dem geschäftigen Zentrum herausführte und den Alt-Neckar beim Insel-Hotel querte. Ganze Trauben von Touristen blockierten den Straßenrand, während sie ungeduldig auf das Fußgänger-Grün warteten.

Heidi umkurvte sie genervt, um sofort nach der Brücke rechts zum Motorboothafen abzubiegen. Kaum war sie wieder kräftig in die Pedale getreten, tauchte vor ihr, quer zur Straße gespannt, erneut ein rot-weißes Band mit der Aufschrift »Polizei« auf, davor ein gutes Dutzend Neugieriger, die sinnloserweise herumstanden, obwohl sie aus dieser Distanz gar nichts erkennen konnten. Die mit Martinshorn und Blaulicht herangerasten Einsatzfahrzeuge hatten aber ausgereicht, ihre Sensationslust zu wecken.

Als Heidi näher kam und knapp vor dem Absperrband stoppte, gingen einige der Personen nur widerwillig zur Seite. Ein Uniformierter, der dies aus der Entfernung beobachtete, eilte forschen Schrittes heran. Heidi stellte unterdessen ihr Fahrrad auf der Seite ab und mischte sich in das Gespräch der Neugierigen: »Entschuldigung. Was ist da denn passiert?«

Ein älterer Herr drehte sich zu ihr und schien mit seinem Halbwissen prahlen zu wollen: »Sie haben eine Leiche aus dem Wasser gefischt.«

Heidi spürte plötzlich einen Kloß im Hals. »Eine Leiche?«, wiederholte sie ungläubig.

»Ja, eine Leiche«, hörte sie den Mann noch sagen, als sie

nach einer Sekunde des Überlegens entschlossen zu dem herangekommenen Uniformierten übers Flatterband stieg und die laut gewordene Empörung hinter sich ignorierte.

Der junge Beamte mit dem kantigen Gesicht, der dies alles sichtlich genervt verfolgt hatte, wollte sie energisch zurückweisen. Heidi kramte wortlos aus der Hosentasche eine Art Dienstausweis hervor. »Ich bin Buga-Mitarbeiterin«, sagte sie und hielt ihm das Dokument unter die Nase. »Zuständig für Medienarbeit.«

Der Polizist warf nur einen kurzen Blick darauf und knurrte: »Das hier ist kein Buga-Gelände.« Heidi hakte jedoch freundlich und mit erhobenen Augenbrauen nach: »Darf ich trotzdem höflich fragen, was hier geschehen ist?«

Die Antwort war allerdings wenig charmant: »Dazu geben wir keine Auskunft.« Er entfernte sich wieder von den Gaffern, worauf ihm Heidi folgte. Der Beamte wurde eine Spur unfreundlicher: »Sie sollten zur Kenntnis nehmen, dass es sich hier nicht um Buga-Gelände handelt. Sie dürfen hier nicht weiter.« Der finster dreinblickende Polizist musterte sie von oben bis unten, griff zu seinem Funkgerät, sagte irgendetwas, worauf sich eine unverständliche, krächzende Stimme meldete und er schließlich der Frau befahl: »Warten!«

Sie fühlte sich brüskiert und abgekanzelt, hielt sich aber zurück, weil der junge Mann nichts weiter als seine Pflicht tat, wenngleich ziemlich unfreundlich.

Die paar Schritte hatten ausgereicht, um ein bisschen mehr von dem Szenario zu sehen, das einen Großeinsatz befürchten ließ: Gut ein halbes Dutzend Einsatz- und Rettungsfahrzeuge standen hintereinander an der Kaimauer entlang der Bootsliegeplätze. Es wuselte von Uniformierten von Polizei, Feuerwehr und anderen Rettungsdiensten.

Ein paar Sekunden später löste sich aus einer entfernt stehenden Gruppe von Uniformierten ein älterer Beamter und kam auf Heidi und ihren polizeilichen Begleiter zu: »Sie wünschen, gnädige Frau?«, wandte er sich an Heidi. Der Tonfall klang nicht gerade kooperativ.

Heidi stellte sich zum zweiten Mal vor und bat höflich um Auskunft darüber, was hier geschehen war.

»Ein Todesfall«, erwiderte er knapp. »Eine unbekannte Frauenleiche im Wilhelmskanal.«

Heidi sah ihn entgeistert an. »Eine Frau? Unbekannt?«

»Ja, mehr kann ich Ihnen nicht sagen. Tut mir leid.« Er wollte wieder weggehen, doch Heidi blieb hartnäckig: »Ist sie noch da? Ich meine – ist die Leiche schon weggebracht?« Sie spürte, wie sich ihr Herzschlag beschleunigte.

»Ja, natürlich.«

»Und ...«, Heidi zögerte, »man weiß nicht, um wen es sich handelt?«

»Nein, wie ich schon sagte. Alles Weitere können Sie über unsere Pressestelle erfahren. Sie kennen ja die übliche Verfahrensweise, wenn Sie selbst eine Pressestelle leiten.«

»Wie sieht sie denn aus, diese Frau?« Heidi wollte sich nicht so einfach abspeisen lassen.

Der Beamte sah sie verärgert an und überlegte. Das Aussehen der Toten war kein Geheimnis, schließlich hatte die Pressestelle bereits eine entsprechende Suchmeldung veröffentlicht. Er rang sich zu einer Antwort durch: »Ungefähr 30, schlank, lange schwarze Haare.«

Heidi erbleichte. »Lange schwarze Haare?« Ihre Stimme war schwach geworden.

Der Beamte wurde hellhörig. »Kennen Sie vielleicht eine Frau, auf die diese Beschreibung zutrifft?«

Heidi hoffte, alles würde nur ein Zufall sein. Sie sah an dem Beamten vorbei – zu den Bootsanlegern, an denen sich mehrere Personen mit weißer Schutzkleidung aufhielten, daneben auch ein Taucher, der gerade aus dem Wasser stieg. »Sie kennen jemanden, auf den die Beschreibung zutrifft?«, wiederholte der Polizist etwas versöhnlicher, aber bestimmend.

Heidi holte tief Luft. Sie spürte, wie ihr Herz zu pochen begann.

26

Kriminaloberrat Volker Dreisamer war sich der Bedeutung des Falles sofort bewusst gewesen. Als ihm vor zwei Jahren diese leitende Funktion übertragen worden war, hatte er sich vorgenommen, seine Mannschaft täglich aufs Neue zu motivieren und in allem ein gutes Vorbild zu sein. Seine gradlinige Art, seine Schaffenskraft und sein kompetentes Vorgehen hatten ihm im Kollegenkreis auch schnell hohe Anerkennung eingebracht.

Jetzt, mit Mitte 50, war er auf der Höhe der Karriereleiter angekommen.

Sein Gespür gebot ihm, für die Bearbeitung des Leichenfunds im Alt-Neckar eine Sonderkommission zusammenzustellen.

Im großen Lehrsaal, der sich im Erdgeschoss des ziemlich schmucklosen Präsidiumsgebäudes befand, ließ sich ein Dutzend Kriminalisten über die Ereignisse der vergangenen Stunden informieren. Nach der kurzen Einführung übergab

Dreisamer das Wort dem Leiter der Kriminalinspektion I, Christoph Kuntz, einem 40-jährigen Kriminalrat, der auf seine elegante Erscheinung bedacht war, dabei aber keinesfalls distanziert oder gar arrogant wirkte. Ganz im Gegenteil: Mit seinen oftmals lockeren Sprüchen konnte er auch die mieseste Stimmung in seinem Team wieder aufheitern. »Immerhin«, so gab er sich vor den im Halbkreis versammelten Kollegen optimistisch, »wissen wir nun schon, wer die Tote ist. Sie heißt Vanessa Eickhoff, ist promovierte Biophysikerin, stammt von hier, wohnt in Ulm, ist 35 Jahre alt und hatte einen Beraterauftrag bei der Buga. Ihr hauptsächliches Betätigungsfeld ist wissenschaftlicher Art«, Kuntz, dem die Leitung der Sonderkommission oblag, blätterte in den Unterlagen, die er bei sich trug, und fuhr fort: »Die Frau ist maßgeblich an einem Experiment beteiligt, das gestern von Baikonur aus zur Internationalen Raumstation ISS gestartet ist. Mit Alexander Gerst aus Künzelsau.«

Ein Raunen ging durch die Mannschaft.

»Frau Eickhoff ist ledig, lebt aber wohl mit einem Astrophysiker in Ulm zusammen, und ihr Vater ist in Stuttgart ein angesehener Arzt gewesen – das heißt, er praktiziert wohl immer noch für Privatpatienten.« Wieder erhob sich ein Murmeln.

»Kurze Frage«, meldete sich eine junge Kriminalistin, »wurden die Eltern schon verständigt?«

»Es gibt nur noch den Vater, den ich gerade erwähnt habe. Er hat sich nach den Radionachrichten bei uns gemeldet. Kollegen sind bereits mit einem Notfallseelsorger bei ihm gewesen«, erklärte der Inspektionschef. »Aber lasst mich vollends zu Ende kommen. Unsere Ermittlungen werden sich sowohl auf die hiesige Gegend als auch auf den Raum Ulm konzentrieren müssen. Hier bei uns, weil Frau Eickhoff mit der Buga zu tun hatte – vor allem aber zur Frage, mit wem sie hier Kontakt hatte –, und in Ulm wegen ihrer wissenschaftlichen Seite.«

»Da könnte uns ja der Häberle weiterhelfen«, war eine Stimme aus dem Kollegenkreis zu hören. Ein älterer Kriminalist hatte sich bei der Nennung des Städtenamens sofort an jenen längst landesweit bekannten und sehr erfolgreichen Ermittler erinnert, mit dem er einmal bei der Landespolizeidirektion Stuttgart zusammengearbeitet hatte.

Häberle hatte nach der Polizeireform vor einigen Jahren zwar sein angestammtes Büro in Göppingen beim Kriminalkommissariat behalten dürfen, zählte aber dienstlich zum Polizeipräsidium Ulm.

»Häberle«, griff Kuntz den Namen auf, »wo immer ich bisher hingekommen bin, hab ich diesen Namen gehört. Allerdings ist es mir bisher nicht vergönnt gewesen, ihn einmal persönlich kennenzulernen.«

»Das kann sich ja ändern«, meinte Dreisamer grinsend, der das Gespräch aus dem Hintergrund verfolgte. »Es wäre tatsächlich eine Gelegenheit. Soweit ich weiß, hat er über sein Pensionsalter hinaus verlängert – und übrigens in seinem ganzen Berufsleben nur einen einzigen Mord nicht aufklären können.« Kuntz, der gerade zum Chefermittler im jüngsten Fall erkoren worden war, nahm's bewundernd zur Kenntnis, gab jedoch zu bedenken: »Aber Häberle wird bei uns nur tätig werden können, wenn es von höchster Stelle angeordnet wird.«

»Wenn *ich's* will«, stellte Dreisamer lächelnd fest und sah insgeheim bereits die Chance gekommen, Häberle mit einzubinden. »Wir könnten's ja arrangieren.«

Ein Älterer aus der Runde meinte süffisant: »Hätten die damals auf der Theresienwiese den Häberle rangelassen, dann wär der Fall aufgeklärt. Häberle lässt sich nicht so schnell ins Handwerk pfuschen.«

»Davon können wir ausgehen«, pflichtete ihm Dreisamer bei. »Häberle hat nie ein Blatt vor den Mund genommen. Ein prima Kerl.«

»Also, Kollegen«, verschaffte sich Kuntz wieder Gehör, »mit oder ohne Häberle – wir werden dieses Verbrechen hier aufklären.«

Dreisamer räusperte sich, um deutlich zu machen, dass er noch etwas vorbringen wollte: »Wir sollten natürlich wissen, dass dieser Fall von der Öffentlichkeit kritisch beäugt werden wird. Nehmen wir uns also vor, das Verbrechen bis zur Eröffnung der Buga spätestens in einem Jahr zu den Akten legen zu können.« Kaum hatte er es gesagt, wurde nach kurzem Klopfen die Tür des Lehrsaals geöffnet und eine junge Sekretärin hob den Ausdruck einer E-Mail in die Höhe. »Das erste Ergebnis der Obduktion«, meldete sie und drückte Kuntz das Papier in die Hand, um sofort den Raum wieder zu verlassen. Gespannte Stille machte sich breit, während Kuntz den sehnsüchtig erhofften Bericht überflog.

»Eindeutig erdrosselt mit einem dünnen Draht«, murmelte er schließlich, nachdem er den meist in Medizinerlatein gehaltenen Obduktionsbericht verinnerlicht hatte. »Erdrosselt und dann tot in den Neckar gelegt oder geworfen. Wäre die Frau ertrunken, wäre Wasser in ihrer Lunge. Das ist hier aber nicht der Fall. Es ist Luft in der Lunge geblieben, was dazu führte, dass der Leichnam nicht unterging, sondern mit dem Rücken nach oben im Wasser trieb.« Die Kollegen nickten zustimmend. Die meisten von ihnen hatten es bereits mit Wasserleichen zu tun gehabt.

»Spuren sonstiger Art gibt es nicht«, stellte Kuntz fest. »Auch keine Hinweise auf eine Vergewaltigung.«

»Und von welchem Tötungszeitraum geht der Medizinmann aus?«, fragte eine junge Kollegin.

Kuntz blickte auf das Papier: »Er meint, es müsse gestern am späten Abend gewesen sein – jetzt also vor 15 bis 17 Stunden, schätzte er.«

»Fundort gleich Tatort?«, wollte ein anderer wissen.

Kuntz grinste: »Irgendetwas müssen wir auch noch selbst

rauskriegen.« Er verschränkte die Arme vor der Brust. »Die Leiche könnte zum Auffindeort geschwemmt worden sein. Maximal wohl über eine Strecke von etwa 1,6 Kilometern. So weit ist das Hochwasserschutzbauwerk von Neckarhalde entfernt, das den Zufluss aus dem Neckar regelt.«

Ein Ortsunkundiger mit hessischem Akzent unterbrach: »Aber beim Insel-Hotel, wo sich der abgezweigte Alt-Neckar in zwei Arme teilt – links als Wilhelmskanal und rechts um diese Mittelinsel rum zum Wasserkraftwerk –, da gibt's doch auch ein Absperrbauwerk, oder seh ich das falsch?«

»Das siehst du falsch«, entgegnete Kuntz. »Was du meinst, ist ein alter Hochwasserschutz, der seit dem Bau der Anlage in Neckarhalde nicht mehr in Betrieb ist.«

»Die Leiche hätte aber vor dieser Mittelinsel auch rüber zum Wasserkraftwerk getrieben werden können …?«, blieb der Ortunkundige am Ball.

»Ja, ganz klar«, pflichtete ihm Kuntz bei, »wenn das Kraftwerk in Betrieb ist – und das ist der Fall –, geht nämlich die Strömung dorthin.«

Ein weiterer Kollege meldete sich zu Wort: »Man hätte die Leiche aber auch mit einem Boot aus Richtung des Buga-Geländes hertransportieren können, also stromaufwärts, unter der Eisenbahnbrücke hindurch. Soweit ich weiß, dürfen die Bootsfahrer sozusagen durchs Buga-Gelände fahren.«

»Stimmt, das dürfen sie«, erwiderte Kuntz, worauf der Kollege meinte: »Aber dazu muss man bedenken, dass ein Bootsfahrer, der stromaufwärts den Hafen ansteuern möchte, die Schleuse benutzen müsste. Allein sicher nicht ganz unproblematisch, denn die Schleuse wird noch von Hand bedient. Ich glaube kaum, dass dies einer mit einer Leiche an Bord auf sich nehmen würde.«

»Richtig«, nickte ihm Kuntz zu. »Andererseits wissen wir auch, dass die Getötete einen Bezug zum Buga-Areal hatte.

Da mag es in der Tat nachdenklich stimmen, dass ihre Leiche sozusagen direkt an diesem Gelände im Wasser liegt. Wir haben zumindest einen Ansatzpunkt: Es muss bei der Buga genügend Leute geben, die sie kennen.«

»Na ja«, meldete sich Dreisamer aus dem Hintergrund. »Vergesst bei all euren Überlegungen die Raumfahrt nicht. Erkundigt euch auch mal, wie brisant das Experiment ist, das sie zur Raumstation hat bringen lassen.«

»Du willst damit aber nicht sagen«, knüpfte Kuntz an die Bemerkung seines direkten Vorgesetzten an, »dass womöglich die Mission mit Alexander Gerst in Gefahr sein könnte?«

27

Heidi war gleich nachdem sie den Kriminalisten an der Anlegestelle den Tipp auf Vanessa gegeben hatte, in ihr Büro zurückgeeilt, um Maleike zu unterrichten. Die hatte zunächst mit ihrer kühlen Art versucht, sie zu trösten: »Dass die Tote so aussieht wie Vanessa, hat doch noch lange nichts zu bedeuten.«

»Natürlich nicht«, hatte Heidi eingeräumt, dann aber zu bedenken gegeben, dass sie sofort versucht habe, Vanessa auf dem Handy anzurufen – doch da habe sich nur die Mailbox gemeldet.

Schockierende Gewissheit gab es ein paar Minuten später durch einen Anruf der Kriminalpolizei. Ein Beamter wollte ziemlich emotionslos wissen, ob »eine Frau Doktor Vanessa Eickhoff« bekannt sei. Man hatte das Gespräch direkt an sie durchgestellt. Maleike war für einen Moment reglos hinter ihrem Schreibtisch gesessen, während Heidi von einer Sitzgruppe aus verfolgt hatte, woher der Anruf kam.

Als Maleike kreidebleich den Namen »Eickhoff« wiederholte, war die letzte Hoffnung, alles könnte eine Verwechslung sein, vollends zerstört. Heidi fühlte sich schwindlig und schlecht. Sie schloss die Augen und lauschte den Worten Maleikes: »Ja, natürlich, Sie können kommen.« Dann legte sie ohne weitere Worte auf.

»Sie ist es«, sagte sie tonlos in die entstandene Stille hinein. »Man hat sie umgebracht.«

Heidi riss die Augen auf. »Umgebracht? Ermordet?«

»Genaues dazu können sie noch nicht sagen. Sie wollen mit mir sprechen. Der Chef hat die Kripo an mich verwiesen.« Maleikes Stimme verriet Unbehagen. »An mich«, wiederholte sie ungläubig. »Was soll *ich* schon dazu sagen können?«

Heidi sah sie verwundert an »Wer denn sonst, wenn nicht du?«

»Soll *ich* etwas damit zu tun haben?« Maleike sprang auf, als fühlte sie sich beschuldigt. »Ich. Wieso ich? Was soll ich dazu sagen?«

Heidi hatte zwar Mühe, ihre eigenen Emotionen unter Kontrolle zu bringen, versuchte aber trotzdem, Maleike zu beruhigen: »Sie wollen sicher nur wissen, woran Vanessa bei uns gearbeitet hat.« Es klang wenig überzeugend, denn Heidi musste plötzlich an jene Beobachtung denken, die ihr Maleike erst vor wenigen Wochen während eines Gesprächstermins zur besseren Absicherung des Baustellengeländes geschildert hatte. Die Sache mit dem seltsamen Mann, der möglicherweise widerrechtlich auf dem Areal unterwegs gewesen sei. Ziemlich auffällig, mit schwarzer Schildmütze. Er hatte sich damals wohl aus der Besuchergruppe gelöst – oder er war einfach nicht weggegangen. Heidi rief sich sekundenschnell in Erinnerung, dass es sich vermutlich um denselben Kerl gehandelt hatte, der ihr selbst unweit des Info-Containers bei der Wilhelmsschleuse merkwürdig vorgekommen war. Es musste sich eindeutig um jenen gehandelt haben, der damals an der vorausgegangenen Führung teilgenommen und sich nach Immobilienhaien und Spekulanten erkundigt hatte.

Nachdem sie von Maleike über deren ebenfalls seltsame Beobachtung informiert worden war, hatte Heidi ein paar Tage später auch Vanessa darauf angesprochen. Deren kühl-distanzierte Reaktion kam ihr jetzt im Nachhinein rätselhaft vor. »Großprojekte ziehen immer seltsame Typen an. Ihr solltet wachsam sein.« Das war alles gewesen. Keine weitere Nachfrage, keine Bemerkung.

Tausend Gedanken rasten in diesen Sekunden des Schweigens durch ihren Kopf. Und da war noch eine weitere Merkwürdigkeit, die ihr Gehirn meldete: Wieso hatte sich Vanessa ausgerechnet bei ihr erkundigt, was aus der schwarzen Rose an Maleikes Auto geworden war? Das hätte sie doch Maleike direkt fragen können. Aber, so beruhigte sich Heidi, wahrscheinlich gab es nach jedem Verbrechen irgendwelche Geschehnisse, die rückblickend betrachtet seltsam erschienen.

»Woran denkst du jetzt?«, wurde sie von Maleikes nervöser Stimme in die Realität zurückgeholt.

Heidi fühlte sich ertappt, so als habe Maleike ihre Gedanken erraten können. »An Vanessa denk ich«, erwiderte sie leise. »Jetzt, wo sie mit ihrem Weltraumprojekt auf dem Höhepunkt ihrer Karriere war, wird sie einfach so …« Sie wollte es nicht aussprechen.

Maleike hatte sich inzwischen wieder gesetzt. »Und wir müssen damit rechnen, dass wir nun auch in die Schusslinie geraten.«

Heidi war von dieser emotionslosen Feststellung überrascht. »Wir? Wieso denn wir?«

»Du hast doch eben selbst gesagt, dass sie wissen wollen, woran Vanessa bei uns hier gearbeitet hat«, stellte Maleike fest, als sei sie mehr um ihre Arbeit besorgt als um das Schicksal Vanessas.

»Wir haben nichts zu befürchten«, gab Heidi zurück.

»Das hoffe ich doch sehr.«

28

Kriminalhauptkommissar August Häberle, bodenständig und mit jener Gelassenheit gesegnet, die er sich während eines langen Berufslebens angeeignet hatte, sehnte den Feierabend herbei. Eigentlich hätte er ja längst im Ruhestand sein können, doch dann hatte er sich dazu überreden lassen, »noch ein bisschen was dranzuhängen«. Mittlerweile kamen ihm Zweifel, ob dies sinnvoll gewesen war. Die Arbeitswelt änderte sich rasant – und dies nicht nur zum Besseren. Oder vielleicht kam ihm dies mit zunehmendem Alter auch nur so vor. Natürlich machte es Sinn, Jüngere ranzulassen. Da konnten die weltentrückten Politiker noch so sehr davon faseln, man müsse angesichts knapper Renten- und Pensionskassen bis 70 oder womöglich noch länger arbeiten. Irgendwann waren der Leistungsfähigkeit eines jeden normal arbeitenden Menschen biologische Grenzen gesetzt. Das mochten die »ewigen Mausklicker«, wie Häberle die Theoretiker in Wirtschaft, Verwaltung und Politik oftmals despektierlich bezeichnete, ganz anders sehen. Schließlich machte es einen Unterschied, ob man jahrzehntelang auf dem Bau schuftete oder in fein klimatisierten Räumen hockte und sich von der Sekretärin mit Kaffee verwöhnen ließ. Nein, Häberle konnte sich in Rage reden, wenn er an all die Ungerechtigkeiten dachte, die es inzwischen gab. Da half auch das Politikergeschwafel von den angeblich paradiesischen Zuständen in Deutschland nichts. Die meisten, die in ihren Sonntagsreden ohnehin nur sich selbst beweihräucherten und die wahren Probleme unter den Teppich kehrten, verglichen Äpfel mit Birnen, wenn es darum ging, den Bürgern zu erklären, dass anderswo alles noch viel schlimmer sei. Man musste also froh und dankbar sein, wenn alles so blieb, wie es war. Stillstand war aber gefährlich.

Häberle, der stets in sich zu ruhen schien, konnte jedenfalls auch anders: aufbrausend werden, wenn ihm etwas gegen den Strich ging. Doch bis es so weit war, bedurfte es meist mehrerer Faktoren, die ihm zuwiderliefen. Dann durfte man ihn mit seiner äußeren Ruhe und Gelassenheit nicht unterschätzen. Vor allem nicht, wenn es um seine Fitness ging. Trotz seiner stattlichen Leibesfülle konnte er einen erstaunlichen Spurt hinlegen und einen Gegner, wenn es sein musste, zu Boden ringen. Da kam ihm seine langjährige Tätigkeit als Judoka-Trainer zugute.

Eigentlich hatte er an diesem sommerlichen Abend mit Susanne, seiner verständnisvollen Ehefrau, noch eine kleine Wanderung auf den Hohenstaufen machen wollen, den Hausberg der Göppinger.

Doch als das Telefon auf seinem Schreibtisch anschlug und sich der Ulmer Polizeipräsident höchstpersönlich bei ihm meldete, war der Gedanke an den Feierabend verflogen. Nicht weil er sich darüber gefreut hätte, dass sein oberster Chef mit ihm Kontakt aufnahm. Meist waren solche Anrufe sowieso nur mit Ärger verbunden gewesen. Dass es diesmal anders war, ließ allein schon der Klang der Stimme vermuten.

Es gehe um eine »besondere Sache«, begann der Präsident ohne Umschweife. »Ein Fall, mit dem die Heilbronner Kollegen seit heute befasst sind.«

Der Präsident schilderte kurz, worum es ging und dass zwei Aspekte bedeutend seien: Zum einen dürfe das Verbrechen der Bundesgartenschau keinen nachhaltigen Imageschaden zufügen und zum anderen gelte es, die Verflechtung der getöteten Frau in die aktuelle ISS-Mission möglichst dezent zu untersuchen. »Es ist davon auszugehen, dass beides miteinander zu tun hat«, meinte der Präsident, »im Raumfahrtzentrum Oberpfaffenhofen ist ein entsprechendes Schreiben eingegangen, das darauf schließen lässt.« Er räusperte sich. »Wir können es uns aber nicht erlauben, ausgerechnet wieder in Heilbronn in Negativschlagzeilen zu geraten, wenn Sie versteh'n, was ich meine.«

»*Wir*?«, entfuhr es Häberle. »Sie sagten ›wir‹? Was haben wir damit zu tun?«

»Mit ›wir‹ meine ich die Polizei im Gesamten. Aber in der Tat – es betrifft auch uns als Präsidium Ulm.« Er kam auf Vanessas Wohnort und ihre Forschungstätigkeit in Ulm zu sprechen.

»Und dazu bittet uns Heilbronn um Amtshilfe?«, konstatierte Häberle und lehnte sich zurück, sodass sein Bürostuhl bedrohlich ächzte.

»Nicht nur um Amtshilfe, sondern um personelle Unterstützung durch einen erfahrenen Beamten.«

Daher wehte also der Wind. So charmant hatte Häberle seinen obersten Chef noch nie reden hören.

Häberle hatte es für einen Moment die Sprache verschlagen, weshalb der Präsident nachlegte: »Sie sollten es als besondere

Wertschätzung betrachten. Noch einmal raus aus der Provinz, Herr Häberle. In Heilbronn ist mehr los als in Göppingen.«

»Das kann man wohl sagen«, erwiderte Häberle knapp und entschloss sich, die Herausforderung anzunehmen. Vermutlich zum Leidwesen seiner Frau. Doch die hatte in all der gemeinsamen Zeit schon vieles mitgemacht. Ohne ihr Verständnis hätte er den Job niemals so ausfüllen können, wie er es bisher immer getan hatte. Und vielleicht war es ja nun seine letzte Herausforderung.

»Der SOKO-Leiter heißt Christoph Kuntz. Er freut sich schon auf Sie.« Der Präsident räusperte sich. »Außerdem sind Sie doch Naturliebhaber. Da müsste Ihnen die Bundesgartenschau am Herzen liegen.«

Häberle grinste in sich hinein. Blumen hatten immer was Friedliches an sich. Was mussten das für Menschen sein, die in so einer Umgebung mordeten? Und doch fiel dem Kriminalisten in diesem Moment etwas Schreckliches ein.

29

Timo Plasser hatte immer, wenn er zu Fuß auf der Baustelle unterwegs war, mit seinem übermäßigen Körpergewicht zu kämpfen. Obwohl es von seinem Buga-Büro aus nicht weit war, zog er es deshalb vor, mit seinem dunkelblauen 5er-

BMW-Touring zu fahren. Der geräumige Wagen, den er sich erst vor Kurzem geleistet hatte, war sein ganzer Stolz. Wie er überhaupt auf materielle Dinge großen Wert legte.

Allerdings hatte er schnell erkennen müssen, dass weder die stattliche Limousine noch andere Besitztümer am vermeintlichen Desinteresse etwas änderten, das ihm die Damenwelt entgegenbrachte. Stattdessen erfüllte der Kombi immerhin einen anderen Zweck: Es ließen sich darin sogar die sperrigsten Güter unterbringen, die er bisweilen für seine betagten Eltern transportieren musste, wenn diese mal wieder uralte Möbel oder sonstiges Gerümpel zu entsorgen begannen. Oder wenn er, wie erst kürzlich geschehen, für seine gartenbegeisterte Tante jede Menge Pflanzen vom Baumarkt herankarrte.

Und wenn er gelegentlich ein paar Tage verreiste, bot das Auto bei zusammengeklappten Sitzen jede Menge Platz zum Schlafen. Meist fuhr er dann in die Einsamkeit des Schwarzwaldes, um kleinere Spaziergänge durch die Täler oder auf den Anhöhen zu unternehmen. Steile Pfade mied er, so gut es ging. Sie waren ihm viel zu anstrengend. Dazu reichte seine Kondition nicht aus.

Auch heute schien er wieder an seine physischen Grenzen geraten zu sein. Der Tag war stressig gewesen. Das laue Frühlingswetter hatte ihm ebenso zugesetzt wie die plötzliche Hektik, als Vanessas Tod bekannt geworden war. Alle im Büro waren geschockt – und sogleich hatte das große Rätselraten darüber begonnen, wann Vanessa zuletzt hier gewesen war. Vor allem aber, wer sie umgebracht haben könnte.

Plasser war all diesem Geschwätz aus dem Weg gegangen. Ohnehin hasste er den Klatsch und Tratsch, mit dem wohl in den Büros auf der ganzen Welt wertvolle Zeit verplempert wurde. Vermutlich gehörte er zu den ganz wenigen, von deren privatem Umfeld im Kollegenkreis kaum etwas bekannt war.

Er tat seine Pflicht und dies zuverlässig und verantwortungsbewusst, aber letztlich betrachtete er den Job als notwendiges Übel, um sich einen gewissen Luxus leisten zu können. Oder lukrative Kontakte zu knüpfen.

Natürlich kannte er Vanessa – und genau besehen, wäre sie sogar seine Traumfrau gewesen. Aber sie beide trennten Welten: er, der kleine, dicke Landschaftsarchitekt, sie, die attraktive, erfolgreiche Wissenschaftlerin, Planerin und Gestalterin. Diese Erkenntnis allein hatte ausgereicht, jeglichen Gedanken, ihr näherkommen zu wollen, ins Reich der Illusion zu verweisen.

Aber vielleicht war gerade dies sein ganz spezielles Problem: sich gleich von vorneherein keine Chance auszurechnen und klein beizugeben.

Die Sonne stand noch nicht sehr tief am Horizont, als er endlich einen Grund fand, das Büro frühzeitig zu verlassen. Er werde »drüben noch nach dem Rechten sehen«, informierte er den Kollegen im Nebenraum. Mit »drüben« war das Baugelände gemeint. Die Kollegen brummten etwas Unverständliches, ohne von ihren Computermonitoren aufzublicken.

Plasser ging zum Parkplatz hinab, bestieg seinen BMW und fuhr die kurze Wegstrecke bis zur Bleichinselbrücke hinüber, wo inzwischen die polizeiliche Sperrung aufgehoben worden war. Freie Fahrt gab's trotzdem nicht, weil zunächst der Sicherheitsdienstler am Eingang des Buga-Geländes die Schranke öffnen musste. Dies geschah ohne Verzögerung, weil Plasser allen hier bekannt war.

Dann ließ er den Wagen, vorbei an einigen Baumaschinen und Klein-Lkws, die zwischen Humushaufen abgestellt waren, über einen geschotterten Weg zu dem grünen Info-Container hinüberrollen, der vor der Kulisse der mächtigen jüngst hochgeschossenen Wohnblöcke geradezu auf ein Miniformat geschrumpft zu sein schien. Die Limousine verursachte sanft knirschende Reifengeräusche. Vermutlich hatten die Bauarbeiter bereits Feierabend gemacht, denn weit und breit war niemand zu sehen.

Während er bei dem zweistöckigen Container ausstieg, warf er einen unauffälligen Blick zum nahen Ufer, wo sich unweit der Wilhelmsschleuse Kanal und Alt-Neckar wieder vereinigten. Dies würde im nächsten Frühjahr gewiss viele technikinteressierte Besucher anlocken. Immerhin waren die beiden eher putzig erscheinenden Schleusenbecken noch aus einer Zeit, als die Blüte des Heilbronner Hafens begann. Heute waren davon nur noch die Liegeplätze der Sportboote übrig, von hier getrennt durch die Eisenbahnbrücke.

Soweit Plasser das frische Grün von Hecken und Bäumen überblicken konnte, deutete wohl nichts mehr auf das Verbrechen hin, das knapp 100 Meter flussaufwärts, jenseits der finsteren Unterführung, geschehen war und das seit heute Vormittag ganz Heilbronn beschäftigte. Auch die Kollegen hatten kaum ein anderes Thema gehabt.

In dem Info-Container wurden noch immer die Baustellenbesucher begrüßt und mit Videos in das »Projekt Bundesgartenschau« eingeführt. Dafür, dass bei der Präsentation alles funktionierte und genügend Broschüren und Prospekte zum Verteilen auslagen, war Plasser verantwortlich. Heute allerdings hätte er nicht schon wieder dieser Aufgabe nachkommen müssen, zumal seit vergangener Woche erst zwei Besuchergruppen da gewesen waren. Doch weil er es in der spannungsgeladenen Atmosphäre der Büros nicht noch länger ausgehalten hätte, war er auf die Idee verfallen, sich auf diese Weise zu entfernen.

Natürlich war es auch ein Stück Neugier, die ihn antrieb. Die Kollegen hatten schließlich gemutmaßt, Vanessa könnte auf einem Boot vom Buga-Gelände zum Sportboothafen gebracht worden sein. Eine von vielen Theorien und Spekulationen.

Nun aber wollte er sich selbst auf unauffällige Weise ein

aktuelles Bild von der Situation bei der Eisenbahnbrücke verschaffen. Fremd war ihm diese Örtlichkeit natürlich nicht.

Er ging die paar Schritte zu der geschwungenen Brücke, von der aus der Wilhelmskanal zu erreichen war, hinüber zum Sportboothafen. Doch kaum hatte er den Abzweig erreicht, blieb er abrupt stehen. Er hatte nicht damit gerechnet, dass auch hier auf dem Buga-Gelände mehrere weiße Kastenwagen parkten, dazwischen ein Fahrzeug der Feuerwehr und eines der Wasserschutzpolizei. Der Einsatz war also doch noch nicht abgeschlossen.

Obwohl Plasser annähernd 50 Meter entfernt war, drehten sich einige Köpfe zu ihm. Er wandte sich sofort ab, um zum Info-Container zurückzugehen. Viel zu schnell, um unauffällig zu wirken. Ohne sich umzudrehen, schloss er hastig die Tür des grünen Klotzes auf. Sofort schlug ihm stickige Luft entgegen. Er knipste das grelle LED-Licht an und stellte zufrieden fest, dass sich seit seinem letzten Besuch nicht viel verändert hatte: Die Stühle waren ordentlich zusammengestellt, die Fernsteuerung für die Videoprojektion lag ebenfalls an ihrem Platz. Auf Heidi konnte er sich verlassen. Sie sorgte nach jeder Führung selbst dafür, dass alles in Ordnung war.

Nur die Broschüren, von denen es offensichtlich noch genügend gab, waren nicht akkurat gestapelt, wie Plasser es empfand. Er nahm die Hälfte davon in die Hände und klopfte das Bündel Papier einmal hochkant und einmal breitseitig auf den Tisch, sodass die Blätter eine einzige Kante bildeten und nun wohlgeordnet aussahen. Dies wiederholte er mit den restlichen Broschüren und setzte sie anschließend auf den Stapel der anderen. Nur darauf konzentriert und in Gedanken versunken, war ihm entgangen, dass er inzwischen nicht mehr allein war.

Erst als er von den gestapelten Broschüren abließ, schob sich ein Schatten in sein rechtes Gesichtsfeld. Im Gegenlicht, das der helle Nachmittag durch die halb offene Tür hereinwarf, zeichnete sich die Silhouette einer Person ab. Einer ziemlich großen.

Durch Plassers Körper jagte ein gewaltiger Adrenalinstoß. Überfall? Bedrohung? Oder was hatte dies sonst zu bedeuten? Polizei? Ja, Polizei, ganz klar. Sie waren da drüben gerade auf ihn aufmerksam geworden, hämmerte es in seinem Gehirn. Oder wer sonst konnte es sein?

Es war nur die Zeitspanne eines Wimpernschlags, während der ihm dies alles durch den Kopf raste. Dann verwandelte die LED-Beleuchtung die bedrohlich näher kommende Silhouette vor ihm in einen Mann. Mit einem Gesicht, das er nicht kannte, zumindest nicht auf den ersten Blick.

Plasser stand wie erstarrt, unfähig, etwas zu sagen. Wie ein Schuljunge, den man bei etwas Verbotenem ertappt hatte. Ein Verhalten, das reflexartig über ihn gekommen war und von dem er sich nicht zu befreien vermochte – als habe irgendetwas die Zeit angehalten. Oder die Szenerie in den Zeitlupen-Modus geschaltet.

Plasser fand keine Worte, die er in dieser Sekunde lähmenden Entsetzens hätte formulieren können. Stattdessen hörte er wie aus der Ferne den Fremden sagen: »Habe ich Sie erschreckt?« Eine tiefe Männerstimme. Der Klang hatte etwas Triumphierendes. Plasser schlug das Herz bis zum Hals.

30

»Die Jungs in Pullach haben bisher keine Erkenntnisse«, stellte der jung-dynamische Mann fest, dessen gegelte schwarze Haare dem kantigen Gesicht eine zusätzliche energische Note verliehen. Er war hier im oberbayerischen Oberpfaffenhofen ein Verantwortlicher aus dem Security-Team und damit zuständig für alles, was die wissenschaftliche Arbeit gefährden konnte. Insbesondere natürlich auch für die Abwehr von Hacker- oder Spionageangriffen. Seine 15 engsten Mitarbeiter, die er in den abhörsicheren Besprechungsraum gebeten hatte, wussten natürlich, wer mit den »Jungs in Pullach« gemeint war: der Bundesnachrichtendienst, dessen Zentrale sich gerade mal 20 Kilometer östlich von hier befand.

Die Zuhörer des Mannes, die um einen ovalen Tisch saßen, starrten auf die Leinwand an der Stirnseite des Raumes. Dort war die Videoprojektion eines Schreibens zu sehen, das seit Stunden nicht nur in Oberpfaffenhofen, dem mitarbeiterstärksten Standort des Deutschen Zentrums für Luft- und Raumfahrt (DLR), für Aufregung sorgte – sondern auch im fernen Baikonur.

Wieder einmal wurde den zehn Männern und fünf Frauen bewusst, dass sie an einer bedeutenden Schnittstelle zwischen Wissenschaft und Politik einerseits und Terror, Spionage und Sabotage andererseits saßen – hier in Oberpfaffenhofen, das einst gewiss ein unbedeutendes, aber ganz sicher idyllisches Bauerndorf gewesen war, wohl so um die tausend Einwohner groß. Inzwischen aber ein Beispiel dafür, wie ein kleiner Teilort bekannter sein konnte als die Hauptgemeinde. Denn wer kannte schon das Weßling im Landkreis Starnberg? Westlich von München und von den klangvollen Namen der Orte an Starnberger und Ammersee übertönt – und 5.500 Einwohner zählend.

Zu Weltruhm hat es nur der Teilort gebracht. Dank der Wissenschaft, deren Standorte sich aus einem Flughafen entwickelt hatten, den die Dornier-Werke hier 1936 zum Einfliegen ihrer Flugzeuge errichtet hatten.

Die Freude über den gestrigen erfolgreichen Start im fernen Baikonur und den bisherigen Verlauf war an diesem Tag getrübt – durch eben jenes Schreiben, das jetzt großformatig auf der Leinwand prangte. Ein Computerausdruck, geschrieben mit dem Buchstabentyp »Comic Sans MS«.

»Eingegangen mit der Post und aufgegeben im Bereich des Briefverteilzentrums Heilbronn«, erklärte ein junger Sprecher. »Das Einzugsgebiet umfasst den gesamten Postleitzahlenbereich 74. Von Hardheim im Norden bis Bietigheim/Bissingen und Gschwend im Süden. Im Westen von Hoffenheim bis nach Fichtenau im Osten des Landkreises Schwäbisch Hall.«

Bei dem benutzten Papier, so fuhr er fort, handele es sich um industrielle Massenware, wie sie millionenfach verkauft werde. Keine Fingerspuren und offenbar auch keine verwertbare DNA drauf, stellte er mit jenem unüberhörbaren Akzent fest, wie ihn meist bayerische Politiker anklingen lassen, vielleicht um sich in eine Reihe mit dem einst wortgewaltigen Franz Josef Strauß zu stellen. »Dafür aber«, fuhr der Mann fort und zielte mit einem roten Laserpointer auf die Zeilen, »könnte ein Sprachprofiler durchaus gewisse Rückschlüsse ziehen. So meinen jedenfalls die Jungs in der Zentralstelle zur Bekämpfung von Extremismus und Terrorismus.«

Diese Einrichtung der bayerischen Justiz – das war allen hier im Raum natürlich geläufig – hatte man erst vor einem Jahr als Reaktion auf die vorausgegangenen Terroranschläge geschaffen. »Hier – da heißt es …«, er ließ wieder den roten Punkt über die Leinwand tanzen, »… gehen wir es noch einmal durch.«

Er begann vorzulesen: »Wichtiger Hinweis zur Sicherheit der ISS: Teilen Sie bitte unverzüglich Frau Vanessa Eickhoff mit, dass ihr wissenschaftliches Experiment auf der ISS in Gefahr gerät, falls sie nicht die Finger von etwas lässt, das ansonsten auch Horizon ins Verderben stürzt.«

Alle im Raum waren schweigend und betroffen dem vorgelesenen Text gefolgt. Nach weiteren Sekunden der Stille ergriff der Referent wieder das Wort und stellte sachlich klar: »Zunächst können wir davon ausgehen, dass die Mission ›Horizon‹ nicht gefährdet ist. Nach dem erfolgreichen Start ist ein Angriff so gut wie ausgeschlossen. Allem Anschein nach haben wir es mit einem Psychopathen zu tun.«

Eine der Frauen warf ein: »Aber wovon die Frau Eickhoff die Finger lassen soll, das bleibt unklar?«

»Ja«, erwiderte der Wortführer emotionslos. »Wir hätten sie gerne gefragt. Aber sie ist tot.«

»Wie bitte?«, entfuhr es einem der Zuhörer.

»Ja, tut mir leid, aber sie wurde wohl vergangene Nacht in Heilbronn ermordet.«

Gemurmel erfüllte den Raum.

»Und wie reagieren wir?«, wollte ein älterer Herr mit hoher Stirnglatze wissen.

»Wir geben die Kopie des Schreibens an das zuständige Polizeipräsidium Heilbronn weiter und warten die Analyse des Sprachprofilers ab. Im Übrigen reagieren wir so, wie Baikonur das auch tut«, erwiderte der Angesprochene, »wir haben die Herrschaften dort informiert. Sie sagen, es gebe keinen Grund zur Beunruhigung. An Bord der Sojuskapsel könne sich nichts befinden, was nicht unzählige Male überprüft worden sei.«

»Daran hab ich gar keinen Zweifel«, erwiderte der Fragesteller leise. »Aber gab's da nicht vor einigen Tagen irgendein Problem mit der Datenübertragung und mit irgendwelchen Funksignalen?«

Der Wortführer ging nicht darauf ein, sondern stellte klar: »Vorläufig darf von alldem nichts an die Öffentlichkeit. Auch nicht im Zusammenhang mit dem Tod von Vanessa Eickhoff. Absolute Nachrichtensperre.«

31

Plasser hatte sich von der Schockstarre zwar wieder erholt. Doch dass jetzt ein leibhaftiger Kriminalbeamter vor ihm stand, war kaum weniger beunruhigend. Was würde dieser Mann denken, der sich als Christoph Kuntz vorgestellt hatte? Und wieso war der Kriminalist vom Wilhelmskanal gleich hier herübergekommen? Plasser kämpfte vergeblich gegen seine Unsicherheit an und bot dem Beamten mit heiserer Stimme einen Platz an. Doch Kuntz wehrte ab. »Keine Sorge, ich halte Sie nicht lange auf. Als ich Sie da drüben gesehen hab, dachte ich, Sie könnten uns vielleicht behilflich sein.« Er vergrub die Hände in den Taschen seiner modischen Freizeitjacke und musterte sein Gegenüber.

»Behilflich?«, echote Plasser und schluckte. Er griff verlegen an die Lehne eines Stuhles. »Wobei soll ich Ihnen denn behilflich sein?«

»Na ja«, lächelte Kuntz, »Ihnen dürfte nicht entgangen sein, was heute den ganzen Tag über da drüben los war.« Weil Plasser nichts sagte, sprach Kuntz ruhig weiter: »Sie haben wohl öfter hier zu tun?«

»Hab ich, ja«, antwortete Plasser heftig nickend. »Ich bin für den Besucherwürfel hier zuständig. Aber nicht nur …« Langsam gewann er sein Selbstbewusstsein wieder. »Ich bin Landschaftsgestalter und von Anfang an bei der Buga-Gesellschaft dabei.«

»Schön für Sie«, zeigte sich Kuntz anerkennend. »Dann gebührt Ihnen in einem Jahr auch ein Stück des Lobes, wenn aus diesem potthässlichen Gelände blühende Landschaften geworden sind.«

Plasser wusste nicht so recht, ob diese Bemerkung ehrlich oder ironisch gemeint war. »Sie sagten, ich könnte Ihnen behilflich sein«, versuchte er, das Gespräch abzukürzen.

»Mal sehen«, meinte Kuntz. »Wann waren Sie zuletzt hier?«

»Hier? Vor ungefähr zwei Wochen hab ich zuletzt hier drinnen nach dem Rechten gesehen. Aber auf dem Gelände bin ich natürlich alle paar Tage.«

»Sie kennen Frau Eickhoff?«

»Frau Eickhoff? Ja, natürlich, die kennt jeder hier.«

»Sie wissen, was mit ihr geschehen ist?«

Plasser rückte den Stuhl, an dessen Lehne er sich geklammert hatte, ein Stück beiseite. »Wir können es alle noch gar nicht fassen.«

»Und wohl auch nicht erklären?«, ergänzte Kuntz fragend.

Plasser holte tief Luft. »Ich kann es mir jedenfalls nicht erklären, nein. Ich hab sie nur sporadisch getroffen, wenn sie hier war – als externe Fachberaterin.«

Kuntz musterte den Mann, der einen Kopf kleiner war als er, dafür aber eine stattliche Leibesfülle aufwies und ziemlich unsportlich vor ihm stand. »Ihnen fällt spontan nichts ein, was Ihnen an ihr merkwürdig erschienen wäre?«

»Nein, gar nichts. Ich weiß auch nicht, ob sie hier irgendwelche Schwierigkeiten hatte.«

Kuntz hob eine Augenbraue. »Schwierigkeiten? Wie hätten diese denn aussehen können?«

Plasser begann mit seinen Fingern zu spielen. »Na ja, wie das in den Betrieben halt manchmal so ist. Vielleicht Mobbing oder Ärger mit den Chefs.«

»Hatten Sie denn auch Kontakt zu ihr – beruflich, mein ich?«

Plasser wich dem scharfen Blick des Kriminalisten aus. »Sporadisch eben, wenn es um die Frage der Bepflanzung ging. Angebote von Lieferanten und Ähnliches.«

»Gab es da Probleme – mit den Lieferanten? Ich könnte mir vorstellen, bei einem Projekt wie diesem hier geht's um ein stattliches Auftragsvolumen.«

»Da kann ich Ihnen beim besten Willen nichts dazu sagen. Fragen über interne Dinge stellen Sie am besten der Frau Cortes, meiner Chefin.«

»Hm«, machte Kuntz, drehte sich zur noch immer halb offenen Tür und brummte: »Wie war noch mal Ihr Name?«

Plasser stutzte. »Meiner? Plasser, Timo Plasser.«

»Schön, Herr Plasser«, lächelte Kuntz und sagte: »Dass Sie gerade jetzt hierhergekommen sind, hat nichts mit Neugierde zu tun – um zu sehen, was am Wilhelmskanal da drüben geschehen ist?«

Plasser blieb wie angewurzelt stehen. »Neugierde? Nee … ich hab mich nur gewundert, dass auch hier bei der Schleuse Einsatzfahrzeuge stehen. Ich dachte, man hat die Tote drüben, auf der anderen Seite der Eisenbahnbrücke, gefunden. Bei den Booten.«

Kuntz drehte sich noch einmal um: »Fundort muss ja nicht gleich Tatort sein.«

Plasser brauchte für seine Erwiderung eine Sekunde zu lang, weshalb der Kriminalist beim Weggehen seine Worte nicht mehr hören konnte: »Heißt das, dass der Mörder hier auf dem Gelände gewesen ist?«

32

Maleike Cortes war den ganzen Tag über kaum in der Lage gewesen, sich auf etwas zu konzentrieren. Sie hatte immer darauf gewartet, von der Kriminalpolizei aufgesucht zu werden, doch es war bei der Ankündigung geblieben. Dafür schossen im Büro die Gerüchte ins Kraut – jeder glaubte inzwischen, aus irgendwelchen beiläufigen Bemerkungen, die Vanessa irgendwann gemacht hatte, etwas Verdächtiges herausgehört zu haben. »Die hat sich doch heftig mit den ›Klimaleugnern‹ angelegt«, hatte eine junge Kollegin erklärt, während ein älterer Landschaftsplaner zu wissen glaubte, dass schon ihr Vater, »dieser angesehene Doktor in Stuttgart«, ein »Protestler« gewesen sei und mit »Gott und der Welt im Clinch« gelegen sei. Die Jüngeren im Planungsteam kannten natürlich die Friedensbewegung und die Demonstrationen gegen die Amerikaner auf der Waldheide nur aus den Geschichtsbüchern oder vom Hörensagen.

Maleike ließ all die Mutmaßungen und Behauptungen noch einmal in Gedanken vorbeiziehen – und dabei auch jenen Mann mit der Schildmütze, der ihr vor einigen Monaten bereits aufgefallen war und von dem auch Heidi berichtet hatte.

»Ich hätte gern alle Akten und Vorgänge, mit denen Vanessa befasst war«, hatte Maleike Cortes im Kreise ihres Teams gefordert. »Auch alle Notizen und Protokolle, die sie uns gemailt hat.«

Nach ein paar Sekunden irritierten Staunens meldete sich der angegraute Landschaftsplaner: »Ist es ratsam, jetzt in diesen Unterlagen zu stöbern, bevor sich die Polizei dafür interessiert?«

Maleike fuhr ihm ungewöhnlich scharf in die Parade: »Bevor die uns was beschlagnahmen, haben wir doch das Recht, die Sachen zu sichten, oder?«

Der Mann blieb hartnäckig: »Etwas auf dem Computer zu löschen, macht eh keinen Sinn. Die Spezialisten bei der Kripo würden's ja doch wiederfinden.«

»Sag mal«, entgegnete ihm Maleike giftig. »Glaubst du denn, Vanessa hätte etwas Ungesetzliches getan?«

»Die vielleicht nicht ...«, zischte der Mann – und erntete eisiges Schweigen.

Vielleicht, so dachte Maleike jetzt, als sie wieder allein in ihrem Büro saß, war sie allzu aufbrausend gewesen. Eigentlich war das überhaupt nicht ihre Art. Aber inzwischen spielten ihre Nerven verrückt. Das Warten auf die Kripo war zermürbend. Viele Male schon hatte sie sich Formulierungen auf Fragen überlegt, von denen sie gar nicht wusste, ob sie überhaupt gestellt wurden. Bei einer Zeugenvernehmung kam es schließlich auf jedes Wort an. Für einen Moment hatte sie noch in Erwägung gezogen, einen Vertreter der betrieblichen Rechtsabteilung hinzuzuziehen. Doch dort war man wohl eher auf juristische Auseinandersetzungen auf dem Zivilweg getrimmt – und weniger auf strafrechtliche Vorgänge.

Aber was sollte ihr schon geschehen, versuchte sie sich zu beruhigen. Sie würde aussagen, was es zu sagen gab – und sich nicht an Spekulationen beteiligen oder Unausgegorenes von sich geben.

Die Büros waren bereits menschenleer und die Sonne stand schon tief am Horizont, als sie das Gebäude in der Edisonstraße so spät wie selten verließ. 20.17 Uhr zeigte die digitale Uhr im Armaturenbrett ihres roten Nobelflitzers, den sie sich nach der Scheidung geleast hatte. Sie ließ das Mercedes-Cabrio aus der Parklücke rollen und das Verdeck elektrisch nach hinten gleiten. Die Luft war noch lau, sodass sie den freien Himmel über sich genießen konnte – nach all der Anspannung der vergangenen Stunden. Sie beschloss deshalb, weder über die A 6 noch über die B 39 heim nach Kirchardt zu fahren. Wann immer sie einigermaßen genussvoll unterwegs sein wollte, entschied sie sich für die weniger stark frequentierte Strecke über Leingarten, Schwaigern und Massenbachhausen. Das waren zwar mehr als die üblichen 25 Kilometer, dafür konnte sie bei offenem Verdeck die frische Luft genießen – wie an diesem Abend.

Als sie in der vornehmen Wohngegend in Kirchardt eintraf, warf das Einfamilienhäuschen, das ihr nach der Scheidung geblieben war, bereits einen langen Schatten. Sie parkte ihren Wagen in der kleinen Einfahrt zum Vorgarten, nahm den Aktenkoffer vom Beifahrersitz, ließ das Verdeck nach vorne gleiten und im Weggehen das Schloss einrasten, worauf der Mercedes auch gleich die Rückspiegel einklappte.

Während der paar Schritte auf dem gekiesten Weg, den bunte frühsommerliche Stauden säumten, atmete sie tief durch, um den feinen Blumenduft zu inhalieren.

Der Hauskauf, damals noch mit ihrem Mann, war ein Glücksfall gewesen. Hier, umgeben von kleinen Neubauten, die noch genügend Abstand zueinander ließen, wohnte man im Grünen. Der Bewuchs in den Vorgärten war hoch, sodass keiner der Nachbarn den anderen direkt im Blickfeld hatte. Mochten sie andernorts über Feinstaub und Lärm klagen – hier war so etwas wie die Insel der Glückseligen. Vögel zwitscherten und flogen aufgeregt hin und her. Der Frühsommer hatte allem Getier neue Energie eingehaucht.

Maleike fingerte aus ihrer engen Jeanshose den Hausschlüssel, doch dann hielt sie beim Näherkommen inne. Im Briefkasten, der neben der Tür in ein Glaselement eingelassen war, steckte etwas, was für einen Augenblick ihre Bewegung blockierte. Etwas, was sie schon einmal gesehen hatte, vor einigen Wochen, am Scheibenwischer ihres Autos: eine schwarze Rose. Ihr Stängel war jedoch durch die Klappe des Briefkastens abgeklemmt worden, sodass die Blüte nach unten hing. Ein trauriger Anblick.

Und ein schockierender, wie Maleike fand.

33

»Das hat aber ziemlich lang gedauert«, meckerte Kuntz süffisant, als er von dem Gespräch mit Plasser durch das offene Metallgitter im Bauzaun bei der Bahnbrücke zum Bootshafen zurückgekommen war. Ein Uniformierter hatte ihn gleich darüber informiert, dass das Auto der Toten aufgefunden worden sei. Luftlinie kaum einen Kilometer entfernt, auf der Theresienwiese. Allein schon dieser Name ließ bei Kuntz sämtliche Alarmglocken schrillen. Nein, nicht schon wieder dort.

Vermutlich gab es in ganz Deutschland – außer vielleicht in Bayern – keinen einzigen Polizisten, der mit dem Begriff »Theresienwiese« nicht zuerst den Veranstaltungsort des alljährlichen Münchner Oktoberfestes verband, sondern den Tatort eines Polizistenmordes, hier in Heilbronn. Elf Jahre war das jetzt her, hämmerte es im Kopf des Kriminalisten.

Kuntz ging zu seinem Dienstwagen, einem weißen Audi, der auf dem Zufahrtsweg zum Bootshafen stand, und bog bei der Friedrich-Ebert-Brücke nach rechts zum Bahnhof ab, wo sich die mächtige gläserne Konstruktion des Omnibusbahnhofs erhob. Wenig später erreichte er die große freie Fläche, die eigentlich die Bezeichnung »Wiese« nicht verdiente, weil es eher ein liebloser, überwiegend geschotterter Parkplatz war. Er wurde entlang der parallel vorbeiführenden Theresienstraße von einem trutzigen Turm markiert, einem Hochraumbunker aus dem Jahre 1940, der alle Luftangriffe überdauert hatte und seit den 90er-Jahren sogar unter Denkmalschutz stand. Schräg gegenüber, am Ufer zum flussabwärts gelegenen »richtigen« Neckarhafen hin, weckte ein anderes Bauwerk schreckliche Erinnerungen: ein Trafohäuschen, an dem der Polizistenmord verübt worden war.

Kuntz überblickte beim Näherkommen den Platz, auf dem sich etwa zwei Dutzend abgestellte Pkws und ein Sattelzug verloren. Mit gewisser Erleichterung nahm er zur Kenntnis, dass Vanessas Auto nicht bei dem denkwürdigen Trafohäuschen stand, sondern direkt bei dem dickbauchigen Turm – allerdings von der nahen Theresienstraße aus nicht erkennbar. Vermutlich hatte es deshalb so lang gedauert, bis es der Besatzung eines Streifenwagens aufgefallen war, der jetzt direkt hinter dem dunkelgrauen GLC-Mercedes mit Ulmer Kennzeichen parkte.

Kuntz hielt daneben an, stieg aus und begrüßte zwei Uniformierte.

»Das Kennzeichen stimmt – das Fahrzeug ist auf Vanessa Eickhoff zugelassen, wohnhaft in Ulm«, meldete einer von ihnen.

»Nicht verschlossen«, stellte sein Kollege fest. Er hatte sich Handschuhe übergestreift und die Fahrertür geöffnet. »Aber kein Zündschlüssel da. Vielleicht braucht man bei einer solchen Limousine auch keinen.«

Kuntz trat näher heran, um den Innenraum inspizieren zu können. Doch da waren keinerlei Gegenstände. »Und im Kofferraum?«, hakte er deshalb nach.

»Nichts, soweit wir das sehen konnten. Auch im Handschuhfach nur das Übliche.«

»Okay«, sagte Kuntz, »die Feinarbeit überlassen wir den Kollegen. Sie sind schon im Anmarsch.« Er verkniff sich die Frage nach Spuren neben dem Auto. Der Boden war fein geschottert und alles, was sich da finden würde, konnte auf diesem belebten Platz natürlich schon seit Tagen herumliegen und von unzähligen Menschen stammen. Wie etwa die vielen Zigarettenstummel, die Kuntz auf den ersten Blick ausmachte. Einer der Uniformierten bemerkte sein Interesse am direkten Umfeld: »Das Einzige, was uns aufgefallen ist, ist das hier.« Der Beamte holte eine kleine Plastikhülle aus der Uniformtasche. Zu sehen war darin eine rosarote Karte mit der Aufschrift »Be Happy«. Kuntz drehte die durchsichtige Hülle um und blickte auf ein rotes Herz. Er wusste Bescheid. »Wo war das?«, wollte er wissen und reichte das Asservat wieder dem Uniformierten zurück.

»Neben der Beifahrertür, auf dem Boden«, bekam Kuntz zur Antwort.

34

»Und ich dachte schon, mit der dritten Stufe sei etwas passiert«, lehnte sich Florian Winkler im fernen Baikonur in seinem Bürostuhl zurück. Jetzt blieb Zeit, gemeinsam mit seinen Kollegen Marko Jakus und Stefan Nowak in Ruhe über den gestrigen Schock nachzudenken. Der Anruf, den Marko aus Oberpfaffenhofen erhalten hatte, war zunächst beunruhigend gewesen. Seine Reaktion am Telefon hatte auf einen schrecklichen Vorfall schließen lassen. Aber jetzt, nachdem der Sojus-Flug planmäßig verlief, konnten sie diesen aufregenden Moment noch einmal Revue passieren lassen. Denn dass es »nur« die Nachricht über einen Drohbrief gewesen war, über die sich Marko so erschrocken gezeigt hatte, das hatte die Aufregung dann schnell wieder relativiert. Sollten sich doch die Geheimdienste damit befassen. Hier in Baikonur jedenfalls gab es keinerlei Anzeichen für irgendwelche Angriffe von außen.

»Na ja, Entwarnung können wir noch nicht ganz geben«, dämpfte Marko als Teamleiter den Optimismus seiner beiden engsten Mitarbeiter. »Die Sojus ist erst ein paar Stunden unterwegs. Der nächste kritische Punkt ist das Andocken an die ISS, vergesst das nicht.«

»Der Astro-Alex wird das schon hinkriegen«, grinste Stefan. »Soweit ich weiß, ist er dafür zuständig. Aber der hat's ja schon einmal gemacht.«

»Wenn ihm niemand einen Strich durch die Rechnung macht«, zeigte sich Florian pessimistisch und verfolgte die aktuelle ISS-Flugbahn auf einem Monitor.

»Wer soll ihm denn etwas anhaben, das Manöver läuft weitgehend automatisch ab!«, versetzte Marko.

»*Wer?*«, echote Florian und gab sich selbst die Antwort: »Jemand, der dazwischenfunkt. Denk an die seltsamen Signale.«

Marko grinste: »Die Aliens von da draußen aus dem All?«

Stefan nickte: »Alexander Gerst hält das übrigens für gar nicht so abwegig. In einem Interview mit der ›Rheinischen Post‹ hat er mal gesagt, wenn man Spuren von Leben auf dem Mars fände, würde das bedeuten, dass es im Universum nur so wimmelt von Leben.«

»Aber das müssen ja nicht gleich Aliens sein, sondern vielleicht ganz primitive Lebewesen …«, warf Florian ein und wurde von Marko schelmisch unterbrochen: »Also menschenartige Typen, das meinst du wohl.«

»Quatsch«, entgegnete Florian. »Mikroben, Bakterien oder so Zeug. Spielt zunächst mal auch gar keine Rolle. Jedenfalls wären selbst Spuren von winzigem Leben auf einem anderen Himmelskörper eine sensationelle Entdeckung.«

»Hat die NASA nicht erst dieser Tage angedeutet, auf Fotos ihres Mars-Rovers Curiosity könnten möglicherweise Fossilien zu sehen sein?«, warf Stefan ein.

»Hab ich auch gelesen«, bestätigte Florian. »Außerdem war auch von Methan in der Mars-Atmosphäre die Rede gewesen, was auf mögliches Leben hindeuten könnte.«

Marko, der sich eher von Fakten als von Spekulationen leiten ließ, runzelte die Stirn: »Solange es da noch keine ›Sternen-Krieger‹ gibt, brauchen wir uns um die ISS und unseren Astro-Alex nicht zu sorgen.«

Florian allerdings gab zu bedenken: »Vorläufig geht die größte Gefahr für die Menschheit von den Menschen selbst aus.«

35

Maleike hatte den ersten Schock überwunden, die schwarz erscheinende, tief dunkelrote Rose aus dem Briefkasten gerissen und sie vorsichtig zwei-, dreimal geknickt, ohne sich an den Dornen zu verletzen. Dann warf sie die Blume im hohen Bogen ins Gebüsch.

Mit gemischten Gefühlen öffnete sie den Briefkasten – jetzt darauf gefasst, irgendeine Botschaft zu finden. Doch der Brief, der ihr entgegenfiel, stammte von einem Modehaus, das ihr in reißerischer Aufmachung mitteilte, dass seit dem letzten Kauf jede Menge Pluspunkte angefallen seien, mit denen sie die neuen Sommer-Sale-Artikel weitaus günstiger erwerben könne. Dazu ein marktschreierischer Text, wie er nur irgendwelchen drittklassigen Marketing-Dilettanten einfallen konnte. Außerdem hasste sie das Wort »Sale«, das schwachsinnigerweise eine Art Schlussverkauf suggerierte, obwohl es doch im Englischen schlicht und einfach »Verkaufen« hieß. Eine Volksverdummung sondergleichen.

Sie zerfetzte das Papier und warf die Schnipsel in den Abfalleimer unter der Spüle. Auf dem Weg dorthin blinkte ihr das Mobilteil des Telefons einen Anruf auf der Mailbox entgegen, den sie sich sofort entnervt vorspielen ließ. »Sie haben eine neue Nachricht«, tönte die Automatenstimme aus dem Lautsprecher, »heute, 14.47 Uhr.« Nach einigen Sekunden folgte eine Männerstimme, die ihr völlig fremd war: »Schwarze Rosen bringen Unglück, gnädige Frau.« Kurze Pause. Maleike starrte auf das Gerät. »*Ein* Mensch ist schon gestorben. Es wäre an der Zeit, darauf zu reagieren.« »Klick« und das dreimalige Piepsen, gefolgt von der üblichen Ansage: »Keine weiteren Nachrichten.«

Maleike spürte, wie alles Blut aus ihren Gliedern wich. Noch immer hafteten ihre Augen an dem kleinen Mobilteil ihres drahtlosen Telefons. Übelkeit überkam sie und das Gefühl, der Raum um sie herum beginne sich zu drehen. Sie klammerte sich an die Kommode, auf der das Gerät sie anglotzte. Was hatte die Stimme gesagt? Mit zitternden Händen drückte sie die Wiederholungstaste der Mailbox. Noch einmal dieselbe Ansage, gefolgt von dem hämisch klingenden Satz: »Schwarze Rosen bringen Unglück, gnädige Frau.« Maleike versuchte, der Stimme einen Namen zu geben. Vergeblich. Es gab niemanden, dem sie diese Stimme hätte zuordnen können. »*Ein* Mensch ist schon gestorben«, drang es wieder an ihr Ohr, wobei die Betonung auf dem »Ein« am Satzanfang lag. »Es wäre an der Zeit, darauf zu reagieren.« Klick, Piepsen, Absage.

Maleike taumelte wie betäubt ins Wohnzimmer und ließ sich in einen ihrer Designersessel sinken. Ihre Finger zitterten, sie schloss die Augen. »Es wäre an der Zeit, darauf zu reagieren«, hallte es immer wieder in ihrem Kopf nach, während sie gleichzeitig von der bohrenden Frage übermannt wurde, wer dieser Anrufer gewesen sein konnte. Und vor allen Dingen: Wovon sprach der? War das erst der Anfang eines Psychoterrors? Nun stand jedenfalls fest, dass er sie schon seit Wochen im Visier hatte.

Und was sollte sie nun der Kripo sagen?

36

Die Sonne war noch deutlich überm Westhorizont des flachen Landes gestanden, als Häberle am frühen Abend Heilbronn erreicht hatte. Das Navi hatte ihn zielgenau von der Autobahn A 81 und zuletzt über die B 27 zur Heilbronner Innenstadt und dann in die Karlstraße geführt, an der sich in unmittelbarer Nachbarschaft zum Finanzamt der unübersehbar hässliche Betonklotz des Polizeipräsidiums erhob. Eine Bausünde der 60er- oder 70er-Jahre, dachte Häberle. Natürlich kannte er das trist-graue Gebäude noch aus seiner Zeit, als er von Stuttgart aus öfters mit Heilbronn zu tun hatte. So erschien es ihm fast ein bisschen nostalgisch.

Er verzichtete darauf, in den mit Bäumen bestandenen Parkplatz des Präsidiums einzubiegen, sondern fuhr bis zur Siebennussbaumstraße weiter, an der es jede Menge freie und sogar kostenlose Parkmöglichkeiten gab. Hier, abseits des Verkehrsgetümmels, roch die Luft nach Blüten, als er die rund 100 Meter zurück zum Präsidium ging und die Betonstufen zum Eingang hochstieg. Er klingelte, stellte sich über die Sprechanlage vor und wurde vom Pförtner in den Vorraum gelassen.

Der Mann hinter der vermutlich schusssicheren Scheibe lächelte freundlich und bat um Geduld. Er werde »Herrn Dreisamer« melden, dass der erwartete Gast da sei.

Ein paar Minuten später tauchte der Kripochef hinter der Scheibe der noch geschlossenen zweiten Eingangstür auf und öffnete sie. »Mensch, August, dass wir uns hier mal treffen würden, hätt ich nicht gedacht.« Er umarmte seinen Kollegen und nahm ihn gleich mit ins Foyer.

»Grüß dich, Volker«, erwiderte Häberle die herzliche Begrüßung. Dreisamer war zwar mehr als zehn Jahre jünger als Häberle, doch das änderte nichts an der Tatsache, dass sie auf der gleichen Wellenlänge lagen – sowohl bei der Einschätzung ihrer früheren Fälle als auch was die politische und gesellschaftliche Lage im Lande anbelangte. Häberle hatte allerdings Dreisamer eines voraus: Er konnte es sich leisten, die Missstände, die es auch innerhalb der Polizei gab, beim Namen zu nennen. Und er ließ sich von niemandem beeinflussen. Schon gar nicht von den »Großkopfeten«, wie er immer zu sagen pflegte.

Auch rein äußerlich wirkten die beiden, als seien sie nicht nur Brüder im Geiste, sondern ebenfalls körperlich – wobei Häberle allerdings gewiss ein paar Kilo mehr auf die Waage brachte. »Das gibt einen späten Feierabend«, meinte Dreisamer, als sie im Aufzug ein paar Etagen nach oben fuhren. »Fährst du heute noch heim?«

»Glaubst du im Ernst, ich krieg hier eine Übernachtung bezahlt?«, grinste Häberle. »Die reden zwar immer davon, dass sie der Polizei den Rücken stärken wollen, aber arg viel zu spüren ist davon nicht. Du weißt doch: Es darf nichts kosten.«

Der Aufzug hielt ruckelnd an. »Komm mit, der Kollege Kuntz brennt schon darauf, dich kennenzulernen.« Sie schritten durch einen trostlos wirkenden Gang, vorbei an vielen Türen – bis Dreisamer, ohne zu klopfen, eine davon öffnete. »Darf ich vorstellen?« Er ließ Häberle den Vortritt, worauf Kuntz, der hinterm Schreibtisch gesessen war, blitzartig aufsprang und auf Häberle zuging.

»Kollege August Häberle«, sprudelte es aus Dreisamer heraus und er fügte an: »Der berühmte Häberle – aus Göppingen beziehungsweise seit der Reform nun aus Ulm.«

Häberle schüttelte dem braun gebrannten Inspektionsleiter kräftig die Hand, worauf Kuntz die beiden Kriminalisten an den Besprechungstisch bat, um den herum sie sich niederließen.

Dreisamer hatte Apfelsaft und Mineralwasser besorgt. »Ich hätt dir gerne einen Kaffee angeboten, aber bei den modernen Kaffeemaschinen bist du ohne Sekretärin hilflos. Ich warte nur noch drauf, dass eure WMF in Geislingen endlich eine Maschine mit USB-Anschluss für den Computer entwickelt …«

»Oder noch besser«, unterbrach Kuntz, »am besten gleich mit einer App fürs Smartphone, dann kann man den Kaffee schon von unterwegs aufbrühen lassen.«

Kurze Heiterkeit, dann stellte Dreisamer klar: »Unser ›oberster‹ Chef hier im Hause, der ›Presidente‹, hat höchstpersönlich vorgeschlagen, dich herzubitten. Danke, dass du so schnell gekommen bist. Eineinhalb Stunden Fahrzeit, denke ich …«

Häberle sah auf die Uhr und nickte. Durchs Fenster schien schräg die Sonne herein.

»Der Kollege Christoph Kuntz ist zwar der Leiter unserer SOKO, aber du hast alle Freiheiten, wie üblich«, betonte Dreisamer. »Du kannst dir denken, dass allen in Heilbronn sehr viel daran gelegen ist, diese Geschichte möglichst schnell und geräuschlos aufzuklären.«

Kuntz ergänzte: »Die Dimension des Falles ist noch nicht abzuschätzen. Eine Mail, die wir aus Oberpfaffenhofen bekommen haben, lässt jedenfalls Großes befürchten.« Er hob den Ausdruck in die Höhe: »Jemand hat unser Mordopfer wohl auf Umwegen bedroht. Hier …« Er las vor: »Wichtiger Hinweis zur Sicherheit der ISS: Teilen Sie bitte unverzüglich Frau Vanessa Eickhoff mit, dass ihr wissenschaftliches Experiment auf der ISS in Gefahr gerät, falls sie nicht die Finger von etwas lässt, das ansonsten auch Horizon ins Verderben stürzt.«

»Horizon?«, hakte Häberle irritiert nach.

»Ja, so heißt die seit gestern laufende Mission mit unserem Kosmonauten aus Künzelsau – hast sicher davon gehört«, erklärte Dreisamer.

»Wovon soll sie die Finger lassen?«

Kuntz zuckte mit den Schultern. »Wir werden's rausfinden.«

Häberle resümierte gedanklich: Es ging einerseits also um die Buga und andererseits auch um das Weltraumprojekt jener ermordeten Frau aus Ulm. Beides gewiss Prestigeprojekte. Und außerdem war Heilbronn, was ein schweres Verbrechen anbelangte, seit elf Jahren vorbelastet.

Kuntz erläuterte in knappen Worten, was im Laufe des Tages geschehen war und welche Ermittlungsansätze es gab. »Die Spurenlage ist dürftig«, räumte er schließlich ein. »Wir wissen noch nicht einmal, wo die Tote in den Neckar gelegt wurde.«

»Und die Strömungsverhältnisse im Fluss?«, hakte Häberle nach.

»Ziemlich gemächlich«, meinte Kuntz, der sich die Daten bereits besorgt hatte. »Vom Abzweig des Alt-Neckars bei Neckarhalde beträgt die Strömungsgeschwindigkeit nur zwischen 0,3 bis 3 Kilometer pro Stunde, abhängig davon, ob das Kraftwerk im anderen Flussarm – also über dieser Mittelinsel drüber – gerade Strom produziert oder nicht. Ist es in Betrieb, ist die Strömung an der oberen Hafeneinfahrt, beim Insel-Hotel, so stark, dass alles, was im Wasser schwimmt, hinüber zum Kraftwerk treibt und dort am Rechen hängen bleibt.«

»War es in Betrieb?«

»Ja, haben wir schon gecheckt.«

»Demnach kann die Leiche nicht von weither angeschwemmt worden sein«, stellte Häberle klar.

»Richtig, Herr Kollege. Sie muss nach diesem Abzweig ins Wasser geworfen worden sein, irgendwo bei diesen Booten, die dort liegen, oder eben gleich dort, wo wir sie gefunden haben.«

Dreisamer ergänzte: »Die Pathologen vom SLK-Klinikum …«, er fühlte sich zu einer Erklärung berufen, »das sind unsere Stadt-/Landkreis-Kliniken, zu denen das Krankenhaus am Gesundbrunnen hier gehört – die Gerichtsmediziner dort gehen davon aus, dass Frau Eickhoff mit einem dünnen Draht erdrosselt worden ist. Knapp einen Millimeter stark. Vergleichbar mit einem Blumenbindedraht. Hat ein tief eingeschnittenes Drosselmerkmal am Hals hinterlassen.«

»Blumenbindedraht«, wiederholte Häberle, der aufmerksam zugehört hatte. »Etwas mit Blumen passt zum Auffindeort«, er verzog sein Gesicht zu einem vielsagenden Lächeln. Bereits als der Ulmer Polizeipräsident ihn heute Nachmittag angerufen und von der Gartenschau gesprochen hatte, war ihm schlagartig ein Verbrechen in Erinnerung gekommen, das auch mit Blumen zu tun hatte: der bis heute ungeklärte Mord an einem türkisch-kurdischen Blumenhändler in Münsingen im Landkreis Reutlingen. Das war zwar nicht mehr Häberles Zuständigkeitsgebiet, aber er wusste genau, was dort damals, vor sechseinhalb Jahren, geschehen war: Am frühen Morgen des 4. Oktober 2011 hatte besagter Geschäftsmann gerade eine Fracht mit Blumen aus Amsterdam ausgeladen, während offenbar sein Mörder bereits in der Dunkelheit lauerte. Als der Blumenhändler nach getaner Arbeit nach Hause ging, wurde er aus allernächster Nähe mit mehreren Schüssen getötet. Ein kaltblütiges Vorgehen, so entsann sich Häberle, das auch an die ebenso kaltblütigen Morde des Nationalsozialistischen Untergrunds (NSU) erinnerte, dessen Opfer ja bekanntermaßen vor allem in Deutschland lebende Türken, ein Grieche und wohl auch die in Heilbronn getötete Polizistin und ihr schwer verletzter Kollege gewesen waren. Derzeit ging der jahrelange Prozess vor dem Oberlandesgericht München in die Endphase. Demnächst war mit dem Urteil zu rechnen.

Die Parallelen all dieser Fälle hatten im Hinblick auf das Münsinger Verbrechen sogar die Bundesanwaltschaft auf den Plan gerufen. Herausgekommen war nach Häberles Kenntnisstand jedoch nichts. Für die NSU-Taten jedenfalls war eine andere Mordwaffe benutzt worden als jene, aus der der Münsinger Mörder geschossen hatte.

Häberle entschloss sich, diese seltsamen Zusammenhänge kurz zu erwähnen – und stieß auf zwei interessierte Zuhörer. »Irgendwie komisch«, meinte er anschließend, »Blumen hier wie dort – und dann über den NSU noch ein Bezug ausgerechnet zu Heilbronn. Man mag nicht so recht an Zufall glauben.« Weil keiner seiner beiden Kollegen etwas sagte, ergänzte er: »Der Blumenhändler damals war wohl zuvor bedroht worden. Er soll gesagt haben, dass er in Todesgefahr schwebe. Das widerspricht wiederum dem Vorgehen der NSU-Verbrecher.«

Dreisamer strich sich nachdenklich übers Kinn. »Am Verbrechen an unseren beiden Kollegen war der NSU jedenfalls ganz sicher beteiligt. Die Bande hat ja ein Bekennervideo veröffentlicht und im Wohnmobil, das sie dann angezündet haben, lagen die Dienstwaffen. Außerdem wurden an der Hose einer der NSU-Terroristinnen Blutspuren unserer getöteten Kollegin gefunden.«

Kuntz gab zusätzlich zu bedenken: »Dazu muss man wissen, dass unsere Kollegin in einem kleinen Dorf in Thüringen aufgewachsen ist, in dem zeitweise auch eine Person aus dem NSU-Umfeld gelebt hat. Womöglich hatte man es also ganz gezielt auf Polizisten abgesehen – obwohl die Bundesanwaltschaft dafür keine Anhaltspunkte gefunden haben will.«

Häberle winkte resigniert ab: »Ob da jemals alles ans Tageslicht kommt, daran hege ich Zweifel. Man braucht sich ja nur das politische und unwürdige Gezerfe um diese menschliche Tragödie anzuschauen. Mir scheint, da gehen einige Herrschaften ganz schön in Deckung.«

»Um ehrlich zu sein, August«, wandte Kuntz ein, »auch wir als Ermittler haben uns nicht gerade mit Ruhm bekleckert. Denk dran, wie das mit diesen Wattestäbchen war. Ich war damals glücklicherweise noch nicht hier …«

Häberle nickte wissend. Natürlich war es eine bittere Blamage gewesen. Man hatte lange Zeit ein Phantom gejagt, weil die industriell hergestellten Wattestäbchen zur Sicherstellung von DNA verunreinigt gewesen waren. Erst als an unzähligen Tatorten immer wieder ein und dieselbe weibliche DNA analysiert worden war, hatte man gestutzt. Des Rätsels Lösung: Beim Verpacken der Wattestäbchen hatte eine Mitarbeiterin der Herstellerfirma ihre eigene DNA hinterlassen …

Häberle hatte nie begriffen, weshalb die Kriminaltechnik in solch sensiblen Fällen keine speziellen, absolut sterilen Wattestäbchen benutzte. Wahrscheinlich wäre dies gewiss wieder zu teuer.

»Könnt ihr übrigens alles im Internet nachlesen«, seufzte er. »Zumindest hab ich das vor einem halben Jahr mal zufällig bei Google gefunden. Da hat irgendjemand einen Großteil der Ermittlungsakten reingestellt – mit den vollen Namen von Zeugen und Verdächtigen. Ordner Nummer 9 und mehr. Der Datenschutz lässt grüßen. Das liest sich spannender als jeder Krimi.«

»Und wer stellt so was rein?«, staunte Dreisamer.

Häberle zuckte mit den Schultern. »Woher soll ich das wissen? Es waren, als ich es entdeckt habe, zwei komplett volle Ordner mit Akten. Mit den Handyverbindungen und der Protokollierung einer Hypnose, der sich der schwerverletzte Kollege unterzogen hat.«

»Das macht die Sache noch merkwürdiger«, meinte Kuntz. »Aber vielleicht bringt unser Fall hier auch Licht in die anderen Fälle.«

Häberle unterbrach: »Falls uns nicht jemand zurückpfeift.«

»Dafür haben wir dich«, grinste Dreisamer. »Dein Ruf eilt dir voraus, vergiss das nicht. Du bist unser – wie sagt man doch heutzutage? – unser ›Frontman‹.«

»Ja, sag's nur. Wenn's schiefgeht, bin ich der Buhmann.« Er

grinste, wohl wissend, dass er nichts mehr zu verlieren hatte – jetzt sogar mal mit Rückendeckung seines Ulmer Präsidenten.

»Weil Sie gerade von Blumen gesprochen haben«, griff Kuntz das vorausgegangene Thema auf, wurde aber von Häberle sogleich unterbrochen: »Kollege, lassen wir das förmliche ›Sie‹. Ich bin der August.« Er hob sein Wasserglas, um symbolisch mit Kuntz anzustoßen, der das Angebot erwiderte: »Und ich bin der Christoph. Auf gute Zusammenarbeit.«

Nachdem auch Dreisamer getrunken hatte, kam Kuntz wieder auf die Blumen zu sprechen: »Unser Opfer, die Frau Eickhoff, hatte ganz sicher internationale Kontakte. Das wird man angesichts ihrer wissenschaftlichen Arbeit schon mal annehmen können, obwohl wir ihr persönliches Umfeld noch nicht kennen. Mehr dazu wird uns sicher ihr Partner, ein Astrophysiker aus Ulm, berichten können. Eine Sache, derer du dich mit deinen Kollegen annehmen solltest.« Häberle nickte, während Dreisamer zufrieden lächelte.

»Dein Hinweis auf den Blumenhändler«, fuhr Kuntz fort, »bringt mich nämlich auf einen – zugegebenermaßen – etwas abwegig klingenden Gedanken. Stichwort: Blumen-Mafia.«

Häberle wusste sofort Bescheid. Internationale Verflechtungen und Bandenkriminalität waren früher sein Spezialgebiet gewesen. Früher, bevor er nach seiner Stuttgarter Zeit wieder in die heimatliche und beschaulichere Provinz zurückgekehrt war.

Voriges Jahr, so erinnerte er sich, hatte es in Süditalien einen großen Mafia-Prozess gegen Mitglieder eines bestimmten Clans gegeben, die große Mengen Kokain aus Südamerika quer durch Europa geschmuggelt hatten, versteckt in Blumenlieferungen. Dabei war bekannt geworden, dass eine offenbar mafiose Firma auf dem Blumengroßmarkt im niederländischen Aalsmeer, dem angeblich weltweit größten Umschlagplatz für Blumen, Topfpflanzen und Schnittblumen aus Südamerika und

Ostafrika, dick in das Drogengeschäft verwickelt sein sollte. Tausende Lastwagen belieferten täglich von Aalsmeer aus die Kundschaft in ganz Europa – da bot es sich geradezu an, die Blumenfracht als Tarnung für den Transport der aus Übersee angelieferten Drogen zu nutzen.

»Haltet ihr es für möglich, dass mit Pflanzentransporten zur Buga ähnlich heiße Ware angekommen ist und die Tote etwas davon mitgekriegt hat?«

»Möglich ist alles, August«, pflichtete ihm Dreisamer bei. »Wir beide sind lange genug im Geschäft, um alles Unmögliche für möglich zu halten.«

Kuntz nickte und nahm wieder einen Schluck Wasser.

»Habt ihr schon Kontakt mit jemandem von der Buga aufgenommen?«, wollte Häberle wissen.

»Telefonisch, ja. Mehr nicht. Wir haben uns heute auf die Spurensicherung konzentriert«, erwiderte Kuntz. »Bisher hatte ich nur eher zufällig mit einem Mitarbeiter Kontakt, einem Plasser oder so ähnlich. Den hab ich da draußen getroffen – war aber wenig ergiebig.«

Dreisamer schaltete sich ein: »Wir haben aber noch in Erfahrung gebracht, dass die direkte Ansprechpartnerin von Frau Eickhoff eine Teamleiterin namens …«, er holte ein Blatt Papier aus der Brusttasche, »… Maleike Cortes ist. Sie wohnt in Kirchardt, das ist 25 Kilometer westlich von hier. Und es gibt von Frau Eickhoff noch den Vater, der in Stuttgart Arzt ist, Ruheständler.«

»Und sonstige Spuren?« Häberle unterdrückte ein aufkommendes Gähnen.

»Na ja …« Kuntz lehnte sich zurück. »Eine Art Visitenkarte haben wir gefunden, neben dem Auto von Frau Eickhoff. Kann reiner Zufall sein, aber sie sieht noch ziemlich frisch aus, dürfte also noch nicht lange dort gelegen sein.«

»Und was steht da drauf?«

»Sie ist rosarot mit rotem Herzen«, Kuntz grinste vielsagend. »Es steht nur ›BH‹ drauf.«

»So?«

»Ist wohl die Abkürzung für ›Be Happy‹. Steht so auf der Rückseite mit der Adresse drauf«, ergänzte Kuntz. »Wird dir nichts sagen, nehm ich an.«

Häberle konnte am Mienenspiel seiner beiden Kollegen ablesen, was gemeint war, und frotzelte: »Falls der Ruf meines geschätzten Kollegen Mike Linkohr schon bis Heilbronn durchgedrungen ist, könnte es ein Auftrag für ihn werden …«

Dreisamer, der genau wusste, worauf Häberle anspielte, lachte schallend, der eher ahnungslose Kuntz tat es ihm aus kollegialer Verbundenheit nach, wurde aber gleich wieder ernst: »Handschriftlich ist möglicherweise ein Name auf die Karte gekritzelt. Falls es ein Name ist. ›Iri‹ oder so ähnlich haben wir entziffert. Herr Linkohr kann ja mal recherchieren …«

37

Freitag, 8. Juni. Linkohr war noch am gestrigen Abend von seinem direkten Vorgesetzten in Ulm darauf vorbereitet worden, dem nach Heilbronn entsandten Häberle zuarbeiten zu müssen. Nichts lieber als dies, dachte er, zumal es seit Monaten keinen wirklich interessanten Fall mehr gegeben hatte. Nur noch Gewalt zwischen unterschiedlichen ethnischen Gruppierungen, blutige Zoffs in Familien oder brutale Überfälle auf ältere Personen. Die Ermittlungen gestalteten sich meist zäh und wenig erfolgversprechend. Alles zog sich endlos hin, weil in zwei Dritteln der Fälle Dolmetscher hinzugezogen und Protokolle aufwendig übersetzt werden mussten. Hinzu kam, dass Beschuldigte aus anderen Kulturkreisen sehr oft den nötigen Respekt vor der Polizei vermissen ließen – und die Politik nichts unternahm, dem entgegenzuwirken.

Linkohr litt auch darunter, dass er niemanden hatte, dem er nach einem frustrierenden Arbeitstag sein Leid klagen konnte. Die triste Routinearbeit in der Provinz schien ihn zu strangulieren und ihm keine Zeit zu lassen, sich den schönen Dingen des Lebens zu widmen – vor allem aber dem weiblichen Geschlecht. Vielleicht war er mit zunehmendem Alter – jetzt schon weit über 30 – auch anspruchsvoller geworden, sodass viele Frauen bereits aus seinem »Fahndungsraster« fielen, bevor es überhaupt zu einer Annäherung kam. Weil er sein Dasein als Junggeselle satthatte, spielte er bereits mit dem Gedanken, sich einer Partnervermittlung im Internet zuzuwenden. Noch aber hielt er nichts davon, die geschönten Personenprofile zu lesen, endlos lange E-Mails zu schreiben, um sich dann nach Tagen oder gar Wochen endlich auf ein »Date« einzulassen, bei dem er bereits nach der berühmten ersten Sekunde des Sehens am liebsten wieder kehrtmachen würde. Situationen dieser Art kannte er von Freunden, die ihm derlei Erlebnisse aus eigener Anschauung schildern konnten. Wie war einer seiner Kollegen schon hinters Licht geführt worden! Eine angebliche Chefsekretärin entpuppte sich als kleine Angestellte in einem Ein-Personen-Handwerksbetrieb. Oder eine andere als Schwatztante, die ihm während des Abendessens in einem Restaurant unablässig die Ohren von ihrer Verwandtschaft vollgequatscht hatte. Oder eine Russin, die gleich ein aufreizendes Foto gemailt und ziemlich schnell Geld für eine Reise von Moskau nach Deutschland gefordert hatte. Ein Glück, dass es der Kollege dienstlich mit Betrug zu tun hatte und ihm deshalb sofort klar gewesen war, dass das Geld zwar weg, aber die rassige Frau nicht dagewesen wäre.

Noch am gestrigen Abend hatte Linkohr kurz mit Häberle telefoniert und sich über das Verbrechen informieren lassen. Nun galt es, möglichst viel über diese Vanessa und ihr persönliches Umfeld in Ulm herauszufinden.

Eigentlich wäre es ihm lieber gewesen, sich um lebende weibliche Personen kümmern zu müssen, als einen Hinterbliebenen zu befragen.

Von seiner winzigen Junggesellenbude in Göppingen brauchte er an diesem noch ziemlich diesigen Freitagvormittag fast eine Stunde bis zu der Ulmer Adresse, an der Egeas Petridis wohnte – das Hochhaus in der Wielandstraße, unweit des Gefängnisses und nah der Parkanlage in der Au.

Linkohr hatte nur unter großen Schwierigkeiten einen freien Parkplatz gefunden und mühte sich nun im Eingangsbereich des verschachtelten Wohngiganten damit ab, den richtigen Klingelknopf zu finden. »Petridis« entdeckte er schließlich, mit Großbuchstaben geschrieben. Bereits nach dem ersten Klingeln ertönte ein »Hallo«. Egeas Petridis war schon gestern Abend telefonisch auf den Besuch eines Kriminalisten vorbereitet worden – nachdem man ihm die Nachricht vom Tod seiner Lebensgefährtin Vanessa persönlich überbracht hatte. Er beschied Linkohr, in den vierten Stock hochzukommen, und betätigte den Türöffner.

Der Kriminalist war außer Atem, weil er den Treppenaufgang viel zu schnell genommen hatte. Im Flur der vierten Etage erwartete ihn bereits ein großer junger Mann, der seine südländische Abstammung nicht verbergen konnte. Schwarzhaarig, dunkle Augen. Braun gebrannt. Er trug Jeans und ein weißes T-Shirt, die nackten Füße in Sandalen.

Linkohr entschuldigte sich artig für die Störung und brachte sein Bedauern über den Tod von Vanessa Eickhoff zum Ausdruck, während ihn Petridis in ein erstaunlich geräumiges und helles Wohnzimmer führte, das ziemlich modern eingerichtet war. Die beiden Männer ließen sich auf gepolsterten Armlehnstühlen nieder, die abseits einer Polstergruppe um einen Glastisch gruppiert waren. Auf ihm lagen wissenschaftliche Bücher und ein eingeschaltetes iPad. Nebenan gab eine halb geöffnete Schiebetür den Blick in die Küche frei, in der sich benutztes Geschirr stapelte.

»Darf ich Ihnen etwas anbieten?«, fragte Petridis höflich und mit einem Akzent, wie man ihn von Griechen gewohnt war.

Linkohr lehnte dankend ab und kam gleich auf den Grund seines Besuches zu sprechen. »Es tut mir leid, wenn ich Sie schon heute behelligen muss, aber Sie können sich denken, dass wir so schnell wie möglich das persönliche Umfeld Ihrer Freundin kennenlernen wollen. Wann haben Sie sie denn zuletzt gesehen?«

Sein Gegenüber schloss für einen Moment die Augen und kratzte sich am linken Unterarm, an dem eine jener sibernen Uhren prangte, mit denen gewisse Kreise Geld, Macht und Einfluss symbolisieren wollten. Sie mochte deshalb so gar nicht in jenes Weltbild passen, das man üblicherweise von Wissenschaftlern hatte und das maßgeblich von jenem Foto geprägt war, das den spitzbübischen Einstein mit herausgestreckter Zunge zeigte. Petridis wirkte zwar auch leger, trug aber nicht das schwäbische »Understatement« zur Schau, sondern schien durchaus gewillt zu sein, nach außen hin eine gewisse Wirkung zu erzielen – trotz der verwaschenen Jeans und des schlabbrigen T-Shirts. »Wann ich sie zuletzt …?« Er schien von Linkohrs Frage überrascht worden zu sein. »Das … das ist schon ein paar Tage her. Ich war auf einer Tagung in Lindau, bis gestern Vormittag.«

»Und seit wann?«

»Seit Montag.«

»Sie haben aber sicher mal miteinander telefoniert?«, meinte Linkohr.

»Ja, hin und wieder. Vanessa war nicht so auf Telefonieren eingestellt …«

»Können Sie sich entsinnen, wann es das letzte Mal war?«

Er zuckte mit den Schultern, was Linkohr als eine desinteressierte Geste auffasste. »Vorgestern war's wohl, am Mittwoch. Sie hatte ausgerechnet am Tag, als ihr wissenschaftliches Experiment ins Weltall geschossen wurde, einen wichtigen Termin in Heilbronn, auf der Buga.«

»Hat sie gesagt, wen sie in Heilbronn treffen wollte?«

»Irgendjemanden von der Buga, vielleicht diese Maleike, mit der sie's immer zu tun hatte.«

»Konkretes hat sie nicht gesagt?«

»Nein.«

»Sie ist aber gestern nicht da gewesen, als Sie von Lindau zurückgekommen sind«, stellte Linkohr fest. »War das üblich?«

Petridis runzelte die faltenlose Stirn. »Was heißt üblich? Wir sind beide sehr viel unterwegs, geschäftlich. Außerdem hat Vanessa gesagt, sie werde während meiner Abwesenheit bei ihrem Vater in Stuttgart übernachten.«

»Und Sie in Lindau?«

Petridis nickte verwundert. »Ja, wo denn sonst, wenn ich bei dieser Tagung war?« Ihm schien etwas einzufallen: »Ich hab vorgestern gegen Mitternacht dann noch mal versucht, sie auf dem Handy anzurufen, sie hat sich aber nicht gemeldet. Ich dachte, sie hört das Klingeln nicht – oder ihr Akku sei leer. Es hat sich nur die Mailbox eingeschaltet.«

»Darf ich fragen, was das für eine Tagung in Lindau war?«

Petridis' große braune Augen verrieten Unsicherheit. »Brauche ich ein Alibi?«

»Entschuldigen Sie, aber das sind Routinefragen ...«

»Schon gut, Herr Kommissar«, gab sich der junge Mann kooperativ. »Konferenzen zum Thema Astronomie, Astrophysik und Kosmologie in der Inselhalle. Gewohnt hab ich im ›Lindauer Hof‹, direkt an der berühmten Hafeneinfahrt. Lässt sich alles nachprüfen.«

»Sie sind also erst gestern Mittag wieder in Ulm gewesen«, konstatierte der Kriminalist.

»Ja, ich hab zuvor noch ein paarmal versucht, Vanessa anzurufen – und als ich hier war, hab ich's auch bei ihrem Vater probiert.«

»Erst dann? Sie hätten ihn doch schon früher fragen können, ob seine Tochter bei ihm ist.«

Petridis verkrampfte seine Hände in der Armlehne. »Ich wollte ihn nicht beunruhigen. Außerdem telefonieren Vanessa und ich uns nicht ständig hinterher. Jeder von uns führt so ein gewisses Eigenleben.« Kaum hatte er es gesagt, wurde ihm bewusst, dass es damit für immer vorbei sein würde.

»Aber über Vanessas Arbeit wissen Sie schon etwas ...«

»Natürlich. Wir haben das Projekt für die ISS ja gemeinsam entwickelt.«

»Vielleicht zuerst etwas über Vanessa selbst. Welche Kontakte pflegte sie denn?«

Der junge Mann rang sich ein Lächeln ab. »Zu mir. Eigentlich nur zu mir. Aber auch dazu fehlte ihr die Zeit. Sie war viel zu beschäftigt, um soziale Kontakte zu halten. Denn das Projekt hat uns fast in jeder freien Minute beschäftigt, mehrere Jahre lang. Hinzu kam, dass sie seit vier, fünf Jahren schon mit dieser Ausstellung in Heilbronn zu tun hat. Ich glaube, dort hatte sie mehr Kontakte als hier in Ulm.«

»Wann ist sie denn zu Ihnen gezogen?«

»Sie hat bis 2015 in Stuttgart gelebt, wo damals auch ihre Eltern wohnten. Und als sie ihren Doktor gemacht hat, sind wir hier zusammengezogen. Das hat sich so ergeben, weil ich hier an der Uni wissenschaftlich arbeite.«

»Sie meinen also, Frau Eickhoff hatte – wenn überhaupt – persönliche Bezüge nur nach Heilbronn?«

»Oder Stuttgart, wo sie aufgewachsen ist.« Er überlegte. »In Heilbronn hat sie sich eine Zeit lang auch mal politisch engagiert.«

»Bei den Grünen?«, fragte Linkohr spontan, weil für ihn die Vermutung nahelag, sie könnte sich als Landschaftsplanerin dem Umweltschutz verschrieben haben.

»Nein, nicht direkt. Es war so eine Gruppierung gegen Rechts«, erklärte Petridis. »Wegen der Umtriebe des Nationalsozialistischen Untergrunds. NSU. Sie werden das kennen. Diese Terroristen haben doch in Heilbronn eine Kollegin von Ihnen erschossen. Die Frau war drei Jahre jünger als Vanessa. Das hat sie schwer mitgenommen.«

In Linkohrs Kopf jagten sich die wildesten Gedanken. Er hatte Mühe, sie unter Kontrolle zu halten. »Frau Eickhoff war aber zuletzt nicht mehr bei dieser Gruppierung?«

»Nein, das war nur so eine kurze Phase, vor zwei, drei Jahren ungefähr. Dann sind ihr die dauernden ›Demos gegen Rechts‹ auf den Nerv gegangen. Die Gruppierung war ihr zu radikal. Einmal hat sie gesagt, diese Leute gingen reflexartig auf alles los, was auch nur den Anschein erwecke, leicht rechts der CDU zu sein. Ohne sich mit deren Argumenten auseinanderzusetzen. Das war nicht Vanessas Welt.«

»Hat sie irgendwann einmal etwas darüber gesagt, dass sie Probleme habe – oder dass es mit jemandem Ärger gebe?«

Petridis ließ seinen Blick durch die Wohnung streifen und blieb nachdenklich am Fenster hängen, durch das die Vormittagssonne schien. »Probleme – ich weiß nicht, ob man es so nennen kann. Es gab da einen Vorfall, der sie nachdenklich gestimmt hat. Aber Vanessa war eine starke Frau, die hat sich nicht so schnell … beirren – sagt man so? – ja, beirren lassen.«

Linkohr wurde hellhörig. »Sie sprechen von einem Vorfall?«

»Na ja«, Petridis sah noch immer aus dem Fenster, »sicher nichts Politisches. Ich hab der Sache keine so große Bedeutung beigemessen, sie sogar beruhigt. Vielleicht hätte ich es ernster nehmen sollen.«

»Könnten Sie mir diesen Vorfall schildern?«

»Genau genommen waren es zwei Vorfälle«, rang sich Petridis zu einer Erklärung durch und sah wieder zu Linkohr. »Es hat vor einigen Monaten begonnen, im Februar – so genau weiß ich das nicht mehr. Da hat sich plötzlich ein Mann bei ihr angekündigt und gesagt, er komme von der NASA und wolle irgendetwas wegen der Nutzlast zur ISS mit ihr bereden.«

»Von der NASA?«, wiederholte Linkohr staunend, beinahe ehrfurchtsvoll.

»Ja, NASA. Es muss sich auch um einen Amerikaner gehandelt haben, denn sein Deutsch habe ein bisschen danach geklungen. Vanessa hat sich wohl zuerst geehrt gefühlt und ist zu dem Treffen gegangen.«

»In die USA?«, entfuhr es Linkohr ungläubig.

»Nein, natürlich nicht. Er hat sie während eines kurzen Stopps am Flughafen Stuttgart getroffen, in irgend so einem Haus, in dem man für ein paar Stunden ein Büro mieten kann.«

»Und was hat dieser Mann gewollt?«

»Es war ein ziemlich dubioses Treffen, Herr Kommissar. Es wäre besser gewesen, Vanessa hätte sich vorher mit den Leuten von der europäischen Weltraumorganisation abgesprochen. Was der Mann genau wollte, ist ihr nicht ganz klar geworden.

Er hat sinngemäß gesagt, sie solle sich lieber um ihre Blumen in Heilbronn kümmern anstatt um andere Dinge, denn sonst könne ihr Experiment im Weltraum schiefgehen.«

»Eine Drohung?«, fragte Linkohr schnell.

»Es hat sich wohl so angehört.«

»Und in welche anderen Dinge sollte sich Frau Eickhoff nicht einmischen?«

Petridis zögerte. »Vanessa hat da wohl etwas mitgekriegt …« Er wich Linkohrs Blicken aus. »Etwas, was vielleicht auch nur ein unbestimmtes Gefühl war. Sie hätte auch nie jemanden anschwärzen wollen.«

Linkohrs Interesse stieg. »In welche Richtung ging das?«

»Na ja, sie konnte es nicht konkretisieren. Irgendwie hatte sie den Eindruck, gewisse Lieferanten würden bevorzugt.«

»Korruption?«, entfuhr es Linkohr

Petridis zuckte mit den Schultern. »Sie hatte da zu wenig Einblick. Vermutlich hätte sie alldem keine große Bedeutung beigemessen, wäre da nicht auch noch dieser Amerikaner aufgetaucht.«

»Sie meinen …«, überlegte Linkohr, »man hat Ihrer Freundin gedroht, etwas mit ihrem Weltraumexperiment könnte schiefgehen, wenn sie von einer anderen Sache nicht ablasse?«

Petridis quälte sich ein Lächeln ab. »So war zuletzt ihr Eindruck, ja. Aber wissen Sie, wegen einer möglichen Korruption bei der Lieferung von ein paar Pflanzen wird man ja wohl kaum die große Keule schwingen und die Raumfahrt bedrohen, oder?«

Linkohr wollte nichts dazu sagen, sondern hakte nach: »Und wie hat Ihre Freundin darauf reagiert?«

»Nach außen hin gelassen«, meinte Petridis, »aber ich hatte in den letzten Wochen den Eindruck, dass sie das alles sehr stark beschäftigt hat. Sie war so … in sich gekehrt … so sagt man doch, oder? Es war schade, denn sie hatte sich so sehr auf dieses Experiment gefreut. Und ich mich auch.«

»Dem Mann muss aber sehr viel daran gelegen haben, sie auf diese Weise von etwas abzubringen.«

»So genau kann ich Ihnen das nicht wiedergeben, Herr Kommissar. Es klang ziemlich verrückt. Ein Amerikaner eben. So wie der Präsident, so das Land.« Sein braun gebranntes Gesicht ließ ein kurzes Lächeln erkennen, wurde aber gleich wieder ernst. »Der Mann hat dann etwas gesagt, was ich mir sehr gut gemerkt habe.«

»Und das war?«

»Dass man manchmal mit dem Feuer spiele, ohne es zu merken. Und sie solle an die beiden abgestürzten Spaceshuttles denken.«

»Ach«, staunte Linkohr. »Das hört sich wie eine versteckte Morddrohung an.«

Petridis' Augen wurden wässrig. »So könnte man es rückblickend meinen, Herr Kommissar, ja.«

»Hat Frau Eickoff mit jemandem außer Ihnen darüber gesprochen?«

»Sie hat es der europäischen Raumfahrtbehörde und dem Weltraumzentrum in Oberpfaffenhofen mitgeteilt. Aber ich glaube, da ist nichts dabei rausgekommen.«

Linkohr hatte inzwischen aus seiner Freizeitjacke Notizblock und Kugelschreiber herausgezogen, um sich Notizen zu machen.

»Hat sie den Namen des Amerikaners genannt?«

»Ja, aber ich hab ihn mir nicht notiert. Er hat so ähnlich geklungen wie der kürzlich abgesetzte deutsche Verkehrsminister.«

»Dobrindt«, half ihm Linkohr auf die Sprünge. Der Name war ihm geläufig, weil er ihn für einen Politiker hielt, der nur zum Zeichen seiner Macht eine völlig unausgegorene Pkw-Maut durchgepeitscht hatte.

»Ja, so ähnlich war der Name. Irgendetwas mit ›Dober‹ oder ›Olber‹ oder so ähnlich.«

Linkohr notierte es und wechselte das Thema: »Sie haben aber vorhin erwähnt, es habe noch einen zweiten Vorfall gegeben.«

»Ob das ein Vorfall war, weiß ich nicht, Herr Kommissar.« Wieder sah Petridis aus dem Fenster zum strahlenden Sonnenschein. »Das war auch im zeitigen Frühjahr oder noch im Winter, ich glaube, beinahe zur selben Zeit wie das mit dem Amerikaner.«

»Bitte schildern Sie's mir.«

»Na ja«, Petridis verschränkte seine Hände im Nacken und lehnte sich zurück. »Da war irgend so ein Typ, der auf dem Buga-Gelände rumgeschlichen ist. Zuerst war er bei einer Baustellenführung dabei und dann hat er das umzäunte Gelände widerrechtlich noch mal betreten – oder er ist nach der Führung gleich dort geblieben.«

»Um was zu tun?«, gab sich Linkohr eilig.

»Das sei nicht klar ersichtlich gewesen, hat Vanessa gesagt. Er habe noch nach historischer Bausubstanz gefragt und dann am Ufer des alten Neckars fotografiert. An irgend so einem Kanal, dessen Namen ich vergessen hab.«

Linkohr kniff die Augen zusammen. »Wo genau?«

»Keine Ahnung. Es muss in der Nähe von diesem Info-Container gewesen sein, der da am Rande des Geländes beim Neckar steht.«

»Hat Frau Eickhoff mit dem Mann gesprochen?«

»Nein, sie hat ihn ja selbst gar nicht gesehen, sondern sich das Ganze nur von Maleike Cortes und dieser Frau, die für die Baustellenführungen zuständig ist, berichten lassen.«

»Ach so«, seufzte Linkohr enttäuscht. »Aber beunruhigt war sie trotzdem?«

»Ja, weil das zeitlich mit dem Amerikaner zusammenfiel.«

Petridis spielte mit einem Kugelschreiber, der neben dem iPad gelegen war.

»Sonst noch was?« Linkohr spürte, dass Petridis nachdachte.

»Ich nehme an, Sie werden auch die Maleike Cortes befragen.«

»Das werden meine Heilbronner Kollegen tun, ja. Warum interessiert Sie das?«

Petridis presste kurz die Lippen zusammen. »Dann sollten Sie die Maleike auch mal nach der schwarzen Rose fragen.«

»Schwarze Rose?«

»Ja. Vanessa hat mir vor einigen Wochen erzählt, gleich nachdem sich der komische Typ auf dem Gelände herumgetrieben habe, habe hinterm Scheibenwischer von Maleikes Auto eine schwarze Rose gesteckt.«

Linkohr notierte den Hinweis verwundert. »Und was meinte Frau Eickhoff dazu?«

Petridis runzelte die Stirn. »Sie hat nur gesagt, dass dies nichts Gutes bedeute und sie vielleicht doch recht hätte.«

»Recht womit?«

»Mit dem, dass da irgendetwas laufe …«

»Sie hat Ihnen aber nie gesagt, was sie konkret meinte?«

»Nein, wie gesagt, sie hat ganz sicher auch niemand Speziellen im Visier gehabt. Es war halt so ein ›Bauchgefühl‹, würd ich meinen. Sie war da viel zu vorsichtig, um etwas auszusprechen, was reine Spekulation gewesen wäre.«

»Auch Ihnen gegenüber nicht?« Linkohr sah ihm fest in die Augen.

»Wir sind Wissenschaftler, Herr Kommissar. Wir beziehen uns auf Fakten – und nicht auf das, was die Betriebswirtschaftler so treiben.«

Linkohr nickte. Der Mann hatte recht. Die Betriebswirtschaftler fühlten sich überall so unglaublich wichtig, doch ging's denen letztlich nur ums Geld, ums Sparen und Antreiben mit einem Ziel: Vermehrung von Vermögen.

»Frau Eickhoff hatte ihren Arbeitsplatz hier?«, wechselte Linkohr das Thema und sah sich um. Der Wohnraum machte nicht gerade den Eindruck, auch als Büro genutzt zu werden.

»Nur zu einem Teil. Sie hat ihren Schreibtisch nebenan«, er deutete mit dem Kopf zu einer Wand, »hier hat sie aber nur für die Buga gearbeitet. Ihrer wissenschaftlichen Forschungstätigkeit ist sie an der Uni nachgegangen.«

»Aber alles, was mit der Buga zusammenhängt, hatte sie hier?«

»Das meiste auf ihrem Laptop. Ich nehme an, den haben Sie in ihrem Auto sichergestellt.«

Linkohr stutzte. Häberle hatte ihm doch am Telefon gesagt, dass sich in dem Mercedes überhaupt nichts befunden habe. Auch nicht im Kofferraum.

»Sie hat das Haus mit ihrem Laptop verlassen?«, hakte er deshalb nach.

»Ja, sie hat ihn immer mitgenommen, wenn sie nach Heilbronn fuhr.« Petridis zeigte sich überrascht: »Haben Sie ihn nicht in ihrem Auto gefunden?«

Linkohr schüttelte den Kopf, worauf Petridis nach einer Erklärung suchte: »Vielleicht hat sie ihn bei ihrem Vater gelassen – oder in einem Büro bei den Buga-Leuten.«

Dem Kriminalisten ging etwas anderes durch den Kopf. Vielleicht war das, was sie auf dem Laptop gespeichert hatte, auch für jemand anderen von Interesse.

Aber als Wissenschaftlerin war Frau Eickhoff sicher nicht so leichtsinnig, all ihre Daten nur auf der Festplatte des Laptops aufbewahrt zu haben. Das tat doch heutzutage kein vernünftiger Mensch mehr.

38

Häberle war erst spät in der Nacht, kurz nach ein Uhr, heimgekommen. Todmüde und erschöpft. Jetzt, beim Frühstück und nach wenigen Stunden Schlaf, zeigte sich seine Frau Susanne wieder einmal besorgt: »Vergiss bitte nicht, August, du bist keine 30 mehr.«

Natürlich wusste sie, dass solche Worte nichts fruchteten. Er wollte sie einfach nicht hören. Erst recht nicht jetzt, da er maßgeblich an einem Fall mitarbeiten durfte, der in der Öffentlichkeit gewiss mit großem Interesse verfolgt wurde.

»Ich weiß schon, was ich mir zumuten kann«, erwiderte er lustlos und strich Marmelade aufs Brot.

»Und jetzt fährst du gleich wieder nach Heilbronn?«, fragte Susanne. »Das geht jetzt jeden Tag so?«

»Nein. Erstens bin ich davon überzeugt, dass wir das Ding schnell aufklären, und zweitens gibt's auch bei uns hier einiges zu erledigen.«

»Du meinst, in Ulm«, korrigierte ihn seine Frau, der er noch in der Nacht kurz geschildert hatte, was geschehen war. »Und wenn das dann doch nur eine Beziehungstat war wie so viele andere? Dann wäre euer Aufwand ziemlich überzogen.«

In all den Berufsjahren, das wusste sie, war bei den meisten Tötungsdelikten der Täter im persönlichen Umfeld des Opfers zu finden gewesen.

»Dann geht's umso schneller«, meinte Häberle. »Aber was die Sache komplizierter macht, ist der Tätigkeitsbereich unseres Opfers. Die Frau ist maßgeblich an dieser Weltraummission beteiligt, von der ich dir berichtet hab. Linkohr ist deshalb heute in Ulm bei ihrem Freund, der vielleicht mehr dazu sagen kann.«

»Du denkst aber, dass auch die Gartenschau eine Rolle spielen könnte?« Sie trank ihre Tasse Kaffee leer.

»Das werden wir heute versuchen rauszukriegen. Ich will wissen, welche Funktion sie dabei hatte.«

Susanne, die in den vielen Jahren des Zusammenlebens mit einem Kriminalisten gelernt hatte, zu kombinieren und eigene Rückschlüsse zu ziehen, überlegte und brachte etwas zur Sprache, was ihn überraschte: »Sag mal, August, wenn ich an Blumen denke, fällt mir dieser Fall in Münsingen ein. Wir haben damals viel drüber gesprochen: Blumenhändler erschossen. Und irgendwie hat die Sache auch nach Geislingen hineingespielt.«

Häberle hatte mit dieser Bemerkung nicht gerechnet. Ihm selbst war der Fall ja schon durch den Kopf gegangen, doch an einen Zusammenhang zu glauben, erschien ihm ziemlich kühn. Aber dass der Fall auch Susanne noch geläufig war und sie ihn so spontan ansprach, das erstaunte ihn. Vielleicht zeigte ihre Reaktion, dass seine Gedanken gar nicht so abwegig waren.

»Warum sagst du nichts?«, unterbrach sie sein Schweigen.

Er lächelte und strich ihr liebevoll übers gelockte Haar. »Du bist einfach ein Schatz, Susanne.« Es war wieder eines jener Frühstücke, bei denen sie mit ihrem nötigen Abstand zur Aktenlage etwas sagte, was ihm zu denken gab.

39

»Sag mal, hast du das gehört?«

Christian Hofknecht, der in seinem Gewächshaus die letzten Sommerpflanzen umtopfte, fuhr erschrocken herum. Er hatte gar nicht bemerkt, dass seine Frau näher gekommen war. Viel zu sehr hatten ihn die Gedanken an die letzten Tage beschäftigt. Der Mittwochabend in Heilbronn und auch die jüngsten Kontakte mit Warnecke, der das versprochene Honorar noch immer nicht ausbezahlt hatte. In bar sollte es fließen. »Was soll ich denn gehört haben?«, fragte er vorsichtig zurück.

»Auf der Buga hat's einen Mord gegeben«, ließ ihn die Stimme seiner Frau aufhorchen. Sie klang seltsam verstört.

»Einen Mord?« Er kniff die Augen zusammen.

»Kam im Radio. Steht auch in der Zeitung heute. Irgendeine externe Planerin hat man tot im Neckar aufgefunden. Gestern schon.«

Hofknecht schluckte. »Gestern Morgen?«

»Das muss in der Nacht passiert sein, als du in Heilbronn warst.« Die Worte seiner Frau hatten ihn wie ein Donnerschlag getroffen. Er war für einen Moment sprachlos vor Entsetzen und stand regungslos vor ihr. »Als ich dort war?«, wiederholte er entsetzt, um überhaupt etwas zu sagen.

»Ja, sie gehen davon aus, dass man die Frau am späten Mittwochabend erdrosselt hat.« Der Blick Katharinas hielt ihn gefangen.

»Erdrosselt«, presste er hervor. »Hat man denn einen Namen gesagt?«

»Hat man nicht.«

Katharina wandte den Blick von ihm und kümmerte sich um zwei Pflanzen, die auf dem Boden standen.

»Womöglich kenn ich sie«, sagte Hofknecht wie zu sich selbst.

»Ruf doch an«, kam es irgendwie vorwurfsvoll zurück, während seine Frau mit einem Rollwagen voll eingetopfter Pflanzen aus dem Gewächshaus verschwand.

Hofknecht blieb noch für ein paar Sekunden wie belämmert stehen. Dann vergewisserte er sich, dass seine Frau drüben in den Laden verschwunden war, und kramte sein altmodisches Handy aus der Arbeitsjacke. Er drückte eine Kurzwahltaste und ging einige Hochbeet-Reihen weiter nach hinten. Erleichtert stellte er fest, dass sich sein Gesprächspartner schon nach dem dritten Rufzeichen mit einem knappen »Ja, hallo« meldete. »Ich bin's, der Christian«, sagte er gedämpft, »auf der Buga hat's wohl eine Tote gegeben.«

Er lauschte auf die vertraute Männerstimme, die heute ziemlich unpersönlich klang: »Hat es, ja. Aber ich kann noch nichts dazu sagen. Und du?«

Hofknecht gab ebenso knapp zurück: »Ich dachte, du weißt, was da läuft.«

»Woher denn? Du bist doch da viel näher dran als ich.«

Hofknecht schluckte und war über den barschen Tonfall des anderen erschrocken. »Ich … ich meinte, du hättest schon mehr darüber erfahren.«

»Wir sollten jetzt nicht darüber quatschen«, wurde er unfreundlich unterbrochen und zurechtgewiesen: »Versuch doch du, etwas rauszukriegen. Gib mir Bescheid.«

Ende des Gesprächs. Der Angerufene hatte einfach aufgelegt. Grußlos. Hofknecht war ein solches Verhalten von ihm nicht gewohnt. Er starrte auf das Display, drückte den roten Knopf und verstaute das Gerät wieder in seiner Jacke.

Dass inzwischen seine Frau wieder aus dem Laden zurückgekehrt war, hatte er nicht bemerkt. »Wo bist du denn?«, hörte er plötzlich ihre Stimme durch das Gewächshaus schallen.

Er drehte sich erschrocken um und sah sie über die Hochbeete hinweg wieder bei ihren Pflanzen. »Ich hab hier mal nach den Azaleen geschaut«, antwortete er verlegen und kam wieder zu ihr zurück.

»Hast du nicht telefoniert?« Katharina sah ihn misstrauisch an.

»Nein, wie kommst du denn da drauf?« Er machte sich wieder über seine begonnene Arbeit her.

»Hast du Angst, sie ist umgebracht worden?« Eine Frage, die ihn bis ins Innerste traf. Sein Blutdruck schoss sekundenschnell nach oben, er drehte sich abrupt zu Katharina, die so tat, als bemerke sie nicht, wie sehr er erschrocken war.

»Umgebracht? Sie? Wen? Ich verstehe nicht …« Schon wieder fühlte er sich, als habe man ihn bei etwas Verbotenem ertappt.

»Na, sie«, machte Katharina weiter, ohne aufzusehen, »mit der du die Nacht verbracht hast. Oder haben die Gespräche am Mittwoch wirklich so lange gedauert?«

Hofknecht holte tief Luft, wollte schreien, bändigte sich aber wieder, erstickte den Zorn. Er wusste, wie eifersüchtig Katharina war – und dass es dann sinnlos sein würde, mit ihr zu streiten. Besonders heute.

40

Auch Linkohr war nach zweieinhalbstündiger Fahrt inzwischen in Heilbronn eingetroffen, hatte sich den Kollegen der Sonderkommission vorgestellt und von seinem Besuch bei Egeas Petridis berichtet.

Anschließend referierte Christoph Kuntz, wie immer dezent vornehm gekleidet, im Besprechungsraum über die Erkenntnisse der vergangenen Stunden. »Einen Laptop haben wir nicht gefunden – und auch keine schwarze Rose«, kam er auf Linkohrs Erklärungen zurück, »dafür haben wir aber den Computer beschlagnahmt, den Frau Eickhoff während ihrer Arbeit bei der Buga benutzt hat. Die IT-Kollegen machen sich schon drüber her. Ungewöhnlich schnell hat die Telekom reagiert.« Kuntz griff zu einem Papier. »Das verschwundene Smartphone von Frau Eickhoff war zuletzt am Freitagabend um 22.17 Uhr im Bereich Theresienwiese eingeloggt. Das bringt uns nicht viel weiter. Dort stand auch ihr Auto.«

»Und die anderen Daten?«, wollte jemand wissen.

»Das müssen wir noch checken.«

Häberle, der sich lässig an den Türrahmen gelehnt hatte, ließ seinen Blick über das halbe Dutzend ebenfalls stehender Kollegen streifen. Sie alle hatten das Team abgelöst, das die ganze Nacht über im Dienst gewesen war. »Sonst noch neue Erkenntnisse?«, fragte er, nachdem ratloses Schweigen eingesetzt hatte.

Linkohr antwortete: »Unsere Kollegen in Ulm haben einen Durchsuchungsbeschluss für das private Büro von Frau Eickhoff erwirkt. Das war kein Problem, ihr Freund hat sich kooperativ gezeigt. Er will ihnen Zugang zu allen Unterlagen verschaffen.«

»Sehr gut«, lobte Kuntz, »interessant dürfte auch sein, dass wir dort, wo die Leiche im Wasser lag, ein kleines Stück Pflanzenbindedraht gefunden haben.« Er griff zu einem Plastikbeutel, in dem das dunkelgrüne, knapp 15 Zentimeter lange Asservat aufbewahrt wurde. »Die Kollegen der Spurensicherung haben es gestern Abend noch entdeckt.«

»Dies würde bedeuten«, meinte einer der Kriminalisten, »dass die Frau doch am Bootshafen in den Neckar geworfen – und nicht angeschwemmt wurde.«

»Nicht auszuschließen ist aber«, brummte Häberle, »dass der Täter mit der Leiche möglicherweise mit einem Boot stromaufwärts gekommen ist, also unter der Bahnbrücke durch. Demnach kann es ein x-beliebiger Täter sein, der gar nichts mit der Buga zu tun hat.«

Alle im Raum nickten und der SOKO-Leiter gab ihm aufmunternd zu verstehen, die Wortführung zu übernehmen. »Also, dann stellen wir doch mal fest, was wir haben«, fuhr Häberle deshalb fort. »Wir können mit hoher Wahrscheinlichkeit davon ausgehen, dass wir es mit keiner Beziehungstat zu tun haben. Frau Eickhoff, so hat mein Kollege Linkohr heute schon erfahren, war offenbar an etwas Brisantem dran, worüber sie nicht offen sprechen wollte, nicht mal mit ihrem Freund.«

Linkohr unterbrach seinen Chef: »So genau kann man das noch nicht sagen. Mir scheint auch, dass das Verhältnis zwischen ihr und ihrem Freund Egeas Petridis nicht gerade herzlich war, um es mal vorsichtig auszudrücken.«

»Okay«, nickte Häberle. »Vielleicht hat sie ja mit jemand anderem darüber gesprochen.«

»Hat sie«, fühlte sich Linkohr wieder bemüßigt, sofort etwas aus der Vernehmung des jungen Griechen preiszugeben. »Mit einer Frau Maleike Cortes, mit der sie auf der Buga zu tun hatte.«

»Name bekannt«, stellte Kuntz fest. »Wir haben uns bei ihr

schon telefonisch angekündigt. Sie muss noch heute vernommen werden. Ich schlage vor, das übernehme ich.«

Häberle stimmte zu und fügte an: »Diese schwarze Rose, von der uns Kollege Linkohr berichtet hat, müssen wir bei allem, was wir in Angriff nehmen, im Auge behalten. Und dann natürlich dieses dubiose Schreiben an die ESA in Oberpfaffenhofen.« Häberle sah von einem Kollegen zum anderen. »Dies allein schon macht den Fall besonders brisant. Wir müssen davon ausgehen, dass Frau Eickhoff an etwas dran war, das jemand nur durch ihren Tod glaubte verhindern zu können.«

Linkohr hakte wieder ein: »Und es gibt da noch zwei ominöse Männer, von denen Frau Eickhoff ihrem Freund erzählt hat: einen merkwürdigen Amerikaner, der ihr indirekt angedroht haben soll, ihr Weltraumexperiment scheitern zu lassen, falls sie die Hände nicht von etwas lasse.«

»Wovon?«, wollte Kuntz sofort wissen.

»Das weiß Petridis nicht. Behauptet er jedenfalls.«

»Allein daraus wird deutlich«, resümierte Häberle, »dass wir einer starken Front gegenüberstehen.«

»Das befürchte ich auch«, meinte Linkohr und ergänzte: »Dieser angebliche Amerikaner heißt Dober oder Olber oder so ähnlich. Zumindest hat er sich als solcher vorgestellt. Ob das sein richtiger Name ist, weiß Petridis natürlich nicht.«

»Und der zweite dubiose Mann?«, drängte Kuntz.

»Einer, der sich etwa zu gleicher Zeit – vor etwa vier Monaten, Februar oder so – auf dem Buga-Gelände herumgetrieben hat, jedoch nur dieser Frau Cortes und einer weiteren Mitarbeiterin aufgefallen sein soll.«

»Na ja, dann hab ich ja genug Munition fürs ›Interview‹ mit Frau Cortes«, grinste Kuntz.

»Ich werd mir mal den Tatort noch genauer anschauen«, erklärte Häberle und sah in die Runde: »Aber nicht, dass ihr glaubt, ich würde euch nicht zutrauen, alles genau abgesucht zu haben. Es geht einzig und allein darum, mir ein Bild von den Örtlichkeiten zu verschaffen. Ich halte nämlich nichts davon, alles nur von Fotos und Schilderungen zu kennen. Danach nehm ich mir den Vater Eickhoff vor. Vielleicht hat seine Tochter ja mit ihm über ihre Probleme geredet.«

»Und was machen wir mit ›BH‹?«, wollte einer der Beamten wissen.

Häberle reagierte prompt: »Das ist ein Abendtermin für den Kollegen Linkohr.«

Kuntz grinste, Linkohr sah hilfesuchend in die Runde – bis schließlich alle lachten.

Kuntz deutete auf die Visitenkarte, die in einer Plastiktüte steckte und auf dem Tisch vor ihm lag: »Hier … da steht die Adresse drauf.«

Linkohr nahm die Tüte und drehte sie um. Das rote Herz mit der Aufschrift »Be Happy« ließ keinerlei Zweifel aufkommen, was die Kollegen dachten.

41

Häberle war schon lange nicht mehr in Heilbronn gewesen. Er ließ sich von einer Streife des Reviers zum Sportboothafen bringen. Der Weg vom Präsidium zum Neckar hätte quer durch die Innenstadt geführt. Im Normalfall wäre das für den Kommissar zu Fuß kein Problem gewesen, aber er war ja schließlich nicht zum Vergnügen hier. Insgeheim malte er sich bereits aus, einmal mit Susanne einen Wochenendausflug hierher zu unternehmen. Noch vor der Bundesgartenschau. Denn die Weinberge ringsum boten sich für Wanderungen an.

Der junge Uniformierte chauffierte ihn bis zu den Liegeplätzen der kleinen weißen Boote, die an der Kaimauer des Wilhelmskanals vertäut waren.

»Danke, Kollege«, lächelte Häberle, stieg aus und ging oberhalb der Kaimauer bis zu den tiefer liegenden Booten. Sommerliches Vogelgezwitscher schallte ihm entgegen, vom jenseitigen Ufer, wo sich der futuristische Bau der »Experimenta« erhob, drang jedoch das dumpfe Dröhnen einer Baumaschine herüber.

Häberle atmete tief durch und genoss die Luft, die hier viel sommerlicher war als daheim im Filstal am Rande der Schwäbischen Alb. Kein Wunder, dass es sich hier um eine Weingegend handelte, dachte er und näherte sich jener Stelle, die ihm der Uniformierte beschrieben hatte. Einige Enten hielten sich im Wasser auf und quakten aufgeregt, als sie ihn kommen sahen.

Mehrere Bootsbesitzer werkelten unterhalb der Kaimauer auf den Anlegern. Häberle lächelte ihnen freundlich zu.

Noch während er die Situation auf sich wirken ließ, wie er dies immer tat, wenn er den Schauplatz eines Verbrechens in Ruhe besah, kam ein Rentnerehepaar aus dem angrenzenden Parkhaus auf ihn zu. Der Mann mit Stock und schwerem Gang, die Frau aufgetakelt und mit energischen Gesichtszügen.

Häberle nickte den beiden grüßend zu, was die Dame offenbar als Aufforderung deutete, ihr Wissen loszuwerden. »Hier ist es passiert«, sagte sie mit unverkennbar badisch eingefärbtem schwäbischem Dialekt. In Häberles Ohren, die eher das etwas rauer klingende Älbler-Schwäbisch gewohnt waren, klang es so, als sei in die Sprache hier ein singendes Element eingeflossen.

»Die tote Frau?«, zeigte sich der Kriminalist nicht allzu interessiert.

»Ja, die Tote lag hier vorne«, sie deutete an eine bestimmte Stelle an der Kaimauer. »Dort unten hat die Feuerwehr sie rausgeholt.«

»Sie waren dabei?«

Dem Mann mit dem Stock war das übereifrige Erzählen seiner Frau sichtlich peinlich. »Das weiß der Herr doch sicher alles schon«, sagte er und ging langsam weiter in Richtung des seitlich angrenzenden Firmenareals.

»Ich kann Ihnen sagen«, fuhr sie unbeirrt fort, »das hat sicher mit der Gartenschau zu tun. Wie man so hört, hat die Frau da mitgeplant, wissen Sie.«

Häberle wollte etwas sagen, aber er kam nicht zu Wort. »Wenn man so überlegt«, plapperte die Frau weiter, »was in Deutschland mit Großprojekten so alles schiefgeht! Flughafen Berlin, Bahnhof in Stuttgart und vor Kurzem diese Elbphilharmonie in Hamburg. Da laufen Sauereien im Hintergrund und man muss sich wundern, dass da nicht öfter jemand unter die Räder kommt.«

Häberle nickte. Sein Interesse galt inzwischen jemand anderem. Hinter ihm, dort, wo die Reihe der Anlegestellen anfing, war ein Mann stehen geblieben, der ebenfalls im Rentenalter sein musste. Hager, agil und irgendwie sportlich. Er stand schon eine halbe Minute lang da und starrte auf das Wasser, das gemächlich dahinfloss.

»Vielleicht hat da nur einer mal durchgreifen wollen«, hörte Häberle die schrille Stimme dieser wichtigtuerischen Frau. »Die Welt ist voller Korruption, glauben Sie mir.«

Häberle reichte es: »Gute Frau«, sagte er stirnrunzelnd, aber bestimmt. »Egal wie schlecht die Welt ist, das ermächtigt niemanden dazu, es mit einem Mord zu vergelten.« Dann wandte er sich ab.

Die Frau hatte kapiert und eilte ihrem dahinstockenden Mann hinterher, der bereits seitlich auf ein Firmengelände abgebogen war.

Häberle besah sich die Umgebung und versuchte, sich zu orientieren. Er rief sich den Stadtplan in Erinnerung, auf dem ihm Dreisamer die Lage des Buga-Geländes erläutert hatte. Es befand sich demnach hinter der Bahnbrücke. Wenn auf dem dortigen Areal, wie Linkohr in Erfahrung gebracht hatte, merkwürdige Typen aufgefallen waren, musste auch dort ermittelt werden. Einige Kollegen der Sonderkommission wollten sich dieser Aufgabe annehmen: mit Bauarbeitern sprechen und sie nach verdächtigen Vorkommnissen befragen. Vielleicht gab es bei den Baufirmen einige leitende Angestellte, die über das Verhältnis zu den Buga-Organisatoren und letztlich auch zur Stadtverwaltung etwas sagen konnten.

Häberle überlegte, ob er auch den Oberbürgermeister aufsuchen sollte. Vernünftig erschien ihm dies auf jeden Fall. Und vielleicht gab es bei der »Heilbronner Stimme« einen Journalisten, der die Buga-Baustelle von Beginn an begleitete und entsprechende Hintergrundinformationen hatte, überlegte Häberle und musste dabei an den inzwischen im Ruhestand befindlichen Georg Sander denken, den Redakteur der Göppinger Heimatzeitung, der bei jedwedem Kriminalfall das Gras hatte wachsen hören. Häberle würde es nicht wundern, käme dieser Journalist unter irgendeinem Vorwand auf die Idee, auch hier noch aufzutauchen. Aber es gab nicht mehr viele Lokaljournalisten, die im allgemeinen Online- und Videowahn Zeit zum ausgiebigen Recherchieren hatten – und wertvolle Kontakte zu Informanten pflegten.

Häberle ertappte sich dabei, für einen Moment in Gedanken versunken zu sein. Der Mann, den er seit einigen Minuten im Blickfeld hatte, war noch keinen Schritt weitergegangen. Entweder handelte es sich um einen Neugierigen, den der Tatort hierhergelockt hatte, oder es gab einen ganz anderen Grund. Vielleicht, so ermahnte sich der Kriminalist, vielleicht war der Mann auch nur einsam und traurig. Vielleicht gefiel es ihm nicht, wie das Neckarufer für die Buga radikal umgestaltet worden war. Schließlich gab es Menschen, die jede Veränderung ablehnten – und mochte sie noch so sinnvoll und fortschrittlich sein.

Dann machte der Mann ein paar zögernde Schritte auf ihn zu, griff in die Tasche seiner Jacke und holte etwas heraus. Häberle konnte nicht gleich erkennen, was es war. Erst als sich der Mann bückte und diesen Gegenstand mit einer weit ausholenden Armbewegung über die Kaimauer hinweg ins Wasser warf, konnte er sehen, dass es eine Blume war. Eine rote Rose. Der Mann schien tief in Gedanken versunken zu sein und nicht zu bemerken, dass einer der Bootsbesitzer auf ihn aufmerksam geworden war.

Während die Blume gemächlich flussabwärts trieb, vorbei an den Booten, näherte sich Häberle dem Mann langsam, um ihn nicht zu erschrecken. Das Gesicht war fahl, das Haar weiß und noch ziemlich dicht, ein Oberlippenbart sehr gepflegt. Nur die geröteten Augen wollten nicht zur übrigen Erscheinung passen. Knapp über 70 mochte der Mann wohl sein, dachte Häberle und lächelte ihm aufmunternd zu. »Guten Tag«, begann er ruhig, »ein idyllisches Eckchen mit grausamer Geschichte.«

Der Weißhaarige drehte den Kopf nun zu ihm. Es wirkte müde. »Grausame Geschichte«, wiederholte er, »da mögen Sie recht haben. Erst 35 Jahre alt war sie, die Vanessa, ein aufgewecktes Mädel, erfolgreich im Beruf …« Er kämpfte mit den Tränen.

Häberle versuchte, sich gedanklich auf den Mann einzustellen. Er kannte die Tote vermutlich ganz genau, er war betroffen und tief erschüttert. Ein Angehöriger? Oder gar – der Vater?

Natürlich gab es solche Zufälle, dass man plötzlich jemanden traf, den man eigentlich erst noch aufsuchen wollte. Aber dass ein Vater dort hinkam, wo seine Tochter gestorben war, das war natürlich nichts Außergewöhnliches. Vielleicht, so dachte Häberle, hatte sie beide – den Mann und ihn – eine innere Stimme hierhergeführt. Der Ermittler hatte im Laufe seiner beruflichen Tätigkeit schon viel Merkwürdiges erlebt – und Menschen kennengelernt, die sich oftmals intuitiv den richtigen Weg hatten leiten lassen. So etwas gab es, daran hatte er keinen Zweifel. Insbesondere in Notsituationen oder psychischen Ausnahmezuständen schien es zu solchen Begegnungen zu kommen.

»Herr Doktor Eickhoff?«, fragte Häberle vorsichtig.

Der Mann nickte und wischte sich verstohlen eine Träne von der Wange. »Und Sie?«

Häberle stellte sich vor. »Ich möchte Ihnen helfen und versuchen, die Person zu finden, die Ihnen und Ihrer Tochter das angetan hat.«

»Man kann den Täter einsperren, aber das bringt mir meine Vanessa nicht mehr zurück.«

Er sah der roten Rose nach, die auf die Bahnunterführung zutrieb.

Häberle versuchte, ihn abzulenken: »Darf ich Sie zu einem Kaffee einladen?«

Eickhoff überlegte kurz und sagte mit schwacher Stimme. »Wenn Sie das wollen …? Ich hab meinen Wagen da drüben im Parkhaus Bollwerksturm stehen.«

»Kennen Sie sich hier aus?«, fragte Häberle.

»Ein bisschen, ja. Früher war ich oft hier, aber das ist lange her.« Er sah noch immer der Rose nach. »Geh'n wir zur Stadt rüber«, sagte er dann und drehte sich um. »Da hat's ein paar Lokale, wo man draußen sitzen kann. Denn …«, er atmete schwer, »ich hab Ihnen vielleicht etwas zu sagen, was Ihnen bei Ihren Ermittlungen weiterhilft.«

Häberle sah ihn von der Seite an. »Wir werden unser Möglichstes tun«, versprach er, als er ihm an der Kaimauer entlang zurück in Richtung der Kaiserstraße folgte.

Eickhoff sah auf seine Armbanduhr und drehte sich kurz um. »Wenn Sie wollen, könnten wir eine Kleinigkeit essen.«

Der Kriminalist überlegte, ob er ihn schon jetzt fragen sollte, was er zu sagen habe, entschied dann aber, es erst im Lokal zu tun.

»Wissen Sie, Herr Häberle«, sagte Eickhoff, als sie beim Insel-Hotel links in die Kaiserstraße einbogen, auf der im Minutentakt Stadtbahnen fuhren. Häberle las die Zielorte auf den Displays und staunte, wohin man offenbar bequem kommen konnte: bis nach Öhringen im Osten und Karlsruhe im Westen. Dann holte ihn Eickhoffs Stimme aus diesen Gedanken: »Vanessa hatte noch so große Pläne. Sie war eine Umweltexpertin par excellence. An vielem, was da drüben«, er deutete in Richtung Buga-Gelände, »in den vergangenen Jahren entstanden ist, hat auch sie ganz entscheidend mitgewirkt.« Häberle nickte ihm anerkennend zu.

»Das auffällige Gebäude, das Sie vorhin sehen konnten«, lenkte sich Eickhoff ab und ging dicht neben Häberle, »das ist die neue ›Experimenta‹, ein Science Center. Ich weiß nicht, ob Sie das wissen.«

»Ich hab nur davon gehört«, erwiderte Häberle und erklärte im Lärm einer Straßenbahn, dass er aus Göppingen komme und schon längere Zeit nicht mehr in Heilbronn gewesen sei.

Eickhoff musste gegen den Lärm ankämpfen: »Die ›Experimenta‹ wird gerade vergrößert. Dort wird alles geboten, was zu Naturwissenschaft und Technik zählt. Auch zwei Labore für Schulklassen und Experimentierstationen. Lasershows, 3-D-Shows und Wissenschaftstheater. Momentan aber nicht. Während des Umbaus haben sie einiges davon auf ein Schiff ausgelagert, das ein Stück weit stromaufwärts liegt.«

Die beiden Männer mussten einer Gruppe entgegenkommender Frauen ausweichen, in deren ausgebeulten Plastiktaschen sicher die neueste Sommerkollektion eingetütet war.

Eickhoff war nach seinen euphorischen Schilderungen wieder in Traurigkeit versunken. »Ja, es hat sich viel getan in dieser Stadt. Und Vanessa war so stolz gewesen, hier mitarbeiten zu können – obwohl sie das alles viel Zeit und Energie gekostet hat, neben ihrer Forschungstätigkeit in Ulm.«

Je näher sie dem Rathausplatz und der Kilianskirche kamen, dem Zentrum der Stadt, desto größer wurde die Hektik, die sie umgab. Touristen, Einkäufer, Stadtbahnen – dazwischen Schulkinder und vermutlich jede Menge Studenten.

Eine sehr lebendige Stadt, dachte Häberle, der jedoch als »Landmensch«, als der er sich immer bezeichnete, all diesen täglichen Rummel nicht unbedingt brauchte. Aber vielleicht war er auch schon zu alt, um in den großen Städten der allgegenwärtigen Terminhatz standhalten zu können, das unablässige Gewusel zu ertragen und beim Shopping-Fieber mithalten zu wollen.

»Wir geh'n zum Rathausplatz«, fuhr Eickhoff fort und musste wegen eines vorbeifahrenden Omnibusses die Stimme erheben. »Wenn Sie schon mal hier waren, kennen Sie ja die astronomische Uhr am Rathaus«, redete sich Eickhoff offenbar von den quälenden Sorgen frei und wich den Entgegenkommenden aus. »Jetzt haben sie auf dem Platz da vorne eine ganz moderne digitale Uhr aufgestellt, die sekundengenau anzeigt, wann die Buga eröffnet wird. Eine Art Countdown. Wir können ja mal schauen, wie viele Tage, Stunden und Minuten es noch bis zur Eröffnung sind.«

Als sich der Straßenraum vor den Bus- und S-Bahn-Haltestellen weitete, erschien links das prächtige Rathaus. »Da vorne«, sagte Eickhoff, ging noch ein Stück weiter und deutete zu der genannten digitalen Uhr. »Noch exakt 312 Tage, 20 Stunden und 53 Minuten bis zur Eröffnung der Buga.«

Häberle nickte und folgte Eickhoff zurück zu einer mit Sonnenschirmen bestandenen Fläche, die von einem nahen Lokal bewirtschaftet wurde. Die meisten Plätze waren besetzt, doch Eickhoff entdeckte sofort einen freien Tisch und steuerte darauf zu. »Hier können wir in Ruhe reden«, sagte er mit gedämpfter Stimme, während sie sich beide in den Schatten setzten. »Ich hab zwar keinen großen Appetit, aber etwas muss man ja essen«, stellte der Arzt fest. Seine Hände zitterten, wie Häberle erst jetzt bemerkte.

»Ich wäre nachher zu Ihnen ins Präsidium gekommen«, fuhr Eickhoff fort. »Es gibt da nämlich etwas, was Sie unbedingt wissen müssen.« Seine Stimme wurde leiser.

Der Kriminalist verbarg die Neugier. »Ich verspreche Ihnen, dass alles, was wir hier bereden, unter uns bleibt.«

»Das braucht es gar nicht«, entgegnete Eickhoff unerwartet schnell und energisch. »Ich habe nichts zu verbergen. Und Vanessa hätte es auch nicht gehabt – wäre sie nicht eingeschüchtert worden.«

Häberle nickte, ohne gleich eine Frage stellen zu wollen. Doch dann sagte Eickhoff etwas, was ihn elektrisierte: »Sie erinnern sich an den schrecklichen Mord an der Polizistin, hier auf der Theresienwiese?«

Der Kriminalist sah seinem Gegenüber in die wässrigen Augen. »Es dürfte keinen Polizisten in Deutschland geben, der diesen Fall nicht kennt.«

»Dann muss ich Ihnen sagen, dass sich Vanessa auch damit auseinandergesetzt hat.«

»Ach …«

Eine Bedienung kam, legte die Tageskarte auf den Tisch und nahm Getränkebestellungen entgegen: zweimal Mineralwasser.

»Vanessa hat …«, knüpfte Häberle an das unterbrochene Gespräch an.

»Ja, sie hat dieser Fall irgendwie mitgenommen, weil die Polizistin so alt war wie sie. Aber dass Vanessa Ermittlungsakten der Kripo hatte, das hat mich ziemlich verwundert.«

»Ermittlungsakten von diesem Polizistenmord? Woher wissen Sie das?«

»Ich hab sie bei einigen Sachen gefunden, die sie gelegentlich bei mir in der Wohnung aufbewahrt hat. Sie ist oft bei mir gewesen, wenn sie hier in Heilbronn zu tun hatte.«

Häberle entsann sich sofort der Dokumente, die er selbst erst jüngst im Internet gefunden hatte. Ordner 9.

Der Kriminalist spürte, wie emotional Eickhoff geworden war. »Viele Dokumente?«, hakte er nach.

»Ein ganzer Schnellhefter, prall voll«, erklärte Eickhoff. »Aber ich hab noch mehr, worüber wir reden müssen.«

»Ich habe Zeit.«

»Es gibt da sogar ein Foto, das möglicherweise den Mörder zeigt.«

Häberle hatte Mühe, seine zur Schau getragene Gelassenheit aufrechtzuerhalten. Er wollte etwas sagen, aber die Bedienung, die nach den Essenswünschen fragte, hielt ihn davon ab.

42

Maleike Cortes hatte versucht, sich auf den angekündigten Besuch des Heilbronner Kripo-Inspektionsleiters vorzubereiten – auf mögliche Fragen und auf das, was sie antworten würde. Der Buga-Justiziar hatte es für nicht notwendig erachtet, bei der Vernehmung anwesend zu sein. Es sei ja keine Angelegenheit, mit der das Unternehmen beschuldigt werde, sondern eine reine Zeugenvernehmung, hatte er argumentiert.

Christoph Kuntz war pünktlich um 15 Uhr in dem Buga-Büro in der Edisonstraße erschienen, wie immer mit modischer Freizeitjacke und einem strahlenden Lächeln. Maleike fand ihn auf den ersten Blick sympathisch. Sie mochte korrekt und geschmackvoll gekleidete Männer. Ohne zu ahnen, dass der Kriminalist auch großen Wert aufs Äußere legte, hatte sie sich schick gemacht: knieumspielender Rock, eng anliegende Jacke.

Sie spürte ihr Herz klopfen, als sie Kuntz in einem ziemlich steril wirkenden Besprechungsraum einen Platz an einer gepolsterten Sitzgruppe anbot. An den Wänden hingen großformatige Poster, mit denen auf die Buga und deren Slogan »Blühendes Leben« hingewiesen wurde. Auf dem kleinen Tisch hatte sie Säfte und Mineralwasser gruppiert.

Kuntz ließ sich Orangensaft einschenken und kam gleich zur Sache: »Ich hatte Sie ja am Telefon gebeten, sich über Ihre Mitarbeiterin Frau Eickhoff Gedanken zu machen.«

»Ich hätte mich ohnehin gemeldet«, erwiderte Maleike kühl und goss Mineralwasser in ihr Glas. »Frau Doktor Eickhoff war eine selbstständig tätige Landschaftsgestalterin, die für uns als externe Beraterin tätig war.«

Kuntz nickte. »Sie arbeitete quasi auf Honorarbasis.«

»Ja, wir haben sie mit ins Boot geholt, weil sie aufgrund ihrer wissenschaftlichen Tätigkeit für den Umwelt- und Naturschutz ihre Kenntnisse mit einbringen konnte.«

Kuntz hatte sich nach dem, was bei Linkohrs Vernehmung von Vanessas Freund herausgekommen war, auf das Gespräch mit Maleike genau vorbereitet. »Hatten Sie denn über das Geschäftliche hinaus auch privaten Kontakt zu Frau Eickhoff?«

»Nein«, entgegnete Maleike schnell und begann, mit der rechten Hand verlegen über ihre filigran wirkende goldene Armbanduhr zu streichen. »So gut wie gar nicht. Frau Eickhoff kam ein- bis zweimal die Woche hierher, hat uns aber meist von zu Hause aus zugearbeitet. Heutzutage ist es ziemlich egal, wo Mitarbeiter sitzen. Unnötiges Hin- und Herfahren belastet nur Straßen und Umwelt.«

Wie recht sie doch hatte, dachte Kuntz. Es machte wirklich keinen Sinn, jeden Tag 50 oder mehr Kilometer ins Büro zurückzulegen und dort am Computer das zu tun, was man auch von zu Hause aus erledigen konnte. Aber bis die verknöcherten Verantwortlichen in den Betrieben dies begriffen, dauerte es wohl noch zwei, drei Generationen. Alle wollten zwar in die digitale Zukunft starten, laberten etwas von »Industrie 4.0«, doch die Denkprozesse hinkten all dem noch Lichtjahre hinterher. Vermutlich war Maleike Cortes ihrer Zeit ein Stück voraus.

»Frau Eickhoff hatte aber Einblicke in das, was bei der Planung der Buga läuft«, stellte Kuntz fest.

»Na ja, das sind ja alles keine Geheimnisse. Wir sind hier auch nur ein kleiner Teil des Ganzen. Bei so einem großen Projekt arbeiten viele Teams Hand in Hand. Das könnten ein paar wenige Planer gar nicht schaffen.«

»Das heißt, man hat es mit vielen Fachleuten zu tun, die es wiederum mit vielen Zulieferern und Ähnlichem zu tun haben?«, wollte Kuntz klargestellt haben.

Maleike zögerte, als überlege sie, welchen Hintergrund diese Frage hatte. »Ja, so könnte man es ausdrücken. Zulieferer brauchen Sie jede Menge. Vom ersten Tag an. Tiefbau, Hochbau, Elektrik, Kanäle, Wassertechnik. Die Buga setzt in der Region viele Menschen in Lohn und Brot.«

»Auch die Bepflanzung wird sehr aufwendig sein …«, warf Kuntz ein, der bemerkte, dass sie diesen Bereich nicht angesprochen hatte.

»Natürlich, Pflanzen! Und zwar für fast jede Jahreszeit. Wir beginnen im zeitigen Frühjahr – und es soll bis in den Herbst hinein prächtig blühen.«

»Haben Sie einmal davon gehört, dass Frau Eickhoff Probleme mit jemandem hatte?« Kuntz entschied sich für eine klare Ansage.

»Probleme gibt es in jedem Job mal«, antwortete Maleike distanziert. »Ob sie konkret Probleme hatte, kann ich Ihnen aber nicht sagen.«

»Wann haben Sie sie denn zuletzt gesehen?«

»Das war noch am Mittwochnachmittag. Wir hatten einen Termin mit den Friedhofsgärtnern. Und zwar um 19 Uhr.«

»Friedhofsgärtner? Hier auf der Buga?«

»Ja, Sie müssen wissen, dass wir einen Bereich dem sogenannten Totenkult widmen. Friedhofsgärtner, Steinmetze und Künstler sollen dabei den Wandel der Bestattungskultur dokumentieren.«

»Und darin war auch Frau Eickhoff involviert?«

»Nicht nur in das, aber eben auch. Das Ganze soll zeigen, dass einheitlich gestaltete Gräber immer seltener werden. Wir haben deshalb auch einen Münchner Künstler hinzugezogen.«

»Es geht um Schaugräber, wenn ich das richtig verstehe?«, hakte Kuntz nach.

»Ja, immerhin hat heutzutage schon jedes zehnte Grab keinen Grabstein mehr. Da ist vieles im Wandel.«

Für einen Moment musste Kuntz daran denken, für welche Art der Bestattung sich wohl Frau Eickhoff entschieden hätte. In ihrem Alter machte man sich vermutlich noch keine allzu großen Gedanken darüber.

»Wie lange hat das Gespräch am Freitagnachmittag gedauert?«, wollte er wissen.

»Wir haben uns da drüben getroffen, wo die Gräber angelegt werden«, erklärte Maleike, die mit dieser Frage gerechnet hatte. »Vielleicht eine Stunde hat es gedauert, dann haben wir uns verabschiedet und jeder ist wieder gegangen.«

»Wer hat alles daran teilgenommen?«

»Der Künstler aus München, die neun Friedhofsgärtner, drei Steinmetze, vier weitere Künstler, Frau Eickhoff und ich.«

Kuntz überlegte. »Könnten Sie mir die Namen und Adressen all dieser Personen notieren?«

»Kein Problem, ich werde das veranlassen.«

»Sind das alles Personen aus dem näheren Umkreis oder auch von weiter her?«

»Sowohl als auch.«

»Gab es irgendwelche Differenzen?«

»Nicht dass ich wüsste, nein.«

»Aber Frau Eickhoff hatte engen Kontakt zu denen?«

»Es ging um Gestaltungsdetails, aber auch um Nachhaltigkeit, was Frau Eickhoff ganz besonders am Herzen lag.«

»Hat ihr Weltraumexperiment dabei auch eine Rolle gespielt?«

»Nein, ganz sicher nicht. Man hat ihr allenfalls gratuliert – es war ja kurz nach dem Start dieser Mission.«

»Die Weltraummission mit Alexander Gerst spielte nie eine Rolle?«

»Wieso fragen Sie denn danach?«, wurde Maleike hellhörig. »Das eine hat mit dem anderen überhaupt nichts zu tun.«

»Na ja, immerhin ist Herr Gerst hier kein Unbekannter.«

Maleike nahm einen Schluck Wasser. »Das nicht. Und er scheint auch ziemlich beliebt zu sein. Aber es ist auch für uns sehr schwer, an ihn heranzukommen. Das geht nur über irgendwelche Kanäle, die – wie es mir erschien – nicht sehr kooperativ sind. Irgendwie scheint dies im krassen Gegensatz zu Gersts Charisma zu stehen, das er nach außen hin verbreitet.«

Kuntz musste sich eingestehen, dass er etwas dafür geben würde, diesen Kosmonauten einmal persönlich kennenzulernen.

»Wieso fragen Sie nach Herrn Gerst?«, beharrte Maleike auf einer Antwort.

»Nur so«, räumte Kuntz kleinlaut ein und ergänzte: »Dazu hat Frau Eickhoff nie eine Bemerkung gemacht?«

»Sie sollten schon etwas konkreter werden, wenn Sie mich fragen«, gab sich Maleike selbstbewusst.

»Soweit wir inzwischen wissen, soll jemand versucht haben, Druck auf sie auszuüben – und zwar in dem Sinne, dass sie von etwas die Finger lassen solle, da ansonsten ihr Weltraumexperiment gefährdet würde.«

Maleike holte tief Luft. »Sie haben sich informiert ...?«

»Ein Mordfall führt immer dazu, dass möglichst alle Aspekte beleuchtet werden«, blieb Kuntz gelassen. »Sie waren also darüber im Bilde?«

»Was heißt ›im Bilde‹? Mich ging das alles nichts an, Herr Kuntz.«

»Sie hat Sie also darüber informiert, dass irgendein dubioser Amerikaner aufgetreten ist, der behauptet hat, von der NASA zu sein?«

»Ja, so ungefähr. Aber wissen Sie, das war Sache von Vanessa, äh, von Frau Eickhoff, ja.«

»Und darüber, wovon Frau Eickhoff die Hände lassen soll, haben Sie sich keine Gedanken gemacht?«

»Natürlich, schon«, Maleike lehnte sich zurück und verschränkte die Arme, »aber ich hab das nicht explizit auf unser Projekt hier bezogen.«

Kuntz sah den Augenblick gekommen, nun deutlich zu werden: »Hat Frau Eickhoff Ihnen gegenüber einmal etwas angedeutet, es könnte irgendwo bei der Abwicklung irgendwelcher Aufträge oder – ja, sagen wir mal – bei organisatorischen Dingen Unregelmäßigkeiten gegeben haben?«

Maleike wandte den Blick von ihrem Gesprächspartner ab. »Wie kommen Sie denn da drauf, Herr Kuntz?«

Der Kriminalist entschied, sich nicht ablenken zu lassen. »Sollte es etwas geben, was Frau Eickhoff möglicherweise als merkwürdig empfunden hat, hätte sie Ihnen davon doch wohl berichtet?«

Maleike tastete wieder nach der Armbanduhr am schmalen Handgelenk. »Von welcher Art Unregelmäßigkeit gehen Sie aus?«

Kuntz blieb gelassen, bemerkte aber, dass er auf der richtigen Fährte war. »Nun ja, Frau Cortes, wo's um lukrative Aufträge geht, spielt die Macht des Geldes oftmals eine unrühmliche Rolle.«

»Korruption«, entfuhr es ihr. »Sie meinen, ob hier gemauschelt und betrogen wurde?« Sie sah ihm fest in die Augen. »Bei mir nicht, Herr Kuntz, darauf können Sie sich verlassen. Bei mir nicht.« Ihre Kühle war einem Anflug von Emotionalität gewichen. »Ich will mir nächstes Jahr, wenn hier groß die Einweihung gefeiert wird, nicht nachsagen lassen, hier sei in irgendeiner Weise geschummelt worden.«

»Verzeihen Sie, Frau Cortes. das sollte jetzt keine Anspielung auf Sie sein. Letztlich werden Sie kaum alles, was hier läuft, kontrollieren können.«

»Außerdem bin ich nur für einen ganz winzigen Teil verantwortlich, vergessen Sie das nicht. Wenn Sie den Verdacht haben, hier sei Korruption im großen Stil im Gange, sind Sie bei mir völlig falsch.«

Kuntz ließ ein paar Sekunden verstreichen, ehe er ruhig fortfuhr: »Frau Eickhoff hat also zu keinem Zeitpunkt Ihnen gegenüber etwas geäußert, was auf einen entsprechenden Verdacht schließen ließe.«

Maleike witterte Ungemach, falls sie nun etwas Falsches sagte. »Man spricht über dieses und jenes«, wurde sie unerwartet zurückhaltend. »Auch Frau Eickhoff war strikt darauf aus, dass alles korrekt abgewickelt wird. Schließlich hat man ja schon viel von anderen Großprojekten gehört, die hinterher wegen irgendwelcher Mauscheleien in den Schmutz gezogen wurden. Das wollte sie – und das will auch ich und die ganze Buga-Oganisation – verhindern. Wir sind ein gutes Team, und alles, was hier geschieht, ist transparent und lässt sich auch in Jahren noch nachvollziehen, darauf können Sie sich verlassen.«

»Frau Eickhoff hat also mal etwas angedeutet?«

»Angedeutet!«, echote Maleike. »Wie man halt so redet. Ja …«, sie überlegte, »Frau Eickhoff hat sich mal darüber gewundert, dass einige Pflanzenlieferungen immer mit derselben Spedition eintreffen – und oftmals bei Nacht.«

Kuntz wurde hellhörig. »Was war daran so merkwürdig?«

»Das hab ich sie auch gefragt. Aber Frau Eickhoff hatte wohl als Wissenschaftlerin ein allzu großes Misstrauen gegenüber den Gepflogenheiten auf einer Großbaustelle. Vor allem, wenn es um die Einhaltung von Terminen ging. Da sind bisweilen auch unkonventionelle Methoden an der Tagesordnung.«

»Hatte sie denn einen konkreten Verdacht?«

»Verdacht? Nein, sie hat sogar ausdrücklich gesagt, sie wolle keine Unruhe stiften und keinen Wirbel verursachen. Es war nur eine – sagen wir mal – beiläufige Bemerkung.«

Kuntz wollte es dabei bewenden lassen. »Hat sie mal davon

gesprochen, dass jemand widerrechtlich das Buga-Areal betreten hat?«

Maleikes Augen zuckten. »Sie scheinen gut informiert zu sein. Warum spielen Sie dann nicht mit offenen Karten?« Es klang vorwurfsvoll und misstrauisch.

»Wir Kriminalisten neigen dazu, nicht gleich alles preiszugeben, zumal manches, was uns erzählt wird, vielleicht auch gar nicht der Wahrheit entspricht.« Kuntz nahm einen Schluck Orangensaft und fuhr, weil Maleike nichts sagte, fort: »Haben Sie sich nicht vor einigen Monaten darüber gewundert, dass da ein seltsamer Mann auf dem Gelände aufgetaucht ist …?«

»Wer hat Ihnen denn davon erzählt?«

»Das spielt im Moment keine Rolle. Ich hätte nur gerne gewusst, ob das stimmt.«

»Es stimmt«, bestätigte Maleike leise. »Aber das ist eigentlich nichts Besonderes. Es treiben sich immer wieder Personen auf dem Gelände herum, die dort nichts zu suchen haben.«

»Und wem ist dieser Mann sonst noch aufgefallen?«

»Der Heidi«, erklärte Maleike, »unserer Pressesprecherin. Es war am gleichen Tag, nachmittags. Zuerst war er bei einer Besuchergruppe dabei, die von Heidi geführt wurde. Er hat dann wohl nach der Führung das Gelände nicht verlassen und ist sowohl drüben bei den Teichen aufgetaucht als auch vorne am Info-Würfel.«

»Sie kennen ihn aber nicht?«

»Nein. Im Übrigen war er, als er mir aufgefallen ist, viel zu weit weg.«

»Die Beobachtung erschien Ihnen aber als so wichtig, dass Sie darüber mit Frau Eickhoff gesprochen haben?«

»Nein, nicht mit ihr, sondern mit Heidi.«

Kuntz hatte sich über die kühle Distanz geärgert, die Maleike während des gesamten Gesprächs beibehalten hatte. Deshalb verspürte er eine innere Genugtuung, einen letzten

Trumpf ausspielen zu können: »Wird auch daran gedacht, auf der Buga schwarze Rosen anzupflanzen?«

Maleike erschrak sichtlich und sah den Kriminalisten mit versteinertem Gesicht an. »Was … bitte?«

»Schwarze Rosen«, erwiderte Kuntz ungerührt.

Maleike schien es die Sprache verschlagen zu haben, sie fasste sich aber schnell wieder und versuchte abzulenken: »Mir liegen die gelben mehr am Herzen. Die hat uns der Zonta Club Heilbronn schon im Herbst gepflanzt.«

Kuntz stutzte. »Zonta Club? Nie gehört.«

»Zonta-Rosen«, erklärte Maleike schnell, »blühen gelb. Nach denen ist ein weltweiter Zusammenschluss berufstätiger Frauen in verantwortungsvollen Positionen benannt, die sich aktiv für die Verbesserung der Situation der Frauen einsetzen. Der Heilbronner Club ist schon über 20 Jahre alt.«

»Und Sie …«, fragte Kuntz interessiert, »Sie sind auch Mitglied – als Frau in verantwortungsvoller Position?«

Maleike lächelte. »Noch nicht«, erwiderte sie charmant. »Aber das kann ja noch kommen.«

Kuntz nahm es zur Kenntnis, dass sie ihn von der eigentlichen Frage abgelenkt hatte.

43

Was Doktor Erich Eickhoff soeben mit gebrochener Stimme gesagt hatte, war für Kommissar August Häberle wie ein Donnerschlag gewesen: »Meine Tochter hat möglicherweise ihren Mörder am Mittwochabend fotografiert.«

Noch hatte die Bedienung das bestellte Essen nicht serviert, da war Häberles Hunger mit einem Mal verflogen.

»Sie hat mir das Foto gleich geschickt – um 17.47 Uhr.« Er griff in seine Jackentasche, holte ein iPhone heraus und erweckte es mit einer Zahlenkombination zum Leben.

»Und Sie meinen, es ist dieser Olberding?«, wiederholte Häberle ungläubig.

»Olberding, ja«, erwiderte Eickhoff leise und tippte auf dem Touchscreenbildschirm des Smartphones herum. »So hat er sich damals schon genannt. Aber er heißt in Wirklichkeit ganz anders.« Er reichte Häberle das iPhone, auf dessen kleinem Bildschirm ein Foto mit mehreren Sportbooten zu sehen war, die an einer Kaimauer befestigt waren. Vor einem stand ein großer Mann, auf den Eickhoff mit dem Zeigefinger deutete: »Das ist er. Daran besteht kaum ein Zweifel. Ich hab ihn zwar zuletzt vor rund 40 Jahren gesehen – und hier ist er korpulenter als damals. Aber nachdem auch Vanessa meinte, es sei genau der Kerl, der behauptet hat, von der NASA zu kommen, hab ich keinen Zweifel, nein.«

Häberle ließ das Foto auf sich wirken. Der Mann war im Halbprofil zu sehen und hatte ein Tau in der Hand, wie es zum Anleinen der Boote benutzt wurde.

»Wo wurde das Foto aufgenommen?« Häberle glaubte zwar,

den Bootshafen zu erkennen, von dem sie gerade gekommen waren, aber er wollte Gewissheit.

»Na, wo schon soll es aufgenommen worden sein?«, antwortete Eickhoff leicht genervt. »Dort, wo wir uns grade begegnet sind, am Wilhelmskanal. Was denken Sie, weshalb ich hierhergekommen bin?«

»Und so wie es aussieht, hat der Mann dort ein kleines Boot liegen.«

»So könnte man das deuten«, erwiderte Eickhoff und sah sich vorsichtig um, als habe er Sorge, beobachtet zu werden.

»Sie sagten, dieser Olberding heiße in Wirklichkeit anders?«

»Ja, er heißt Ollenhower, Frank Ollenhower. Er hat sich damals aber schon ›Olberding‹ genannt, weil ›Ollenhower‹ englisch ist und sich ›h-o-w-e-r‹ schreibt.« Eickhoff hatte diesen Teil des Namens buchstabiert.

»Haben Sie Ihrer Tochter gesagt, dass Sie ihn schon seit Längerem kennen?«

»Nicht direkt, nein. Als sie mir am Mittwochmittag, bevor sie hierher nach Heilbronn gefahren ist, von einem gewissen Olberding berichtet hat, war ich mir nicht sicher, dass er es ist. Aber jetzt, da ich ein Foto von ihm habe, bin ich mir wie gesagt ziemlich sicher.«

»Das Foto hat Ihnen Ihre Tochter dann sofort geschickt?«

»Ja, man kann es hier irgendwo aufrufen, dann sieht man, dass sie es um 17.47 Uhr abgeschickt hat. Sie hat nur dazugeschrieben: ›Ist das der Olberding?‹ Und ich hab sofort auf diese Nummer geantwortet, hier«, er tippte ein paarmal auf das Display, »es war bereits 17.51 Uhr, als ich geschrieben habe: ›Ja, er ist es.‹«

»Und dann?«

»Dann hab ich nichts mehr von ihr gehört.« Eickhoff rann eine Träne über die Wange. »Noch etwas ist mir komisch vorgekommen, Herr Häberle.«

»Ja?«

»Sie hat das Foto nicht von ihrem eigenen Smartphone aus geschickt, sondern von einer anderen Nummer. Wäre die Nachricht nämlich von ihrem Gerät gekommen, wäre bei mir der Name ›Vanessa‹ aufgetaucht – so aber war es nur die Absendernummer, die ich nicht kenne.«

»Hatte sie denn ein zweites Handy?«, fragte Häberle schnell zurück.

»Nein – nicht dass ich wüsste. Warum denn auch?«

Häberle ließ sich die Absendernummer anzeigen und stutzte, ließ sich dies aber nicht anmerken.

»Sie sind sich aber absolut sicher, dass das Foto von Ihrer Tochter geschickt wurde?«

Eickhoff zögerte für einen Moment. »Wie bitte? Ja, daran hab ich keinen Zweifel. Sie hat doch geschrieben: ›Ist das der Olberding?‹ Wer außer Vanessa und mir hätte denn wissen können, dass wir beide uns mit diesem Olberding kurz zuvor noch auseinandergesetzt haben?«

Häberle reichte ihm das Gerät zurück. »Und wer verbirgt sich nun hinter diesem Olberding beziehungsweise Ollenhower?«

44

Maleike hatte sich von dem unerwarteten Hinweis auf die schwarze Rose schnell wieder erholt. Sie musste sich eingestehen, dass der Kriminalist ziemlich gut informiert war. »Diese schwarze Rose«, wiederholte sie, was SOKO-Chef Christoph Kuntz angesprochen hatte, »halten Sie das für so wichtig?«

»Was wichtig ist, stellt sich erst nach Abschluss unserer Ermittlungen heraus, Frau Cortes. Es gibt da also eine schwarze Rose?«

»Inzwischen gibt es sogar zwei«, ging Maleike in die Offensive. »Eine steckte vor einigen Wochen am Scheibenwischer meines Autos, als ich auf dem Buga-Gelände zu tun hatte, und die andere wurde mir gestern im Laufe des Tages daheim in meinen Briefkasten gesteckt.«

»Ach«, staunte Kuntz. »Und dem maßen Sie keine Bedeutung bei?«

»Inzwischen schon, das dürfen Sie mir glauben, Herr Kuntz. Obwohl ich noch immer der Meinung bin, dass dies nur ein plumper Annäherungsversuch eines Verrückten ist.«

»Aber schwarze Rosen stehen doch für Trauer und Unglück, oder nicht?«

Ein Lächeln huschte über Maleikes Gesicht. »Sie sind nicht wirklich schwarz, sondern tiefrot. Samtig rot. ›Schwarze Madonna‹ heißt die Rose übrigens. Manche sagen auch, sie symbolisiert einen Neuanfang oder Neubeginn. Es kommt immer auf die Betrachtungsweise an, Herr Kuntz.« Sie verzog ihr Gesicht zu einem gezwungenen Lächeln: »Seit ich geschieden bin, erlebe ich die seltsamsten Dinge. Von Männern. Oder meinen Sie, es ist so etwas wie ein geheimer Code?«

Der Kriminalist wollte sich nicht ablenken lassen. »Sie haben grade angedeutet, dass Sie der Sache inzwischen eine größere Bedeutung beimessen würden?«

»Na ja, da war gestern, als ich heimkam und die Rose im Briefkasten stecken sah, auch noch eine Nachricht auf dem Anrufbeantworter.«

»Eine Botschaft?«

»Ja, so etwas Ähnliches. Eine Männerstimme, die ich nicht kenne, hat sinngemäß gesagt, schwarze Rosen bringen Unglück und ein Mensch sei gestorben, weshalb es an der Zeit wäre, darauf zu reagieren.«

Kuntz sah die Frau überrascht an. »Und das … das haben Sie einfach so hingenommen, ohne Anzeige zu erstatten?«

»Ich bitte Sie, Herr Kuntz, wenn man wegen jedem anonymen Geschwätz zur Polizei rennen würde, hätten Sie wahrscheinlich viel zu tun.«

»Aber das könnte doch eine Drohung sein – wenn jemand sagt, es sei an der Zeit, auf etwas zu reagieren.«

Maleike griff wieder zu ihrer Armbanduhr. »Natürlich kann es so etwas sein. Deshalb hätte ich mich auch noch bei Ihnen gemeldet.«

»Haben Sie denn eine Ahnung, worauf Sie reagieren sollten?«

»Nicht im Geringsten, nein.«

»Dass Frau Eickhoff mit ihrer Vermutung, irgendwo könne irgendetwas falschlaufen, vielleicht doch richtiggelegen sein könnte, halten Sie für nicht denkbar?«

»Mittlerweile halte ich zwar alles für denkbar, aber ich hab keinen konkreten Anhaltspunkt. Helfen Sie mir halt dabei, diesen zu finden.«

Kuntz ließ in Sekundenschnelle die Erkenntnisse der vergangenen Tage an sich vorüberziehen und stieß auf den jungen Mann im Info-Würfel. Plasser, ja, so hatte er geheißen. Ein bisschen verlegen war der herumgestanden.

»Was für eine Funktion hat eigentlich ein junger Mann namens Plasser?«, fragte er deshalb für Maleike ziemlich überraschend.

»Plasser?« An ihn hätte sie jetzt zuletzt gedacht. »Wie kommen Sie auf den?«

»Ich hab ihn gestern rein zufällig kennengelernt. Er war in dem Info-Kubus, als wir am Wilhelmskanal Spuren gesichert haben.«

»Er war dort?« Maleike versuchte, Kuntz' Behauptung mit dem bisherigen Gespräch in Einklang zu bringen.

»Welche Funktion hat Herr Plasser?«, blieb der Kriminalist hartnäckig.

»Er ist einer meiner engsten Mitarbeiter. Sehr engagiert, auch wenn man ihm das nicht gleich auf Anhieb ansieht.«

»Er hat auch mit Frau Eickhoff zusammengearbeitet?«

»Ja, auch das.«

»Am Mittwochabend beim Gespräch mit den Friedhofsgärtnern war er aber nicht dabei?«

Maleike zögerte. »Doch, das war er.«

»Den hatten Sie aber vorhin bei der Aufzählung der Beteiligten nicht erwähnt.«

45

Das Essen war schön angerichtet, aber Doktor Erich Eickhoff stocherte ziemlich appetitlos darin herum. Häberle hingegen genoss es und ließ dem Arzt Zeit, seine Vermutungen und Beobachtungen zu schildern. Eickhoff war gewiss ein agiler Mann, konnte sich gut artikulieren und trotz der tiefen Trauer analytisch denken, aber nun fiel es ihm schwer, die Ereignisse der letzten Wochen chronologisch zu schildern. Er konnte deshalb auch nicht genau sagen, wann seine Tochter Vanessa mit dem Mann, der sich Olberding nannte, zusammengetroffen war.

»Was hat es nun mit diesem Olberding oder Ollenhower auf sich?«, fragte Häberle nach.

»Ollenhower, ja.« Eickhoff legte das Besteck beiseite und wischte sich den Mund mit der Serviette ab. »Ollenhower war ein GI, wie man damals sagte, ein US-amerikanischer Soldat, der hier auf der Waldheide stationiert war. Ich brauch Ihnen sicher nicht zu sagen, was die Waldheide ist.«

»Brauchen Sie nicht, nein«, murmelte Häberle und musste an diese Zeit denken, als er als junger Polizist auch in Mutlangen bei Schwäbisch Gmünd eingesetzt worden war, wo von 1983 bis 1990 aufgrund des NATO-Doppelbeschlusses nukleare US-Mittelstreckenraketen vom Typ Pershing II stationiert waren. Die Proteste und Demonstrationen der Friedensbewegung zogen sich über all die Jahre hin. Häberle hatte sogar mal davon gehört, dass es im nahen Alb-Donau-Kreis, bei der Gemeinde Merklingen, ebenfalls zu Protestaktionen gekommen war. Irgendwann war damals durchgedrungen, dass die Amerikaner von ihrem Standort Neu-Ulm aus dort in einem kleinen Waldstück mehrfach ihre Pershings zu Übungszwecken in Stellung gebracht hatten.

»Bei uns in Heilbronn«, fuhr Eickhoff fort, »hab ich mich im Friedensrat engagiert. Und 1983 bin ich einer von vielen Tausenden gewesen, die in der Menschenkette zwischen Stuttgart und Neu-Ulm gestanden sind. Aber das kennen Sie ja auch noch aus eigener Anschauung.«

Häberle nickte und aß langsam weiter. Ihm schien es so, als wolle sich Eickhoff mit diesen Schilderungen von dem Schrecklichen der vergangenen Tage freireden.

»Ollenhower«, so fuhr der Arzt fort, »der war damals so etwas wie ein Verbindungsoffizier zwischen den Amis und uns. Ein ziemlich hochnäsiger Kerl. Na ja, die Amis waren damals, ob wir wollten oder nicht, natürlich noch Besatzungsmacht. Da passten wir als eine immer größer werdende Friedensbewegung nicht ins Bild.«

Häberle lauschte aufmerksam, ohne ihn unterbrechen zu wollen.

»Ich hatte fast regelmäßig mit ihm zu tun. Er hat irgendwann damit begonnen, sich ›Olberding‹ zu nennen.«

»Gab es einen Grund dafür?«, fragte Häberle dazwischen.

»Angeblich hat er deutsche Wurzeln. Seine Großeltern stammen aus dem Ruhrgebiet, hat er behauptet, und seien in den Zwanzigern nach Amerika ausgewandert und hätten eine Farm betrieben.«

»Und er hat sich zur Armee gemeldet?«

»Ob freiwillig oder nicht, weiß ich nicht. Er behauptete damals, ein abgeschlossenes Studium der Botanik zu haben.«

»Botanik«, echote Häberle und legte sein Besteck auf den leer gegessenen Teller.

»Ich weiß, was Sie jetzt denken, Herr Kommissar«, erwiderte Eickhoff. »Olberding ist ein Großschwätzer, man darf ihm nicht alles glauben. Er hat bei seinem Abschied Anfang der Neunziger behauptet, er werde ›ganz groß‹ in das botanische Geschäft einsteigen – was immer er damit gemeint haben könnte. Ich hab jedenfalls nie mehr wieder etwas von ihm gehört.«

»Haben Sie Ihrer Tochter davon erzählt?«

»Kurz, ja – und sie davor gewarnt, ihm zu glauben, dass er von der NASA sei. Nie und nimmer war er das. Aber ich war mir, als Vanessa mir von ihm erzählt hat, ja noch gar nicht so sicher, ob er es tatsächlich war. Aber jetzt auf diesem Bild, das sie mir geschickt hat, da besteht kein Zweifel. Er ist zwar dicker geworden – und natürlich älter –, aber ich würde zu 99 Prozent behaupten, dass er es ist.«

»Aber wo er wohnt und wo er sich aufhält, wissen Sie nicht?«

»Nein, leider nicht. Vielleicht könnte man aber herausfinden, wem das Boot gehört, vor dem er auf dem Foto steht.«

»Das dürfte kein allzu großes Problem sein. Sie können mir das Foto zukommen lassen?«

»Ich leit es Ihnen weiter.« Eickhoff griff wieder zu seinem Smartphone. Da sich der Chefermittler noch immer mit den sozialen Netzwerken schwertat und deshalb auch nicht über WhatsApp verfügte, ließ sich der Arzt die E-Mail-Adresse geben und schickte das gewünschte Bild dorthin. Dann notierte Häberle die Absendernummer, von der Eickhoff das Foto zugeschickt bekommen hatte, auf einem Bierdeckel. Erst jetzt brachte er seine Verwunderung darüber zum Ausdruck: »Das sieht aber nach einer ziemlich exotischen Nummer aus.«

»Ja, ich hab noch nicht nachgeschaut, was 00264 ist.«

»Noch eine andere Frage«, begann Häberle und musste warten, bis die Bedienung Teller und Besteck abgetragen hatte, »Ihre Tochter wohnte mit einem Astrophysiker in Ulm zusammen. Darf ich Sie fragen, wie Sie das Verhältnis der beiden zueinander einschätzen?«

»Gut«, meinte Eickhoff spontan, um dann einzuräumen: »Aber von viel Arbeit belastet. Beide sind engagierte Wissenschaftler. Beide waren viel unterwegs. Getrennt natürlich. Am Tag, als Vanessa hier übernachtete, hat er in Lindau eine Tagung besucht. Da konnten sich für beide natürlich jederzeit neue …«, er lächelte gezwungen, »… neue Abenteuer ergeben. Aber davon weiß ich nichts. Wirklich nicht.«

»Nachdem Ihre Tochter am Mittwochnachmittag von Ihnen weggegangen ist«, konstatierte Häberle, »da wollte sie einen Termin auf der Buga-Baustelle hier in Heilbronn wahrnehmen?«

»Ja, so ist es. Ich glaube, um 19 Uhr wollte sie mit den Friedhofsgärtnern etwas besprechen, die irgendwo am Neckarufer mit einem Künstler zusammen Schaugräber anlegen.«

»Hat sie irgendeinen Namen genannt – oder besonders hervorgehoben?«

Eickhoff überlegte. »Nein, hat sie nicht. Sie hat nur gesagt, die Maleike käme auch dazu – das ist die direkte Ansprechpartnerin für Vanessa gewesen – und noch ein weiterer Mitarbeiter, Plasser oder so ähnlich. Den hat sie wohl nicht so sehr gemocht.«

Häberle holte noch einmal den Bierdeckel hervor und notierte sich den Namen. »Wieso nicht gemocht?«, murmelte er dabei.

»Keine Ahnung. Sie hat sinngemäß gesagt, es käme auch noch ›zu allem Überfluss‹ der Plasser hinzu. Außerdem hat sie angemerkt, manche hätten einen Spleen für ›exotisches Zeug‹, das im Freien bei unserem Klima nicht gedeihen könne.«

46

Rund 400 Kilometer über der Erdoberfläche reichte der Blick weit über den Horizont hinaus. In die Schwärze der Unendlichkeit. Wie eine blau-weiß strahlende Perle, wertvoll und einmalig, so lag der Planet im Raum, fest verankert in die unsichtbaren Gravitationskräfte der Sonne. Mit der Präzision eines Uhrwerks drehte sich alles seit Jahrmilliarden: die Erde um sich und gleichzeitig um die Sonne. Von geheimnisvollen Kräften, die zwar physikalisch berechenbar, aber dennoch rätselhaft erschienen. Wie überhaupt die gesamte Astrophysik wie ein Mysterium anmutete. Kaum hatten die Wissenschaftler geglaubt, ein Rätsel gelöst zu haben, taten sich damit sofort wieder unzählige neue auf. Daran musste Egeas Petridis denken, als er jetzt vor dem Computer saß und auf das Andockmanöver wartete. Auf jenen Moment, der einen weiteren Abschnitt in der Weltraummission markieren sollte.

Immerhin hatte es, wie geplant, etwa 50 Stunden gedauert, bis sich die Sojuskapsel nach 36 Erdumrundungen der Internationalen Raumstation annähern konnte. Die Zeit, die dafür notwendig war, differierte je nach Startzeitpunkt und Position der ISS. Allerdings war der Aufenthalt in der engen Raumkapsel für die drei Kosmonauten nicht gerade komfortabel. Umso mehr freuten sie sich, nun endlich in die große Station »umsteigen« – oder besser gesagt: unter dem Einfluss der Schwerelosigkeit »hineinschweben« zu können.

Ein halbes Jahr lang war die ISS jetzt ihr Zuhause. Für den Künzelsauer Kosmonauten bedeutete dies eine besondere Ehre: Während der zweiten Hälfte des Aufenthalts war er sogar Commander der Raumstation. Eine sehr verantwortungsvolle Aufgabe, auf die er bestens vorbereitet war. Schließlich hatte er bereits

2014 insgesamt 166 Tage auf der ISS verbracht. Das war damals, als er von der »schönen zerbrechlichen kleinen blauen Erde« geschwärmt und sich die Frage gestellt hatte, »ob da draußen« sonst noch etwas sei. Ob es noch Horizonte hinter dem wohlvertrauten Horizont gäbe. Stolz erfüllte ihn, wenn er daran dachte, dass um die tausend Experten an der jetzigen Mission beteiligt waren und man ihm eine »magische Maschine« anvertraut hatte, die von 100.000 Menschen zusammengebaut worden war. Sein allergrößter Wunsch wäre es, einmal zum Mond fliegen zu dürfen. Oder, noch besser, zum Mars, aber um dies noch zu erleben, dürfte seine Lebenserwartung vermutlich nicht ausreichen, dachte Petridis und fragte sich, ob es ihm persönlich vergönnt sein würde, eine Marslandung zu erleben. Wie groß die Begeisterung im Juli 1969 gewesen war, als der erste Mensch den Mond betrat, das kannte er nur aus Büchern und Filmen.

Tief in solche Gedanken versunken, verfolgte er auf der Internetseite der DLR die Bilder einer Live-Webcam, mit der in Echtzeit ständig ein Blick aus der Raumstation auf die Erde gezeigt wurde, unterlegt mit dem Funkverkehr. Derzeit, so stellte Petridis fest, waren weite Teile der überschaubaren Erdoberfläche bewölkt. Er klickte auf eine andere Darstellung und erkannte, dass sich die ISS momentan vom Südatlantik her Europa näherte und dann wohl über Mitteleuropa fliegen würde.

Weil die Kugelform der Erde auf eine zweidimensionale Ebene projiziert wurde, zeigte sich der Kursverlauf als Wellenlinie. Ähnlich der Navi-Anzeige in einem Verkehrsflugzeug, wo Passagiere beim Anblick der dargestellten Strecke glaubten, der Airliner flöge nicht die direkte Linie von Frankfurt nach New York, sondern nähme einen Umweg über Südgrönland. In Wirklichkeit war dies natürlich kein Umweg, sondern, übertragen auf eine Kugel, der direkteste Weg – nämlich ein sogenannter Großkreis.

Ähnlich verhielt es sich mit den Tages- und Nachtzonen, die auf der Satellitendarstellung ebenfalls wellenartig über den Erdball zu verlaufen schienen. Jetzt, im Juni, reichten die hellen Bereiche tagsüber weit in den Norden hinauf.

Beim Kursverlauf der ISS machte sich die wellenartige Darstellung noch weitaus extremer bemerkbar, weil sich die Erde unter der Station wegdrehte, somit also mit jedem Orbit ein anderer Landstrich überflogen wurde. Tag und Nacht wechselten für die Kosmonauten innerhalb von 24 Stunden 16 Mal.

Petridis ließ sich gerne von den finsteren Gedanken der letzten Stunden ablenken. Wie schön wäre es jetzt gewesen, wenn er gemeinsam mit Vanessa jenen entscheidenden Moment hätte verfolgen können, wenn die Sojus-Kapsel mit dem Mini-Satelliten an Bord an die Raumstation andockte.

Vielleicht konnte Vanessa, wo immer jetzt ihre Seele war, von den Sternen aus den Flug ebenfalls verfolgen, dachte Petridis. Die vielen Stunden, die sie gemeinsam an dem Experiment gearbeitet, gerechnet und studiert hatten, liefen wie im Zeitraffer vor seinem geistigen Auge ab. Jahrelang hatten sie auf diesen Moment hingefiebert – und nun saß er alleine vor dem Monitor, tieftraurig und innerlich leer. Nur der englische Funkverkehr unterbrach gelegentlich die Stille. Petridis wollte sich gar nicht auf das Gesagte konzentrieren.

Was hätten sie jetzt gefeiert! Sekt getrunken, Freunde angerufen. Und nun war alles anders gekommen. Oft hatte er darüber nachgedacht, was wohl nach diesem Erfolg – sofern es einen geben würde – auf sie zukäme. Würden sie in ein Loch fallen, wie viele Menschen, die sich auf ein Ziel konzentriert, es erreicht hatten – und sich dann fragten: Ja, was nun? Vielleicht hätten sie sich auch getrennt.

Seit Monaten schon hatte er gespürt, dass sie beide an ihrer wissenschaftlichen Arbeit vielleicht zugrunde gingen. Seelisch, psychisch, menschlich. Vanessa war sehr viel unterwegs gewesen. Nein, eifersüchtig wollte er nicht sein. Schließlich hatte auch ihn seine Arbeit im Klammergriff. Über die Zukunft hatten sie nie wirklich gesprochen – nur über das eine Ziel, das ihnen schon jetzt in Fachkreisen weltweites Ansehen eingebracht hatte.

Nun musste er sich um Vanessas Vater kümmern, auch wenn er nur selten mit ihm Kontakt gehabt hatte. Am Telefon war die Stimme des Mannes zwar nicht weinerlich gewesen, aber ihr Klang verriet große Traurigkeit. Petridis entschied, so schnell wie möglich nach Stuttgart zu fahren.

Er klickte das Bild mit dem Kursverlauf der ISS weg und vertiefte sich in die Außenaufnahme, die eine Webcam live übermittelte. Zu sehen war ein silbern schimmerndes Modul der Station. Über allem zog, wie ein Dach, die blau-weiße bewölkte Erdoberfläche vorbei, deren Wölbung sich auf dem schmalen Bildausschnitt links und rechts nach oben erstreckte. Als stünde der ganze Planet kopf. Aber da es im Weltraum kein Oben und Unten gab, war alles nur eine Sache der Betrachtungsweise, wusste Petridis. Tief versunken in diese Wolken, die offenbar den zentral-afrikanischen Kontinent bedeckten, glaubte Petridis in diesem Bild aus Blau- und Grauschattierungen ein Gesicht zu erkennen. So, wie das Gehirn manchmal Formen und Figuren vorgaukelte, wenn man in den Himmel schaute. Ein Gesicht? Petridis starrte auf den Monitor, während eine Frauenstimme im Funk etwas auf Englisch durchgab. Ein Gesicht? Er wollte seine Augen nicht mehr von dieser Wolkenstruktur wenden. Vanessa? Nein, Quatsch, Unfug, rief er sich zur Besinnung. Kaum hatte er seine Augen auf einen anderen Punkt gerichtet, brach die Verbindung zusammen – und schlagartig erschien eine Art Standbild. Schwarz, blau, braun mit weißer Schrift: »Please stand by, the High Definition Earth Viewing experiment is either switching cameras, or we are experiencing a temporary loss of signal with the International Space Station«.

Abbruch. Verbindung zur ISS abgebrochen?

Er war des Englischen natürlich so gut mächtig, dass er trotz des kurzen Schocks übersetzen konnte, was dies bedeutete:

Kamera abgeschaltet – oder vorübergehender Signalverlust mit der internationalen Raumstation.

Vorübergehender Signalverlust, hämmerte es in seinem Kopf. Er saß wie gelähmt auf seinem Stuhl.

47

Häberle war verschwitzt, als er von dem Gespräch mit Eickhoff ins Präsidium zurückkam. Er traf auf dem Etagengang den ähnlich erschöpft wirkenden Kuntz und schlug ihm vor, die beidseits gewonnenen Erkenntnisse bei einem kalten Glas Apfelsaft zu besprechen. Eine Sekretärin brachte das Getränk in Häberles Büro, wo sich die beiden Kriminalisten am Schreibtisch gegenübersaßen. Kuntz berichtete von Maleikes Hinweis, wonach sich Vanessa über die nächtlichen Anlieferungen von Pflanzen verwundert gezeigt habe. »Außerdem war die an Frau Eickhoff gerichtete Drohung auch Gesprächsthema der beiden gewesen«, fuhr Kuntz fort. »Aber Frau Eickhoff hat wohl nicht konkretisieren können oder wollen, wovon sie die Finger weglassen solle.«

Häberle nahm einen Schluck Saft. »Trotzdem wird sie es nicht so einfach weggesteckt haben, schließlich hat sie in das Weltraumprojekt große Erwartungen gesetzt.«

»Na ja«, seufzte Kuntz, »aber da muss doch einer im Kopf nicht richtig ticken, wenn er auf die Idee kommt, ihr mit dem Scheitern der ganzen Weltraummission zu drohen. Da kann keiner mal kurz auf dem Raketenstart-Gelände in Baikonur vorbeikommen und eine Bombe loslassen oder in die Kapsel schmuggeln.«

Häberle unterdrückte ein Lächeln. »Ich glaube, so einfach darf man sich das nicht vorstellen, Christoph. Wir wissen beide, dass die ganz großen Angriffe heutzutage nicht mehr mit herkömmlichen Mitteln geführt werden. Die Rakete ist vorgestern zwar ohne Zwischenfälle gestartet, aber das bedeutet nicht, dass da oben auch alles reibungslos abläuft.«

Kuntz sah auf die Uhr. Es war Viertel vor drei. »Ein komplexes Vorhaben steht in einer Viertelstunde an«, erklärte er mit ernster Miene und trank auch einen Schluck Saft. »Ankopplung der Sojus-Kapsel an die Internationale Raumstation. Die Kollegen drüben wollen's im Internet verfolgen.«

Häberle unterdrückte ein Gähnen und wischte sich Schweiß von der Stirn. »Dann schau'n wir es uns auch mal an.« Er stand auf. »Gott bewahre, dass da etwas schiefläuft.«

48

Egeas Petridis war wie elektrisiert vor dem Monitor gesessen. Verbindung zur ISS abgebrochen? Vorübergehender Signalverlust, stand da in englischer Sprache zu lesen. Er hatte einige Minuten geduldig gewartet, dann aber war er unruhig geworden. Lag es am Internet oder gab es tatsächlich ein ernstes Problem? Er rief über sein Smartphone die einschlägigen Nachrichten-Apps auf. Wenn etwas ganz Außergewöhnliches geschehen war, würden sie es bestimmt als Sofortmeldung verbreiten. Doch da gab es nichts. Noch nicht. Petridis klickte auf seinem Computer die entsprechende Internetseite weg, um sie erneut laden zu lassen. Wieder der Hinweis auf ein vorübergehend verlorenes Signal. Die Unruhe steigerte sich ins Unermessliche. Sollte er in Oberpfaffenhofen einfach anrufen? Quatsch, mahnte er sich selbst zur Gelassenheit. Selbst wenn eine Katastrophe geschehen war, würden sie es ihm natürlich nicht sagen. Außerdem war er selbst Wissenschaftler genug, um zu wissen, dass es immer mal ein technisches Problem geben konnte. Tausend Mal hatte er schon Studenten und Kollegen erklärt, dass man in jeder Situation Ruhe bewahren müsse. Und nun saß er da, sprang alle paar Minuten auf, um ein paar Schritte durch die Wohnung zu gehen, und konnte den Blick nicht vom Monitor wenden. Den Gedanken an den dubiosen Amerikaner, der Vanessa nach Stuttgart berufen hatte, um sie einzuschüchtern, versuchte er zu verdrängen. Wenn jetzt aber etwas schiefgegangen war, dann würde alles eine ganz andere Dimension bekommen.

Ein kurzes Zucken am Bildschirm. Petridis empfand es als Erlösung. Das Bild – es war wieder da. Rechts ein Teil der ISS, dahinter das Blau des Planeten.

Petridis sank in seinem Sessel zusammen.

49

Häberle und Kuntz waren drei Büros weitergegangen, wo sich ein halbes Dutzend Kriminalisten vor einem großen Monitor versammelt hatte, teils sitzend, teils stehend. Als die beiden Chefs hinzutraten, fühlte sich einer aus der Runde zu einer Erklärung bemüßigt: »Ankoppelung an die ISS. Jetzt gleich, in ein paar Minuten. Wenn etwas schiefgehen soll, dann jetzt.«

Häberle und Kuntz nickten zustimmend und hielten sich im Hintergrund, während ein anderer aufgeregt berichtete, dass es eine kurze Übertragungsstörung gegeben habe. Jetzt aber zeigte der Monitor zwei unterschiedliche Bilder: Links die aktuelle, langsam weiterruckelnde Position der ISS auf einer Weltkarte, rechts ein Blick aus der Raumstation, wo sich die stark bewölkte Oberfläche der Erde zum Horizontbogen entfernte. Unendlich langsam, wie es schien. Dabei flog die ISS mit einer Geschwindigkeit von rund 27.623 Kilometern pro Stunde, wie Häberle am linken oberen Bildrand ablesen konnte. Für Laien mochte dieses Tempo bei einem Andockmanöver abenteuerlich erscheinen. Doch weil beide Flugkörper gleich schnell waren, konnten sie sich quasi zentimeterweise annähern. Außerdem erfolgte dies computerbasiert, auf die Sekunde im Voraus berechnet.

Dies geschah jetzt, wie die Positionsskizze anzeigte, irgendwo hoch über Ostchina. Häberle hatte sich inzwischen in die digitale Anzeige vertieft. Das Manöver fand demnach 405,109 Kilometer über der Erde statt – und zwar etwa eine Minute vor Sonnenuntergang. Einer der Kriminalisten zeigte sich darüber irritiert: »Wenn man die Flugbahnskizze hier links verfolgt, könnte man meinen, die ISS sei bereits über Ostchina in die Nacht eingetaucht. Aber hier steht doch, dass erst in einer Minute Sunset sei.«

»Na klar doch«, entgegnete ihm ein älterer Beamter, der noch immer von der ersten Mondlandung schwärmen konnte, die er als Bub vor dem flimmernden Schwarz-Weiß-Fernseher verfolgt hatte. »Aus der Perspektive von 400 Kilometern Höhe verschwindet die Sonne ein paar Minuten später hinterm Horizont als drunten auf der Erde.«

»Spannende Sache«, kommentierte Kuntz anerkennend. »Da merkt man erst, mit welchen Kleinigkeiten wir uns jeden Tag nur rumschlagen müssen.«

Häberle klopfte ihm freundschaftlich auf die Schulter: »Ja, Christoph, den meisten Menschen fehlt dieser Weitblick, der sich von da oben bietet. Unser Astro-Alex hat schon nach seinem ersten Flug immer wieder zu bedenken gegeben, dass man von da oben keine Ländergrenzen sehe – und dass die Menschheit sich auf das Wesentliche konzentrieren müsse: auf den Erhalt dieses einmalig schönen Planeten.«

Kuntz' Blick hing an den weiß-blauen Pastelltönen des rechten Videobildes. Die Kamera war offenbar nach hinten auf den gewölbten Horizont gerichtet, weil sich die aufgequollenen Wolkenberge durch die Vorwärtsbewegung der Station langsam entfernten. »Weißt du, August, das Erschreckende in unserer heutigen Zeit sind die vielen Verrückten, die nur des ewigen wirtschaftlichen Wachstums wegen und aus Profitgier den Planeten zerstören. Denen ist es scheißegal, was aus der Umwelt und den Menschen wird.«

Häberle nickte. »Du sprichst mir aus der Seele, Christoph. Nur irre und kranke Gehirne.« Er musste plötzlich an Vanessa und den US-Amerikaner denken, der offenbar versucht hatte, das Umweltprojekt der jungen Wissenschaftlerin zu torpedieren.

50

15.07 Uhr Mitteleuropäische Sommerzeit, Ulm. Kurz bevor es 405 Kilometer über Ostchina dunkel wurde, hatte die Sojus-Kapsel mit den drei Kosmonauten an Bord an die ISS angedockt.

Egeas Petridis las am linken oberen Bildschirmrand die Koordinaten, die den genauen Standort dokumentierten: 34 Grad, 43.61 Minuten nördliche Breite, 116 Grad, 18.88 Minuten östliche Länge. Und noch eine Minute und sechs Sekunden bis Sunset.

Petridis' Hände waren feucht und kalt geworden. Obwohl er fernab des Geschehens in Ulm saß, hatte er in den vergangenen Minuten mitgefiebert und auf ein glückliches Andocken gehofft. Natürlich war dies schon viele Male praktiziert worden, aber angesichts der Drohungen und Vanessas Tod hatte man Sabotage oder zumindest einen Zwischenfall nicht ausschließen können.

Jetzt aber war dieses heikle Manöver offenbar problemlos verlaufen. In eineinhalb Stunden würden die Kosmonauten die Luke zur ISS öffnen und hinüberschweben. Vorausgesetzt, es gab auch dabei keine Komplikationen.

Als die Anspannung von Petridis wich, übermannten ihn wieder die Schatten der letzten Tage. Was würde es erst für einen Medienrummel geben, wenn durchsickerte, um wen es sich bei der Toten im Neckar handelte? Dass es diese Doktor Vanessa Eickhoff war, die als junge Wissenschaftlerin ein Experiment an Bord der ISS hatte bringen lassen. Er entschied, sich jeglichen Interviews zu entziehen, falls die Journalistenmeute nun über ihn herfallen sollte.

51

Häberle war nach diesem anstrengenden Freitag todmüde ins Bett gefallen. Susanne, seine Ehefrau, hatte ihm zu später Stunde noch ein herzhaftes schwäbisches Vesper serviert. Dazu trank er genussvoll ein Weizenbier. »Diese Fahrerei nach Heilbronn jeden Tag, das nimmt dich ziemlich mit«, stellte sie vorwurfsvoll fest.

»Ich werd's übersteh'n«, hatte er beruhigend geantwortet. Wie immer, wenn er sich nicht davon abbringen lassen wollte, ein Ziel energisch zu verfolgen. Und dieser Fall war mal wieder eine große Herausforderung. Inständig hoffte er, ihn bis zum Beginn der Fußballweltmeisterschaft in einer Woche geklärt zu haben – spätestens aber bis zum ersten Deutschland-Spiel am dann folgenden Sonntag gegen Mexiko. Ärgerlich genug, dass er das gestrige Testspiel gegen Saudi Arabien verpasst hatte. Aber wie er jetzt in der Zeitung las, hatten die deutschen Kicker zwar 2:1 gewonnen, sich aber nicht gerade mit Ruhm bekleckert.

Er war bereits wieder früh aufgestanden und Susanne hatte schon Kaffee aufgebrüht, solange er noch im Bad war. »Versprichst du mir eines, August«, sagte sie, als er an den gedeckten Frühstückstisch kam. »Dass du in Zukunft deutlich kürzertrittst.«

»Versprochen«, erwiderte er. »Ich geb ja zu, es war für mich eine gewisse Ehre, als ich von höchster Ebene gebeten wurde, mich um einen Fall zu kümmern, der von der Öffentlichkeit kritisch beäugt wird.«

»Ist es denn so?«, staunte Susanne.

»Na ja, die Medienarbeit wird über die Pressestelle des Heilbronner Präsidiums abgewickelt. Bisher hab ich noch keinen vom Kaliber eines Georg Sander kennengelernt.« Er grinste. Seine Frau wusste natürlich, auf wen er anspielte: den Lokaljournalisten aus Geislingen, der seit einigen Jahren schon im Ruhestand war.

Die Fahrt nach Heilbronn war dann wieder stressig. Von einem Stau in den anderen. Als er sein Ziel endlich erreichte, strahlte die Sonne von einem sommerlich blauen Himmel.

Vom heutigen Samstag hatte sich die Sonderkommission einige wichtige Ermittlungsergebnisse versprochen. Die Mannschaft versammelte sich im Besprechungsraum, in den allerdings noch kein Sonnenstrahl fiel. Kripochef Volker Dreisamer war ebenfalls gekommen, um die Kollegen für die »tüchtige Arbeit in den zurückliegenden Tagen« zu loben. Die Presseartikel seien allesamt sehr positiv gewesen. »Und auch die Berichterstattung in den Radios war gut.« Allerdings sei in einem Kommentar auch ein Zusammenhang mit dem Verbrechen an den beiden Kollegen auf der Theresienwiese hergestellt worden. »Für meine Begriffe etwas weit hergeholt«, meinte Dreisamer und übergab das Wort an den Inspektionsleiter Christoph Kuntz, der nach Häberles Einschätzung über jede Menge modischer Kleidung verfügen musste. »Wir haben inzwischen einige neue Erkenntnisse«, begann er vor dem Kreis der Kollegen, die sich an verschiedenen Tischen um ihn herum gruppiert hatten. Er selbst saß an der Stirnseite des Raumes zwischen Häberle und Dreisamer. »Die Auswertung der Spuren aus dem Auto von Frau Vanessa Eickhoff hat ergeben, dass es eine Vielzahl von Textilfasern auf dem Beifahrersitz und viele Fingerspuren im Bereich Armaturenbrett und Tür gibt. Dies alles auszuwerten – auch im Hinblick darauf, ob es irgendwo irgendwelche Vergleichsspuren gibt –, wird Zeit in Anspruch nehmen, wie wir alle wissen. Unser Kollege Mike Linkohr ist heute Vormittag mit der Ulmer Spurensicherung nochmals in Frau Eickhoffs Wohnung zugange, in der sie mit einem

Astrophysiker zusammenlebte. Möglich, dass es dort persönliche Unterlagen gibt. Wir werden bis zum Nachmittag wohl mehr erfahren.«

Häberle hatte aufmerksam zugehört und fragte nach: »Sonst hat sich im Auto nichts gefunden?«

»Wohl nicht«, entgegnete Kuntz. »Der übliche Schmutz auf den Fußmatten – außer …« Er griff zu einer Klarsichthülle, in der sich etwas Grünes befand, das aussah wie das Laub eines Baumes. »Die Kollegen können es noch nicht zuordnen.« Er hob die Hülle in die Höhe. »Sieht aus wie zwei aneinandergewachsene Laubblätter einer Buche oder etwas Ähnlichem.«

Weil das Objekt auf keinerlei Interesse stieß, legte Kuntz die Hülle wieder zu den anderen Unterlagen.

»Wenn ich dich unterbrechen darf, Christoph«, griff Dreisamer ein, »vielleicht sollten wir uns zunächst auf einen anderen Aspekt konzentrieren – nämlich die Frage, welche Unregelmäßigkeiten Frau Eickhoff möglicherweise entdeckt hat.«

»Darauf komme ich sofort zu sprechen, Volker, einen Moment noch.« Kuntz blätterte in seinen Unterlagen. »Inzwischen wissen wir, um welchen Provider es sich bei dem Handy handelt, von dem aus Vanessas Vater Doktor Erich Eickhoff jenes Bild zugeschickt bekam, das den angeblichen oder mysteriösen Ollenhower zeigen soll.«

Die versammelten Kriminalisten wurden ganz still, weil sie alle seit Häberles gestrigem Gespräch mit Eickhoff gespannt darauf warteten.

»Die SIM-Karte dazu wurde in Namibia ausgegeben.« Sofort erfüllte ein allgemeines Murmeln den Raum.

»Namibia«, echote einer aus der Runde. »Verschont uns bloß mit der ganzen Flüchtlingsszene.«

Kuntz schüttelte den Kopf. »Ich geh mal davon aus, dass sich die Zahl von Asylanten aus Namibia in Grenzen hält. Allerdings dürfte es ziemlich schwierig werden, den Käufer der Telefonkarte in Namibia ausfindig zu machen. Die werden dort wohl kaum jeden registrieren, der sich eine Prepaidkarte kauft.«

»Ja – und dann kommst du hierher und telefonierst munter anonym drauflos«, stellte eine junge Beamtin fest.

»Genauso ist es«, nickte Dreisamer ihr zu. »Das ist dann zwar sauteuer, aber es hinterlässt keine nachvollziehbaren Spuren.«

»Aber«, so fuhr die Beamtin fort, »könnte es nicht sein, dass aus Namibia auch Pflanzen für die Buga bezogen werden?«

Kuntz überlegte. »Eher nicht, würd ich sagen. Namibia ist größtenteils ein Wüstenstaat. Viel Sand gibt's und wenig Vegetation. Höchstens ganz oben im Norden, im tropischen Gebiet, da gedeihen exotische Pflanzen. Auf einem schmalen Landstreifen zwischen Angola, Botswana und Sambia.«

»Oh«, staunte die junge Frau. »Sie scheinen sich dort auszukennen.«

»Hab mal eine Auto-Safari gemacht. Kann ich nur empfehlen«, erwiderte Kuntz stolz und wandte sich unterdessen einem durchsichtigen Plastiktütchen zu, das ein knapp zehn Zentimeter langes Stück dünnen grünen Drahtes enthielt. »Das hier«, er hielt es hoch, »könnte ein Teil unseres Tatwerkzeugs sein. Entdeckt in Frau Eickhoffs Auto, zwischen Fahrer- und Beifahrersitz.«

Häberle trat näher, um das Objekt genau sehen zu können. »Ist das Blumenbindedraht? Ähnlich dem, den man bei der Leiche im Wasser gefunden hat?«

»Müssen wir untersuchen lassen«, meinte Dreisamer. »Wäre nicht ausgeschlossen. Schließlich haben wir's hier ja überall mit Blumen zu tun.«

Kuntz legte das Tütchen wieder beiseite. »Volker hat es bereits angedeutet: Frau Eickhoff hat möglicherweise Unregelmäßigkeiten entdeckt, über die sie aber – wie es scheint – vorläufig nicht reden wollte.«

»Korruption«, sagte jemand, worauf Kuntz mit den Achseln zuckte. »Gegenüber dieser Frau Cortes, mit der sie eng zusammengearbeitet hat, hat sie mal etwas angedeutet, was in diese Richtung gehen könnte. Ihr sei aufgefallen, dass Pflanzentransporte immer nachts erfolgten und dies meist mit demselben Spediteur.«

»Das ist ungewöhnlich?«, wollte Häberle wissen.

»Vermutlich nicht«, erwiderte Kuntz. »Wir werden das aber prüfen. Ebenso, ob schwarze Rosen in irgendeiner Weise etwas zu bedeuten haben.«

»Schwarze Rosen gibt es nicht wirklich«, warf die junge Kriminalistin ein. »Gemeint sind vermutlich solche, die tief dunkelrot sind. ›Schwarze Madonna‹ nennt man sie. Man sagt, wer in Mafiakreisen solche Rosen kriegt, der sollte möglichst schnell das Weite suchen.«

Häberle wollte etwas sagen, aber Dreisamer kam ihm zuvor: »Lasst uns jetzt nach den Herrschaften schauen, von denen wir wissen, dass sie am Mittwochabend zuletzt mit Frau Eickhoff zu tun hatten. Das sind einige Künstler, vor allem aber einige Friedhofsgärtner und ein Mitarbeiter von Frau Cortes.« Dreisamer blätterte in seinen Unterlagen. »Plasser heißt er.«

Kuntz stimmte zu: »Vor allem diesen Plasser sollten wir uns vorknöpfen. Ist übrigens nicht zu übersehen. Kugelrund und unsportlich. Ein etwas eigenartiger Typ, ist mir am Donnerstag über den Weg gelaufen.«

52

Samstag, 9. Juni. Heidi Miraldi war als Pressesprecherin der Buga inzwischen auch von den Medien angegangen worden. Pflichtgemäß hatte sie alle Anfragen an ihren Chef weitergeleitet. Offenbar hatte der Mord jetzt das Interesse der Journalisten geweckt. Vermutlich kochte auch schon die Gerüchteküche. Inzwischen hatte sich herumgesprochen, dass Vanessa an einem wissenschaftlichen Experiment der aktuellen ISS-Mission beteiligt war, die natürlich gerade in der Heimat des deutschen Kosmonauten auf große Beachtung stieß.

Maleike Cortes hatte auf ein kurzes Treffen mit Heidi bestanden. Denn seit dem Gespräch mit Kuntz und dem Auffinden der schwarzen Rose war ihr nicht mehr wohl. Wenn Vanessa tatsächlich etwas Merkwürdiges herausgefunden hatte und die Kriminalisten dahinterkämen, konnte die Buga just ein Dreivierteljahr vor der Eröffnung in negative Schlagzeilen geraten.

»Dieser Typ, von dem du vor einigen Monaten gesprochen hast«, kam Maleike schnell zur Sache, als Heidi ihr im Büro gegenübersaß. »Dieser Typ kam dir aber nicht bekannt vor?«

»Nein, überhaupt nicht«, erwiderte die Angesprochene schnell. »Nicht im Geringsten. Ich hätte ihn ja gar nicht zur Kenntnis genommen, wenn er nicht zuvor während meiner Führung so seltsame Fragen gestellt hätte.«

»Um ehrlich zu sein, Heidi«, machte Maleike weiter, »ich mach mir mehr und mehr Gedanken, ob sich alles nur gegen Vanessa gerichtet hat oder ob auch noch andere mit reingezogen wurden.«

Heidi sah ihr verwundert in die Augen. »Du meinst, auch du …?«

»Oder wir alle«, sagte Maleike. Ihr Gesicht verriet Anspannung.

»Was heißt ›alle‹? Doch nicht die ganze Buga?«

»Nein, natürlich nicht, aber wir hier, unser Team. Denn …«, sie überlegte, ob sie es aussprechen sollte, »mir ist da wieder etwas eingefallen, was sich ebenfalls vor etwa vier Monaten zugetragen hat.« Sie lehnte sich zurück. »Da hat Timo Plasser mal die Bemerkung fallen gelassen, wonach – sinngemäß – bei großen Projekten, bei denen es um viel Kohle geht, auch ein gewisser Druck ausgeübt werde, um an Aufträge zu kommen. Er wollte dies als Frage verstanden wissen.«

»Du hast ihn zur Rede gestellt?«, staunte Heidi.

»Ja, zufällig am Mittwoch, also vor Vanessas Tod.«

»Du willst damit sagen, dass Herr Plasser mehr weiß, als er dir sagen will?«

»Möglich wäre es«, flüsterte Maleike, als habe sie Angst, belauscht zu werden.

»Aber Herr Plasser hat doch gar nicht die Befugnis, weitreichende Entscheidungen zu treffen.«

»Er nicht, nein. Aber er könnte vielleicht irgendetwas manipulieren.«

Heidi legte die glatte Stirn in Falten. »Manipulieren. Wie meinst du das?«

»Na ja, zum Beispiel anregen, woher wir Pflanzen beziehen, die Anbieter untereinander ausspielen, bis hin zur Bevorzugung einzelner Speditionen – was weiß ich!«

»Aber dafür würden die doch keine hohen Bestechungsgelder bezahlen«, wandte Heidi ein.

»Nicht Millionen, das ist klar. Aber manchmal tun's doch ein paar Tausender – oder ein schöner Urlaub. Oder ein Auto …«

»Aber Plasser gilt doch als korrekter Mitarbeiter.«

»Heidi, ich bitte dich! Die Korrektesten sind nicht immer die Ehrlichsten, wenn's um die eigene Tasche geht. Natürlich hat sich Plasser hier hochgearbeitet, ist engagiert und innovativ.« Maleike blätterte in einigen handschriftlichen Aufzeichnungen, die sie sich während eines vertraulichen Telefonats mit ihrem Chef gemacht hatte. »Plasser ist noch in der DDR geboren worden, genauer gesagt: in Wernigerode im Harz. 1983 war das. Sechs Jahre vor der politischen Wende. Er hat, als Deutschland bereits wiedervereinigt war, an der Fachhochschule Erfurt Landschaftsarchitektur studiert und ist über einige Jobs in Dresden und bei der Buga 2009 in Schwerin zu uns gekommen.«

»Der Mann ist sicher gut vernetzt«, resümierte Heidi und fügte an: »Was gedenkst du jetzt zu tun?«

»Ich hab dem Kommissar, der bei mir war, gesagt, dass Plasser am Mittwochabend auch hier war – beim Gespräch mit den Friedhofsgärtnern. Inzwischen macht sich die Kripo über Vanessas Computer her, den sie hier im Hause benutzt hat. Weißt du, Heidi«, wieder versteinerte sich Maleikes Gesicht, »ich will dir das nur sagen, denn falls sie doch etwas herausfinden, was uns hier direkt berühren könnte, sollten wir darüber reden.«

»Ich verstehe nicht …«

Maleike ließ ihre Gesprächspartnerin nicht ausreden: »Jede Kleinigkeit könnte von Bedeutung sein, jede Bemerkung, die irgendjemand mal irgendwo gemacht hat. Alles, was uns in den vergangenen Monaten aufgefallen ist, sollten wir jetzt, im Nachhinein, noch mal überdenken.« Nach ein paar Sekunden des Schweigens fuhr sie fort: »Auch was wir selbst getan haben, sollten wir kritisch beleuchten, damit es notfalls irgendwelchen Verdächtigungen standhält.«

»Wer nichts zu verbergen hat, braucht nicht standzuhalten«, entgegnete Heidi mit einer Mischung aus Irritation und gekränkter Eitelkeit.

»Versteh mich nicht falsch, Heidi«, lenkte Maleike sofort ein, weil sie Rosis Verstimmung bemerkt hatte. »Es geht um die

Sache. Und manchmal bringt man sich durch eine ganz normale Handlung in die Schusslinie, nur weil Außenstehende sie in einem falschen Zusammenhang sehen. Zur falschen Zeit am falschen Ort – und schon lecken die Kriminalisten Blut.«

Heidi holte tief Luft. Obwohl sie sich bisher mit Maleike immer gut verstanden hatte, fühlte sie sich plötzlich wie ein Schulmädchen, dem die Lehrerin gutes Benehmen beibringen wollte.

»Zur falschen Zeit am falschen Ort?«, wiederholte sie deshalb tonlos, weil diese Worte sie wie ein Donnerschlag getroffen hatten. War es Zufall? Warum sprach Maleike so etwas gerade jetzt an? Nein, sie konnte es gar nicht wissen. Es war ein Zufall, nichts weiter. »Na ja«, fing sich Heidi wieder und rang sich ein Lächeln ab, »zur falschen Zeit am falschen Ort, das gibt es tatsächlich. Wenn du es so siehst, dann bin ich vor einigen Tagen auch am falschen Ort gewesen …«

»*Du*?«, staunte Maleike und es klang nicht gekünstelt.

»Ich hab vor einigen Tagen frühmorgens genau diesen Bereich des Wilhelmskanals fotografiert, an dem Vanessa umgekommen ist.« Heidi spielte nervös mit ihren Fingern.

»Du hast – *was*? Frühmorgens?«

»Ja, ich hab einen Morgenspaziergang gemacht, wie ich das immer tue, um den Baufortschritt zu dokumentieren. Da bin ich dann auch drüben bei den Sportbooten gewesen.«

»Da sieht man aber doch nichts vom Baufortschritt, oder?«

»Nein, nicht wirklich«, beeilte sich Heidi zu sagen. »Ich will aber auch die Umgebung im Wandel der Jahreszeit festhalten.«

»Und wieso beunruhigt dich das jetzt? Das zu fotografieren, ist doch nichts Ungewöhnliches«, stellte Maleike fest.

»Nein, es ist mir nur eingefallen, weil du das jetzt alles gesagt hast. Da hat mich nämlich ein Mann gesehen, der seinen Hund Gassi geführt hat. Ich kenn ihn vom Sehen, weil ich ihn dort schon einige Male getroffen habe. Wenn er jetzt genauso überlegt, was ihm in den vergangenen Tagen dort aufgefallen ist, wird er sich an mich entsinnen. Er hat mir nämlich beim Fotografieren heimlich zugeschaut.«

»Wenn's dich beunruhigt, dann schlag ich dir vor, du schilderst dies der Kripo, bevor sie auf irgendwelche dummen Gedanken kommen ...«

Heidi schwieg. Sie wollte eigentlich nichts mit der Polizei zu tun haben.

53

Linkohr traf am frühen Nachmittag wieder im Heilbronner Präsidium ein. Er war dabei gewesen, als die Kollegen der Ulmer Spurensicherung in der gemeinsamen Wohnung von Vanessa Eickhoff und Egeas Petridis nach Unterlagen geforscht hatten, die für die weiteren Ermittlungen wichtig sein könnten. Der junge Kriminalist legte einen Aktenordner mit diversen Dokumenten und Klarsichthüllen auf Häberles Besprechungstisch. »Es war nicht sehr ergiebig, obwohl sich Frau Eickhoffs Lebensgefährte sehr kooperativ gezeigt hat«, stellte Linkohr fest. »Kein Laptop da, keine anderen Speichermedien, soweit sich das feststellen lässt.«

»Hm«, machte Häberle enttäuscht. »Und wie sieht es mit ausgedruckten Dokumenten aus?«

»Meist nur Sachen für die Raumfahrt. Dazu gibt es reihenweise Ordner, die beim flüchtigen Durchblättern kaum etwas Relevantes enthalten. Nur wissenschaftliches Zeug.«

»Auch was mit der NASA?«

»Ebenfalls nur Technisches, alles in Englisch.«

»Sie haben den Petridis auch noch befragt?«

»Natürlich, klar«, entgegnete Linkohr eifrig. »Aber ich hab erneut den Eindruck, dass das Verhältnis der beiden eher auf wissenschaftlicher Basis stand.«

»Oh, da spricht der Frauenversteher«, stichelte Häberle, um gleich wieder ernst zu werden: »Gibt es wenigstens ein Adressbuch, Telefonnummern, E-Mail-Adressen?«

»Leider nein. Hat sie angeblich alles im Handy gespeichert.«

»In der Cloud vielleicht auch?«

Linkohr war über Häberles IT-Kenntnisse überrascht, hatte sich der Chef doch jahrelang hartnäckig geweigert, sich mit der digitalen Welt ausgiebig zu beschäftigen.

»Ja, vermutlich in der Cloud«, seufzte Linkohr. »Aber da kennt Petridis weder eine Zugangsadresse noch ein Passwort. Aus einigen Rechnungen, die wir gefunden haben, geht nur hervor, dass sie wohl ihr Smartphone bei der Telekom angemeldet hatte.«

»*Ihr* Handy«, betonte Häberle. »Aber zu dem dubiosen Teil aus Namibia habt ihr natürlich nichts gefunden?«

»Nein, gar nichts.«

»Petridis weiß auch nichts davon?«

»Er war sichtlich überrascht, als ich ihn danach gefragt habe.«

Häberle deutete auf den Ordner. »Was haben Sie sonst noch mitgebracht?«

»Einige handschriftliche Notizen, die nur schwer zu entziffern sind.« Linkohr schlug den Ordner auf. »Diese Zettel lagen auf ihrem Schreibtisch. Hier – da sind einige Uhrzeiten notiert, aber ohne weitere Hinweise. Alles Nachtzeiten. 22.30 Uhr, 0.45 Uhr und hier noch 2.30 Uhr.«

Häberle rückte seinen Stuhl näher an den Tisch. »Sonst nichts? Kein Tag, kein Datum?«

»Nein, nichts.«

Linkohr blätterte weiter. »Hier gibt's was anderes.« Er deutete auf die Kopien von Zeitungsausschnitten. »Alles Artikel zum Polizistenmord in Heilbronn.«

Häberle zog den Ordner weiter zu sich herüber. Den Schrifttypen nach zu urteilen, waren es Berichte aus verschiedenen Zeitungen mit Datum April letzten Jahres. Alle bezogen sich auf den zehnten Jahrestag des Verbrechens auf der Heilbronner Theresienwiese. Vanessa Eickhoff hatte sich offenbar intensiv damit befasst. Häberle blätterte nun selbst weiter. Dann stutzte er: Es gab sogar einen ausgedruckten Online-Artikel aus der Ulmer Südwest-Presse vom November 2017 mit der Überschrift »NSU-Ausschuss geht ungeklärtem Mord an Blumenhändler nach«. Gemeint war der Münsinger Fall, der Häberle seit Tagen im Kopf herumspukte. Der Untersuchungsausschuss des baden-württembergischen Landtags zum Nationalsozialistischen Untergrund (NSU) hatte im Zusammenhang mit dem Heilbronner Mord auch das Münsinger Verbrechen unter die Lupe genommen. Die Ermittler, so überflog Häberle den Text, hielten einen Zusammenhang jedoch für unwahrscheinlich.

»Meinen Sie, die Eickhoff hat da was gewusst?«, fragte Linkohr, nachdem er Häberles Interesse bemerkt hatte.

Der gab sich einsilbig: »Warum sammelt man so was?« Und gleichzeitig zuckte ein Gedanke durch seinen Kopf: War das der Grund, weshalb der Ulmer Polizeipräsident ausgerechnet ihn nach Heilbronn entsandt hatte?

Er schob den Aktenordner wortlos zu Linkohr hinüber, der sofort auf ein anderes Blatt zeigte. »Das dürfte auch interessant sein.« Er deutete auf eine Telefonnummer mit einer schlecht lesbar hingekritzelten Vorwahlnummer. »Es sieht nach ›0731‹ aus, also für Ulm. Wenn man die von Ulm aus anruft, meldet sich eine Wäscherei. Dort kennt man aber weder eine Frau Eickhoff noch einen Herrn Petridis – und man hat auch nichts mit der Buga in Heilbronn zu tun. Hat man mir jedenfalls versichert.«

Häberle nahm die Nummer genauer ins Visier. »Warum soll Frau Eickhoff die Ulmer Vorwahlnummer aufschreiben, wenn sie doch selbst in Ulm wohnt?«

»Vielleicht für den Fall, dass sie vom Handy aus anrufen möchte. Dann braucht sie die Vorwahl.«

Häberle sah auf und grinste: »So weit bin ich mit der Funktion eines Handys nun auch schon vertraut. Aber ernsthaft, Herr Kollege, könnten das hier nicht zwei Dreier sein? Einer zwischen der Sieben und der Drei noch nachträglich reingezwängt.« Er tippte mit dem Kugelschreiber auf die genannten Zahlen.

Linkohr zuckte mit den Schultern. »Könnte sein – kann aber auch ein Siebener oder eine weitere Eins sein, vielleicht auch eine Acht.«

»Dann probieren Sie doch mal alle Varianten durch«, schlug Häberle vor. »Also 07331, 07311 oder 0781. Keine Ahnung, was das dann ist. Ich weiß nur, dass 07331 die Vorwahl für Geislingen an der Steige wäre.« Er überlegte. »Oder 07131 für Heilbronn.«

Linkohr zog eine Klarsichthülle aus dem Ordner. »Auch das könnte interessant sein.« Er hob die durchsichtige Hülle hoch, in der sich eine Grußkarte befand, auf deren Vorderseite Häberle einen stilisierten Engel sah, der ihn an Weihnachten erinnerte. In hellblau gedruckten Worten stand zu lesen: »Möge dich immer ein Engel begleiten«.

»Was ist das?«, wollte Häberle wissen, während sich Linkohr einen Plastikhandschuh überstreifte, um die Karte aus der Schutzhülle zu ziehen.

»Haben wir in der untersten Schublade von Frau Eickhoffs Schreibtisch gefunden, zugedeckt mit Broschüren und Buga-Prospekten.« Linkohr faltete die kleinformatige Karte vorsichtig auseinander und legte sie auf den Tisch. Es gab keinen weiteren Text, auch nichts Handschriftliches. Nur etwas Grünes, das wie gepresstes Laub wirkte, seltsam geformt, etwas länglicher als die Blätter eines Fliederstrauches, die an einer Stelle zusammengewachsen sind.

Häberle besah sich das Objekt ein paar Sekunden lang. »Das kennen wir doch von irgendwoher, oder?«

Linkohr runzelte die Stirn. »Keine Ahnung. Jedenfalls ein gepresstes Laub, schätz ich mal.«

»Bei einer Biowissenschaftlerin nichts Besonderes«, brummte Häberle. »Aber es sieht genauso aus wie das Laub, das die Spurensicherung in Frau Eickhoffs Auto gefunden hat – oder täusche ich mich da?«

Kuntz war aufgestanden, um das Laub genauer zu betrachten. »Doch. Das ist es. Genauso zusammengewachsen. Vergleicht es mal. Natürlich ist es nichts Besonderes – aber in Kombination mit der Karte vielleicht doch.«

»Gibt es ein Kuvert dazu?«, wollte Häberle wissen.

»Nein«, erklärte Linkohr, »Petridis hat übrigens ziemlich säuerlich darauf reagiert. Er hat die Karte nie gesehen.«

»Sie hat sie also vor ihm versteckt«, konstatierte Häberle. »Das könnte natürlich auf einen Liebhaber hindeuten. Die Frage ist nur, hat dieser ihr lediglich die Karte oder auch dieses gepresste Laub geschickt?«

»Wir sollten das Laub analysieren lassen«, schlug Kuntz vor und erntete ein zustimmendes Nicken.

»Ja, und dann ist da noch etwas, was auch den Petridis stutzig gemacht hat.« Linkohr deutete auf ein Blatt, das stark zerknittert war und in einer Klarsichthülle steckte. »Auch das war in ihrem Schreibtisch. Handschriftliches. Das liest sich ziemlich seltsam, soweit man es entziffern kann.«

Häberle nahm es vorsichtig in die Hand und überflog es. »Können Sie das lesen?«

»Na ja«, meinte Linkohr. »Das klingt, als seien es die Namen von Lodges.«

»Übernachtungsmöglichkeiten in der Wildnis«, zeigte sich Häberle informiert.

»Die Namen klingen ziemlich seltsam«, Linkohr nahm das Blatt wieder an sich und las langsam vor: »›Kalahari-Anib-Lodge‹, ›Canyon-Road-House‹ – aber jetzt auch ›Bahnhof-Hotel‹ und dann«, Linkohr tat sich mit der Aussprache hörbar schwer, »›Little Sossus Lodge‹, ›Solitaire-Lodge‹, dann aber wieder ›Hansa-Hotel‹ und nun«, er sprach es nur mühsam aus, »›Twyfelfontein-Lodge‹, ›Mopane-Village-Lodge‹, ›Halali‹, ›Emanya-Lodge‹ und ›Frans-Indongo-Lodge‹.«

»Hört sich nach einer Safari an«, resümierte Häberle. »Wo ist das?«

»Die Kollegen haben bei ›Google‹ recherchiert. Es sind allesamt Lodges und Hotels in Namibia.«

Häberle stutzte. »Bahnhof-Hotel und Hansa-Hotel auch?«

»Ja, klar, noch Relikte aus der deutschen Kolonialzeit.« Linkohr musste in seinen Unterlagen nachblättern. »Namibia war von 1884 bis 1915 deutsche Kolonie.«

Häberle nickte. Er hatte nicht gleich daran gedacht. »Haben die Kollegen auch schon die Reiseroute nachvollzogen?«

»Ja, haben sie. Kollege Kuntz ist übrigens ganz begeistert. Er ist ziemlich genau diese Route schon mal mit dem Auto abgefahren. Wenn man von der Hauptstadt Windhoek ausgeht, geht's sozusagen im Uhrzeigersinn durchs Land. Sehr viel Wüste, aber auch zum großen Nationalpark Etosha.«

»Und das hat die Frau Doktor Eickhoff bereist?«

»Ob sie – oder wer auch sonst oder mit wem –, das geht aus den Unterlagen natürlich nicht hervor. Und ihr Freund Petridis kann auch nichts dazu sagen. Er weiß nur, dass Frau Eickhoff im November mal für drei Wochen wissenschaftlich unterwegs war – in Südafrika.«

»Ist ja von uns aus gesehen gleich um die Ecke von Namibia«, brummte Häberle und wurde durch das Öffnen der nur angelehnten Tür abgelenkt.

Ohne zu klopfen, war Dreisamer hereingekommen. »Tut mir leid, wenn ich euch stören muss«, sagte er und nickte Linkohr freundlich zu.

»Tust du nicht«, erwiderte Häberle. »Falls du Neuigkeiten hast, lass uns hören – dann erfährst du von uns auch gleich das Neueste aus Ulm.«

Dreisamer sah erstaunt auf die auseinandergefaltete Karte und das Laub. »Da bin ich aber mal gespannt.«

Er zog einen Stuhl heran, setzte sich und wollte sofort seine Informationen loswerden. »Was ich zu sagen habe, dürfte euch mindestens genauso interessieren. Und wie sagt der Kollege hier immer so treffend …?« Dreisamer wollte Linkohrs Lieblingsspruch nicht einfallen, weshalb Häberle nachhalf: »Da haut's dir 's Blech weg – ich kenn es in- und auswendig.« Er grinste Linkohr zu.

»Also«, begann Dreisamer, »wir haben inzwischen rausgekriegt, wem das Boot gehört, vor dem dieser Amerikaner steht, den Frau Eickhoff fotografiert hat. Das war für den Motorbootclub Heilbronn kein Problem. Die Schriftführerin ist sehr kooperativ.«

»Lass hören«, zeigte sich Häberle ungeduldig.

»Der Besitzer heißt Plasser. Timo Plasser.«

Häberle und Linkohr hatte es die Sprache verschlagen.

54

Egeas Petridis war nervlich am Ende. Der Besuch der Kriminalisten und das, was sie in Vanessas Schreibtisch entdeckt hatten, gingen nicht spurlos an ihm vorbei. Er brauchte jetzt Zeit zum Nachdenken. Aber allein zu sein, war jetzt keine Lösung. Deshalb hatte er sich dazu durchgerungen, in der Anonymität der Menschenmassen eine vorübergehende Zuflucht zu suchen. Gelegenheit dazu bot sich an diesem Samstagmittag rund um den Münsterplatz. Nicht nur der beliebte Wochenmarkt lockte wieder einmal viele Besucher aus nah und fern in die Stadt, sondern auch ein Trödelmarkt und der »Tag der Rose«.

Obwohl sich bei zunehmend sonniger Witterung immer mehr Menschen durch die schmalen Gassen zwischen den Marktständen schoben, konnte sich Petridis mit der vielfältigen Pracht der ausgestellten Rosen ablenken: in allen Schattierungen vom tiefen Rot bis zum strahlenden Schneeweiß, von den einfachen Blüten bis zu den vollen, doldigen, buschigen. Die einen mit betörendem Duft, die anderen gänzlich ohne.

Petridis ließ sich von der Menschenmenge treiben, schieben und bisweilen auch stoßen, manchmal wie in Trance, doch wenn ihn eine Blüte interessierte, bahnte er sich zielstrebig den Weg zu ihr. Als würde er von ihr magisch angezogen.

Obwohl er als Astrophysiker keine besondere Beziehung zu Pflanzen hatte, so war doch durch Vanessa sein Interesse dafür geweckt worden. Pflanzen waren wirklich etwas Geheimnisvolles, etwas, was genauso lebendig war wie alles, was sich bewegen, entfalten und sich im natürlichen Umfeld behaupten konnte. Getrieben von einer rätselhaften Kraft, die allem innewohnte. Vieles konnten die Wissenschaftler inzwischen erklären – nicht aber, wie das Leben wirklich funktionierte. Hier auf der Erde und vielleicht auf fernen Planeten. Mit Vanessa hatte er sich oft stundenlang darüber unterhalten. Und nach Lösungen gesucht, wie die Menschheit davon abzuhalten war, diesen wunderschönen Planeten vollends zu zerstören. Beide hatten sie deshalb diesen Mini-Satelliten entwickelt, der vom Weltraum aus verlässliche Daten zur äußeren Atmosphäre und zum Klimawandel sammeln würde. Sobald ihn Alexander Gerst von der ISS aus in den Orbit brachte. Wenn nichts dazwischenkam.

Aber was nützten die Daten schon, wenn sie zwar von Millionen vernünftiger Menschen zur Kenntnis genommen wurden, nicht aber von den Mächtigen und Gierigen, von denen kein Einziger den Mut aufbrachte, die Notbremse zu ziehen. Ja, sie nörgelten an Feinstaub herum und verfingen sich in endlosen Debatten über Lächerlichkeiten, die man als »Peanuts« bezeichnen konnte, nur um alibimäßig etwas zu tun und das Wahlvolk hinters Licht zu führen. In Wirklichkeit musste am ganz großen Rad gedreht werden. Der Hinweis, man müsse »im Kleinen« anfangen, zog nicht mehr. Dazu war es zu spät.

»Sie mögen Rosen?« Es war eine sympathische Frauenstimme, die ihn aus seinen Gedanken zurückholte. Er hatte sich zu einer zartgelben, fülligen Blüte gebückt, um sie vorsichtig zu berühren und ihren zitronigen Duft zu inhalieren. Deshalb war ihm die junge Frau entgangen, die in einem mit roten Rosen bedruckten Kleidchen seitlich von ihm stand, vermutlich eine Gärtnerin, die den Stand betreute. Er richtete sich auf und sah in ein lachendes Gesicht. Ein Lachen, wie Vanessa es gehabt hatte. »Oh ja, ich mag Rosen«, sagte er und erwiderte ihr Lächeln.

Die Frau deutete auf die großen Büschel der Blume. »Eine prächtige Rose, englische Züchtung. Vanessa Bell.«

Petridis zuckte zusammen. Was hatte sie gesagt? Er sah die Frau entgeistert an. »Vanessa …?«

»Vanessa Bell«, wiederholte sie schnell und war ob seines Verhaltens verunsichert. »Haben Sie schon mal was davon gehört?«

»Nein, ich ... ich kenn mich da nicht so aus.«

»Die Vanessa Bell ist eine der berühmten englischen Rosen, die der englische Rosenzüchter David Austin seit den 60er-Jahren züchtet«, fühlte sich die Frau zu einer Erklärung berufen.

Petridis' Puls raste, sein Gesicht wurde blass. Er wandte sich ab.

»Ist Ihnen nicht gut?«, hörte er die Frau noch sagen, bevor er in der Menschenmenge verschwand.

55

Christian Hofknecht war froh, dass seine Frau den Anruf auf seinem Handy nicht mitbekommen hatte. Denn im Gegensatz zu seinem Telefonat, das er gestern Vormittag vom Gewächshaus aus geführt hatte, war er gerade mit dem Kombi unterwegs gewesen, als sich eine unbekannte Männerstimme gemeldet hatte. Eine ziemlich unsympathische, vermutlich sogar leicht verstellte – mit einem gekünstelten Akzent, der an einen Türken erinnerte. Aber vermutlich war es kein Türke, der da angerufen hatte, mutmaßte Hofknecht, obwohl er wusste, dass auch die türkische Szene neuerdings mit Blumen handelte. »Musst kommen zu Gespräch, verstehst'? Wegen Vanessa. Ist sehr wichtig für dich. Wir wissen viel über alles«, so klang es ihm noch immer nach, jetzt, Stunden später. »Um was geht's?«, hatte er, das Handy am Ohr, schnell zurückgefragt und hätte beinahe eine rote Ampel übersehen.

»Du nicht viel fragen, verstehst'. Heute Abend, 22 Uhr. Zehn Uhr, komme Tachehausen. Weißt schon, wo. Tachenhausen. In Garten hinten.«

Hofknecht hatte sofort verstanden, was gemeint war, hatte aber zurückgefragt: »Tachenhausen?«

»Habe gesagt, Tachenhausen. Du kommen, wir reden, ganz wichtig. Für dich.« Dann hatte der Mann das Gespräch abrupt beendet – und Hofknecht das Ampelgrün verpasst, weshalb hinter ihm ein Hupkonzert eröffnet worden war.

Tachenhausen. Ja, das war in Kreisen der Landwirtschaft und des Umweltschutzes weithin bekannt: die frei zugänglichen Lehr- und Versuchsgärten der Hochschule für Wirtschaft und Umwelt Nürtingen-Geislingen. Ziemlich abgelegen und doch nah der A 8, im vorgelagerten Hügelland der Schwäbischen Alb, unweit von Nürtingen, konnten sich hier Studenten in einem ausgedehnten Hofgut ihren Forschungen hingeben, während die Anlage gleichzeitig Besuchern offenstand, die sich an der üppigen Botanik erfreuten oder Anregungen für den Hausgarten suchten. Eine Mini-Gartenschau sozusagen – und dies zum Nulltarif.

Hofknecht war schon oft dort gewesen. Aber wenn sich nun jemand diesen beschaulichen Ort als Treffpunkt aussuchte, dann musste es sich um einen Branchenkenner handeln. Wer käme sonst schon auf die Idee, diesen Garten auszuwählen? 22 Uhr, schoss es Hofknecht sofort durch den Kopf. Da war jetzt, Anfang Juni, die Sonne erst kurz vorher untergegangen. Er konnte sich aber entsinnen, dass die Anlage immer bis 22 Uhr betreten werden durfte. Ob es da eine Aufsicht gab?

Ein größeres Wohnhaus, so hatte er es in Erinnerung, stand etwas abseits des Eingangs gegenüber einer großen Scheune. In dem Hofraum dazwischen hatten oft Autos geparkt. Aber ob hier jemand wohnte oder ob nur Seminarräume darin untergebracht waren, das war ihm nicht bekannt.

Sofort zermarterte er sich das Gehirn, wie er vor seiner Frau die neuerliche abendliche Abwesenheit begründen konnte, dazu noch an einem Samstag. Ja, natürlich. Tachenhausen. Da brauchte er nicht einmal großartig zu lügen. Er würde einfach sagen, man habe ihn kurzfristig von der Hochschule zu einem Gesprächsabend über seine Mitarbeit bei der Buga eingeladen.

Katharina würde ihm zwar wieder Vorwürfe machen, das Geschäft zu vernachlässigen – aber das war er inzwischen gewohnt.

Viel mehr beschäftigte ihn die Ungewissheit, auf wen er in der Gartenanlage stoßen würde. Hatte er es überhaupt nötig, auf so ein möglicherweise gefährliches Treffen einzugehen? Aber was blieb ihm anderes übrig? Der Anrufer hatte ziemlich bestimmend geklungen. Und es ging unmissverständlich um Vanessa. Da durfte er sich jetzt nichts erlauben, was ihn in Schwierigkeiten bringen konnte. Wenn es da etwas gab, was er klären musste, dann blieb ihm gar nichts anderes übrig, als sich dem Unbekannten zu stellen. Natürlich würde er sich bewaffnen. Irgendwo im Gewächshaus hatte er noch einen alten Schreckschussrevolver versteckt, den er nach den verschärften Waffengesetzen der letzten Jahre nicht behördlich angemeldet hatte und demnach nicht öffentlich mit sich führen durfte. Aber das würde ihn jetzt nicht scheren. Andererseits war es natürlich ziemlich fragwürdig, einem Unbekannten, der möglicherweise eine scharfe Kanone bei sich trug, mit einer Schreckschusspistole zu drohen.

Aber der Anrufer, so versuchte er sich einzureden, hatte ja nicht gedroht, ihn umbringen zu wollen. Viel wahrscheinlicher war es doch, dass es um eine ziemlich ernste Aussprache ging. Wenn nicht gar um Erpressung.

Hofknecht verbrachte den Rest des Spätnachmittags in seinem Gewächshaus und überließ seiner Frau und der Hilfskraft Angi das angrenzende Ladengeschäft. Als er sich sicher war, nicht überrascht zu werden, kroch er unter eines der verschiebbaren Hochbeete und fand auf Anhieb in einer Plastikkiste, eingewickelt in Lumpen und Zeitungspapier, den Schreckschussrevolver, außerdem eine Streichholzschachtel mit einigen kupferfarbenen Patronen. Beides steckte er in eine der Taschen seiner Arbeitshose und ging, mit einer kleinen Holzpalette getarnt, zu seinem Kombi, der draußen im Hof stand. So konnte er die Waffe unauffällig ins Handschuhfach legen.

Vorwürfe seiner Frau prasselten auf ihn nieder, als er um 19 Uhr losfuhr. Er hatte ihr vorgegaukelt, das Seminar, bei dem er Gastredner sei, beginne um 20.30 Uhr.

Er fuhr über die A 8 den Aichelberg hinunter und entschied, den lauen Abend noch bei den Bürgerseen bei Kirchheim zu verbringen. Dort, unweit des Flugplatzes Hahnweide, gab's in einer Waldsenke ein uriges Gasthaus, aber keinen Handyempfang. Er parkte seinen Kombi auf dem dortigen Parkplatz, bestellte am Kiosk der Außenbewirtschaftung Bratwurst mit Kartoffelsalat und ein Spezi. Zwar verspürte er keinen Hunger, weil eigentlich sein nervöser Magen rebellierte, aber er brauchte eine gute Grundlage, um das, was ihm möglicherweise bevorstand, einigermaßen bewältigen zu können. Die abendlichen Ausflügler, die den Außenbereich bevölkerten, nahm er nur beiläufig zur Kenntnis. Er war froh, keine vertrauten Gesichter zu sehen. Manchmal gab es ja so dumme Zufälle, dass man ausgerechnet dort, wo man am wenigsten beobachtet werden mochte, auf Bekannte stieß.

Er nahm Glas, Essen und Besteck entgegen und setzte sich an den letzten freien kleinen Tisch.

»Wir wissen viel über alles«, hallte es ihm zum tausendsten Mal durch den Kopf. Über alles? Was, zum Teufel, konnte das bedeuten? Über ihn und Vanessa Eickhoff konnte niemand irgendetwas wissen. Auch geschäftlich nicht. Sämtliche Besprechungen waren intern gewesen und da hatte es nichts gegeben, was ihm nun zum Verhängnis werden konnte. Steckte ein Konkurrent dahinter? Einer, der bei der Vergabe der Schaugräber-Plätze nicht zum Zuge gekommen war? Er hatte natürlich keine Ahnung, wer jene waren, die keine Chance bekommen hatten.

War es nun ein Türke oder nicht? Auch diese Frage plagte ihn seit Stunden. Nein, die Stimme hatte sich eher so angehört, als wolle jemand einen Türken imitieren – so, wie man dies von satirischen Sketchen her kannte. Also doch eine Falle?

Hofknecht drehte sich instinktiv zur Seite. Am Nebentisch kreuzten sich seine Blicke mit denen eines jungen Mannes, der sich offenbar peinlich berührt fühlte und sofort wegschaute. Hofknecht musterte ihn noch ein paar Sekunden, ohne jedoch eine Erinnerung an ihn zu haben.

Nachdem er gegessen hatte, trug er Glas und Geschirr an eine Ablage zurück und entschied, sich noch ein bisschen die Füße zu vertreten. Duft von Grillfeuer lag in der sommerlichen Abendluft, Kinder schrien, die Sonne schien flach in das frische Grün der Bäume hinein, ein Mountainbiker preschte an Spaziergängern vorbei.

Hofknecht schlug einen schmalen Pfad zu der ersten von mehreren Wasserflächen ein. Bei genauerem Hinsehen entdeckte er Kaulquappen und Kröten, die aus sicherer Deckung heraus die Umgebung beobachteten. Dicht am Ufer blieb er stehen und staunte, wie viele Amphibien es hier gab. »Tarnung ist alles«, schreckte ihn plötzlich die sonore Stimme eines Mannes hinter sich auf. Instinktiv wäre er beinahe reflexartig nach vorne ausgewichen und ins Wasser gestürzt. Doch er konnte sich gerade noch auf den Beinen halten.

»Ich wollte Sie nicht erschrecken«, grinste ihm ein braun gebranntes Rentnergesicht entgegen. Der Mann neben ihm war einen Kopf größer und offenbar in guter Stimmung. »Die Krötenpopulation hat zugenommen«, fuhr er fort, während Hofknecht ihn verwundert anstarrte.

»Ja«, stammelte er leicht verlegen, »das ist erfreulich.«

»Wer sich zu weit aus der Deckung wagt, kann schnell gefressen werden«, stellte der Unbekannte fest und starrte ins Wasser.

»Aus der Deckung ...«? Hofknecht versuchte, sich das Gesicht einzuprägen.

»Ja, Fischreiher hat's ja auch wieder viele«, plauderte der andere weiter. »Mit Störchen ist's aber hier nicht so weit her. Der Tisch wäre reichlich gedeckt.«

»Da haben Sie recht«, hatte sich Hofknecht wieder aus seinem Schrecken gelöst. »In Deckung bleiben, das lehrt uns die Natur überall. Wer allzu risikoreich ist, geht unter.«

»Aber der Mutige überlebt«, ergänzte der Mann. »Alles ist natürliche Auslese. Hat schon der alte Darwin gesagt.«

»Sofern man seiner Evolutionstheorie folgt«, murmelte Hofknecht und trat einen Schritt zurück. Er wollte jetzt nicht über Gott und die Welt philosophieren. Danach stand ihm der Kopf nicht. Diese Zufallsbegegnung war ihm ohnehin suspekt. »Alles in der Natur hat seinen Sinn«, sagte er deshalb und wünschte dem Unbekannten einen schönen Abend. Dann entfernte er sich schnell zurück zum Parkplatz.

Bevor er den Motor startete, ließ er das Handschuhfach kurz aufklappen, um sich zu vergewissern, dass der Revolver noch da war. Eine Waffe der Marke EM-GE, Typ G 38, und hergestellt einst in einer kleinen Waffenschmiede auf der Alb, genauer gesagt: in Gussenstadt, unweit von Heidenheim.

Die Sonne stand noch knapp überm Horizont, als Hofknecht über Reudern und Oberboihingen in die kleine Talsenke abbog, durch die sich ein schmales Asphaltsträßchen zum Hofgut Tachenhausen hinaufwand. Die Anlage musste in früheren Zeiten auf die Bevölkerung einen ziemlich herrschaftlichen Eindruck gemacht haben, dachte der Gärtnermeister, dessen Herz mit jedem Kilometer, den er sich dem Ziel näherte, schneller zu pochen schien. Noch war es hell. Als er im Rechtsbogen in den breiten Hof hineinrollte, stand dort kein einziges Auto. Nur ein blitzblanker landwirtschaftlicher Anhänger war links bei der Scheune abgestellt.

Er parkte den Kombi vor dem großen Gebäude, das unbewohnt wirkte, und überlegte, ob er aussteigen oder auf die Ankunft des Unbekannten warten sollte. Aber möglicherweise war dieser gar nicht mit einem Auto gekommen und wartete bereits auf dem Gartengelände. Allerdings schien dies eher unwahrscheinlich zu sein, denn bis 22 Uhr war es noch eine halbe Stunde hin.

Hofknecht griff ins Handschuhfach und verstaute den Revolver in der rechten Außentasche seiner Jacke. In die linke steckte er vorsorglich eine Taschenlampe, die er stets in der Seitenablage der Tür mit sich führte. Nachdem er noch eine Zeit lang sitzen geblieben war und die Umgebung beobachtet hatte, stieg er ohne Hast aus, verriegelte den alten VW-Transporter und behielt das Hofgelände in der allmählich aufziehenden Dämmerung im Auge. Stille. Nur das Rauschen der Fahrzeuge von der fernen Autobahn lag in der Luft. Über ihm hatte ein Airliner, der den nahen Stuttgarter Flughafen ansteuerte, schon die Landescheinwerfer eingeschaltet.

Langsam ging Hofknecht auf dem feinen Schotter zum Eingang der Gartenanlage. Das Türchen im Begrenzungszaun war offen, aber auch links bei einem kleinen Info-Häuschen war niemand zu sehen. Der Abendgesang der Vögel erfüllte die Landschaft, in der Luft lag der feine Duft unzähliger Blüten. Hier, im klimabegünstigten Neckartal, war die Vegetation schon viel sommerlicher als an der Albkante.

Hofknecht war zwar schon lange nicht mehr hier gewesen, doch die Orientierung bereitete ihm trotzdem keinerlei Probleme. Die Frage war aber: Wo sollte das angekündigte Treffen stattfinden?

Auf dem weichen Wiesenboden schritt er vorsichtig das sanft ansteigende Gelände hinauf, vorbei an prächtigen Rosen und den hölzernen Vorrichtungen, die den Stauden als Kletterhilfe dienten. Noch leuchteten die Blumen in ihrer ganzen Farbenpracht, doch bald würden sie im abnehmenden Tageslicht verblassen.

Hofknecht entschied, sich auf einem der Bänkchen niederzulassen, die einen Abschnitt des Gartens begrenzten. Von hier aus konnte er zumindest den unteren Teil und damit auch den Eingang im Auge behalten. Hofknecht spürte, wie sich sein Puls beschleunigte. Machte es wirklich Sinn, sich auf ein solches Abenteuer einzulassen? Waren es anfangs Mut und Entschlossenheit gewesen, die ihn getrieben hatten, so drohte ihm nun von Minute zu Minute beides zu entgleiten.

Immer häufiger drehte er sich um, scannte nervös die Umgebung und glaubte bereits, Bewegungen zu erkennen, die es gar nicht gab. Auch nicht hinter ihm, wo sich die Pflanzbeete den sanften Hang hinaufzogen und im Erdboden Schildchen mit den botanischen Namen der verschiedenen Gewächse steckten.

Der Abend war lau.

Hofknecht sah alle paar Minuten auf die Armbanduhr.

Spätestens gegen 22 Uhr, wenn die Dunkelheit vollends hereinbrach, würde es ihm schwerfallen, zwischen hochgewachsenen Stauden und den herabhängenden Ästen der längst verblühten Flieder- und Forsythiensträucher noch Details zu erkennen. Von innerer Unruhe getrieben, erhob er sich wieder, um zum baumbestandenen Teil der Gartenanlage hinüberzugehen, wo die Wipfel in den pastellblau verfärbten Westhorizont ragten. Hofknecht versuchte, sich gegen die aufkommende Angst zu stemmen, die sich mit jedem Schritt, den er völlig ziel-

und planlos tat, steigerte. Wieder schreckte ihn etwas Undefinierbares auf, das er im Augenwinkel zu sehen geglaubt hatte. Aber es war nur sein Unterbewusstsein, das ihm einen Streich spielte. Unterbewusstsein – oder Instinkt?

Zwischen den verschiedenartigen Bäumen streifte sein Blick über kleine Täfelchen, die vermuten ließen, dass hier die Hochschule verdiente Persönlichkeiten ehrte. Hofknecht war für einen kurzen Moment überrascht, auf einen vertrauten Namen aus seiner Heimatstadt Geislingen zu stoßen. Ausgerechnet jetzt. Ein Zufall? »Professor Doktor Eduard Mändle, Rektor 1977 bis 2001, gewidmet zum 75. Geburtstag am 11. Februar 2011«, stand da zu lesen. Hofknecht hatte ihn gekannt. Ein angesehener Mann. Doch nun war nicht der richtige Moment, sich ablenken zu lassen. Noch im Wegdrehen wurde er auf ein grünes Schildchen aufmerksam, das von einem Ast hing und den Baum benannte, der Mändle gewidmet war: »Ginkgo biloba«. Hofknecht entsann sich sofort: Zum Jahrtausendwechsel war »Ginkgo biloba« der Baum des Jahres gewesen. Als Mahnmal für Umweltschutz und Frieden. In Ostasien galt er wegen seiner essbaren Samen auch als Tempelbaum.

Mittlerweile erschien es Hofknecht unter den weit ausladenden Bäumen bereits zu dunkel. Er wandte sich wieder dem anderen Gartenteil zu, der unter freiem Himmel lag. Hier erstreckten sich die gepflegten Blumenbeete bis zu einer Ansammlung von Gehölzen, unter denen Pflanzen gediehen, die keine direkte Sonneneinstrahlung mochten.

Hofknecht spürte, wie ihm trotz des lauen Abends nun Gänsehaut über den Rücken kroch. Sein Unbehagen stieg, denn mit der aufziehenden Dunkelheit verwandelten sich Sträucher und Hecken in finstere Verstecke.

Vorbei an weit ausladenden Farnen, beschleunigten sich seine Schritte unbewusst. Schneller als gedacht, erreichte er das obere Ende des Gartens, wo ein stabiler Zaun als Abgrenzung diente.

Hofknecht fühlte sich von einer Ruhebank wie magisch angezogen. Er setzte sich, um die dahinkriechende Zeit zu vertreiben, und ließ die aufziehende Dämmerung auf sich wirken. Erst jetzt bemerkte er, dass kein Zwitschern mehr zu vernehmen war. Nur das entfernte Heulen eines Nachtvogels drang aus dem Wald herüber.

Doch die Stille war nicht dazu angetan, Hofknechts Aufregung zu dämpfen.

Überall hörte er Geräusche. Die der nahen Autobahn, aber auch solche, die er nicht zuordnen konnte. Schritte? Oder doch nicht? War da nur ein Getier irgendwo über das trockene Erdreich gehuscht? Wieder Stille. Bis von Ferne Glockenschläge herüberdrangen. Zuerst vier für die volle Stunde, dann zehn für 22 Uhr. Als die Schläge verklungen waren, fasste Hofknecht einen mutigen Entschluss und rief: »Hallo, ist da jemand?« Es hätte energisch klingen sollen, doch die Worte kamen ihm eher zaghaft aus der Kehle.

Keine Antwort. Nichts. Nur die steten Fahrgeräusche der Autobahn, dann das dröhnende Pfeifen eines langsam sinkenden Düsenflugzeugs. Hofknecht sah zum noch aufgehellten Himmel, wo erneut Landescheinwerfer dem Flughafen entgegenstrebten und Positionslichter blinkten.

Er hatte die Hände aus den Jackentaschen genommen, um gegen plötzliche Angriffe gewappnet zu sein. Während seiner Ausbildung hatte er einmal einen Kurs zur Selbstverteidigung besucht, was ihm in der jetzigen Situation wenigstens ein bisschen Selbstvertrauen bescherte. Wenn eine Attacke nicht allzu unerwartet kam, wusste er um gezielte Schläge. Aber wenn geschossen wurde?, mahnte ihn sein Gehirn. Der verlassene Ort hier wäre ideal, um jemanden hinterrücks und kaltblütig zu beseitigen.

Plötzlich wurde er sich seiner bedrohlichen Situation bewusst. Hinter ihm der Zaun, vor ihm dichter Bewuchs. Es gab nur diesen einzigen Ein- und Ausgang. Da unten, auf der gegenüberliegenden Seite. Schätzungsweise 150 Meter entfernt. Der Unbekannte, sofern es ihn gab, konnte irgendwo in dem Bewuchs lauern. Quatsch, mäßigte sich Hofknecht. Bei Helligkeit wäre ihm das doch aufgefallen. Und solange er nun hier war, hatte sich garantiert niemand unbemerkt anschleichen und verstecken können.

Natürlich war niemand da, versuchte er sich selbst zu beruhigen. Irgendjemand hatte es womöglich nur darauf angelegt, ihn einzuschüchtern. Für den Bruchteil einer Sekunde verschaffte ihm dieser Gedanke Erleichterung. Aber was wäre damit gewonnen? Nur eine Konfrontation hätte klare Verhältnisse geschaffen. So aber würde ihn die Ungewissheit, dass es jemanden gab, der ihm gefährlich werden konnte, nach und nach zermürben. Denn es war mit neuen Attacken dieser Art zu rechnen. Oder noch Schlimmerem.

Trotzdem trieb ihn etwas weg von diesem Ort. So schnell wie möglich. Der Stimmungswandel drohte augenblicklich, ihn zu zerreißen. Angst, panische Angst wechselte mit dem befreienden Gefühl, einer bedrohlichen Situation entgangen zu sein. Oder doch nicht.

Raus hier, weg, so schnell wie möglich, befahl ihm die innere Stimme. Bloß nicht bei absoluter Dunkelheit hierbleiben. Bald schon würde es in dieser mondlosen Nacht finster sein.

Er stand wie fremdgesteuert auf und entfernte sich aus dem Reich der Schattenpflanzen, die sich inzwischen drohend schwarz und gespensterhaft vom aufgezogenen Nachtgrau abhoben.

Dann wieder ein Geräusch. Metallisch. Nur kurz. Aus Richtung des Eingangs. Hofknecht verharrte in der Bewegung, lauschte, drehte den Kopf nach allen Richtungen, versuchte, weit vorne in der Dunkelheit, zwischen Sträuchern und Stauden hindurch, etwas zu erkennen. Wurde das Tor gerade geschlossen? Ihm fiel ein, dass das Gelände offiziell nur bis 22 Uhr betreten werden durfte.

Noch hatte die weit fortgeschrittene Dämmerung nicht alle Details verschlungen. War es jetzt sein Gehirn, das ihm aus dem wilden Schwarz-Grau-Bild erneut etwas vortäuschte? Eine Person, die da vorne in Deckung ging? Zwei oder gar drei? Nein, mahnte er sich selbst, da ist auch diesmal keine Bewegung und niemand da. Aber dann ein Blitz. Ein Zucken, nur den Bruchteil einer Sekunde lang. Ein scharfer Lichtstrahl aus Richtung des Eingangs. Hofknecht machte reflexartig einen Satz nach rechts zu einem nahen Strauch, der Deckung bot. Sofort umgab ihn herrlicher Blumenduft, den er in dieser angespannten Situation aber nicht genießen konnte. Er hielt seinen Blick fest dorthin gerichtet, wo das Licht aufgeflackert war. Dort musste jemand sein. Oder doch nur der Scheinwerfer eines Autos, das, weit entfernt, durch die Dämmerung gefahren war und dessen Licht sich hierher verloren hatte?

Hofknecht spürte Schweiß am ganzen Körper. Instinktiv griff er mit der rechten Hand zu seinem Revolver.

56

Für Katharina Hofknecht war die Arbeit im Geschäft, als Christian weggefahren war, bei Weitem nicht vorbei gewesen. Natürlich hatte sie sich maßlos darüber geärgert, dass er diesen angeblich so kurzfristig anberaumten Gesprächstermin bei der Hochschule in Nürtingen wahrnehmen wollte, obwohl im Gewächshaus noch viel zu tun war. Katharina hatte nach Ladenschluss noch lange mit ihrer Aushilfskraft gearbeitet. Meist waren sie stumm an den Hochbeeten gestanden und hatten die letzten Sommerblüher vollends umgetopft. Sobald jetzt im Juni die in herrlicher Farbenpracht stehenden Pflanzen verkauft waren, mussten die Gärtner bereits wieder an den Herbst denken.

Noch aber galt es, den Ausstellungsraum sommerlich zu schmücken – eine Aufgabe, derer sich Katharina heute noch annehmen wollte. Mehrmals hatte sie sich gerade noch davor zurückhalten können, mit Angi über persönliche Probleme zu reden. Niemand brauchte zu wissen, was sie seit Wochen plagte und nicht mehr schlafen ließ. Der Betrieb, den sie mit Christian aufgebaut hatte, war spätestens im Herbst pleite. Christian war zwar ein guter Gärtner, aber kein Kaufmann, keiner, der sich an Fakten und Zahlen orientierte, sondern nur nach Höherem strebte, von dem sie aber weder ihren Bankkredit noch ihre Aushilfskraft oder ihr eigenes Leben finanzieren konnten. Katharinas allerletzte Hoffnung war der Gartenbau-Großhändler aus München gewesen. Rainer Warnecke. Der war ihr schon damals, als sie ihn bei einer Ausstellung in Ulm kennengelernt hatte, sympathisch erschienen. Einer, der wohl wusste, wie ein Betrieb zu führen war. Wenn jemand in der jetzigen Situation helfen konnte, dann er. Aber ob Christian imstande sein würde, einen »Geldgeber« neben sich zu dulden, einen, der womöglich dann die finanziellen Entscheidungen traf – das war ziemlich unwahrscheinlich.

Am liebsten hätte Katharina mit Angi darüber geredet. Denn noch hatte sie es nicht gewagt, ihre beiden Kinder Tim und Lea ins Vertrauen zu ziehen. Die beiden mussten sich auf ihr Studium konzentrieren, dessen weitere Finanzierung allerdings auch auf wackeligen Beinen stand. Für die beiden hatten sie doch die neue Gärtnerei gebaut. Deshalb musste es unbedingt gelingen, das Unternehmen so lange am Laufen zu halten, bis die beiden einsteigen konnten, um es gemeinsam fachlich und betriebswirtschaftlich führen zu können.

Angi war erst kurz nach halb neun gegangen, worauf Katharina noch mehr als eine Stunde länger arbeitete. Dann jedoch musste sie sich beeilen, denn sie hatte nicht vor, den Rest des Abends allein in der Wohnung zu sitzen.

Draußen war es bereits dunkel, als sie einen letzten Gang durch die moderne Gewächshausanlage machte. Von der elektronischen Steuerung der Klima- und Bewässerungsanlage verstand sie wenig. Christian hatte sich gleich gar nicht die Mühe gemacht, sie am Laptop in die komplexe Materie einzuweihen. Das meiste ließ sich ohnehin auch über das Smartphone steuern. Eigentlich hatte Christian sogar die Türen elektronisch mit Zugangscode oder gar Fingerabdruck-Scanner sichern lassen wollen, aber das war ihr nicht nur zu kompliziert, sondern auch zu teuer gewesen.

Natürlich war es hier, am Rande der Stadt, notwendig gewesen, das Betriebsgelände entsprechend zu sichern. Den Vorschlag Christians, einen Wachhund anzuschaffen, hatte sie allerdings ebenfalls abgelehnt. Zwar hätten ein Dobermann oder ein Rottweiler das Areal wirksam gesichert und jeglichen Eindringling abgeschreckt, aber Hunde brauchten eben auch Pflege und Zuneigung. Und dafür hatten sie bei Gott keine Zeit.

Katharina löschte die Lichter, prüfte, ob sich die Belüftungsluken ordnungsgemäß geschlossen hatten, warf einen Blick auf die Schläuche und Leitungen der Bewässerungsanlage und verriegelte die Metalltüren, die jedes der vier großen, seitlich aneinandergereihten Gewächshäuser innen trennten.

Als sie die letzte Tür geschlossen hatte, die den Laden zum ersten Gewächshaus begrenzte, musste sie zum wiederholten Male an Christian denken, der es sich weiterhin ziemlich leicht machte. Und seit er engen Kontakt zu Warnecke pflegte, schien er die Zukunft sogar noch lockerer zu sehen. Ohne zu ahnen, dass eine Änderung bevorstand. War er denn von seinem Streben nach Höherem derart geblendet, dass ihm tatsächlich alles um ihn herum entglitt? Was brachte es denn schon, wenn er heute Abend – falls es denn stimmte – in Nürtingen einen Vortrag über seine Pläne auf der Buga in Heilbronn hielt? Fühlte er sich bereits in einer Reihe mit Dozenten und Professoren? Noch rätselte sie darüber, welche Ziele er mit den exotischen Pflanzen verfolgte, die ihm jüngst während seiner sündhaft teuren Reise mit den ehemaligen Schulfreunden in den Kopf gestiegen waren. Oder war es nur der Versuch, die Reise gegenüber dem Finanzamt als »geschäftlich« oder als »Studienreise« geltend zu machen? Zuzutrauen wäre es ihm ja. Dann hätte er noch mehr Grund, sich der täglichen Knochenarbeit zu entziehen.

Katharina vergewisserte sich, dass die Ladentür verschlossen war, verstaute das Bargeld aus der Ladenkasse in einem Korb und wandte sich einer Innentür zu, die ins Treppenhaus des angrenzenden Wohnhauses führte. Gerade als sie die schwere Metalltür einen Spalt weit geöffnet hatte und mit einem Hauptschalter die meisten Lichter in den Geschäftsräumen löschte, sodass nur noch die nächtliche Spar- und Sicherheitsbeleuchtung anblieb, schreckte sie ein kurzes Geräusch auf. Sie hielt inne. Heizungsrohre, Wasserleitung? Wenn's draußen kühler wurde, das wusste sie, dann knackte die Alu-Konstruktion der Gewächshäuser. Manchmal verursachten auch Pflanzen ein sanftes Knacken, wenn sich während des Wachstums eingeklemmte Stängel oder Blätter Platz verschafften. Aber das jetzt? War es der Schritt eines beschuhten Fußes auf den Steintreppen zur Wohnung hinauf gewesen?

Katharina umklammerte instinktiv den Korb mit der Ladenkasse fester. Im Bruchteil einer Sekunde überlegte sie, ob sie die

Verbindungstür zum Wohnhaus wieder schließen sollte. Aber um sie zu verriegeln, bräuchte sie den im Korb vergrabenen Schlüssel. Den hatte sie zum Öffnen vorhin gar nicht benötigt, weil sie die Tür den ganzen Tag über nicht verschlossen hatte. Aus Bequemlichkeit. Purer Leichtsinn, ärgerte sie sich jetzt. Christian sagte immer, diese Tür zum Wohntrakt müsse verriegelt bleiben, weil sonst der Zugang ins Wohnhaus frei wäre.

Katharina lauschte in die Nachtschwärze des fensterlosen Treppenhauses. Ihre Kehle wurde trocken, ihr Puls raste. Zur Ladentür. Flucht hinaus. Wo war der Schlüssel für vorne? Im Korb, beim Geld? Und was sollte sie draußen? Hier, in dieser gottverlassenen Gegend am Stadtrand. Weit und breit keine Nachbarn. Das Auto drüben unterm Carport.

Das Telefon! Polizei! Hilfe! Ihre Hände zitterten. Sie zog die schwere Metalltür wieder zu sich her, ließ sie mit einem leisen Klick einrasten. Aber verschlossen war sie deswegen nicht. Sie wühlte in ihrem Einkaufskorb, doch da gab es zwischen Geld, Papieren und vielerlei Kleinkram keinen Schlüsselbund. Schon gar nicht in dieser Hektik, die alles in ihr zu lähmen schien.

Panisch rannte sie zur Kassentheke, stolperte über zwei Blumentöpfe, eine Vase zerbrach laut scheppernd, ein hölzernes Dekogestell fiel um und zerschmetterte am Boden. Ihr entglitt der Korb, als sie taumelnd den Kassentisch erreichte, auf dem das kleine Gerät einer zentralen Telefonanlage stand.

Katharina hangelte, von Schüttelfrost gepackt, über den Tisch hinweg nach dem Hörer, während gleichzeitig ihr Blick der geschlossenen Metalltür galt, deren Klinke sich zu bewegen schien. Pures Entsetzen. Katharina riss den Hörer aus der Schale des Telefongeräts – und fühlte sich in einen Albtraum versetzt: Das Kabel des Hörers, das von ihrem Handgelenk baumelte, hing frei in der Luft. Es endete nach zehn Zentimetern.

Es war abgeschnitten worden.

57

Mike Linkohr hatte sich auf den Auftrag gefreut. Natürlich war es sinnvoll gewesen, ihn nicht allein auf diese nächtliche Ermittlung zu schicken. Insbesondere seines eigenen Schutzes wegen. Außerdem hatte sich inzwischen auch beim Präsidium Heilbronn herumgesprochen, dass der junge Kollege aus Göppingen – oder besser gesagt: vom Ulmer Präsidium – bisweilen dazu neigte, seinen Hormonen freien Lauf zu lassen. Gerade diese Schwäche hätte ihn in den vergangenen Jahren schon einige Male beinahe seinen Job gekostet. Insofern hatte Häberle entschieden, dass er den Auftrag im sogenannten »Be Happy« nur in Begleitung eines männlichen Kollegen ausführen durfte. Die Visitenkarte, die die Spurensicherung vor Vanessas Auto gefunden hatte, stammte von diesem regional bekannten Etablissement an Heilbronns Stadtrand, nicht allzu weit von der Theresienwiese entfernt. »Ein ›Laufhaus‹«, hatte Oberkommissar Marvin Wenzel erklärt und zum Leidwesen Linkohrs so getan, als traue er dem Kollegen aus Ulm nicht zu, sich im großstädtischen Rotlichtmilieu auszukennen. Dabei hatten sich auch in der Donaustadt längst mehrere derartige Läden angesiedelt. Außerdem war ihm nach kurzer Recherche schnell bewusst geworden, was da auf ihn zukam.

»Eine relativ seriöse Sache«, fuhr Wenzel emotionslos fort. »Ein Bordell, in dem Prostituierte ein Zimmer anmieten und sozusagen direkt mit der Kundschaft den Preis aushandeln. Ohne Zuhälter. Meist kostet der Zutritt für die Freier keinen gesonderten Eintritt.«

»Habt ihr mit dem Schuppen gelegentlich Probleme?«, wollte Linkohr wissen, als sie durch dunkle Seitenstraßen fuhren.

»Eigentlich nicht. Gehobene Gesellschaft, würd ich mal sagen. Sauber, ordentlich. Vermutlich zahlungskräftige Klientel. Die meisten parken hinterm Haus, wo es einen diskreten Zugang gibt. Große Limousinen aus weitem Umkreis.«

»Man geht also rein, sucht sich eine Nutte aus und – ab geht's«, stellte Linkohr fest.

»Hure, sagt man«, berichtigte ihn Wenzel, der sich in der Szene auskannte, zumal er ein Jahr lang beim Sittendezernat beschäftigt gewesen war.

»Ich war bisher mit solchen Etablissements nicht befasst«, beeilte sich Linkohr, seine Naivität zu erklären. »Obwohl sich seit einigen Jahren in Göppingen, wo ich meist tätig bin, ebenfalls eine solche Szene entwickelt hat.«

»Früher hat man nur hinter vorgehaltener Hand drüber geredet, sagen unsere Chefs. Aber heutzutage ist alles ganz normal.«

»Solange es in geordneten Bahnen läuft«, erwiderte Linkohr und sah bereits von Weitem eine rot angestrahlte Hausfassade. Sie waren also am Ziel.

»Du hast die Visitenkarte dabei?«, wechselte Wenzel das Thema.

»Nicht das Original. Nur die Kopie.« Linkohr fingerte sie aus der Innentasche seiner Jacke. »Die Iri, deren Name draufgekritzelt wurde, soll heute Nacht hier sein.«

»Du hast tatsächlich gleich einen Termin mit ihr gekriegt?«

»Ja, zuerst hat sie gefragt, was wir bezahlen, wenn wir zu zweit kommen.«

»Du hast ihr aber hoffentlich gesagt, dass sie uns nicht ›happy‹ machen muss.«

Linkohr grinste. »Ich hab im Internet auf der Homepage von diesem ›BH‹ recherchiert. Sie ist eine von acht Damen. 26 Jahre alt, lange schwarze Haare, Türkin und ›für alles offen‹, steht da zu lesen.«

»Na gut, dann hoffentlich auch für ein paar harmlose Fragen.«

Linkohr meinte süffisant: »Ich bin mal auf ihre Arbeitskleidung gespannt.«

»Alter Lustmolch«, erwiderte Wenzel und parkte den Zivilwagen neben zwei protzigen BMW.

58

Christian Hofknecht hatte sich von dem Aufblitzen des Lichtes noch nicht erholt. Sein Kopf war heiß, der Körper eiskalt. Warum, verdammt noch mal, zeigte sich der Unbekannte nicht, fluchte er in sich hinein. Die Nacht zog schneller als gedacht auf – und nun hoben sich der vielfältige Bewuchs und die Gebäude am Eingang nur noch als schwarze Objekte vom wenig aufgehellten Umfeld ab. Es war inzwischen fast halb elf und noch war niemand gekommen, um das Areal abzuschließen – falls die Öffnungszeiten tatsächlich eingehalten wurden. Oder waren die im Internet und am Tor angegebenen Zeiten nur vage Hinweise darauf, dass man sich später nicht mehr im Garten aufhalten durfte?

Fünf Minuten waren seit dem Aufblitzen vergangen. Obwohl er wie gebannt in die Schwärze starrte, hatte er keinen zweiten Blitz mehr wahrgenommen. War's vielleicht nur Einbildung gewesen? Oder doch ein weit entfernter Scheinwerfer?

Er wagte sich ein paar Schritte aus der Deckung, huschte geduckt zum nächsten Strauch und blieb in der Hocke. Weiter, weiter, verschwinden. Sofort weg, dröhnte es in seinem Kopf. Irgendetwas alarmierte all seine Sinne. Warum, verdammt noch mal, war er auch auf die Forderung eingegangen, hierherzukommen?

Klar, er hatte mit dem Unbekannten etwas klären wollen. Etwas, was gefährlicher werden konnte als dieses Treffen hier in der Dämmerung, versuchte er sich selbst zum wiederholten Mal einzureden. Und wenn er den Unbekannten jetzt nicht traf, blieb vieles fragwürdig. Was hatte der Kerl als Nächstes vor? Folgten jetzt Erpressungen?

Er musste weitere Schritte riskieren, um näher an den Ausgang heranzukommen. Aus der Hocke heraus einige hastige Sprünge zur nächsten Buschreihe. Aber eigentlich machte es ja gar keinen Sinn, sich zu verstecken. Denn falls der Unbekannte irgendwo im Dunkeln lauerte, gab es ohnehin kein Entrinnen.

Einige Minuten des vorsichtigen Abwartens quälten sich dahin. Einmal schreckte ihn ein kurzes Rascheln auf, das dicht neben ihm aus dem Gebüsch kam. Nichts weiter als ein Kleingetier, beruhigte er sich und setzte zum nächsten Spurt an. Noch aber zögerte er, sah sich um, ohne in der Dunkelheit etwas erkennen zu können – und nahm dann allen Mut zusammen, um zu dem Info-Häuschen zu rennen, das rechts des Ausgangs stand. Zehn, zwölf kräftige Schritte. Die Tritte auf dem Gras waren kaum zu vernehmen. Schwer atmend erreichte er die Holzwand, presste seinen Körper dagegen, als wolle er mit ihr verschmelzen und unsichtbar werden.

Nichts. Falls sich jemand in seiner Nähe aufhielt, musste es ein geschickter Observierer sein. Ein türkischer Mafioso, jagte ihm ein schneller Gedanke durch den Kopf. Gleich war der Moment erreicht, in dem die panische Angst größer wurde als die Vorsicht. Und größer als die Sorge darüber, was in den nächsten Tagen geschehen würde.

Er entschied sich für einen Befreiungsschlag, holte tief Luft, visierte das Ausgangstor an und rannte los – ohne Rücksicht darauf, verräterische Geräusche zu verursachen. Augenblicke später hatte er das offen stehende Tor erreicht, dann den landwirtschaftlichen Hof davor, in dem die alles vertilgende Schwärze nur schemenhaft die Umrisse der Gebäude und des abgestellten Anhängers preisgab.

Auch sein Kastenwagen hob sich vom finsteren Hintergrund ab. Noch im Lauf tastete Hofknecht nach dem Fahrzeugschlüssel, den er in die linke Jackentasche gesteckt hatte. Dass er den Kleintransporter vorwärts zu einer Gartenmauer eingeparkt hatte, war zwar strategisch unklug gewesen, weil er nun rückwärts herausfahren musste. Dafür aber war die Fahrertür aus seiner Richtung sofort zu erreichen. Trotzdem musste er ein paar ewige Sekunden davorstehen, um mit zitternder Hand das Schlüsselloch zu treffen. Endlich auf. Er warf sich auf den Sitz, schlug die Tür zu und hatte erneut Mühe, den Schlüssel in das Zündschloss zu stecken.

Ohne Licht den Motor gestartet. Den Rückwärtsgang unsanft reingedrückt, mit einem Ruck zurückgefahren. Stopp. Vorwärtsgang, Vollgas. Scheinwerfer an, raus aus dem Hof. Kaum hatte der schwerfällige Wagen beschleunigt, zuckte etwas aus dem linken Außenspiegel. Hofknecht nahm das scharfe Licht nur für den Bruchteil einer Sekunde wahr. Eine Reflektion? Oder ein gezielt auf sein Auto gerichteter Lichtstrahl?

Er drückte das Gaspedal bis zum Bodenblech durch. Der Dieselmotor brachte den ganzen Wagen zum Dröhnen. Vor ihm tauchte das ins Tal hinabführende Asphaltband auf.

59

Marvin Wenzel war vorausgegangen. Als Kenner der Heilbronner Rotlichtszene fühlte er sich bei dieser Ermittlungsaufgabe als »Platzhirsch«. Linkohr war dies gar nicht so unrecht, begab er sich doch auf ein schwieriges Terrain, das ihn innerlich ziemlich aufwühlte. Hinter der Eingangstür schlug ihnen gleich gedämpftes Licht und eine gediegene Atmosphäre entgegen. Es roch nach aufdringlichem Parfüm, sanfte Musik war zu hören, an den Wänden hingen gerahmte Aktfotos, auf denen in Schwarz-Weiß junge Frauen ihre ganze Weiblichkeit hatten ablichten lassen. In einem mit rostroten Polstersesseln möblierten Raum, der an das Foyer eines kleinen Hotels erinnerte, saß eine ältere Dame, die gelangweilt in einem Hochglanzmagazin blätterte. Sie war, wie Linkohr es empfand, wider Erwarten nicht aufreizend gekleidet, sondern trug einen züchtigen Hosenanzug. Als sie aufblickte, um die Gäste zu mustern, war ein braun gebranntes Gesicht zu sehen, in dem üppiges Make-Up die Altersfalten nicht zu kaschieren vermochte. Die halblangen blonden Haare fielen lockig auf die Schultern.

»Guten Abend, meine Herren«, lächelte sie gekünstelt und legte ihr Magazin beiseite. »Verbringen Sie eine spannende Nacht mit uns.« Es war eine charmante Aufforderung. Sie erhob sich und kam auf die beiden Männer zu. Dabei zuckte eine Augenbraue, als ahne sie bereits, wer da vor ihr stand und dass es keine Freier im üblichen Sinne waren.

»Ganz so spannend wird's wohl nicht«, sagte Wenzel, hob seinen Dienstausweis hoch und stellte sich und Linkohr vor, worauf das Gesicht der Dame, die »Frau Holzbrink« hieß, etwas ernster wurde.

»Wir haben uns bei Iri angemeldet«, gab Linkohr zu verstehen.

»Iri, Zimmer 4, erster Stock«, kam es kurz angebunden zurück. »Sie weiß, dass Sie kommen?«

»Ja. Nur eine kurze Frage«, hielt Linkohr sie davon ab, ihnen den Weg zur Treppe zu weisen. »Hat Iri überwiegend türkische Kunden – oder wie würden Sie das sehen?«

»Da fragen Sie sie am besten selbst. Die Damen sind hier nur zur Miete. Was sie tun und lassen, geht mich nichts an. Ich sorge nur für Ordnung.«

Das war eine deutliche Abfuhr, dachte Linkohr, murmelte etwas und wandte sich der Treppe nach oben zu. Wenzel folgte ihm, worauf sich die Dame wortlos wieder setzte und zu ihrem Magazin griff.

Die Treppe war mit Teppichboden ausgelegt, an den Wänden prangten weitere Aktfotos, diesmal in Farbe. Oben angekommen, fühlte sich Linkohr an ein Hotel erinnert: ein langer Gang in beide Richtungen, mehrere Türen, jedoch versehen mit grünen und roten Lämpchen. Die meisten glimmten auf »Rot«. Im Internet hatte er gelesen, dass moderne Laufhäuser derart komfortabel ausgerüstet seien. Freier könnten auf diese Weise gleich erkennen, welche Dame »frei« sei und welche nicht. Nummer 4 signalisierte »Grün«, die Tür war auch nur angelehnt. Linkohr ließ seinem Kollegen wieder den Vortritt. Wenzel klopfte zaghaft und öffnete die Tür vollends. Rötlich-orangenes Licht fiel auf gebräunte Haut. Linkohr schluckte. Iri hatte sich offenbar keine Mühe gemacht, ihre »Arbeitskleidung« gegen ein normales Outfit zu tauschen. Ihre Brüste waren nur mäßig verhüllt und die langen Beine steckten in einer engen, kurzen Lederhose, die auf der Innenseite des rechten Oberschenkels ein Tattoo zu verdecken schien, wie Linkohr erkannte.

Sie hüpfte aus einem Polstersessel, worauf ihre langen schwarzen Haare über nackte Schultern wallten. »Sind Sie die von der Polizei?«

Linkohr schluckte und hatte Mühe, die weiblich dargebotenen Formen so hinzunehmen, als interessierten sie ihn überhaupt nicht. Er begrüßte die junge Frau mit Handschlag und stellte sich vor.

»Hi«, lächelte Iri ihm entgegen. Gekünstelt, aber gut einstudiert.

Wenzel schüttelte ebenfalls ihre weiche Hand.

Dann bot Iri den beiden Platz in weiteren Sesseln an. Sie saß aufrecht und schlug ihre Beine übereinander. Linkohr überlegte, weshalb es drei Sessel gab, obwohl doch üblicherweise nur ein Gast »bedient« wurde. Sein Blick schweifte durch das geräumig anmutende Zimmer, an dessen Breitseite eine große, bettartige Liege stand. Dazu ein weißer Kleiderschrank und eine Kommode mit vielen Schubladen. Auf der Ablagefläche einige blitzblanke Sektgläser.

»Sie haben gesagt, es geht um einen Mann …«, begann Iri mit einem leichten Akzent, der vermutlich ihre türkische Abstammung verriet, mutmaßte Linkohr.

»Ja, natürlich«, erwiderte der Kriminalist und sah in ihre großen Augen. »Wir haben eine Visitenkarte des Hauses gefunden – und es scheint so, als hätten Sie da Ihren Namen draufgeschrieben.« Er holte die Kopie hervor und reichte sie ihr.

Iri nahm sie entgegen, drehte sie zweimal um und nickte. »Ja, das ist von mir«, sagte sie und gab das Papier wieder zurück. »Ist etwas passiert?«

Wenzel lehnte sich zurück und besah sich die Umgebung. Die Rollos waren halb geschlossen, die orangenen Vorhänge zur Seite gezogen. Es roch nach strengem Parfüm und es war behaglich warm. Alles wirkte sauber, ja, beinahe steril wie eine Arztpraxis. Eine schmale Tür, so mutmaßte er, führte vermutlich in ein Badezimmer.

»Möglicherweise war am Freitagabend ein Mann bei Ihnen, der diese Visitenkarte an einem Tatort verloren hat«, erklärte Linkohr.

»Tatort?« Allein schon dieses Wort schien die selbstbewusste Iri nun doch aus der gespielten Ruhe zu bringen.

»Vielleicht haben Sie's schon gehört: Wir haben am Wilhelmskanal eine tote Frau gehabt. Und deren Auto stand drüben auf der Theresienwiese.«

»Hab ich gehört, ja«, erwiderte sie schnell und strich sich verlegen über die Oberschenkel, als sei es ihr peinlich, in dieser Situation halb nackt dazusitzen. »Und da war meine Visitenkarte dabei?«

»Ja«, schaltete sich nun auch Wenzel ein. »Das kann natürlich alles ein Zufall sein – aber es würde uns weiterhelfen, wenn Sie uns sagen könnten, wem Sie diese Visitenkarte gegeben haben.«

»Oh«, zuckte Iri mit den Schultern. »Es ist üblich, dass jemand wiederkommen möchte, weil es ihm so gut gefallen hat.« Der Stolz in der Stimme war nicht zu überhören. »Namen schreibe ich mir keine auf. Diskretion ist ganz wichtig.« Sie grinste. »Das würden Sie doch auch erwarten, oder?«

Linkohr spürte, wie sich sein Pulsschlag beschleunigte.

Wenzel hakte nach: »Sie haben keine Stammkunden?«

»Natürlich hab ich die, na klar. Aber die brauchen keine Visitenkarte. Die rufen an und machen einen Termin aus.« Sie sah die beiden Männer provokant an.

»Sie entscheiden aber selbst, wen Sie …« Linkohr wusste nicht so recht, wie er es ausdrücken sollte.

»Wen ich akzeptiere?«, half sie ihm aus der Verlegenheit. »Natürlich ich, wer sonst?« Sie zögerte. »Meinen Sie, ich würde einen Zuhälter wollen? Ich arbeite, wie ich will. Mal bin ich drei Stunden hier, mal auch zehn, wenn ich Lust habe.«

»Und der Verdienst bleibt Ihnen?«

Wieder das Zögern, das Linkohr zur Kenntnis nahm. »Na klar. Ich bezahle hier Miete – und fertig.«

»Und wie war das am Mittwochabend?«, lenkte Wenzel wieder zum eigentlichen Thema über.

»Mittwochabend. Ja, da war ich ab vier Uhr mittags hier. Drei hatten sich angemeldet, Stammkunden. Gestresste Manager«, sie lächelte wieder. »Die wissen meine Angebote zu schätzen.«

Linkohr hatte den Eindruck, sie wolle nach diesen Angeboten gefragt werden. Aber darum ging es jetzt nicht. Er musste sich zurückhalten.

»Drei Männer«, wiederholte Wenzel, »das war kein abendfüllendes Programm, denk ich mal.«

»Das kommt drauf an«, wieder dieses überhebliche Lächeln, »alles hat seinen Preis und braucht seine Zeit, wenn Sie verstehen, was ich meine.«

Linkohr ließ sich nicht ablenken. »Einem Stammgast würden Sie keine Visitenkarte mit Ihrem Namen geben. Es muss also am Mittwoch noch jemand hier gewesen sein, der Ihre Dienste so gut fand, dass er wiederkommen wollte.«

»So ist es. Um Kundschaft auf sich aufmerksam zu machen, kommt es darauf an, wie man sich präsentiert, hier an der Tür.« Sie streckte ein Bein in Richtung Linkohr.

Wenzel glaubte, den Kollegen aus der Provinz aufklären zu müssen: »Der erste Blick entscheidet.« Er grinste. »Die Freier gehen durchs Haus und suchen sich aus, was sie anmacht.«

Iri ergänzte und sah Linkohr tief in die Augen: »Das Outfit ist wichtig, aber auch das, was man sehen soll. Ich brauch Ihnen doch nicht zu sagen, was die Männer sehen wollen. Das wissen Sie doch selbst am besten: viel Haut, viel Fleisch.« Sie lachte laut auf. »Stimmt's?« Weil keiner etwas sagte, redete sie weiter: »Lange Haare, kurze Haare, schlank oder dick – wenn Sie hier durchs Haus gehen, werden Sie finden, was Sie suchen.« Sie befeuchtete ihre Lippen: »Für jeden Geschmack, für alle Vorlieben.«

Linkohr räusperte sich. »Wir sind wegen etwas anderem gekommen …«

»Weiß ich, aber auch ein Polizist hat ein Privatleben. Sie sind herzlich willkommen, meine Herren.« Sie streckte ihre Beine jetzt weit von sich und hätte mit den hochhackigen Schuhen beinahe Linkohrs Füße getroffen.

Wenzel sah wieder die Zeit zum Eingreifen gekommen: »Mein Kollege kann es sich ja noch überlegen. Aber jetzt wollen wir wissen, wem Sie am Mittwochabend Ihre Visitenkarte gegeben haben.«

Sie zog eine Schnute, als sei sie enttäuscht, kein »Geschäft« in Aussicht zu haben. »Es war ein Mann, der ziemlich gestresst gewirkt hat. Ich hatte den Eindruck, er wollte nur reden. Zunächst dachte ich, er sei betrunken – und wollte ihn schon rauswerfen. Dann aber hat sich herausgestellt, dass er vermutlich geschäftliche Probleme hatte.«

»So?«, zeigte sich Linkohr interessiert.

»Ja, das kommt öfter mal vor. Frustrierte Handelsvertreter oder Ähnliches. Das Geschäft läuft mies – und dann wollen sie reden, reden, reden.« Sie machte eine abfällige Handbewegung. »Aber sie zahlen dann trotzdem. Kann mir nur recht sein, ist weniger anstrengend.«

»Kennen Sie den Namen des Mannes vom Mittwochabend?«, unterbrach Linkohr.

Sie zuckte heftig mit den Schultern. »Ich sagte doch schon: Diskretion ist Ehrensache.«

»Sie verstehen uns falsch«, machte Wenzel klar, während sie ihre Beine wieder übereinanderschlug und neckisch mit ihren langen Haaren spielte. »Wir sind ebenso diskret wie Sie. Hier geht es aber um ein Kapitalverbrechen, um es mal drastisch auszudrücken.«

»Ich hab wirklich keine Ahnung«, blieb sie weiterhin hartnäckig. »Er hat nur gesagt, ich soll ihn ›Flores‹ nennen.«

»Flores?«, wiederholte Linkohr. »Für Florian?«

»Weiß ich nicht. Ich kann Ihnen nur sagen, dass er groß war, Mitte 30, braun gebrannt. Hat unangenehm nach Schweiß gerochen.« Sie grinste. »War aber gut gebaut, falls Sie das interessiert. Manchmal kommen hier ganz andere Kerle daher. Dicke, unästhetische. Aber …«, sie wurde wieder ernst, »Job ist Job. Ich entscheide von Fall zu Fall, was ich nehme.«

»Ist er zufällig an Sie gekommen – oder waren Sie ihm empfohlen worden?«, bohrte Linkohr weiter.

»Soweit ich weiß, war es auf Empfehlung. Mund-zu-Mund-Propaganda sagt man wohl. Er hat gesagt, ein guter Freund habe ihm ›Zimmer 4‹ empfohlen. Meinen Namen hatte er vergessen.«

Wenzel unterbrach ihren plötzlichen Redefluss: »Sie sagten, der Mann habe den Eindruck gemacht, betrunken zu sein«, warf Wenzel ein.

»Ja, er war irgendwie … irgendwie aufgeregt, zerstreut. Aber dann hab ich gemerkt, dass er Ruhe suchte.« Sie überlegte. »Er hat dann einen großzügigen Schein auf den Tisch gelegt und ich hab ihm Zeit gelassen.«

»Worüber hat man dann geredet?«, wollte Linkohr wissen.

»Über das, was er … na, sagen wir mal, was er gerne wollte.«

»Das wollen wir jetzt nicht vertiefen«, entschied Wenzel, noch ehe Linkohr danach fragen konnte. »Hat er etwas Persönliches gesagt, von sich oder von dem, was er macht?«

»Na ja, nachdem ich ihm gesagt habe, dass ich von der Schwäbischen Alb komme«, sie zögerte, »da hat er gesagt, er käme aus dem Raum Ulm. Das war aber schon alles.«

»Ach«, entfuhr es Linkohr. »Aus dem Raum Ulm. Woher genau?«

»Ich hab ihn nicht danach gefragt. Das tut man nicht.«

»Sie kommen auch von der Schwäbischen Alb?«, fragte Wenzel nach. »Dort aber wohl nur aufgewachsen …?« Er spielte auf ihre türkische Abstammung an, von der Linkohr im Internet gelesen hatte und die sich in ihrem Äußeren widerspiegelte.

»In Münsingen, genau genommen«, erwiderte sie schnell,

worauf sich ihre Gesichtszüge verhärteten. »Werden Sie wahrscheinlich nicht kennen.«

»Oh doch«, ereiferte sich Linkohr. »Ich komm aus Göppingen. Das ist nicht weit davon weg.«

»Dann …«, Iri senkte den Blick auf ihre Beine, »… dann werden Sie ja wissen, was in Münsingen war.«

Wenzel schaute erwartungsvoll auf Linkohr, der mit dieser Bemerkung auch nichts anzufangen wusste.

»In Münsingen wurde ein weitläufiger Bekannter von mir erschossen. Ist schon eine Weile her. Im Oktober 2011. Er war Türke kurdischer Abstammung. Ein Blumenhändler.«

»Ein was?«, entfuhr es Linkohr.

»Blumenhändler. Er hat damals am frühen Morgen Blumen ausgeladen, die aus Amsterdam gekommen sind – und dann hat ihn jemand hinterrücks erschossen.«

Linkohr erinnerte sich jetzt dunkel an diesen Fall, der wohl bis heute nicht geklärt werden konnte.

Durch Wenzels Kopf zuckte beim Stichwort »Blumenhändler« der Gedanke an eine Verbindung zur Buga: »Was hat *Sie* eigentlich hierhergetrieben?«

Iri umklammerte die eng anliegenden kurzen Hosenbeine, als wolle sie das Leder ein Stück weiter über die Schenkel ziehen und ihr Tattoo verbergen, von dem nur ein Teil zu sehen war. »Das Geld«, sagte sie leicht verlegen. »In keinem Job kann ich so schnell so viel verdienen. Eigentlich bin ich gelernte Floristin. Darauf bin ich durch den Mord an dem Blumenhändler gekommen. So komisch das auch klingen mag.«

»Und nach der Berufsausbildung haben Sie sozusagen umgesattelt?«, hakte Wenzel nach.

»Ja, so kann man das ausdrücken. Wenn Sie so wollen, es war die Buga …«

»Die Buga?«, staunte Linkohr.

»Ja, ich war beruflich hier, ganz am Anfang, als das hier losging. Rein zufällig hab ich ein nettes Mädchen kennengelernt. Blutjung, gerade mal 18 war sie, aber schon hier drin als Mieterin. Ja, so ist das dann gekommen. Ich hab mich um ein Zimmer bemüht – und nun bin ich hier.«

»Das geht so einfach«, staunte Linkohr. »Ich meine, man muss doch auch innerlich zu dem stehen, was man macht.«

»Anfangs kostet es Überwindung, natürlich.« Sie lächelte wieder. »Aber es kann auch Spaß machen, ehrlich. Natürlich kann man das nicht ewig machen. Aber solange man einigermaßen gut aussieht – und das tue ich doch …«, sie sah selbstgefällig an sich herunter, »kann man gutes Geld verdienen.«

»Sie könnten aufhören, wenn Sie wollten …?«, zweifelte Wenzel.

Iri zögerte erneut. »Wenn ich genug Geld verdient habe, um meine Schulden abzubezahlen.«

Jetzt wurde Linkohr hellhörig. »Sie haben Schulden?«

»Na ja, wer hat die nicht! Ich bin jetzt 26, da hat man mal ein schickes Auto gekauft und sich auch sonst was gegönnt …«

»Und einen Freund …?«, fragte Linkohr mit trockener Kehle.

»Einen Freund in dieser Situation? Ich bitte Sie! Das brauchen Sie dann wirklich nicht. Mir hat einer gereicht. Der, der mir das teure Auto aufgedrängt hat.«

»Für das er jetzt viel Geld fordert«, stellte Wenzel fest und überlegte, inwieweit dies eine indirekte Zuhälterei sein könnte. »Wie heißt der Exfreund denn?«

»Das hat damit hier nichts zu tun«, wurde Iri kleinlaut. »Ich möchte Sie jetzt auch bitten, Ihren Besuch zu beenden.« Sie sah auf die kleine goldene Armbanduhr. »Ich hab noch einen Termin. In zehn Minuten.«

Wenzel machte einen weiteren Vorstoß: »Ist es zu viel verlangt, Sie zu bitten, uns zu verständigen, wenn sich dieser ›Flores‹ oder ›Florian‹ wieder anmeldet?«

Sie überlegte: »Ich werd’s mir überlegen.«

Linkohr überreichte ihr schnell seine Visitenkarte. »Sie dürfen mich jederzeit anrufen.« Er blinzelte ihr zu: »Von Älbler zu Älbler sozusagen.«

Als die beiden Kriminalisten das Zimmer verlassen hatten und die Treppe ins Erdgeschoss nach unten stiegen, mussten sie einem korpulenten Mann ausweichen, der ihnen entgegenkam. Wahrscheinlich einer von jenen Typen, die Iri nicht so sehr mochte, dachte Linkohr und überlegte, ob sie auf diesen Freier gewartet hatte.

60

Katharina Hofknecht hatte den abgeschnittenen Telefonhörer ein paar Sekunden wie gelähmt gehalten, in die Stille gelauscht und ihren Blick ganz langsam, aber angestrengt durch den nur spärlich beleuchteten Verkaufsraum streichen lassen. Dann blieben ihre Augen an jener Tür hängen, die ins Nebenhaus führte. Sie war wieder eingerastet, aber nicht verschlossen. Natürlich sofort abschließen, jagte ihr ein Alarm durch den Kopf. Aber was würde es nützen? Wenn sich jemand im Haus nebenan aufhielt, käme er über den Hof – und sie könnte nicht aus dem Laden flüchten. Das Handy, wo war es? Im Korb. Aber der lag am Boden – samt allen Utensilien, von denen die meisten herausgefallen waren. Irgendwo mussten das Handy und auch der Schlüsselbund liegen. Sie bückte sich hastig, versuchte, im schwachen Licht das Smartphone zu finden – doch im selben Moment zerriss das metallisch klingende Niederdrücken der Türklinke die Stille. Katharina, die bereits in die Hocke gegangen war, ließ sich vollends auf die Knie sinken und rutschte panisch vor die Ladentheke, die ihr zu der Tür, die sich etwa fünf Meter dahinter befand, Deckung bot.

Katharina wollte nur noch flach und lautlos atmen, doch ihr rasender Herzschlag verlangte nach mehr Luft. Noch ein Klicken. Gewissheit: Jetzt war jemand in den Raum gekommen. Ihre Augen suchten in der Nähe nach etwas, was sich als Waffe eignete. Aber da war nichts. Kein Stock, kein Werkzeug.

»Komm her!« Es war eine sonore Männerstimme, die unheilvoll an ihr Ohr drang. Dröhnend, befehlend. Langsame Schritte, die sich näherten. Noch konnte sie aus ihrer Perspektive nichts erkennen. Dazu ragte die Verkaufstheke zu weit nach vorne. Ein paar Sekunden blieben ihr noch. Sie kauerte sich in die Ecke zwischen dem kalten Steinboden und der hölzernen Theke, obwohl sie wusste, dass dies nur für den Bruchteil einiger Sekunden ein Versteck sein würde. Alles, was sie jetzt tat, folgte nur einem Instinkt, dem sie nicht entgegenwirken konnte. Es war ein Schutzmechanismus, weiter nichts. Sekunden später schon hatte der Schuh sie erreicht. Ein Männerschuh, dann ein zweiter. »Steh auf!«, schnitt die Stimme durch den Raum. »Los. Stell dich nicht an. Du wirst es schon überleben.«

Überleben, hallte es in ihrem Kopf nach, den sie nun vorsichtig zu heben wagte. Eine Hose, eine männliche Gestalt. »Steh auf, verdammt noch mal!«, herrschte sie der Vermummte an. Allein sein Anblick jagte ihr einen neuerlichen Schreck durch den Körper. Vermummt. Schwarze Strickmütze mit Sehschlitzen über den gesamten Kopf gezogen. Wie man es von den Fahndungsfilmen aus »XY … ungelöst« kannte, dachte sie.

Aber das war kein Film. Sie war mittendrin in dem, worüber sich die Fernsehzuschauer gruselten.

Unter der Maskierung verbarg sich ein Mann, kein junger vermutlich. Einer mit einem leichten Akzent. Viel mehr vermochte sie in diesem Zustand der Panik und des Entsetzens nicht zu realisieren.

Ihre Knie zitterten, als sie sich langsam, mehr taumelnd als mit koordinierten Bewegungen, erhob. »Ich … ich …«, stammelte sie, ohne überhaupt zu wissen, was sie sagen wollte.

»Komm mit!«, wurde sie im Befehlston unterbrochen. »Ich will das Büro deines Mannes sehen. Und zwar schnell.«

Er packte sie am rechten Oberarm und zerrte sie in Richtung der Tür. Katharina stemmte sich dagegen, musste aber sofort erkennen, dass sie der Muskelkraft des Fremden nichts entgegenzusetzen hatte.

»Wo ist es – das Büro?«, fauchte er sie an, als er sie im Treppenhaus aufwärtszog und sie sich nun lautstark gegen das gewaltsame Vorgehen wehrte. »Lassen Sie mich los! Ich schreie!«

»Mach doch«, erwiderte er ungerührt und verpasste ihr eine schallende Ohrfeige. Katharina heulte auf, schluchzte und schrie um Hilfe. Doch es gab hier draußen niemanden, der dies hören konnte.

An der Wohnungstür angekommen, packte er sie an beiden Schultern und drückte sie gegen die Wand. »Aufmachen. Sofort aufmachen.«

»Ich hab … keinen Schlüssel«, presste sie heulend hervor und spürte Blut im Mund.

»Wo ist der?«

»Unten. Unten. In meinem Korb«, beeilte sie sich zu sagen, weil er zu einer neuerlichen Ohrfeige ausgeholt hatte.

»Los, zurück«, er packte sie kräftiger an einem Oberarm und zog sie im Eiltempo die Treppe hinab. Katharina stolperte, drohte zu stürzen, doch sein Klammergriff war fest genug, um sie davor zu bewahren. Er stieß die Tür zum Ladenraum auf und gab Katharina einen unsanften Schubs in Richtung des Korbs, der vor der Verkaufstheke lag. »Los, such den verdammten Schlüssel!«, brüllte er, so laut er konnte, um Katharinas Widerstand vollends zu brechen. Sie bückte sich, um zwischen dem vielen, das aus dem Korb gefallen und auch weggerollt war, ihren Schlüsselbund zu suchen. Unterdessen hatte der Mann unbemerkt von ihr aus dem Wurzelballen einer großen Zierpflanze einen dünnen, handlichen Haltestock herausgezogen. Noch während Katharina gebückt nach ihren Utensilien fingerte, verspürte sie einen brennenden Hieb auf ihrem Gesäß. Zu Tode erschrocken fuhr sie herum, worauf der gefundene Schlüsselbund wieder klirrend auf den Steinboden fiel: Der Mann hatte ihr mit dem als Pflanzenstütze benutzten Rohrstock einen Schlag auf die Jeanshose verpasst. »Das macht unartigen Weibern Beine«, höhnte er und schwenkte den Stock. Sie sah ihn mit weit aufgerissenen Augen an.

»Wird's bald – den Schlüssel!«, befahl er. Katharina bückte sich erneut, behielt jedoch den Mann im Blickfeld. Sie wollte keinen zweiten Hieb riskieren, der auch durch die lange Jeanshose hindurch äußert schmerzhaft gewesen war.

»Los, los!«, drängte er, riss ihr den Schüsselbund aus der Hand und bugsierte sie wieder schubsend vor sich her ins Treppenhaus. Katharina hielt weiteren Widerstand für sinnlos, ging voraus ins Obergeschoss, schloss die Wohnungstür auf und knipste Licht in der Diele an. Reichlich Grünzeug kam zum Vorschein, dazwischen auch blühende Pflanzen.

»Wo ist das Büro?«, zischte der Mann unter der Wollmütze und hielt ihr den Rohrstock drohend an eine Wange. Erst jetzt bemerkte sie, dass er Gummihandschuhe trug.

»Hier, hier ist es.« Sie ging drei Zimmertüren weiter und öffnete die letzte. »Was suchen Sie denn hier?«

Statt einer Antwort fingerte er nach dem Lichtschalter und knipste die Deckenleuchte an. »Schnauze!«, giftete er und befahl: »Hinsetzen!« Er warf den Rohrstock auf den Schreibtisch und schubste sie in einen Sessel. »Hose hochkrempeln.«

Katharina sah irritiert auf die Sehschlitze in der Wollmütze. Für einen Augenblick überlegte sie, ob sie ihm mit einem beherzten schnellen Griff diese Maskerade vom Kopf reißen könnte. Im selben Moment warnte sie jedoch ihre innere Stimme eindringlich davor: Oft schon wurden Überfallene oder Vergewaltigte umgebracht, nur weil sie den Täter erkannt hatten. Es war also besser, die Maskierung nicht zu zerstören.

»Los, los!«, befahl der Mann erneut und schaute auf die Uhr. »Hose hochkrempeln.«

Katharina begann, die Jeans bis zu den Waden hochzukrempeln, während der Maskierte ein langes Stück Kabelbinder aus der Jackentasche holte. Katharinas Entsetzen wurde größer: Er wollte sie fesseln.

»Jetzt Arme hinter die Lehne«, bellte er und zerrte sie unsanft am Oberkörper. Sie gab sich kooperativ und tat, was er befahl. Augenblicke später spürte sie, wie dünnes Plastik in ihre Handgelenke schnitt und festgezurrt wurde.

»Jetzt Füße zusammen, los, los.«

Katharina gab sich hilflos der Lage hin und leistete keinen Widerstand mehr, als er einen weiteren Kabelbinder herausholte und ihre Fußgelenke aneinanderfesselte.

»So, Christian wird sich freuen, wenn du noch lebst«, höhnte der Mann und machte sich sofort über den Computer her: ein offenbar älteres Modell, das noch aus einem relativ kleinen Flachbildschirm und einem PC-Gehäuse unterm Schreibtisch bestand. »Ist das hier alles?«, wollte der Unbekannte wissen.

Katharina nickte schluchzend, während ihr Peiniger sämtliche Kabel aus dem Computer zog, das Netzkabel entfernte und das Gerät unterm Schreibtisch hervorzog. Dann durchwühlte er nacheinander die Schubladen, warf planlos alles, was nicht nach Speichermedium aussah, auf den Boden, öffnete sämtliche Türchen des Wandschranks und schleuderte Aktenordner und Schnellhefter in den Raum.

»Was suchen Sie denn?«, wagte Katharina zu fragen.

»Schnauze!«, bekam sie zur Antwort. Der Mann war außer Atem gekommen. »Tresor«, hielt er kurz inne. »Gibt es hier einen Tresor?«

»Nein, wirklich nicht, nein«, schluchzte Katharina. »Wir haben kein Geld im Haus, wirklich nicht. Die Tageskasse liegt unten in meinem Korb. Die können Sie haben.«

»Ich will kein Geld«, zischte er und schnappte sich wieder den Rohrstock, um ihn vor ihrem Gesicht durch die Luft pfeifen zu lassen. »Auf deinem Arsch hat er dich schon gestreichelt«, höhnte er, »aber es gibt auch noch andere Körperstellen, die du mir so schön gefesselt entgegenreckst.«

Ein Sadist, durchzuckte es Katharina. Natürlich. Ein Sadist, der seine abartigen Triebe an ihr ausleben wollte. Was auch sonst suchte er hier, wenn kein Geld? Wie konnte er sich so sicher sein, dass Christian nicht da war oder nicht plötzlich auftauchen würde?

»Wo ist der Tresor?«

»Wir haben keinen Tresor und kein Geld hier, wirklich nicht, glauben Sie mir doch.« Kaum hatte sie es mit tränenerstickter Stimme gesagt, pfiff der Rohrstock durch die Luft und traf sie mit voller Wucht auf die Brüste. Die dünne Bluse hatte den Hieb so gut wie gar nicht abgemildert. Katharina schrie laut auf. Tränen schossen ihr aus den zusammengepressten Augen. Verzweifelt zerrte sie mit den nach hinten fixierten Armen am festgezurrten Plastik der Handgelenksfessel und zappelte hilflos mit den Beinen. Der Schmerz war nicht nur grausam und quälend, sondern auch zutiefst demütigend. Es schien ihr, als bekäme sie keine Luft mehr – als würde sie diesen Schmerz nicht überleben. Es war sadistisch und gnadenlos, wie der Mann zugeschlagen hatte.

»Wo ist der Tresor?«, hörte sie ihn wieder brüllen. »Oder willst du noch einen …?«

»Bitte, nein, bitte!«, flehte Katharina. »Es gibt keinen …«

Er holte erneut aus. Katharina schloss die Augen und erwartete den nächsten Hieb – das Pfeifen durch die Luft, den unendlichen Schmerz. Aber der Mann hielt inne. »Okay«, sagte er wie zu sich selbst. Katharina sah ihn aus verängstigten und tränennassen Augen an. »Dann sag deinem Christian, er soll sich nicht länger in Dinge einmischen, die ihn nichts angehen. Das nächste Mal geht's nicht mit einem einzigen sanften Hieb auf die Titten ab, haben wir uns verstanden?«

Katharina nickte zitternd und heulend.

Der Mann warf ihr den Rohrstock in den Schoß, nahm das PC-Gehäuse unter den Arm und wandte sich der Tür zu. Von dort hörte sie seine giftige Stimme: »Und keine Polizei, dass das klar ist. Solltet ihr die Polizei einschalten, war das heute nur ein kleiner Vorgeschmack auf das, was euch sonst noch erwartet.« Er lächelte überheblich: »Oder *dich* noch erwartet.«

Nach einigen Schritten in der Diele rief er zurück: »Ich nehm den Schlüsselbund mit, damit ich unten rauskomme. Ich leg ihn dort ab und lass die Tür offen. Christian wird jetzt ja bald zurück sein.«

Während er das Treppenhaus abwärtsging, lachte er schallend.

61

Da war kein weiteres Licht mehr im Rückspiegel gewesen. Christian Hofknecht jagte den VW-Transporter durch weite Kurven ins Tal hinab – geplagt von den quälenden Gedanken, was dies alles zu bedeuten hatte. Geklärt war jedenfalls nichts. Nur so viel wusste er: dass es jemanden gab, der ihn bedrohte. Warum auch immer.

Als er Oberboihingen erreichte, um dort links in Richtung Kirchheim/Teck und damit zur Autobahn A 8 abzubiegen, musste er die Vorfahrt einiger Autos abwarten. Im Rückspiegel tauchten keine weiteren Fahrzeuge auf, stellte er beruhigt fest. Den ganzen Weg von Tachenhausen abwärts hatte er befürchtet, jemand könnte ihm mit ausgeschalteten Scheinwerfern gefolgt sein. Auch bis zum Erreichen der Autobahn behielt er den nachfolgenden Verkehr noch im Auge.

In weniger als einer Stunde hatte er seinen Betrieb am Rande der Stadt Geislingen an der Steige erreicht. Bereits als sein Wagen in den unbeleuchteten Hof rollte, fiel ihm auf, dass der Verkaufsraum heller erleuchtet war als in den Nachtstunden üblich. Vermutlich, so dachte er, hatte Katharina vergessen, einen der Hauptschalter umzulegen.

Er parkte den Transporter neben dem Carport, in dem Katharinas Auto stand, verriegelte den Wagen und ging mit seinem Aktenkoffer, den er als Beweis für seine angebliche Dozententätigkeit an der Hochschule mitgenommen hatte, zur Haustür. Der Weg dorthin führte ihn am angebauten Ladengeschäft vorbei. Im Vorbeigehen registrierte sein Unterbewusstsein etwas, was im Verkaufsraum nicht in Ordnung war: Da lagen Gegenstände auf dem Boden. Katharinas Korb, das Geld und viele Utensilien, die sie üblicherweise bei sich trug. Eine umgestoßene Pflanze, ein zerbrochenes Gestell. Er blieb für einen Augenblick erschrocken stehen, eilte zur Eingangstür – und konnte sie öffnen. Hofknecht hielt inne, sah sich einen Moment prüfend um und rief: »Katharina, hallo! Katharina? Wo bist du?« Nichts.

Er rannte zur Tür, die ins Treppenhaus führte. Auch sie war nicht verschlossen. »Hallo, Katharina! Katharina?« Seine Rufe verhallten, doch plötzlich glaubte er etwas zu hören. Katharinas Stimme von oben: »Hilfe, Hilfe! Ich bin hier oben, Hilfe!«

Binnen Sekunden hatte er das Obergeschoss erreicht, wo die Wohnungstür offen stand und in der Diele Licht brannte. Ohne zu zögern, stürmte er zur Tür seines Büros, aus dem Katharinas atemlose Hilferufe drangen.

Der Anblick traf ihn wie ein elektrischer Schlag: Katharina gefesselt an ihren Sessel, die Arme nach hinten verschränkt, die Fußgelenke unterhalb der aufgekrempelten Hose aneinandergebunden. Um sie herum ein Chaos aus Akten und Ordnern. Neben ihr auf dem Boden ein Bambusstock.

Schubladen herausgezogen, Schranktüren geöffnet.

»Oh Gott«, schnaufte er, außer sich vor Aufregung und Anstrengung, »bist du in Ordnung, Katharina?«

»Bind mich los, bitte bind mich los«, stöhnte sie. Ihre Augen waren gerötet, die Stirn ebenfalls.

Hofknecht entdeckte in der Eile nur eine Schere, mit der sich der stabile Kabelbinder aber nicht durchtrennen ließ. »Ich brauch eine Zange«, stammelte er außer Atem und entschwand wieder, um aus dem Gewächshaus ein passendes Werkzeug zu holen. Minuten später war Katharina befreit. Ihre Hände waren klamm geworden, ihre Fußgelenke schmerzten, die Brüste aber noch viel mehr. Möglichst unauffällig fasste sie sich an den Busen, der noch immer höllisch brannte.

»Sag, was um Gottes willen ist passiert?«, drängte Christian auf eine Erklärung, während sie sich nur mühsam auf den Beinen halten konnte.

»Überfall, ein Mann war hier … ein Mann mit Maske, Wollmütze …«

»Wir müssen sofort die Polizei rufen«, unterbrach er sie, wurde sich aber augenblicklich bewusst, dass dieser Schritt wohlüberlegt sein musste. Denn erst jetzt bemerkte er, dass sein Computer fehlte, womit er langsam das ganze Ausmaß des Geschehens zu realisieren begann.

»Halt, warte, keine Polizei«, unterbrach ihn Katharina weinend. »Er hat gesagt, wenn wir die Polizei rufen, werde alles noch viel schlimmer kommen.«

»Wie bitte?« Christian hatte so etwas befürchtet und fühlte Erleichterung, dass Katharina nicht darauf bestand, die Polizei zu verständigen. »Der will uns daran hindern …?«, hakte er nach.

»Ja, er hat gesagt, dann wird er mich wieder schlagen.« Sie schluchzte.

»Wieder schlagen? Hat er dich verletzt?«

Sie nickte stumm und deutete mit dem Kopf auf den Bambusstock.

»Mit dem? Wohin?«

Wohin? Sie konnte und wollte es nicht sagen, sondern begann hemmungslos zu weinen.

»Was hat er noch gesagt? Weshalb hat er meinen Computer mitgenommen?«

Ein Schüttelkrampf bemächtigte sich ihres Körpers, sodass ihre Antwort von Tränen erstickt wurde.

»Ganz ruhig, Katharina.« Christian nahm sie in die Arme und strich ihr übers völlig zerzauste Haar.

»Er … er …« Katharina konnte sich nicht mehr zurückhalten. Was in den vergangenen Stunden über sie hereingebrochen war, schien ihr plötzlich wie ein surreales Horrorszenario, das noch immer andauerte. Christian war da, ja, das hatte sie verstanden, aber alles andere um sie herum war ein einziges Wirrwarr, ein psychisches Tohuwabohu. Dazu der andauernde Schmerz in den Brüsten. Folgeschäden, hallte eine innere Stimme durch ihren Kopf. Sie brauchte dringend einen Arzt. Sie musste sich Christian anvertrauen.

»Was hat er sonst noch gesagt, Katharina?«, hörte sie seine aufgeregte Stimme direkt an ihrem Ohr.

»Er …«, wieder hielt ein Weinkrampf sie davon ab, etwas zu sagen. »Er«, flüsterte sie schluchzend, »er hat gesagt, du sollst dich nicht in Dinge einmischen, die dich nichts angehen.«

Christian schwieg und drückte Katharina ganz fest an sich. Sie zitterte am ganzen Leib und flüsterte: »Keine Polizei, bitte keine Polizei.«

Christian nickte stumm.

62

Kurz nachdem sich Linkohr von seinem Kollegen Marvin Wenzel verabschiedet hatte und auf dem Weg zur Autobahn gewesen war, um über die B 27 Richtung Ludwigsburg und damit heimwärts zu fahren, hatte sich bei Kirchheim am Neckar sein Handy gemeldet. Weil er in seinem privaten Pkw keine Freisprechanlage hatte, hielt er an. Als er eine Frauenstimme mit: »Hallo, spreche ich mit dem Kriminalisten Linkohr?« vernahm, war sein Blut in Wallung geraten.

»Ja, bin ich – jetzt hab ich aber Ihren Namen nicht verstanden?«

Es war Iri, der er erst vor knapp einer Stunde seine Visitenkarte gegeben hatte, damit sie sich melden konnte, falls besagter »Flores« wieder auftauchen sollte. War es schon so weit?

»Entschuldigen Sie«, hauchte Iri ins Telefon, »kann ich Sie auch privat sprechen? Nicht als Polizist?«

Linkohr rasten tausend Gedanken durch den Kopf – und das Bild dieser Frau, die so aufregend vor ihm gesessen war. Er hatte sich innerlich bändigen und zusammenreißen müssen, um standhaft zu bleiben. Dienstlich zu bleiben. Oft genug schon war ihm dies nicht gelungen und einmal war es sogar nur Häberle zu verdanken gewesen, dass er nicht den Job verloren hatte.

Privat. Was war schon privat, wenn er in einem Fall ermittelte, bei dem ihm eine aufregende Frau über den Weg lief? Und jetzt, gegen Mitternacht? Nein, das war viel zu gefährlich.

Oder vielleicht doch nicht? Er war jetzt außer Dienst. Er hatte Feierabend – und er war privat auf seinem ureigensten Handy angerufen worden. Dessen Nummer allerdings auf der dienstlichen Visitenkarte vermerkt war.

Er zögerte: »Ist was passiert?«

»Noch ist nichts passiert«, kam die schnelle Antwort und es klang irgendwie provokant.

»Brauchen Sie Hilfe?« Linkohr wollte, so gut es ging, auf Distanz bleiben.

»Ja, so könnte man es sagen.« Ihre Stimme klang zwar nicht so, als sei sie in Todesnot, aber durfte ein Polizeibeamter einfach weghören, wenn jemand von ihm Hilfe erbat? War das dann nicht unterlassene Hilfeleistung?

Iris Stimme und der Gedanke an ihr verführerisches Aussehen hatten all seine Bedenken sekundenschnell verschwinden lassen.

Er entschied, auf ihren Vorschlag einzugehen: in einer Viertelstunde auf der Theresienwiese. Er drehte mit klopfendem Herzen um und fuhr zurück nach Heilbronn. Der von Iri beschriebene silberne Porsche Cayenne stand ziemlich verlassen am Rande des nahezu leeren Parkplatzes. Linkohr parkte seinen Golf links neben dem SUV, dessen Reutlinger Kennzeichen er sich einzuprägen versuchte. Ein langes: zwei Buchstaben, drei Zahlen. Trotz der Dunkelheit konnte er hinterm Steuer die junge Frau mit den schwarzen Haaren sehen.

Sie winkte ihm zu und stieg sofort aus, während Linkohr um seinen Golf herumgehen musste. Iri blieb zwischen den beiden Autos stehen und sagte sofort: »Danke, dass Sie noch gekommen sind.«

Linkohr wusste nicht so recht, wie er darauf reagieren sollte. Am liebsten hätte er sie zur Begrüßung umarmt, aber er legte sich eine vornehme Zurückhaltung auf. Im schwachen Licht der Straßenlampen sah er in ein lächelndes Gesicht. Ihr Outfit hatte sich verändert; sie trug eine schwarze Lederjacke und eine dunkle lange Hose.

»Fahr'n wir wohin, wo man in Ruhe reden kann?«, fragte sie so charmant, wie Linkohr es nicht erwartet hätte. Dabei sah sie sich vorsichtig um. Ihr herbes Parfüm stieg ihm in die Nase.

»Ich kenn mich hier nicht aus«, war alles, was Linkohr in seiner Verlegenheit erwidern konnte. Alles ging ihm viel zu schnell. Aber, so beruhigte er sich, es war ja nur ein rein privates Treffen. Ein seltsames allerdings. Mitten in der Nacht.

»Fahr'n wir zur Waldheide hoch«, entschied sie und stupste ihm mit einer zur Faust geformten Hand freundschaftlich gegen die Brust: »Steigen Sie ein.«

Er sah sie entgeistert an.

»Oder haben Sie etwa Angst vor Frauen?«, höhnte sie, ließ sich auf den Fahrersitz fallen und öffnete ihm die Beifahrertür.

Linkohr wusste, dass jetzt gleich der »Point of no Return« überschritten sein würde. Noch konnte er ablehnen – und auf ein gewiss außergewöhnliches Abenteuer verzichten.

»Es ist doch rein privat«, versuchte sie, ihn etwas energischer zu überreden. »Ins Präsidium komm ich aber nicht, das kann ich Ihnen jetzt schon sagen.«

Linkohr ging schweigend und zweifelnd um den großen Porsche herum und ließ sich auf dem Beifahrersitz nieder, dessen Rückenlehne weit nach hinten geklappt war. Iri bemerkte sein Misstrauen: »Entschuldigen Sie, die Lehne lässt sich unten irgendwo wieder hochstellen.« Linkohr tastete danach und brachte sich damit in eine aufrechtere Position.

»So ein großes Auto mit Liegesitzen ist manchmal ganz schön praktisch«, meinte Iri selbstbewusst lächelnd, startete den Motor und legte den Automatikhebel auf Vorwärtsfahren. »Nur diese klobigen Mittelkonsolen werden in den Autos immer unpraktischer«, sagte sie mit süffisantem Unterton, wie Linkohr zu hören glaubte, während sie den Cayenne von dem großen Platz rollen ließ.

»Übrigens können wir uns ruhig duzen«, sagte sie und strich ihre langen Haare mit einer Handbewegung nach hinten. »Du heißt tatsächlich Mike, hab ich auf deiner Karte gelesen? Ist das keine Abkürzung für Michael?«

»Nein, ist es nicht.« Linkohr war noch immer leicht verlegen. Noch wusste er nicht, wie ihm geschah – und worauf er sich da eingelassen hatte. Iri war gewiss nicht wirklich in ihn verknallt, sondern alles, was sie jetzt tat, tat sie professionell.

»Keine Angst, ich entführ dich nicht«, hauchte sie und chauffierte den Wagen durch menschenleere Straßen. »Ich will nur nicht, dass man uns irgendwo hier zusammen sieht. Es könnte sonst gefährlich werden.« Sie beobachtete aufmerksam die Umgebung und blickte immer wieder in den Rückspiegel.

»Vielleicht kannst du mir mal sagen, was diese ›Nicht-Entführung‹ nun soll«, schlug Linkohr einen etwas energischeren Ton an.

»Keine Angst, Mike, es wird auch keine *Ver*führung.« Sie drehte ihren Kopf kurz zu ihm: »Es sei denn, es wird dienstlich angeordnet.«

Was wollte sie damit sagen, durchzuckte es Linkohr. Er war unter keinen Umständen bereit, sie für etwas zu entlohnen, was er nicht wollte. Für einen Augenblick kam es ihm plötzlich so vor, als wollte sie ihn vergewaltigen. Was für ein Unsinn, wies er den Gedanken weit von sich. Was für eine schwachsinnige Idee!

63

Die Juninacht war auf der Schwäbischen Alb kühl. Der Mann, der auf der A 8 mit seinem dunklen Mercedes G 500 Geländewagen gekommen und bei Merklingen die Autobahn verlassen hatte, war jedoch auf diese Wetterlage eingestellt. Oft genug schon war er über die Albhochfläche gefahren – meist mit der Eisenbahn, gelegentlich aber auch mit seinem eleganten schneeweißen 7er-BMW. Für heute hatte er sich diesen Geländewagen gemietet, der auf den ersten Blick wie ein Ranger- und Safarifahrzeug anmutete, zumindest aber einen Förster oder Landwirt vermuten ließ. Damit fiel er im Gelände weitaus weniger auf als mit seiner BMW-Limousine. Außerdem war er vierradgetrieben und hatte eine hohe Bodenfreiheit. Man konnte nicht wissen, in welchem Zustand die Feld- und Waldwege waren.

Sein Ziel lag irgendwo im Nirgendwo. Zwei, drei Kilometer außerhalb Merklingens: ein Feldweg, der in ein Waldstück führte. Das Navi hatte er deshalb auch nicht mit einem Straßennamen füttern können. Eine handgefertigte Skizze war die einzige Orientierungshilfe, auf die er aber mitten in der Nacht nicht allein vertrauen wollte. Deshalb hatte er sich bei Google Earth die Koordinaten besorgt und sie in Dezimalgrade umgewandelt: 48.5335 N und 9.72755 O. Ein genialer Punkt, so schien es ihm, um die Übersicht zu behalten.

Denn würde er mitten in der Nacht ziel- und planlos mit den Scheinwerfern durch die Nacht pflügen, wäre dies meilenweit zu sehen und würde verdächtig sein. Er wollte deshalb abseits der Straße auch nur das schwächere Tagfahrlicht benutzen, mit dem nicht gleichzeitig die Schlusslichter brannten. Im Bordhandbuch hatte er bereits die richtige Schalterstellung gefunden, um die Sensorik fürs automatische Auf- und Abblendlicht abzustellen.

Er zog seine schwarze Schildmütze tief in die Stirn und sah auf die digitale Zeitanzeige. Mitternacht. Er hatte also noch eine Stunde Zeit. So konnte er rechtzeitig sein Versteck ansteuern, ohne besorgt sein zu müssen, schon bei der Anfahrt von denen, die er beobachten wollte, entdeckt zu werden.

Das Navi auf dem komfortablen Monitor im Armaturenbrett wies ihm den Weg: Von der Autobahn raus und sofort durch eine moderne Gewerbeansiedlung, wie sie neuerdings an fast allen Autobahn-Anschlussstellen aus dem Boden schossen. Amerikanisiert, dachte er – mit den »üblichen Verdächtigen«: Schnellimbisse, Tankstellen, Hotel. Genau so hatte er es von seinen Reisen in die USA in Erinnerung, wo sich an allen wichtigen Kreuzungspunkten Fastfood-Ketten, Rasthäuser, Motels und sogar Shopping-Center ansiedelten. Jetzt also auch auf der beschaulichen Schwäbischen Alb, stellte er fest, als der Geländewagen in den eigentlichen Ort hineinrollte, dessen einst gewiss ländliche Struktur sich offenbar nur mäßig gegen die Übermacht des modernen Gewerbes behaupten konnte.

Der Mann am Steuer folgte dem blauen Punkt im Navi durch menschenleere Straßen bis zu einem Kreisverkehr, an dem mehrere Abzweigungen in Orte wiesen, von denen ihm nur »Drackenstein« wegen des gleichnamigen Autobahn-Nadelöhrs geläufig war. Genau in diese Richtung führte ihn die Route. Kaum hatte er die Autobahn überquert, an der entlang momentan das Gelände für die Schnellbahn-Trasse von Stuttgart nach Ulm rigoros umgemodelt wurde, da zeigte das Navi nach rechts in einen asphaltierten Feldweg. Er reduzierte das ohnehin langsame Tempo noch weiter, blickte in den Rückspiegel und stellte zufrieden fest, dass weder von hinten noch von vorne Scheinwerfer zu sehen waren. Ohne zu blinken, bog er ab und schaltete nach wenigen Metern die Hauptscheinwerfer aus. Das Tagfahrlicht reichte völlig aus, um bei mäßiger Geschwindigkeit den Streckenverlauf erkennen zu können.

Der Geländewagen rollte vorbei an einem Heckenstreifen in eine Wiesensenke, in der sich der Weg mit einem anderen kreuzte. Der Routenpfeil im Navi wanderte nach rechts. Geradeaus, so war im fahlen Licht andeutungsweise zu sehen, wäre der Feldweg nicht mehr komplett asphaltiert gewesen, sondern nur noch als Betonspurweg ausgelegt. Für einen Augenblick dachte der Mann, dies sei der Ökologie wegen so gemacht worden, um möglichst wenig Fläche zu versiegeln. Vielleicht war es aber auch eine alte »Panzerstraße«, wie sie oftmals im Bereich von militärisch genutztem Areal angelegt wurde.

Der unbefestigte Querweg führte auf einen Wald zu, der sich auf einem sanften Hügel tiefschwarz abhob. Wie es ihm beschrieben worden war und genau so, wie er sich die Situation bei Google Earth eingeprägt hatte, lag jetzt das Gelände vor ihm: Die breite Zufahrt wurde vor den ersten Bäumen in einem Linksbogen von der Finsternis des Waldes verschlungen. Dorthin musste er aber nicht.

Im schwachen Schein des Tagfahrlichts reflektierte ein Verbotsschild. Ohne zu zögern, bog er rechts in einen abzweigenden Weg ein, der dem Waldrand neben den Feldern folgte. Währenddessen schielte er auf den Navi-Monitor, der ihm signalisierte, dass die programmierte Route nach wenigen Metern endete. Das war genau jener Punkt, den er als günstigen Beobachtungsstandort auserkoren hatte.

Er stoppte, rangierte den Wagen mit wenigen Lenkeinschlägen quer zum Weg und steuerte ihn rückwärts auf ein schmales Stück Gras, auf dem das Unterholz eine Nische bot. Ein ideales Versteck, gab er sich zufrieden. Dann stellte er den Motor ab, worauf nach wenigen Sekunden auch das Tagfahrlicht erlosch. Anschließend vergewisserte er sich, dass die Zentralverriegelung eingerastet blieb.

Nun brauchte er Geduld. Aber im Gegensatz zu seiner letzten Observation vor vier Monaten, als er in Heilbronn in kalter Nacht im Freien gestanden war und einen niederländischen Lkw beobachtet hatte, saß er nun windgeschützt in einem Auto, das allerdings ziemlich schnell die Wärme nach außen abgab. Er suchte im Radio Bayern 1, seinen Lieblingssender.

Vor ihm lastete die Nacht tiefschwarz auf den Feldern, die sich in der Ferne zu den Streulichtern der Gemeinde Merklingen hin verloren. Dort blitzten ab und zu Scheinwerfer auf, vermutlich von Fahrzeugen, wenn sie die Brücke über die Autobahn querten.

Die Zeit schien endlos langsam dahinzukriechen. Musiktitel,

die üblicherweise zwei, drei Minuten dauerten, wollten nicht enden. Schon nach einer Viertelstunde spürte er die nächtliche Kälte am ganzen Körper. Auf der Albhochfläche konnte es auch im Sommer nachts ziemlich kühl werden.

Plötzlich ein blechernes Geräusch. Dumpf und kurz. Er schreckte auf, hielt den Atem an und spürte, wie sein Blut in Wallung geriet. Etwas war an das Auto gestoßen – oder gefallen. Instinktiv duckte er sich und stellte das Radio leiser.

Ein paar Sekunden später wagte er es, den Kopf vorsichtig nach rechts zu drehen – dorthin, wo er die Ursache des Geräusches vermutete. Schemenhaft versperrten ihm vor der Seitenscheibe der Beifahrertür dünne Äste des dichten Heckenbewuchses die Sicht. Er drehte seinen Oberkörper weiter, um zwischen den Kopfstützen der Vordersitze hindurch nach hinten schauen zu können. Doch die alles verschlingende Nacht gewährte ihm keinen Blick durch die Heckscheibe. Außerdem hatte er den Wagen viel zu nah an den Bewuchs herangefahren. Da war niemand, rief er sich innerlich selbst zur Ruhe. Es war schlichtweg unmöglich, leise und unbemerkt ums Auto zu schleichen.

Vermutlich also ein Tier, versuchte er, sich eine logische Erklärung zurechtzulegen. Ein Eichhörnchen vielleicht. Wahrscheinlich war irgendetwas von einem Baum gefallen.

Er lehnte sich im Fahrersitz wieder zurück, umklammerte das Lenkrad und ließ den Blick angestrengt über die weite, schwarze Ebene streifen. Entwarnung. Da war wirklich nichts, was ihn beunruhigen musste.

Allerdings, so musste er sich eingestehen, würde er aus der Distanz von mehreren Hundert Metern wohl kaum ein unbeleuchtetes Fahrzeug oder eine Person bemerken. Solange sich ein bewegtes Objekt nicht von einem helleren Hintergrund abhob, gab es heute Nacht hier draußen keine Chance, es ausfindig zu machen.

Noch einmal rief er sich in Erinnerung, was er bei Google Earth studiert hatte: Falls er flüchten musste, konnte er auf dem Feldweg weiterfahren und würde nach wenigen Kilometern Nellingen erreichen. Es sei denn, sie kamen aus beiden Richtungen auf ihn zu.

Sie. Etwas in ihm nagte an seinem Selbstbewusstsein. Sie. Wieso quälte ihn der Gedanke, es könnten mehrere auftauchen? Aber natürlich, spielte er das mögliche Szenario zum wiederholten Male durch. Es mussten mehrere sein. Wenn es stimmte, was er erfahren hatte, dann war die ganze Aktion in großem Stil angelegt. Das war nichts für Einzelgänger oder Dilettanten. Vielleicht war es auch für ihn selbst eine Nummer zu groß.

Was er vor vier Monaten auf dem Buga-Gelände in Heilbronn gesehen hatte, war Beweis genug dafür. Und alles andere, was sich seither ereignet hatte, erst recht.

Dass sie sich jetzt für einen anderen Ort entschieden hatten, war gewiss kein Zufall. Dies trug eindeutig die Handschrift dieses Amerikaners, der sich mit den ehemaligen Militärarealen in Südwestdeutschland bestens auskannte.

Der Mann war tief in solche Gedanken versunken. Erst als sich in ihm eine Horrorvision breitmachte, die ihm auf grausame Weise vorgaukelte, eine ganze Meute finsterer Gestalten würde augenblicklich aus dem Gebüsch herausstürmen und ihn bedrohen, schreckte er mit Herzklopfen wieder auf. Nein, dazu würde es nicht kommen. Er war nur der stille Beobachter. Er wollte nur bestätigt finden, was er in mühsamen und raffinierten Recherchen herausgefunden hatte. Denn erst wenn er Gewissheit hatte, würde er zuschlagen können.

Er fror. Wie lange er so dagesessen hatte, hätte er nicht sagen können. Immer wieder waren seine Augen über die verschwommene Linie gewandert, die in der Ferne den Übergang der tiefschwarzen Felder zum gräulich aufgehellten Hintergrund über Merklingen markierte. Minutenlang keine Veränderung, nur hin und wieder Scheinwerfer, die für einen kurzen Augenblick über das Gelände strichen, wenn ein Auto die leicht geschwungene Brücke befuhr.

Von dort aber mussten sie kommen. Sie. Wieder diese Drohung des Unterbewussten. Ja, es würden mehrere sein. Wäre es nicht doch besser, die ganze Aktion abzubrechen? Noch hatte er Gelegenheit dazu – einfach wegzufahren. Über die Feldwege hinüber in den nächsten Ort.

Nein, er war doch kein Feigling. Er hatte bereits so viel unternommen. Außerdem hatte er in der Ausbildung gelernt, wie in solchen Situationen reagiert werden musste – damals bei der Bereitschaftspolizei, als er eisern und beharrlich das Ziel verfolgt hatte, Polizist zu werden. Dann aber im Streifendienst in München, bei den nächtlichen Einsätzen, war ihm sehr schnell klar geworden, dass es sich doch nicht um seinen Traumjob handelte. Natürlich hätte er dort aufsteigen können, zum Kommissar oder vielleicht sogar in eine Führungsposition. Dazu jedoch hatten ihm damals Ehrgeiz und Energie gefehlt. Gerade die nächtlichen Streifenfahrten, der Schichtdienst und die streng hierarchische Struktur innerhalb der Polizei hatten ihm nervlich zugesetzt. Der Amtsarzt hatte ihm eine psychosomatische Kur verordnet, doch anstatt ihn wieder für den Streifendienst tauglich zu machen, führten ihm diese Wochen damals vor Augen, dass er sich neu orientieren musste. Nicht mehr zurück in den Streifendienst wollte er gehen. Er brauchte etwas anderes. Denn er liebte die Natur und das handwerkliche Zupacken. Am liebsten hätte er damals auf Förster umgesattelt. Doch dann hatte es eine Wende in seinem Leben gegeben. Rückblickend war es ein Glücksfall gewesen.

Man hatte ihm vorgeschlagen, sich in der Gartenbau- und Pflanzenbranche zu betätigen.

Als Kompagnon eines bereits gut florierenden Betriebes. Fortan konnte er ein befreiteres Leben führen.

Natürlich war das Handelsgeschäft auch nervenaufreibend, aber er empfand es als positiven Stress, wie er immer zu sagen pflegte. Er fand sogar Spaß daran, aktiv mitzuarbeiten, dass das Geschäft kräftig angekurbelt wurde.

Innerhalb eines halben Jahres war er offizieller Teilhaber an dem Unternehmen geworden, was ihn zusätzlich beflügelte, denn nun diente sein Engagement nicht allein dem Chef, sondern auch ihm selbst.

Ihm kam die Ausbildung bei der Polizei zugute, bei der er gelernt hatte, auf Menschen zuzugehen und mit ihnen zu reden. Deshalb hatte er schnell zu vielen Gärtnern überall im Lande einen persönlichen Zugang gefunden. Gerade die jüngeren Gärtnermeister, die ihm besonders am Herzen lagen, schätzten seine offene und freundliche Art. Unweigerlich musste er an die Hofknechts in Geislingen denken, die mit ihrem Neubau in ziemliche finanzielle Bedrängnis geraten waren und die er tatkräftig unterstützte. Allerdings, das musste er sich eingestehen, hatte ihn dazu auch die sympathische Katharina beflügelt. Aber das durfte ihr Mann natürlich nicht wissen.

Doch nicht nur die Hofknechts lagen ihm am Herzen. Es war ihm bei seinen Firmenbesuchen gelungen, dass ihm auch andere Gärtner, Blumen- und Pflanzenhändler ihre Sorgen und Nöte anvertrauten.

Stopp, alarmierte ihn sein waches Unterbewusstsein. Raus aus diesen Gedanken. Ein Lichtstrahl forderte höchste Aufmerksamkeit, ein Scheinwerfer, der nach der Brücke eine andere Richtung einschlug. Ziemlich pünktlich. Die digitale Uhr stand auf 0.04 Uhr.

Der Mann war in die Realität zurückkatapultiert worden. Tatsächlich: Die abgeblendeten Scheinwerfer folgten eindeutig dem Feldweg, der von der Straße abzweigte. Noch war nicht zu erkennen, ob es ein größeres Fahrzeug war. Aber es war nur ein einziges – es sei denn, ein zweites folgte ohne Licht.

Der Beobachter behielt den Scheinwerfer im Auge, der jetzt gleich hinter dem Waldeck verschwand, das ihm den Blick verdeckte. Er saß bewegungslos, das Lenkrad umklammernd, und hielt den Atem an, als befürchte er, jemand könne ihn hören. Was aber, wenn das Fahrzeug nicht wie erwartet in den Wald hineinfuhr, sondern hier in diesen Weg einbog, wo er seit einer Stunde lauerte?

Auch darauf war er vorbereitet. Sobald durch den Heckenbewuchs hindurch Scheinwerfer zu sehen sein würden, bliebe noch genügend Zeit, den Wagen zu starten und nach links zu flüchten – über das weite Feldwegenetz, das er bei Google Earth studiert hatte.

Ein Motor brummte deutlich vernehmbar. Höchste Anspannung, zwei, drei Sekunden lang. Der Mann beugte sich übers Lenkrad nach vorne, fixierte rechts durch die Windschutzscheibe die undurchdringliche Schwärze der Nacht, darauf gefasst, reaktionsschnell die Flucht zu ergreifen, falls sich das Licht näherte.

Doch das Motorengeräusch ebbte ab, der Wald blieb dunkel.

Er spürte, wie sich die Anspannung löste und er wieder einen klaren Gedanken fassen konnte. Nun galt es, die Situation zu bewerten und einzuordnen, sachlich und mit kühlem Kopf. Genau so, wie er es bei der Polizei gelernt hatte. Jedenfalls war nur ein einziges Fahrzeug gekommen, vermutlich ein größerer Pkw, zumindest kein Lastwagen. Das hatte er auch gar nicht erwartet. Allerdings wusste er nicht, wie viele Personen in dem Auto saßen. Aber auch dies erschien ihm eher zweitrangig. Viel wichtiger war es ihm gewesen, die Ankunft eines Fahrzeugs zu dem genau benannten Zeitpunkt bestätigt zu erhalten. Er sah wieder auf die Uhr. Seiner Einschätzung nach würde das Fahrzeug frühestens in einer Viertelstunde wieder aus dem Waldstück herauskommen. Wenn er also noch ein paar Minuten wartete, konnte er unbehelligt sein Versteck verlassen.

Dann war das observierte Fahrzeug gewiss weit ins Waldgebiet hineingefahren, sodass dessen Insassen nicht bemerkten, was sich außerhalb abspielte.

Natürlich hätte er auch seine ausgeklügelte Fluchtroute übers Feldwegenetz nutzen können, aber sein Plan war noch nicht zu Ende.

Er musste von einem anderen Versteck aus versuchen, das Kennzeichen des Autos abzulesen. Erst dann war seine Mission beendet.

Und die konnte noch ziemlich gefährlich werden.

64

Sonntag, 10. Juni. Katharina Hofknecht stand noch immer unter Schock. Kein Auge hatte sie in der vergangenen Nacht zugetan, sondern nur in ihr Kissen geschluchzt. Christian hatte sich zwar große Mühe gegeben, sie zu beruhigen und zu trösten – doch war es ihm so vorgekommen, als wolle sie seine Zuneigung gar nicht annehmen. Außerdem war er selbst gereizt und aufgewühlt, was er gegenüber seiner Frau nur mühsam verheimlichen konnte.

Was war nicht alles in den vergangenen Tagen über sie hereingestürzt! Ein Schlamassel ohnegleichen. Würden sie sich jemals davon befreien können? Konnten sie diesen Angriff auf Katharina einfach hinnehmen, nur weil jemand sie einzuschüchtern versuchte? Die Polizei einzuschalten, wäre womöglich riskant – aber logisch und sinnvoll, dröhnte es in Christians rebellierendem Kopf. Noch aber wäre Katharina nicht bereit, dies zu tun. Sie hatte am ganzen Körper gezittert, als sie, von Weinkrämpfen geschüttelt, immer und immer wieder die Brutalität des Verbrechers schilderte – und die panische Angst, er könnte noch einmal auftauchen. »Was haben wir denn getan? Christian, sag mir, was da los ist«, hatte sie wimmernd gefleht. Ihr darauf jetzt eine Antwort zu geben, erschien ihm sinnlos.

Noch im Morgengrauen waren sie aufgestanden. Katharina ging zuerst ins Bad, um im Spiegel den blutunterlaufenen rot-bläulichen Striemen zu begutachten, der quer über ihre geschwollenen Brüste verlief und noch immer schmerzte. »Du solltest zu einem Arzt gehen«, hörte sie plötzlich Christians Stimme hinter sich.

Dass er sie heimlich beobachtet hatte, war ihr unangenehm. »Zum Arzt gehen!«, wiederholte sie abfällig. »Soll ich sagen, du hättest mich geschlagen, oder was?« Ihre Stimme klang tonlos, ihre Haare hingen nach allen Seiten vom Kopf. »Die Wahrheit kann ich ja wohl schlecht sagen, wenn wir die Polizei nicht einschalten.«

»Vielleicht sollten wir das trotzdem tun«, antwortete Christian. Insgeheim wollte er sie nicht wirklich zu diesem Schritt überreden, sondern nur abschätzen, ob sie bei ihrem nächtlichen Nein zu einer Anzeige blieb.

»Wenn wir das tun, Christian, dann sind wir unseres Lebens nicht mehr sicher.« Sie sah ihn aus geröteten Augen flehend an. »Sag mir, wovon du die Hände lassen sollst. Hat das mit Heilbronn zu tun?«

Heilbronn. Jetzt war es raus. Er schloss die Augen und wandte sich ab. »Da ist nichts. Da kann höchstens ein Konkurrent dahinterstecken, der uns den Erfolg mit der Buga neidet.«

»Ach, Christian, das ist doch Quatsch, was du da redest.« Sie hatte wieder einen Funken Energie zurückgewonnen. Sie schob ihn beiseite und verließ das Bad.

An ein Frühstück war heute nicht zu denken. Jetzt musste möglichst schnell das Chaos im Ladengeschäft beseitigt werden, denn gerade sonntagvormittags war die Nachfrage nach Blumensträußen groß. Wenn um 9 Uhr die Hilfskraft kam, durfte nichts mehr an die schrecklichen Ereignisse der Nacht erinnern.

Katharina war durch das Treppenhaus abwärtsgeeilt, während vor ihrem geistigen Auge die horrende Szenerie ablief, die sich tief in ihre Seele eingebrannt hatte: wie sie von dem Verbrecher hier in die Wohnung hochgezerrt worden war.

Im Geschäftsraum zeugten Keramikscherben davon, die weit über den gefliesten Boden verteilt waren, dass sich Gewaltsames zugetragen haben musste. Einige Vasen waren zu Bruch gegangen, zwei große Pflanzen waren samt ihren Kübeln umgestürzt, ein Holzregal lag völlig zertrümmert neben der Kassentheke. Von der baumelte das abgeschnittene Telefonkabel, das sie vor der Angestellten irgendwie verbergen musste. Am besten, sie beseitigte das ganze Gerät und erklärte, dass am Montag ein Spezialist kommen und die Telefonanlage modernisieren wolle.

Sie selbst, so überlegte Katharina, konnte ja noch vom Handy aus telefonieren. Und das musste sie tun. Ganz dringend. Und zwar unbemerkt von Christian.

Sie sammelte die Keramikscherben ein und verstaute sie in einem Karton, den sie sofort über den morgenfrischen Hof zu den Müllcontainern trug, die rechts neben dem Kleintransporter standen. Noch bevor sie die Behälter erreichte, zuckte etwas in ihren linken Augenwinkel, was sofort ihre ganze Aufmerksamkeit auf sich zog: Über die ganze rechte Breitseite des Kleintransporters hinweg war mit roter Farbe etwas aufgesprüht worden. Sie blieb augenblicklich stehen und formte die ungelenken Buchstaben zu Worten: »Vergiss Vanessa«.

Vanessa, durchzuckte es sie. Für einen kurzen Moment wusste sie nichts damit anzufangen, doch dann bemächtigte sich ihrer ein schlimmer Gedanke. Vanessa. Das war doch die Gartengestalterin, mit der Christian auf der Buga zu tun hatte.

Wut und Zorn steigerten sich ins Unermessliche. Katharina warf den Karton mit dem scheppernden Inhalt in einen der Container und eilte mit energischen Schritten in das Ladengeschäft zurück, wo sich Christian bereits an der Telefonanlage zu schaffen machte. »Wer ist Vanessa?«, schrie ihm Katharina aufbrausend und wütend entgegen, das blasse Gesicht zu einer hysterisch anmutenden Maske verzerrt.

Christian drehte sich erschrocken um, sodass das Telefon krachend auf den Steinboden fiel und einige Plastikteile abbrachen. »Wie bitte?«, war alles, was er seiner Frau entgegnen konnte, stammelnd, hilflos und verkrampft.

65

Häberle war bereits wieder frühzeitig im Heilbronner Präsidium eingetroffen, wo ein völlig übernächtigter und leichenblasser Linkohr bei den Kollegen der Sonderkommission saß und Kaffee trank. Ungewöhnlich zeitig, dachte Häberle und überlegte, ob Linkohr bereits eine Gelegenheit gefunden hatte, in Heilbronn zu nächtigen. Immerhin war schon lange nicht mehr von einer »Traumfrau« die Rede gewesen. Beinahe beängstigend lange. Häberle begrüßte die Anwesenden per Handschlag und bemerkte sofort, dass Linkohr versuchte, mit einer Neuigkeit von seiner Müdigkeit abzulenken: »Die Telefonnummer, die wir in Frau Eickhoffs Unterlagen gefunden haben, gehört einem der Friedhofsgärtner, die am Freitagabend auf der Buga waren.« Der junge Kriminalist war nach der Begrüßung gleich neben Häberle stehen geblieben, um mit rauer Stimme anzufügen: »Aus Geislingen, Chef.« Es klang so, als sei er stolz darauf, eine Person aus ihrer beider Zuständigkeitsbereich ausfindig gemacht zu haben. »Hofknecht«, erklärte er schnell und unterdrückte ein Gähnen. »Kenn ich sogar. Die haben erst vor Kurzem neu gebaut. Ein großes, modernes Gewächshaus mit Laden.«

»Haben Sie schon angerufen?«, wollte Häberle wissen.

»Versucht haben wir's«, Linkohr sah in die Runde der Kollegen, die an ihren eng zusammengerückten Schreibtischen saßen, »aber es meldet sich niemand. Ist ja auch Sonntag und noch früh am Morgen. Sollen wir eine Streife der Geislinger hinschicken?«

Häberle schüttelte den Kopf. »Nicht gleich Aufsehen erregen mit Streifenwagen und Uniformen. Versuchen Sie's weiter – und dann können Sie heute Nachmittag dort ja selbst vorbeischauen.« Er grinste und musste an Linkohrs gestrigen Auftrag im Rotlichtmilieu denken. »Oder haben Sie wieder einen anstrengenden Abendtermin in Heilbronn?«

Linkohr war für einen Moment irritiert.

Häberle hatte lediglich einen Bericht zum »Be Happy« erwartet. Doch Linkohr legte eine seltsame Zurückhaltung an den Tag – und Marvin Wenzel war noch gar nicht eingetroffen.

Nachdem Häberle festgestellt hatte, dass weder Kuntz noch Dreisamer anwesend waren, sah er sich gefordert, die weiteren Ermittlungen heute Vormittag zu leiten. »Dieser Plasser«, überlegte er, »der mit dem Boot. Hat dem schon jemand auf den Zahn gefühlt?«

Kopfschütteln, während die junge Kollegin eifrig erklärte: »War telefonisch erst vorhin zu erreichen, nachdem wir endlich seine Privatnummer rausgefunden haben.«

Häberle entschied: »Dann knöpf ich mir den mal vor.« Er sah aufmunternd zu Linkohr: »Mich würde natürlich brennend interessieren, wie die Recherche gestern Abend verlaufen ist.«

»Uns auch«, tönte eine Männerstimme durch den Raum.

Linkohr blieb betont sachlich: »Es war eine Vernehmung wie jede andere auch. Der Kollege Wenzel und ich haben diese Iri vernommen.«

»An ihrem Arbeitsplatz?«, spottete ein Kollege aus der hinteren Reihe.

»Ja, an ihrem Arbeitsplatz«, gab Linkohr schnippisch zurück und ergänzte: »Auch in Arbeitskleidung, falls ihr das meint.«

»Kleidung?«, echote es ihm entgegen. »Erzähl mal.«

Linkohr ließ sich nicht provozieren. Er hatte sich vorgenommen, hier in Heilbronn seinem vorauseilenden Ruf nicht gerecht zu werden. Heute schon gar nicht. Schließlich hatten auch Kriminalisten ein Privatleben. »Was die Frauen dort tun, ist deren Sache. Und wenn wir ehrlich sind, tragen sie vielleicht mit ihrem Job dazu bei, dass sich das eine oder andere Sexualverbrechen auf der Straße verhindern lässt.«

»Oh, was für soziale Gedanken«, staunte ein anderer Kollege süffisant. »Du solltest aber nicht vergessen, dass manche Nutte ganz schön unter Druck steht, wenn sie nicht genügend anschafft.«

»Das brauchst du mir nicht zu sagen«, entgegnete Linkohr leicht verstimmt. »Deshalb wäre es für uns manchmal sehr wichtig, das Vertrauen dieser Damen zu gewinnen.«

»Oh, da spricht wieder der Frauenversteher«, schallte eine sonore Stimme zu ihm herüber.

»Okay«, bereitete Häberle der wenig zielführenden Diskussion ein Ende. »Was hat die Iri nun konkret gesagt? War's kein angenehmer Termin?«, blieb Häberle beharrlich, weil er vermutete, dass ihm etwas verheimlicht wurde.

»Dienstlich im Puff«, erwiderte Linkohr, »wie soll das angenehm sein? Die Iri kann zu dem Freier, dem sie ihre Visitenkarte gegeben hat, so gut wie nichts sagen. Dafür haben wir erfahren, dass sie selbst aus Münsingen stammt und eine weitläufige Bekannte dieses Blumenhändlers war, den man dort vor einigen Jahren erschossen hat.«

»Ach«, entfuhr es Häberle. »Und das sagen Sie so nebenbei! Halten Sie das nicht für interessant?«

»Doch, schon«, ereiferte sich Linkohr und musste wieder gegen ein Gähnen ankämpfen. »Außerdem hat sich dieser Freier vom Mittwochabend ›Flores‹ genannt.«

»Flores«, kam es aus einer Ecke zurück. »Das klingt verdammt nach Flora und Fauna. Nach Floristen.«

»Kann man so meinen«, räumte Linkohr ein.

»Und sonst?«

»So viel Zeit ist gar nicht geblieben. Sie hat wohl ihren Tagesablauf ziemlich genau getaktet.« Er musste an den Korpulenten denken, der ihnen auf der Treppe entgegengekommen war. Ob er allerdings zu Iri wollte oder eine andere Dame bevorzugte, wusste er nicht. »In so einem Haus tauchen allerlei Typen auf – auch wenn es sich wohl insbesondere um betuchte Kundschaft handelt.«

Häberle zuckte mit den Schultern. »Betucht ist ja nicht gleichbedeutend mit seriös.« Er hatte während seiner langen Berufslaufbahn die verrücktesten Sachen erlebt – insbesondere, als er noch Sonderermittler in Stuttgart gewesen war. Es hatte Fälle gegeben, da hatten sich Politiker und Wirtschaftsbosse in Milieus herumgetrieben, die ihrer nicht würdig gewesen waren. Aber oftmals suchten gerade gestresste Persönlichkeiten einen Ausgleich für die tagsüber zur Schau getragene Seriosität. Und wenn dann Geld keine Rolle spielte, konnten sie im wahrsten Sinne des Wortes die Puppen tanzen – oder die Sau herauslassen.

Häberle jedenfalls hielt längst alles für möglich.

66

Alexander Gerst fühlte sich schon beinahe wie zu Hause. Vier Jahre war er nicht hier gewesen – und doch erschien ihm alles so wunderbar vertraut. Er und seine beiden Begleiter, die Amerikanerin Serena Auñón-Chancellor und der Russe Sergej Walerjewitsch Prokopjew, waren nach dem Ankopplungsmanöver am gestrigen Samstag von der bisherigen dreiköpfigen ISS-Besatzung freundschaftlich und herzlich empfangen worden. Die beiden Amerikaner Jay Andrew Feustel und Richard Robert Arnold sowie der Russe Oleg Germanowitsch Artemjew, die sich mit ihren Hawaii-Hemden im Freizeit-Look präsentierten, wohnten und arbeiteten schon seit März in der Station. Alle drei Monate wurde jeweils die Hälfte der sechs permanent anwesenden Personen von einer neuen Besatzung abgelöst.

»Völlig losgelöst«, so hatte Gerst schon einmal in Anlehnung an einen alten Schlager das Feeling in der Schwerelosigkeit beschrieben. Die ISS, ein verschachteltes, aus vielen Modulen bestehendes High-Tech-Ungetüm, umfasste deutlich mehr als die Größe eines üblichen Fußballfeldes und ragte an manchen Stellen 30 Meter in den Raum hinaus. Sie galt derzeit als das größte künstliche Objekt im Erdorbit.

Innen drin gab es, wie überall im Weltall, natürlich kein Oben und kein Unten, sodass die unzähligen Geräte und Schaltungen rundum überall angebracht waren. Schließlich brauchten die Kosmonauten für ihe Fortbewegungen auch keinen Boden unter den Füßen, weil sie durch die röhrenartige Station schwebten.

Gerst, der als einer der kommunikativsten und redegewandtesten Raumfahrer galt, hatte während seiner früheren Mission einmal per Video die gesamte Einrichtung der ISS erläutert – einschließlich Schlafkammern, Toilette und »Müllkeller«. Auch jetzt, bei der gestrigen Ankunft, hatte er sich äußerst »medial« gezeigt und beim Einschweben in die ISS die Stoff-Fernsehmaus als Maskottchen vor die Kamera gehalten.

Der Lieblingsplatz aller war die Aussichtsplattform, die mit ihren sieben Fenstern einen atemberaubenden Blick auf die Erde bot. Gerst schoss von hier aus seine mittlerweile legendären Fotos. Stundenlang hätte er auf den Planeten schauen können, der so friedlich und blau-weiß strahlend in der Unendlichkeit verankert schien. Milliarden Menschen wuselten dort unten herum, von denen jeder Einzelne sein ganz persönliches Schicksal mit sich schleppte. Viele waren nur auf sich, ihre Macht und ihren Wohlstand fixiert, verteidigten Grenzen, bekämpften sich – ohne zu realisieren, dass sie alle gemeinsam auf einem sehr zerbrechlichen Himmelskörper saßen. Gerst war in solche Gedanken versunken, als ihn sein russischer Kollege Oleg plötzlich von der Seite anstupste und etwas darüber wissen wollte, was vor dem Start gemunkelt worden sei.

Auch in Oberpfaffenhofen, 400 Kilometer tiefer und gerade auf der anderen Seite der Erdkugel, war dieses Thema noch aktuell, wenngleich nach dem geglückten Start und der ebenso reibungslos verlaufenen Ankoppelung die Befürchtungen hinsichtlich eines Anschlags inzwischen als sehr gering eingeschätzt wurden. Der Sprecher des Security-Teams im bayerischen Standort des Deutschen Zentrums für Luft- und Raumfahrt (DLR) betonte vor seiner Mannschaft, dass es auch nach dem Tod der Wissenschaftlerin keine Hinweise auf eine Attacke gegen die ISS gebe.

»Aber irgendjemand hat doch erreichen wollen, dass ihr Umweltexperiment nicht zur ISS fliegt«, warf einer der jungen Männer ein, dessen Tatendrang förmlich spürbar war.

Ein anderer bekräftigte: »Ich weiß zwar nicht, was diese Wissenschaftlerin aus Ulm da Sensationelles entwickelt hat, aber es könnte doch sein, dass sie die Leugner des Klimawandels ganz schön ins Schwitzen bringt.«

»So Leute vom Kaliber des amerikanischen Präsidenten«, ergänzte ein älterer Herr mit hoher Stirn, dessen Tonfall auf sachliche Argumentation schließen ließ. »Gerst wird sich jetzt ganz gewiss mit besonderer Intensität des Mini-Satelliten annehmen. Wie wir wissen, ist ihm sehr viel am Schutz des Planeten gelegen.«

Der Wortführer nickte. »Jedenfalls können wir, egal was da oben noch passiert, ruhigen Gewissens sagen, dass es hier bei uns keine Sicherheitslücke gibt. Im Übrigen haben das auch die Jungs von Pullach bestätigt.«

Der ältere Herr lehnte sich zurück: »Ihr Wort in Gottes Ohr. Die Mission dauert noch ein halbes Jahr. Das ist verdammt lang.«

67

So hatten sie noch nie gestritten. Katharina wollte nicht glauben, dass ihr Mann gestern Abend, dazu noch an einem Samstag, einen Vortrag in der Hochschule in Nürtingen gehalten hatte. Es wäre natürlich ein Leichtes gewesen, dort anzurufen und sich zu erkundigen. Aber wenn sie ehrlich zu sich selbst war, dann kam ihr der Zoff gar nicht so ungelegen. Nur der Zeitpunkt war der denkbar schlechteste. Ausgerechnet nach diesem Horrorabend hatte sich ihr Verdacht erhärtet, ihr Mann würde sie betrügen. Zwar hatte Christian geschworen, Vanessa Eickhoff nur »rein geschäftlich« getroffen zu haben, und er könne sich überhaupt nicht erklären, wann und von wem sein Auto besprüht worden sei. In der Nacht jedenfalls habe er die Aufschrift auf der rechten Fahrzeugseite nicht bemerkt. »Wahrscheinlich von jemandem, der grundlos eifersüchtig ist – irgendjemand bei der Buga, ganz sicher«, hatte Christian zornig ihre Anschuldigungen abzuwehren versucht.

»Ach, halt doch die Klappe«, hatte sie ihn angefaucht und im Gewächshaus sogar einen kleinen Blumentopf mit einer dunkelblauen Petunia nach ihm geworfen. »Alles, was wir hier aufgebaut haben, werden wir verlieren. Alles. Du mit deinen blöden Ideen, du bist doch völlig durchgeknallt. Verkauf das Zeug doch, solange es noch geht, an den Warnecke. Der weiß wenigstens, wie so ein Laden zu führen ist.«

Warnecke. Christian meinte in der Art und Weise, wie sie den Namen ausgesprochen hatte, einen seltsamen Unterton gehört zu haben – was ihn zusätzlich in Rage brachte: »Hätte ich den Warnecke nicht angezapft, wären wir schon lange hopsgegangen.«

»Nur, dass du dich jetzt in Dinge reinhängst, die saugefährlich sind.« Mehr wollte sie dazu nicht sagen. Denn seit sie nach der Schreckensnacht wieder einen klaren Gedanken fassen konnte, wurde sie von tausend Ängsten und Zweifeln geplagt.

Sie musste unbedingt telefonieren. Um dies heimlich tun zu können, hatte sie sich beim Eintreffen ihrer Aushilfskraft mit dem Vorwand davongemacht, bei einem Bäcker, der sonntags auch offen hatte, dringend etwas einkaufen zu müssen. Sie würdigte Christian keines Blickes, als sie an ihm vorbei den Laden verließ und schnellen Schrittes zu ihrem roten Polo ging, der im Carport stand. Ihr Kopf schmerzte unerträglich, während sie das Auto, tief in Gedanken versunken, stadteinwärts zum menschenleeren Parkplatz eines Supermarktes fuhr. Dort stellte sie den Wagen in eine Ecke und holte nervös das Handy aus der Handtasche, um aus dem digitalen Adressbuch eine Nummer zu wählen.

Es kam ihr wie eine halbe Ewigkeit vor, bis sich nach fünf Rufzeichen eine wohlvertraute Männerstimme mit einem kurzen »Hallo« meldete.

»Ich bin's«, flüsterte Katharina. Sie verfolgte dabei angestrengt in den Rückspiegeln, was sich um sie herum tat. »Du, es ist etwas Schreckliches passiert, ganz schrecklich, furchtbar.« Ihre flüsternde Stimme versagte, weil das Geschehen der vergangenen Nacht mit einem Schlag wieder lebendig wurde. Das unerwartete Schweigen des Angerufenen brachte ihr Gefühlsleben vollends durcheinander. »Hörst du mich, bist du noch da?«

»Natürlich bin ich da«, kam es ziemlich teilnahmslos zurück. »Ist etwas nicht in Ordnung?«

»Nicht in Ordnung, du, ich bin überfallen worden, vergangene Nacht. Hörst du? Überfallen.«

»Wie bitte? Sag das noch mal.« Die Gelassenheit des Mannes am anderen Ende der Leitung war verflogen.

»Ja, ich war noch allein im Laden. Er hat mich in die Wohnung geschleppt, gefesselt und geschlagen.«

»Wer hat dich gefesselt und geschlagen?«

»Keine Ahnung. Er war maskiert – und er hat gedroht, er werde wiederkommen, wenn Christian nicht die Finger von etwas lässt. Bitte, sag mir, was hat Christian damit zu tun?«

Die Antwort kam nur zögernd, während Katharina im Rückspiegel ein dicht hinter ihr haltendes Auto registrierte, das ihr das Rückwärtsfahren unmöglich machte.

»Christian …«, hörte sie den Mann sagen. »Der hat sich möglicherweise ein Stück zu weit hinausgelehnt.«

Wirklich registriert hatte sie das Gesagte nicht, denn der Wagen hinter ihr bewegte sich nicht von der Stelle. Der Silhouette nach war es ein Mann, der auf dem Fahrersitz saß, ohne sich zu bewegen.

»Was heißt das? ›Zu weit hinausgelehnt‹?«

»Dass er mehr riskiert hat als notwendig.«

»So? Das sagst du so einfach? Und jetzt? Hast du eigentlich eine Ahnung, was ich durchgemacht habe? Das werde ich mein Leben lang nicht mehr los. Je mehr ich darüber nachdenke, desto mehr bin ich davon überzeugt, dass ich die Polizei verständigen sollte.«

Noch immer behielt sie den Mann in dem Auto hinter ihr im Auge. Der hatte zu gestikulieren begonnen. Seinen Mundbewegungen nach führte er ein angeregtes Gespräch. Vermutlich telefonierte er über die Freisprecheinrichtung, beruhigte sich Katharina.

»Die Polizei«, wiederholte die Stimme in ihrem Gerät, »das wäre verfrüht, Katharina. Du würdest alles gefährden. Dich, Christian und die Zukunft.«

»Aber ich hab Angst, verstehst du das denn nicht?« Sie holte tief Luft. »Wir müssen uns sehen. Dringend. Ich hab wirklich Angst.«

»Es wird sich alles klären, Katharina, vertrau mir. In einigen Tagen ist alles vorbei.«

»Und wenn er wiederkommt? Wenn er uns umbringt?«

Der Mann wusste um die Wirkung seiner sonoren Stimme, weshalb er langsam weitersprach: »Du musst mir jetzt vertrauen, Katharina. Wir werden das zu einem guten Ende bringen. Was vergangene Nacht geschehen ist, war schrecklich für dich, das glaub ich dir – aber es wird sich nicht wiederholen.«

Katharina ließ die Worte nachwirken, ohne allerdings zu begreifen, weshalb sich der Mann seiner Sache so sicher war. Zusätzlich irritierte es sie, dass sie für einige Sekunden abgelenkt war und nicht bemerkt hatte, wie das Auto hinter ihr weggefahren war.

»Bitte, wir müssen uns sehen«, flehte sie mit einer Mischung aus panischer Angst und Wut, ohne auf seine Antwort einzugehen.

»Vertrau mir«, kam es wieder zurück. »Ich werde das regeln.« Dann fügte er hinzu: »Weißt du was – du kommst einfach zu mir.«

Sie war wie vom Donner gerührt. Was hatte er gesagt? Eine Gänsehaut lief ihr über den Rücken. Zu ihm? Sie sollte zu ihm kommen?

Sie entgegnete nichts, sondern wurde unerwartet energisch: »Sag mir bitte, was Christian in Heilbronn erfahren hat.«

»Ich …«, der Mann zögerte, »ich geh mal davon aus, dass er weit übers Ziel hinausgeschossen ist.«

68

Häberle hatte sich telefonisch bei Plasser angekündigt, der jedoch nicht gewillt war, den Kriminalisten daheim zu empfangen oder ins Präsidium zu kommen. Angesichts des herrlichen Frühsommertages hatte er deshalb eine Parkbank im sogenannten Hospitalgrün hinterm Freizeitbad Soleo vorgeschlagen, jener Grünanlage am Ufer des Alt-Neckars, die nur durch die beidseits umflossene Kraninsel vom Fundort der Leiche getrennt war.

Häberle ließ sich von einer Streife zur unteren Neckarstraße bringen, wo er direkt am Hagenbucher See ausstieg, um von dort in praller Vormittagssonne vollends die paar Schritte zu der Grünanlage zu gehen. Bereits beim Aussteigen schlug ihm laue Luft entgegen, das Zwitschern der Vögel erfüllte den Park, irgendwo quakten Enten. Der Springbrunnen in der Mitte der Wasserfläche sprudelte. Noch waren nur wenige Menschen unterwegs, doch würde sich das im Laufe des Sonntags sicher ändern.

Häberle hatte den Mann, den er hier treffen wollte, sofort im Blickfeld. Schließlich musste es sich laut den Schilderungen des Kollegen Kuntz um eine ziemlich korpulente Person handeln. Eine solche saß tatsächlich auf einer der Ruhebänke und sah ihm erwartungsvoll entgegen, während einige Radler vorbeifuhren.

»Ich nehme an, Sie sind Herr Plasser«, kam Häberle lächelnd auf ihn zu und stellte sich vor. Plasser hatte sich ungelenk erhoben und reichte dem Kriminalisten zur Begrüßung die eiskalte Hand.

»Schön, dass es geklappt hat«, meinte Häberle, worauf sie sich beide setzten. »Ein wunderschöner Tag am Neckar.« Diese

Bemerkung schien aber nicht dazu angetan zu sein, die Stimmung Plassers aufzuhellen. Die kurz geschorenen schwarzen Haare ließen sein fahles Gesicht und sein Doppelkinn noch mächtiger erscheinen, als es war.

»Eigentlich hab ich doch Ihrem Kollegen am Donnerstag schon alles gesagt«, gab sich Plasser einsilbig und musterte den Kriminalisten von oben bis unten.

»Ja, Herr Kuntz hat Sie wohl da drüben irgendwo getroffen«, Häberle machte eine Kopfbewegung in Richtung des anderen Neckarufers. »Das war kurz nachdem man hier die Leiche von Frau Doktor Eickhoff gefunden hat.«

Plasser nickte und sah über den Fluss hinweg, als wolle er Häberles Blicken ausweichen.

»Wir sind aber gerade dabei, die Arbeit und das persönliche Umfeld von Frau Eickhoff zu rekonstruieren«, kam Häberle gleich zur Sache und verschränkte seine Arme vor der Brust. Mit dieser entspannten Haltung erweckte er bei seinen Gesprächspartnern meist den Eindruck, nur zu einem »Plauderstündchen« gekommen zu sein.

»Dazu werde ich nicht viel beitragen können«, gab Plasser zu verstehen.

»Manchmal sind es Kleinigkeiten oder scheinbar unbedeutende Bemerkungen, die uns weiterhelfen könnten.«

»Bemerkungen? Von Vanessa?« Plasser wurde unsicher.

»Ja, zum Beispiel. Welchen Kontakt hatten Sie zu ihr?«

»Nur gelegentlich, wenn sie hier auf dem Gelände etwas sehen wollte. Meist hat sie aber direkt mit Frau Cortes Kontakt gehabt.«

»Und zuletzt?«

»Zuletzt?« Plasser drehte den Kopf zu Häberle, der links neben ihm saß. »Am Mittwochnachmittag. Als die Friedhofsgärtner da waren. Da unten …«, er deutete flussabwärts, »da werden Schaugräber angelegt, da haben wir uns getroffen.«

»Und danach hat man sich wieder getrennt – wann war das ungefähr?«

»Ich hab nicht auf die Uhr geschaut, aber ich bin dann unverzüglich zurück ins Büro, um noch ein paar Dinge zu erledigen und anschließend Feierabend zu machen.«

»Wie spät war es zu diesem Zeitpunkt?«

»Wie ich gerade sagte: So genau weiß ich es nicht. Aber es war noch hell – ist es ja um diese Jahreszeit jetzt ziemlich lang. Ich schätze, es wird so 20.30 Uhr gewesen sein.«

»Danach haben Sie Frau Eickhoff nicht mehr gesehen?«

»Nein.« Plasser sah einer jungen Joggerin in Shorts nach, die ganz dicht an ihm vorbeigerannt war.

»Darf ich fragen, was Sie dann gemacht haben?«

»Ich? Was spielt das denn für eine Rolle?« Er wandte den Blick von der Frau, die rasch aus seiner Sichtweite verschwand. Auf seiner Stirn bildeten sich Schweißperlen.

»Eine Frage, die wir allen stellen, die Frau Eickhoff am Mittwoch zuletzt gesehen haben«, blieb Häberle ruhig.

»Ich ... ich bin essen gegangen und dann nach Hause.«

»Nach Schwaigern«, gab sich Häberle informiert. Er glaubte zu wissen, dass dieser Ort westlich von Heilbronn lag, wollte aber nicht nachhaken, um sich keine Blöße zu geben. Er ließ zwei Frauen mit Kinderwagen vorbeigehen und beobachtete einen Erpel, der auf dem abgestuften Uferstreifen einer Entendame mühevoll hinterherwatschelte. »Haben Sie eine Ahnung, wen Frau Eickhoff an diesem Abend noch getroffen haben könnte?«

»Frau Eickhoff war eine attraktive Frau«, meinte Plasser. »Eine, die sich nicht mit jedem eingelassen hat. Dass sie jetzt so schrecklich ums Leben gekommen ist, tut mir sehr leid. Sehr.« Häberle glaubte aus seiner Stimme eine gewisse Enttäuschung herauszuhören.

»Es gab also genügend Personen, die sich für sie interessiert hätten«, versuchte der Kriminalist, mehr dazu in Erfahrung zu bringen.

»Ja, ist doch logisch, oder? Immer, wenn sie's hier mit Männern zu tun hatte, war sie umschwärmt.«

»Auch am Mittwochabend?«

Plasser überlegte, was er sagen sollte. »Auch am Mittwoch, ja. Ich will da in nichts reingeraten, Herr Kommissar«, er schien sich Häberles Aufmerksamkeit zu erhoffen, »aber dieser Gärtner aus Geislingen, der hatte wohl ein besonderes Auge auf sie geworfen.«

»Ein Gärtner aus Geislingen?« Häberle wurde hellhörig. Linkohr hatte doch davon gesprochen. Aber jetzt wollte ihm der Name nicht einfallen. »Wie heißt er denn?«

»Hofknecht. Ein ganz verrückter Kerl, hat wohl gerade erst seine Gärtnerei neu gebaut und will sich mit einem Schaugrab hier profilieren.«

Plassers eifrige Erzählungen kamen Häberle so vor, als wolle der Mann von weiteren Fragen über sich ablenken. Eine günstige Gelegenheit für vertiefendes Nachhaken: »Wie hat sich dieses Heranmachen an Frau Eickhoff denn gezeigt?«

»Na ja, das spürt man doch, Herr Kommissar. Schon vergangenen Herbst hat das begonnen. Ich hab mitgekriegt, dass er sie mal zum Essen eingeladen hat.«

»Das muss ja noch nichts heißen …?«

»Ich hab noch einige Male beobachtet, dass sie nach einem Meeting weggegangen sind. Am Mittwoch allerdings hat's bei der Diskussion um die Gräbergestaltung Unstimmigkeiten gegeben.«

»Aha«, zeigte sich Häberle interessiert. »Inwiefern?«

»Dieser Hofknecht hatte wohl auch einen ›multikulturellen Effekt‹ in die Gestaltung einbringen wollen. Man müsse auch an Nichtchristen denken, hat er gesagt und angeregt, dass man nicht nur einheimisches Gewächs anpflanzen sollte.«

»Das wollte Frau Eickhoff nicht?«

»Nein. Da lässt sie nicht mit sich reden. Natürlich gedeiht auch hier im Heilbronner Klima nicht alles, was aus Afrika oder von anderswo herkommt. Aber, um ehrlich zu sein, auch ich würde mir ein bisschen Weltoffenheit wünschen, auch bei den Pflanzen. Obwohl vielleicht die Schaugräber nicht unbedingt der richtige Ort sind, die Flüchtlingsproblematik nun auch noch im Hinblick auf Beerdigungen ›aufzukochen‹, wie Vanessa argumentiert hat.«

»Dann war am Mittwoch also das Verhältnis der beiden ein bisschen getrübt, meinen Sie?«, stellte Häberle fest.

Plasser zog die Augenbrauen zusammen. »Ob es auch privat nicht mehr so geklappt hat, weiß ich nicht. Jedenfalls hat er ihr diesmal keinen Blumenstrauß mitgebracht.«

»Das hat er manchmal getan?«

»Ja, wir haben schon gemeint, er wolle sie bestechen.«

Häberle riskierte einen gewagten Vorstoß: »Aber nicht mit schwarzen Rosen?«

Plassers Redefluss stockte abrupt. »Schwarze Rosen? Wie kommen Sie denn da drauf?«

»Nur so«, runzelte Häberle unschuldig die Stirn. »Gibt es das gar nicht – schwarze Rosen?«

»Ich … ich weiß nicht, aber ich denke schon. Vielleicht sind die tief dunkelroten gemeint. Wie muss ich Ihre Frage verstehen?«

»Sie haben also nie etwas von schwarzen Rosen – oder dunkelroten – gehört?« Häberle spürte Plassers Verunsicherung.

»Wenn ich mich richtig entsinne«, lenkte der Angesprochene zaghaft ein, »dann hat wohl die Maleike, also die Frau Cortes, irgendwann im Winter davon gesprochen.« Er wartete ab, bis zwei junge Rollschuhfahrerinnen an ihnen vorüber waren. »Sie war damals davon ausgegangen, dass ihr ein verschmähter Liebhaber so eine dunkle Rose untern Scheibenwischer des Autos geklemmt hat.«

Häberle nickte zufrieden. »Aber sonst gab es keine Berührungspunkte mit schwarzen Rosen?«

Plasser schüttelte zaghaft den Kopf. »Nein – oder sind Sie da anders informiert?«

Häberle wollte es dabei belassen und wechselte das Thema: »Sagt Ihnen der Polizistenmord auf der Theresienwiese etwas?«

»Wie bitte?« Wieder schien Plasser perplex zu sein. »Die alte Geschichte?«

»Ja, die ›alte Geschichte‹«, erwiderte Häberle. »Hat Frau Eickhoff jemals eine Bemerkung gemacht, woraus zu schließen war, sie hätte sich mit dieser ›alten Geschichte‹ befasst? Sie kennen das ja: Nationalsozialistischer Untergrund, NSU und so ...«

»Aber, Herr Kommissar«, empörte sich Plasser. »Das ist doch kalter Kaffee. Okay, Frau Eickhoff«, er überlegte, »hatte durchaus ihre eigene Sicht der Dinge und sich an vielem politisch interessiert gezeigt. Möglich, dass sie durch ihren Aufenthalt hier in Heilbronn auch wieder auf diesen Fall aufmerksam geworden ist. In den Medien spielt er ja bis heute eine Rolle.«

»Eine andere Frage«, lenkte Häberle ab und sah einem Schwan nach, der auf dem Neckar den Hals reckte. »Kennen Sie einen Amerikaner namens Olber- oder Doberding oder so ähnlich? Der Kriminalist tat so, als bemerke er Plassers aufkommende Unruhe nicht.

»Einen Amerikaner, sagen Sie?«, presste Plasser aus trockener Kehle hervor.

»Ja, Amerikaner«, wiederholte Häberle, ohne den Nebensitzer eines Blickes zu würdigen. »Olberding oder Ollenhower.«

»Nee, sagt mir nichts. Tut mir leid.«

Häberle sah die Gelegenheit gekommen, sein brennendstes Thema anzugehen.

»Da drüben«, fuhr Häberle schließlich fort und deutete zur

Insel vor ihnen, »da gibt's im Wilhelmskanal den Sportboothafen.«

Die Bemerkung ließ Plasser erneut aufhorchen, er drehte seinen Kopf reflexartig zu Häberle, der sich davon aber unbeeindruckt zeigte und jetzt scheinbar gelangweilt dem Entenpärchen zusah, das über die Wiese beim Ufer watschelte. Er ließ Plasser ein paar weitere Sekunden über den Sinn dieser Bemerkung zum Sportboothafen im Unklaren, um dann anzufügen: »Sind das die etwas Betuchteren von Heilbronn, die da ihre Boote liegen haben?«

»Betuchtere?«, echote Plasser verwundert. »Das sind doch keine riesigen Jachten wie an der Côte d'Azur! Das hier sind Boote, mit denen man auf dem Neckar und anderen Flüssen hin- und herfahren kann, mehr nicht.« Er überlegte. »Vielleicht auch mal irgendwo am Meer die Küste entlang.«

»Man könnte also bis Rotterdam hochfahren?«, zeigte sich Häberle interessiert.

»Ja, natürlich. Wenn Sie genügend Zeit haben.«

»Kennen Sie denn jemanden, der dort ein Boot liegen hat?« Noch immer erweckte Häberle den Eindruck, es seien nur belanglose Fragen, die er stellte.

Plasser sah ihn konsterniert von der Seite an. »Ob ich …? Ich versteh Ihre Frage nicht.«

»Aber sie war doch klar und deutlich formuliert.« Häberles Tonfall wurde energischer. Er blickte seinem verstörten Nebensitzer fest in die Augen. »Kennen Sie einen? Oder sollte ich eher fragen: Sind Sie denn selbst ein Bootsbesitzer?«

Plasser schluckte, er spielte nervös mit den Fingern und drehte sich leicht zur Seite – wie ein trotziger Schuljunge, der bei etwas Bösem ertappt worden war. »Ist das denn so wichtig?«

»Weiß ich nicht«, stellte Häberle klar und zog wortlos aus seiner Jackentasche den Farbausdruck jenes Fotos heraus, das Vanessa Eickhoff bei den Sportbooten von der Kaimauer aus gemacht hatte, im Vordergrund der angebliche Amerikaner namens Olberding, der ein Tau in der Hand hielt. »Hier«, sagte er gelassen und deutete auf jenes Boot, zu dem das Tau gehörte. »Sie wissen, wer den Liegeplatz für dieses Boot angemietet hat?«

Plasser warf nur einen flüchtigen Blick auf das Bild. »Was soll diese Frage, wenn Sie es schon wissen?«

»Ich wollte es von Ihnen hören, Herr Plasser. Aber keine Sorge, ich will nicht wissen, mit welchem Geld Sie es erworben haben. Vielleicht haben Sie es auch geschenkt bekommen oder geerbt – das ist für mich völlig uninteressant. Mich interessiert auch das Boot als solches nicht – sondern nur dieser Mann, der hier abgebildet ist.« Häberle zeigte auf die Person, obwohl Plasser demonstrativ gar nicht mehr auf das Papier schaute.

Erst als zwei Rentner an ihnen vorbeigegangen waren, rang sich der korpulente junge Mann zu einer Bemerkung durch: »Kenn ich nicht, keine Ahnung.«

»Ach«, staunte Häberle und faltete das Blatt wieder zusammen. »Kennen Sie nicht. Aber dass er ein Befestigungstau – oder wie man es sonst nennen mag – für Ihr Boot in der Hand hält, das ist dann reiner Zufall.«

»Ist es wohl«, blieb Plasser hartnäckig. »Er ist am Mittwoch, als ich kurz dort war, um nach dem Rechten zu schauen, zufällig am Ufer vorbeigekommen und hat gefragt, ob er mir irgendwie helfen könne.«

»Zufällig«, wiederholte Häberle stirnrunzelnd. »Schön, dass es solche Hilfsbereitschaft heute noch gibt. Wollten Sie, als das Foto aufgenommen wurde, mit ihrem Boot wegfahren?«

Plasser zögerte. »Es … es war so, dass ich nur die Vertäuung fester machen wollte. Wer hat überhaupt das Foto gemacht?«, fand Plasser zu seinem Selbstbewusstsein zurück.

»Das spielt doch keine Rolle. Mich würde nur interessieren, ob dieser hilfsbereite Mann auf dem Foto vielleicht dieser Olber- oder Doberding ist – oder wie er auch sonst heißen mag.«

»Tut mir leid, aber ich kenn den Mann nicht.«

»Okay«, brummte Häberle und stand auf. »Sie werden schon wissen, was Sie sagen – denk ich mal. Ich wünsche noch einen schönen Frühlingstag.«

Ohne Plasser anzusehen, entfernte sich Häberle ein paar Schritte, blieb dann aber abrupt stehen. »Ach ja, Herr Plasser …« Er drehte sich um und sah, dass der Mann immer noch auf der Bank saß. »Das ›BH‹ – ist Ihnen das ein Begriff? ›Be Happy‹ heißt es wohl …«

Häberle wartete keine Antwort ab, sondern setzte nun seinen Weg am Hagenbucher See hinüber zur Unteren Neckarstraße fort. Es war eine jener Methoden, mit der er zum Schluss einer Vernehmung aufgewühlte Gesprächspartner ziemlich schockieren konnte. Mürbemachen, nannte er dies.

69

Linkohr war hundemüde, durfte es sich aber nicht anmerken lassen. Die vergangene Nacht mit Iri war lang gewesen – und natürlich rein privater Natur. Sie würde aber eine nachhaltige Wirkung haben. Linkohr starrte auf seinen Monitor, ohne das Gelesene aufnehmen zu können. Viel zu sehr war das Geschehen der vergangenen Nacht noch präsent. Wie ein Film lief es vor ihm ab – eine Mischung aus Abenteuerlust und Selbstzweifel, vermengt mit einem Verlangen, das er schon lange nicht mehr gespürt hatte. Wieder einmal zerrissen von Pflichtgefühl, Sehnsüchten und dem unbändigen Wunsch, einem inneren Drang nachzugeben. Die Hormone spielten wie so oft verrückt.

Während er die Geräusche in dem Großraumbüro verdrängte und mit dem Einschlafen kämpfte, vermischten sich Realität und diese aufregenden Stunden miteinander – bis ihn die Stimme eines Kollegen aufschreckte: »Seid ihr auch in der Hafenstraße gewesen?«

Linkohrs Müdigkeit war mit einem Schlag vorbei. »Hafenstraße? Auf dem Straßenstrich? Nein. Der Kollege Marvin hat gemeint, das seien andere Nutten …«

Der Kollege gab sich mit dieser Auskunft zufrieden und strebte seinem Schreibtisch zu. Hafenstraße, hämmerte es in Linkohrs Gehirn, während er wieder auf seinen Monitor starrte und sich erneut seinem Kopfkino hingab, das ihm einen realen Film zeigte – die Wiederholung dessen, was vergangene Nacht über ihn hereingestürzt war.

»Weißt du, die Hafenstraße ist nicht so mein Ding«, hatte Iri gesagt. Und weil er nichts dazu bemerkte, klärte sie ihn auf: »Du bist nicht von hier, deshalb weißt du es nicht. Da gibt's zwar ein ähnliches Haus – aber die Hafenstraße als solche ist auch der Straßenstrich. Musst du deine Kollegen fragen, die müssten das wissen.«

Sie fuhr aus Heilbronn hinaus – in eine Gegend, die er nicht kannte. Zwar versuchte er, sich den Streckenverlauf einzuprägen, doch mehr, als dass sie mal auf einer Bundesstraße fuhren, konnte er in der Dunkelheit nicht erkennen. »Sag mal, was soll das jetzt werden?«, fragte er ungeduldig, doch außer: »Wir brauchen einen ruhigen Platz zum Reden« bekam er nicht zur Antwort. Zum Reden also, überlegte er und bemerkte, dass sie weiterhin häufig in den Innen- und die Seitenspiegel schaute, als befürchte sie, verfolgt zu werden. Linkohr fragte deshalb: »Hast du Angst?«

»Natürlich hab ich Angst«, entgegnete sie hart. »Meinst du, ich mach das zum Vergnügen?« Sie erreichten den dunklen Stadtrand und es ging bergauf. Die Scheinwerfer strichen über die dunkle Asphaltfläche, an den Böschungen ragten Rebstöcke empor. Ein Weinberg, überlegte Linkohr. Dann tauchte rechts eine Gaststätte auf. »Jägerhaus«, konnte er im Vorbeifahren lesen.

Sein Herz pochte wie wild. Die Aufregung, eine höchst attraktive Frau getroffen zu haben, war nahtlos undefinierbaren Ängsten gewichen. Würde sie ihn an einen entlegenen Ort bringen, wo noch andere auf ihn warteten?

»Wir sind gleich da«, beruhigte sie ihn und tätschelte sein linkes Knie, als die ansteigende Straße in den Wald führte und wenig später wohl die Anhöhe erreicht hatte. Linkohr schätzte, dass sie inzwischen über fünf Kilometer gefahren waren. Als die Scheinwerfer links den Hinweis auf einen Parkplatz trafen, bog sie abrupt rechts in einen Waldweg ein – und zwar so schwungvoll, dass er sich am Griff über der Tür festhalten musste. Sprachlos verfolgte er, wie sie nach etwa 50 Metern den Wagen wendete und ihn anschließend in einer von Sträuchern umstandenen Ausbuchtung abstellte. Als ob sie dies schon viele Male gemacht hätte. Wahrscheinlich war es auch so, überlegte er.

»Ich denke, hier sind wir sicher«, sagte Iri und stellte den Motor ab. Das Licht erlosch. Der Weg zurück zur Straße verschwand in der Finsternis. »Sicher wozu?«, fragte Linkohr mit trockener Kehle. In der Dunkelheit konnte er die Frau neben sich nur noch als Silhouette erkennen. Was würde jetzt geschehen, zuckte es durch seinen Kopf. Immerhin war sie alles andere als freizügig gekleidet. »Du hast mir deine Visitenkarte gegeben und ich hab mir gedacht, du könntest mir helfen«, flüsterte sie und drehte sich zu ihm.

»Das hätte ich auch drunten in der Stadt tun können«, antwortete Linkohr und konnte nur mit Mühe seine Nervosität verbergen.

»Hättest du, ja«, erwiderte sie und fasste wieder an sein Knie. Normalerweise wäre er über eine solche Geste hocherfreut gewesen und hätte sie als Zeichen gedeutet, ihr näherkommen zu dürfen. Aber jetzt war ihm die Lust darauf gründlich vergangen.

»Es wäre viel zu gefährlich, wenn uns beide jemand gesehen hätte«, fuhr Iri fort.

»Mich kennt hier vermutlich niemand«, beruhigte er sie.

»Dich nicht, nein. Aber mich. Weißt du, Mike, es ist nicht ganz so, wie ich dir und deinem Kollegen heute Abend erzählt habe. Ich hab euch da etwas vorgespielt.« Jetzt legte sie sogar einen Arm um seine Schulter. Er ließ sie gewähren.

»Du wirst gezwungen, auf den Strich zu gehen«, stellte Linkohr wieder selbstbewusster fest. Einen anderen Schluss ließ Iris ängstliches Verhalten kaum zu.

Sie nickte stumm. »Teils, teils. Ich werde gezwungen, die Schulden für das Auto abzubezahlen. Solange darf ich es behalten – dann kriegt er es.«

»Ist ja auch ein großer Schlitten«, meinte Linkohr und besah sich das luxuriöse Armaturenbrett. »Du brauchst das Auto aber nicht …«, er überlegte, »… ich meine, du gehst ja nicht auf den Straßenstrich?«

»Nein, geh ich nicht, Mike.« Ihre Hand rutschte von seinem Knie ein Stück weiter nach oben. »Aber es gibt so Momente, da penn ich einfach da hinten.« Sie wies mit dem Daumen ins Heck des Fahrzeugs.

»Ich denke, du kannst in deinem Zimmer, in dem wir heute waren, auch übernachten?«

»Können schon, aber ich fahr oft heim nach Münsingen. Manchmal bin ich auf der Autobahn hundemüde, dann fahr ich an ein Rasthaus und penne hier drinnen.«

Linkohr behielt die finstere Umgebung im Auge, ohne aber irgendetwas Verdächtiges wahrnehmen zu können. »Ist die Zentralverriegelung zu?«, fragte er vorsichtshalber.

»In solchen Limousinen geht das automatisch«, beruhigte sie ihn. »Also, hab keine Angst, Mike, ich möchte nur deine Hilfe.«

»Du wolltest uns heute Abend den Namen von dem Mann nicht nennen, der von dir Geld für das Auto fordert.«

»Ich wollte das nicht offiziell tun – vor deinem Kollegen. Du musst mir helfen, Mike, privat, ohne Protokoll und so.«

Linkohr wurde sich sofort des Dilemmas bewusst: Erfuhr ein Polizist von einer Straftat, war er verpflichtet, sie zu verfolgen – egal, ob er privat oder dienstlich darüber informiert wurde. Jetzt wäre deshalb die Zeit gekommen, Iri darauf aufmerksam zu machen und sie zu bitten, ihm lieber nichts anzuvertrauen. Würde sie es trotzdem tun und er sein Wissen gegenüber seinen Vorgesetzten verschweigen, machte er sich strafbar.

Andererseits handelte es sich möglicherweise um eine Notsituation, in der Iri steckte.

»Jetzt pass mal auf, Iri«, entschied er sich zu einer klaren Ansage, »wir beide haben nie miteinander gesprochen, wir sind uns nur einmal begegnet, gemeinsam mit meinem Kollegen Wenzel, bei dir. Und alles, was du mir jetzt sagst, bleibt unter uns.«

Ihre Hand kam ihm noch näher.

»Wenn's hart auf hart kommt, werde ich behaupten, nie bei dir gewesen zu sein.«

»Wenn's hart … kommt?«, flüsterte sie.

»Iri«, blieb Linkohr mühsam standhaft. »Du hast gesagt, wir seien nur hierhergefahren, weil du ungestört mit mir reden möchtest.« Er verschränkte seine Arme vor der Brust, um zu demonstrieren, dass er die Hände von ihr lassen wollte. Vorläufig jedenfalls. »Du bist eine tolle Frau«, fuhr er fort, »aber darüber können wir reden, wenn der Fall abgeschlossen ist, verstehst du. Dann lad ich dich zum Essen irgendwohin ein – aber jetzt belassen wir es bei dem, was du mir sagen willst. Und ich verspreche dir, dir zu helfen.«

»Du kannst ganz schön amtlich werden«, meinte sie vergrämt – und während diese Worte jetzt, am Tag danach, noch in Linkohrs Kopf nachhallten, fühlte er wieder das Wechselbad der Gefühle, das ihn seit Stunden plagte. Obwohl er in der Dunkelheit nicht viel hatte sehen können, überkam ihn immer wieder die Erinnerung an die aufregende halbe Stunde, als sie auf dem Liegesitz lag und er ihre weibliche Nacktheit zwar nur erahnen, aber intensiv spüren konnte. So richtig gesehen hatte er sie nur für einen kurzen Moment, als sie die Innenbeleuchtung anknipste, um ihre zerknüllte Jeans wieder herzurichten, die in den Fußraum getreten worden war. Sein Blick war auf ihre Schenkel gefallen, von denen der rechte etwas aufwies, was ihn elektrisierte: das Tattoo, ziemlich weit oben. Jetzt konnte er sogar erkennen, was es war: eine Blume. »Du hast ein Tattoo?«, fragte er, während sie ihre Hose zurechtstrich und das Licht wieder löschte.

»Gefällt's dir nicht?«, fragte sie und schlüpfte mit ein paar geschickten Verrenkungen in liegender Position in die lange Hose – so, als ob dies für sie reine Routine wäre, dachte Linkohr. Wahrscheinlich war es auch so.

»Was ist das für eine Blume?«, wollte er wissen.

»Ist das so wichtig, mein lieber Mike?«

»Würde mich halt interessieren.«

»Es ist eine Rose, willst du's noch mal genau sehen?« Sie wäre bereit gewesen, die Hose noch einmal bis zu den Knien herunterzuziehen.

»Muss nicht sein, Iri, nein. Wieso eine Rose?«

»Weil … weil es Turgut so wollte. Als Zeichen, dass ich ihm gehöre …«

Turgut. Sie hatte ihm von dem Mann erzählt.

Alles, was Iri ihm anvertraute, vor allem aber, was sie in der Enge des Fahrzeugs später mit ihm angestellt hatte, war ihm so präsent, als sei es gerade eben erst geschehen. Auch, als sie aufgeschreckt worden waren, als plötzlich vorne an der Straße ein Auto vor der Waldwegezufahrt kurz angehalten hatte, dann aber langsam weitergefahren war. Iri hatte sich panisch geduckt.

Sein Rücken schmerzte, sein Kopf ebenfalls. Er war müde – und verspürte eine Sehnsucht, die ihm die Konzentration raubte. Er musste nach dem ernsten Gespräch mit Iri verrückt geworden sein. Natürlich war die junge Frau darin geübt, Männer anzumachen. Das war ihr Job. Sie war Profi, mahnte er sich. Mach dir nichts vor, das war reine Show, weil sie deine Hilfe braucht. Sie hat auf ihre Art sozusagen im Voraus »bezahlt«. Und jetzt, so jagte ein Gedanke durch sein Gehirn, jetzt musst du ihr helfen, obwohl du von all dem, was sie dir gesagt hat, gar nichts wissen darfst. Es war ein höchst gefährliches Spiel, auf das er sich in dieser Nacht eingelassen hatte.

Häberles Stimme riss ihn förmlich aus diesem Szenario: »Herr Kollege Linkohr, Sie vergessen aber bitte die Hofknechts nicht – heute Nachmittag.«

Der junge Kriminalist fühlte sich ertappt.

Häberle hatte gewiss bemerkt, wie abwesend er heute Vormittag war.

70

Heilbronns Polizeipräsident Franz Häcker war über die Berichterstattung einiger Medien verärgert. Insbesondere ein Boulevardblatt hatte mit reißerischer Aufmachung geschickt einige wenige Fakten mit vielen Spekulationen und Gerüchten vermischt. Und natürlich war auch das Verbrechen von vor elf Jahren auf der Theresienwiese wieder aufgekocht worden. Häcker hatte deshalb seinen Pressesprecher Armin Knüller ins Büro gebeten. Der saß locker seinem obersten Chef gegenüber und zuckte mit den Schultern: »Wir sind es doch gewohnt, dass in einer Stadt mit so vielen unterschiedlichen Medien heftig recherchiert wird.«

»Ich hab Ihre offiziellen Pressemitteilungen sehr wohl gelesen«, räumte Häcker ein und machte deutlich, was ihm Kummer bereitete: »Sie glauben aber nicht, dass es bei uns irgendeine undichte Stelle gibt?«

Armin Knüller gab sich weiterhin gelassen. »Das kann man nie ganz ausschließen. Aber ich denke, dass alles, was man in den Medien heute liest, sieht und hört, ganz normale Spekulationen sind.«

»Und wie kann die Sache mit der Raumfahrt an die Öffentlichkeit gekommen sein?« Häckers Frage klang ernst. Er deutete auf eine der Schlagzeilen, die aus einer Sonntagszeitung stammte, die vor ihm lag: »Anschlag auf ISS? Gerst in Gefahr?«

Knüller, der es auch gelesen hatte, kommentierte zurückhaltend: »Das ist natürlich Unsinn. Aber woher das kommt – keine Ahnung.«

»Das unterliegt doch strengster Geheimhaltung«, erwiderte der Präsident leicht ungehalten und fügte an: »Wie im Übrigen alles in diesem Fall. Denken Sie dran: Die Buga ist von höchstem kommunalpolitischem Interesse.«

»Sie dürfen mir glauben, die Pressemitteilungen, die wir in den letzten Tagen herausgegeben haben, sind alle sehr zurückhaltend formuliert. Und die mündlichen Anfragen, die uns zuhauf erreichen, blocken wir so weit wie möglich ab.«

»So weit wie möglich«, echote der Präsident gereizt. »Sie müssen sie völlig abblocken, Herr Knüller, verstehen Sie! Vergessen Sie nicht, dass eine Radiostation auch wieder die Waldheide aufkocht. Das ist jetzt über 30 Jahre her. Wir sollten alles vermeiden, was alte Wunden wieder aufreißt.«

Knüller nickte, während Häcker mit seiner Kritik fortfuhr: »Und die hier«, er deutete angesäuert auf den Ausdruck einer Onlineausgabe, »die finden sogar eine Verbindung ins Rotlichtmilieu.« Die Überschrift lautete: »Prostituierte in Buga-Mord verwickelt?«

»Die Journalisten recherchieren halt überall herum«, meinte Knüller. »Aber was in den sozialen Netzwerken steht, will ich erst gar nicht kommentieren. Facebook, Twitter und so weiter. Da wird schon behauptet, man habe es mit Korruption zu tun. Alles anonym natürlich. Unter Alias-Namen.«

»Alles Verrückte«, winkte der Präsident ab. »Wenn man nicht mal den Mut hat, mit vollem und richtigem Namen zu etwas zu stehen, dann zeugt das nicht nur von Feigheit, sondern von schwachem Charakter.«

»Einer hat sogar geschrieben, es seien bereits verdeckte Ermittler eingesetzt – wie damals vor elf Jahren.«

Der Präsident stutzte. »Das ist doch Unsinn. Das ist doch absoluter Unfug. Falls Sie persönlich danach gefragt werden, dann dementieren Sie das energisch.«

Knüller spürte, dass sein Chef emotional geworden war – was selten vorkam.

71

SOKO-Chef Christoph Kuntz hatte seine Mannschaft zusammengerufen, um sich über den neuesten Stand der Ermittlungen berichten zu lassen. Den Hinweis eines Kollegen, dass Linkohr auf dem Weg zur Gärtnerei Hofknecht nach Geislingen war, kommentierte ein anderer aus der Runde so: »Hoffentlich pennt der Kollege unterwegs nicht ein. Den hat die Recherche im ›Be Happy‹ ja ziemlich mitgenommen.«

Kuntz verkniff sich ein Lächeln und kam zur Sache: »Ich hab inzwischen die anderen Friedhofsgärtner, die am Mittwochabend an diesem Treffen auf der Buga waren, an die Strippe gekriegt.« Er setzte sich an einen freien Schreibtischplatz, während ein Dutzend Kriminalisten gespannt seinen Ausführungen lauschte. »Es scheint so, als habe sich unter einigen von Hofknechts Kollegen eine gewisse Unzufriedenheit breitgemacht«, fuhr er fort. »Zumindest zwei von ihnen fühlten sich benachteiligt und wittern Vetternwirtschaft. Sie haben sich deshalb vertrauensvoll an einen – sagen wir mal – Branchenkollegen aus München gewandt, der sich damit brüstet, jungen Gärtnern beratend zur Seite zu stehen.«

Staunendes Murmeln erfüllte den Raum.

»Der Mann heißt Warnecke, Rainer Warnecke. Er ist aber nicht wirklich Gärtner, sondern angeblich Mitgesellschafter eines Gartenbau-Großhandels in München. Ich hab dort bereits angerufen und sogar heute am Sonntag seinen Kompagnon an der Strippe gehabt. Der sagt aber, Warnecke sei auf Geschäftsreise. Er hat mir zwar die Handynummer gegeben, aber da meldet sich niemand.«

»Wo ist er denn hingefahren?«, wollte einer der Kriminalisten wissen.

»Vermutlich nach Heilbronn, zur Buga«, erwiderte Kuntz und blickte in nachdenkliche Gesichter.

»Was hast du sonst noch über ihn in Erfahrung bringen können?«, lautete eine andere Frage.

»Nichts weiter. Ich wollte seinen Kompagnon nicht allzu neugierig machen. Ich hab ihm deshalb auch nur gesagt, dass wir Warnecke wegen eines Kunden etwas fragen müssten, rein routinemäßig. Stimmt ja auch«, erklärte Kuntz.

»Und jetzt?«

»Ich hab den Kollegen Linkohr unterwegs angerufen und gebeten, er soll nachher bei den Hofknechts nach diesem Mann fragen.« Kuntz grinste. »Vielleicht bekommt er ja etwas zur Antwort, was ihm das Blech weghaut.«

Allgemeines Gelächter darüber, dass Kuntz Linkohrs Lieblingsspruch aufgegriffen hatte. Dann meldete sich einer aus der Runde zu Wort: »Ich hab allerdings etwas zu vermelden, was kaum für große Verwunderung sorgen dürfte: Die Verbindungsdaten von Frau Eickhoffs verschwundenem Handy geben nicht viel her. Sieht alles eher nach geschäftlichen Kontakten aus, mal abgesehen von den Anrufen bei ihrem Vater und bei ihrem Partner in Ulm.«

Kuntz hakte nach: »Die namibische Rufnummer – was ist mit der?«

»Fehlanzeige, Chef. Das lässt sich wohl nicht so schnell eruieren. Aber wir bleiben dran.«

Das Gespräch wurde unterbrochen, weil Kripochef Volker Dreisamer an der Tür erschien und sich sofort alle Augen auf ihn richteten. »Kollegen«, begann er, »wir haben eine Nachricht aus Oberpfaffenhofen gekriegt. Weltraummission, ihr wisst schon. Es gibt Probleme mit der ISS.«

72

Linkohr hatte unterwegs mehrfach mit dem Einschlafen gekämpft, wobei sich immer wieder Iri in seinen Tagtraum schlich. Am liebsten hätte er sie angerufen, aber dann hielt ihn die Vernunft zurück. Iri war eine Prostituierte, die mit dem, was ihn so faszinierte, ihr Geld verdiente. Das hatte nichts mit Liebe und Zuneigung zu tun. Oder vielleicht doch, überkam es ihn zum wiederholten Male. Sie war auch nur eine Frau, die neben ihrem Job, der durchaus ein bisschen ungewöhnlich war, gewiss ganz normale menschliche Sehnsüchte hatte. Linkohr beschloss, sie heute Nacht anzurufen, wenn sie sich, wie gestern, leer und einsam fühlte.

Wie in Trance war er durch Staus und Baustellen-Behinderungen nach Geislingen gefahren, wo er sein Ziel kannte: den großen, modernen Gärtnereibetrieb Hofknecht. Während er seinen Polo auf die breite Hoffläche rollen ließ, die auf das zeitgemäß gestaltete Ladengeschäft zuführte, fiel ihm rechts bei einem hölzernen Carport ein weißer Kleintransporter auf, dessen rechte Seite offenbar großflächig mit schwarzer Farbe besprüht worden war. Für den Firmenwagen einer Gärtnerei jedenfalls ziemlich ungewöhnlich, dachte Linkohr, als er ausstieg und durch die laue Nachmittagsluft zur Eingangstür des Ladens hinüberging. Nachdem er sich telefonisch nicht hatte anmelden können, war er darauf vorbereitet, eine Wohnungstür und eine Klingel suchen zu müssen. Doch zu seiner Überraschung war das Geschäft geöffnet.

Im Innern schlug ihm jener positiv stimmende Blumenduft entgegen, der dazu angetan war, die Gefühlswelt aufzuheitern. Hinter einer großzügig gestalteten Kassentheke lächelte ihm eine Dame mittleren Alters in grüner Arbeitsschürze entgegen und hieß ihn mit einem freundlichen »Grüß Gott« willkommen. Linkohr überlegte, ob es die Chefin war, und sagte ebenfalls lächelnd: »Ich hätte gerne den Herrn Hofknecht gesprochen.«

Die Frau musterte den vermeintlichen Kunden kritisch. »Er ist gerade beschäftigt. Aber ich kann ihn rufen. Darf ich fragen, wer Sie sind?«

Linkohr gab sich reserviert. »Eine private Sache. Es wäre nett, wenn er kurz Zeit für mich hätte«, erwiderte er, worauf sich die Frau wortlos in Richtung des angrenzenden Gewächshauses davonmachte. Der Kriminalist nutzte die Zeit, sich umzusehen: Mächtige Zimmerpflanzen ragten in die Höhe, dazwischen kleinere Gewächse in Schalen und Töpfen, Schnittblumen und jede Menge Orchideen, in einem Drehgestell bunte Grußkarten mit Sprüchen sowie Fotos von Blumen, Sonnenuntergängen und Engeln, aber auch schwarz umrandete Kondolenzkarten. Auf dem langen weißen Ladentisch lagen Schere, Klebeband und Papierrolle bereit, womit vermutlich Blumensträuße eingepackt werden konnten. Neben der elektronischen Kasse fiel sein Blick auf einige Kabel, die an kleinen Steckern endeten, wie sie in Computer oder Telefonanlagen passten. Beides gab es hier aber nicht, überlegte Linkohr, drehte sich gedankenversunken weg und bestaunte wieder das üppige Angebot von Zimmerpflanzen, die von der Decke hingen oder um ihn herum auf dem Boden standen. Die meisten kannte er nicht. Nur Birkenfeige, Drachenbaum und Yucca waren ihm geläufig. Zwischen den großen Pflanztöpfen entdeckte Linkohr einige Splitter und kleine Scherben, die darauf hindeuten konnten, dass erst vor Kurzem etwas zu Bruch gegangen sein musste.

Eine Tür fiel zu, Schritte näherten sich. Es war die Frau, die Linkohr nicht als Chefin, sondern als Angestellte vermutete, gefolgt von einem jungen, blassgesichtigen Mann im grünen Overall, die Haare ungekämmt.

Er kam energischen Schrittes auf Linkohr zu, sagte »Hallo« und fragte: »Sie wollen zu mir?«

»Wenn Sie Herr Hofknecht sind, ja«, entgegnete Linkohr und dämpfte die Stimme, weil sich die Frau unmittelbar neben ihnen wieder an der Kasse zu schaffen machte. »Können wir uns kurz irgendwo unterhalten?«

Hofknechts unrasiertes Gesicht wurde kantig. »Darf ich fragen, worum es geht?« Es klang unfreundlich.

Linkohr runzelte die Stirn. »Ich hätte gerne unter vier Augen mit Ihnen gesprochen.«

Hofknecht schluckte, zögerte, entschied dann aber: »Kommen Sie mit.« Er ging voraus, zurück ins warme Gewächshaus, ließ eine Tür hinter Linkohr ins Schloss fallen und eilte an den langen Reihen der Hochbeete entlang, auf denen Hunderte bunter Blumen blühten und allerlei Grüngewächse auf höheren Regalen standen. Sie erreichten ein weiteres, direkt angebautes Gewächshaus, hinter dessen Tür ihnen ein geradezu tropisches Klima entgegenschlug. Schließlich bot er dem Kriminalisten in einem angenehm klimatisierten kleinen Büroraum einen Platz vor einem mit Papierkram beladenen Schreibtisch an. Nachdem er sich vergewissert hatte, dass die Tür eingerastet war, saß er seinem Besucher gegenüber, von dem er annahm, dass es einer von der unangenehmen Sorte sein könnte. »Darf ich fragen, wer Sie sind und worum es geht?«

»Ich bin Mike Linkohr«, stellte sich der Kriminalist vor. »Derzeit bei der Kripo in Heilbronn.«

Hofknechts Gesichtszüge froren ein, er umklammerte die Lehne seines Holzstuhls. »Wie bitte?«, war alles, was er aus seiner trockenen Kehle hervorbrachte.

»Nicht erschrecken«, beruhigte Linkohr. »Reine Routine – und auch nur, weil Sie derzeit wie einige Ihrer Kollegen ja wohl mit den Vorbereitungen der Buga zu tun haben.« Er wartete auf eine Reaktion, doch weil diese ausblieb, fuhr er fort: »Sie haben sicher mitbekommen, dass am Donnerstagmorgen am Alt-Neckar oder besser gesagt am Wilhelmskanal, also in unmittelbarer Nähe zum Buga-Areal, eine tote Frau aufgefunden wurde.«

»Woher …«

»Woher wir wissen, dass Sie auf der Buga zu tun haben?«, beantwortete Linkohr die unausgesprochene Frage. »Wenn so etwas geschieht, sind wir auf der Suche nach Zeugen und Personen, die uns hilfreich sein könnten.«

»Und deshalb kommen Sie extra aus Heilbronn zu mir angereist, heute, am Sonntag?« Hofknechts Mundwinkel zitterten.

»Nur weil ich hier in der Gegend wohne«, lächelte Linkohr. »Sonst hätten wir Sie vielleicht zu uns ins Präsidium nach Heilbronn eingeladen.«

»Ins Präsidium …« Hofknecht wiederholte dies mit einer Mischung aus Schrecken und Ehrfurcht. Seine Stimme war schwach geworden.

»Ich möchte Sie gar nicht lange von Ihrer Arbeit abhalten«, wollte Linkohr zur Sache kommen. »Wie wir wissen, waren Sie am Mittwochabend mit einigen Gärtnerkollegen zu einem Gespräch bei Buga-Verantwortlichen in Heilbronn. Das ist doch richtig?«

»Richtig, ja. Solche Gespräche hat's schon öfter gegeben.«

»Es ging um die Gestaltung der Schaugräber«, gab sich Linkohr informiert.

»Ja, das ist für uns alle eine einmalige Chance – insbesondere auch für mich aus der Provinz.«

»Schön für Sie«, nickte Linkohr ihm aufmunternd zu. »Wo fand das Gespräch statt – und wie lange hat es gedauert?«

»Na ja, es war auf 19 Uhr terminiert. Das war häufig so, weil meine Kollegen und ich natürlich nicht einfach tagsüber nach Heilbronn fahren können. Man trifft sich da im Büro der Buga – in der Edisonstraße – und dann geht man rüber zu den Anlagen, die nicht weit davon entfernt sind. Sie werden das ja kennen.«

»Es war ein ganz normaler Ablauf?«

»Natürlich. Wie immer. Frau Cortes erläutert den Planungsstand, Herr Plasser geht ins Detail – und wir Gärtner schildern, wie wir das umsetzen wollen.«

»Und Frau Doktor Eickhoff?«, hakte Linkohr nach.

»Die auch, ja. Sie ist für das Gesamtkonzept engagiert worden.«

»Die war aber auch dabei?«

»Ja, sag ich doch gerade. Sie, Plasser und Frau Cortes sind diejenigen, mit denen wir Gärtner es zu tun haben.«

Linkohr überlegte und musste an jene Erkenntnisse denken, die Häberle bei seinem Gespräch mit Plasser gewonnen hatte. Vorsichtig fuhr er fort: »Dass Frau Eickhoff die Tote vom Neckar ist, haben Sie aber schon erfahren?«

Hofknecht ließ die umklammerten Armlehnen des Stuhles los und rückte näher an den Schreibtisch heran. »Ja, das … das hat man mir gesagt.«

»Wann haben Sie's denn erfahren – und von wem?«

»Ist das so wichtig?« Hofknecht wurde misstrauisch.

»Alles Routine«, wiegelte Linkohr ab.

»Es war der Plasser. Der hat mich im Laufe des Donnerstags angerufen und mir gesagt, was geschehen ist.«

»Einfach so? Oder warum hat er das getan?«

»Er hat wohl uns Gärtner, die am Mittwochabend da waren, darauf vorbereitet, dass wir vermutlich von der Polizei befragt werden würden.«

»So?« Linkohr staunte. »Hat er auch gesagt, wie er zu dieser Annahme kommt?«

»Nein, hat er nicht.«

»Gibt es denn unter Ihnen und Ihren Kollegen etwas, was Sie besonders verbindet?« Linkohr wollte weiterhin vorsichtig vorgehen.

»Wie soll ich das verstehen?«

»Na ja, man ist zwar in gewisser Weise Konkurrenz, aber auf der Buga arbeitet man doch gemeinsam an einem Projekt – da entwickeln sich Freundschaften oder man ist mit dem einen oder anderen Plan nicht ganz einverstanden.«

»Sie meinen, ob es Streit gab?«

»Vielleicht, ja. Oder man fühlt sich mal ungerecht behandelt, benachteiligt, missverstanden.«

Hofknecht wich Linkohrs Blicken aus. »Ich weiß nicht, worauf Sie anspielen.«

Der Kriminalist entschied sich für klare Fronten: »Stichwort Warnecke – möglicherweise hilft Ihnen das weiter.«

Hofknecht presste die Lippen zusammen. In seinem Kopf schienen im Bruchteil einer Sekunde tausend Gedanken zu rebellieren. Katharina, hallte es durch sein Gehirn. Katharina. Hatte ihn Katharina bereits angeschwärzt? War das ihre bittere Rache? Es dauerte ein paar Sekunden, bis er mit leiser Stimme hervorbrachte: »Wie kommen Sie denn auf Warnecke?«

»Sie kennen ihn also?«

»Kennen? Das ist zu viel gesagt.« Er begann nervös, mit einem Kugelschreiber zu spielen. »Warnecke ist ein Großhändler für Gärtnereibedarf. Der ist in halb Deutschland bekannt wie ein bunter Hund.«

»Und er steht manchem Gärtner hilfreich zur Seite«, ergänzte Linkohr kühn, ohne zu ahnen, wie es um Hofknechts Finanzlage ohne Warnecke stehen würde.

»Warnecke ist ein sozial eingestellter Mensch«, lenkte der Gärtnermeister ein. »Gerade wir jungen Selbstständigen haben's nicht immer leicht, das dürfen Sie mir glauben. Der Staat wirft uns nur Knüppel zwischen die Beine. Manchmal hab ich den

Eindruck, wir müssten zwei Drittel unserer Arbeitskraft für schwachsinnige Bürokratie aufwenden – und uns dann noch vom Finanzamt aussaugen lassen. Sich selbstständig machen in diesem Land, Herr Kommissar, das ist kaum zu stemmen.« Hofknecht sah eine Gelegenheit, seinen Frust abzulassen und auf diese Weise den Kontakt zu Warnecke zu begründen.

Linkohr ließ sich aber nicht ablenken: »Es sieht so aus, als hätten sich einige aus dem Kreis derer, die mit Ihnen auf der Buga tätig sind, an Herrn Warnecke gewandt.«

Hofknechts Gesten ließen auf innere Unruhe schließen: Er umklammerte wieder die Armlehnen und wechselte seine Sitzposition. »Dazu müssen Sie diese selbst befragen«, antwortete er.

»Und Sie? Was haben Sie mit ihm zu tun?«

»Er gewährt mir Rabatte auf den Wareneinkauf und weist mich regelmäßig auf günstige Angebote hin.«

»Das macht er aus Freundschaft – oder weshalb?«

»Ich hab ihn vor über einem Jahr auf einer Gartenbaumesse in Ulm kennengelernt und da hat er sich angeboten, mir unter die Arme zu greifen, falls ich mal in Schwierigkeiten käme. Er will nämlich jungen Selbstständigen helfen, ihre Existenz aufzubauen.«

»Aber sonst haben Sie keinen regelmäßigen Kontakt zu ihm?«

Wieder zögerte Hofknecht. »Nein.«

»Und wenn ich Ihnen sage, dass es auch andere Gärtner gibt, mit denen er in Kontakt steht und die über angebliche Unregelmäßigkeiten bei der Pflanzenbestellung klagen?« Linkohr behielt sein Gegenüber fest im Auge.

»Wieso fragen Sie mich das? Denken Sie an Korruption oder was?« Hofknecht schüttelte energisch den Kopf. »So viel ist an Pflanzen gar nicht zu verdienen, als dass es sich lohnen würde, dafür jemanden mit immensen Geldbeträgen zu bestechen.«

Linkohr nickte verständnisvoll und wechselte abrupt das Thema: »Kommen wir noch mal auf Mittwochabend zu sprechen. Wie lange hat das Treffen gedauert?«

»Wie lange? So bis acht, halb neun vielleicht.«

»Und dann?«

Hofknecht sah ins Leere. »Dann bin ich noch was trinken gegangen – aber fragen Sie mich jetzt nicht, wie das Lokal heißt. Irgendwo dort, wo der Neckar so einen kleinen See bildet.«

»In Heilbronn?«

»Ja, da, wo die Parkanlage am alten Neckar beginnt.«

Linkohr tat so, als wüsste er Bescheid. In Wirklichkeit war er mit den Örtlichkeiten in Heilbronn noch nicht so gut vertraut.

»Und danach sind Sie heimgefahren?«

»Ich bin an dem lauen Abend noch ein bisschen spazieren gegangen. Droben auf der Waldheide. Ich wollte mir das mal anschauen, nachdem ich viel davon gelesen habe.«

»Ach …« Linkohr war für einen Moment irritiert. Waldheide. Plötzlich war alles wieder da. Iri, ihr Auto, die Finsternis. Er hatte dieses Gelände nur bei Nacht gesehen. Dass Hofknecht ausgerechnet jetzt die Waldheide erwähnte, brachte sein Gefühlsleben ziemlich durcheinander.

»Und dann?«, rief er sich wieder in die Realität zurück.

»Ich hab mich dort etwas länger aufgehalten, um mir in Ruhe Gedanken über die berufliche Zukunft zu machen.«

»Allein? Sie waren allein auf der Waldheide?«, staunte Linkohr.

»Ja, warum nicht? Ich war jedenfalls allein. Aber wer sich dort sonst noch so herumgetrieben hat, weiß ich natürlich nicht.«

Herumgetrieben, hallte es in Linkohrs Kopf nach.

»Und dann sind Sie heimgefahren? Wann war das ungefähr?«

»Brauch ich jetzt ein Alibi?«, erwiderte Hofknecht scharf. »Sie wollen mir jetzt etwas anhängen – oder wie muss ich das verstehen?«

»Kein Grund zur Panik«, entgegnete Linkohr schnell. »Alles Fragen, die ich Dutzenden anderen auch stellen muss.«

»Natürlich bin ich dann heimgefahren. Ich muss morgens doch wieder früh raus. Da bleibt keine Zeit, um noch um die Häuser zu zieh'n, wie man so sagt.«

»Weder um die Häuser noch in die Häuser«, griff Linkohr diese Bemerkung auf.

Hofknecht stutzte und sagte nichts.

»Ich meine«, ergänzte der Kriminalist, »es gibt ja in einer größeren Stadt auch Häuser, die man draußen in der Provinz nicht findet.«

Hofknechts Gesicht verzog sich zu einem gequälten Lächeln. »Damit mögen Sie als Kriminalist Erfahrung haben – aber als kleiner Gärtner vom Land macht man um solche Häuser lieber einen großen Bogen. Falls wir dieselben Häuser meinen ...«

»Auch ums ›Be Happy‹?« Linkohr wagte diesen Einwand und wartete auf eine Reaktion. Doch Hofknecht ließ nur ein irritiertes Gesicht erkennen.

»Ihre Frau«, machte Linkohr weiter, »die ist nie dabei, wenn Sie nach Heilbronn fahren?«

»Meine Frau?« Hofknecht fühlte sich in die Enge getrieben. »Meine Frau«, stellte er mit energischem Ton fest, »die kümmert sich hier um Haus und Hof.«

»Sie ist im Moment aber nicht da?«

»Ist sie nicht, nein.«

Linkohr ließ ein paar Sekunden verstreichen, um dann jene Frage zu stellen, die ihn eigentlich am meisten interessierte: »Wie war Ihr persönliches Verhältnis zu Frau Doktor Eickhoff?«

»Mein ... was?«

Linkohr nickte, ohne etwas zu sagen.

»Was heißt da ›Verhältnis‹?«, echote Hofknecht misstrauisch. »Wie kommen Sie denn auf so etwas?«

»Nur so«, gab sich Linkohr entspannt. »Tut mir leid, wenn ich manchmal etwas direkt frage. Aber es gibt Dinge, die nur so am Rande eine Rolle spielen. Zum Beispiel auch, ob Sie zufällig jemanden kennen, der ein Handy besitzt, das in Namibia registriert ist?«

»In Namibia?« Hofknecht kniff die Augen zusammen. »Entschuldigen Sie, Sie konfrontieren mich mit seltsamen Fragen. Sollte ich jemanden kennen?«

»Das frage ich Sie. Oder gibt es jemanden, der möglicherweise geschäftliche Beziehungen dorthin pflegt? Vielleicht, um von dort Pflanzen zu beziehen?«

»Wir kleinen Gärtner sicher nicht«, meinte Hofknecht mit trockener Kehle. »Das ist nur etwas für die ganz Großen in der Branche. Oder Sie schauen sich im Internet um, da können Sie Exotisches aus der ganzen Welt kriegen. Die Frage ist nur, ob dann das Klima passt.«

Linkohr wollte es dabei belassen, merkte jedoch beiläufig an: »So wird es auch mit schwarzen Rosen sein, nehm ich an.«

Auf Hofknechts Wangen war ein kurzes Zucken zu sehen. »Wieso schwarze Rosen? Sie meinen dunkelrote, oder?«

»Egal«, wiegelte Linkohr ab. »Nun noch eine letzte Frage, Herr Hofknecht.« Der Kriminalist erhob sich und tat so, als sei das, was er jetzt noch anbringen wollte, ebenfalls nicht von Belang. »Fühlen Sie sich von irgendjemandem bedroht?«

Hofknecht wollte etwas sagen, verschloss dann aber sofort wieder den Mund, um nun ebenfalls aufzustehen und Linkohr zu verabschieden.

»Ob ich mich bedroht fühle?«, wiederholte er die Frage des Kriminalisten, als habe er sie nicht verstanden. »Von wem sollte ich mich bedroht fühlen?«

Er bekam von Linkohr keine Antwort. Der Kriminalist bedankte sich und verließ das klimatisierte Büro, um durch die Tropenwärme dem anderen Gewächshaus zuzustreben.

Dabei staunte er insgeheim über die Blütenpracht und einige exotisch anmutende junge Pflanzen, die auf einem Regal in Töpfen aneinandergereiht waren – mit teilweise farbenprächtigen Blüten, die er nie zuvor gesehen hatte, oder mit seltsam geformten Blättern, die es in mitteleuropäischen Wäldern vermutlich nicht zu sehen gab.

Weil ihm Hofknecht folgte, drehte sich Linkohr kurz vor der Tür zum Ladengeschäft nochmals um. »Da fällt mir etwas ein«, sagte er und blieb stehen. »Der weiße Kombi, der da draußen steht – ist das Ihrer?«

»Ja, warum?«

Linkohr hob eine Augenbraue: »Der schwarze Farbklecks auf der rechten Seite – ist das ein Werbegag oder was soll uns der sagen?«

Hofknecht schien einen Moment zu überlegen. »Kein Werbegag, nein. Da war ein großer Rostfleck. War mal ein kleiner Blechschaden. Er wird wieder neu lackiert.«

73

Iri hatte den Tag in ihrer kleinen Wohnung in Münsingen verbracht. Hier, weit ab von den hektischen Zentren der Region Stuttgart, wusste niemand um ihren Job, der auf der beschaulichen Schwäbischen Alb vermutlich Empörung ausgelöst hätte. Zumindest bei den weiblichen Bewohnern – bei den männlichen wohl eher aus Scheinheiligkeit. In dem Wohnblock, in dem sie knapp 40 Quadratmeter im Erdgeschoss gemietet hatte, herrschte die allgemeine Anonymität vor. Sie sei selbstständig und »im Servicegewerbe« tätig, war meist alles, was sie zu ihrer beruflichen Tätigkeit sagte, sofern sie danach gefragt wurde. Allerdings wurde ihr Porsche Cayenne misstrauisch und neidisch beäugt. Dass sie meist am späten Nachmittag das Haus verließ und zu unregelmäßigen Zeiten wieder heimkam, nahm jedoch niemand zur Kenntnis. Sie vermied es deshalb auch, sich besonders modisch zu kleiden oder gar ihre Weiblichkeit zur Schau zu stellen. An diesem Nachmittag jedoch hatte sie unerwarteten Besuch bekommen. Turgut, ein kräftiger Türke, der bei seinen Landsleuten gefürchtet war und nur als »Patron« bezeichnet wurde, hatte über die Sprechanlage energisch Zutritt zu ihrer Wohnung verlangt. Iri war geschockt, als sie seine Stimme vernahm. Für ein paar Sekunden hatte sie überlegt, ihm durch den Hörer zuzubrüllen, er solle sich zum Teufel scheren. Aber das war nur ein kurzer Wunschtraum. Niemals würde sie es wagen, dem Patron zu widersprechen. Es wäre ihr Todesurteil. Zumindest aber würde er sie quälen und erniedrigen, wie er das schon mit vielen getan hatte. Und er würde sie in die hinterste Türkei verfrachten und irgendwo im Nahen Osten versklaven lassen.

Jetzt stand er in der Diele ihrer kleinen Wohnung und hatte die Tür hinter sich zugemacht. Wie ein Kleiderschrank versperrte er ihr den Ausgang. Seine schwarzen Haare lagen glatt gegelt am Kopf, sein trainierter Oberkörper steckte in einem weißen T-Shirt mit der schwarzen Aufschrift »Kral« – was zu Deutsch »König« hieß. »Wer war das?«, schnauzte er sie an, während sein ungepflegter Schnauzbart im braun gebrannten Gesicht bei jedem Wort vibrierte.

»Turgut«, kam es schwach und flehend aus Iris Mund. Sie hatte sich gerade für die Fahrt nach Heilbronn umgezogen, trug enge lange Jeans und eine luftige Bluse. »Ich weiß nicht, was du meinst.« Es klang wenig überzeugend.

Kaum hatte sie ausgesprochen, traf sie ein Schlag ins Gesicht. Seine rechte Hand war reflexartig vorgeschnellt und hatte sie mit voller Wucht auf die linke Wange getroffen. Iri taumelte, schrie, weinte und hustete, dann suchte sie Halt an einer Türklinke.

»Weißt' jetzt?«, brüllte Turgut in gebrochenem Deutsch, trat dicht an sie heran und packte sie an ihren langen Haaren, sodass sie ihm in das wutverzerrte Gesicht sehen musste. »Wer war Mann, mit dem du gestern in Wald gewesen bist?«

»Ich …« Iri schluchzte und versuchte, ihren Peiniger mit den Händen abzuwehren, was ihr gegen die Übermacht des kräftigen Mannes aber nicht gelang. »Ich …«

Turgut schüttelte ihren Kopf an den Haaren hin und her. »Willst nicht sage! Will von dir hören. Verstehst du? Mit wem in Wald getrieben? Warum auf Straße? Ich hab verboten, auf Straßenstrich zu gehen.«

»Turgut, bitte, bitte …« Sie war über seine Worte erschrocken. Hatte sich das eben so angehört, als ob er wisse, mit wem sie unterwegs gewesen war?

Ihr erbärmliches Wimmern beeindruckte ihn nicht. Stattdessen verpasste er ihr nun mit der linken Hand eine schallende Ohrfeige. »Zeit als Edelnutte ist aus.«

Er packte sie an ihren schmalen Schultern und presste sie mit dem Rücken gegen die Wand. Über Iris gerötete Wangen rannen Tränen. »Bitte, Turgut, bitte …«, flehte sie mit tränenerstickter Stimme.

»Alles aus«, zischte er in nahezu akzentfreiem Deutsch. »In paar Tagen bist dort, wo man bezahlt für dich viel Geld. Zehnmal so viel wie Auto wert ist.«

»Bitte, Turgut … ich tu alles, was du willst.«

»Tust nicht«, giftete er zurück. »Warum in Heilbronn in Auto mit Mann? Warum? Was bezahlt? Wo ist Geld?«

»Er hat nichts bezahlt«, hustete sie weinend aus sich heraus.

»Nix bezahlt!«, höhnte er. »Ach, du machst kostenlos? Oder heimlich?« Sein Zorn steigerte sich von Sekunde zu Sekunde. »Los, anziehen. Mitkommen. Rest hol ich später.«

Er zerrte sie durch die Diele in Richtung Bad. »Kämmen, Schminke.« Sie besah sich im Spiegel und erschrak über sich selbst. Ihr Lidschatten war verlaufen, ihre Augen geschwollen, die Wangen dunkelrot.

»Los, los!«, befahl er ungeduldig.

Iri sah ihn flehend an.

»Hast nicht verstanden?«, blaffte er und griff blitzartig mit einer Hand zur Innenseite ihres rechten Schenkels, um durch die Jeanshose hindurch ihr weiches Körpergewebe, so fest er konnte, zusammenzupressen. »Au – au!«, schrie die junge Frau auf und ging in die Knie.

»Mach, mach, mach«, gab sich Turgut unerbittlich. »Los, los.«

Iri spürte, dass jeglicher Widerstand sinnlos war. Sie wischte sich die Tränen aus dem Gesicht, erneuerte mit zitternden Händen das Make-up und versuchte, die Folgen der Schläge auf ihren Wangen zu kaschieren.

»Das ist gut«, befahl die harte Männerstimme. »Wir beide jetzt aus Wohnung, ganz normal, verstehst? Normal. Mein Auto auf andere Seite. Wenn anfängst schreie, dann Messer in Brust. Verstanden?«

Er hatte ein kleines Messer mit langer Klinge aus der Jackentasche gezogen und es ihr vorgehalten. Sie hatte plötzlich Todesangst.

»Los«, gab er sich weiterhin energisch. »Anziehen etwas. Weil vielleicht kalt.« Er riss eine Jacke von der Garderobe und warf sie ihr über die Schultern. »Schuhe«, zischte er. »Feste Schuhe.«

»Wo … wo …« Kaum hatte sie es ausgesprochen, packte er wieder ein Haarbüschel und zog damit ihren Kopf nach hinten. »Du hältst Schnauze. Wenn tust, was ich sage, du wirst leben.«

Iri holte zitternd feste Schuhe aus einem Schränkchen und zog sie kniend an.

»Wo ist Geld? Ausweis, Dokumente?«, fuhr er sie dabei an. Weil sie schwieg, fasste er wieder an ihren Oberschenkel und drückte ihn, so fest er konnte, zusammen. Sie schrie auf.

»Geld. Wo?«

Nachdem sie den zweiten Schuh angezogen hatte, stand sie auf und öffnete eine Schublade. Turgut griff schnell nach einer ledernen Brieftasche und klappte sie auf. Mehrere 50-Euro-Scheine waren zu sehen, dazu Führerschein, Kfz-Schein, Ausweis und Reisepass. »Okay«, brummte der Mann und steckte sich die Brieftasche ein. »Hausschlüssel?«, fauchte er.

»Steckt hier.« Iri zeigte auf die Wohnungstür.

»Autoschlüssel?«

»In der Schublade.« Während er danach kramte, summte ihr Handy, das auf einem Schränkchen lag. Sie wollte danach greifen, doch Turgut schlug ihr reaktionsschnell auf den Arm, sodass sie es nicht erreichen konnte. »Bist du wahnsinnig?«, schnaubte er wutentbrannt.

Er nahm das summende Gerät an sich, stellte es ab und stopfte es in seine Jackentasche.

»Los. Nicht schreien. Denk an Messer.«

Er griff nach ihrem linken Handgelenk, öffnete die Wohnungstür und zerrte die junge Frau in das Treppenhaus. Dann ließ er hinter sich die Tür zufallen und verstaute den Schlüssel in seiner Hosentasche.

Iri sah sich um, doch im ebenerdigen Treppenhaus war niemand, der ihr hätte zu Hilfe kommen können. Außerdem wäre es viel zu gefährlich gewesen. Turgut war bestimmt zum Äußersten bereit. Er galt als brutal und rücksichtslos. Der Mord am Münsinger Blumenhändler kam ihr in den Sinn – damals, vor vielen Jahren. Sie hatte das Opfer gekannt und später gerüchteweise davon gehört, dass bei dem Verbrechen auch Turgut seine Hände im Spiel gehabt haben könnte.

Als die Haustür hinter ihnen zugefallen war, näherte sich auf der Wohnstraße ein Radfahrer. Jetzt wäre der entscheidende Moment gekommen. Sie brauchte nur um Hilfe zu rufen. Noch war er zehn Meter entfernt. Würde Turgut es wagen, sie unter den Augen dieses Radlers umzubringen? Wenn er es tat, dann gewiss so schnell, dass niemand würde eingreifen können. Es wäre ihr sicherer Tod. Ganz bestimmt.

Sie zitterte. Turguts Klammergriff an ihrem Handgelenk war so fest, als sei sie in einen Schraubstock geraten, seine Fingernägel gruben sich tief in ihre Pulsschlagader, als würden sie sie gleich aufschlitzen. Vermutlich wollte er ihr damit zu verstehen geben, dass ihr noch weitaus Schlimmeres drohte, falls sie jetzt um Hilfe rief. Der Radler, ein junger Mann, lächelte sie an, sie versuchte, es zu erwidern, doch dann war er auch schon vorbei. Die eine Sekunde Hoffnung verstrichen. Natürlich hatte der Radler geglaubt, sie sei mit ihrem Freund oder Mann unterwegs. Wer würde da anhalten und sie in ein Gespräch verwickeln wollen?

Mit wenigen Schritten hatten sie die Beifahrerseite des schwarzen Geländewagens erreicht. Er öffnete die Tür und schubste Iri unsanft hinein. Weil die Rückenlehne weit nach hinten geklappt war, geriet die junge Frau in eine liegende Position, aus der sie sich nicht mehr so schnell hätte erheben können.

Turgut hastete zur Fahrertür, ließ sich hinters Steuer plumpsen und raste davon.

»Münsingen fertig«, höhnte Turgut. »Nächste Ziel Anatolien.«

Er ließ den Motor aufheulen. »Anatolien. Alle sagen: Iri geile Frau.« Er grinste zu ihr auf den Beifahrersitz hinüber. »Wird viel Arbeit sein für dich.« Er musste an einer roten Ampel anhalten. »Du hast gewollt. Befehle nicht gemacht.« Er sah triumphierend zu ihr hinüber, während sie die Tür zu öffnen versuchte. »Lass Quatsch. Kommst nicht raus.«

Tränen rannen über ihr Gesicht.

74

Doktor Erich Eickhoff war von dem Anruf überrascht worden. Seit dem Tod seiner Tochter hatte er sich zurückgezogen, war nur ein einziges Mal am Tatort gewesen, als er Häberle traf, und blieb seither daheim. Seine Haushälterin versuchte zwar, ihn aufzuheitern, doch Eickhoff schien seinen ganzen Lebensmut verloren zu haben. Wie oft hatte er seinen Patienten erklärt, sie dürften auch in ausweglosen Situationen nicht aufgeben, sondern müssten positiv denken, weil der Geist den Körper beeinflusse – aber jetzt fiel es ihm schwer, sich selbst an diese guten Ratschläge zu halten.

Doch der Anruf von Vanessas Partner Egeas Petridis war immerhin ein kleiner Lichtblick gewesen, auch wenn dadurch seine Tochter nicht mehr lebendig wurde. Petridis hatte angekündigt, mit einem gewissen Rainer Warnecke auftauchen zu wollen. »Der weiß vieles über Vanessa, möchte aber zuerst mit uns etwas besprechen, bevor er sich der Polizei anvertraut«, hatte Egeas gesagt. Noch am Abend wollte er mit Warnecke in Eickhoffs Stuttgarter Wohnung kommen. Die Haushälterin besorgte eine schwäbische Vesperplatte, Bier und Wein. Für das Zusammentreffen gab es natürlich keinen freudigen Anlass, aber Eickhoff, der bis vergangenen Donnerstag die Geselligkeit geliebt hatte, wollte die Gäste nicht in sachlicher und nüchterner Atmosphäre empfangen. Seine Haushälterin hatte sich sogar bereit erklärt, Überstunden zu machen und die Besucher zu bewirten.

Sie trafen pünktlich ein. Egeas war schon lange nicht mehr da gewesen, dachte Eickhoff, während er ihn mit einer herzlichen Umarmung begrüßte und sich den großen fremden Mann vorstellen ließ, den er auf Mitte 50 schätzte. Auf den ersten Blick sympathisch, empfand Eickhoff und führte die Gäste in das große Wohnzimmer mit der Glasfront in Richtung Talkessel. Ein Großteil der Stadt lag bereits im Schatten der Berge. In einer halben Stunde würde die Dämmerung heraufziehen.

»Herr Warnecke«, begann Egeas, nachdem sie an dem ovalen Tisch Platz genommen hatten, »hat sich heute bei mir gemeldet, weil er indirekt auch mit der Buga zu tun hat.«

Eickhoff hörte aufmerksam zu, während die Haushälterin die gewünschten Getränke servierte.

Warnecke lächelte zurückhaltend und fühlte sich zu einer Erklärung verpflichtet: »Vielen Dank, dass Sie trotz des schrecklichen Geschehens so spontan zu einem Treffen bereit waren. Aber ich befürchte, dass wir nicht mehr viel Zeit haben, einen Plan umzusetzen, den ich mir zurechtgelegt habe.«

Eickhoff wurde ernst: »Hoffentlich ein Plan, der meine Tochter nicht das Leben gekostet hat.«

Warnecke hielt inne und sah zu Egeas, der den Faden aufnahm: »Vanessa hat vermutlich mehr gewusst, als wir heute wissen. Hätte sie das alles nicht für sich behalten, wäre es gar nicht so weit gekommen.«

»Dann sollten Sie mir einmal erklären, worum es überhaupt geht«, verlangte Eickhoff. »War tatsächlich diese Weltraummission schuld an allem?«

Warnecke schüttelte den Kopf. »Ich glaube eher nicht. Aber vielleicht sollte ich noch ein paar Sätze zu meiner Person sagen.«

Eickhoff hob sein Weinglas als Zeichen dafür, dass sie gemeinsam trinken sollten. Auch die Haushälterin hatte sich drüben an der Küchentheke ein Rotwein-Viertele eingeschenkt und trank mit. Sie war jedoch mit dem Herrichten der reichlich bestückten Wurst- und Käseplatte beschäftigt.

»Von Beruf bin ich jetzt im Großhandel für den Gärtnereibedarf tätig. Darin mögen Sie meinen Verknüpfungspunkt zu der Buga erkennen. Gelernt habe ich aber den Beruf des Polizeibeamten, der mir in vielen Dingen sehr nützlich ist. Das ist auch der Grund, weshalb ich mich mit dem Fall Ihrer Tochter«, er sah Eickhoff eindringlich an, »so intensiv auseinandersetze.«

»Und weshalb Sie die Polizei heraushalten wollen«, murrte Eickhoff etwas ungeduldig.

»Genau dies möchte ich Ihnen erklären – und deshalb war mir sehr viel daran gelegen, dass wir gemeinsam die Angelegenheit bereden.«

»Was hat nun meine Tochter herausgefunden, das sie das Leben gekostet hat?«, drängte der agile Arzt auf eine Erklärung.

»Um verstehen zu können, wie alles anfing, muss ich vorausschicken, dass ich durch meine jetzige Arbeit sehr viel im Lande herumkomme und Kontakt zu vielen Gärtnereien habe. Es ist mir – wenn ich das mal so sagen darf – eine Herzensangelegenheit, jungen Gärtnereimeistern in die Selbstständigkeit zu helfen. Bei dieser Gelegenheit kam ich mit einigen Gärtnern in Verbindung, die sich auf der Buga an der Gestaltung der Schaugräber – also von Friedhofsgräbern – beteiligen.«

»An deren Gestaltung meine Tochter auch mitgewirkt hat«, warf Eickhoff wissend und stolz ein.

»So ist es«, bestätigte Warnecke. »Einige von diesen Gärtnern hatten voriges Jahr bereits den Verdacht, dass es – ich drücke es mal vorsichtig aus – bei der Vergabe der Grabstellen, die es zu gestalten gilt, Unregelmäßigkeiten gegeben haben soll.«

»Im Klartext also: Korruption«, meinte Egeas.

»Na ja«, wiegelte Warnecke ab, »das hab ich eigentlich von vorneherein für wenig wahrscheinlich gehalten. Um ein paar Quadratmeter Fläche bepflanzen zu dürfen, bezahlt kein Mensch hohe Summen. Nein, das glaub ich nicht. Auch scheint mir die Organisation der Buga sehr darauf zu achten, dass da nichts schiefläuft. Ich hab viel über das Projekt gelesen und mich auch anderweitig kundig gemacht – nein, da sind in der Führungsebene nur integre Personen zugange.«

»In der Führungsebene«, wiederholte Egeas, als komme es auf diesen Punkt besonders an.

»Wo könnte dann was schiefgelaufen sein?«, wollte Eickhoff wissen.

»Vermutlich nicht mit den Gräbern«, erklärte Warnecke. »Ich hab mich zwar bei meinen Nachforschungen zunächst auf diese gestürzt, aber schnell erkennen müssen, dass etwas anderes faul sein muss. Die Gärtner wollten nämlich gerüchteweise davon gehört haben, dass Pflanzen nur von ein und demselben Lieferanten und auch nur von einer gewissen niederländischen Spedition bezogen werden sollten.«

»Also doch Korruption«, meinte Eickhoff und ergänzte: »Warum sind Sie nicht einfach zu den Buga-Organisatoren gegangen und haben dort gesagt, was Sie wissen? Hätte das meiner Vanessa nicht das Leben gerettet?«

Warnecke spürte, dass er vorsichtig sein musste. Eickhoff war verständlicherweise emotional aufgeladen. Allerdings traute er ihm keine unüberlegte Handlung zu. Aber ganz auszuschließen war es natürlich nicht, dass der Senior sofort die Polizei einschaltete.

»Vanessa hätte selbst reagieren müssen«, erklärte Warnecke unaufgeregt. »Ich bin davon überzeugt, dass sie nicht vorschnell etwas hat auslösen wollen, was sie noch nicht beweisen konnte. Ob sie etwas gegenüber den Buga-Verantwortlichen hat durchblicken lassen, weiß ich natürlich nicht.«

Noch bevor Eickhoff einen neuerlichen Einwand vorbringen konnte, stellte die Haushälterin ein silbernes Tablett mit Wurst und Käse, Brot, Butter, Gurken und Tomaten auf die Tischmitte, dazu Teller, Besteck und Servietten. »Greifen Sie bitte zu«, sagte sie und entschwand wieder zum Küchenblock, wo sie sich an ein kleines Tischchen setzte und ebenfalls vesperte.

Eickhoff griff als Erster zu und forderte seine Gäste auf, es ihm nachzutun. »Ich warte noch immer darauf, dass Sie zur Sache kommen«, sagte er, an Warnecke gewandt.

»Wie gesagt, das waren zunächst alles nur Gerüchte, mit denen ich als Außenstehender wohl kaum bei den Buga-Chefs hätte vorstellig werden können. Außerdem wollte ich auf keinen Fall, dass einer meiner Informanten – also einer der Gärtner – in den Verdacht geraten könnte, jemanden anschwärzen zu wollen.«

»Das heißt, Sie haben selbst recherchiert«, resümierte Eickhoff vorwurfsvoll.

»Da ist dann ein bisschen der Polizist in mir durchgegangen, das geb ich zu.«

»Und Vanessa hat es das Leben gekostet.«

Warnecke schwieg ein paar Sekunden, worauf Egeas meinte: »So kannst du das nicht sehen, Erich. Er hat ja zu diesem Zeitpunkt nicht wissen können, was Vanessa schon herausbekommen hat. Und wahrscheinlich war sie sich auch nicht sicher, ob sie damit richtiglag.«

»Deshalb soll mir der Herr Warnecke jetzt reinen Wein einschenken«, forderte Eickhoff, ohne den Genannten eines Blickes zu würdigen.

»Ich habe«, Warnecke aß ein Stück Wurst vollends auf, »nach Vertrauten gesucht, die mir ein bisschen mehr über die inneren Strukturen des Projekts berichten konnten.«

»Spitzel«, entfuhr es Eickhoff.

»Bitte, Erich«, versuchte Egeas seinen »Ex-Schwiegervater in spe« zu besänftigen. »Lass doch Herrn Warnecke erst einmal berichten.«

Dieser räusperte sich und fuhr fort: »Ich möchte die ganzen Hintergründe benennen, damit man verstehen kann, weshalb ich heute hier hergekommen bin.«

»Es geht nämlich nicht um Korruption«, warf Egeas ein, um Eickhoffs Gedanken in eine völlig andere Richtung zu lenken.

»Herr Petridis hat recht«, knüpfte Warnecke daran an. »Meine Vertrauensperson hat im Laufe der letzten Monate nämlich weitaus mehr erfahren, als wir uns erhofft hatten. Um ehrlich zu sein, sie ist ein bisschen übers Ziel hinausgeschossen.«

»Sie? Vanessa?« Eickhoff wurde ungeduldig und leicht ärgerlich. Seine Hände zitterten, als er mit der Gabel nach einer Scheibe Wurst angelte.

»Nein, nicht Vanessa. Mit ›sie‹ meine ich die Vertrauensperson. Es war ein Mann. Er hat sich Infos beschafft, an die ich nie herangekommen wäre.«

»Darf ich fragen, mit welchen Mitteln er das gemacht hat?«

Warnecke war auf diese Frage gefasst, hatte aber beschlossen, sie ausweichend zu beantworten. Er wollte den Arzt nicht mehr als nötig belasten. Er würde die Hintergründe noch früh genug erfahren. Jetzt war einfühlsames Vorgehen gefragt, um nicht den ganzen Plan zu gefährden.

Egeas lenkte ab und wandte sich an Eickhoff: »Vanessa hat doch einmal auch dir gegenüber von diesem Amerikaner gesprochen, der ihr indirekt gedroht hat, ihr Weltraumprojekt sei in Gefahr, wenn sie sich in Dinge einmische, die sie nichts angingen.«

»Hat sie, ja«, wurde der Arzt hellhörig. »Sie hat ihn sogar mal getroffen, droben am Flughafen. Und sie hat ihn am Mittwochnachmittag sogar noch fotografiert, wie ich dir am Telefon gesagt habe.«

»Das Foto vom Bootshafen, ja.«

»Dass der sich wieder hier rumtreibt, hat mich dann doch ziemlich überrascht.« Eickhoff nahm sein Weinglas mit beiden Händen, um beim Trinken nichts zu verschütten. »Er hat sich Olberding genannt. Alle haben ihn beim Militär nur ›Oldi‹ gerufen.«

Warnecke sah zu Eickhoff hinüber. »Haben Sie das alles schon der Polizei gesagt?«

»Ja, natürlich, dem Kommissar Häberle hab ich das gesagt. Aber ich glaube nicht, dass sie ihn ausfindig gemacht haben.«

Warnecke holte tief Luft: »Aber ich. Ich habe ihn ausfindig gemacht, Herr Doktor Eickhoff. Und wir werden ihm auf den Zahn fühlen.«

Eickhoffs glasige Augen wanderten von Warnecke zu Egeas und wieder zurück. »Das müssen wir schleunigst dem Kommissar Häberle melden.«

»Nein«, stoppte Warnecke. »Noch nicht. Denn wenn wir jetzt schlafende Hunde wecken, geht unser ganzer Plan in die Binsen.«

»Welcher Plan denn?«, forderte Eickhoff Aufklärung.

»Ein Plan, bei dem du uns helfen musst«, Egeas legte beruhigend eine Hand auf Eickhoffs Unterarm. »Im Interesse von Vanessa.«

75

Es war ein anstrengender Tag gewesen. Linkohr hatte unterwegs eine Pizza gegessen und sich jetzt in seiner Junggesellenbude aufs Sofa geworfen. Alles in seinem brummenden Schädel schien zu rotieren: Die vergangene Nacht in Heilbronn, die quälende Müdigkeit im Präsidium und nun noch das lange Gespräch mit Hofknecht, das allerhöchste Konzentration verlangt hatte. Aber was ihn noch mehr plagte, war der Gedanke an Iri, die sich seit Stunden nicht auf ihrem Handy meldete. Jetzt, auf dem Sofa liegend, versuchte er es noch einmal. Doch während irgendwann am frühen Abend einige Freizeichen zu hören, jedoch plötzlich abgebrochen waren, meldete sich seither sofort die automatische Ansage mit dem Hinweis, der Gesprächsteilnehmer sei vorübergehend nicht erreichbar. War der Akku beim ersten Anruf leer geworden? Aber Iri hätte ihn doch längst wieder geladen, überlegte er und starrte liegend zur Decke. Iri war schließlich auf Anrufe angewiesen, auf »Kundschaft«. Oder hatte sie seine Anrufe blockiert? Bei dem Gedanken daran sprang er auf und versuchte es von seinem Festnetzanschluss aus, dessen Nummer Iri nicht kannte. Wieder vergebens. Den schlimmsten Gedanken, ihr könnte etwas zugestoßen sein, hatte er in den vergangenen Stunden stets weggeschoben. Aber nun wurde er immer bohrender. Iri hatte Angst gehabt, verfolgt zu werden. Deshalb war sie aus Heilbronn hinausgefahren. Oder war's nur, weil sie mit ihm hatte zusammen sein wollen? Wahrscheinlich beides, versuchte er sich einzureden. Er war ja schließlich kein Freier – zumindest fühlte er sich nicht als solcher.

Und dann jagte ihm etwas durch den Kopf, was ihn elektrisierte: Scheinwerfer. Da war irgendwann ein Auto gewesen, das an der Einmündung des Waldwegs kurz angehalten hatte und dann langsam weitergefahren war. Ein Augenblick, bei dem Iri schockiert gewesen war und sich ganz fest an ihn geklammert hatte. Sie war vor Entsetzen regungslos geworden. »Nicht bewegen«, hatte sie ihm ins Ohr geflüstert. Er war der Meinung gewesen, »Gleichgesinnte« hätten dort oben bei der Waldheide ebenfalls ein abgelegenes Fleckchen gesucht, um ungestört sein zu können.

Waren sie doch verfolgt und beobachtet worden?

Unsinn, rief sich Linkohr zur Vernunft. Unsinn. Dann hätte sie ja bereits beim Verlassen ihres Zimmers im »Be Happy« observiert werden müssen – was allerdings durchaus denkbar war, sofern jemand vermutete, dass sie etwas im Schilde führte, was gefährlich werden konnte. Linkohr spürte, wie sein Magen rebellierte. Beim Blick auf das Kleiderchaos, das ihn umgab, fühlte er sich noch schlechter. Seit Tagen hatte er nichts mehr aufgeräumt und geordnet. Das Frühstücksgeschirr von vorgestern belagerte noch die Spüle in der kleinen Küchenzeile. Leere Pizzakartons stapelten sich. Sollte er jemals wieder eine Freundin finden und sie zu sich einladen, wäre zuvor ein Großputz notwendig. Aber daran war im Moment nicht zu denken. Allerdings fiel ihm ein, dass morgen Vormittag Müllabfuhr war. Er nahm einigen Unrat unter die Arme, schlüpfte in seine Schuhe, verließ die winzige Einliegerwohnung und »fütterte« den Mülleimer. Dann schob er ihn aus dem Vorraum an den nur spärlich beleuchteten Straßenrand hinaus, wo inzwischen bereits die Behältnisse der anderen Hausbewohner und der Nachbarschaft bereitgestellt waren. Die nächtliche Luft war noch lau. Eigentlich viel zu schade, um sich im Haus zu verkriechen, dachte er und sah links und rechts die Straße entlang. Menschenleer. Dabei war es gerade erst halb elf. Wie schnell sich alles ändern konnte: gestern ein spannendes Abenteuer, heute allein.

Diese innere Leere fühlend, ging er zurück in die Wohnung, streifte die Schuhe ab und goss sich einen »Schierker Feuerstein« ein – einen Kräuter-Halbbitter, den er einmal von Freunden aus dem Harz geschenkt bekommen hatte und der gegen Magenverstimmungen half. Ansonsten mied er es, gegen psychische Tiefs mit Alkohol vorzugehen. Das war das Schlechteste, was man tun konnte, denn die vermeintlich abgetöteten Probleme kamen umso heftiger zurück. Das kannte er von all den vielen dramatischen Fällen, in denen betrunkene Täter eine Rolle gespielt hatten.

Er legte sich wieder auf das Sofa, um gegen die Gedanken an Iri anzukämpfen. War es nicht seine Pflicht, alles, was Iri ihm anvertraut hatte, in die Ermittlungen einfließen zu lassen? Anvertraut, hallte es in seinem Kopf nach. Ja, Iri hatte es ihm anvertraut, ganz persönlich. Aber ohne den Polizeiapparat im Rücken konnte er nicht wirklich helfen. Andererseits könnte Iri in Lebensgefahr geraten, würden solche Ermittlungen an die falschen Ohren geraten.

Wenn er aber schwieg und Iri stieß etwas zu, müsste er sich ein Leben lang Vorwürfe machen. Und falls sein »geheimes Wissen« irgendwann einmal aufflog – wie etwa durch eine beiläufige Bemerkung von Zeugen bei einer Gerichtsverhandlung –, dann hätte dies unweigerlich dienstliche Folgen. Bis dahin, dass man ihn aus dem Beamtenverhältnis »entfernte«, wie es im Behördendeutsch immer hieß.

War es nicht besser, Häberle ins Vertrauen zu ziehen? Aber dann musste er dem Chef beichten, was vergangene Nacht geschehen war. Bisher hatte Häberle für derlei Eskapaden geradezu väterliches Verständnis gezeigt. Aber nun, darüber zermarterte Linkohr sich den Kopf, nun hatte alles eine ganz andere Dimension angenommen. Möglicherweise war er sogar in eine Falle getappt. Eine Falle, die Iri ihm gestellt hatte. Nein, mahnte er sich. Nein, das konnte nicht sein. Iri hätte eine perfekte Schauspielerin sein müssen, um das Gesagte und vor allem ihre Gefühlswelt so drastisch darstellen und schildern zu können.

Noch einmal versuchte er, sie vom Handy aus anzurufen. Kaum hatte die automatische Ansage wieder begonnen, unterbrach er die Verbindung. Es war sinnlos.

Dann eine neue Idee: Er eilte zu seinem Laptop, das sich sogleich aus dem Ruhezustand wecken ließ, und tippte ins Google-Suchfeld einige passende Schlagworte für Heilbronn ein. Die Auswahl an Sex- und Nachtclubs schien ziemlich unübersichtlich zu sein. Schließlich entdeckte er jene Adresse, die er suchte – und stieß beim Klick auf den Namen sogleich auch auf eine Telefonnummer. Im Geiste stellte er sich die Dame vor, die möglicherweise ans Telefon ging: jene distinguierte Frau, die im Eingangsbereich gesessen, in einer Illustrierten geblättert hatte und die »Holzbrink« hieß. Eine strenge »Aufseherin«, wie er sie gestern am frühen Abend insgeheim tituliert hatte. Er überlegte, ob er sich als der »Kriminalbeamte von gestern« vorstellen sollte, entschied aber während des Freizeichens, es nicht zu tun. Frau Holzbrink konnte irgendwann eine wichtige Zeugin werden und sich dann entsinnen, wann und um wie viel Uhr er sich nach Iri erkundigt hatte.

Es meldete sich eine charmante Frauenstimme, die sogleich die Allerweltsfloskel anfügte: »Was kann ich für Sie tun?« Also ob es sich um eine Firma oder eine Behörde handle, dachte Linkohr. Ob es Frau Holzbrink war, vermochte er nicht abzuschätzen. Aber das war auch egal. »Guten Abend«, sagte er mit fester Stimme. »Ich wäre gerne zu Iri gekommen. Ist sie heute denn da?«

»Iri?«, drang die Stimme an sein Ohr. »Da muss ich Sie enttäuschen. Iri steht heute leider nicht zur Verfügung. Ich könnte Sie aber zu …«

Linkohr unterbrach sie. »Nein, ich wäre gerne zu Iri gekommen. Wissen Sie, wann Sie wieder«, es fiel ihm schwer, es auszusprechen, »zur Verfügung steht?«

»Tut mir leid, mein Herr. Sie hat nichts hinterlassen. Haben Sie denn ihre Privatnummer nicht?«

»Doch, doch …«, stammelte Linkohr mit klopfendem Herzen. »Doch. Vielen Dank.« Dann legte er auf.

76

Rainer Warnecke hatte sich nach dem anstrengenden Gespräch bei Eickhoff in sein Hotel zurückgezogen. Es lag direkt am steilen Nordhang der Schwäbischen Alb, hoch über der Autobahn A 8 mit Blick zum Aichelberg. Das »Deutsche Haus« war bester Ausgangspunkt für sein Vorhaben, das sich sowohl in Heilbronn als auch auf der Albhochfläche abspielen würde. Außerdem boten die nahe gelegenen Autobahn-Anschlussstellen Aichelberg und Mühlhausen/Täle eine verkehrsgünstige Situation. Als Polizeibeamter hatte er schließlich gelernt, dass bei jedem Einsatz die logistischen Voraussetzungen wichtig waren. Alles musste, so gut es ging, durchdacht und vorbereitet sein. Allerdings konnte er momentan auf kein großes Team zurückgreifen, sondern musste so ziemlich alles allein organisieren. Aber wenn es klappte, dann würden sie alle staunen.

Daran musste er denken, als er am Fenster seines Hotelzimmers stand und in das vom Streulicht der Städte und Autos matt erleuchtete Vorland der Schwäbischen Alb hinausblickte. In der Ferne strichen die Landescheinwerfer eines auf Stuttgart zufliegenden Airliners durch den nächtlichen Himmel. Wie schön könnte die Welt sein, wenn sie nicht von Macht, Gier und Intrigen durchsetzt wäre, kam es ihm in den Sinn. Und schon holte ihn der schrille elektronische Ton seines Smartphones in die Realität zurück. Die Nummer, die aufs Display übertragen wurde, war ihm fremd. Allerdings erkannte er die Heilbronner Vorwahl 07131.

Für einen Moment zögerte er, dann tippte er auf die grüne Taste. »Ja, hallo.«

»Spreche ich mit Herrn Warnecke?« Es war eine ihm unbekannte Männerstimme.

»Um was geht's?«, fragte er scharf zurück.

»Sie sind Herr Warnecke?«, vergewisserte sich der Anrufer noch einmal.

»Wenn das für Sie wichtig ist …«

»Hier spricht die Kriminalpolizei Heilbronn«, kam es ebenso unfreundlich zurück. »Herr Warnecke, wir sollten einen Gesprächstermin vereinbaren.«

Warnecke war für einen Moment perplex. Er drehte sich wieder zum Fenster und fixierte ein helles Licht in der Ferne. »So«, antwortete er, »sollten wir das? Zu welchem Thema denn?«

»Wir hätten ein paar Fragen an Sie. Reine Formsache.«

»Deshalb rufen Sie noch spätabends an?«

»Wir haben Sie in den vergangenen Stunden nicht erreichen können«, gab sich die Männerstimme nun etwas freundlicher. »Es geht um ein paar Dinge im Zusammenhang mit der Bundesgartenschau in Heilbronn.«

»Und was hab ich damit zu tun?«

»Genau das wollten wir von Ihnen erfahren. Soweit wir wissen, sind Sie für einige Gärtner als … sagen wir mal … als Berater tätig.«

Weil Warnecke schwieg, kam der Anrufer wieder auf sein Anliegen zurück: »Wann könnten Sie bei uns vorbeikommen?«

»In Heilbronn?«

»Ja, Herr Kriminalhauptkommissar August Häberle würde gerne mit Ihnen sprechen. Er möchte es Ihnen aber gerne ersparen, ins Präsidium zu kommen.«

»Ach – wie freundlich von ihm«, brummte Warnecke kleinlaut.

»Herr Häberle schlägt bei diesem schönen Wetter einen Spaziergang durch unseren Pfühlpark vor. Ist das okay für Sie?«

Spaziergang mit einem Kommissar, überlegte Warnecke. Das klang in der Tat nicht nach einem Verhör. Vielleicht war's wirklich nur ein informelles Gespräch. Womöglich hatten sie bei der Polizei auch schon herausgefunden, dass er sozusagen ein Kollege von ihnen war.

»Pfühlpark«, wiederholte er. »Nie gehört.«

»Ist nicht weit vom Präsidium. Herr Häberle schlägt vor, dass Sie ihn morgen so gegen zehn auf dem großen Spielplatz an der Ecke Schlizstraße/Richard-Becker-Straße treffen. Zum Gespräch auf einer Parkbank. Dort hat es übrigens auch Parkplätze.«

»Wie heißen die Straßen?«, bat Warnecke um eine Wiederholung und ließ sich die »Schlizstraße« buchstabieren. Dann versprach er, um 10 Uhr dort zu sein. »Und woran erkenn ich den Kommissar?«

Der Anrufer war kurz überfordert. »Dort gibt es einen Kiosk. Seien Sie dort, Punkt 10 Uhr.« Dann war das Gespräch beendet.

Warnecke blieb noch ein paar Minuten am Fenster stehen, um auf das nächtliche Albvorland hinauszuschauen. Häberle hieß der Kommissar, ein einfacher schwäbischer Name, dachte er. Sicher kein Draufgänger-Typ, sondern eher ein bodenständiger – wenn er sich für das Gespräch einen Park ausgesucht hatte.

Warnecke beschloss, im Geiste alle Eventualitäten durchzuspielen. Was konnte er dem Kommissar sagen? War es ein umgänglicher Ermittler – oder einer, der nur seine Karriere im Blickfeld hatte? Eines war Warnecke klar: Er musste vorsichtig sein.

Noch war er in derlei Gedanken vertieft, da meldete sich sein Handy ein zweites Mal.

Die übertragene Nummer war ihm bestens vertraut. »Ja, hallo«, sagte er freundlich und war froh, dass seine Stimmung aufgeheitert wurde.

»Hi«, kam eine Frauenstimme zurück. »Du wirst es nicht glauben, mein lieber Rainer, ich hab eine Überraschung für dich.«

»So? Da bin ich aber gespannt.«

»Ich bin ganz nah bei dir …«

Er wusste mit dieser Bemerkung nichts anzufangen. »Du bist …«

»… ganz nah bei dir«, vervollständigte sie schnell den Satz.

»Und das heißt?«

»Ich wohn im gleichen Haus wie du.«

Ihm verschlug es die Sprache. »Wo … in welchem Haus?«

»Im Hotel ›Deutsches Haus‹«, kam es zärtlich hauchend zurück. »Und ich verrat dir auch gleich die Zimmernummer.«

77

Montag 11. Juni. Journalist und Militärhistoriker Joachim Lenk liebte es, durch die Wälder seiner Alb-Heimat zu streifen. Er beschäftigte sich seit vielen Jahren mit Land und Leuten, berichtete für die örtlichen Lokalzeitungen von den Sorgen und Nöten der Gemeinden, des örtlichen Gewerbes und auch der Landwirte, die es auf der kargen und oftmals rauen Hochfläche nicht einfach hatten. Außerdem interessierte er sich für die Geschichte dieses Landstrichs, der hier, wo die A 8 zwischen Stuttgart und Ulm über die Alb führte, momentan ziemlich ramponiert wurde. Der Eisenbahnbau riss teilweise tiefe Wunden. Außerdem schien der Hunger nach Baugelände schier unersättlich zu sein.

Wie sehr die Menschen an geschichtlichen Themen interessiert waren, hatte Lenk erst Anfang Februar und wenig später auch in Merklingen erfahren, als er seine Dokumentation über die in Neu-Ulm stationiert gewesenen Amerikaner in seinem Buch »Klein-Amerika links und rechts der Donau« vorgestellt hatte. Deren Standort-Übungsplatz lag versteckt in einem kleinen Waldstück bei Widderstall, abseits der Autobahn-Anschlussstelle Merklingen. Sogar die Bevölkerung sollte jahrelang nicht gewusst haben, dass die US-Armee mehr oder weniger häufig ihre Pershing-Raketen hierhertransportiert hatte, um für den Ernstfall zu üben.

Lenk dokumentierte die noch sichtbaren Fundamente einiger Lagerhäuser und die Schneisen, in denen die schweren Lkws mit den abschussbereiten Raketen positioniert gewesen waren. Mehr allerdings hatte er bislang nicht gefunden.

An diesem Sommermorgen fuhr Lenk mit dem verschmutzten VW Beetle seiner »besseren Hälfte« auf das Waldstück zu und stoppte erst vor dem Verbotsschild. Er wollte das schöne Wetter nutzen, um noch einige Detailfotos zu knipsen. Seit dem Erscheinen seines Buches meldeten sich immer noch weitere Interessenten, darunter sogar ehemalige Soldaten aus den USA. Sie alle hatten das Bedürfnis, 27 Jahre nach Abzug der US-Armee aus Neu-Ulm ein bisschen mehr über die Nutzung dieses geheimnisumwitterten Areals zu erfahren. Einige wollten wissen, ob auch unterirdische Gebäudeteile aufgespürt worden waren. Lenk hatte dazu keinerlei Hinweise entdeckt. Auch bei seinen vielen Begehungen war ihm nichts aufgefallen, was auf Keller oder Bunker hätte hindeuten können. Allerdings gab es in dem Waldgebiet auch einige ziemlich unwirtliche Ecken und stark überwucherte Stellen, an denen es aber laut der Pläne, die ihm zur Verfügung standen, keine Bebauung gegeben hatte.

Freilich, vieles war in Archiven verschwunden, manches auch für immer beseitigt worden. Nur dank seiner vielfältigen Beziehungen und seiner Eigenschaft als Oberstleutnant der Reserve hatte er Zugang zu historischen Dokumenten erhalten.

Lenk spürte beim Verlassen seines Autos die feucht-milde Morgenluft. Insekten schwirrten, Vögel zwitscherten. Er verriegelte den Beetle und folgte dem breiten Forstweg, der im weiten Linksbogen, leicht ansteigend, in das frische Grün des Hochwaldes führte. Ein kurzer, aber kräftiger Regenschauer, der vorgestern auf der Hochfläche niedergegangen war, hatte das Erdreich aufgeweicht. Unter dem schattigen Blätterdach war es noch nicht ganz abgetrocknet.

Lenk, ein sportlicher Mittfünfziger, schritt zügig voran. Obwohl er nur darauf fixiert war, schnell einige Fotos zu schießen, blieb sein journalistischer Spürsinn hellwach. Oft genug war er schon hier gewesen, sodass ihm jede Veränderung sofort auffiel. So wie die Reifenspuren, die sich links des Schotterbelags in unregelmäßigen Abständen im weichen

Untergrund abzeichneten. Weil das Profil deutlich zu erkennen war, mussten die Spuren nach dem Regen entstanden sein, überlegte Lenk und vermutete, dass sie vom Auto eines Jägers stammten. Breite und die Art des Profils ließen jedenfalls auf kein schweres Fahrzeug schließen, wie es zum Abtransport von Holz hätte genutzt werden können.

Nach wenigen Minuten hatte der Journalist und Buchautor gefunden, was er suchte: eine Stelle im Unterholz, an der nur mit geübtem Auge und allenfalls andeutungsweise die mit Moos überzogene Ecke eines Gebäudefundaments zu sehen war. Er holte seine kleine digitale Kamera aus der Jackentasche und ging in die Hocke, um die richtige Perspektive zu finden. Ein schmaler Sonnenstrahl schuf einen harten Kontrast zur schattigen Umgebung und stellte eine herbe Herausforderung für die Technik der digitalen Kamera dar. Lenk hatte dies sofort erkannt und versuchte, mit einigen Verrenkungen sich selbst als Schattenspender vor die Sonne zu positionieren. Während er konzentriert damit beschäftigt war, schreckte ihn ein raschelndes Geräusch auf. Schritte. Er drehte sich um und sah auf der anderen Seite des Forstwegs einen Mann herankommen. Groß, kräftig, dunkelgrün gekleidet, braun gebranntes faltiges Gesicht. Er war aus einer jener Schneisen aufgetaucht, in denen einst die mit Lafetten bestückten schweren Militärtransporter standen.

Lenk hatte sich schnell von dem Schrecken erholt, denn der Mann war ihm nicht fremd. Es war der Jagdpächter, der dieses Stück Staatswald betreute. »Wieder beim Forschen«, stellte der Mann beim Näherkommen mit sonorer Stimme fest.

Lenk erhob sich. »Ja, das Interesse am ›Bombenwald‹ ist nach meinen Veröffentlichungen erstaunlich groß«, sagte er freundlich lächelnd. »Immer wieder krieg ich Mails von ehemaligen Soldaten, die sich Fotos wünschen.«

»Zu sehen gibt's ja reichlich wenig«, meinte der Jäger, der

kein Gewehr bei sich trug. »Ohne Sie wäre das hier wohl vollends in Vergessenheit geraten.«

»Ja«, nickte Lenk stolz, »viele haben etwas gewusst, aber komischerweise nur selten darüber gesprochen.«

»Aber seit Ihr Buch erschienen ist, tauchen hier hin und wieder Menschen auf. Vorher hat man kaum jemanden gesehen.«

»Und was führt Sie denn heute Vormittag hierher?«, wollte Lenk wissen.

»Wildschweine. Wir müssen den Bestand dezimieren, haben Sie sicher gelesen. Wegen der afrikanischen Schweinepest. Uns Jägern wird ohnehin ständig vorgeworfen, wir würden zu wenig Schwarzkittel schießen. Aber wer das behauptet, hat keine Ahnung, wie zeitaufwendig das ist. Die Viecher kommen nur nachts aus der Deckung – da braucht's Geduld und Ausdauer. Wir können ja nicht in finstrer Nacht schießen, also geht's nur in der hellen Zeit um den Vollmond herum. Wir wollen auch keine Nachtsichtgeräte; das ist nicht waidmannsgerecht.«

Lenk grinste: »Man sagt immer, es gebe so viele Wildschweine, aber wenn ich im Wald bin, taucht keins auf.«

»Trotzdem werden in Baden-Württemberg jedes Jahr 50.000 geschossen«, entgegnete der Jäger. »Und jetzt sollen es nach dem Willen des Landwirtschaftsministers bis zu 40 Prozent mehr sein.«

»Da traut man sich ja nachts als Spaziergänger gar nicht mehr in den Wald – wenn von allen Seiten aus vollen Rohren geballert wird«, lächelte Lenk.

»Ach was«, wiegelte der Mann ab. »Kein verantwortungsbewusster Jäger schießt auf ein Ziel, das er nicht hundertprozentig identifiziert hat.«

»Sie gehen doch hier auch kreuz und quer durchs Gelände …«

»Nur heute«, unterbrach ihn der Waidmann. »Ich hab zwei Hochsitze an den Waldrändern draußen.«

»Dann sind Sie auf nichts Unentdecktes aus der Militärnutzung mehr gestoßen?«

»Um ehrlich zu sein, Herr Lenk, ich hab Ihr Buch mit großem Interesse gelesen, aber um das, was vielleicht noch im Boden verborgen ist, kümmere ich mich nicht. Das ist Ihr Thema.«

»Sie sagen, es kämen neuerdings häufiger Leute hierher …?«

»Ja«, der Jagdpächter drehte sich um, als suche er jemanden, »tagsüber und sogar nachts.«

»Nachts? Hier im Wald?«

»Ob nur draußen oder auch hier drinnen, weiß ich nicht. Aber als ich vorgestern Abend auf meinem Hochsitz, ganz da hinten auf der anderen Seite, eine Zeit lang auf Wildschweine angesessen bin, da sind mir zwei Autoscheinwerfer aufgefallen, die da vorne, wo das Verbotsschild steht, aus dem Wald herausgekommen sein müssen. So genau konnte ich es nicht sehen, aber sie müssen von hier drinnen gekommen sein.«

Lenks journalistisches Interesse stieg. »Haben Sie die Kennzeichen abgelesen?«

»Wie sollte ich? Ich bin über einen Kilometer davon weg, guter Mann! Selbst mit einem Fernglas hat man da keine Chance. Schon gar nicht, wenn die Burschen mit ihren Autos nur mit Tagfahrlicht fahren, dann brennt hinten keine Kennzeichenbeleuchtung.«

»Die sind zu mehreren da rumgefahren?«

»Zu zweit. Aber nicht gleichzeitig, zuerst einer und dann, so etwa eine Viertelstunde später, der andere.«

»Beide ohne Licht?«

»Der Erste hatte keine Schlusslichter, der Zweite schon.«

»Und Sie meinen, die hatten Interesse am Bombenwald?«

»Nicht jeder, der hier rumkutschiert, hat das. Ganz sicher nicht. Das will ich auch gar nicht gesagt haben. Aber es fällt halt auf, dass sich plötzlich hier etwas tut. Allerdings geh ich mal eher davon aus, dass die nächtlichen Besucher vielleicht durch Ihr Buch erst darauf gekommen sind, dass sich diese abgeschiedene Ecke auch für ein Schäferstündchen eignen könnte. Oder denken Sie immer nur an Ihre archäologische Arbeit?«

Lenk fielen die angetrockneten Spuren ein: »Sind Sie denn vor Kurzem hier reingefahren?« Er ging ein paar Schritte über den geschotterten Weg und deutete auf das Reifenprofil in der weichen Erde. »Hier, sehen Sie, das muss nach dem Regen gewesen sein.«

»Hab ich auch gesehen. Nein, ich war's nicht. Ich park meinen Wagen auf der anderen Seite, drüben bei den alten Hütten.«

»Haben Sie gesehen, wohin oder woher diese Spuren führen oder kommen?«

Der Jäger überlegte und besah sich die eine Reifenspur, die ein kurzes Stück links parallel zum Weg verlief. »Er muss in diese Richtung gefahren sein«, entschied er und deutete weiter in den Wald hinein. »Die Autos, die ich gesehen hab, müssten aber von hier aus in die andere Richtung gefahren sein. Sonst wären sie mir ja da hinten näher gekommen.«

»Und wie hat das Ganze dann geendet?«, wollte Lenk wissen.

»Wie ich dann kurz nach dem zweiten Auto auch vorgefahren bin, hab ich vorne an der Einmündung in die Straße – dort, wo es den kleinen Parkplatz hat – einen Münchner Geländewagen stehen sehen. So ein richtiger, kantige Kastenform, wissen Sie. Keiner dieser normalen SUVs. Mir ist er wegen des auswärtigen Kennzeichens aufgefallen, das ein Förster oder Landwirt hier wohl nicht hätte. Im Vorbeifahren hab ich noch gemeint, dass da jemand drinsaß.«

»Haben Sie sich dieses Kennzeichen gemerkt?«

»Ja, natürlich, wo denken Sie hin!« Wieder das Grinsen, das ein bisschen überheblich wirkte. Er durchwühlte seine rechte Jackentasche und brachte schließlich ein zerknittertes Stück Papier zum Vorschein. »Hier …« Er hielt es Lenk vor die

Augen, der die handschriftlich hingekritzelten Buchstaben und Zahlen nur mühsam entziffern konnte. Er ließ sich das Kennzeichen deshalb vorlesen und notierte es. Man konnte nie wissen. Als Journalist musste man hinter allem eine Story wittern.

78

Hofknecht hatte die ganze Nacht nicht geschlafen. Das Gespräch mit Linkohr war immer präsent gewesen. Sämtliche Fragen hatten ihn gequält. Warum die Erkundigung nach einem namibischen Telefon? Warum die seltsam versteckte Frage nach dem »Be Happy« und das Interesse für den schwarzen Farbfleck auf seinem Kombi? Hatten die Fragen nicht alle so geklungen, als würde er indirekt nach einem Alibi für Mittwochabend gefragt? Und dann noch der Hinweis auf die schwarze Rose.

Hofknecht war in der Nacht mehrfach aufgestanden, hatte sich zweimal einen Cognac eingeschenkt, doch richtig eingeschlafen war er nicht. Dass Katharina ausgezogen und spurlos verschwunden war, plagte ihn von Stunde zu Stunde mehr. Er hatte sie wiederholt auf dem Handy angerufen, aber sie meldete sich nicht – auch nicht, als er es mit Rufnummernunterdrückung versucht hatte. Mehrmals hatte er damit gerungen, Tochter und Sohn anzurufen, es dann aber wieder verworfen.

Sie würden noch früh genug mitbekommen, was geschehen war. Oder Katharina hatte sie bereits informiert. Tausend Gedanken rasten durch seinen Kopf. Wenn Katharina nicht mehr zurückkam, war die berufliche Existenz zerstört. Das Haus, die neue Gärtnerei – alles, was sie gemeinsam mit so viel Herzblut aufgebaut hatten, war mit einem Schlag hin.

Das Frühstück bestand nur aus einer Tasse heißem Kaffee. Noch bevor Angi, die Aushilfskraft, kam und das Ladengeschäft geöffnet wurde, wollte er sich in die Arbeit stürzen, um die Blässe im Gesicht zu verlieren. Dann würde er Angi einweihen müssen. Er musste ihr reinen Wein einschenken und sie sogar bitten, einige Stunden länger pro Woche für ihn zu arbeiten. Denn ohne Katharina wäre der Betrieb nur noch wenige Tage aufrechtzuerhalten.

Als er noch einige Scherben zusammenkehrte, die vom Horror der vorletzten Nacht zeugten, überkam ihn das fahle Gefühl, damit auch die Scherben seines zerbrochenen Lebens vor sich zu haben. Doch dies war nicht so einfach zu reparieren wie das Telefon, das gestern noch ausgetauscht worden war.

Als Angi eintraf, spürte sie sofort, dass etwas nicht stimmte. »Sind Sie krank?«, fragte sie besorgt, während sie ihren Korb neben der Kassentheke abstellte. »Ihre Frau wohl auch, oder?«

Hofknecht wischte sich mit dem Ärmel seines grünen Overalls den Schweiß von der Stirn. Er wollte nicht lange drum herumreden. »Katharina ist nicht krank. Sie ist ausgezogen.«

»Sie ist …?« Angi sah ihn fassungslos an.

»Ja, es ging alles ganz schnell. Ich wollte es Ihnen gestern nicht sagen. Aber …« Seine Stimme versagte und er drehte sich weg, weil er sich seiner Tränen schämte.

Angi rang nach Worten, fand aber keine.

»Entschuldigen Sie«, fasste er sich wieder. »Ich muss das alles erst wieder auf die Reihe kriegen.« Er verließ den Ladenraum und verschwand in das Gewächshaus.

Die ganze Nacht über hatte er Warnecke anrufen wollen, es dann aber auf den Morgen verschoben. Jetzt würde er es tun. Er zog sich in sein Büro hinterm zweiten Gewächshaus zurück und wählte die Handynummer, die er längst auswendig kannte. Drei ewige Ruftöne lang hoffte er inständig, dass Warnecke sich meldete. Und dass er von ihm nicht wieder so unfreundlich abserviert wurde wie vor drei Tagen. Er hatte sich deshalb auch vorgenommen, ihn in der momentanen Situation nicht auf das noch immer ausstehende Honorar anzusprechen.

»Ja«, drang endlich die Männerstimme an sein Ohr.

»Ich bin's, der Christian.«

Weder eine Begrüßung noch eine Antwort kam durch die Leitung.

»Entschuldige, wenn ich störe«, machte Hofknecht weiter und malte nervös Kringel auf ein Rechnungsformular, das vor ihm lag. »Ich brauch deine Hilfe.«

»Hilfe?« Warneckes Stimme klang fremd und gereizt.

»Ja, da muss irgendetwas schiefgelaufen sein. Die Kripo war bei mir. Gestern. Und Katharina ist auch weg.«

»Mensch, Christian«, zeigte sich Warnecke hörbar ungerührt. »Ich hab dir doch tausendmal gesagt, du sollst dich zurückhalten. Ich hab dir helfen wollen, das weißt du. Aber jetzt muss ich dich davor warnen, mich in etwas hineinzuziehen.«

Hofknecht erschrak über den barschen Ton. Er spürte, wie das Blut aus allen Teilen seines Körpers wich. Die Hoffnung, weiterhin auf Warnecke bauen zu können, war von einer Sekunde auf die andere verschwunden.

»Was hast du der Kripo erzählt?«, wollte Warnecke wissen.

»Nichts … das heißt, dieser Kommissar hat deinen Namen von sich aus erwähnt.«

»Was hat er gesagt?« Warneckes Stimme wurde immer gereizter.

»Er hat gewusst, dass du's auch mit anderen Gärtnern zu tun hast, weil sie irgendwelche Unregelmäßigkeiten festgestellt hätten.«

»Das hat er schon gewusst?«

»Ja, die haben bei allen rumtelefoniert, die am Mittwochabend bei einem Gespräch in Heilbronn dabei waren.«

»Und sonst?«

»Von mir wollten sie noch wissen, ob ich das ›Be Happy‹ kenne.«

»Warst du dort?«, kam es verärgert zurück.

Hofknecht schloss die Augen und schwieg.

Warnecke wurde lauter: »Du bist ein Riesenidiot, Christian. Außerdem frag ich dich, ob du jemals im Ernst geglaubt hast, die Vanessa wär etwas für dich?«

Hofknecht wischte sich mit dem Handrücken Schweiß von der Stirn. »Ich hab das auch für dich gemacht, Rainer. Ich wollte dir möglichst viel Infos beschaffen. Du weißt, ich brauch dich …«

»Geld brauchst du, ich weiß. Aber ich hab nicht gedacht, dass du dich wie ein kleiner James Bond aufspielst. Was hast du von all dem der Polizei gesagt?«

»Nichts. Ich schwör es dir. Der Angriff auf Katharina vorletzte Nacht, das hat mir gereicht.«

»Dann halt jetzt weiterhin deine Klappe. Nur noch einen Tag lang. Sonst vermasselst du vollends alles.«

»Und Katharina?«, stammelte Hofknecht. »Die hat davon erfahren.«

»Vergiss sie, Christian. Die wird nie mehr zu dir zurückkommen. Nie mehr.«

Leitung tot. Warnecke hatte das Gespräch grußlos beendet.

79

Häberle war wieder zeitig im Heilbronner Präsidium eingetroffen, wo sein junger Kollege Mike Linkohr bereits auf ihn gewartet hatte. »Können wir kurz miteinander reden?«, hatte er den Chef gleich auf dem Flur überfallen.

Häberle nahm ihn sofort mit in sein Büro. Und weil er schon seit gestern spürte, dass seinem Assistenten etwas zu schaffen machte, ließ er die Tür hinter sich einrasten und bot ihm Platz an. Für einen Moment überlegte er, ob Linkohr mal wieder um einen freien Tag bitten wollte, weil es eine persönliche Angelegenheit zu regeln galt. Deshalb begann er, als sie sich gesetzt hatten, mit der väterlichen Frage: »Wieder Beziehungsprobleme?«

Linkohr war innerlich sogar erleichtert, dass sein Chef auf diese Weise das Gespräch begann. »Wie man's nimmt«, sagte er deshalb schnell. »Privat, ja, aber auch dienstlich.«

»Oh!«, entfuhr es Häberle, der sofort ahnte, dass sein Kollege wieder einmal in eine Zwickmühle geraten war. »Doch nicht wegen Iri?«

Linkohr schluckte und entgegnete gelöster: »Sie haben halt ein echtes Gespür für schwierige Situationen.«

»Also tatsächlich Iri?«

»Ich …« Linkohr hoffte, dass Häberle auch diesmal wieder Verständnis aufbringen würde. »Ich hab ein vertrauliches Gespräch mit ihr geführt.«

»Gespräch?«, hob Häberle eine Augenbraue. »Nur ein Gespräch?«

»Na ja«, Linkohr rutschte unruhig auf seinem Stuhl hin und her, »es war sehr vertraulich.« Er zuckte mit einer Wange.

»Aber alles erst, nachdem die dienstliche Vernehmung längst vorbei war.«

»Ich verstehe ... Und wo ist nun das Problem?«

Linkohr holte tief Luft. Immerhin hatte Häberles Frage darauf schließen lassen, dass er bis zu diesem Punkt wohl kein Problem sah. »Iri ist verschwunden. Spurlos. Ich hab keine Ahnung, was mit ihr geschehen ist.«

Dann beichtete er, was vorgestern Abend geschehen war – nachdem er mit Wenzel im »Be Happy« gewesen war –, um gleich anzufügen: »Sie hat mich förmlich entführt.«

Häberle grinste und merkte süffisant an: »Entführt und wohl auch verführt. Das wären dann ja wohl Kidnapping und Vergewaltigung, wenn ich das richtig verstehe.«

»Schön, dass Sie das so locker nehmen«, zeigte sich Linkohr dankbar.

»Vorläufig, Herr Kollege«, es klang plötzlich sehr amtlich. »Und wie ging es weiter?«

»Ich hab sie gestern den ganzen Tag über versucht anzurufen, aber sie meldet sich nicht mehr. Im ›Be Happy‹ hat man mir gesagt, sie sei gestern gar nicht gekommen.«

Häberles Gesichtsausdruck wurde ernst. »Und Sie haben keine Ahnung, wo sie sonst sein könnte?«

»Nein. Aber da war auf der Waldheide, als wir dort miteinander...«

»... gesprochen haben«, ergänzte Häberle ironisch, nachdem Linkohr nach einer passenden Formulierung zu suchen schien.

»Ja, sozusagen«, nickte der Jungkriminalist. »Da war ein Auto – allerdings etwa 100 Meter entfernt. Es ist langsam vorbeigefahren. Jemand hat uns wohl verfolgt oder beobachtet, keine Ahnung.«

»Haben Sie den Wagen gesehen?«

»Nein, aber Iri ist gleich in Deckung gegangen.« Er räumte kleinlaut ein: »Ich auch.«

Häberle kommentierte: »In so einer Situation möchte man wohl auch nicht unbedingt gesehen werden.«

Linkohr verzichtete auf die Nachfrage, was Häberle mit dem Begriff »Situation« umschrieben haben wollte.

Häberle blieb sachlich: »Haben Sie ihre Wohnanschrift in Münsingen?«

»Nein. Ich weiß ja nicht mal ihren Nachnamen. Nur, dass sie den ermordeten Blumenhändler dort gekannt hat.«

»Und das Kennzeichen ihres Autos?«

Linkohr hatte sich die ganze Zeit über schon den Kopf zermartert. Aber mehr, als dass es ein RT für Reutlingen und dann vermutlich ein M gewesen war, fiel ihm nicht mehr ein. Und im Landkreis Reutlingen, wo es angeblich sehr viele reiche Leute gab, waren vermutlich auch jede Menge Porsches registriert.

Häberle lehnte sich zurück und dachte nach. »Nun haben Sie mir aber das Wichtigste noch nicht gesagt: Worum ging's denn bei dieser Recherche, die Sie … formulieren wir es mal vorsichtig … sozusagen mit vollem Körpereinsatz getätigt haben?«

Linkohr konnte seine Aufregung nur mühsam verbergen. »Es war eine sehr vertrauliche Angelegenheit, weil sie panische Angst hatte. Und deshalb mache ich mir so große Sorgen. Falls jemand mitgekriegt haben sollte, dass sie etwas ausgeplaudert hat, ist sie in Lebensgefahr.«

Häberle wurde wieder amtlich: »Ihnen ist aber schon geläufig, dass Sie verpflichtet sind, Straftaten zu verfolgen – auch wenn Sie privat davon erfahren haben?«

»Deshalb rede ich ja jetzt mit Ihnen.« Es klang nicht gerade selbstbewusst.

»Reichlich spät, wie ich finde«, brummte Häberle. »Was hat Ihnen diese Iri nun erzählt?«

»Dass sie nicht ganz so freiwillig auf den Strich geht, wie sie dem Kollegen Marvin und mir zuerst gesagt hat. Dass sie ein Türke namens Turgut dazu zwingt. Einer aus Münsingen. Er hat ihr einen Porsche Cayenne geschenkt, den sie ratenweise abzahlen muss. Und dass dieser Turgut ein Drogenboss sei, der überall im Lande seine Finger im Drogengeschäft drin habe.«

Häberle sah seinen jungen Kollegen durchdringend an. »Mafiose Strukturen? Ist Ihnen eigentlich klar, was dies bedeutet?«

»Ja, natürlich. Wir haben da in ein Wespennest gestochen.«

»Ich würd eher sagen, Hornissen – oder Schlangengrube«, gab Häberle finster zurück. »Was hat sie sonst noch gesagt?«

»Dass sie einen Kunden habe …«

»Kunden?«, unterbrach Häberle.

»Freier«, berichtigte sich Linkohr, »einen Freier, der regelmäßig bei ihr auftaucht und der auch mit Turgut zu tun hat.«

»Name?«

»Kennt sie nicht.«

Häberle erinnerte sich an das Protokoll, das Wenzel über den Besuch im »Be Happy« geschrieben hatte. Da war von einem »Flores« die Rede gewesen, dem Iri wohl die Visitenkarte gegeben hatte, die bei Vanessas aufgefundenem Auto entdeckt worden war.

»Der Flores war's nicht?«, hakte Häberle deshalb nach.

»Nein, das war ein anderer. Der, den sie im Zusammenhang mit Turgut erwähnt hat, soll so etwas wie dessen Komplize sein. Der muss nichts bezahlen … Nennt sich ›Flowerman‹.«

»Flowerman«, echote Häberle. »Blumenmann.«

»Ja, ist wohl ein VIP-Kunde.«

»Aussehen, Herkunft, sonstige Merkmale?«, drängte Häberle zur Eile.

»Er soll …«, plötzlich fiel es Linkohr wie Schuppen von den Augen. »… ziemlich dick und unsportlich sein. Sie mag ihn wohl nicht sonderlich.« Er hatte ein Bild vor Augen: Als er mit Wenzel von Iri weggegangen war, war ihnen auf der Treppe ein

Mann begegnet, auf den diese Beschreibung zutreffen konnte. Er ärgerte sich, dass ihm dies nicht sofort eingefallen war, als Iri ihm davon erzählt hatte. Aber zu diesem Zeitpunkt hatte sie ihn längst viel zu sehr abgelenkt.

Auch vor Häberles geistigem Auge formte sich ein Bild, über das er jetzt nicht sprechen wollte. Stattdessen entschied er: »Wir werden uns um die persönlichen Daten von Iri kümmern. Die müssten doch im ›Be Happy‹, wo sie das Zimmer gemietet hat, festzustellen sein.«

Häberle machte sich einige Notizen. »Dann werden wir die Staatsanwaltschaft davon überzeugen, dass wir die Iri als vermisst melden – aber ohne Öffentlichkeitsfahndung. Und wir müssen so schnell wie möglich feststellen, ob es in den Akten einen ›Turgut‹ gibt. Beim Drogendezernat hier, bei uns in Ulm – und beim BKA.«

Von Linkohr fiel langsam die Anspannung ab. Wenn sich Häberle bereits auf die weiteren Ermittlungen konzentrierte, war das durchaus problematische Zusammensein mit Iri schon abgehakt. Hoffentlich.

Der schrille Ton des Telefons sorgte ohnehin für neuen Gesprächsstoff. Häberle meldete sich, lauschte und schrieb etwas auf. »Okay, das ist interessant. Danke.«

Er legte den Hörer zurück und erklärte, was er erfahren hatte: »Unsere Kollegen in Ulm haben super reagiert. Ein Journalist hat ihnen heute schon eine Beobachtung mitgeteilt, die ein Jäger nahe Merklingen gemacht hat: Ein Geländewagen mit Münchner Kennzeichen sei dort vorgestern am späten Abend in der Nähe eines ehemaligen militärischen Übungsareals aufgefallen. Das Auto ist auf eine Münchner Autovermietung zugelassen – und die hat es an einen gewissen Rainer Warnecke vermietet.«

»Ach«, staunte Linkohr. »Und wie kommen die Ulmer jetzt darauf, uns dies mitzuteilen?«

»Sie haben recherchiert, dass der Warnecke ein Gartenbau-Großhändler ist, und sie haben die Präsidien der Umgebung angefragt, ob gegen ihn etwas vorliege.«

Häberle grinste: »Und seit wir beide uns hier in Heilbronn zu wahren ›Gartenexperten‹ entwickeln, haben sie auch gleich an uns gedacht.«

»Da wird sich der Präsident rühmen, mit unserer Abordnung nach Heilbronn das richtige Gespür gehabt zu haben. Sie können dem Warnecke jetzt nachher gleich die unangenehme Frage stellen, weshalb er sich nachts im Walde herumtreibt.«

Häberle grinste wieder. »Eigentlich hätte ich diese Frage vorhin auch so direkt Ihnen stellen sollen.«

Linkohr konnte nichts erwidern, weil das Telefon erneut schrillte. Häberle sah auf dem Display, dass es wieder eine Ulmer Nummer war. »Ja?«

Er lauschte konzentriert, knurrte: »Das ist der Hammer«, und legte wieder auf. »Noch mal der Kollege aus Ulm. Verkneifen Sie sich Ihren Lieblingsspruch, Herr Kollege. Aber die haben routinemäßig abgecheckt, ob es vergangene Woche im ›Lindauer Hof‹ eine Tagung für Wissenschaftler gegeben hat – wie es dieser Egeas Petridis behauptet hat, der Freund von Frau Eickhoff.«

»Und?«

»Hat's gegeben, aber nur bis Dienstagnachmittag. Nicht bis Donnerstag, wie er behauptet hat.«

»Da haut's dir 's Blech weg.«

80

Iri sah nur schwarz. Finsternis. Und sie fror. Sie fingerte nach der Wasserflasche, die Turgut zurückgelassen hatte, und nahm einen kräftigen Schluck. Wie lange sie hier saß, auf einem Betonblock, konnte sie nicht abschätzen. Einen Tag – oder waren schon zwei vergangen? Die Luft roch modrig und sie wurde von der panischen Angst befallen, der Sauerstoff könnte irgendwann aufgebraucht sein und sie würde einfach einschlafen. Aber von irgendwoher gab es einen Luftzug.

Inzwischen hatte sie sich an den rauen Wänden entlanggetastet und festgestellt, dass der Raum etwa zwölf Schritte lang und zehn breit war. Es gab außer dem Betonblock keinerlei Gegenstände. Zumindest dies hatte sie wahrgenommen, als Turgut sie im Schein einer schwachen Lampe hierhergezerrt und sie angegiftet hatte: »Gucken. Schöne Käfig für kleine Nutte.« Dann hatte er ihr die Wasserflaschen neben den Betonblock gestellt und einen Blecheimer in eine Ecke geworfen. »Ist Toilette, damit keine Sauerei.« Dann hatte er die Eisentür krachend ins Schloss geworfen und hörbar zwei Riegel vorgeschoben. Seither herrschte Stille. Dröhnende Stille, wie sie es empfand, umgeben von undurchdringlicher Finsternis. Mittlerweile glaubte sie, ein Rauschen zu vernehmen, dann wieder ein Pfeifen. Doch es waren Ohrgeräusche, hervorgerufen durch ihre panische Angst. Hier war nichts. Es war totenstill. Wie weit war sie überhaupt unter der Erde? Unter der Erde – hallte es in ihrem Kopf nach. Das klang nach Ende und Tod. Waren sie etwa eine Geschosshöhe die Treppen hinabgegangen? Sie war viel zu aufgeregt gewesen, um sich dies einprägen zu können. Die schmalen, von dichtem Gestrüpp umgebenen

Steinstufen waren verwittert und verwachsen – überhaupt hatte sie den Eindruck gehabt, sie stiegen in eine Art Bunker hinab.

Inzwischen hatte sie ihre Notdurft, wie vorgesehen, in den Eimer verrichtet, den sie tastend in die am weitesten entfernte Ecke gestellt hatte.

Der Boden war rau und vermutlich nicht betoniert. So genau hatte sie es im Schein von Turguts Lampe nicht gesehen, aber nun fühlte sich der Untergrund in diesem Verlies erdig an. Den Gedanken an Ungeziefer versuchte sie zu verdrängen.

Einige Male hatte sie sich sitzend mit dem Oberkörper an die Wand gelehnt, um zu schlafen. Aber der Boden war kühl, der Beton am Rücken gnadenlos hart und kalt. Trotzdem war sie dahingedämmert und in einen Zustand zwischen Albträumen und Realität versunken. Sie würde hier sterben. Ganz sicher. Der Hunger zerrte schmerzhaft an ihrem Magen, ihr Darm rebellierte. Sie würde verhungern, dröhnte es durch ihren Kopf. Wasser war noch genügend da – sofern sie es vernünftig einteilte. Vier Flaschen hatte Turgut dagelassen. Sie musste daran denken, dass der Mensch zwar mehrere Tage ohne Nahrung auskam, nicht aber ohne Wasser.

Aber hätte er ihr Wasser und einen Eimer für die Notdurft gegeben, wenn er sie hier verhungern lassen wollte? Wie ein Trost bahnte sich diese Überlegung durch ihre tristen Gedanken. Nichtsdestotrotz fühlte sie sich schwach, krank und elend.

Wie lange würde es noch dauern? Zwei Flaschen hatte sie schon leer getrunken. Sie musste sparsam damit umgehen. Aber machte das Sinn? Sie war doch inmitten eines Waldgebiets – so viel hatte sie bei der Herfahrt mitbekommen. Ein großer Wald, hohe Bäume, viel Gestrüpp. Aber dann doch auch der Blick auf eine Wiese. Oder hatte sie sich das eingebildet? War sie gar nicht mitten in diesem Wald, sondern eher am Rande? Waren da nicht einige alte, völlig verkommene Hütten gewesen? Nebeneinander, mit Holz davor. Umgeben von hohen Bäumen, vielleicht unweit des Waldrands? Ums Auto herum waren viele Sträucher gewesen, dornige und dürre, als er sie in das Dickicht gezerrt hatte und sie ihm willenlos gefolgt war, apathisch, aus Angst vor dem Messer. Todesangst hatte sie ausgestanden.

Seit sie hier unten war, versuchte sie, das schreckliche Geschehen nachzuvollziehen. Doch je öfter sie darüber nachdachte, desto wilder gerieten die Bilder. Jetzt fiel es ihr sogar schon schwer, den Ablauf chronologisch einzusortieren.

Die vergangenen Stunden – oder waren es Tage? – hatten sich tief in ihre Seele eingebrannt.

Plötzlich ein metallisches Geräusch. Sofort ein zweites. Es dröhnte in ihren Ohren, während sie noch immer auf dem Boden kauerte, mit dem Rücken an die Wand gelehnt. Dann ein blendend helles Licht. Die Metalltür wurde geöffnet. Die Helligkeit tat ihr in den Augen weh. Eine Silhouette erschien. Ein Mann. Turgut.

»Na, wie geht es kleiner Nutte?«, hörte sie seine hämische Stimme, die in dem Verlies von überallher dumpf an ihr Ohr drang.

Iri begann wieder zu zittern. Ihre Beine waren eingeschlafen, das Blut kribbelte, als sie sich zu erheben versuchte.

Turgut stellte eine Handlampe auf den Boden und ließ die Metalltür hinter sich krachend zufallen. »Habe was mitgebracht«, sagte er und blieb vor ihr stehen. Er trug noch immer das T-Shirt mit der Aufschrift »Kral«. Er stellte die prall gefüllte Plastiktüte eines Supermarkts vor ihr ab. »Damit nicht hungerst«, brummte er. »Musst gut in Anatolien ankommen. Keine Angst«, sie sah im fahlen Licht sein überhebliches Grinsen, »nur lebend gibt Kohle. Musst essen. Reise lang, sehr lang.«

Sie wusste, was dies bedeutete: Menschenhandel. Verkauf an reiche Araber. Man würde sie zur Sklavin machen.

Angst, Zorn und Wut brauten sich in ihr zusammen. Sie wollte schreien, aber die Vernunft sagte ihr, dass dies sinnlos sein würde. »Du hast mich verfolgt«, brachte sie aus ihrer trockenen Kehle hervor und stand mühsam auf.

»Hast glaubt, ich hätt dich nicht unter Kontrolle? Hast gedacht?« Er lachte.

»Ich ... Turgut ... bitte ... ich hab nichts ...«

»Natürlich hast du. Soll ich sagen, mit wem du in Wald getrieben hast?«

»Das war ... Turgut, bitte ...« Iri war über die harschen Worte des Türken erschrocken. Er hatte bereits mit der rechten Hand ausgeholt, um eine Ohrfeige anzudeuten.

»Halt Schnauze. Mit Bullen hast du dich eingelassen, stimmt's?«

»Ich hab wirklich nichts ...«

Sie konnte den Satz nicht beenden, weil Turgut blitzartig zugeschlagen hatte. Ihr Kopf dröhnte, sie taumelte, hielt sich an der Wand fest und schluchzte. Ein stechender Schmerz pulste vom Nacken bis zur Stirn. Gehirnerschütterung, dachte sie. Doch die Erniedrigung, die er ihr zugefügt hatte, war schlimmer, zerrüttete ihre Seele.

»Vergiss nicht: ich Kontrolle. Verstehst? Schöne Chip in Auto. Kann orten. Gucken, wo fährt Auto.«

Iri spürte, wie ihre Knie weich wurden. Er hatte sie bespitzelt, natürlich. Er hatte sie orten und abhören können.

Turgut erkannte, wie fassungslos sie war. Er trat wieder einen Schritt zurück und höhnte: »Bist dumm, Iri, sehr dumm. Naiv, sagt man in Deutschland. Ist nur Anfang.« Er grinste wieder überheblich. »Neue Chef wird GPS-Ortungschip unter Haut stecken. Dann keine Flucht mehr, verstehst? Auf ganze Welt finden dich.«

»Woher weißt du, dass es ein Bulle war?«, stieß sie mit tränenerstickter Stimme hervor, während sie sich mit dem Rücken an die Wand presste, als wolle sie ihm ausweichen. Ein sinnloses Unterfangen.

»Er war mit Bullenkollegen bei dir, ist richtig?«

Iri zwang sich mit schmerzendem Kopf, einen klaren Gedanken zu fassen. »Woher …?«

»Du niemals versuchen, mehr zu wissen wie Chef. Merke das für Anatolien«, zischte Turgut und gab sich überlegen: »Schöne Sachen gibt zu kaufen. Sogar hören, was in Auto geredet wird.« Er grinste. »Oder welche Geräusche da gemacht.«

Mit jedem Wort, das er sagte, fühlte sich Iri noch mehr erniedrigt. Turgut wusste alles. Und sie hatte keine Chance, Linkohr zu warnen.

81

Sie hatten es jahrelang trainiert und waren darauf getrimmt worden, in jeder denkbaren Situation die Ruhe zu bewahren und nahezu automatisiert zu reagieren. Trotzdem war den sechs Kosmonauten in der ISS die Anspannung anzumerken, als sie über etwas informiert wurden, was schnelles Handeln erforderte. Zwar war Ähnliches in den siebzehneinhalb Jahren, seit die Station permanent bewohnt war, schon unzählige Male vorgekommen, aber Routine war dies bei Weitem keine. Zumal die jetzige Situation nicht vorhersehbar gewesen war.

Sowohl die NASA als auch die ESA und alle anderen Raumfahrtnationen waren alarmiert. Die Observatorien, die den Weltraum unablässig nach sogenanntem Weltraumschrott absuchten, hatten ein bislang nicht registriertes Objekt geortet, das auf gefährlichem Kollisionskurs zur ISS war. Auch in Stuttgart, wo das Institut für Technische Physik der DLR seit geraumer Zeit ein lasergestütztes optisches Verfahren zur Bahnbestimmung von Weltraumschrott erprobte, hatte es die Experten aufgeschreckt. In 38 Stunden würde es die Bahn der ISS an einem kritischen Punkt kreuzen.

Nur zu gut war allen noch der Vorfall vom 10. Februar 2009 in Erinnerung, als der amerikanische Satellit Iridium 33 mit dem abgeschalteten russischen Satelliten Cosmos 2251 zusammenprallte und unzählige Trümmerteile verstreute.

Durch abgebrannte Raketenstufen, nicht funktionierende oder ausgediente Satelliten, verlorene Werkzeuge oder Reste von Treibstofftanks kreiste inzwischen bis in Höhen von 1.400 Kilometern jede Menge Schrott um die Erde. Selbst kleinste Teile konnten verheerende Auswirkungen haben, zumal sie in etwa 800 Kilometern Höhe mit 7,4 Kilometern pro Sekunde unterwegs waren. Momentan waren im Erdorbit etwa 16.000 Teile katalogisiert, die mindestens zehn Zentimeter groß waren. Wissenschaftler schätzten allerdings, dass die »Verschmutzung« noch weitaus größere Ausmaße angenommen hatte. So sollte es etwa 750.000 Teile geben, die größer als einen Zentimeter waren. Auf 150 Millionen gar wurde die Zahl derer geschätzt, die wesentlich kleiner waren – bis zu einem Millimeter.

Auch im Kontrollzentrum in Koroljow, nordöstlich von Moskau, hatte sich Unruhe breitgemacht. In Baikonur starrte Marko Jankus auf seinen Monitor, während seine beiden Kollegen den Kontakt zu Oberpfaffenhofen hielten. Jedem von ihnen war beim Eintreffen der Nachricht sofort wieder die Drohung eingefallen, die in den vergangenen Tagen als abgehakt galt. Zwar hatten die Observatorien nur von »Weltraumschrott« gesprochen, aber was »da draußen« herumschwirrte, konnte natürlich alles Mögliche sein. Größer als 20 Zentimeter sei es, hätten Laser-Vermessungen ergeben, stellte Marko fest und blickte von seinem Monitor auf. Nun müsse genau verfolgt werden, ob es die vorausberechnete Bahn halte.

»Warum sollte es den Kurs wechseln?«, zeigte sich Florian Winkler leicht irritiert.

»Na ja«, hob Marko eine Augenbraue. »Das Ding könnte noch mit einem anderen Objekt zusammenstoßen und aus seiner bisherigen Bahn geworfen werden.«

Stefan sah gedankenversunken auf die weite Ebene von Baikonur hinaus, wo die Luft unter der Hitze flimmerte. »Oder es wird gesteuert …«

82

Häberle hatte sich für diesen Montagvormittag zu einem Besuch im Heilbronner Rathaus angekündigt. Zwar war er in den vergangenen Tagen bereits von Kripochef Dreisamer über das Großprojekt Bundesgartenschau informiert worden, doch interessierte er sich noch für einige Details. Beim Betreten des historisch anmutenden Gebäudes bemerkte Häberle die Diskrepanz zwischen äußerer und innerer Architektur. Sofort wurde ihm bewusst, dass Heilbronn gegen Kriegsende fast völlig dem Erdboden gleichgemacht worden war. Vom zerstörten Rathaus hatte man nur die Vorderfront wieder stilecht aufgebaut, dahinter jedoch so ziemlich alles der Architektur der 50er- und 60er-Jahre unterworfen.

Häberle stieg die Stufen zu Zimmer 303 hinauf, wo ihn die Sekretärin des Oberbürgermeisters in Empfang nahm und in das Dienstzimmer führte. Der oberste Stadtchef, weißhaarig und von vornehmer Gestalt, schüttelte ihm zur Begrüßung die Hand und führte ihn zu einem Tisch, auf dem bereits eine Kaffeekanne und zwei Tassen standen. Nachdem die Sekretärin verschwunden und die Tür geschlossen war, bot der Oberbürgermeister seinem Gast einen Platz an und setzte sich ihm gegenüber.

»Von Ihnen hab ich schon einiges gehört«, begann er. »Ihr sagenhafter Ruf eilt Ihnen voraus.«

»Oh«, wehrte Häberle ab, »es gehört auch eine Portion Glück dazu und ein gutes Team. Wenn man Erfolge aufweisen kann, wird man gelobt – wenn's schiefgeht, haben's alle anderen besser gewusst. Aber das ist in Ihrem Job sicher nicht anders.«

Der Oberbürgermeister nickte. »Und wie kann ich Ihnen behilflich sein?« Er schenkte dem Kriminalisten und sich Kaffee ein.

»Sie werden die Ereignisse der vergangenen Tage sicher verfolgt haben, nehm ich an«, begann Häberle. »Ich war zwar während meiner früheren Tätigkeit hin und wieder in Heilbronn, aber mit der Buga hatte ich bisher nichts zu tun. Mich würde deshalb interessieren, ob es in der Stadt Strömungen gibt, die gegen das Projekt gekämpft haben.«

»Sie meinen so eine Art Protest wie gegen Stuttgart 21?« Der Oberbürgermeister lächelte zufrieden. »Nein. Ich bin mir ziemlich sicher, dass Sie Ihren Täter nicht in Kreisen etwaiger Gegner zu suchen brauchen. Das Schöne ist, dass die Heilbronner hinter diesem Zukunftsprojekt stehen. Wir sind überwältigt von den vielen guten Vorschlägen, die wir aus der Bevölkerung bekommen haben.« Er trank einen Schluck Kaffee und lehnte sich in dem gepolsterten Stuhl zurück.

»Sie haben ein großes Gelände dazu gebraucht«, lenkte Häberle das Gespräch auf die Immobilien, die sich möglicherweise auch Spekulanten gerne unter den Nagel gerissen hätten.

»Ich weiß, worauf Sie hinauswollen, Herr Häberle«, reagierte das Stadtoberhaupt schnell. »Dieses Jahrhundertprojekt nach Heilbronn und damit auch in die Region geholt zu haben, bedeutet eine einmalige Chance für alle. Allerorten ist eine Aufbruchsstimmung zu spüren, Heilbronn entwickelt sich zur Bildungs- und Wissensstadt und zur grünen Stadt am Fluss.« Häberle bemerkte die Begeisterung, die in den Worten des Oberbürgermeisters lag, der offenbar sein ganzes Herzblut in das Projekt gesteckt hatte. »Die Buga ist der Motor dieser Dynamik. Mit ihr gelingt es uns, drei Ziele zu verwirklichen: Wir gestalten eine heruntergekommene Gewerbebrache in der Innenstadt um und erwecken sie zu neuem Leben. Gleichzeitig schaffen wir ein neues Stadtquartier mit Wohnraum für bis zu 3.500 Menschen sowie mehr als 1.000 Arbeitsplätzen. Und parallel dazu rückt die Stadt näher an den Neckar, es entstehen Wohnraum und neue Erlebnisräume am Fluss, der bisher an vielen Stellen kaum zugänglich und oft nicht einmal einsehbar war. Sie werden das am Tatort bereits gesehen haben.«

»Trotzdem die direkte Frage«, hakte Häberle nach. »Da gab es keine Konflikte mit bisherigen Besitzern?« Er nahm einen Schluck Kaffee.

»Nein. Glauben Sie mir, Herr Häberle, da ist nichts, was mit Spekulanten zu tun haben könnte. Wir haben das Areal von der Bahn erworben – und das war's.«

»Auch die Vergabe von Bauarbeiten ist transparent?«

»Korruption«, brachte es der Kommunalpolitiker gleich auf den Punkt. »Ich hab das Gerücht auch schon gehört, wonach die getötete Frau irgendetwas aufgedeckt haben soll.« Er schüttelte energisch den Kopf. »Was heißt ›gehört‹?«, griff er das Selbstgesagte nochmals auf. »Man kann es ja heute schon in der Boulevardpresse lesen. Heute früh war gleich ein Anruf vom Südwestrundfunk und vorhin hat sich sogar der ›Spiegel‹ gemeldet. Ob ich Zusammenhänge zu dieser Weltraummission sähe, wollten die von mir wissen.«

»Seit es so viele Medien gibt, fallen manche Journalisten wie die Geier über alles her«, bedauerte Häberle. »Leider garantiert die Vielzahl der Medien weder Meinungsvielfalt noch seriöse Berichterstattung. Eher das Gegenteil scheint mir der Fall zu sein: Viele Medien sorgen nicht für Meinungsvielfalt, sondern sie heulen mit den Wölfen, mit den Großen – mit dem ›Mainstream‹, wie man zu sagen pflegt. Oder sie gehören hintenrum zu ein und demselben Medienkonzern. Und für seriöse, tiefgreifende und fundierte Berichterstattung bleibt den gehetzten Journalisten oft gar keine Zeit.«

»Ich will mich dazu gar nicht äußern«, wiegelte der Oberbürgermeister ab. »Mir wäre nur daran gelegen, Herr Häberle, dass Sie auch in diesem Fall so erfolgreich sind, wie man es von Ihnen gewohnt ist. Ich will nicht, dass unser schönes Projekt kaputtgeredet wird. Sie wissen selbst, wie negativ Heilbronn mit den Verbrechen auf der Theresienwiese in die Schlagzeilen geraten ist – bis zum heutigen Tag.«

»Ich verspreche Ihnen, mein Bestes zu tun«, beruhigte ihn Häberle. »Trotzdem würde mich Folgendes interessieren: Falls es bei den Pflanzenlieferungen zu – sagen wir mal – Unregelmäßigkeiten gekommen wäre, dann wäre das doch aufgefallen, oder wie sehen Sie das?«

Das Gesicht des Stadtoberhauptes wurde finster. »›Unregelmäßigkeiten‹? Wie muss ich das verstehen?«

»Wenn beispielsweise einige Lieferanten bevorzugt oder andere benachteiligt worden wären.«

»Ich bin Oberbürgermeister dieser Stadt«, bekam Häberle

zur Antwort und es klang sehr selbstbewusst, »alles, was mit dem operativen Geschäft bei der Buga zu tun hat, wird von der GmbH abgewickelt. Wir sind als Stadt nur einer von zwei Gesellschaftern.«

»Der andere ist wer?«

»Die Deutsche Bundesgartenschau-Gesellschaft mbH.«

Häberle nickte. Ähnliches hatten ihm Kuntz und Dreisamer auch schon erklärt und ihn zusätzlich zur Person des Oberbürgermeisters mit einigen Daten versorgt.

»Sie sind Heilbronner und 1956 hier geboren«, stellte Häberle deshalb fest und blickte in ein überraschtes Gesicht.

»Das ist kein Geheimnis.«

»Das wollte ich damit auch nicht ausdrücken. Sie waren 27, als die Proteste auf der Waldheide anfingen. Als Sozialdemokrat haben Sie sich möglicherweise dort auch engagiert – aber das will ich gar nicht vertiefen«, kam Häberle einer Antwort zuvor. »Mich würde nur interessieren, ob Ihnen der Name eines amerikanischen Soldaten ein Begriff ist.«

»Der wäre?«

»Olberding, oder so ähnlich. Der soll in den 80er-Jahren so etwas wie eine Kontaktperson zwischen den Amerikanern und der Protestbewegung gegen die Stationierung von Pershings gewesen sein.«

Der Oberbürgermeister legte seine Stirn in Falten und trank genüsslich einen Schluck Kaffee. »Da muss ich Sie enttäuschen. Der Name ist mir nicht geläufig, nein.« Weil Häberle keine Reaktion zeigte, fragte er verdutzt nach: »Müsste ich den kennen?«

»Nein«, erwiderte der Kriminalist und erhob sich.

83

»Herr Doktor Eickhoff«, wurde Warnecke am Telefon eindringlich, »wir dürfen jetzt keine Fehler machen.«

»Wieso sollte ich Fehler machen?« Der Arzt setzte sich, während ihn seine Haushälterin von der Küche aus kritisch beäugte. Sie sorgte sich seit Tagen um seinen Gesundheitszustand, musste sich aber eingestehen, dass er als Mediziner selbst am besten wusste, was er sich zumuten konnte. Doch seit Vanessas Tod schien er nicht mehr an sich, sondern nur noch an die Aufklärung des Verbrechens zu denken.

»Wir werden morgen Abend, wie geplant, den Ollenhower treffen – am Schafhaus, bei der Gedenkstätte für die dort verunglückten Soldaten. Sie, Egeas und ich. Wie besprochen. Er hat zugesagt zu kommen.«

»Aber ist das nicht gefährlich? Sollen wir nicht lieber doch den Kommissar einbeziehen?« Eickhoffs Stimme zitterte.

»Lassen Sie das bitte meine Sorge sein. Wir werden dem Kommissar alles rechtzeitig unterbreiten.«

»Und Sie sind wirklich davon überzeugt, dass Ollenhower zur Waldheide raufkommt?«

»Er hat gar keine andere Wahl«, gab sich Warnecke überzeugt. »Wie ich gestern noch sagte: Mein Hinweis, dass Sie mit ihm über seine Vergangenheit sprechen wollen, hat ihn davon überzeugt, dass es besser wäre, mit uns zu kooperieren. Allein schon der Vorschlag, dass wir uns sozusagen dort treffen, wo Sie und er sich damals als Gegner gegenübergestanden sind, hat ihn leicht schockiert.«

»Wie sich das anhört: kooperieren! Vielleicht ist er es, der meine Tochter auf dem Gewissen hat.«

»Gerade weil das möglicherweise nicht so ist, wird er mit uns reden.«

»Sie glauben also noch immer, dass Ollenhower meine Tochter nicht umgebracht hat?«

»Wir werden sehen, Herr Doktor Eickhoff. Vertrauen Sie mir. Ich hab heute noch ein Gespräch mit diesem Kommissar. Nur damit Sie es wissen: Ich werd ihm vorläufig nicht alles sagen.«

»Dann sind wir allein mit dem Ollenhower auf der Waldheide?« Eickhoff hatte seit gestern schon, als auch Egeas bei dem Gespräch mit Warnecke zugegen gewesen war, erhebliche Zweifel, ob es wirklich Sinn machte, diesen Plan auszuführen.

84

Häberle hatte sich sofort mit den Kollegen in Ulm in Verbindung gesetzt und dringend darum gebeten, Egeas Petridis aufzusuchen. »Egal, wo der gerade ist«, hatte er angefügt und erklärt: »Der soll uns klipp und klar erklären, weshalb er uns angelogen hat. Ich will wissen, wo er sich am Mittwoch herumgetrieben hat – wenn seine Tagung in Lindau schon am Dienstag vorbei war.«

»Mach ich sofort«, kam die Antwort prompt von der Donau

zurück. Der angerufene Kollege war hörbar erfreut, von Häberle einen Auftrag bekommen zu haben.

Linkohr hatte das Gespräch mitbekommen und meinte: »Die werden den Petridis ganz schön ins Schwitzen bringen.«

»Hoffentlich«, knurrte Häberle.

»Um ehrlich zu sein«, meinte Linkohr, »irgendwie hatte ich bei dem das Gefühl, dass die Beziehung zu Vanessa nicht ganz ungetrübt war. Sie hatten wohl eher auf wissenschaftlicher Ebene zusammengefunden. Sie mit ihrem Weltraumprojekt, er mit seiner Astrophysik.«

»Sie meinen, beide schwebten in jeweils anderen Sphären.«

»Ja, aber vermutlich nicht im siebten Himmel.«

»Ach, Herr Linkohr«, seufzte Häberle, »wenn Sie den Job mal so lange machen wie ich, dann werden Sie feststellen, dass bei den zwischenmenschlichen Beziehungen alles Unmögliche möglich erscheint.«

»Wem sagen Sie das!«, meinte Linkohr und musste an einige seiner »Verflossenen« denken – und schlagartig auch wieder an Iri, deren Verschwinden bleischwer auf seiner Seele lastete.

Unbemerkt war an der offen stehenden Tür eine junge Beamtin erschienen, die Linkohr angrinste. Vermutlich hatte sie seinen Seufzer noch gehört. »Darf ich die Herrschaften stören?«

»Sie doch immer«, gab sich Häberle charmant, zumal er sah, dass sie einige Blätter in der Hand hielt.

Linkohr lächelte ihr zu und verfolgte, was sie dem Chef auf den Tisch legte. »Die Telekommunikationsanbieter haben endlich reagiert.« Es waren lange Listen mit Zahlen.

Häberle überflog sie, wollte sich aber nicht die Mühe machen, sie zu interpretieren. »Das sagt uns nun was?«, sah er die Frau fragend an.

»Das sind die Handy-Verbindungsdaten von diesem Plasser – das ist der von der Buga – und dem Geislinger Gärtner, dem Hofknecht.«

Linkohr trat nun interessiert zu den beiden heran und roch das dezente Parfüm der Kollegin.

»Was auffällt«, resümierte sie kurz, »der Hofknecht wurde seit Anfang des Jahres einige Male von der namibischen Nummer aus angerufen – bis vor zwei Wochen noch. Leider lässt sich über den Ort des Anrufers noch nichts sagen, weil die Geodaten offenbar schwer zu ermitteln sind.«

»Abrupter Abbruch des Kontakts«, brummte Häberle, doch Linkohr brachte eine mögliche Ursache ins Gespräch: »Vielleicht ist die Prepaidkarte leer telefoniert worden. Sie lässt sich möglicherweise nur in Namibia wieder aufladen.«

»Könnte sein«, pflichtete ihm die Kollegin bei. »Aber sonst finden sich bei Hofknecht keine Auffälligkeiten. Dass er gelegentlich mit Frau Eickhoff telefoniert hat, muss nichts zu bedeuten haben – das wird geschäftlich gewesen sein. Allerdings …« Sie zuckte mit den Schultern. »Das Dilemma ist, dass die Verbindungsdaten über keinen längeren Zeitraum gespeichert werden. Das Theater mit dem Datenschutz, was soll ich dazu sagen?«

Häberle winkte verärgert ab. Am liebsten hätte er laut hinausgeschrien, was er von einer Politik hielt, die die Fahndung nach Straftätern immer mehr erschwerte. Die Beamtin holte ihn jedoch sofort wieder in die Realität zurück. »Aber jetzt kommt's, meine Herren«, wurde sie geradezu euphorisch. »Dieser Plasser hatte in den vergangenen Wochen regen Kontakt mit einem Herrn, den er gar nicht kennen will: mit Ollenhower, dem Mann am Sportboothafen. Ihr erinnert euch an das Foto?«

Linkohr konnte sich wieder mal nicht zurückhalten: »Da haut's dir 's Blech weg.«

Die Kollegin zeigte sich davon unbeeindruckt und fuhr fort: »Und er hat am Samstag mit Frau Cortes telefoniert.« Sie deutete mit dem Kugelschreiber auf eine Zahlenreihe. »Aber nur ganz kurz. Möglicherweise hat er da auch nur auf einen Anrufbeantworter gesprochen.«

Häberle wusste Bescheid: »Sie hat gegenüber unserem Kollegen Kuntz tatsächlich etwas von einem anonymen Anruf auf ihrem AB gesagt. Der Anrufer hatte sich auf die schwarze Rose bezogen, die in ihrem Briefkasten gesteckt hatte, und gesagt, solche Blumen brächten Unglück und ein Mensch sei schon gestorben, weshalb es an der Zeit wäre, darauf zu reagieren.«

Linkohr fiel etwas ein: »Gibt es auch einen Anruf zu Hofknecht, dem Gärtner?«

Die Beamtin ging noch einmal die Daten durch. »Nein, gibt es nicht. Wieso fragst du?«

»Mir hat dieser Hofknecht gesagt, er habe durch einen Anruf Plassers vom Tode Vanessas erfahren.«

Bevor Häberle etwas sagen konnte, blieb die Kollegin am Ball: »Hofknecht«, sagte sie. »Der spielt bei etwas anderem eine Rolle.« Sie holte ein weiteres Blatt Papier hervor. »Da hat die Zusammenarbeit mit unseren Kollegen der Stuttgarter Verkehrspolizei mal wunderbar geklappt.«

»Oh«, staunte Häberle »Was hat er denn angestellt?«

»Zwar nur eine Ordnungswidrigkeit, Herr Häberle«, zeigte sich die Kriminalistin erneut hocherfreut, »aber ein hieb- und stichfester Beweis.«

»Lass hören«, drängte Linkohr auf Eile.

»Donnerstagfrüh, 2.14 Uhr, Autobahn A 8 zwischen Stuttgart-Degerloch und Flughafen, also Fahrtrichtung München. Mit 110 Kilometern pro Stunde durch den 80er-Bereich einer Baustelle. VW-Transporter von Christian Hofknecht aus Geislingen an der Steige.«

Ungläubiges Staunen machte sich breit, das Linkohr als Erster durchbrach: »Woher wissen wir denn das?«

»Bei der mobilen Geschwindigkeitskontrolle war ein Kollege von der Verkehrspolizei dabei, dem heute bei der Halterfeststellung der geblitzten Autos dieser Name aufgefallen ist. Und zwar deswegen, weil er selbst aus Geislingen stammt und ihm ein Kripokollege wohl beiläufig gestern oder vorgestern davon berichtet hat, dass dieser Gärtner in unsere Sache involviert sein könnte.«

»Dumm gelaufen«, meinte Linkohr und ergänzte: »Mir hat Hofknecht erzählt, er sei nach dem Meeting auf der Buga am Mittwochabend noch irgendwo in Heilbronn essen gegangen und zum Nachdenken zur Waldheide hochgefahren.«

»Aber doch sicher nicht bis lange nach Mitternacht«, brummte Häberle.

Linkohr musste an sein Abenteuer an besagter Stelle denken – und wurde von finsteren Gedanken und Schuldgefühlen befallen. Denn von Iri fehlte noch immer jede Spur.

85

Katharina Hofknecht verspürte eine endlose Leere und noch immer belastete der Schock, dem sie vorletzte Nacht ausgesetzt gewesen war, ihre Seele – dieser Maskierte, der sie gefesselt und geschlagen hatte. Wenn die Szenen in ihrem Kopf wieder aufblitzten, spürte sie erneut die Schmerzen auf ihrer Brust. Sie würde all dies vermutlich nie mehr aus dem Gedächtnis löschen können. Es hatte sich eingebrannt, für immer und ewig.

Zwar hatte sie die Nähe zu Rainer genossen, aber nicht so wie bei ihren heimlichen Treffen in den zurückliegenden Monaten. Viel zu viel war inzwischen geschehen. Natürlich hatten sie beide oft davon gesprochen, wie es sein würde, wenn sie endlich für immer beieinander sein konnten. Aber ihr war der Schritt, so gerne sie ihn auch tun wollte, dann doch wieder zu risikoreich erschienen. Alles aufgeben, alles hinter sich lassen – das würde auch bedeuten, dass alles, was sie mit Christian mühsam aufgebaut hatte, vergebens gewesen wäre.

Das Abenteuer mit Rainer war die eine Sache – aber sich endgültig zu entscheiden, war dann doch etwas anderes. Bis vor wenigen Wochen hatte sie derlei Gedanken verdrängt, was Rainer Warnecke oftmals mit Enttäuschung zur Kenntnis nahm. Dann aber wuchs in ihr das Misstrauen, auch Christian könnte sich emotional von ihr entfernt haben. Eigentlich hätte genau dies ihre Träume und ihre Sehnsucht nach Rainer beflügeln sollen, doch irgendwie konnte sie sich darüber nicht freuen. Sie fühlte sich sogar tief getroffen, dass es nun Christian war, der sich abwandte. Zuerst noch hatte sie geglaubt, es sei die viele Arbeit, die ihn halt auffraß. Doch zunehmend beschlich sie das Gefühl, die häufigen Abendtermine hätten einen ganz anderen Grund als nur einen beruflichen. Die Aufschrift auf dem Auto hatte ihr nun den Rest gegeben. »Vergiss Vanessa«, war da gestanden. Vanessa. Natürlich, das war diese Landschaftsgestalterin von der Buga. Katharina kämpfte gegen den Gedanken, Christian könnte in dieses scheußliche Verbrechen in Heilbronn verwickelt worden sein. Nein, sie wollte es gar nicht wissen.

Wie apathisch stand sie am Fenster des Hotels und schaute auf den sonnigen vorsommerlichen Nachmittag hinaus. Sie kam sich nutzlos und hilflos vor. Was sollte sie denn hier, hämmerte es in ihrem Kopf. Rainer war wieder nach Heilbronn gefahren. Dann überkam sie der Gedanke, der ihr ein schlechtes Gewissen bescherte: Die Gärtnerei, sie würde sehr schnell verloren sein. Die Zukunft der beiden Kinder, deretwegen sie doch alles aufgebaut hatten, war zerstört. Ein Scherbenhaufen drohte – oder war er sogar schon angerichtet?

Wer war der Maskierte, der sie bedroht hatte? Und was war im Hintergrund gelaufen? Wovon sollte Christian die Hände lassen? Von Vanessa? Was hatte der Mann auf Christians Computer vermutet? Und weshalb war sich der Maskierte so sicher gewesen, dass Christian in dieser Nacht erst später zurückkommen würde?

Polizei. War es nicht besser, sich der Polizei anzuvertrauen? Davon aber hatte Rainer abgeraten. Zumindest vorläufig. Heute noch nicht, hatte er gesagt, ohne ihr zu erklären, weshalb. »Hier bist du auf alle Fälle sicher«, hatte er sie zu trösten versucht und ihr angeraten, das Hotel nicht zu verlassen.

Tränen rannen über ihr Gesicht. Sie fühlte sich allein gelassen, wie ein Spielball, den man hin und her schob – und der sich nicht wehren konnte. Warum auch, zum Teufel, hatte sie sich auf das alles eingelassen? Eigentlich hätte sie einfach gehen können. Nichts und niemand konnte sie in diesem Hotel festhalten. Aber wohin hätte sie denn gehen sollen? Zurück in die Gärtnerei, mit der sie das Heimatgefühl verband? Oder zu ihren betagten Eltern? Egal, wofür sie sich entscheiden würde – nichts wäre mehr so, wie es einmal war. Jetzt nichts zu tun, war zwar am einfachsten, aber keine Lösung. Und doch spürte sie, dass sie momentan gar nicht in der Lage war, irgendeine vernünftige Entscheidung zu treffen. Sie löste sich vom Fenster, ging langsam zum Bett und ließ sich auf die Kissen sinken. Sie wollte schlafen, nur schlafen. Doch die Bilder in ihrem Kopf ließen das nicht zu.

86

Der Treffpunkt war ganz nach Häberles Geschmack gewählt: nicht in einem sterilen Büroraum, sondern draußen in der sommerlichen Natur. Diese Parkanlage an der Ecke Schlizstraße/Richard-Becker-Straße, die ihm die Kollegen für das Treffen mit Warnecke empfohlen hatten, war auch nicht weit vom Präsidium entfernt. Eine Wasserfläche umspielte einige bewachsene Inselchen – und hier beim »Kiosk am Pfühlpark« entdeckte er auch sofort einen großen einzelnen Mann, den er spontan mit »Herr Warnecke?« ansprach. Dieser hatte bei Häberles Näherkommen ohnehin vermutet, dass es sich um »den Kommissar« handeln würde. Sie begrüßten sich per Handschlag und Häberle bedankte sich charmant für Warneckes pünktliches Erscheinen.

»Geh'n wir doch zu einem schattigen Bänkchen«, meinte der Kriminalist und schritt zielstrebig auf eines zu, das sich am Rande des großen Spielplatzes befand. Einige Kinder tobten sich bereits an einer Rutsche aus, aufmerksam beäugt von ihren Müttern, die ringsum auf den vielen Bänken saßen. Es würde vermutlich ein heißer Tag werden, dachte Häberle bei einem kurzen Blick zum wolkenlosen Himmel.

»Ich bin überrascht, dass wir uns hier treffen«, meinte Warnecke leicht verunsichert. Sein schütteres grau meliertes Haar klebte bereits schweißnass an der Kopfhaut.

»In freier Natur spricht sich's viel besser als im Büro«, erwiderte Häberle und lehnte sich genüsslich zurück, als hätten sie sich zu einem vormittäglichen Plausch unter Männern getroffen. »Heilbronn bereitet sich ja ohnehin auf ein großes Event in freier Natur vor.«

»Ihre Kollegen haben am Telefon schon angedeutet, dass es Ihnen genau darum geht«, meinte Warnecke, der das Gespräch so schnell wie möglich hinter sich bringen wollte. Häberle hörte den leichten bayerischen Zungenschlag heraus. »Um irgendeinen Gärtner …«

»Ja«, bestätigte der Kriminalist. »Genau darum geht es uns. Wir können es ganz kurz machen. Es geht um Herrn Christian Hofknecht.«

»Hofknecht. Den aus Geislingen?«

»Richtig. Um den. Sie kennen ihn, nehm ich an.«

»Wenn Sie es schon wissen, wieso sollte ich es abstreiten?«, antwortete Warnecke und knöpfte sich seine leichte Sommerjacke auf. Sein Interesse galt gerade einer jungen, sehr freizügig sommerlich gekleideten Mutter, die ihren kleinen Buben zum Spielplatz brachte. »Was hat Herr Hofknecht denn ausg'fress'n?«, fragte er daher nur betont beiläufig.

»Darum geht's im Moment nicht«, beruhigte Häberle. »Ich weiß nicht, ob Sie darüber informiert sind, was auf dem Buga-Gelände geschehen ist.«

»Natürlich bin ich das. Jeder ist drüber informiert. Jeder. Das große Boulevardblatt hat doch riesengroß drüber berichtet. Man kann die Schlagzeilen ja nicht übersehen.«

»Frau Doktor Vanessa Eickhoff«, sagte Häberle langsam. »Haben Sie sie gekannt?«

Warnecke stutzte. »Ich hab nicht direkt mit der Buga zu tun. Vielleicht sollten Sie mir erst einmal sagen, was Sie meinen, was meine Aufgabe hier ist.«

»Genau dies hätte ich gern gewusst – in der Tat.«

»Sie wissen über mich sicher, dass ich Großhändler bin. Gärtnereibedarf. Pflanzen, bisweilen auch Gemüse. Für selbstständige Gärtner, aber auch für Baumärkte und Ähnliches. Wobei das Geschäft nicht mir allein gehört. Da gibt es noch einen Kompagnon.«

»Und Sie kümmern sich speziell um die selbstständigen Gärtner«, stellte Häberle fest.

Warnecke grinste. »Und jetzt wollen Sie das Klischee bedienen: Der Mörder ist immer der Gärtner, oder was?« Weil Häberle dies gar nicht komisch fand und schwieg, fügte Warnecke eine Spur ernster an: »Und wenn nicht der Gärtner, dann wenigstens sein Zulieferer, oder?«

Der Ermittler mied den Blickkontakt. »Lassen Sie uns der Reihe nach vorgehen. Welcher Art sind Ihre Beziehungen zu Herrn Hofknecht beziehungsweise waren sie es zu Frau Doktor Eickhoff?«

»Das klingt jetzt aber sehr amtlich«, wich Warnecke aus und sah seinen Nebensitzer von der Seite an. »Müssten Sie mich jetzt nicht zuerst belehren, dass ich nichts sagen muss, was mich selbst belasten könnte?«

Häberle runzelte die Stirn und blickte Warnecke nun tief in die unsicheren Augen. »Gibt es denn einen Anlass dazu?«

Warnecke verzog das braun gebrannte Gesicht zu einem Lächeln: »Natürlich nicht, aber ich hab gelernt, dass man das tun muss.« Er wartete vergeblich auf eine erstaunte Reaktion Häberles, sodass er gleich anfügte: »Wir könnten Kollegen sein. Ich hab die Ausbildung bei der Polizei hinter mir. Und sogar Streifendienst in München-Mitte.«

Häberle ließ sich seine Verwunderung nicht anmerken. »Und jetzt handeln Sie mit Gartenbedarf?«

»Ja, ganz genau. Wäre vielleicht auch etwas für Sie gewesen, Herr Häberle. Sie lieben doch auch die Natur, wie ich feststelle. Nicht nur drinnen sitzen und vier kahle Wände anstarren.«

Häberle musste für eine Sekunde daran denken, dass er die Natur eigentlich längst ausgiebig genießen könnte. Als Pensionär. Wenn er nicht freiwillig verlängert hätte. Was vielleicht ein Fehler gewesen war.

Aber dann gewann wieder der Gedanke an diesen spannenden Fall die Oberhand. Er konnte doch daheim nicht die Hände in den Schoß legen und in der Zeitung lesen, welche Verbrechen es aufzuklären galt.

»Diese Ausbildung befähigt Sie natürlich, selbst … sagen wir mal … zu recherchieren.« Er wollte das Wort »ermitteln« vermeiden.

Warnecke fühlte sich geschmeichelt. »Man vertraut mir das eine oder andere an, das stimmt. Schließlich muss ich ja nicht zwangsläufig dann gleich zur Polizei rennen und Anzeige erstatten.«

»Hätte es denn einen solchen Anlass gegeben?« Häberle blinzelte gegen die Sonne, die sich allmählich hinter einem Baum in die Höhe schob.

»Nun, schau'n S' mal«, Warnecke war wieder kurz in den bayerischen Dialekt verfallen. »Es gibt genügend junge Burschen und Mädeln, die sich in der Gärtnereibranche selbstständig machen wollen. Aber haben Sie, Herr Kommissar, eine Ahnung, wie gnadenlos der deutsche Bürokratismus dann zuschlägt?«

Häberle nickte. Er konnte sich dies in der Tat vorstellen, führte er doch selbst seit Jahr und Tag einen hoffnungslosen Kampf dagegen.

»Auf der einen Seite großes Gedöns der weltfremden Politiker, man müsse die Selbstständigkeit fördern«, wetterte Warnecke los, »auf der anderen Seite haben S' Heerscharen von Sesselfurzern, die nie einen Hammer oder Spaten in der Hand hatten und nix anderes im Kopf haben als nur ihre Formulare, Gebühren, Vorschriften, Abgaben hier, Abgaben dort – mein Gott, Herr Kommissar, das hemmt jede innovative Idee.«

»Da greifen Sie dann den Leuten unter die Arme«, wollte Häberle zum eigentlichen Thema kommen.

»Richtig, das tue ich. Und ich will dort, wo es ungerecht zugeht, für Recht und Ordnung sorgen, wenn Sie versteh'n, was ich meine.«

»Auf der Buga haben Sie dahingehend Handlungsbedarf gesehen«, Häberle hob eine Augenbraue.

»Jetzt werden Sie gleich sagen, ich hätte Sie früher einschalten sollen – okay, das mag man mir vorwerfen.« Warnecke sah wieder einer Gruppe junger Mütter mit Kinderwagen hinterher. »Aber wenn ich das getan hätte, wären wir nicht da, wo wir jetzt sind.«

»Aber Frau Doktor Eickhoff würde vielleicht noch leben«, kommentierte Häberle vorwurfsvoll.

Warnecke schloss für einen Moment die Augen, dachte nach und meinte: »Ob das eine wirklich mit dem anderen zusammenhängt, wird sich zeigen. Um ehrlich zu sein: Ich glaube, eher nicht.«

»Und was haben Sie nun konkret gemacht?«

»Herr Hofknecht, also der Gärtner aus Geislingen, hat sich an mich gewandt, weil er nach dem Neubau seiner Gewächshaus-Anlage finanziell ziemlich klamm ist. Ich hab ihn voriges Jahr bei einer Messe in Ulm getroffen und ihm damals gesagt, er könne sich bei Problemen jederzeit an mich wenden. Das hat er nun im Januar oder Februar getan«, schilderte Warnecke die Situation. »Ich wusste ja, dass er sich auf der Buga engagiert – in der Kategorie der Friedhofsgärtner. Da kam mir die spontane Idee, er könnte mir einige Infos besorgen.«

»Infos wozu?«

»Schon im Herbst habe ich gesprächsweise von einigen seiner Kollegen – oder sagen wir mal: Mitbewerbern – erfahren, dass sie meinen, bei der Vergabe der einzelnen Gräber, die es zu gestalten gilt, habe es irgendwelche Unregelmäßigkeiten gegeben. Außerdem ging das Gerücht um, bei Pflanzenlieferungen für andere Bereiche seien einzelne Firmen oder Speditionen – oder was weiß ich – bevorzugt worden.«

»Im Klartext: Korruption«, konstatierte Häberle.

»Das hätte man daraus schließen können, ja. Nachdem

mir Herr Hofknecht berichtet hatte, er pflege ein sehr – ja, nennen wir es mal – kollegiales Verhältnis zu einer der verantwortlichen Planerinnen, erschien mir dieser Kontakt als günstig.«

Häberle nickte. »Eine Art Maulwurf, sagt man wohl. Konspiratives Ermitteln.«

»Nennen S' das, wie Sie wollen, Herr Kommissar, aber es erschien mir als eine willkommene Chance.«

»Den Herrn Hofknecht haben Sie dafür honoriert, nehm ich an.«

»Ja, hab ich. Er hat diesen Auftrag auch mit großer Begeisterung erledigt. Zuletzt wohl ein bisschen zu intensiv.« Er grinste. »Na ja, er hatte damals auch noch enge Beziehungen zu dieser Frau Eickhoff.«

»Enge Beziehungen?«

»Um es genau zu sagen: Er war in sie verknallt.«

Häberles Interesse stieg, ohne sich dies anmerken zu lassen. »Sie meinen, die beiden haben sich rege ausgetauscht – also Informationen und so?«

»Ja, das haben sie. Frau Eickhoff war offenbar auch davon überzeugt gewesen, dass es da etwas gab, das nicht ganz hasenrein war, wie man so schön sagt.«

»Zum Beispiel?«

»Ich glaub, sie wollte nicht so recht raus mit der Sprache – vielleicht auch, weil meinem Eindruck nach das Verhältnis der beiden ziemlich schnell abgekühlt ist. Na ja«, er überlegte, »immerhin war die Eickhoff ja mit ihrem Astrophysiker in Ulm liiert – und außerdem eine angesehene Wissenschaftlerin. Thema Raumfahrt, Sie werden das wissen. Sie konnte sich in dieser Situation eigentlich keine Affäre mit einem ›kleinen‹ Gärtner leisten.«

Häberle bohrte weiter: »Und was war es nun, was Frau Eickhoff beunruhigt hat?«

»›Beunruhigt‹ kann man nicht sagen. Sie hat sich eben gewundert, dass vorigen Herbst zwei Pflanzentransporte mitten in der Nacht abgeladen wurden – obwohl dies jeweils für den Mittag vorgesehen war.«

»Das war ungewöhnlich?« Häberle entsann sich, dass Kuntz so etwas Ähnliches bei der Vernehmung von Frau Cortes erfahren hatte.

»Na ja, Frau Eickhoff hatte bei der Entgegennahme der Pflanzen dabei sein wollen – doch dann trafen die Transporte schon in der Nacht ein.« Warnecke zuckte mit den Schultern. »Das – so denkt man – muss ja nichts Ungewöhnliches sein, weil es bei den Speditionen vielleicht nicht immer so läuft, wie man plant.«

»Aber Frau Eickhoff empfand dies als ungewöhnlich?«

»Sie hat das gegenüber Hofknecht nur so angedeutet.«

»Was hätte der Grund sein sollen für die verspäteten Transporte?« Häberle kam plötzlich der ermordete Münsinger Blumenhändler in den Sinn – und Iri, deren Verschwinden ihm zunehmend Sorgen bereitete. Noch heute würden aber die zuständigen Reutlinger Kollegen ihre Wohnung in Münsingen durch richterlichen Beschluss öffnen. Die Adresse war inzwischen über das »Be Happy« in Erfahrung gebracht worden.

Warnecke ließ ein paar Sekunden verstreichen und wischte sich mit dem Handrücken den Schweiß von der Stirn. »Als Kriminalist müssten Sie wissen, was so alles von Rotterdam und Amsterdam aus nach Mitteleuropa transportiert wird. Nicht nur Botanisches zum Einpflanzen.«

Häberle musste an einen Drogenfund denken, den seine Kollegen des Kemptener Polizeipräsidiums Schwaben Süd-West Ende Januar gemacht hatten: 117 Kilogramm Marihuana und Haschisch in mehreren Memminger Wohnungen. Auf die Spur waren sie den Dealern durch eine angebliche Routinekontrolle am Bahnhof Neu-Ulm gekommen.

»Sie denken an Rauschgift?«, hakte Häberle deshalb nach.

»Denken kann man«, erwiderte Warnecke vielsagend, »aber es beweisen, ist schwierig und gefährlich, wie auch Sie wissen. Frau Eickhoff hat gegenüber Hofknecht nur ein einziges Mal etwas angedeutet. Sie wollte sich natürlich nicht in die Nesseln setzen und Unausgegorenes ausplaudern. Offenbar aber gab es wohl in dem Team, mit dem sie's zu tun hatte, auch jemanden, der oder die ihr suspekt vorkam.«

»Name?«

Warnecke zuckte wieder mit den breiten Schultern. »Darüber hat sie sich gegenüber Hofknecht nicht ausgelassen. Vermutlich war's aber jemand, mit dem auch Hofknecht geschäftlich zu tun hatte.« Er dachte ein paar Sekunden nach. »Irgendwie muss Frau Eickhoff in ihren Unterlagen an eine Notiz geraten sein, mit der offenbar die Ankunft der Transporte festgehalten wurde.«

Häberle ließ das Gesagte auf sich wirken. Uhrzeiten? Natürlich. Linkohr hatte aus der Wohnung von Egeas Petridis doch eine seltsame handschriftliche Auflistung mitgebracht, verfasst von Vanessa Eickhoff. Alles Uhrzeiten um und nach Mitternacht, soweit er sich erinnern konnte. »Nächtliche Ankunftszeiten von Lkws?«

»Richtig erkannt, Herr Häberle. Und …«, Warnecke lächelte überlegen, »… ich muss gestehen, ich hab in einer eisigen Winternacht so einen Transport mal observiert.«

»Sie haben – was?«

»Ja, hab mich nach alter Polizeimanier auf das Buga-Gelände geschlichen und mit eigenen Augen gesehen, was da abging.«

»Das wäre …?«

»Ein Lkw aus den Niederlanden ist offiziell aufs Areal gekommen und dann hinter einem dieser neuen Wohnblöcke, die da gebaut wurden, verschwunden. In aller Eile wurde etwas abgeladen – von mehreren Männern. Und das hat sich nicht so angehört, als seien es Tulpen aus Amsterdam«, grinste Warnecke.

»Was genau haben Sie gesehen?«

»Im Prinzip leider nichts. Gerade als ich um ein Eck spähen wollte, hat mir jemand eine WhatsApp-Nachricht geschickt und mein blödes Smartphone hat einen Ton von sich gegeben. Man hat mich aber nicht bemerkt.«

»Wurde etwas gesprochen?«

»Ja, geschimpft wurde – und irgendjemand hat einen ›Oldi‹ erwähnt und ist dafür scharf gemaßregelt worden.«

»Oldi«, echote Häberle und musste sofort an einen Namen denken, der damit zusammenhängen könnte, weshalb er einwarf: »Es gibt also jemanden, der ›Oldi‹ genannt wird und die Finger im Spiel hat. Vielleicht ein Amerikaner …?«

»Olberding«, erwiderte Warnecke spontan, als habe er darauf gewartet. »Der ist der Grund, weshalb ich mich heute auch noch an Sie gewandt hätte.«

Häberle war überrascht. »Sie – an mich?«

»Ja, dieser Olberding oder wie er auch immer heißt, der scheint die Schlüsselfigur zu sein.«

»Sie kennen ihn?«

»Nein, aber ich hab ihn ausfindig gemacht.«

»Ach …«, staunte Häberle, zumal dies der Sonderkommission bislang nicht gelungen war.

»Tja«, gab sich Warnecke selbstbewusst, »man muss sich nur in gewissen Kreisen umhören.«

Häberle wollte nicht darauf eingehen. »Wo treibt der sich herum?«

»Sagen Sie lieber: Wo treibt der sein Unwesen? Vielleicht wissen Sie, dass er in den 80ern als US-GI auf der Waldheide stationiert war – aber nicht nur dort. Auch mal in Mutlangen bei Schwäbisch Gmünd und auch in Neu-Ulm. Überall, wo die Amis damals ihre Pershing-Raketen deponiert hatten. Nach der politischen Wende, also nach 90/91, hat er sich als großer Pflanzen- und Gemüsehändler selbstständig gemacht – und zwar in Amsterdam. Na, was denken Sie jetzt, Herr Kommissar?«

»Wahrscheinlich dasselbe wie Sie«, konterte Häberle.

»›Flower-Power-Adventure‹ nennt sich sein Unternehmen. Und bedient sich vorzugsweise immer derselben Spedition aus Rotterdam.«

»Jener, von der dieser Lkw war, den Sie im Winter observiert haben, hab ich recht?«

»Volltreffer«, trumpfte Warnecke auf. »Observieren lohnt sich. Hätte man mich damals als jungen Polizeimeister nicht auf Streife in München geschickt, sondern observieren lassen, wär ich dabeigeblieben. Dann aber bot sich ein anderer Job an.«

»Hm«, brummte Häberle und entschied sich, auch etwas von seinen Ermittlungen preiszugeben. »Soweit wir wissen, gab es schon in früheren Zeiten, damals in den 80ern, Beziehungen zwischen Frau Eickhoffs Vater Erich und diesem Olberding. Der eine Soldat, der andere Friedensaktivist.«

»Ach …«, staunte Warnecke irgendwie gekünstelt. »Was ist denn daraus zu schließen?« Er rückte ein paar Zentimeter von Häberle weg, um sein verschwitztes Gesicht wieder in den Schatten des Baumes zu bringen.

»Zufall«, meinte der Kriminalist schulterzuckend. Er überlegte, ob er Warnecke auch etwas von Olberdings Tarnung als NASA-Mitarbeiter erzählen sollte, behielt es dann aber für sich und sprach ein anderes Thema an: »Haben Sie etwas davon gehört, dass Frau Eickhoff bedroht wurde?«

»Bedroht? Nein … auch Hofknecht hat mir davon nichts erzählt«, gab sich Warnecke selbstbewusst. »Wie soll sie denn bedroht worden sein?«

»Thema schwarze Rose.«

»Schwarze Rose? Was wollen Sie damit sagen?«

»Sie haben nie etwas von einer schwarzen Rose gehört?

»Sollte ich das?«

»Als Zeichen für irgendetwas …?«, hakte Häberle vorsichtig nach und musste dran denken, dass ihn Maleike Cortes bei demselben Thema mit der Frage überrascht hatte, ob er damit einen Blumencode meine.

»Schwarze Rose«, murmelte Warnecke, »das ist kein gutes Omen. Sie symbolisiert doch Hass – ist es nicht sogar ein Symbol für einen verdienten Tod? In Mafia-Kreisen?« Er glaubte, einmal so etwas gehört zu haben.

»Könnte sein, ja«, Häberle musste sich eingestehen, darüber bisher nicht ernsthaft nachgedacht zu haben.

Warnecke holte ihn aus diesen Gedanken: »Richtig bedroht wurde jemand ganz anderes«, verschaffte er sich wieder Gehör. »Die Frau Hofknecht.«

Häberles Interesse steigerte sich. »Die Frau vom Gärtnermeister?«

»Ja. Man hat vorgestern Abend versucht, sie einzuschüchtern, brutal. Überfall im eigenen Haus.«

»Davon wissen wir nichts.«

»Ein Maskierter hat sie überfallen, als ihr Mann nicht zu Hause war – und er hat ihr weitere Überfälle angedroht, falls ihr Mann nicht die Finger von etwas lasse oder sie die Polizei verständige.«

Häberles Puls nahm Fahrt auf. »Und das erzählen Sie mir nur so beiläufig?«

»Ist ja nicht meine Angelegenheit. Aber ich denke, zum Schutze von Frau Hofknecht sollten Sie es wissen.«

»Wo ist Frau Hofknecht jetzt?«

»In ein Hotel gezogen. ›Deutsches Haus‹, auf der Alb. Sie ist dort absolut sicher.«

»Und wen vermuten Sie als den Täter?«

»Na, wen schon«, gab sich Warnecke emotionslos, »den Olberding, wen sonst? Um es ehrlich zu sagen: Hofknecht ist bei seinem Auftrag, sich auf der Buga ein bisschen umzuhören, wohl übers Ziel hinausgeschossen. Ich hab ihn gewarnt, das dürfen Sie mir glauben. Aber anfangs hat er recherchiert wie wild – und die Frau Eickhoff angebaggert wie ein Besessener. Und als das Verhältnis jetzt wohl in die Brüche ging, hat er erst recht weitergemacht. Obwohl ich ihn zurückgepfiffen habe. Ehrlich, das hab ich getan.« Es klang so, als plage ihn das schlechte Gewissen.

Häberle schwieg für ein paar Sekunden. Er musste das Gehörte zunächst einmal verdauen. Wieder eine Frau, die in Gefahr war. Ihm fiel die Prostituierte ein, deren Verschwinden ihn seit Stunden beschäftigte. »Kennen Sie eine Iri?«

»Iri? Nein. Wer soll das sein?«

Häberle wollte das Thema nicht vertiefen, sondern so schnell wie möglich seine noch offenen Fragen abarbeiten. Die Lust an einem zwanglosen Plaudern im Park war ihm gründlich vergangen. »Ist Ihnen der Name Plasser ein Begriff?«

Warnecke drehte den Kopf wieder zu Häberle. »Plasser?« Seine rechte Wange zuckte. »Den Plasser aus Frau Eickhoffs Team?«

»Wo ich den genau ansiedeln muss, weiß ich nicht – aber Sie kennen ihn?«

»Ja – ich hab ihn … na ja, auch ein bisschen observiert. Auf dem Gelände.«

Häberle legte die Stirn in Falten. »Sie scheinen ja ganz schön herumgeschnüffelt zu haben.« Der Ermittler musste sich eingestehen, dass ihm die bodenständige Art des Bayern gefiel. »Hat man als Großhändler so viel Zeit?«

Warnecke schien von der Frage überrascht zu sein. »Zeit ist relativ, Herr Häberle. Man muss sie sich einteilen und Prioritäten setzen.«

Der Kriminalist sah die Gelegenheit gekommen, noch ein weiteres Thema anzusprechen: »Prioritäten insofern, dass Sie nachts observieren?«

»Wie ich sagte, sogar in einer eiskalten Februarnacht auf dem Buga-Gelände.« Stolz klang in Warneckes Stimme.

»Oder in einer lauen Sommernacht auf der Alb«, ergänzte Häberle süffisant.

Warnecke schien es die Sprache verschlagen zu haben. »Auf der Alb?«

»Stichwort Merklingen. Oder sollte ich mich da täuschen?«

Warneckes Gesicht verzog sich zu einem gekünstelten Lächeln. »Ach, daher weht der Wind. Sie haben auch observiert, was?«

»Nicht wir, nein. Aber ein aufmerksamer Bürger. Was haben Sie denn auf der rauen Alb gesucht? Spätabends – oder in der Nacht.«

»Sie meinen den sogenannten ›Bombenwald‹, wenn ich Sie richtig verstehe.« Warnecke hatte sein kurz abhandengekommenes Selbstbewusstsein wiedergefunden.

»Jedenfalls ein Waldstück nah der Autobahn A 8«, erwiderte Häberle.

»Darauf wäre ich jetzt gleich zu sprechen gekommen«, beeilte sich Warnecke zu sagen.

»Okay«, gab sich Häberle zunächst damit zufrieden. »Nachher … okay. Ich hab Sie unterbrochen. Wie ging's nun bei Ihrer Observation auf dem Buga-Gelände weiter? Mit Plasser?«

»Ein etwas unsportlicher Kerl, würd ich mal sagen. Keiner, der's bei Olympischen Spielen oder bei der Fußball-WM zu etwas gebracht hätte.« Er grinste. »Hofknecht hat mir auch von ihm erzählt. Soll ein skurriler Typ sein. Einzelgänger, aber Streber. Besitzt offenbar sogar ein kleines Sportboot, das er im Wilhelmskanal liegen hat.«

Häberle nickte. »Kontakte zu dem Olberding?«

»Unklar. Hofknecht hat mal gemeint, der Plasser käme Frau Eickhoff ziemlich suspekt vor.«

Häberle beugte sich nach vorne, stützte seinen kräftigen

Oberkörper mit den Ellbogen auf den Schenkeln ab und sah gedankenversunken auf den Grasboden. »Was hat Hofknecht über diese Frau Cortes gesagt?«

»Na ja«, ließ sich Warnecke Zeit. »Sie sei, zumindest vordergründig, sehr korrekt. Hat sich aber wohl sehr zurückgehalten, als Frau Eickhoff sie mal dezent auf ihre Bedenken hingewiesen hat.«

Häberle erinnerte sich an den Eindruck, den Kollege Kuntz bei der Vernehmung von Frau Cortes gewonnen hatte. Demnach war sie zwar von Vanessa Eickhoff auf die nächtlichen Lkw-Transporte angesprochen worden, dies hatte aber bei ihr kein sonderliches Interesse geweckt. Außerdem war Frau Cortes auch im Hinblick auf Plasser ziemlich zurückhaltend geblieben. Und die schwarzen Rosen, die sie erhalten hatte, schienen sie ebenfalls nicht zu beunruhigen.

»Wissen Sie«, fuhr Warnecke nach kurzer Pause fort, »Frau Cortes, diese Teamleiterin, scheint sehr darauf bedacht zu sein, die Buga ein Jahr vor der Eröffnung nicht ins Zwielicht geraten zu lassen. Das ist auch ganz legitim. Ein guter Chef muss Schaden von seinem Projekt fernhalten.«

Häberle fiel plötzlich etwas ein. Er richtete sich wieder auf und sah seinem Nebensitzer tief in die Augen: »Kann es sein, dass Sie der ›dubiose Typ‹ waren, der den Damen – der Cortes, Eickhoff und dieser Pressesprecherin – im Februar unangenehm aufgefallen ist?«

Warnecke grinste und runzelte die Stirn. »Wo, bitte, soll ich dubios gewesen sein?«

»Bei einer offiziellen Baustellenführung – und danach, als Sie das Areal nicht verlassen haben.«

»Kompliment, Herr Häberle. Gut recherchiert. Ja, ich hab mich mal ›unters Volk‹ gemischt. Nur um zu sehen, was da auf dem Gelände abgeht. Später übrigens noch mal, als ich den Herrn Plasser am Platz für die Friedhofsgräber beehrt habe.«

Er verzog das Gesicht zu einem breiten Grinsen. »Konspirativ ermittelt – so sagt man doch, oder?«

Häberle war nicht zum Lachen. »Sie sollen besonderes Interesse für die Wilhelmsschleuse gezeigt haben.«

»Oh, daher weht der Wind«, wurde Warnecke wieder ernst. »Hundert Meter weiter kanalaufwärts hat man die Leiche gefunden. Das denken Sie jetzt doch, oder?«

»Neutral gesagt, ja – einen geografischen Zusammenhang kann man nicht abstreiten.«

»Kann man nicht, lieber Herr Beinahe-Kollege«, wurde Warnecke kumpelhaft. »Aber Sie dürfen mir glauben: Wir beide verfolgen ein und dasselbe Ziel.«

Häberle hob eine Augenbraue. »Und das wäre?«

»Wir wollen ein ganz großes Ding aushebeln.«

»Den Mord an Frau Eickhoff?«, fragte Häberle zweifelnd.

»Den auch – aber ich vertrau Ihnen jetzt etwas an, Herr Häberle. Etwas, worauf Sie innerhalb eines Tages reagieren müssen.«

Der Kriminalist ließ sich sein gesteigertes Interesse wieder einmal nicht anmerken und schwieg erwartungsvoll.

Warnecke flüsterte, als habe er Angst, die vorbeigehenden Mütter könnten mit seinen Erläuterungen etwas anfangen: »Morgen Abend wird sich einiges entscheiden. Und zwar nicht nur hier, sondern auch auf der Alb.«

»Beim Bombenwald?« Häberle holte tief Luft – und wartete gespannt auf Warneckes Schilderung. Doch bevor dieser damit begann, schickte er noch eine Bemerkung voraus: »Haben Sie eigentlich gewusst, dass Hofknecht im November in Namibia war? Und zwar nicht allein.« Warnecke grinste triumphierend.

87

Marcel Schilling, ein ehrgeiziger junger Kriminalist beim Polizeipräsidium Ulm, war stolz darauf, von »dem berühmten Häberle« höchstpersönlich einen Auftrag erhalten zu haben: Egeas Petridis zu befragen, weshalb er behauptet hatte, bis Donnerstag in einem Hotel in Lindau gewesen zu sein. Offenbar einen Tag länger, als es tatsächlich der Fall gewesen war. Nach einigen Telefonaten mit der Universität hatte er den Astrophysiker schließlich an seinem wissenschaftlichen Arbeitsplatz an die Strippe bekommen und ihn um ein kurzes persönliches Gespräch gebeten. »Es geht nur darum, etwas abzuklären«, hatte er Petridis' Nachfrage beschieden, der von diesem Verlangen wenig angetan erschien. Weil ihm Schilling unmissverständlich zu verstehen gab, dass es dringend sei, lenkte er ein, bat aber, das Gespräch nicht auf dem Gelände der Uni führen zu müssen, sondern in Schillings Auto auf der Albert-Einstein-Allee, der Straße, die sich durch den Campus zog.

Bereits eine halbe Stunde später saßen Schilling und Petridis in einem weißen Mercedes nebeneinander. »Ich hab leider wenig Zeit«, bemühte sich der Astrophysiker um eine Erklärung für sein unwirsches Verhalten am Telefon. »Eigentlich hab ich diese Woche freinehmen wollen, aber die Arbeit hat es nicht zugelassen. Außerdem hab ich einige wichtige Abendtermine.« Er sah demonstrativ auf seine gewiss teure Armbanduhr.

»Schon gut«, wiegelte Schilling ab. »Mein Kollege Linkohr hat ja bereits ausführlich mit Ihnen gesprochen. Inzwischen sind wir mit den Ermittlungen in Heilbronn ein gutes Stück vorangekommen.«

»Das freut mich. Weiß man denn schon, wer es gewesen sein könnte?«

»Leider nein, aber wir sind dabei, das Umfeld von Frau Eickhoff genauer zu überprüfen.«

»Also auch mich noch mal«, stellte Petridis leicht verärgert fest.

»Nicht nur Sie«, entgegnete Schilling ruhig, wohl wissend, dass der Zweck seines Hierseins vermutlich großes Misstrauen auslösen würde. »Es geht nur um Kleinigkeiten, die zum besseren Verständnis beitragen sollen. Zum Beispiel um die Frage, wie lange die Tagung gedauert hat, bei der Sie in Lindau waren.«

Petridis' Kopf fuhr herum. »Wie lange …?« Petridis schienen die Worte im Halse stecken geblieben zu sein. »… ich in Lindau?«

Schilling schaute geradeaus durch die Windschutzscheibe, als sei ihm Petridis' emotionale Regung entgangen. »Ja, nichts weiter. Es könnt ja sein, Sie haben sich mit der Zeit ein bisschen vertan.«

»Es …« Petridis schien die Problematik sofort erkannt zu haben. »Es hat da Unklarheiten gegeben?«

»Oder ein Missverständnis – kann ja auch sein«, begann Schilling, ihm eine goldene Brücke zu bauen. »Wenn mein Kollege dies alles richtig notiert hat, sind Sie bis Donnerstag in Lindau gewesen, bei einer Tagung.«

Petridis wandte den Blick wieder von Schilling ab und schwieg.

»Oder kann es sein, dass es nur bis Dienstag war?«, fragte der Kriminalist nun direkt.

Petridis stierte regungslos in die Ferne, von wo sich ein Omnibus näherte. »Ist das so wichtig?« Es klang tonlos.

»Wichtig oder nicht«, gab Schilling zurück. »Es geht nur darum, etwaige Missverständnisse abzuklären.«

»Okay«, rang sich Petridis zu einer Erklärung durch.

»Wenn's der Sache dient.« Er hatte offenbar eingesehen, dass es keinen Sinn machte, dem Kriminalisten etwas vorzugaukeln. »Es war nur Anfang der Woche, Montag bis Mittwoch, Sie haben recht.«

»Ein Irrtum oder war's Absicht?« Schilling runzelte die Stirn und sah seinen Nebensitzer aufmunternd an.

»Absicht«, kam es prompt zurück. »Und ich kann Ihnen natürlich auch erklären, weshalb.«

»Ich bitte darum.« Der Omnibus brummte an ihnen vorbei.

»Ich hab …«, Petridis überlegte, »na ja, ich hab Vanessa in Heilbronn treffen wollen. Sie hatte ja von Dienstag bis Donnerstag bei ihrem Vater übernachten wollen – hat sie jedenfalls gesagt.«

Schilling wurde hellhörig. Offenbar schien sich Petridis mit dem genannten Übernachtungsort nicht sicher zu sein. »Sie sind Ihrer Freundin nach Heilbronn gefolgt«, stellte der Kriminalist kombinierend fest.

»Was heißt gefolgt, Herr Schilling«, wiegelte Petridis ab. »Ich bin hingefahren, am Mittwoch, nach dem Start der Rakete, es war nachmittags. Ich hab sie von unterwegs angerufen, aber sie hatte keine Zeit.«

»War sie denn zu diesem Zeitpunkt in Heilbronn?«

»Ich geh mal davon aus. Gesagt hat sie es jedenfalls.«

»Aber Sie haben sie dann nicht getroffen?«

»Nein. Ich war enttäuscht. Ich bin dann zum Buga-Gelände gefahren, aber da kommt man ja als Außenstehender jetzt noch nicht rein.«

»Und dann? Was haben Sie dann gemacht?«

Petridis zögerte. »Ich bin da ein bisschen rumgelaufen. Am Neckar, dem alten Flusslauf dort.«

Schilling konnte sich die Örtlichkeiten allerdings nicht vorstellen. Er war zwar mal in Heilbronn gewesen, nicht aber an besagtem Uferbereich.

»Haben Sie dort Frau Eickhoff später getroffen?«

»Nein, aber gesehen. Sie war bei einer Brücke mit einer Gruppe von Männern unterwegs. Ich geh mal davon aus, dass es Architekten oder Gärtner waren. Eine Frau war auch dabei.«

»Und danach?«

»Ich bin in den nahen Mediamarkt gegangen, weil ich mir einen neuen Drucker zulegen wollte. Aber, um ehrlich zu sein, mir stand der Kopf nicht danach, mich mit elektronischen Daten auseinanderzusetzen. Auch wenn ich mich damit auskenne …«

»Hatte Frau Eickhoff denn abends wieder zurück nach Ulm fahren wollen?«

»Das war unklar. Ich hab sie zwar bei unserem kurzen Telefonat gefragt, aber sie hat gesagt, sie müsse erst abklären, ob es nicht sinnvoller sein würde, bei ihrem Vater in Stuttgart zu bleiben.«

»Das kam öfters vor?«

»Ja, natürlich. Wenn sie auf der Buga viel zu tun hatte, war es einfach sinnvoller, in Stuttgart zu übernachten, als jedes Mal rund 150 Kilometer bis nach Ulm zu fahren.«

»Wie verlief der restliche Abend dann für Sie?«, wollte Schilling wissen und stieß auf unerwartete Irritation.

»Soll das jetzt ein richtiges Verhör sein? Ich brauche also ein Alibi, stimmt's?«

Schilling schüttelte gelassen den Kopf. »Wir wollen nur rekonstruieren, was Frau Eickhoff kurz vor ihrem Tode getan hat. Und da sind wir auf jede Zeugenaussage angewiesen.« Er entschied, den Mann vorläufig nicht darüber zu belehren, dass er natürlich keine Angaben machen musste, die ihn selbst belasten würden. Dieser Hinweis hätte gewiss neues Misstrauen geweckt.

»Was Vanessa nach diesem Rundgang – oder was es auch sonst war – getan hat, entzieht sich meiner Kenntnis. Ich bin noch ein bisschen durch die Stadt gegangen, rüber zu dem tollen historischen Rathaus mit der astronomischen Uhr, die mich jedes Mal, wenn ich sie sehe, wieder aufs Neue begeistert – ja, und dann noch einmal in die Edisonstraße, wo sich das Projektbüro für die Buga befindet.«

»Um vielleicht Frau Eickhoff doch noch zu treffen? Oder haben Sie sie noch mal angerufen?«

»Nein, davon habe ich Abstand genommen.« Es klang verbittert. »Ich wollte nur sehen, ob ihr Wagen noch vor dem Büro stand. Es war vielleicht so um 21 Uhr.«

»Er stand noch da?«

»Ja, ich bin dann eine Weile dort gestanden und bin mir vorgekommen wie ein Trottel …«

Schilling nickte. Petridis war offenbar gekränkt und an jenem Abend von tiefer Eifersucht getrieben worden. Ein gefährliches Gemisch, wie der Kriminalist aus Erfahrung wusste. Das machte den Mann ziemlich verdächtig, zumal in Kombination mit der falschen Aussage zu seinem angeblichen Aufenthalt in Lindau.

»Sie sind also in der Nähe des Büros gestanden …?«, machte Schilling geduldig weiter.

»Ja, so eine halbe Stunde. Man kann den Parkplatz von verschiedenen Stellen einsehen.«

»Und dann?« Schilling hatte das Gefühl, dass es noch etwas gab, was Petridis lieber verschwiegen hätte.

»Dann«, Petridis atmete schwer, »dann ist sie gekommen.«

Der Kriminalist sah ihm fest in die unruhigen Augen. »Und weggefahren?«

»Ja, aber nicht allein.«

Schilling hob eine Augenbraue. »Mit einem Mann?«

»Ja, mit einem Mann.«

»Den Sie kennen?«

»Nein – das heißt, ich hab ihn vielleicht kurz zuvor gesehen. Bei der Gruppe, mit der Vanessa auf dem Gelände unterwegs war.«

Schilling ließ ein paar Sekunden verstreichen. »Und danach?«

»Bin ich heimgefahren, weiter nichts«, entgegnete Petridis trübe.

88

»Die Botaniker in der Wilhelma sind sich ihrer Sache ziemlich sicher«, stellte Linkohr erfreut fest, als er in den großen Raum der Sonderkommission kam. Verbrauchte Luft schlug ihm entgegen, es roch nach Kaffee, ein Telefon klingelte. Sofort waren die Augen von einem Dutzend Kriminalisten auf ihn gerichtet. Linkohr hielt den Ausdruck einer vergrößerten Fotografie jenes Grünzeugs in die Höhe, das sowohl im Auto von Vanessa Eickhoff als auch in gepresster Form in einer Grußkarte bei ihr daheim im Schreibtisch gefunden worden war: zwei miteinander verbundene Laubblätter.

»Jetzt sind wir aber gespannt«, schallte ihm die sonore Stimme eines altgedienten Kriminalisten entgegen. »Von der Schwäbischen Alb wird es jedenfalls kaum sein.«

»Ist es auch nicht«, entgegnete Linkohr. »Die Leute von der Wilhelma sind davon überzeugt, es handle sich um …«, er musste in seinen Unterlagen nachsehen, »›Colophospermum mopane‹. Ist ziemlich genügsam und findet sich beispielsweise – und jetzt kommt's, liebe Kollegen«, er hob seine Stimme, »er findet sich beispielsweise in Namibia. Dort ist sogar eine ganze Lodge nach ihm benannt: die Mopane-Village-Lodge. Ihr könnt sie bei Google Earth anschauen. Ich hab euch mal die Koordinaten aufgeschrieben.«

»Wie heißt das Ding?«, fragte jemand.

»Mopane. Ein Strauch oder Baum.« Linkohr buchstabierte. »Und jetzt frag ich euch, was euch dazu einfällt.«

Kuntz war inzwischen näher herangetreten. »Was wohl?«, entfuhr es ihm. Er war zum zweiten Mal innerhalb kürzester Zeit an seine Namibia-Rundreise erinnert worden. »Die Eickhoff war im November angeblich in Südafrika – so sagt ihr Freund. Aber vielleicht war sie auch in Namibia.«

»Und hat als Bio-Wissenschaftlerin diese Blätter mitgebracht«, ergänzte Linkohr.

»Oder jemand hat sie für sie mitgebracht«, überlegte Kuntz laut.

»Oder …«, mutmaßte Linkohr, »sie war mit jemandem in Namibia.«

»Aber dann ja wohl nicht mit ihrem Freund Petridis«, merkte Kuntz stirnrunzelnd an.

»Das muss nicht zwingend so sein«, grinste Linkohr, wohl wissend, dass er damit wieder ironische Bemerkungen ernten würde. »Im Übrigen ist der Petridis auch nicht gerade sehr vertrauenerweckend. Ich erinnere nur an das falsche Alibi, das er sich selbst gegeben hat. Nur um uns nicht sagen zu müssen, dass er Vanessa in Heilbronn observiert hat – aus Eifersucht.«

»Eifersucht kann immer ein schönes Mordmotiv sein«, bestätigte eine Männerstimme.

Eine Kriminalistin gab zu bedenken: »Dieses seltsame Laub, das wir bei ihr gefunden haben – und diese Grußkarte. Das könnte beides auch bedeuten, dass jemand anderes in Namibia war und ihr diese Karte anschließend geschickt oder gegeben hat.«

»Natürlich«, entgegnete Linkohr. »Unser Chef – ich meine, Herr Häberle – hat doch von Frau Eickhoffs Vater erfahren, dass diese Teamchefin Cortes bemängelt habe, manche hätten einen ›Spleen‹ für exotische Pflanzen. Dieser dicke Plasser hat ja sogar behauptet, der Geislinger Gärtner Hofknecht sei für exotisches Zeug sehr anfällig.«

»Dann war der mit Vanessa in Namibia«, konstatierte die Kriminalistin.

»Ich kann mir nicht so recht vorstellen, dass die beiden ein ideales Paar gewesen wären«, zuckte Linkohr mit den Schultern und musste sofort wieder an Iri denken. Sie und er wären wohl auch kein ideales Paar. Er verwarf den Gedanken wieder und blieb sachlich: »Immerhin hat Hofknecht der Vanessa öfter mal einen Blumenstrauß mitgebracht. Zuletzt aber wohl nicht mehr.«

Die junge Kriminalistin nickte eifrig und wandte sich an den Inspektionsleiter: »Herr Kuntz, wie ist das in Namibia? Ich denke, da ist viel Wüste – Namib und so – und eher weniger Botanisches.«

»Das kann man so nicht sagen. Auch die Wüste bringt Bemerkenswertes hervor – ich denke zum Beispiel an die Köcherbäume bei Keetmanshoop. Fast 300 Stück stehen da rum – und sie sind um die 250 Jahre alt. Wachsen aus trockenem Gestein raus, könnte man meinen.« Alle im Raum spürten, welch tiefen Eindruck seine Reise bei ihm hinterlassen haben musste. »Ich denke, wer sich für Botanik interessiert, kann sich dort in wirklich seltene Pflanzen vertiefen.«

»Es sieht ja so aus, als ob Frau Eickhoff eine Auto-Rundreise gemacht hätte«, fuhr die Kriminalistin fort. »Wie würden Sie das einschätzen? Eignet sich so etwas für frisch Verliebte?«

Ein Raunen ging durch die Runde.

»Na ja«, meinte Kuntz lächelnd, »die Malediven oder die Kanaren sind sicher etwas weniger abenteuerlich – aber vielleicht haben da ja auch welche das Abenteuer in Namibia gesucht. Sozusagen in jeglicher Beziehung.«

89

Maleike Cortes war noch lange im Büro geblieben. Sie hatte ausführliche Gespräche mit ihren Chefs geführt, die sich beunruhigt fühlten, nachdem sie von Häberles Besuch beim Oberbürgermeister erfahren hatten. Immer wieder musste sich Maleike den bohrenden Fragen stellen, ob es da etwas gäbe, was dem Projekt schaden könnte. Sie antwortete pflichtgemäß, dass Vanessa »nebulöse Andeutungen« gemacht habe, die aber nur auf Gerüchten gefußt hätten, wonach irgendein Friedhofsgärtner gehört haben wollte, einzelne Firmen würden benachteiligt. »Aber solche Gerüchte finden sich bei jedem Großprojekt«, erklärte Maleike ihren Gesprächspartnern. »Da sind oft Neider oder Konkurrenten am Werk. Darauf darf man nichts geben.« Dass ihr immer noch die schwarzen Rosen zu schaffen machten, wollte sie allerdings verschweigen. Denn sie konnten durchaus auch die Attacke eines verschmähten Liebhabers sein. Seit der Trennung von ihrem Mann hatte sie nämlich einige Annäherungsversuche abgewehrt. Rätselhaft blieb ihr und ihren Chefs hingegen, wer die ermordete Vanessa mit der Drohung, ihr Weltraumexperiment könne in Gefahr geraten, unter Druck gesetzt hatte. »Das kann doch nur jemand sein, der über Frau Eickhoff und ihre Doppeltätigkeit für uns und die ESA Bescheid gewusst hat«, meinte ihr direkter Vorgesetzter.

»Na ja«, entgegnete Maleike, »ein Geheimnis war das nicht.«

»Aber so richtig publik geworden ist es erst kurz vor dem Start vergangene Woche«, räumte einer der drei Männer ein, die an dem Gespräch teilnahmen.

»Jedenfalls deutet einiges darauf hin, dass Frau Eickhoff nicht nur einem der Gerüchte auf der Spur war, die ein Friedhofsgärtner verbreitet hat«, meinte Maleike und fügte seufzend an: »Ich hoffe nur, dass kein Einziger aus unserer Projektgruppe etwas damit zu tun hat.«

Sie hatten alle Möglichkeiten diskutiert, sogar einzelne Personen namentlich erwähnt, aber letztlich kein Ergebnis erzielt. »Sie haben bei der Polizei diesen Häberle eingeschaltet«, resümierte einer der Chefs und stellte fest: »Einen der ganz Erfahrenen.«

»Das könnte darauf hindeuten, dass im Hintergrund ganz andere Dinge laufen …«, ergänzte der Älteste am Tisch. »Mir gibt ein bisschen zu denken, wo Frau Eickhoffs Auto abgestellt war.«

Maleike nickte. »Auf der Theresienwiese. Ein blutbefleckter Tatort, ja, ich weiß.«

Die Planerin hatte nach dem langen Gespräch und den vielen Tassen Kaffee das Bedürfnis, noch für eine Stunde den lauen Frühlingsabend zu genießen. Nachdem sie sich kurz nach 22 Uhr verabschiedet hatten, verließ sie den Bürokomplex in der Edisonstraße, um über den noch belebten Parkplatz zwischen dem nahen Mediamarkt und einem Fitness-Studio hinüber zum offiziellen Zugang auf der Bleichinselbrücke zu gehen. Dort winkte sie dem Sicherheitsmann zu, der vor seinem beleuchteten Bürocontainer stand, und überquerte den Neckar, um zu den Neubauten der Stadtsiedlung zu gelangen, deren Komplexe sich vor ihr erhoben. Punktuell waren starke Strahler auf Gebäudeteile und Wege gerichtet, gedämpfter Lärm drang durch die Nacht.

Maleike vergrub ihre Hände tief in ihrer Jacke und orientierte sich an den bereits fertiggestellten Wegen. Sie warf einen kritischen Blick auf die Gebäude und tat so, als genieße sie es, hier noch einen Abendspaziergang zu unternehmen, unerkannt und nahezu unbemerkt. Der Fahrer eines Klein-Lkws winkte ihr freundlich zu, sie erwiderte mit einer knappen Handbewegung. Dann erreichte sie auch schon die im Dunkeln fast gespenstisch anmutenden Bäume des »Inzwischenlandes«. Über tausend waren es, die in geometrischen Linien angepflanzt waren. Jetzt bei Nacht ließen sich diese aber nicht nachvollziehen. Die Bäume schienen einen lichten Wald zu bilden.

Maleike rief sich in Erinnerung, wie es hier noch vor wenigen Jahren ausgesehen hatte: eine wilde Industriebrache, in die sie sich bei Nacht nicht gewagt hätte. Kürzlich erst hatte sie bei Google Earth die Zeitschiene der Satellitenbilder zurückgeschoben. Bis ins Jahr 2000 konnte man bei Heilbronn in die Vergangenheit blicken und in einzelnen Zeitetappen ab 2008 und dann, von März und September 2012, April und Juni 2016 sowie März und April 2017, die Entwicklung verfolgen. Straßen wurden verlegt, Brücken neu gebaut und nach und nach verwandelte sich das Areal in das, was 2019 die Besucher begeistern würde.

Das Rauschen eines Zuges, der durch den nahen Bahnhof rollte, holte sie wieder aus ihren Gedanken in die Vergangenheit zurück. Heilbronn würde mit diesem Projekt gewiss viele Besucher anlocken – und dies nicht nur zur Buga, die als »Gartenschau des Südens« beworben wurde, sondern auch noch danach. Denn dieses Areal wertete die gesamte Stadt auf, zumal es gelungen war, den Alt-Neckar mit einzubeziehen und eine direkte Anbindung an die City zu schaffen. Außerdem konnte sich Heilbronn mit seinen 530 Hektar Rebfläche als »Weinstadt« rühmen sowie den größten Neckarhafen und zahlreiche markante Nahziele aufweisen wie etwa den Wartberg oder die Waldheide. Und dann war da auch noch direkt am Alt-Neckar die »Experimenta«, das größte Science-Center, das Kinder, Jugendliche und Erwachsene gleichermaßen an naturwissenschaftliche Themen heranführte. Gedanklich kam Maleike ins Schwärmen, wenn sie sich all die Vorzüge dieser Großstadt mit ihren 124.000 Einwohnern vor Augen hielt. Langsam musste die Planerin natürlich auch an die Zeit nach der Buga denken. Vielleicht gab es ja eine Chance, in den Tourismus einzusteigen.

Sie sog die frühsommerliche Nachtluft ein, in die sich bisweilen auch die Abgase einiger Baumaschinen mischten. Wenn sie aus den gleißenden Flutlichtern in dunklere Bereiche eintauchte, dauerte es ein paar Sekunden, bis sich ihre Augen wieder an die Finsternis gewöhnt hatten. Dann musste sie darauf achten, über keine Hindernisse zu stolpern, die aus Steinen, Leitungen oder Kabeln bestehen konnten. »He, was tun Sie da? Ohne Helm und ohne Schutzjacke, das geht ja gar nicht!«, schreckte sie eine unfreundliche Männerstimme auf, die von irgendwoher über das Gelände schallte. Maleike blieb abrupt stehen und sah in jene Richtung, von der sie die Stimme zu vernehmen glaubte. Sie konnte im Zwielicht der umgebenden Strahler aber nichts erkennen, weshalb sie einfach weiterging – hinüber zu den beiden Seen, die ihr ganz besonders am Herzen lagen, symbolisierten sie doch auch die längst vergessenen Hafenbecken.

Sie mochte gerade 20 oder 30 Meter zurückgelegt haben, als ein plötzlich aufheulendes Motorengeräusch den nur diffus beleuchteten Teil dieses Geländebereichs erfüllte. Maleike drehte sich erschrocken um, konnte aber keine Scheinwerfer sehen – dafür dröhnte der schwere Dieselmotor bedrohlich nah. Den Bruchteil einer Sekunde später brach aus dem schwarzen Nichts hinter ihr ein undefinierbares Ungetüm hervor, das sich augenblicklich schemenhaft abzeichnete. Ein Panzer, schoss es Maleike durch den Kopf. Es war ein Reflex, der sie rettete: Sie sprang mit einer unbewussten Bewegung zur Seite, ohne zu sehen, wohin sie trat. Ihre Füße landeten unsanft im Schotter, während sie unter donnerndem Getöse und bebender Erde von einem Schwall aufgewirbeltem Dreck und Dieselabgasen eingehüllt wurde. Erst jetzt, als der Lärm wieder abebbte, wurde ihr bewusst, was dies bedeutet hatte: Ein monströser Radlader war an ihr vorbeigebraust. Ohne Licht und aus dem Nichts.

Ihr Puls raste, ein Fußgelenk schmerzte. Feine Sandkörner knirschten zwischen ihren Zähnen. Sie fühlte sich schmutzig und erniedrigt gleichermaßen. Eine Unverschämtheit, überkam es sie. Zorn stieg in ihr auf, Wut, Rachegefühl. Die Vermutung, der Fahrer dieser Maschine könnte sie absichtlich erschreckt haben, machte sich breit. Sie würde ihn zur Rechenschaft ziehen. Aber wie?, hämmerte es in ihrem Kopf. Sie hatte weder ein Kennzeichen gesehen noch konnte sie sagen, um welche Art von Fahrzeug es sich genau gehandelt hatte. Außerdem wäre auch sie in Erklärungsnot geraten. Wie würde sie ihren nächtlichen Aufenthalt auf der Baustelle begründen können? Ohne Schutzweste und Helm. Würde das nicht unangenehme Fragen aufwerfen – ausgerechnet jetzt, da alles, was geschah, in irgendeinem Zusammenhang mit Vanessas Tod gesehen wurde? Ein Spaziergang nachts auf der Baustelle – das war doch absurd.

Das war verdächtig. Maleike musste wieder an die schwarze Rose denken.

Atemlos brach sie ihren Spaziergang ab, um auf demselben Weg, den sie gekommen war, zurückzugehen. Diesmal aber weitaus schneller als vorhin. Falls der Fahrer sie nicht absichtlich hatte erschrecken wollen, sondern sie erst im letzten Moment erkannt hatte, wäre es gewiss peinlich, ihm noch Rede und Antwort stehen zu müssen. Denn selbst sie als Planerin hatte natürlich hier in der Nacht nichts verloren.

Für einen Augenblick zog sie allerdings auch in Erwägung, es könnte gar kein makabrer Scherz gewesen sein, den sich der Fahrer erlaubt hatte. War es ein gezielter Anschlag gewesen?

Allein der Gedanke daran beschleunigte ihre Schritte zusätzlich.

Doch eine Beobachtung bremste sie abrupt aus. Gerade als sie den letzten Wohnblock vor der Brücke erreichte, schlich sich eine Bewegung in den rechten Augenwinkel. Knapp 20 Meter entfernt. Eine menschliche Silhouette, die im Nachtschatten des Gebäudes verschwand.

Maleike verharrte in der Bewegung. Es war eine korpulente Person, die sich nach links entfernte. Eine Silhouette, die sie fatal an jemanden erinnerte. Plasser.

90

Dienstag, 12. Juni 2018.

Häberle hatte sich in der vergangenen Nacht unruhig im Bett hin und her gewälzt. Und jetzt, während des Frühstücks, quatschten ihm die Fernsehkommentatoren eines Nachrichtensenders mit dem historischen Treffen der beiden Staatsoberhäupter Donald Trump und dem Nordkoreaner Kim Jong Un die Ohren voll. Seine Frau Susanne aber wollte unbedingt die Live-Übertragung vom Gipfeltreffen in Singapur sehen. Häberle jedoch war es nicht danach, diese »Politik-Show«, wie er es bezeichnete, zu verfolgen. »Zuerst beschimpfen sie sich per Twitter – und jetzt knutschen sie sich womöglich«, brummte er missmutig. »Wie sagt man im Volksmund? Pack schlägt sich, Pack verträgt sich.«

Susanne legte eine Hand auf seinen rechten Unterarm. »Du solltest das nicht so negativ sehen, August. Nicht alle sind so wie deine ›Kundschaft‹, mit der du es ein Leben lang zu tun hast.«

»Tut mir leid, aber von denen trau ich keinem über den Weg«, erwiderte Häberle und deutete auf den Bildschirm, wo jetzt die beiden Politiker vor einer Reihe akkurat aufgestellter Fahnen aufeinander zuschritten: Der kleine dickliche Nordkoreaner von links, der große blonde US-Amerikaner von rechts. Dann 13 Sekunden kräftiges Händeschütteln. Ein Bild, das um die Welt gehen würde.

Susanne liebte solche Inszenierungen. »Besser, als Raketen abzuschießen«, meinte sie. Häberle wollte nicht widersprechen, gab aber zu bedenken: »Was soll man dem Trump noch glauben? Womöglich macht er's wie am Samstag nach dem G7-Treffen in Kanada: Unterschreibt ein Dokument, haut ab, hockt sich in seinen Flieger und twittert, dass er alles, was man mühsam ausgehandelt hat, sofort widerrufe. Die Welt ist ein Tollhaus geworden, Susanne. Und da gibt es noch Leute, die sich wundern, dass eine flächendeckende Politikverdrossenheit um sich greift.« Häberle köpfte sein Frühstücksei, während Susanne schwieg und dem Kratzen lauschte, das Trumps Füllfederhalter bei der energischen Unterschrift auf dem Papier der Abschlusserklärung verursachte.

Häberle konnte all dem nichts abgewinnen. Viel zu oft hatte

ihn die weltpolitische Lage enttäuscht. In Gedanken war er ohnehin bereits in Heilbronn.

Noch gestern Nachmittag hatte er ein ausführliches Gespräch mit dem dortigen Polizeipräsidenten geführt. Ganz vertraulich. Denn das, worum es heute gehen würde, bedurfte einer größeren Vorbereitung. Vor allem aber auch der Zustimmung von höchster Ebene. Er wollte deshalb so schnell wie möglich wieder bei den Kollegen der Sonderkommission sein. »Heute Abend wird's spät«, unterbrach er Susannes Konzentration auf die Fernsehübertragung. Seine Frau hatte ihn bereits gestern, als er von Warneckes Vorhaben berichtet hatte, inständig gebeten, vorsichtig zu sein. Wie immer versprach er es, um sie zu beruhigen. Es klang, als seien diese Worte schon zur Routine geworden. In den langen Ehejahren hatte Susanne gelernt, mit den Gefahren seines Jobs umzugehen – auch wenn sie jedem Einsatz entgegenfieberte und froh war, wenn er von unterwegs meldete, es sei »alles okay«.

Auf der Fahrt nach Heilbronn hielten ihn die Radiosender mit allem, was um Trump und diesen Nordkoreaner geschehen war, bis ins kleinste Detail auf dem Laufenden. Er drehte die Lautstärke zurück, um sich mögliche Szenarien vorzustellen, die heute auf ihn zukommen könnten. Sie hatten sich auf etwas eingelassen, dessen Ausgang völlig unkalkulierbar war. Womöglich sogar mit Folgen für die Weltraummission. Häberle verdrängte diese Gedanken. Glücklicherweise hatte er seit dem Kopplungsmanöver vom Samstagnachmittag nichts mehr von der ISS gehört. Hätte es Schwierigkeiten gegeben, wäre dies gewiss in den Nachrichten erwähnt worden. Oder, so meldete sich seine innere Stimme, man hielt etwaige Komplikationen geheim.

91

Angi, die Aushilfskraft in der Geislinger Gärtnerei, hatte Hofknechts telefonischem Wunsch entsprochen und den Laden an diesem Dienstagvormittag wieder geöffnet. »Ich muss ein paar wichtige Dinge erledigen«, hatte er ihr schon in aller Frühe ziemlich aufgeregt und atemlos von seinem Handy aus mitgeteilt und dann das Gespräch ganz schnell wieder beendet. Als eine Stammkundin fragte, ob denn der Chef nicht da sei, war Angi einen Augenblick in Verlegenheit geraten. »Nein, heute nicht«, erwiderte sie kurz angebunden. »Heut muss ich allein ran.«

»Und die Frau Hofknecht – auch nicht da?«

»Nein, auch nicht.«

»Ist sie krank?«, blieb die Stammkundin, eine ältere Dame, hartnäckig.

»Nein, krank ist niemand. Nein.«

Angi war erleichtert, als weitere Kundschaft kam und die Dame mit einer violett-weiß blühenden Orchidee das Geschäft verließ. Ein junges Paar besah sich die vielfältige Pflanzenausstellung und erwartete offenbar keine Beratung. Angi nahm es zufrieden zur Kenntnis, doch im selben Moment gab das neue Telefon einen schrillen Ton von sich, an den sie sich noch nicht gewöhnt hatte. Wahrscheinlich war es wieder jemand, der den Chef sprechen wollte. Sie meldete sich leicht gereizt und hörte eine Männerstimme, die – wie erwartet – nach Herrn Hofknecht verlangte. »Tut mir leid«, sagte sie gestresst, »aber Herr Hofknecht ist heute nicht zu sprechen.«

Auch die weitere Frage, ob seine Frau erreichbar sei, verneinte sie schnell.

»Darf ich fragen, wo Herr Hofknecht sich heute aufhält?«, blieb die Stimme beharrlich.

Angi fragte zurück: »Und darf ich fragen, worum es geht?«

Kurze Pause. »Kriminalpolizei Heilbronn. Wir wollten dringend ein paar Dinge mit Herrn Hofknecht abklären, als Zeuge, deshalb wäre es wichtig, ihn möglichst schnell sprechen zu können.«

»Kriminalpolizei«, wiederholte Angi erschrocken, aber leise. »Ist etwas passiert – mit Herrn Hofknecht?«

»Nein, nein, keine Sorge. Wir wollten ihm nur ein paar Fragen stellen, mehr nicht. Wissen Sie, wo er sich aufhält?«

»Keine Ahnung. Wirklich nicht«, erwiderte sie tonlos und drehte sich zur Seite, damit das junge Paar ihr Gespräch nicht verfolgen konnte.

»Wer sind Sie?«, wollte der Anrufer wissen.

»Ich? Ist das denn so wichtig?«

»Ich hätte nur gerne gewusst, mit wem ich gesprochen habe.«

»Ich … ich bin Angelika Maier, ich arbeite hier«, erwiderte sie nach einer kurzen Pause.

»Dann sagen Sie bitte Herrn Hofknecht, sobald er kommt, dass er sich mit der Kripo in Heilbronn in Verbindung setzen soll. Schreiben Sie bitte zwei Namen auf …«

»Moment«, gab Angi zurück und griff zu Bleistift und einem Notizblock.

»Entweder Häberle oder Kuntz – Kuntz mit ›tz‹.« Dann diktierte der Beamte deren Durchwahlnummern und ließ sie von Angi wiederholen.

Nachdem das Gespräch beendet war, sank Angi in den Stuhl hinterm Kassentresen. Kripo Heilbronn, schoss es ihr durch den Kopf. Was hatte dies zu bedeuten: die plötzliche Trennung der Eheleute – und dann deren Verschwinden? War es nicht besser, sie könnte eines der beiden Kinder verständigen? Tim oder Lea, die beide studierten. Lea wollte nach Heidelberg wechseln, so viel war ihr geläufig, aber von Tim wusste sie nichts. Außerdem hatte sie von keinem der beiden eine Telefonnummer, ja, nicht einmal eine Adresse. Was also, wenn die Eltern gar nicht mehr zurückkamen? Wer musste dann verständigt werden? Angi versuchte, diesen schrecklichen Gedanken zu verdrängen. Sie war so sehr in sich versunken, dass sie das Näherkommen des jungen Paares gar nicht bemerkt hatte. »Ist Ihnen nicht gut?«, hörte sie plötzlich eine Frauenstimme.

Sie zuckte zusammen und stand auf. »Doch, doch. Kein Problem. Ich bin nur etwas müde heute.«

»Entschuldigen Sie«, sagte der männliche Begleiter der Frau, »wir suchen etwas Originelles als Hochzeitsgeschenk. Eigentlich nur einen Samen – für etwas Ausgefallenes. Es soll in einem Wintergarten langsam heranwachsen.«

Angi war von diesem ungewöhnlichen Wunsch irritiert. Warum gerade jetzt etwas Exotisches? Es erinnerte sie an ihren Chef, der im Herbst aus Afrika etwas mitgebracht hatte, von dem er ganz begeistert gewesen war. Blätter wie Engelsflügel sollte es treiben. Er hatte ihr sogar den Samen gezeigt, der ihr ziemlich klebrig erschienen war. Nur, wo er ihn aufbewahrte und ob er ihn bereits in Töpfe ausgesät hatte, konnte sie natürlich auch nicht sagen.

»Woran haben Sie denn gedacht?«, fragte Angi deshalb und tat so, als ob sie keinerlei Ahnung hätte, wie die Wünsche zu erfüllen wären.

»Der Bräutigam ist ein Pflanzenliebhaber – aber nur von exotischem Zeug. Fleischfressende Pflanzen und Ähnliches«, erklärte die junge Kundin. »Wir würden ihm gerne den Samen dazu überreichen.«

»Ihnen fällt spontan nichts dazu ein?«, staunte ihr Begleiter. »Ist der Herr Hofknecht nicht da?«

Angi traf es wie ein Stich ins Herz. Sie brauchte ein paar

Sekunden, um diese Frage zu verdauen. »Kennen Sie ihn denn persönlich?«, fragte sie vorsichtig zurück.

Der junge Mann lächelte charmant. »Nicht direkt, nein. Aber mein Onkel, ein Gärtner aus Reutlingen – der ist wie Herr Hofknecht mit der Bundesgartenschau in Heilbronn befasst – hat von ihm wohl gehört, dass er einen tollen Samen aus Namibia mitgebracht hat.«

»Ach …?«, entfuhr es Angi. »Davon weiß ich nichts.« Dass ihr Chef vor einiger Zeit verreist war, wusste sie natürlich. Mit seinem ehemaligen Meisterkurs war er weg gewesen, das hatte er ihr gesagt, aber an das Ziel konnte sie sich nicht mehr entsinnen. »Tut mir leid«, sagte sie, »ich bin darüber nicht informiert. Sind Sie jetzt extra von Reutlingen hierhergefahren? Sie hätten vorher anrufen sollen – Herr Hofknecht ist nicht da.«

»Nein, nein, nicht extra hergefahren«, beruhigte der junge Mann. »Wir wohnen in Göppingen und sind gerade auf der Durchfahrt nach Ulm.«

»Soll ich Herrn Hofknecht etwas ausrichten?«

»Können Sie gerne tun. Mein Onkel heißt Olberding. Robert Olberding. Sagen Sie Herrn Hofknecht, wenn er wieder auftaucht, er soll mich anrufen.«

»Kennt er Ihre Telefonnummer?«, fragte Angi zaghaft.

»Kennt er nicht«, entgegnete der junge Mann und nannte eine Handynummer. Dass sie nicht zu einem Herrn Olberding führen würde, sondern zu Rainer Warnecke, konnte Angi natürlich nicht ahnen. Der Mann fügte hinzu: »Und sagen Sie ihm einen schönen Gruß und er soll immer an Vanessa denken.«

Angi wusste damit nichts anzufangen. »Vanessa? Wer ist Vanessa?«

»Fragen Sie ihn halt, wenn er wieder auftaucht.«

92

Weltweit war in den vergangenen Stunden das unbekannte Objekt verfolgt worden, das heute am späten Abend mitteleuropäischer Sommerzeit die Bahn der Internationalen Raumstation kreuzen würde. Den neuesten Berechnungen zufolge war ein Ausweichmanöver dringend notwendig, um einen verheerenden Zusammenstoß zu vermeiden. Die Besatzung hatte die Vorbereitungen getroffen und würde die Station mithilfe einer angekoppelten Versorgungskapsel auf eine andere Bahnebene bringen. Auch die ISS selbst war für den Notfall mit entsprechenden Triebwerken ausgestattet. Noch war unklar, ob es so weit kommen würde wie vor drei Jahren, als sich die damalige Besatzung in eine angedockte Sojus-Kapsel hatte zurückziehen müssen, weil Schrottteile auf sie zugerast gekommen waren. Die Situation war offenbar so brenzlig gewesen, dass die NASA trotz eines Ausweichmanövers die Raumfahrer sicherheitshalber in die Sojus-Kapsel beordert hatte.

Von einer nahenden Gefahr war »Astro-Alex« an diesem Dienstagvormittag nichts anzumerken. Wie immer wirkte er gut gelaunt und optimistisch, als er Video-Botschaften auf die Erde schickte.

Egeas Petridis hatte die meisten seiner Termine abgesagt. Seit dem Tod von Vanessa war er von Tag zu Tag in ein größeres psychisches Loch gefallen. Mit jedem Video, das er über die Weltraummission sah, fühlte er sich schwermütiger. Wie hätten sie das doch gefeiert, wenn Alexander Gerst demnächst den Mini-Satelliten im Weltraum aussetzen würde! Gerade jetzt hob der Raumfahrer im blauen Overall, vor der Kamera in der ISS schwebend, wieder jenes Thema hervor, das ihm ganz besonders am Herzen lag – nämlich die Klimaforschung. »Wir müssen lernen, das System Mutter Erde zu verstehen. Sie ist wie eine riesige Maschine mit Tausenden Hebeln und Knöpfen, von denen wir die Funktionen nicht verstehen.« Überhaupt sehe man die Probleme auf der Erde vom All aus in größeren Zusammenhängen. Petridis nickte, als könne Gerst ihn sehen.

Mit Vanessa hatte er oft nächtelang darüber diskutiert. Sie war der Meinung gewesen, man müsse alle Politiker einmal zur ISS bringen, damit sie sehen könnten, wie unbedeutend der Streit um Grenzen und Religionen war und dass es viel Wichtigeres gab, als um Macht und Einfluss zu streiten. Petridis musste an Donald Trump und den Machthaber aus Nordkorea denken, die noch vor wenigen Wochen damit gedroht hatten, einander mit Atombomben zu zerstören. Wie kleine, zornige Buben im Sandkasten, die gegenseitig ihre Burgen verwüsteten. Waren sich solche unberechenbaren Staatenlenker eigentlich darüber im Klaren, was sie anstellen konnten? Dass sie mit einem einzigen Knopfdruck das Leben auf diesem einmaligen Planeten auslöschen würden?

»Wir haben keinen Planeten B«, sagte Gerst auch diesmal wieder und holte damit Petridis aus seinen Gedanken zurück. Es gebe nur diese eine Atmosphäre, diese dünne Schicht, unter der allein Leben möglich war, gab der deutsche Raumfahrer zu bedenken. »Wenn wir die zerstören, dann war's das.«

Petridis' Pulsschlag beschleunigte sich, als Gerst erwähnte, er habe mit den ersten Experimenten bereits begonnen. Ja, da war es auch dabei – jenes, das Vanessa entwickelt hatte. Petridis' Stimmung schwankte zwischen Euphorie und tiefer Trauer. Es heiterte ihn auch nicht auf, als Gerst einen Fußball zeigte, den er anlässlich der bevorstehenden Weltmeisterschaft mitgenommen hatte und den er später dem Sieger schenken würde. Wie locker »Astro-Alex« war, erkannte man bei einer Schilderung des Lebens in der ISS: »Man muss sich das hier vorstellen wie Campingurlaub. Man hat viel Spaß, aber nicht ganz so viel Komfort.«

Petridis musste wieder an Vanessa denken, mit der er zweimal in Schottland zelten gewesen war, ganz primitiv und bei Kälte.

Dann richtete sich seine Aufmerksamkeit zurück auf Gerst, der davon berichtete, dass es während des Fluges zur ISS »kleinere Probleme mit einem Sensor« gegeben habe und ihm nach dem Start nicht so viel Zeit geblieben sei, aus dem Fenster zu schauen.

Probleme?, jagte es Petridis durch den Kopf.

Es wäre furchtbar, würde wegen Vanessas Experiment noch einmal etwas Schreckliches geschehen. Aber den Irren, die den Klimawandel leugneten, war alles zuzutrauen.

Petridis schloss die Augen.

93

Häberle war verschwitzt ins Präsidium gekommen. Die Schwüle war unerträglich. »Leute«, verkündete er vor den Kollegen der Sonderkommission, die schon auf ihn gewartet hatten, »heute gibt's noch richtig Arbeit.« Kaum hatte er es gesagt, kehrte gespannte Ruhe ein. Einige der Kriminalisten erhoben sich, um über ihre Monitore hinweg den Ermittler besser sehen zu können. Häberle war wie immer an der Tür stehen geblieben. »Dieser Warnecke, mit dem ich gestern ausführlich gesprochen habe, ich hab's einigen von euch ja schon gesagt, der scheint mir ein ziemlich kooperativer Typ zu sein. Übrigens ein Ex-Kollege von uns.« Er berichtete, dass Warnecke seit Wochen schon mit anfänglicher Unterstützung Hofknechts einige äußerst »dubiose, aber auch sehr gefährliche Spuren« verfolge. »Er wollte sich aber erst an uns wenden, wenn er hieb- und stichfeste Beweise hätte liefern können.«

»Und worum geht es dabei?«, gab sich ein Zwischenrufer ungeduldig, der noch keine Einzelheiten kannte.

Häberle wollte aber der Reihe nach vorgehen: »Habt ihr über den Turgut was rausgekriegt, den Türken aus Münsingen?«

In diesem Moment war Kuntz an Häberle vorbei in den Raum gekommen und fühlte sich angesprochen. »Natürlich haben wir das, August«, sagte der Inspektionsleiter. »Der Name Turgut spukt durch die Akten des Rauschgiftdezernats. Er ist bei der Vernehmung von Klein-Dealern schon einige Male aufgetaucht. Aber leider konnte oder wollte keiner von ihnen etwas zur Person des Turgut sagen. Er sei wohl wie ein Phantom, meinte ein Kollege, der übrigens davon ausgeht, dass er auch bei der riesigen Menge Kokain, die wir Mitte November hier bei uns beschlagnahmt haben, die Finger im Spiel gehabt hat. Ihr erinnert euch: Versteckt in einem Bananen-Transport aus Ecuador an Obst- und Gemüsegroßhandlungen.«

»Spezialisiert auf Transporte dieser Art«, warf jemand ein und ein anderer frotzelte: »Gefahrgut-Transport der besonderen Art.«

Kuntz war es nicht nach witzigen Bemerkungen zumute. Er ergänzte: »Manche behaupten auch, Turgut nenne sich in Drogenkreisen ›Kral‹, was türkisch ist und auf Deutsch ›König‹ heißt. In diesem Zusammenhang soll auch ein gewisser ›Flowerman‹ eine Rolle spielen, von dem wir aber ebenfalls nichts wissen.«

Jetzt meldete sich Linkohr, der bisher nur schweigend zugehört hatte, weil seine Gedanken unablässig um Iri kreisten, für deren Verschwinden er sich persönlich verantwortlich fühlte. »Was sagen Sie? ›Flowerman‹?«

»Ja, ist Ihnen der ein Begriff?«, wandte sich Kuntz sofort an ihn.

Linkohr zögerte. Für zwei, drei Sekunden überlegte er, dass es nicht angeraten erschien, in dieser Runde über Iri zu sprechen. Er suchte Blickkontakt mit Häberle, dem er im vertraulichen Vieraugengespräch von jenem Mann berichtet hatte, der mit diesem Namen bei Iri ein besonderer Kunde war – offenbar mit »Flatrate«.

Häberle ersparte seinem jungen Kollegen eine peinliche Antwort. »Uns ist der Name auch schon aufgefallen«, sagte er schnell. »Mit ›Flower‹ verbindet sich auffällig viel. ›Flower-Power-Adventure‹ nennt sich das Unternehmen, mit dem der dubiose Amerikaner seine Pflanzen-Großhandelsware vertreibt. Hat mir auch dieser Warnecke gesagt.« Dann wechselte Häberle das Thema: »Bevor ich zu unseren weiteren Schritten komme«, er sah auf die Armbanduhr, »hätte ich gerne gewusst, was wir sonst noch in Erfahrung gebracht haben.«

Kuntz lehnte sich neben Häberle an die Wand und referierte den Inhalt einer E-Mail, die er ausgedruckt in Händen hielt. »Es geschehen noch Zeichen und Wunder«, begann er grinsend. »Da sage noch einer, die Geheimdienste seien so geheim, dass manche der Kollegen dort gar nicht wüssten, für wen sie arbeiten.« Gedämpftes Lachen war zu vernehmen. »Pullach hat uns einen Bericht zu dem Drohbrief übersandt, der am Tag des Raketen-Starts beim Zentrum für Luft- und Raumfahrt in Oberpfaffenhofen eingegangen ist. Wir kennen alle den Inhalt«, Kuntz zitierte kurz daraus, »wonach Frau Eickhoff die Finger von etwas lassen solle, wenn ihr wissenschaftliches Experiment auf der ISS nicht gefährdet werden solle.«

»Die haben tatsächlich den BND eingeschaltet?«, staunte eine Beamtin mit gewisser Ehrfurcht, als habe sie es noch nie mit dem Bundesnachrichtendienst in Pullach zu tun gehabt.

»Die gehen auf Nummer sicher«, entgegnete Kuntz. »Sie haben sogar die bayerische Zentralstelle zur Bekämpfung von Extremismus und Terrorismus eingeschaltet, worauf ein Sprachprofiler hinzugezogen wurde, der den Text nach Besonderheiten untersucht hat. Sie meinen«, er las nach, »dass es ein mäßig bis durchschnittlich gebildeter Mensch sein müsste, einer, der der deutschen Sprache mächtig sein müsse, also kein Ausländer, mit hoher Wahrscheinlichkeit auch keiner mit Migrationshintergrund.«

»Woraus schließt der Experte dies alles?«, wollte Häberle wissen. Oft genug schon waren ihm Gutachter hochnäsig und ziemlich abgehoben erschienen.

»Ich hab mich durch das Spezialisten-Latein durchgelesen«, entgegnete Kuntz süffisant. »Um es kurz zu machen: Er schließt es insbesondere aus den beiden Worten ›unverzüglich‹ und ›Verderben‹, die benutzt wurden.« Kuntz sah in angespannte Gesichter. »Wir erinnern uns: Ich zitiere wörtlich aus dem Drohbrief: ›Wichtiger Hinweis zur Sicherheit der ISS: Teilen Sie bitte unverzüglich Frau Vanessa Eickhoff mit, dass ihr wissenschaftliches Experiment auf der ISS in Gefahr gerät, falls sie nicht die Finger von etwas lässt, das ansonsten auch Horizon ins Verderben stürzt.‹«

Den Text hatten sie schon vor einigen Tagen bekommen, weshalb nun die Spannung auf Kuntz' weitere Ausführungen stieg: »Wie gesagt, der Sprachprofiler stützt seine Argumentation auf zwei Worte – auf ›unverzüglich‹ und ›Verderben‹. Das Wort ›unverzüglich‹ sei hierzulande eher selten«, referierte Kuntz aus dem Gutachten. »Ins allgemeine Interesse sei es am Abend des Berliner Mauerfalls gerückt, als der damalige Sekretär des DDR-Infowesens Günter Schabowski auf eine Reporterfrage, wann eine neue Regelung für Westreisen in Kraft trete, ziemlich irritiert gesagt habe: ›sofort, unverzüglich‹. Außerdem«, machte Kuntz weiter, »bediene sich der Anonymus der Formulierung ›ins Verderben‹, was zumindest auf einen gewissen Bildungsstand schließen lasse.«

Kuntz sah zu Häberle, der nachdenklich an der Wand lehnte und für ein paar Sekunden nicht gestört werden wollte. Ihm war es so, als hätten die beiden Worte in seinem Kopf eine Erinnerung ausgelöst. Aber an was und wen, das wollte ihm nicht einfallen.

»Hast du eine Idee?«, holte ihn Kuntz aus dieser Nachdenklichkeit heraus.

Häberle zuckte mit den breiten Schultern. »Mir kommt es so vor, als hätt ich diese Worte hier in Heilbronn schon mal gehört.«

Die Gespräche im Raum verstummten wieder, aber Häberle wollte jetzt mit diesem Thema keine Zeit verlieren und sah nervös auf seine Armbanduhr. »Heute Abend, liebe Kolleginnen und Kollegen, naht die Stunde der Wahrheit.«

Kuntz nickte. Häberle hatte ihn bereits informiert. Und dass jetzt auch Kripochef Volker Dreisamer auftauchte, war für alle Anwesenden ein Zeichen für eine bedeutsame Mitteilung. Dreisamer sah in angespannte, aber auch müde Gesichter: »Ich hab gerade gehört, was mein alter Kollege Häberle gesagt hat. Wir müssen uns auf eine lange Nacht einstellen. Aber keine Sorge, wir kriegen professionelle Unterstützung.« Er zwinkerte Häberle zu und bat ihn, die Lage zu schildern. »Um es gleich vorwegzunehmen«, begann der altgediente Ermittler, »vielleicht bewegen wir uns auf dünnem Eis. Das meiste, was wir wissen und was ich euch jetzt erklären möchte, basiert auf den Aussagen eines – wie ich es empfinde – vertrauenerweckenden Informanten. Übrigens ein ehemaliger Kollege von uns, ein Polizist, der nach dem Streifendienst in München die Nase voll hatte und in die freie Wirtschaft gegangen ist. So jedenfalls hat er es mir erzählt. Aber«, ließ Häberle seine sonore Stimme durch den Raum dröhnen, »alles, was er mir gestern geschildert hat, deckt sich mit dem, was wir bisher ermittelt haben.«

Während er dies sagte, fiel ihm plötzlich ein, bei wem er die Worte »unverzüglich« und »Verderben« schon mal gehört hatte. »Und jetzt«, fügte er deshalb an, »ist mir sogar bewusst geworden, dass auch die vorhin genannten Worte in diese Indizienkette passen.«

»Und wer ist nun der Mörder von Frau Eickhoff?«, schallte ihm eine junge Stimme entgegen.

Häberle holte tief Luft. »Genau das ist der Punkt, der mir noch Kopfzerbrechen macht. Im schlimmsten Fall betreten wir heute Abend nur einen Nebenkriegsschauplatz. Aber einen ziemlich großen …«

94

Warnecke war bereits in Stuttgart, um mit Doktor Erich Eickhoff den schon mehrfach besprochenen Plan noch einmal in allen Details durchzugehen. Nichts durfte schiefgehen – jetzt schon gar nicht mehr. Die Haushälterin hatte ein zweites

Frühstück zubereitet, das Warnecke gerne annahm. Zu dritt saßen sie um den großen Tisch und ließen sich Wurst, Käse, Marmelade und frische Brötchen munden. Inzwischen war auch die Haushälterin in die Ereignisse eingeweiht worden. »Ich hab vor Anna keine Geheimnisse«, betonte Eickhoff und lächelte der älteren Dame zu. »Sie ist seit dem Tod meiner Frau die gute Seele des Hauses.« Sie nickte, worauf der Arzt ernst hinzufügte: »Und seit dem Tod meiner Tochter ist sie es noch mehr. Ohne Anna wäre ich in den vergangenen Tagen trübsinnig geworden.« Er schloss kurz die Augen, um gegen die Tränen anzukämpfen. »Aber lassen wir das«, schüttelte er die aufkommenden Emotionen ab und aß weiter, obwohl er eigentlich gar keinen Appetit hatte, wie seit Tagen schon nicht mehr.

Nach ein paar Sekunden des Schweigens meinte Warnecke: »Wir kriegen das hin, Herr Doktor Eickhoff. Ich bin mir ganz sicher, dass Olberding dem Treffen heute Abend nicht ausweichen wird. Er hat gar keine andere Wahl.«

»Sie haben ihn zur Rede gestellt, am Telefon?«, wollte Eickhoff noch einmal wissen, obwohl sie schon mehrfach darüber diskutiert hatten.

»Er war ziemlich überrascht, als ich ihn so direkt auf seine Firma ›Flower-Power‹ in Amsterdam angesprochen habe.«

»Ich bin mir nur nicht ganz sicher, wie er reagiert, wenn ich ihm gegenüberstehe«, entgegnete Eickhoff leise und verunsichert.

»Ich glaube, er hat längst gewusst, dass es Ihre Tochter war, mit der er's auf der Buga zu tun bekommen hat.«

Haushälterin Anna fühlte sich zu der Bemerkung bemüßigt: »Ein Zufall oder eine gottgewollte Fügung.«

»Gottgewollt«, fuhr ihr Eickhoff ungewöhnlich scharf über den Mund. »Kann es gottgewollt gewesen sein, dass Vanessa eine solche Fügung mit dem Leben bezahlen musste?«

»Entschuldigen Sie, Herr Doktor Eickhoff«, gab sich die Haushaltshilfe kleinlaut. »So hab ich das nicht gemeint.«

Warnecke sorgte für Ausgleich: »Natürlich nicht.« Und an Eickhoff gewandt: »Dem Olberding kam natürlich zupass, dass er Ihre Tochter an deren sensibelstem Punkt hatte einschüchtern können – nämlich mit dem angedrohten Scheitern ihres Weltraumprojekts.«

»Sie hat sich so sehr darauf gefreut«, meinte Eickhoff wehmütig. »Und jetzt ist das alles unwichtig geworden.« Er aß seinen Teller vollends leer. »Nur die Medien fallen über mich her. Heute früh auch schon wieder. Aber ich hab sie alle abgewimmelt.«

Anna musste an die Schlagzeilen der Boulevardpresse denken. Seit Tagen schien es nur noch ein Thema zu geben: Die junge Wissenschaftlerin, die kurz vor ihrem größten Erfolg einer Horde angeblicher Klimaleugnern zum Opfer gefallen sei. In einem Artikel war sogar angedeutet worden, US-Präsident Donald Trump stünde hinter einem Mordkomplott. Auch wurden Tatsachen geschickt mit intimen Gerüchten verknüpft, wonach Vanessa in Heilbronn ein »Zweitleben« geführt und sich dem Kampf gegen Rechtsradikale verschrieben haben sollte. Immer wieder versuchten Journalisten, sie als ein weiteres Opfer in einen Zusammenhang mit dem Verbrechen an den beiden Polizisten auf der Theresienwiese zu bringen. Für einen Moment waren auch Eickhoffs Gedanken in diese Richtung abgeschweift, um dann zum wiederholten Male bei Warnecke nachzufragen: »Sie sind nach wie vor davon überzeugt, dass Vanessas Tod nichts mit ihrer wissenschaftlichen Arbeit zu tun hatte?«

Warnecke nickte. »Zumindest sieht es so aus. Ihre Tochter hat während ihrer Arbeit auf der Buga etwas erfahren, was dem Olberding hätte gefährlich werden können.«

»Und deshalb hat er sie umgebracht«, ergänzte Eickhoff

flüsternd. »Ein junges Leben ausgelöscht, um schmutzige Geschäfte machen zu können.«

»Vielleicht würde sie tatsächlich noch leben, wenn sie sich rechtzeitig an die Polizei gewandt hätte. Einmal hat sie's wohl getan. Aber nur anonym. Dass die Neu-Ulmer Polizei am dortigen Bahnhof einen Dealer aufgegriffen hat, ging wohl auf einen Tipp von Vanessa zurück. Wenig später wurden in Memmingen Wohnungen durchsucht und eine riesige Menge Kokain entdeckt.«

»Wieso hat sie das nur anonym gemacht?«

»Weil sie sich ihrer Sache noch immer nicht sicher war. Vanessa wollte kein Aufsehen erregen. Vorläufig jedenfalls nicht. So hat es mir mein Informant immer dargestellt.« Er musste an Hofknecht denken, der inzwischen abgetaucht war. Aber auch Katharina bereitete ihm große Sorgen. Sie wohnte zwar im selben Hotel wie er, aber vergangene Nacht hatte sie sich in ihr eigenes Zimmer zurückgezogen. »Du kommst doch aus dieser Sache nicht mehr raus«, hatte sie ihm mehrfach vorgeworfen. »Ich kann nicht mehr.«

Er hatte noch versucht, sie beim morgendlichen Frühstück zu beruhigen. »Nur noch heute, Katharina. Dann haben wir's geschafft.«

Doch sie hatte sich nicht beruhigen lassen, hatte geschrien und geweint: »Was wird aus unserem Betrieb, aus den Kindern? Und wo ist Christian?«

Christian, ja, dachte Warnecke. Mittlerweile müsste die Gärtnerei Besuch bekommen haben. Auf seinen Neffen Konrad, einen Jurastudenten, war normalerweise Verlass. Der junge Mann, der im Raum Tübingen wohnte, war immer gern bereit für einen ausgefallenen Auftrag. Warnecke freute sich insgeheim, ihn für das Ausspähen der Gärtnerei Hofknecht in Geislingen gewonnen zu haben. Falls, wie erwartet, Hofknecht nicht anwesend sein würde, sollte Konrad – so Warneckes Vorgaben – zusammen mit seiner Freundin Interesse für exotische Pflanzen vortäuschen und beiläufig behaupten, Verwandter eines Gärtners zu sein, der ebenfalls auf der Buga Friedhofsgräber gestalte. Dessen Name sei Olberding, der um einen kurzen Rückruf von Herrn Hofknecht bitte. Warnecke war davon überzeugt, dass für Hofknecht allein schon die Nennung des Namens schockierend sein würde. Die Telefonnummer, die Konrad zurückließ, führte deshalb auch nicht zu Olberding – sondern zu ihm, Warnecke. Diesen Trick hatte er sich ausgedacht, weil Hofknecht vermutlich eher Olberding zurückrief als ihn.

Warnecke jagten all diese Gedanken blitzartig durch den Kopf, sodass es ihm für ein paar Sekunden schwerfiel, Eickhoffs Sorgen und Ängste zu verarbeiten. Plötzlich aber erwähnte der Arzt wieder jenen Namen, mit dem sich Warnecke in diesem Augenblick beschäftigt hatte. »Ich habe diesen Olberding – oder Ollenhower – immer gehasst«, wurde Eickhoff laut. »Damals, als er durch arrogantes Auftreten unsere Friedensinitiative lächerlich gemacht hat.« Nie hätte er gedacht, dass sich ihre Lebenswege noch einmal kreuzen würden. »Und jetzt hat er Vanessa auf dem Gewissen. Oder gibt es da sonst noch jemanden …?«

Warnecke wollte nichts dazu sagen. Heute Abend auf der Waldheide würden sie es hoffentlich erfahren. Er hatte Olberding klargemacht, dass sie sich an einem »stillen Ort« treffen sollten, der für sie beide einmal Mittelpunkt ihres Lebens gewesen sei. Olberding hatte dies ziemlich unwirsch als »völlig absurd« abtun wollen, war dann aber doch bereit gewesen, auf den Vorschlag einzugehen. Immerhin hatte Warnecke durchblicken lassen, dass er über alles informiert sei, »was auf der Buga bei Nacht gelaufen ist und was da im Schafhaus auf der Waldheide versteckt wurde.« Um gleich gar keine Zweifel über den Treffpunkt aufkommen zu lassen, hatte Warnecke klargestellt: »Um 22.30 Uhr hinterm Schafhaus, an der Gedenkstätte für die getöteten Soldaten.« Den Zeitpunkt hatte er absichtlich so spät gelegt, weil dann mit hoher Wahrscheinlichkeit keine Spaziergänger mehr unterwegs sein würden. Aber nicht nur deswegen. Er wollte den Schutz der Dunkelheit.

»Wir haben aber nichts zu befürchten?«, wollte Eickhoff wissen, obwohl ihn Warnecke bereits mehrfach beruhigt hatte.

Anna sammelte das Geschirr ein und hielt für einen Moment inne: »Seid vorsichtig. Es darf nicht noch einen weiteren Toten geben.«

Eickhoff fingerte mit zitternden Händen nach seiner Blutdrucktablette.

95

Katharina Hofknecht hatte es in ihrem Hotelzimmer nach dem Streit mit Rainer nicht mehr länger ausgehalten. Sie war frühzeitig in den Frühstücksraum gegangen, um ihm aus dem Weg zu gehen. Beinahe hätte es auch geklappt: Er war aufgetaucht, als sie gerade ihr Besteck weggelegt hatte. Wortlos war sie aufgestanden und in ihr Zimmer zurückgekehrt. Rainer hatte sie tief enttäuscht. Ihm fehlte jegliches Gespür dafür, wie sehr sie unter der jetzigen Situation litt. Natürlich wäre sie gerne mit ihm zusammen gewesen – aber nun erschien es ihr, als habe sie sich viel zu sehr von den Ereignissen treiben lassen, anstatt sie selbst zu beeinflussen. Vielleicht war sie auch überarbeitet und gar nicht fähig gewesen, ihr Leben selbst in die Hand zu nehmen. Die Treffen mit Rainer – heimlich und voller Abenteuer – hatte sie stets als willkommene Abwechslung genossen. Dann war sie es gewesen, die Christian auf geschickte Weise dazu gebracht hatte, sich wegen der finanziellen Bredouille mit Rainer in Verbindung zu setzen. Alles mit dem Hintergedanken, aus ihr und Rainer könnte eines Tages ein Paar werden und sie würden Christian irgendwie aus der finanziell ruinierten Gärtnerei hinausbugsieren können – um einen Neustart zu wagen.

Jetzt, nach allem, was geschehen war, fühlte sich das Schöne von damals nüchtern und glanzlos an. Wie ein Albtraum. Der nächtliche Überfall hatte sie vollends aus der Bahn geworfen. Wer stand hinter allem? Vielleicht ihr eigener Mann, der zu diesem Zeitpunkt angeblich einen Vortrag in Nürtingen hielt? Ganz finster kam ihr der Gedanke vor, Rainer habe da etwas inszeniert. Und was war mit dieser toten Frau in Heilbronn? Tausend Gedanken drehten sich wie wild im Kreis, ohne dass sich daraus etwas Vernünftiges hätte ableiten lassen. Wie tief war Christian in alles verstrickt? Hatte ihn Rainer viel zu weit getrieben?

Aber hatte Christian sie nicht auch betrogen? Mit einer Vanessa, wie es auf seinem Kleintransporter zu lesen war. Und dann tauchte eine bitterböse Ahnung auf: War er im November wirklich mit seinen ehemaligen Meisterkurs-Teilnehmern unterwegs gewesen? Oder war er gar mit dieser Vanessa verreist?

Katharina musste sich allerdings eingestehen, ihn auch betrogen zu haben. Mit Rainer. Du bist nicht besser als Christian, mahnte ihr schlechtes Gewissen. Beide hatten sie sich etwas vorgemacht, sich nur um die Gärtnerei gekümmert und waren schließlich auseinandergedriftet. Natürlich hatte sie allen Grund, auf Christian wütend zu sein. Er aber auch auf sie. Wie würde es enden, wenn herauskäme, dass sie mit Rainer ein Verhältnis hatte? Ein Verhältnis, zu dem ihr Bauchgefühl jetzt sagte, es lieber zu beenden. Was aber, wenn Christian ihr das nie verzieh und die Ehe trotzdem in die Brüche ging? Oder wenn Christian gar nicht mehr auftauchte? Dass ihr der Gedanke, ihn ganz zu verlieren, derart zusetzte, kam ihr befremdend vor.

Gab es noch eine letzte Chance, alles zu retten? Alles rückgängig zu machen. Eine Art Reset-Knopf. Zurück auf den Anfang. Wohl kaum.

Trotzdem entschied sie, einen Schritt zu tun, der von Vernunft und Gefühl gleichermaßen getragen war. Sie packte die wenigen Dinge zusammen, die sie mit ins Hotel genommen hatte, legte Make-up auf, um die Spuren einer durchweinten Nacht zu kaschieren, verlangte an der Rezeption die Rechnung und bezahlte mit der Kreditkarte. Als sie in ihr Auto stieg, verspürte sie sogar so etwas wie Erleichterung. Noch bevor sie losfuhr, rief sie in der Gärtnerei an und hoffte, wenigstens Angi würde sich melden. Während der vier oder fünf Ruftöne ließ Katharina ihren Blick durch die Windschutzscheibe übers weite Albvorland streichen, das von hier oben aus grandios vor ihr lag. Ein Stück den Abhang hinunter waren die Fahrzeugkolonnen der A 8 zu sehen, die sich durch ein Waldgebiet zum Aichelberg hinschlängelte.

Als Angi abgenommen hatte, kam Katharina ohne Umschweife zur Sache: »Hat sich Christian gemeldet?«

»Nein – und wo sind Sie denn?«

Katharina ging auf die Frage nicht ein, sondern sagte kühl: »Ich bin in einer Dreiviertelstunde da.«

So lange dauerte es nicht einmal. Der Verkehr war dünn und ließ auf den etwa 25 Kilometern ein rasches Vorwärtskommen zu.

Bereits bei der Einfahrt in den Hof war ihr klar, dass Christian nicht da sein würde, denn sein Kleintransporter parkte nicht am gewohnten Platz.

Katharina stellte ihren Wagen in praller Sonne ab, holte tief Luft und stieg aus. Ihre Reisetasche ließ sie im Kofferraum zurück.

Schon durch die große Glasfront des Geschäfts bemerkte sie, dass Angi gerade zwei Kunden bediente. Um das Gespräch nicht zu stören, nickte Katharina ihr beim Betreten des Ladens nur kurz zu und verschwand abseits der Kassentheke in der Tür zum Wohnhaus.

Da war sie wieder – die Treppe, die nach oben führte. Katharina hielt in dem nur spärlich beleuchteten Treppenhaus inne und schloss die Augen. Alles schien so, als sei es erst vor wenigen Stunden gewesen: der Maskierte, seine Brutalität.

Ihr Herz raste, ihr Blutdruck stieg. Katharina schleppte sich schweißnass nach oben, betrat die Wohnung, die sie vor zwei Tagen verlassen hatte, und musste feststellen, dass nichts verändert worden war.

Sie wollte sofort erledigen, was ihr heute Vormittag durch den Kopf gegangen war. Etwas, was ihr Gewissheit verschaffen musste. Auch wenn es ihr wehtun würde.

Sie riss die Tür zu Christians Büro auf, wo am Schreibtisch einige Kabelenden davon zeugten, dass hier einmal ein Gerät gestanden war. Jenes, das der Maskierte mitgenommen hatte.

Sie öffnete einige Schubladen. Auch in ihnen hatte der Unbekannte gewütet – wohl auf der Suche nach Speichermedien. Katharina interessierte sich jetzt aber für etwas anderes. Sie griff sich nacheinander aus jeder Schublade den Inhalt, der überwiegend aus Schnellheftern, losen Papieren und Notizblöcken bestand, warf alles zu Boden und durchsuchte es in der Hocke. Irgendwo musste Christian doch etwas aufbewahrt haben. Irgendetwas, was mit seiner Novemberreise zusammenhing. Die vier Schubladen enthielten jedoch keinerlei Papiere mit brauchbaren Hinweisen.

Katharina erhob sich aus der unbequemen Hockposition und wandte sich dem Aktenschrank zu, in dem es eine Hängeregistratur gab: Unzählige aufgehängte Schnellhefter, dicht aneinandergepresst. Ohne erkennbare Ordnung – wie vieles bei Christian. Sie ließ den Inhalt der ersten drei Ordner durch ihre Finger gleiten und musste feststellen, dass es ein ziemlich mühsames Unterfangen sein würde, dies alles zu überfliegen. Wenn er etwas vor ihr verstecken wollte, dann konnte dies überall verborgen sein – zwischen Lieferscheinen und Rechnungen, ja sogar hinter zwei Ausdrucken, die in Klarsichthüllen steckten.

Darüber wütend, trat sie mit aller Gewalt gegen den Einschub des Hängeregisters, das laut scheppernd in die Verankerung zurückrastete.

Sie verfluchte sich und die Idee, hier etwas aufspüren zu wollen. Beim Anblick all dessen, was in diesem Büro unaufgeräumt herumlag, sich stapelte und kreuz und quer die Regale und sogar einen Sessel vereinnahmte, schien der Begriff »Chaos« noch weit untertrieben zu sein. Wie sollte sie sich hier jemals zurechtfinden – in Buchhaltung und Aufträgen –, falls Christian tatsächlich nicht zurückkam? Keinen Augenblick hatte er offenbar daran gedacht, den gestohlenen Computer zu ersetzen. Und falls er die Kundendatei nicht extern abgespeichert hatte, waren all die Namen und Adressen unwiederbringlich verloren.

Am liebsten hätte sie alles von den Regalen und den Schränken im hohen Bogen in die Mitte des Raumes geschleudert, auf einen einzigen Schutthaufen, um alles neu zu sichten und zu sortieren. Aber dazu fehlte ihr nicht nur die Energie, sondern jetzt auch die Zeit. Gerade als sie sich entschloss, drunten im Laden ihre Hilfskraft zu unterstützen, streifte ihr Blick ein ungeordnetes Bücherregal, in dem überwiegend Fachliteratur steckte, dazwischen aber auch Krimis und alte Science-Fiction-Bücher. Dass eines in englischer Sprache war, fiel ihr beim Überfliegen der Buchrücken auf: »Mopane Tree – a Saga of Love and Intrigue«. Eine Geschichte von Liebe und Intrigen.

Mopane, durchzuckte es sie. Hatte Christian nach seiner Rückkehr von der Reise im November nicht einen Samen davon mitgebracht? Für einen Moment starrte sie auf den Buchrücken. Konnte Christian so gut Englisch, dass er in der Lage war, ein ganzes Buch über Liebe und Intrigen zu lesen?

Sie musste sich auf die Zehenspitzen stellen, um das Buch aus dem oberen Regal herauszuziehen. Das war nicht einfach, weil es fest in die Reihe der anderen gepresst war. Schließlich hielt sie es in den Händen. Geschrieben hatte es ein William Y. Cooper. Sie ließ die Seiten von hinten nach vorne am Daumen entlanggleiten, um sich einen Eindruck von Umfang und Schriftbild zu verschaffen. Gerade als die letzte Seite durch die Finger glitt und sie den Buchdeckel zufallen ließ, blitzte ihr etwas Handschriftliches in die Augen. Blauer dünner Filzstift. Sie schlug die Buchvorderseite um und sah, dass sich auf der ersten Seite das bunte Cover in verkleinerter Form wiederholte, darunter Titel, Autor und Verlag – und das Handschriftliche, das nicht zu diesem Druckerzeugnis gehörte. Katharina stockte der Atem: »Zur Erinnerung an unsere tolle Namibia-Safari. Ich hab dich lieb. Vanessa. November 2017«. Dann weiter unten ein PS: »Vergiss unseren Mopane-Baum nicht!!!« Daneben war mit durchsichtigem Klebeband ein ungewöhnlich geformtes Blatt befestigt; es sah wie zwei Engelsflügel aus.

Katharina spürte ihren Puls rasen. Wie gebannt starrte sie auf diese Worte und schlug das Buch langsam zu.

Vorsichtig und mit zitternden Händen steckte sie es in die schmale Lücke im Bücherregal zurück. So als wolle sie vermeiden, dass Christian, sofern er wiederkam, ihre Entdeckung bemerken könnte.

Sie lehnte sich an einen Aktenschrank, atmete tief durch und wischte sich mit dem Handrücken ein paar Tränen von der Wange.

Wieder schien das Gedankenkarussell Fahrt aufzunehmen. Genauso wie vor ein paar Stunden, als sie im Hotel noch beinahe der Hoffnung nachgegeben hätte, alles ließe sich wieder rückgängig machen. Nein, das war unmöglich. Sie musste einen Schlussstrich ziehen. Natürlich hatte auch sie ihren Mann betrogen – aber war nicht ein gelegentliches Abenteuer vergleichsweise harmlos gegenüber einem mehrwöchigen Urlaub in Afrika? Eine Safari – während sie daheim den Betrieb führte? Einfach abgehauen war er – mit der hinterhältigen Lüge, eine Reise mit den Teilnehmern des einstigen Meisterkurses zu machen. Nein. Sie schlug mit der Faust zornig gegen den Aktenschrank, verspürte Schmerzen im Handgelenk und trat deswegen mit dem rechten Fuß gegen das Hängeregister.

Jetzt war Schluss. Ein für alle Mal. Was hatte sie nicht alles in Kauf genommen und über sich ergehen lassen? Den nächtlichen Angriff, die Bedrohung und die Erniedrigung durch den Maskierten – ohne die Polizei zu rufen. Aus Angst, ihr könnte noch mehr zustoßen, bloß weil Christian in irgendetwas die Finger hineingesteckt hatte. Weibergeschichten, durchzuckte es sie. Wahrscheinlich Weibergeschichten. Von wegen Vortrag halten an der Hochschule in Nürtingen! Oder dauernde Besprechungen wegen der Schaugräber auf der Buga in Heilbronn. Oder angebliche Seminare bei der Handwerkskammer. Alles Lug und Trug. Intrigen.

Sie griff energisch zum Telefonhörer, der auf Christians Schreibtisch in der Ladeschale steckte. Rainer hatte ihr heute Vormittag den Namen jenes Kommissars gesagt, den er in Heilbronn treffen wollte. Häberle. Ja, sie hatte sich den schwäbischen Namen gemerkt. Weil ihr einfiel, dass sie die Nummer von ihm nicht hatte, legte sie den Hörer in die Schale zurück.

Sie musste im Internet nachschauen. Aber hier oben fehlte der Computer. Ihr Smartphone, das einen Netzzugang hatte, war in ihrer Reisetasche im Auto.

Sie rannte die Treppen hinab, verließ wortlos den Laden, wo jetzt drei Kunden auf die beschäftigte Angi warteten, und eilte zu ihrem Auto. Kofferraum auf, Smartphone aus der Reisetasche. Katharina setzte sich mit dem Gerät hinters Steuer und googelte nach der Telefonnummer der Heilbronner Polizei. Sie notierte sich die Zahlen auf einem alten Parkschein, den sie in der Ablage fand, und hielt für einen Moment inne. Sollte sie wirklich in dieser affektgeladenen Situation die Polizei anrufen? Und etwas auslösen, was sie eigentlich hatte vermeiden wollen?

Aber vielleicht war es doch besser, die Polizei einzuschalten. Denn wenn Christian etwas zustieß – oder womöglich schon zugestoßen war –, würde sie sich trotz allem schlimme Vorwürfe machen.

Andererseits aber hatte Christian ihre Hilfe gar nicht verdient.

Und das Geschäft, meldete sich wieder eine innere Stimme, die sie nicht abstellen konnte. Immer wieder das Geschäft. Das verdammte Geschäft.

96

Während im Raum der Sonderkommission die Hektik deutlich zunahm, hatte sich Linkohr in Häberles Büro verzogen, um seine eigenen Gedanken besser sortieren zu können. Der Chef bot ihm einen Platz am Besprechungstisch an und setzte sich zu ihm, als habe er alle Zeit der Welt.

»Entschuldigen Sie«, begann Linkohr, »aber mir kommt es vor, als würden wir uns nur auf die Aussage dieses Warneckes stützen. Halten Sie ihn denn für so glaubwürdig?«

Häberle legte die Stirn in Falten. »Im Moment haben wir gar keine andere Wahl. Wenn es stimmt, was er mir erzählt hat, und wir blieben untätig, dann könnte man uns einen Strick draus drehen, falls heute Abend auf der Waldheide irgendetwas passiert.«

»Glauben Sie denn wirklich, dieser Olberding geht auf das Angebot Warneckes ein und marschiert da hoch? Nachdem ihm Warnecke gesagt hat, dass auch Eickhoff, also Olberdings Erzrivale aus Zeiten des Kalten Krieges, mitkommen wird, dürfte sich die Vorfreude auf das Treffen in Grenzen halten.«

»Warnecke hat ihm die Hölle heißgemacht«, grinste Häberle, aber Linkohr wollte sich damit nicht zufriedengeben.

Er konstatierte: »Wir können also davon ausgehen, dass Olberding ein großes Ding dreht und Drogen mit Pflanzen- und Gemüsetransporten ins Land schmuggelt oder auch schon geschmuggelt hat. Aber es könnte doch sein, dass wir uns von unserem eigentlichen Thema ablenken lassen. Sprich: vom Mord an Vanessa.«

»Kann sein – kann auch nicht sein. Aber denken Sie bitte dran, dass Warnecke über den Hofknecht erfahren hat, dass die Vanessa an etwas Gefährlichem dran war – und dass deren enger Mitarbeiter, dieser Plasser, einen Bezug zu Olberding hat. Vergessen Sie das Treffen an Plassers Boot nicht. Das war kein Zufall, wie er uns weismachen wollte. Und dass Plasser über seine Verhältnisse lebt, dürfte auch klar sein. Großes Auto, schickes Boot. So viel gibt's bei der Buga bestimmt nicht zu verdienen.«

»Demnach«, überlegte Linkohr, »könnte einer von beiden die Vanessa umgebracht haben.«

»Könnte so sein«, pflichtete ihm Häberle bei. »Wenn Sie aber alle Personen durchgehen, mit denen wir's bisher zu tun haben, kämen auch noch andere infrage: Maleike Cortes, die nicht so recht raus will mit der Sprache, was es mit der schwarzen Rose auf sich hat. Natürlich nicht zuletzt auch die Pressesprecherin, falls sie auch in irgendeiner Weise in etwas involviert ist. Und – wie schon eingewandt wurde – auch der Petridis ist nicht unbedingt die Ehrlichkeit in Person. Nicht zu vergessen der Gärtner aus Geislingen, der vermutlich eine ziemlich enge Beziehung zu Vanessa hatte, wenngleich nur vorübergehend. Da könnten verschmähte Liebe, Eifersucht und Ähnliches im Spiel sein. Jedenfalls war er am Tatabend in Heilbronn – und zwar ziemlich lange, wie das Blitzerfoto von der Autobahn beweist.«

»Er war halt noch im Puff«, warf Linkohr ein und sah Iri im Geiste vor sich. Dann aber musste er etwas anderes loswerden: »Da fällt mir ein, die Grußkarte mit diesem Mopane-Blatt, die wir in ihrer gemeinsamen Wohnung mit Petridis gefunden haben, kann aus dem Kartenangebot aus Hofknechts Gärtnerei stammen.«

»Und was ist mit Iri?«, fragte Häberle nach, als hätte er Linkohrs Gedanken gelesen.

»Iri kommt garantiert nicht infrage, sie ist ein armes Mädel, die über Bekannte oder Freunde in Münsingen in eine Szene geraten ist, in der sie auf unmenschliche Weise ausgenutzt wird. Da würde ich Menschenhandel nicht ausschließen wollen.«

Häberle brummte: »Ich hoffe mal für Sie, dass die Sache gut ausgeht.«

Linkohr wirkte zerknirscht. »Nichts anderes hoffe ich seit zwei Tagen.« Dann wechselte er das Thema, denn eine Frage beschäftigte ihn schon, seit Häberle vor einigen Stunden seine Erkenntnisse aus dem Gespräch mit Warnecke bekanntgegeben hatte: »Der für heute vorgesehene Transport, den Warnecke für 0.45 Uhr vermutet – so war's doch seinen Unterlagen, die ihm Hofknecht noch zugespielt hat, zu entnehmen –, dieser Transport wird wohl nach allem, was geschehen ist, kaum pünktlich auf der Buga eintreffen.«

»Ha!«, entfuhr es Häberle. »Da trifft überhaupt keiner mehr ein. Die Bepflanzung ist doch schon seit Monaten nahezu abgeschlossen. Der 0.45-Uhr-Termin bezieht sich ganz sicher auf einen anderen Standort. Und genau den wollen wir bestätigt wissen. Sonst wäre es doch ein Leichtes gewesen, den Transport irgendwo auf der Autobahn rauszuziehen.«

»Einen anderen Standort? Die Waldheide?«

»Nein, natürlich nicht. Heilbronn ist denen viel zu heiß geworden. Nein, Olberding wird sich dorthin wenden, wo er sich aus seiner GI-Zeit ebenso gut auskennt wie auf der Waldheide.«

»Mutlangen«, entfuhr es Linkohr, er musste sich aber sofort eingestehen, dass es noch einen anderen Ort gab. Natürlich. Auf der Alb, nicht allzu weit von Münsingen entfernt, wo sich Turgut herumtrieb. Und auch in Münsingen selbst hatte es einmal ein großes Militärgelände gegeben – nach dem Krieg von den Franzosen und später noch von der Bundeswehr genutzt. Man konnte also davon ausgehen, dass sich Olberding auch dort bestens auskannte.

Linkohr zeigte sich enttäuscht darüber, dass ihm der Chef

die möglichen Bezüge zur Alb vorenthalten hatte: »Davon haben Sie aber vorhin nichts gesagt.«

»Den Kollegen der SOKO hab ich's nicht gesagt, aber die Kollegen Kuntz und Dreisamer wissen Bescheid.« Er klopfte Linkohr kumpelhaft auf die Schulter: »Hier in Heilbronn geht's uns doch darum, dass die Kollegen der SOKO sich auf das konzentrieren, was sich bei uns abspielt. Für den anderen Bereich ist unsere ureigenste Dienststelle zuständig. Ulm.« Häberle lächelte zufrieden.

Kaum hatte er es gesagt, erfüllte der schrille Ton seines Telefons den Raum.

Linkohr musste sofort an den Hinweis des Münsinger Journalisten denken, wonach auf der Alb wohl eines Abends auch das von Warnecke angemietete Auto gesichtet worden war.

Warum tat Häberle nur so geheimnisvoll?

97

Katharina Hofknecht hatte es getan. Nach langem Überlegen war sie, in ihrem Auto sitzend, zu dem Entschluss gekommen, dass es vernünftig wäre, sich der Polizei anzuvertrauen und ihren Mann als vermisst zu melden.

Sie hatte sich durchgefragt und verbinden lassen. Eigentlich wusste sie gar nicht so recht, was sie sagen sollte. Nie zuvor hatte sie bei der Polizei angerufen. »Entschuldigen Sie«, presste sie hervor. »Sind Sie der Kommissar, der für Herrn Warnecke zuständig ist?« Sie wusste natürlich, dass dies eine völlig unpassende Formulierung war.

»›Zuständig‹ ist gut«, hörte sie Häberles sonore Stimme. »Darf ich fragen, wer Sie sind?«

»Hofknecht. Katharina Hofknecht. Ich bin die Frau von Christian Hofknecht. Ich weiß nicht, ob Sie wissen …«

»Oh doch«, wurde sie zu ihrer Erleichterung unterbrochen. »Der Gärtner aus Geislingen, stimmt's?« Er musste sofort an Warneckes Hinweis denken, wonach die Frau daheim überfallen worden sein sollte.

»Ja, stimmt. Ich bin's. Ich wollte …«, sie war vor Aufregung außer Atem geraten, »ich wollte meinen Mann als vermisst melden.«

»Ihren Mann …?«

»Ja. Er ist verschwunden. Ich kann ihn auch auf dem Handy nicht erreichen.«

Für Häberle kam diese Feststellung ebenfalls nicht überraschend, hatten sie doch schon mehrfach versucht, ihn ausfindig zu machen. Aber er vermied es, sich dies anmerken zu lassen. »Wie ist er denn verschwunden? Ich meine, wann haben Sie ihn zuletzt gesehen?«

»Das …«, Katharina wurde sich bewusst, dass sie nun den ganzen Sachverhalt schildern sollte. »Ich bin ausgezogen, vorgestern. Wir hatten Streit. Und jetzt weiß ich nicht, wo er ist. Ich bin wieder zurück nach Hause.«

»Darf ich fragen, worum es bei dem Streit ging?«

»Wie es bei Eheleuten so ist …«, antwortete sie kleinlaut.

Häberle brummte etwas, was verständnisvoll klang. »Sie haben aber keine Ahnung, wohin er gegangen sein könnte?«

»Nein. Aber er ist oft in Heilbronn. Wegen der Gartenschau. Vielleicht hat Herr Warnecke Ihnen das erzählt.« Katharina atmete tief durch. »Es gibt allerdings noch etwas, was Sie wissen sollten.«

»Und das wäre?« Häberle war gespannt.

»Ich bin vor einigen Tagen überfallen worden. Hier, in meiner Wohnung. In Geislingen. Im Geschäft. Abends, als ich allein war.«

Häberle lauschte konzentriert, hakte dann aber nach, weil die Frau nichts mehr sagte: »Ein Raubüberfall – oder was war es?«

»Kein Raubüberfall in dem Sinne. Er war maskiert. Brutal. Er hat Christians Computer mitgenommen und alles durchsucht. Und er hat gedroht. Falls wir die Polizei verständigen würden, käme er wieder und dann werde es mir noch schlechter ergehen.« Sie schluchzte. »Wissen Sie, was es bedeutet, überfallen zu werden? Allein zu Hause. Geschlagen zu werden, gefesselt, bedroht?« Ihr rannen Tränen über die Wangen, weshalb sie sich zur Seite wandte, weil einer der Kunden aus dem Ladengeschäft zurückkam und an ihrem geparkten Auto vorbeigehen musste.

»Und was hat der Täter konkret gewollt?«

»Er hat gesagt, Christian soll die Finger von etwas weglassen, weil es sonst ganz schlimm für uns sei.«

Wieder wartete Häberle ein paar Sekunden. »Er soll die Finger von etwas weglassen?«, wiederholte er ruhig und einfühlsam. »Können Sie sich vorstellen, wovon?«

»Nein, ich hab Christian jetzt schon mehrfach gefragt, aber er hat mir immer ausweichend geantwortet.«

»Könnte es – entschuldigen Sie, wenn ich das so direkt sage – eine Frauengeschichte sein?«

Längere Pause. Dann erwiderte sie: »Das kann es, Herr Kommissar, das kann es. Als er kürzlich nachts spät heimgekommen ist, war am anderen Morgen auf seinem Lieferwagen mit roter Farbe draufgeschrieben: ›Vergiss Vanessa‹.«

»Vanessa«, wiederholte Häberle. »Kennen Sie denn eine Vanessa?«

Wieder vergingen einige Sekunden, bis sich Katharina gefasst hatte und antworten konnte: »Ich nehm an, es ist die Frau, die in Heilbronn ermordet worden ist.«

98

Der Fahrer des 40-Tonnen-Sattelzugs mit dem gelben Kennzeichen war schon jetzt hundemüde. Als er die Grenze zu Deutschland passierte, ganz in der Nähe von Mönchengladbach, lagen aber noch etwa 470 Kilometer vor ihm. Das waren, wenn alles gut lief, noch um die acht Stunden – inklusive der vorgeschriebenen dreiviertelstündigen Ruhepause. Die digitale Uhr im reichlich mit Elektronik bestückten Armaturenbrett zeigte 15.45 Uhr. Stuttgart wäre gegen Mitternacht erreicht, rechnete er aus. Oder besser gesagt: Das Leonberger Dreieck, wo es in einem Industriegebiet etwas zu tun gab, was möglichst unauffällig vonstattengehen musste. Er hatte sich die Adresse vor der Abfahrt bei Google Earth angeschaut. Offenbar gut anzufahren über die A 81, die dort von der A 8 abzweigte. Sein Navi würde es schon finden, aber ihm war es lieber, sich schon im Voraus auf die örtlichen Gegebenheiten einstellen zu können.

Dann musste auch jeder Handgriff sitzen. Eine Aufgabe, die er gewohnt war. Nur der Ort war diesmal neu.

Luuk Hendriks war ein echter Kapitän der Landstraße. 55 Jahre alt und ein Berufsleben lang auf Achse. Quer durch Europa, ja, bis nach Ankara war er schon gefahren. Einmal hatte er sogar eine Ladung für Kasachstan. Im Auftrag der europäischen Weltraumbehörde hatte er ein sperriges Metallteil nach Baikonur bringen müssen.

Er kannte die Gefahr auf einsamen Parkplätzen ebenso wie auf verlassenen nächtlichen Landstraßen im Süden Europas oder im fernen Asien. Kein reines Vergnügen war es, wenn plötzlich Menschen auf die Straße traten und ihm irgendwelche Hindernisse in den Weg gelegt wurden, um den Lkw zu stoppen und möglicherweise ausrauben zu können. Für alle Eventualitäten hatte er eine große Dose Pfefferspray griffbereit, außerdem einen Baseballschläger und, falls es ganz bedrohlich wurde, ein großes Messer. Von einer Schusswaffe hatte er abgesehen, weil dies bei einer gründlichen Lkw-Kontrolle erhebliche Probleme bereiten würde.

Sein moderner Lkw war allerdings auch mit einem Notruf-System versehen, über das er bei Bedarf sofort geortet werden konnte. Auch sein Chef daheim in der Spedition konnte ihn über einen GPS-Tracker jederzeit verfolgen und überwachen, ob er seine Route einhielt. Einen kurzen Abstecher von der Autobahn auf ein Industriegebiet, wie es heute Nacht geplant war, konnte er allerdings problemlos mit dem Hinweis begründen, seine dringende Notdurft verrichtet zu haben.

Er wollte es riskieren, die Zeit für diesen Stopp hereinzuholen. Wichtig war es, dass er auf den letzten Kilometern bis zum eigentlichen Ziel noch genügend Zeitpuffer hatte, bevor sein Arbeitstag zwangsweise durch die gesetzlich begrenzte Lenkdauer zu Ende ging. Deshalb hatte er schon bei der Abfahrt etwas kräftiger aufs Gas gedrückt und den Tempomat nicht wie üblich auf 84 Kilometer pro Stunde gestellt, was noch innerhalb der Toleranzgrenze lag, die für einen Sattelzug auf deutschen Autobahnen zulässig war. Laut Tacho-Anzeige vier Stundenkilometer mehr würde auch noch keine Geldbuße nach sich ziehen. Vor allem aber musste er aufpassen, dass er niemals schneller war als jenes Limit, ab dem er in der Flensburger Verkehrssünderkartei Punkte bekäme. Als EU-Ausländer konnte er sich dies nicht leisten, denn würden sich irgendwann die Punkte ansammeln und ein Fahrverbot drohen, wäre damit auch sein Job in den Niederlanden in Gefahr.

Heute Nachmittag nahm er ein kleines Bußgeld in Kauf, weil der Zeitplan eingehalten werden musste. Und man konnte nie wissen, welche Verkehrsstörungen es bis Stuttgart noch gab. Gerade der Großraum Stuttgart war für seine Stauungen schließlich bekannt. Er stellte den Tempomat deshalb auf 93 Kilometer pro Stunde. Das waren dann schätzungsweise echte zehn Stundenkilometer mehr, als für einen Lastwagen auf der Autobahn erlaubt. Außerdem kannte er die stationären Radarfallen zur Genüge und konnte deshalb vor ihnen kurz abbremsen. Gefährlich waren nur die mobilen Anlagen. Deshalb hielt er sich innerhalb von Baustellen penibel an die dort meist ausgewiesenen 60-Kilometer-pro-Stunde-Limits.

Trotzdem musste er wachsam sein. Während er einen Blitzer noch relativ gelassen hinnehmen konnte, wäre eine richtige Lkw-Kontrolle fatal. Sie würde nicht nur seinen Zeitplan durcheinanderbringen, sondern ein unkalkulierbares Risiko darstellen.

Die Beamten, die heutzutage auf der Autobahn unterwegs waren, waren meist sehr geschulte und clevere Burschen, die nicht nur alle digitalen Daten auslesen konnten wie etwa Geschwindigkeiten, Lenkzeiten und Ruhepausen, sondern sie kannten in einem Lkw auch so ziemlich jeden Leer- und Zwischenraum, in dem sich etwas verstecken ließ. Ganz abgesehen davon, dass sie sich oftmals eine halbe Ewigkeit Zeit ließen, um die komplexen Frachtpapiere und sonstigen Dokumente zu checken, die trotz offener Grenzen einen unsäglichen bürokratischen Aufwand erforderten. Im schlimmsten Fall hatten die Kontrolleure Hunde dabei, mit denen sich versteckte Flüchtlinge oder Drogen erschnüffeln ließen. Mit Schleuserbanden war natürlich auf der Nord-Süd-Route kaum zu rechnen, eher in Gegenrichtung.

Oftmals waren die Kontrollen auch eine reine Schikane, dachte er und beobachtete den nachfolgenden Verkehr aufmerksam. Natürlich würde es auffallen, wenn sich ein Fahrzeug über viele Kilometer hinter ihn hängte. Würde er observiert, wären sicher mehrere Autos daran beteiligt, die sich abwechselten. Das Risiko, verfolgt zu werden, war immer gegeben. Er musste wachsam sein. Aber die satte Entlohnung, die ihm der Auftrag einbrachte, war das Risiko wert.

99

Das Objekt, von dem es offiziell hieß, es handle sich um die ausgebrannte Stufe eines Satelliten, war in den vergangenen Stunden auf Kurs geblieben. Die sechsköpfige Besatzung der ISS hatte sich aber darauf vorbereitet, notfalls in die beiden angedockten Sojus-Kapseln zu flüchten, die für alle Eventualitäten stets zur Evakuierung der ISS zur Verfügung standen.

Ein 20 Zentimeter großes Objekt hätte vermutlich bei einer Kollision den Totalschaden zur Folge. Die Wucht des Zusammenpralls wäre so groß, dass weite Teile der Station zerstört würden. Die wichtigen Systeme zur Lebenserhaltung wie Druckausgleich und Sauerstoffproduktion wären dann wohl kaum noch intakt.

Die US-Amerikaner, die Russen und auch die ESA hatten gegenüber der Öffentlichkeit absolutes Stillschweigen vereinbart.

»Unglaublich, wie unser ›Astro-Alex‹ heut früh das Interview hingelegt hat«, meinte deshalb Stefan Nowak, der im fernen Baikonur mit seinen beiden Kollegen den nächsten Stunden entgegenfieberte.

»Einfach ein cooler Typ«, reagierte Florian Winkler, der die Flugbahn-Darstellung auf seinem großen Monitor verfolgte.

»Bisher bleibt es bei 23.33 Uhr UTC«, nickte Teamchef Marko Jankus. »Flugbahn konstant.« Gemeint war die in der Luft- und Raumfahrt gebräuchliche Greenwich-Zeit.

Er rechnete schnell nach: also 1.33 Uhr mitteleuropäischer Sommerzeit. Und 5.33 Uhr in Baikonur. Es würde eine lange Nacht werden.

Stefan Nowak, der Jüngste im Kreise der drei Raumfahrtexperten, hatte ebenfalls die Stunden gezählt. »Wie lange wollen die noch warten?« Er konnte seine Nervosität nur schwer verbergen.

»Bis zum letztmöglichen Zeitpunkt«, erklärte Marko, »die wollen sicherstellen, dass sie in die richtige Richtung ausweichen und keinen unnötigen Treibstoff verbrauchen.«

»Aber wenn das ›Ufo‹«, Stefan grinste bei dieser Wortwahl, »bisher den Orbit gehalten hat, ist doch kaum mit einer Änderung zu rechnen.«

Marko hob beinahe belehrend einen Zeigefinger. »Ich weiß, dass du ein Faible für Außerirdische hast. Aber wir sollten bei der realistischen Einschätzung bleiben. Wie ich bereits erklärt hab, könnte das Ding mit einem anderen kleinen Schrottteil zusammenstoßen und – in Trümmer zerlegt – explosionsartig auseinanderfliegen.«

Jetzt wollte auch Stefan etwas loswerden, was er bereits gestern angedeutet hatte, wohl wissend, dass Marko keinerlei Spekulationen mochte. »Wenn man an diese Drohung denkt, ist da absolut auszuschließen, dass es ein gesteuerter Angriff ist?«, fragte er vorsichtig.

Marko sah von seinem Monitor auf, blickte die beiden Kollegen nacheinander an und hob eine Augenbraue: »Auszuschließen ist in unserem Job nichts, das solltet ihr bedenken. Die Raumfahrt steckt voller Rätsel und Gefahren. Und wer in so ein Ding reinsteigt, kennt das Risiko.«

100

Häberle hatte noch ein paar Minuten am Telefon mit Frau Hofknecht gesprochen, während Linkohr immer aufmerksamer geworden war. Nachdem ihm Häberle den Inhalt des Gesprächs geschildert hatte, konnte sich der junge Kollege mit seinem allseits bekannten Spruch nicht mehr zurückhalten: »Da haut's dir 's Blech weg.« Dann überlegte er kombinierend: »Die beiden haben Streit, sie wird überfallen, seine Geliebte ist tot und er haut ab.«

»Die Frage ist nur, wohin geht er?«, gab Häberle zu bedenken. »Wenn seine Geliebte tot ist, findet er keinen Unterschlupf mehr. Andererseits wissen wir aber von Warnecke, dass die Zuneigung zu Frau Eickhoff – oder vielleicht eher umgekehrt – schon seit einigen Wochen abgekühlt ist.«

»Aber er verschwindet erst einige Tage, nachdem sie umgebracht wurde«, warf Linkohr ein. »Das ist doch ein bisschen komisch für einen Täter, der vorhat zu verschwinden. Oder er hat sich anfangs noch ziemlich sicher gefühlt und jetzt ist ihm der Boden unter den Füßen möglicherweise doch zu heiß geworden.«

»Sie meinen aber nicht, dass Herr Hofknecht in diese Drogenszene eingetaucht ist?«, wollte Häberle wissen.

»Könnte doch sein. Schließlich braucht er Geld, um seine Gärtnerei halten zu können.«

Häberle seufzte in sich hinein: »Merken Sie was, Kollege? Wenn man nur lange genug in einem Fall herumstochert, ergibt sich bei jeder Person etwas, was sie verdächtig machen könnte. Genau das ist der Grund, weshalb man sorgfältig recherchieren und ermitteln muss, damit sich später das Gericht nicht nur auf einseitige Indizien stützt.«

101

Hofknecht hatte die vergangene Nacht in seinem Kastenwagen auf irgendeinem Autobahn-Parkplatz verbracht. Er fühlte sich müde und psychisch am Ende. Das war doch keine Lösung, einfach abzuhauen und alles hinter sich zu lassen, mahnte ihn seine innere Stimme. Nur weil Katharina dir Vorwürfe gemacht hat. Nein, überkam es ihn, da gab es nichts mehr zu kitten. Und so wie ihn Warnecke am Telefon abserviert hatte, verhieß es nichts Gutes. Katharina würde nie mehr wiederkommen, hatte Warnecke gesagt. Unmissverständlich. So klar und deutlich, dass keinerlei Zweifel daran bestand, dass er ein Verhältnis mit ihr hatte. Mit einem Mal wurde Hofknecht bewusst, dass Katharina in den vergangenen Wochen öfters angeblich ihre 80-jährige Mutter besucht hatte – bis spätabends.

Er war irgendwo bei Heilbronn auf einen Wanderparkplatz gefahren, um sich in der Ladefläche seines Kastenwagens wieder auf einige zusammengefaltete leere Rupfensäcke zu legen, wie in der vergangenen Nacht. Ihn quälten Magenschmerzen. Der Schädel brummte, im Rücken machte sich ein Reißen und Ziehen bemerkbar. Durch den Kopf rasten finstere Gedanken, das schlechte Gewissen drohte ihn zu überwältigen. Hatte er nicht selbst alles aufgeben wollen, um sich voll und ganz Vanessa zuzuwenden? Hatte er nicht selbst genau das getan, was er jetzt an Katharina verwerflich fand? Hatte er nicht den ganzen Winter über gehofft, die Ehe würde irgendwann einmal zerbrechen – aber nicht den Mut dazu gehabt, selbst etwas in die Wege zu leiten? Nun war etwas geschehen. Das Schicksal hatte es mit ihm gemacht. Dass er sich nun als Opfer fühlte und nicht als derjenige, der die Entscheidung getroffen hatte, das nagte an seiner wunden Seele. Und nun? Wo sollte er hin? Irgendwann brauchte er eine feste Bleibe. Einen Platz zum Schlafen, zum Duschen – und er brauchte Geld. Noch waren ein paar Tausend Euro auf seinem Konto, über das er mit seiner EC-Karte verfügen konnte.

Außerdem würden sie ihn vielleicht suchen. Möglich, dass Katharina ihn als vermisst meldete. Aber als Erwachsener, so schoss es ihm durch den Kopf, konnte er sich aufhalten, wo er wollte.

Er versuchte, sich auf Menschen zu besinnen, die ihm vielleicht helfen konnten. Aber so feste Freunde, bei denen er hätte unterschlüpfen können, gab es gar nicht. Die Arbeit hatte alle sozialen Kontakte gekappt. Und die Kinder? Sohn und Tochter? Die wohnten in studentischen WGs. Er konnte unmöglich als Vater dort plötzlich auftauchen und um eine Übernachtungsmöglichkeit bitten. Nein, es war völlig irrsinnig, überhaupt an so etwas zu denken. Und an die Buga? Noch irrsinniger. Wen sollte er dort um Hilfe bitten? Ausgerechnet jetzt, wo sie dort durch Vanessas Tod besonders hellhörig sein würden. Vermutlich wussten schon alle, dass er ein Verhältnis mit ihr gehabt hatte. Das machte ihn doch sofort verdächtig. Und wenn die Bullen erst mal jemanden am Wickel hatten, würden sie nicht mehr ruhen, bis sie einen Täter überführen konnten. Was tat er eigentlich noch hier? Irgendetwas hatte ihn getrieben, hierherzufahren. Als sei es schon so etwas wie seine zweite Heimat. Ein völliger Schwachsinn. Hier hatte er sich in ein Projekt vertieft, das ihm ans Herz gewachsen war – ja, auch wegen Vanessa. Natürlich. Aber nun war alles zerbrochen. Niemand würde sich mehr seiner annehmen. Warum auch? Plötzlich musste er an Maleike Cortes denken, die wohl auch von diesen unguten Burschen attackiert worden war – wie Vanessa es einmal geschildert hatte. Eine schwarze Rose hatte wohl eine Rolle gespielt.

Auf einmal begannen sich seine Gedanken um Maleike zu drehen. Eine schöne, selbstbewusste Frau. Single noch dazu. Vielleicht …

Quatsch, mahnte ihn seine innere Stimme. Schau dich doch an. Abgetakelt. Was glaubst du, wie diese Frau reagieren würde, wenn du jetzt in ihrem Büro auftauchen würdest? Aber vielleicht hätte sie Verständnis, vielleicht konnte er bei ihr punkten, wenn er ihr verriet, was er bisher nur Warnecke berichtet hatte. Vielleicht war sie ihm sogar dankbar, wenn er ihr half, den guten Ruf der Buga zu bewahren. Sein Puls beschleunigte sich. Es kam ihm vor, als habe er eine rettende Idee gehabt. Ein kleiner Hoffnungsschimmer. Wenn er sich dem Guten zuwandte, konnte es gar nicht so schlimm kommen, redete er sich ein. Vielleicht würden sie ihn sogar loben für seine heldenhafte Recherche – wenn dank seiner Hilfe Verbrecher zur Strecke gebracht würden. Langsam übermannte ihn die Müdigkeit. Die Gedanken brauten sich zu einem wilden Traum zusammen – aus panischer Angst, Enttäuschung und einigen angenehmen Wünschen. Doch immer, wenn ihn Motorengeräusche oder das Schlagen von Autotüren aufschreckten, fühlte sich alles ziemlich fahl und leer an. Vor allem der Gedanke an die Polizei.

102

Die Dämmerung war langsam hereingebrochen. Warnecke hatte Eickhoff in Stuttgart abgeholt und zum Polizeipräsidium von Heilbronn gebracht, wo sie zusammen mit Linkohr in den zivilen Mercedes der Kripo umgestiegen waren, den Häberle lenkte. Weil sie noch zeitig dran waren, wollte sich der Kriminalist von dem ortskundigen Arzt die Situation im Bereich der Waldheide zeigen lassen. Eickhoff schlug deshalb vor, Heilbronn über die Stuttgarter Straße zu verlassen und dann über die Landesstraße in Großrichtung Untergruppenbach zu fahren, zuvor aber links nach Donnbronn abzuzweigen. Dort begann der Aufstieg auf die bewaldeten Anhöhen, die in der zunehmenden Dunkelheit einen drohenden Eindruck machten, dachte Linkohr, der hinter Häberle saß. Der junge Kriminalist, neben dem Warnecke Platz genommen hatte, verfolgte aufmerksam den Streckenverlauf.

»Sie müssen sich mal vorstellen, was hier in den 80ern los war«, begann Eickhoff, die Vergangenheit wachzurufen, und deutete in den dunklen Wald. »Da vorne kommt jetzt gleich rechts der Wanderparkplatz zur Waldheide. Sie haben aber keinen großen Hinweis auf die Waldheide angebracht. Vermutlich ist ihnen die Bezeichnung noch viel zu sehr belastet. Aber es steht dort immerhin eine Info-Tafel, auf der die Stationierung der Amis dargestellt wird.«

Linkohr konzentrierte sich jedoch auf die linke Seite, die von den Scheinwerfern nur mäßig erfasst wurde. Genau gegenüber der Zufahrt zu diesem Waldparkplatz, der bereits im tiefen Dunkel lag, war es gewesen – mit Iri. Sie waren allerdings von der Gegenrichtung gekommen. Er versuchte, sich den Streckenverlauf von der anderen Seite her in Erinnerung zu rufen. Nach ein paar Kilometern musste rechts ein weiterer Parkplatz kommen und anschließend, wenn's wieder abwärts ging, diese Ausflugsgaststätte, an deren Namen er sich nicht mehr erinnerte.

Häberle sagte unvermittelt: »Herr Kollege, kennen Sie sich hier oben aus?«

Irgendwie klang seine Stimme seltsam.

Linkohr war für einen Moment irritiert und erwiderte kleinlaut: »Eigentlich nicht. Äh … nein.«

Eickhoff hatte nicht bemerkt, dass Häberle bei seinem Kollegen auf etwas angespielt hatte, was nur die beiden wussten. Deshalb beschäftigte er sich mit der Gegend, durch die sie fuhren: »Wir haben uns einen denkwürdigen Ort für das Treffen mit Olberding ausgesucht. Dort ist das Unglück geschehen. Eine Pershing ist damals explodiert, im Januar 1985. Zum Glück ohne Atomsprengkopf. Stellen Sie sich vor, was dann erst passiert wäre. Dann könnten wir uns hier vermutlich gar nicht mehr bewegen. Aber es sind drei Soldaten gestorben. Nicht umsonst, würd ich meinen.« Eickhoff schien noch immer unter den damaligen Ereignissen zu leiden. »Ihr Tod hat dazu geführt, dass die Amis zugeben mussten, hier Pershing-Raketen stationiert zu haben. Das war lange Zeit geheim gehalten und sogar abgestritten worden. Die Rathaus-Politik hat damals, so wie ich es heute noch empfinde, eine unrühmliche Rolle gespielt. Oder man hat tatsächlich nichts von den Vorgängen hier oben gewusst.« Er unterbrach seine Ausführungen, um »da vorne gleich rechts« zu sagen.

Häberle setzte den Blinker und bog in einen dunklen Waldparkplatz ab, der um diese Zeit verlassen wirkte. Kein Auto, keine Menschenseele. Die Scheinwerfer streiften an dichtem Bewuchs entlang – bis Häberle nach etwa 50 Metern stoppte und nach Navi-Art sagte: »Ziel erreicht. Und jetzt?«

Er drehte sich zu Warnecke um, der sich zu einer Erklärung bemüßigt fühlte: »Da vorne ist gleich das Schafhaus«, er deutete in die entsprechende Richtung, »das übrigens noch genutzt wird. Hat allerdings einen ziemlich desolaten Anbau. Viele Glasbausteine zerschlagen.«

»Sie kennen sich aber gut aus«, staunte Linkohr von hinten.

»Ja, ich war dieser Tage hier und hab mir das angeschaut. Recherche. Wenn Sie versteh'n, was ich meine. Sieht alles ziemlich verlassen aus. Der Anbau dürfte meines Erachtens nicht mehr genutzt werden. Wozu auch?« Er entschied: »Wir geh'n jetzt um das Gebäude herum – und rechts dahinter befindet sich der ausgemachte Treffpunkt.«

Häberle sah auf die Uhr. Sie waren trotz des Umwegs, den sie genommen hatten, eine Viertelstunde zu früh dran.

Beim Aussteigen schlug ihnen die abgekühlte Luft des Sommertages entgegen. Der Himmel war sternenklar. Bäume und Sträucher zeichneten sich tiefschwarz vor dem Nachtgrau ab.

Häberle und Linkohr leuchteten den Weg mit Handlampen aus, die sie aber sofort wieder löschten, um nicht weithin sichtbar zu sein und zudem die Augen an die Dunkelheit zu gewöhnen.

Am Schafhaus, einem scheunenartigen Gebäude, war vorne das große Tor geöffnet, im Innern schien eine Maschine zu stehen. Häberle ließ seine Lampe aufflammen und richtete den Strahl auf sie. Es war wohl ein landwirtschaftliches Gerät. Welche Arbeiten damit verrichtet wurden, konnte er allerdings nicht deuten. Duft von Heu und Schafen stieg ihnen in die Nase. Häberle leuchtete den Innenraum aus. Nichts ließ die Anwesenheit einer Person befürchten. Zumindest nicht auf den ersten Blick. Natürlich gab es hier jede Menge Verstecke, die im Vorbeigehen nicht einsehbar waren.

Häberle ließ den Strahl über den verschlossenen Teil eines hölzernen Klapptores streichen. Aufgeklebte Plakate erregten sein Interesse. Auf einem wurde für Tiernahrung geworben, auf einem anderen beklagte jemand den Verlust eines immerhin 700 Kilo schweren Mulchers, der offenbar jüngst aus dem Schafstall gestohlen worden war. Ein weiteres Plakat pries einen Hofladen an, in dem es »Lammfleisch von Weidelämmern« gab.

Häberle wandte sich wieder ab und leuchtete für ein paar Sekunden das Gelände vor ihnen aus. Das Schafhaus stand demnach am Rande der nur wenig bebuschten Hochfläche, die – wie alle ehemaligen Truppenübungsplätze – an eine Heidelandschaft erinnerte, die in den vergangenen Jahrzehnten von der Natur geschaffen worden war.

Dann ein Geräusch. Sie zuckten zusammen, doch Warnecke hatte sich als Erster ganz schnell wieder im Griff: »Ein Wild.« Häberle löschte seine Lampe. Sie mussten ihre Augen an die Dunkelheit gewöhnen und scannten aufmerksam die nachtschwarze Umgebung ab, aus der sich Sträucher und Hecken, vereinzelt aber auch Bäume vom Streulicht des nahen Neckartales hervorhoben. Ansonsten gab es keine verdächtige Erhebung, kein Fahrzeug, keine Personen.

Eickhoff ging nun, furchtlos, wie es schien, um die Ecke des ziemlich desolaten Anbaus und deutete auf zerschlagene Glasbausteine und auf das Mauerwerk, das sogar in der Dunkelheit reichlich ramponiert wirkte. »Hier, sehen Sie. Es wird wohl nicht mehr gebraucht. Aber es könnte noch als Lager genutzt werden.« Häberle leuchtete daran hoch. Auf beiden Seiten der Gebäudeecke war die Zahl 901 aufgemalt. Vermutlich noch aus der Zeit der militärischen Nutzung, dachte er.

Die beiden Kriminalisten sagten nichts dazu, sondern folgten Eickhoff zu einem schlanken Mast, der sich vor dem aufgehellten Sternenhimmel abzeichnete. Eickhoff deutete darauf und drehte sich zu den anderen: »Ein Fahnenmast. Am Todestag der Soldaten wird hier ein Kranz niedergelegt und die amerikanische Flagge hochgezogen. Wahrscheinlich liegt der verwelkte Kranz vom letzten Mal noch hier.«

Mit wenigen Schritten hatten sie die Stelle erreicht, wo ein Gedenkstein auf Englisch und Deutsch sowie eine kleine US-Flagge und zwei Grablichter an das schreckliche Unglück erinnerten. Häberle leuchtete mit der Lampe auf die am Stein angebrachte Platte mit der Inschrift: »Zum Gedenken an SSG John Leach, SGT Todd A. Zephier, PFC Darryl L. Shirley, die für ihr Land und für den Frieden ihr Leben opferten, und an die Soldaten der C Batterie, 3. Bataillon, 84. Feldartillerie (Pershing), die bei dem Raketenbrand auf der Waldheide in Heilbronn am 11. Januar 1985 verletzt wurden«.

Eickhoff flüsterte mit zitternder Stimme: »Ich hätte nie gedacht, den Olberding noch einmal zu treffen, schon gar nicht hier.«

Linkohr und Häberle behielten unterdessen die Umgebung im Auge. Sie würden sich zunächst im Hintergrund halten. So war es ausgemacht. Es reichte aber, wenn sie ein paar Meter entfernt in das Schwarz eines Strauches eintauchten. Beide hatten sie vorsichtshalber ihre Dienstwaffen eingesteckt – was nicht oft vorkam. Deshalb war Linkohr erstaunt gewesen, als ihn Häberle noch kurz vor der Abfahrt angewiesen hatte, sie mitzunehmen.

Warnecke ging aufgeregt hin und her. Seine anfängliche Gelassenheit schien von Minute zu Minute zu schwinden. Von der Straße drangen Motorengeräusche herüber, schwollen an und ebbten wieder ab.

Häberle kämpfte wie seit Stunden schon mit Zweifeln, ob es Warnecke tatsächlich gelungen war, den ehemaligen US-Soldaten hierherzulocken. Andererseits war diesem Olberding natürlich bei allem, was ihm Warnecke vorgehalten hatte, gar nichts anderes übrig geblieben, als in das Treffen einzuwilligen. Vielleicht wollte er mit einem Gespräch unter Männern das Schlimmste verhindern. Möglicherweise hatte ihn auch der Hinweis, Eickhoff werde ebenfalls dabei sein, letztendlich bewogen, auf den Vorschlag einzugehen. Damit jedoch musste Olberding ein großes Risiko eingehen, überlegte Häberle und stellte sich gleichzeitig die Frage, was dem Amerikaner konkret vorgeworfen werden konnte. Bislang gab es nur einen Verdacht, dass er mit Drogen zu tun haben könnte. Aber wie immer bei den ganz Großen dieser Szene war es schwierig, sie mit irgendeinem Deal in Verbindung zu bringen. Viel zu verworren und verschlungen waren die Wege des Rauschgiftes – und letztlich bissen nur den Letzten die Hunde. Sprich: den kleinen Dealer auf der Straße oder in der Disco. Die Verkaufskette weiter zurückzuverfolgen, möglichst bis zur Quelle irgendwo in Südamerika oder Asien, erwies sich als mühsame Arbeit. Falls es in der mittleren Ebene niemanden gab, der auspackte und sich davon milde gestimmte Richter erhoffte, stocherten die Ermittler häufig frustriert im Dunkeln.

Jedenfalls war das, was Warnecke und Eickhoff eingefädelt hatten, ein äußerst gefährliches Vorhaben. Natürlich hatten sie gut daran getan, den Polizeiapparat einzuschalten. Denn mit derlei Burschen war nicht zu spaßen, zumal bereits ein Todesopfer zu beklagen war. Häberle war deshalb auf alles vorbereitet.

Eigentlich, so hatte der Kriminalist mit Dreisamer und Kuntz ausgiebig diskutiert, musste Olberding ja damit rechnen, in eine Falle gelockt zu werden. Daraus erwuchs die Hoffnung, dass er sich nicht unbedingt zu einer Gewalttat würde hinreißen lassen.

Eher würde er es möglicherweise vorziehen, gleich gar nicht zu erscheinen – und somit das Risiko einzugehen, Warnecke und Eickhoff könnten ihr Wissen anderweitig nutzen.

Jedenfalls hatte die Polzeiführung – an vorderster Front der Präsident – sämtliche Eventualitäten durchgespielt; auch im Hinblick darauf, dass sie im Laufe der Nacht die seltene Chance bekämen, hieb- und stichfeste Beweise in der Hand zu halten. Sie mussten es riskieren, den Dingen zunächst freien Lauf zu lassen.

Linkohr hatte sich inzwischen einen Stöpsel ins linke Ohr gesteckt. Ein schwarzes Kabel, an dem auf Mundhöhe ein winziges Mikrofon angebracht war, verschwand in seiner linken Jackentasche, wo sich ein Minisender bedienen ließ.

»Adler eins an Adler zwei«, prüfte er mit gedämpfter Stimme die Verbindung, worauf in seinem Ohrstöpsel eine Frauenstimme zu hören war: »Adler zwei hört Sie fünnef.« Was im Funkverkehr besten Empfang signalisierte. Linkohr fragte zurück: »Bei euch alles klar?«

»Alles klar«, kam es zurück. Zu Häberle, der den kurzen Test bemerkt hatte, machte Linkohr das Zeichen »Daumen hoch«.

In diesem Moment schwoll ein Motorengeräusch an, das nicht langsam abebbte, wie bei einem vorbeifahrenden Fahrzeug, sondern das abrupt abgestellt wurde.

»Ich glaube, es geht los«, meinte Warnecke und trat wieder näher an die drei anderen heran, die nun von dem Gedenkstein abrückten, um die Situation zunächst aus einigen Metern Entfernung zu beobachten.

Häberle und Linkohr gingen noch weiter zurück. In Linkohrs winzigem Hörer knackte es, dann hörte er die Frauenstimme wieder: »Ein Fahrzeug angekommen. Männliche Person steigt aus. Allein.«

103

Eigentlich hatte er sie anrufen wollen. Doch dann verwarf er den Gedanken wieder und überlegte, ob sie jemals gesagt hatte, wo sie wohnte. Irgendwann war wohl von Kirchardt die Rede gewesen, entsann sich Hofknecht und ließ sich von Google das örtliche Telefonbuch geben, tippte bei Kirchardt den Namen »Cortes« ein und stieß tatsächlich auf einen Treffer mit Straße und Hausnummer. Er notierte sich alles, entschied dann aber, doch nicht anzurufen. Es war zwar später Abend, aber er wusste, dass Maleike Cortes häufig sehr lange im Büro saß. Er kroch vom Laderaum seines Kombis in die Fahrerkabine, knipste die Innenbeleuchtung an und besah sich im Rückspiegel. Unrasiert, die Haare nicht gekämmt, blass im Gesicht, gerötete Augen. Das war alles andere als ein Aussehen, mit dem man einer Frau wie Maleike imponieren konnte. Schon gar nicht abends und unangekündigt. Aber sie war – das musste er sich eingestehen – noch sein einziger persönlicher Bezugspunkt in Heilbronn.

Oder Iri, schoss es ihm plötzlich durch den Kopf. Auch sie konnte er anrufen – im »Be Happy«. Vielleicht würde sie ihm helfen können.

Zwar hatte er ihre Visitenkarte nicht mehr gefunden, aber das »Be Happy« fand sich auch bei Google. Es hatte schließlich eine eigene Homepage, auf der die Telefonnummer zu finden war. Er löschte die Innenbeleuchtung wieder, weil allein das Display seines Smartphones ausreichte, die gesuchte Nummer zu finden. Schon nach drei Rufzeichen meldete sich eine Frauenstimme mit der üblichen Floskel: »Was kann ich für Sie tun?«

Hofknecht fühlte sich plötzlich freudig-aufgewühlt, dass ihm der Gedanke an Iri gekommen war. Mit ihr hatte er schon einmal ganz persönliche Dinge besprochen. Die gemeinsame Herkunft von der Alb hatte sie irgendwie auch in erotischem Flair zusammengeschweißt. Iri hatte gewiss vielfältige Beziehungen – auch in Kreisen, mit denen er bisher nichts zu tun hatte. »Entschuldigen Sie«, begann er das Gespräch beinahe atemlos. »Ich hab die Nummer von Iri vergessen. Könnten Sie mich verbinden?«

Die Antwort kam viel zu schnell: »Tut mir leid, mein Herr, aber Iri ist momentan nicht im Hause.«

Nicht? Hofknecht war erschrocken. »Ich denke, sie ist um diese Zeit immer erreichbar?«

»Wie ich sagte, mein Herr«, wurde die Frau ärgerlich. »Sie ist nicht da«, wiederholte sie und betonte dabei jedes einzelne Wort.

Nicht da. Wieso war Iri nicht da? »Wann kommt sie denn wieder?«, fragte er schnell. Kurze Pause, dann einen Tonfall gereizter die Antwort: »Ich weiß es nicht. Die Damen haben ihre eigenen Zeiten.«

»Haben Sie denn zufällig ihre Handynummer?«

»Tut mir leid. Die dürfen wir nicht rausgeben«, kam es nun noch energischer zurück. »Jetzt finden Sie sich halt damit ab, dass es heute nichts wird.« Dann etwas versöhnlicher: »Sie können aber eine Nachricht bei mir hinterlassen. Ich geb sie dann weiter, wenn sie wiederkommt.«

»Nein, nicht nötig. Danke.« Er beendete das Gespräch.

Nicht da. Nicht erreichbar. Abgetaucht, durchzuckte es ihn. Oder … nein, so schlecht wollte er nicht denken, obwohl er den Eindruck gehabt hatte, Iri fühle sich nicht ganz so wohl bei ihrer Tätigkeit, wie sie es vordergründig erscheinen ließ. Er warf das Telefon auf den Beifahrersitz, umklammerte das Lenkrad und lehnte sich zurück.

Katharina, kam ihm wieder seine Frau in den Sinn. Katharina? Nein. Das Kapitel war beendet. Er musste sich neu orientieren. Aber wie? Er konnte sich doch nicht einfach davonstehlen. Die neue Gärtnerei. Hohe Schulden. Zerbrochene Ehe. Die Kinder. Dann alles das in Heilbronn, woran er überhaupt nicht denken wollte und das sich tief in seine Seele eingebrannt hatte, das er aber löschen wollte. Einfach löschen. Wie man an einem Computer alles wieder rückgängig machen konnte. Warum ging das im Leben nicht?

Alles bewegte sich nur vorwärts, in eine Richtung. Mit ihm oder ohne ihn. Alles wurde mit ihm gemacht, vom Strom der Zeit mitgerissen. Eigentlich musste er verschwinden. Einfach weg von der Bildfläche. Irgendwie und irgendwo neu anfangen.

Brauchten sie nicht in Australien ganz dringend Landschaftspfleger, Farmer, Gärtner, Landwirte? Wenn er das wollte, musste er schnell handeln, ganz schnell, bevor Katharina ihn suchen ließ. Und das würde sie tun, denn ohne ihn wäre sie den Kreditgebern, dem Finanzamt und den anderen teuflischen Dingen hilflos ausgeliefert. Bis es so weit kam, musste er bereits spurlos verschwunden sein. Noch konnte er zum Flughafen fahren. Nach Stuttgart war es nicht weit. Auch Frankfurt war innerhalb kürzester Zeit zu erreichen. Ein Ticket konnte er kaufen. Es war noch genügend Geld auf seinem Konto und die Kreditkarte hatte er auch dabei. Aber wie es um ein Einreisevisum für Australien stand, wusste er nicht. Oder Neuseeland. Neuseeland war noch besser.

Oder gar Namibia, zuckte es ihm durch den Kopf. Klar, Namibia. Da gab es genügend Farmer, die händeringend europäische Fachleute suchten. Er erinnerte sich an einen netten Ober in dem schnuckeligen Bahnhofshotel in Aus, einem Städtchen, umgeben von Wüste. Wo es einen Bahnhof und den Versuch gab, eine alte Bahnlinie wieder zu reaktivieren. Doch den Kampf mit dem Sandsturm, der die Gleise meterhoch bedecken konnte, war wohl nicht zu gewinnen.

Der Ober hatte ihnen nicht nur eine interessante Route für die Weiterfahrt mit ihrem Geländewagen empfohlen, sondern auch von den Farmen erzählt, die es überall im Lande gab. Meist war von den Gebäuden aber nichts zu sehen gewesen, weil sie offenbar kilometerweit von der Piste entfernt standen. Das Einzige, was auf sie hindeutete, waren die endlos langen Weidezäune, die nahezu ständig – wenn man nicht gerade durch reine Wüste fuhr – beidseits der Sand- und Schotterpisten oder auch entlang der asphaltierten Straßen verliefen. Das diente gewiss nicht allein dazu, den dünnen Verkehr vor Wildwechsel zu schützen, vor Springböcken, Oryxen oder Zebras beispielsweise, sondern gewiss zur Begrenzung des Farmerlandes.

Und da war ja auch noch jene vermutlich deutsche Frau gewesen, die in der Mopane-Lodge mit ihrem Mann oder Lebensgefährten zusammen das Essen zubereitet hatte. In dieser besonders idyllischen Unterkunft, wo sie zu zweit in einem dieser großen Zelte übernachtet hatten, die ziemlich geräumig mit Doppelbett und einem separaten Sanitärbereich inklusive Dusche ausgestattet waren, überspannt von einer festen, tonnenartig überwölbten Holzkonstruktion. In einer schaurig-schönen Gewitternacht hatten sie sich aneinandergekuschelt, während der Sturm heftig an der Zeltplane zerrte.

Hofknecht hatte es als besonders eindrucksvolle afrikanische Umgebung in Erinnerung. Die Zelte waren weit auf dem bebuschten Gelände verteilt. Unvergesslich blieb ihm auch ein Mopane-Bäumchen, an dem sie erstmals die Blätter mit der Form eines Engelsflügels entdeckt hatten.

Es waren traumhafte Wochen gewesen. Ein Stück afrikanisches Abenteuer, auch wenn sie natürlich nur auf Touristenpfaden unterwegs waren und die Blechbuden an den Rändern einiger weniger Städte lediglich im Vorbeifahren aus der Distanz beäugten. Die Lodges hingegen waren geradezu luxuriös gewesen. Vielleicht brauchte er nur in dieser Mopane-Lodge anzurufen, wo man astreines Deutsch sprach, und nach einem Job fragen. Ganz sicher kannten die Besitzer dieser Lodge jede

Menge Farmer, bei denen die deutsche oder gar schwäbische Mentalität des Schaffens gefragt war – vor allem aber Zuverlässigkeit und Ehrgeiz.

Aber ob es so einfach war, sich dort niederzulassen, ohne dass in Deutschland seine Spur nach Namibia verfolgt werden konnte, das schien ihm fraglich.

Er würde versuchen, mit Maleike darüber in aller Ruhe zu reden. Sie kannte sich da ganz bestimmt aus.

Neuer Mut machte sich breit. Er startete den Motor, legte einen Gang ein und fuhr los. Mittlerweile kannte er sich in Heilbronn so gut aus, dass er den Weg durch die Innenstadt zur Edisonstraße am Rande des Buga-Geländes problemlos fand. Der Touristenstrom war zu dieser abendlichen Zeit abgeebbt und es gab abseits der Edisonstraße genügend Platz, um das Auto unauffällig abzustellen. Zunächst fuhr er langsam an den reihenhausartigen Bürogebäuden entlang. In einem der Obergeschosse, wo er Maleikes Büro vermutete, brannte tatsächlich noch Licht. Oft genug war er dort gewesen und hatte hinunter auf den Parkplatz der Angestellten geschaut. Dort standen jetzt nur noch einige wenige Fahrzeuge. Langsam ließ er seinen Kastenwagen mit dem schwarzen Farbklecks auf der rechten Seite daran vorbeirollen. Sofort stach ihm das Mercedes-Cabrio in die Augen, das er noch recht gut in Erinnerung hatte. Einmal war er dabei gewesen, als Maleike in das schicke Auto einstieg. Er hatte sich noch gewundert, dass sie sich so einen teuren Wagen hatte leisten können – aber, so mahnte ihn auch jetzt wieder die innere Stimme, die meisten großen Schlitten waren heutzutage ja ohnehin geleast und die Leasingraten bisweilen sehr günstig. Vor allem war man sämtliche Sorgen im Hinblick auf einen Wiederverkaufswert los, was es aus heutiger Sicht gewiss zu beachten galt, weil man nie wissen konnte, was der Regierung oder gar der marktschreierisch auftretenden Deutschen Umwelthilfe sonst noch an überkandidelten Forderungen einfiel, um die deutsche Automobilindustrie vollends madigzumachen, obwohl viele Wissenschaftler sagten, dass Autos nur zu einem ganz kleinen Teil an der Umweltverschmutzung eine Mitschuld trugen.

Er schüttelte diese Gedanken von sich ab. Jetzt gab es Wichtigeres, als sich über solche Dinge den Kopf zu zerbrechen. Hofknecht stellte seinen Transporter in Sichtweite zu den Buga-Büros ab, allerdings weit genug davon entfernt, um nicht aufzufallen.

Hinterm Steuer sitzend, konnte er das einzige beleuchtete Bürofenster des Gebäudekomplexes im Blick behalten. Es machte natürlich keinen Sinn, Maleike anzurufen. Nein, er wollte mit ihr persönlich reden. Am Telefon könnte sie ihn abfertigen.

Er spürte, dass für ihn vieles davon abhing. Sie war intelligent, strebsam und selbstbewusst, aber – so hatte er die geschäftlichen Gespräche mit ihr in Erinnerung – sie konnte auch sehr einfühlsam und verständnisvoll sein und andere Meinungen gelten lassen.

Es war 22.15 Uhr. Lange würde sie gewiss nicht mehr im Büro sitzen. Er wusste, dass sie geschieden war und daheim niemand auf sie wartete. Aber was, so kam es ihm plötzlich in den Sinn, wenn sie jetzt hier auch auf jemanden wartete? Vielleicht wurde sie abgeholt. Und was würde geschehen, wenn sie ihn einfach abwies, wenn sie gar nichts von ihm wissen wollte? Wenn seine jetzt gehegten großen Hoffnungen zerstört wurden. Wie von Vanessa, die praktisch von einem Tag auf den anderen zu verstehen gegeben hatte, dass es zwar schön gewesen sei, aber sie sich doch wieder mehr zu Egeas hingezogen fühlte. Ein Schock war das für ihn gewesen. Ein Schock, der jetzt noch so tief in ihm drinsaß, dass alle anderen Gedanken überschattet wurden.

Nein, realistisch betrachtet, konnte es für ihn in Deutschland keinen Neuanfang geben. Das war unmöglich. Er musste weg. Am besten noch heute Nacht. Unfug, bremste ihn seine innere Stimme. Absoluter Unfug. Deshalb war Maleike die letzte Rettung. Die allerletzte. Aber was redete er sich für einen Schwachsinn ein? Denn über das Geschäftliche hinaus hatte es mit Maleike keinerlei Kontakte gegeben. Viel zu sehr war er in dieser Zeit auf Vanessa fixiert gewesen. Mit ihr hätte er sich einen neuen Anfang vorstellen sollen. Wie er dies aber hätte bewerkstelligen können – mit Gärtnerei, Frau, Schulden und den studierenden Kindern –, darüber hatte er sich nie wirklich ernsthafte Gedanken gemacht. Im November in Namibia hatte er ihr noch vorgeschwärmt, sie wäre mit ihren Kenntnissen und ihrer Ausbildung die ideale Geschäftsführerin für eine florierende Gärtnerei.

Aber gerade dies, so war ihm damals schon klar geworden, hatte Vanessa nicht angestrebt. Sie wollte nicht irgendwo – und sollte es noch so erfolgreich sein – eine Geschäftsführerin eines vergleichsweise kleinen Betriebes sein, wo sie selbst kräftig handwerklich hätte mitarbeiten müssen. Allein die unterschiedlichen Auffassungen zu ihrer beruflichen Zukunft waren dazu angetan gewesen, dass alles von Anfang an zum Scheitern verurteilt war.

Eigentlich hatte er dies alles nach der Namibia-Reise gespürt und sich mit seinen Recherchen für Warnecke immer mehr zurückgehalten, was ihm auch der offenbar misstrauisch gewordene Plasser mehr oder weniger dezent zu raten schien – unter anderem bei einer Bootsfahrt auf dem Neckar. Diese war ihm trotz Plassers Andeutungen noch als sehr angenehm in Erinnerung. Vor allem hatte er die Faszination des Sportbootfahrens gespürt, allerdings in seiner Naivität geglaubt, man könne einfach mal kurz nach Heidelberg schippern. In Wirklichkeit hätte allein die Hinfahrt mit dem durchaus komfortablen Sportboot einen ganzen Tag in Anspruch genommen: bei vorgeschriebenen maximal 18 Kilometern in der Stunde und zehn Schleusen, für die allein jedes Mal mindestens 20 Minuten angesetzt werden mussten. Dennoch war er begeistert, wie Plasser zwischen den gesperrten Buga-Ufern des Alt-Neckars hin- und hergefahren war und sie die einzige in Baden-Württemberg noch manuell bedienbare Schleuse am Wilhelmskanal über eine Handkurbel selbst öffnen und schließen mussten, um flussaufwärts wieder zur Anlegestelle im kleinen Hafenbecken der Sportboote zurückzukommen.

Aber Plasser, so dachte Hofknecht jetzt, war kein Freund für ihn. Er war ein Einzelgänger, ein Typ, der keine längeren sozialen Kontakte pflegen konnte, zumal er aufgrund seiner Körperfülle gewiss auch gesundheitlich angeschlagen war. Jedenfalls war er ziemlich ungelenk in das Boot eingestiegen und hatte auch beim Aussteigen ziemliche Probleme.

Hofknecht wischte die Gedanken an die vergangenen Tage, Wochen und Monate weg. Vergessen würde er diese Zeit natürlich nicht, aber er musste versuchen, mit ihr abzuschließen. Die Zeit heilte Wunden, fiel ihm eine alte Volksweisheit ein. Aber noch waren die Wunden viel zu frisch, um heilen zu können.

Wie lange er nun schon in seinem Kombi dagesessen hatte, vermochte er nicht zu sagen. Jedenfalls erlosch in Maleikes Büro das Licht, was ihn sofort in die Realität zurückholte und ihm vor Augen führte, weshalb er hier war.

Noch hatte er Zweifel, ob es richtig war, jetzt auszusteigen und einfach zu ihrem Auto hinüberzugehen und auf sie zu warten, bis sie aus der Haustür kam.

Oder sollte er ihrem Auto folgen? Wobei er allerdings mit seinem PS-schwachen Transporter dem Mercedes-Coupé unterlegen wäre.

Er entschied deshalb, auszusteigen und sich ein Stück weit dem Auto von Maleike zu nähern. Ganz langsam und so, dass sie ihn bei Dunkelheit und der schlechten Beleuchtung auf diese Distanz nicht bemerken konnte.

Jetzt ging im Treppenhaus des Bürogebäudes das Licht an – und eine halbe Minute später wurde die Eingangstür geöffnet. Es war tatsächlich Maleike, die herauskam – aber nicht auf ihr Auto zuging, sondern sich zu Fuß von dem Gebäudekomplex entfernte. Mit heller Jacke, dunkler Hose und einer großen Handtasche, die über ihre rechte Schulter hing.

Instinktiv wich Hofknecht ein paar Schritte zurück, um im Nachtschatten eines Strauches in Deckung zu gehen. Es war ihm, als fehle ihm plötzlich der Mut, auf die Frau zuzugehen und sie anzusprechen. Natürlich würde sie jetzt, in der Dunkelheit und in dieser etwas abgelegenen Gegend, zu Tode erschrecken und ihm sofort eine Abfuhr erteilen.

Sie hatte eindeutig den schmalen Fußweg in Richtung Bleichinselbrücke eingeschlagen, wo es den offiziellen Zugang zur Baustelle gab. Wollte sie jetzt noch zu dieser späten Abendstunde auf das Gelände gehen?, fragte sich Hofknecht. Vielleicht jemanden treffen? Natürlich konnte Maleike jederzeit an dem Sicherheitsmann, der vor der Brücke in einem Bürocontainer saß, vorbeigehen. Dieses Privileg allerdings blieb ihm verwehrt. Dazu fehlte ihm der entsprechende Ausweis.

Aber er kannte ein Stück weiter eine Stelle, dort, wo am Neckarufer die Schaugräber angelegt wurden, da gab es im Metallzaun ein kleines Teilstück, das man für einen schmalen Durchschlupf öffnen konnte. Er kannte es, weil er schon oft hier gewesen und es auch schon einmal genutzt hatte.

Während Maleike schnellen Schrittes auf die Schranke zuging und dem Aufpasser im beleuchteten Innern des Bürocontainers zuwinkte, um seitlich die rot-weiße Bake zu umgehen, drückte sich Hofknecht in respektabler Entfernung in ein Gebüsch und hoffte, dass er das nach außen ziehbare Metallsegment des Zaunes auch bei Dunkelheit fand. Obwohl es schnell gehen musste, damit er Maleike nicht aus den Augen verlor, schlich er langsam vorwärts und entdeckte tatsächlich jenes Teil, das er einen halben Meter nach außen ziehen konnte, sodass sich eine schmale Spalte öffnete, durch die er sich zwängte. Vorbei an den Gräbern, die sich als schwarze Rechtecke im Erdreich abzeichneten, stieg er am Ufer des Alt-Nackars abwärts, um links unter der Brücke hindurchzugehen. Hier brauchte er allerdings keine Angst zu haben, von irgendjemandem entdeckt zu werden. Die Dunkelheit verschlang ihn und seine Bewegungen, außerdem war dieser Bereich von nirgendwoher einsehbar. Erst als er aus dem Schutz der Brücke, die sich über ihn hinwegspannte, wieder heraustrat, musste er auf der Hut sein. Denn sobald er die Böschung erklomm, konnte er ins Blickfeld des Sicherheitsmannes geraten. Der jedoch, so erkannte Hofknecht, war im Innern des beleuchteten Bürocontainers mit Schreibarbeiten am Computer beschäftigt. Ganz sicher war er von dem Licht geblendet, sodass er beim Blick aus dem Fenster eine Zeit lang kaum etwas erkennen würde.

Als Hofknecht weit genug die Böschung auf dieser Seite der Brücke hochgestiegen war, riskierte er deshalb die weiteren Schritte: vollends hinauf zur Fahrbahn, um ohne hastige Bewegungen den Neckar hinüber zum Buga-Gelände zu queren. Dort war die Frau, die er verfolgte, inzwischen schon angekommen. Ihre schwarze Silhouette würde in wenigen Sekunden zwischen den Neubauten mit der Umgebung verschmelzen. Er durfte sie aber unter keinen Umständen aus den Augen verlieren.

Doch nun schien es ihm, als sei ihm jeglicher Realitätssinn verloren gegangen. Was tat er hier überhaupt? Was, verdammt noch mal, hatte ihn getrieben?

104

Luuk Hendriks lag gut in der Zeit. Überschlägig berechnet, könnte er sich einen Abstecher von mindestens 20 Minuten gönnen und noch vor Ablauf seiner Tages-Lenkzeit den Großmarkt im Stuttgarter Süden erreichen. Dort war das Ziel für die meisten der geladenen Südfrüchte.

Einen kleinen Teil allerdings würde er jetzt gleich in dem Industriegebiet beim Leonberger Dreieck abgeben: Bananen und Orangen aus Panama und Costa Rica, separat verpackt für einen türkischen Gemüsehändler auf der Schwäbischen Alb, in einem Ort, den er nicht kannte. Es wäre natürlich viel zu auffällig gewesen, würde er mit seinem 40-Tonner dorthin fahren. Es wären immerhin noch etwa 70 oder 80 Kilometer mehr gewesen, als seine offizielle Tour es zugelassen hätte. Deshalb erschien seinen Auftraggebern das Industriegebiet direkt an der Autobahn bei Leonberg für günstig. Luuk beobachtete während der letzten Kilometer vor der Abzweigung zur A 81 Richtung Heilbronn den nachfolgenden Verkehr, obwohl es in der Dunkelheit natürlich schwierig war, im Rückspiegel zu erkennen, ob sich ein Fahrzeug dauerhaft an ihn gehängt hatte.

Jetzt, beim Ausfädeln aus der Autobahn, musste er genau aufpassen, wer ebenfalls den Blinker setzte.

Zufrieden stellte er fest, dass kein Fahrzeug blinkte. Also folgte er der Abbiegespur, wie es die Stimme im Navi empfahl.

Der Treffpunkt befand sich unweit eines Stadions auf einer großen asphaltierten Freifläche, die nur spärlich beleuchtet war und auf der um diese Zeit nur einige abgestellte Kastenwagen standen. Kaum hatte Luuk seinen 40-Tonner mit Aufleger auf diesen Platz gesteuert, flammte die Warnblinkanlage eines größeren Geländewagens dreimal auf: das Zeichen.

Luuk holte im weiten Bogen aus, um gleich wieder in Abfahrtsrichtung neben dem seitlich geparkten Mercedes der M-Klasse anzuhalten. Er stellte den Motor ab und schaltete das Licht aus. Dann sprang er aus dem Fahrerhaus und ging auf den Mann zu, der ihm aus dem Geländewagen entgegenkam: ein kräftiger, großer Kerl, dessen Gesicht im Dunkeln nicht zu erkennen war. »Name?«, fragte der Niederländer knapp.

»Turgut«, kam es zurück. »Alles klar?«

»Okay«, brummte Luuk, ging zum Heck des Lastzuges, kletterte auf eine Trittstufe, löste einige Klappen und schwenkte eine Tür nach rechts auf. »Hier«, er deutete auf einige Holzkisten, die auf der prall gefüllten Ladefläche rechts deponiert waren. Sie waren auf allen sechs Seiten fest vernagelt und zusätzlich mit einem dünnen, stabilen Plastikband verschnürt. Luuk reichte nacheinander dem hünenhaften Turgut fünf Kisten hinab, der sie sofort in den Mercedes-Geländewagen schleppte, dessen Kofferraumklappe geöffnet war.

Wortlos war nach weniger als fünf Minuten alles erledigt. Luuk verschloss wieder den Laderaum seines Auflegers, Turgut stieg in seinen Mercedes und hatte den Parkplatz schon verlassen, noch bevor sich der Lastzug wieder in Bewegung setzte, hinüber zur Autobahn in Fahrtrichtung Süden.

Luuk wischte sich mit einem Taschentuch Schweiß von der Stirn. Für ihn war alles abgeschlossen. Allerdings nur, wenn es bei Turgut keine Zwischenfälle gab und er dann nicht womöglich die ganze Lieferkette preisgab. Dieses Risiko war immer gegeben. Dafür aber, so beruhigte sich Luuk, hatte er in den vergangenen Monaten ein kleines Vermögen verdient. Besonders risikoreich waren ihm jedoch immer die Andienungen auf das Gelände der Gartenschau erschienen.

Alles andere aber ging ihn nichts an. Als sein PS-starker Diesel die Anhöhe hinauf in Richtung Stuttgarter Flughafen brummte, schoss ihm ein gewaltiger Schrecken in die Glieder: Kurz vor der Ausfahrt zum Rasthaus Sindelfinger Wald blinkten rechts gelbe Warnlampen und ein Stück weiter vorne blaues Drehlicht. Und dann tauchte auch schon das großformatige Schild »Lkw-Kontrolle« auf. Auf der Ausfädelspur zum Rasthaus hob ein Uniformierter die beleuchtete rote Kelle und gab mit Handzeichen zu verstehen, dass Luuk die Autobahn verlassen solle. Daneben ein Beamter mit Maschinenpistole.

105

Widderstall. Eine kleine bäuerliche Ansiedlung von drei, vier Häusern an der A 8, unweit von Merklingen. Hier hatte es sogar einmal eine Gaststätte namens »Waldhorn« gegeben, damals in den 80er-Jahren, als die in Neu-Ulm stationiert gewesene US-Einheit häufig zu Manövern in den nahen Wald angerückt war. Die Soldaten, so hieß es, hätten dann gerne auch mal ihren Wachposten heimlich verlassen, um in dem Lokal einen draufzumachen oder mit jungen Frauen anzubandeln.

Inzwischen hatte sich die Natur wieder zurückerobert, was einst im Zeichen des Kalten Krieges für militärische Zwecke genutzt wurde – auch wenn zwei Lichtungen in dem Staatswald heute noch von Bundeswehr-Hubschraubern aus Laupheim für Start- und Landeübungen angeflogen wurden. Den älteren Landwirten aus der Umgebung war lebhaft in Erinnerung, wie hermetisch Wachposten das Waldgebiet damals abgeriegelt hatten. So genau wollte niemand gewusst haben, was sich unter den tarnfarbenen Planen verbarg, mit denen die Militärtransporte abgedeckt waren. Trotzdem hielt sich bis heute die Bezeichnung »Bombenwald«.

Der 36-jährige Landwirt Markus Bräunling, der in Widderstall den Aussiedlerhof seiner Eltern übernommen hatte, kannte diese Geschichten nur aus Erzählungen. Heute Abend jedoch, als er mit seinem Heulader auf einer weit abgelegenen Senke unterwegs war, hatte er sich wieder daran erinnert. Denn mehrfach hatte er aus der Ferne Fahrzeugscheinwerfer gesehen, die ihren Lichtkegel über Feld- und Wiesenwege streifen ließen – und dann abrupt erloschen. In der aufziehenden Dämmerung war nicht zu sehen gewesen, ob die Autos dann stehen blieben oder ohne Licht weiterfuhren.

Natürlich kam es hin und wieder vor, dass junge Leute verbotenerweise auf landwirtschaftlichen Wegen Fahrversuche unternahmen und sich bisweilen einen Spaß daraus machten, dabei das Licht auszuschalten.

Jetzt aber hatte er bei der Rückfahrt zu seinem Hof sogar zwei entgegenkommenden Kastenwagen ausweichen müssen. Beide mit Ulmer Kennzeichen. Vom hintersten hatte er im Scheinwerferlicht den Teil einer Aufschrift lesen können, die offenbar auf einen Forstbetrieb hinwies. Für Holzarbeiten war's aber an diesem Abend schon reichlich spät, dachte er und sah die roten Schlussleuchten im Rückspiegel schnell verschwinden.

Als er ein paar Minuten später mit Traktor und Ladewagen in seinen hell erleuchteten Hof tuckerte und den Motor abgestellt hatte, kam ihm aus dem offenen Scheunentor seine Frau entgegen und winkte ihm zu. Sie würde ihm beim Entladen des Anhängers behilflich sein. Noch während er von seinem Traktorsitz kletterte, musste er eine Frage loswerden, die ihm wichtig erschien: »Sag mal, Eva, was ist da draußen eigentlich heute Abend los?«

Eva fühlte sich von dieser unpersönlichen Begrüßung übergangen. »Was soll los sein?«

»Da draußen kurven Autos durch die Landschaft. Und gerade eben sind mir zwei Transporter von einem Forstbetrieb entgegengekommen.«

Eva zuckte desinteressiert mit den Schultern und lächelte. »Vielleicht machen sie eine Sommernachtsparty für ihre Mitarbeiter.«

Bräunling sah seiner Frau für einen Moment ins Gesicht und drückte ihr einen Kuss auf die Wange. Wahrscheinlich hatte sie recht. Wie immer, wenn er etwas allzu kritisch und pessimistisch sah. Eva war einfach ein Glücksfall – für ihn und das landwirtschaftliche Anwesen. Es kam leider nicht mehr oft vor, dass sich junge Frauen für einen Bauern entschieden. Das lag natürlich daran, dass die Menschheit hierzulande völlig verlernt hatte, die Bedeutung der Landwirtschaft zu schätzen. Lebensmittel waren einfach da, jederzeit und überall – in den Regalen der Supermärkte. Egal, woher sie kamen, unter welchen Bedingungen und mit welchen Pestiziden sie angebaut wurden. Hauptsache, billig. Ganze Generationen waren inzwischen mit dem Irrtum herangewachsen, nur das industrielle Wachstum müsse gefördert werden. Irgendwann würde es sich bitter rächen, den Bauernstand und damit die eigene Nahrungsproduktion vernachlässigt zu haben. Bräunling hatte angesichts des verantwortungslosen Flächenverbrauchs für immer neue Gewerbegebiete oft schon gewarnt: »Wenn wir bestes Ackerland zubetonieren, woher soll eines Tages noch unsere Nahrung kommen?« Bräunling hatte von seinen Eltern gelernt, sich gegen »die Großen« zu wehren. Erst vorhin, bei der Erinnerung an die Manöver im »Bombenwald«, die er nur vom Hörensagen kannte, war ihm eingefallen, dass sich sein Vater an Ostern 1984 auch dem Protest gegen die atomare Aufrüstung angeschlossen hatte – bei einer Sternwanderung zum Pershing-II-Übungsgelände, das sich gleich hier um die Ecke befand. Was die Friedensbewegung in Mutlangen bei Schwäbisch Gmünd und auf der Waldheide bei Heilbronn längst in Gang gebracht hatte, war damit auch in kleinerem Stil auf Merklingen übergesprungen. Auf die Brisanz dieses lange Zeit verheimlichten Stationierungsgebiets war die Öffentlichkeit erst so richtig durch die »Pressehütte Mutlangen« aufmerksam geworden, die ein Flugblatt mit einem handskizzierten Lageplan verteilt hatte.

Als ob seine Frau diese Gedanken erraten hätte, sagte sie plötzlich schmunzelnd: »Du brauchst keine Angst zu haben, die Amis kommen nicht mehr.«

Markus Bräunling hielt beim Hantieren an der Mechanik des Ladewagens inne: »Hoffen wir's, Eva. Es gibt mittlerweile wieder so viele Verrückte an den Schalthebeln der Politik, da halte ich alles für möglich. Außerdem ist der Wald da drüben immer noch im Besitz des Staates.«

Eva klopfte ihm aufmunternd auf die Schulter: »Immer positiv denken, Markus. Alles wird gut.«

106

Geraume Zeit an diesem Sommerabend später, Luftlinie nur zweieinhalb Kilometer entfernt. Finstere Nacht inmitten eines Hochwaldes. Ein Geländewagen war ohne Licht dem asphaltierten Weg gefolgt, der unweit der Autobahnbrücke von der Straße abzweigte. Der Fahrer kannte sich aus, obwohl er nach langer Zeit erst in den vergangenen Wochen wieder einige Male hier gewesen war. Doch sein Langzeitgedächtnis war gut genug, um sich an die Situation von vor über 30 Jahren zu erinnern. Viel hatte sich nicht verändert, nur die Wege waren besser geworden und die Bäume höher.

Um den Tritt auf die Bremse zu vermeiden, der die roten Bremsleuchten weithin sichtbar gemacht hätte, näherte er sich nur im Schritttempo der Wiesensenke, in der er scharf nach rechts abbiegen musste – hinüber zum Hochwald, der den Weg in der Finsternis zu verschlingen schien.

Mit weniger als 20 Kilometern pro Stunde kroch der schwere Wagen den unbefestigten Forstweg hinauf, umgeben von schier undurchdringlicher Nacht. Aber die Augen des Fahrers hatten sich inzwischen daran gewöhnt, sodass er zumindest die hohen Bäume links und rechts erahnen konnte. Sie boten ihm eine gewisse Orientierung, wohin er steuern musste.

Gleichzeitig richtete er seinen Blick auf das Umfeld, um verdächtiges Licht erkennen zu können. Immerhin wäre in dieser Dunkelheit sogar eine glimmende Zigarette noch auf relativ weite Distanz sichtbar.

Natürlich hatte er sich für den Notfall einen Fluchtplan zurechtgelegt. Als er bei Tageslicht hier gewesen war – getarnt als Spaziergänger –, war er die Wege und Schneisen abgegangen und hatte sich die Abzweigungen eingeprägt, die aus dem Waldstück in die freie Landschaft hinausführten. Mit seinem schweren Geländewagen konnte er, wenn's drauf ankam, auch morastigen Untergrund überwinden oder gar querfeldein davonjagen. Schließlich hatte er sich keinen gewöhnlichen SUV zugelegt, sondern einen echten Offroader.

Noch immer steckte der Soldat tief in ihm drinnen. Was hatten sie damals nicht alles bewältigen müssen! Heimlich und getarnt. Und ihm oblag es einstens, die Presse, die Friedensbewegung und die Kommunalpolitiker hinters Licht zu führen. Sie zu beruhigen und bei Bedarf ein entschiedenes »No comment« von sich zu geben. Sie, die US-Armee, waren damals diejenigen, die das Sagen hatten. Auch wenn der Begriff »Besatzungsmacht« nicht mehr salonfähig gewesen war, so konnten sie doch schalten und walten, wie sie wollten. Was scherte sie schon damals, wenn sich Bürgermeister, Landräte oder gar Provinzpolitiker über militärische Aktionen echauffierten? Wenn eine Alarmübung angesagt war, rollten die schweren Raketentransporte an ihre Abschussorte. Heilbronn, Mutlangen und Merklingen waren von der Militärführung dazu auserkoren gewesen, aber auch noch einige andere Orte, die allerdings nie wirklich ins Rampenlicht der Öffentlichkeit gerieten.

Der Geländewagen hatte die sanfte Erhöhung hinter sich gebracht und folgte nun dem leicht abfallenden Weg. Links wich der Wald zurück und eröffnete den Blick auf eine freie Fläche. Hubschrauberlandeplatz, dachte der Mann. Hierher hatte er sich selbst unzählige Male fliegen lassen.

Wenig später wurde der Geländewagen wieder vom finstren Hochwald verschlungen. Der Mann wusste, dass nun gleich eine markante Wegekreuzung kam, die ihm nach links und rechts einen Fluchtkorridor öffnete. Er hielt jedoch auf den geradeaus weiterführenden Weg zu, der ziemlich zugewachsen war. Gräser, wilde Stauden und Hecken strichen am Blech vorbei, der Untergrund war uneben. Für ein paar Augenblicke schaltete er das Licht an, um sich besser zurechtzufinden. Das Gestrüpp wurde dichter und wo der Boden nicht mit Gräsern und Moosen bedeckt war, zeichneten sich im weichen Erdreich Reifenspuren ab.

Als die Scheinwerfer wieder erloschen, brauchten seine Augen einige Sekunden, bis sie sich an die neuerliche Dunkelheit gewöhnten. Aber in maximal 30 Metern war er am Ziel: eine kleine, von dichtem Gehölz umgebene Freifläche, zu der sich der kaum erkennbare Weg rechts ausweitete. Der Bewuchs, so schien es, war wohl schon von einem anderen Fahrzeug niedergedrückt worden.

Der Mann stellte den Motor ab, nahm eine Taschenlampe vom Beifahrersitz und stieg aus. Die Luft war kühl, es roch nach vermodertem Holz und Nadelbäumen. Er blieb regungslos stehen und lauschte. In der Ferne heulte ein Nachtvogel, ansonsten herrschte unheimliche Stille. Die tagsüber lebendige Natur war schlafen gegangen.

Der Mann, der eine schwarze Lederjacke und eine Jeanshose trug, leuchtete auf den bemoosten Boden, der mit dürren Ästen und alten Tannenzapfen übersät war. In den hochgewachsenen Stauden, die links des überwucherten Wegs das Unterholz säumten, waren Trittspuren zu sehen. Nichts Besonderes. Er selbst war ja erst vor wenigen Tagen hier gewesen. Trotzdem erschienen sie ihm seltsam. So viel Bewuchs hatte er nicht zertreten. Außerdem waren seither mehrere Tage vergangen, sodass sich die Stauden längst hätten wieder aufrichten können.

Vorsichtig näherte er sich jener Stelle, an der die Spuren in eine schmale Öffnung im Gestrüpp führten. Wieder blieb er stehen, löschte die Lampe und lauschte. Irgendwo hatte etwas geknackt. Als sei jemand auf ein Stück ausgedorrtes Holz getreten, wie es zuhauf in diesem Tannenwald herumlag.

Er atmete nur flach, um auch nicht das geringste Geräusch zu verursachen. Trotzdem beschleunigte sich der Herzschlag. Nein, redete er sich ein, da war niemand. Wer würde sich auch schon um die Zeit in diesem gottverlassenen Waldstück herumtreiben? Ein Jäger vielleicht, durchzuckte es ihn. Oder ein Liebespaar. Alles Unsinn, beruhigte er sich wieder. Jetzt galt es, Nerven zu behalten. Wie damals bei der US-Armee.

Noch einmal richtete er den Lichtstrahl auf niedergetrampelte Stauden. Die Spur führte genau dorthin, wo nur ein paar Schritte weiter, umgeben von geradezu urwaldartiger Wildnis, sein Ziel war: Kletter- und Schlingpflanzen hatten sich hier breitgemacht, dichtes Efeu überall und allerlei Hecken und Sträucher, überragt von mächtigen Tannen oder Fichten. Es schien so, als habe die Natur alles in ihren Klammergriff genommen, was niemand sehen sollte. Und was auch in all den Jahren niemand entdeckt hatte. Sie hatten damals bei der US-Armee die Baupläne restlos beseitigt. Eine Sicherheitsmaßnahme, damit sie keinem wie auch immer gearteten Feind in die Hände fallen konnten. Hier, tief unter der Erde, hätte man im Ernstfall gelagert, was niemand wissen durfte. Sie hatten nicht einmal während ihrer Manöver damit üben dürfen. Somit war die unterirdische Anlage nie benutzt worden und bereits in Vergessenheit geraten, als der Kalte Krieg noch nicht einmal Geschichte war und man später alle oberirdischen Gebäude dem Erdboden gleichgemacht hatte.

Der Mann sah auf die Armbanduhr. Er war absichtlich zeitig losgefahren, um die Gegend und das Umfeld im Auge behalten zu können.

Er ging wieder zum Geländewagen zurück, ließ die Tür leise einrasten und setzte sich hinters Steuer. Mit seinem Smartphone rief er jenen Mann an, mit dem er sich hier treffen wollte.

»Ja«, meldete sich eine gereizte Stimme.

»Alles klar bei dir?«, fragte der Mann im Geländewagen.

»Alles bestens. Und bei dir?«

»Ich bin schon da. Alles okay. Bis auf …« Er überlegte, wie er seine Beobachtung, die ihn beunruhigt hatte, schildern sollte.

»Bis auf was?«, kam es ungeduldig zurück.

»Warst du die letzten Tage hier?«

»Ich … wieso? Ach so …«, gab sich der Angerufene informiert. »Das hab ich dir noch gar nicht gesagt. Tut mir leid.«

»Was hast du mir nicht gesagt?«

»Ganz ruhig, Oldi, ganz ruhig. Keine Panik. Bleib gelassen. Ich bin spätestens in einer Dreiviertelstunde bei dir.«

107

Warnecke und Eickhoff starrten zu der dunklen Ecke, die den desolaten Anbau an das Schafhaus markierte. Gleich würde er kommen. Er. Ihr Herz klopfte bis zum Hals, ihr Körper war in panische Aufregung versetzt.

Häberle und Linkohr hatten sich ein paar Schritte nach hinten verdrückt, um in der tiefschwarzen Umgebung nicht gleich gesehen zu werden.

Dann trat er in ihr Blickfeld. Langsam, zögernd. Der Silhouette nach zu urteilen, war es keine allzu große Person. Häberle staunte. So hatte er sich Olberding nicht vorgestellt. Auf dem

Foto, das Vanessa Eickhoff am Sportboothafen geknipst hatte, war er ihm ganz anders erschienen. Groß, kräftig.

Doch der, den sie gleich vor sich haben würden, war offenbar dick und klein. Linkohr hatte es ebenfalls bemerkt und sich sofort an jenen erinnert, der ihm und Wenzel im »Be Happy« auf der Treppe entgegengekommen war. Häberle fiel sogar ein Name ein: Plasser.

Nur zögernd kam Plasser näher, während Warnecke mit energischen Bewegungen ein paar Schritte nach vorne ging. Eickhoff blieb wie angewurzelt stehen.

Plassers fülliger Körper zeichnete sich deutlich ab.

Jetzt war sich Warnecke sicher, nicht jenen vor sich zu haben, den er erwartet hatte. »Sie sind nicht Olberding«, zischte er ihm entgegen.

Plasser blieb in respektvollem Abstand stehen. Seine Hände steckten offenbar in der Jackentasche, was Häberle von seiner Perspektive aus auch zur Kenntnis nahm und instinktiv zur Waffe griff.

Linkohr flüsterte in das Mini-Mikrofon: »Es ist nicht Olberding. Der Mann heißt Plasser.«

»Sie sind Warnecke?«, kam es von der Silhouette zurück.

»Ja. Und du? Wer bist du?« Warnecke stand ihm nur knapp drei Meter gegenüber. Mutig und offenbar zu allem entschlossen. Als ziehe er sofort einen Revolver.

Eickhoff wagte sich noch immer nicht zu bewegen.

»Ein Vertrauter von Herrn Olberding«, schallte es ihnen entgegen. Die Stimme verriet Unsicherheit, ein Umstand, den Warnecke auszunutzen wusste: »Ich hab gesagt, ich will ihn persönlich sprechen. Oder hab ich mich nicht klar und deutlich genug ausgedrückt?« Er machte einen Schritt auf die Silhouette zu.

Häberle war in Lauerstellung, Linkohr flüsterte ins Mikro: »Warten.«

»Herr Olberding lässt ausrichten, dass er verhindert ist. Aber wir können auch ohne ihn alles besprechen.«

»Wenn du weißt, wer Frau Eickhoff umgebracht hat, dann sag es. Mehr will ich gar nicht wissen.« Jetzt war auch ihm klar, wen er vor sich hatte: Plasser.

»Das … das können weder Herr Olberding noch ich beantworten.«

»Dann beantworte *ich* jetzt etwas«, wurde Warnecke energisch. »Es war Herr Olberding. Kein anderer.«

»Und was soll das ganze Theater hier jetzt?«, wagte Plasser zu fragen.

»Herr Eickhoff, der Vater von Vanessa Eickhoff, hat gehofft, dem Mörder seiner Tochter in die Augen sehen zu können. Hier oben, wo die beiden schon einmal einander gegenübergestanden sind. Aber das wirst du nicht wissen. Dazu bist du zu jung.«

»Und was wollen Sie von Herrn Olberding?«

Dass Plasser immer noch beim »Sie« blieb, wertete Warnecke als ein Zeichen des Respekts ihm gegenüber. »Das kann ich dir sagen. Wir wissen alles über ihn und seine dubiosen Pflanzengeschäfte. Stichwort: ›Flower-Power‹ in Amsterdam. Wenn er uns nicht die Hintergründe nennt, weshalb Vanessa sterben musste, wird er hopsgehen. Da würde es auch nichts nützen, uns hier oben abzuknallen.« Er deutete mit einer Handbewegung auf Eickhoff, der innerlich zitterte.

»Ich werde mir wegen Ihnen nicht die Finger schmutzig machen und mich ins Verderben stürzen. Warum sollte ich Sie umbringen wollen?«

»Vielleicht ist das dein Auftrag«, konterte Warnecke. »Vielleicht bist du der fürs Grobe. Könnte doch sein, oder? Aber ich kann dir nur empfehlen, an so etwas gleich gar nicht zu denken. Oder glaubst du, Herr Eickhoff und ich wären so einfältig, dass wir allein hierhergekommen sind?«

»Denken Sie, ich bin allein …?«

Häberle war hellhörig geworden. Jetzt war äußerste Vorsicht geboten. Allerdings bewunderte er Warneckes professionelles Vorgehen. Linkohr flüsterte ins Mikrofon: »Achtung!«

Plassers Bewegungen ließen darauf schließen, dass er sich umsah. Das konnte zweierlei bedeuten: Entweder erhoffte er sich Verstärkung oder er hatte Angst, in eine Falle getappt zu sein. Doch in der Dunkelheit hatten sowohl er als auch die beiden Kriminalisten und Warnecke und Eickhoff keine Chance, etwas Ungewöhnliches wahrzunehmen.

Linkohr stieß seinen Chef an und flüsterte: »Das ist unser ›Flowerman‹. Der von Turgut.«

Häberle entschied, jetzt einzugreifen. Er löste sich aus dem finsteren Schatten des Gebüschs und stürmte auf die drei Personen zu, die allesamt erschraken – am meisten jedoch Plasser, dem er ganz nahe kam. »Dann sind Sie der ›Flowerman‹, stimmt's?«, herrschte er ihn an und umklammerte in der rechten Jackentasche die Dienstwaffe.

Plasser stand regungslos, noch immer die Hände tief vergraben.

»›Flowerman‹«, wiederholte Häberle mit sonorer Stimme. »Der Helfershelfer von Turgut, falls Ihnen der Name etwas sagt. Türke. Münsingen . In der Drogenszene bestens bekannt.«

»Ich … ich …«, Plasser fühlte sich hörbar unwohl.

Linkohr, der blitzartig aus der Deckung gekommen war, verunsicherte ihn noch mehr: »Der ›Flowerman‹, der für seine Hilfsbereitschaft mit einigen lustvollen Stunden bei Iri belohnt wird, hab ich recht?«

Häberle knüpfte gleich an die Bemerkung seines Kollegen an: »Der ›Flowerman‹, der auch mal den Olberding zu einer Bootsfahrt auf dem Neckar einlädt, aber behauptet, diesen Mann gar nicht zu kennen«, höhnte er. »Dummerweise hat Vanessa Eickhoff das Treffen am Sportboothafen fotografiert.«

Häberle knipste jetzt seine Lampe an und richtete den grellen Strahl direkt in Plassers Gesicht. »Nehmen Sie die Hände aus den Taschen, aber langsam!«, brüllte er los, um sich Gehör und Respekt zu verschaffen.

Linkohr war in höchste Alarmbereitschaft versetzt. Er tat, was bei ihm nicht oft vorkam: Er griff zur Waffe. Jetzt kam es darauf an, Plassers Reaktion im Auge zu behalten. Denn Häberles Vorgehen hatte die Wirkung nicht verfehlt.

Wie in Zeitlupe zog der sichtlich eingeschüchterte junge Mann seine Hände aus den Taschen. Linkohr hielt den Atem an. Doch Sekunden später machte sich Erleichterung breit. Plassers Hände waren leer. Keine Waffe.

Häberle gab seinem Kollegen ein Zeichen, das dieser sofort richtig deutete und deshalb in sein Mikro flüsterte: »Zugriff jetzt, sofort.«

Von einem Augenblick auf den anderen war das nächtliche Idyll vorbei. Hektische Bewegungen von allen Seiten. Wie aus dem Nichts, wie Gespenster der Nacht, waren sie plötzlich da: Schwarz gekleidete Personen, Maschinengewehre im Anschlag, wilde Schreie.

Scheinwerfer flammten auf. Innerhalb von Sekunden waren die Kriminalisten, Eickhoff, Warnecke und Plasser von einem Duzend schwer bewaffneter Einsatzkräfte umgeben. Noch bevor Plasser überhaupt realisierte, was geschehen war, wurden ihm seine Arme gewaltsam auf den Rücken gezerrt. Handschellen klickten. »Ich verlange unverzüglich, einen Anwalt zu sprechen«, brachte er mit zorniger, aber schwacher Stimme hervor. Er leistete keinen Widerstand.

Häberle trat ganz nah an ihn heran und sah ihm fest in die Augen. »Dann können Sie uns auch gleich erklären, warum Sie die Drohbriefe an die Raumfahrt geschickt haben.«

Plasser schloss die Augen und schwieg, worauf Häberle noch eine Spur zynischer wurde: »Wetten, dass Sie auch als

›schwarzer Rosenkavalier‹ Angst und Schrecken verbreiten mussten – im Auftrag Olberdings? Was wurde Ihnen denn für den Mord an Frau Eickhoff versprochen? Ein noch größeres Auto oder ein neues Boot?«

Während die Spezialeinsatzkräfte wieder abzogen und Plasser nur noch von zwei schwarz gekleideten Beamten festgehalten wurde, gab sich Häberle schon wieder versöhnlicher: »Wenn Sie uns jetzt sagen, wo wir Herrn Olberding finden, könnte dies den Richter später ein bisschen milder stimmen.«

Plasser schwieg.

108

Luuk Hendriks Knie waren weich geworden, als er in den Rasthaus-Parkplatz abbog und von mehreren Uniformierten auf eine mit roten Hütchen gekennzeichnete Freifläche gewunken wurde. Mehrere Streifenwagen standen abseits, darunter auch ein weißer Kastenwagen des Zolls.

»Guten Abend, Lkw-Kontrolle«, sagte ein älterer Polizist, nachdem Luuk gestoppt und die Seitenscheibe der Fahrerkabine nach unten hatte gleiten lassen. Er war kreidebleich geworden. Hatten sie seinen Abstecher ins Leonberger Gewerbegebiet bemerkt? War er die ganze Zeit über observiert worden? Eine gewisse Beruhigung keimte in ihm auf, nachdem er sah, dass auch einige andere Lastwagen kontrolliert wurden, man es also nicht gezielt auf ihn abgesehen hatte.

»Sie haben Südfrüchte geladen?«, konstatierte ein zivil gekleideter Beamter beim flüchtigen Blick in die Papiere. »Wohin geht's?«

»Zum Großmarkt nach Stuttgart.«

Ein anderer Kontrolleur, dem Luuk im Cockpit seines Mehrtonners Platz machte, steckte im Armaturenbrett ein elektronisches Gerät ein, um die digitalen Daten des Fahrtenschreibers auszulesen und auf dem Monitor sichtbar zu machen.

»Scharf am Limit gefahren«, stellte er mürrisch fest, als er die dargestellte Tempokurve auswertete. »Bald steht die Ruhepause an.«

»Bis Stuttgart reicht's noch«, meinte Luuk. »Wenn's hier nicht allzu lang dauert.«

Der Beamte schien nicht gerade gut aufgelegt zu sein: »Wie lange es dauert, müssen Sie schon uns überlassen.«

Auf Wunsch eines anderen Missmutigen ging Luuk um seinen Sattelzug herum und öffnete die Heckklappen, sodass die auf Paletten gestapelten Obstkisten zum Vorschein kamen. Erst als er sich wieder umdrehte, bemerkte er den Schäferhund, den ein weiterer Beamter an der Leine hergeführt hatte.

Ein Rauschgiftspürhund, durchzuckte es Luuk, der für einen Moment fassungslos auf das Tier starrte, das über eine herbeigebrachte Leiter zur Ladefläche hinaufkletterte und eifrig zu schnuppern begann, während der andere Kontrolleur die Paletten oberflächlich zählte, mit einer starken Lampe in Zwischenräume leuchtete und über die Freifläche an der rechten Bordwand stutzte.

Luuk verfolgte das Geschehen aus einigen Metern Entfernung. Sein Puls begann zu rasen. Der Hund schien auf der Freifläche etwas zu erschnüffeln. War seine Spürnase sensibel genug, um auch noch etwas zu riechen, was gar nicht mehr da war?

Bange Sekunden verstrichen. Keine erkennbare Reaktion des Hundes. Luuk behielt die Kontrolleure unauffällig im Auge. Der Hundeführer schien mit der erfolglosen Arbeit seines Vierbeiners nicht zufrieden zu sein. Immer und immer wieder feuerte er den Hund an, noch mal zu schnüffeln. Aber ohne Erfolg.

Schließlich rief er ihn zur Erleichterung Luuks wieder aus dem Frachtraum zurück.

»Hatten Sie schon eine Abladestelle?«, schnarrte ihn die unfreundliche Stimme des Beamten an.

Luuk zögerte. »Nein. Ich …«, er zündete sich aus Verlegenheit eine Zigarette an und inhalierte den Rauch, »… Großmarkt Stuttgart ist das Ziel.«

»Hm.« Der Hundeführer runzelte die Stirn und führte seinen vierbeinigen Helfer wieder weg, worauf Luuk sofort die Klappen wieder schloss.

»Sie kommen direkt aus Amsterdam?«, wollte der Kontrolleur noch wissen.

»Ja, direkt.« Luuk kehrte zur Fahrerkabine zurück, wo der andere noch immer mit seiner Elektronik beschäftigt war und wissen wollte: »Vor etwa knapp zehn Minuten haben Sie eine Pause gemacht.«

Luuk fühlte sich erneut geschockt. Er wusste natürlich, dass die Beamten zwar vieles auslesen konnten, nicht aber die Route, die allein für seinen Chef nachvollziehbar war. »Kurz pinkeln«, erwiderte Luuk geistesgegenwärtig.

»Wo war das?«

»Da unten, am Leonberger Dreieck.«

»Auf einem Parkplatz?«

Luuk überlegte, weshalb diese Frage von Bedeutung war. »Nein, Industriegebiet, gleich neben der Autobahn.«

»Hätt's nicht mehr bis hierher zum Rasthaus gereicht?«

Luuk lächelte verlegen und zog an seiner Zigarette. »Schwache Blase.«

109

Hofknecht huschte von einer Deckung in die andere: von Baumaschinen zu gestapelten Rohrleitungen, von angehäuftem Erdmaterial zu recycelbarem Schutt. Fahles Streulicht von der nahen Innenstadt, aber auch von einigen Strahlern auf dem Baugelände, reichte zur Orientierung aus. Seine Schritte auf dem unbefestigten Untergrund wurden von Geräuschen überlagert, die von umgebenden Straßen oder Eisenbahnzügen herrührten.

Was aber, so rätselte er, hatte Maleike Cortes zu dieser späten Stunde auf diesem Areal zu tun? Ein Treffen mit einem Liebhaber schien wohl eher unwahrscheinlich zu sein. Oder, so jagte ihm ein Gedanke durch den Kopf, hatte es nicht geheißen, einige der Stadthäuser, die Bestandteil der Ausstellung sein würden, seien bereits bezogen worden? Hatte sich Maleike dort womöglich eingekauft oder ein Apartment gemietet?

Jetzt ging sie schnurstracks auf den ersten Gebäudekomplex zu, an dem – soweit Hofknecht es überblicken konnte – keines der Fenster beleuchtet war. Es roch nach Rohbau und die Außenanlage war offenbar noch nicht angelegt. Dann verschwand Maleike hinter der Hausecke. Hofknecht preschte sofort mit einigen dynamischen Sprüngen dort hin, um vorsichtig und aus der Deckung heraus die junge Frau verfolgen zu können. Sie eilte über einige Bretter hinweg, die auf dem weichen Untergrund den schmutzfreien Zugang zu dem Haus ermöglichten. Hofknecht beobachtete, wie die Frau vor der schwarzen Türaussparung stehen blieb und eine kleine Taschenlampe einschaltete. Gleich würde sie das finstere Treppenhaus betreten.

Hofknecht schielte um die Ecke und überlegte, ob es Sinn machte, ihr zu folgen. Wollte er sie wirklich dort drinnen um ihre Hilfe bitten? Vielleicht war ja sie der Dreh- und Angelpunkt all dessen, was sich in den vergangenen Tagen ereignet hatte? Aber er wollte sie nicht ängstigen und ihr auch keine lästigen Fragen stellen. Er brauchte nur ihre Hilfe, mehr nicht. Hilfe zum Verschwinden.

Er musste es tun. Wenn nicht jetzt, hier und heute – wann dann? Kaum war sie vom finsteren Treppenhaus verschlungen, verließ er seine Deckung und erreichte mit einigen Schritten den Eingang. Dass er dabei auf den ausgelegten Brettern einige dumpfe Geräusche verursacht hatte, erschreckte ihn. Er blieb deshalb am Eingang regungslos stehen und lauschte in die Nacht. Drüben am Bahnhof fuhr ein Zug vorbei. Mehr nicht. Gerade, als er sich vorsichtig ins kühle Treppenhaus vortasten wollte, traf ihn eine laute Stimme tief ins Mark. Eine Frauenstimme. Es war ihm plötzlich, als sei alle Energie aus seinem Körper entwichen.

110

Turgut war ein verdammter Idiot, dachte Olberding, je mehr er darüber nachgrübelte, was ihm der Türke am Handy gestanden hatte. Iri einsperren. Solch ein Quatsch. Wenn das aufkam, würden sie auch noch wegen Freiheitsberaubung, Menschenraub oder noch Schlimmerem vor den Kadi gezerrt. Noch Schlimmerem? Mein Gott, überkam es ihn. Wenn Iri das nicht überlebt hatte? Da unten in diesem modrigen, feuchten Loch. Sie konnte sich den Tod holen. Er musste sie befreien. Aber er hatte keinen Schlüssel.

Turgut war wirklich einer von der ganz brutalen Sorte. Menschenhandel, ja, natürlich, Menschenhandel – so nannte man das, was er mit Iri vorhatte. Und wahrscheinlich war sie nicht die Erste, die er an die Saudis oder andere scheinheilige Sittenwächter verkaufte. Olberding beschloss, keinen weiteren Deal mehr mit Turgut zu machen.

Aber einen klaren Gedanken konnte er jetzt nicht fassen. Jetzt galt es, diesen Lagerraum hier auf der Alb für ein paar Tage zu nutzen. Vielleicht war es eine verrückte Idee gewesen, aber nachdem die Pflanzentransporte zur Buga abgeschlossen waren und sich zudem Heilbronn als heißes Pflaster erwiesen hatte, konnten die Kellerräume in den Gebäudekomplexen nicht länger als Zwischenlager dienen. Nur für kurze Zeit war die heiße Ware nach dem Abladen zwischen den vielen Baustoffen versteckt und dann in kleinen Portionen im alten Schafhaus auf der Waldheide deponiert worden. Aktion »Schwarze Rose« hatten sie dies genannt.

Bei der eiligen Suche nach Ersatz war ihm nur dieser »Bombenwald« eingefallen. In der Kürze der Zeit hatte er sogar noch recherchieren können, ob die unterirdische Anlage in den vergangenen Jahrzehnten jemals aufgespürt worden war. Aber das staatliche Forstamt, wo er sich als militärischer Geschichtsforscher ausgegeben und nach einem »Bunker oder etwas Ähnlichem« erkundigt hatte, war ahnungslos gewesen. Selbst dem jüngst erschienenen Buch eines Journalisten, der sich ausgiebig mit alten Militär-Arealen im Raum Ulm befasst hatte, war dazu nichts zu entnehmen.

Also konnte er es riskieren, diese unterirdische Anlage vorübergehend für seine Zwecke zu nutzen. Turgut war von diesem Ansinnen begeistert gewesen und hatte eine alte, verrostete, aber sehr stabile Eisentür angebracht, die – falls hier jemand vorbeikommen sollte – nicht den Anschein erweckte, erst jüngst installiert worden zu sein. Der Eingang war mit dürrem Holz und Dornengestrüpp getarnt worden. Aber dort unten einen Menschen einzusperren, womöglich tagelang, das zeugte schon von einem gewissen Grad an Schwachsinn, Unmenschlichkeit und Rohheit. Olberding überkam plötzlich ein Gefühl, das er nie zuvor gekannt hatte: War es Mitleid oder Angst vor Strafe, vor dem Entdecktwerden? Verdammt noch mal, wann tauchte der Kerl endlich auf, dachte Olberding, als er vor der verrosteten Tür stand und für einen Moment überlegte, ob er kräftig dagegenschlagen sollte, um wenigstens ein Lebenszeichen von Iri zu erhalten. Doch er entschied, es nicht zu tun, denn vermutlich würde man es meilenweit hören, wenn er jetzt mit einem großen Stein oder einem Stück Holz gegen die Tür stieß. Ohnehin waren ihm bei der Herfahrt einige merkwürdige landwirtschaftliche Fahrzeuge aufgefallen. Aber natürlich war es an so einem Sommerabend nicht ungewöhnlich, wenn sich Landwirte noch mit Scheinwerferlicht auf ihren Feldern aufhielten.

Vielleicht war es doch allzu leichtsinnig gewesen, sich für dieses Versteck zu entscheiden, das ihm in der ersten Euphorie als genial erschienen war.

Seine Gedanken kreisten um tausend Eventualitäten, die geschehen konnten, aber es blieb ihm keine andere Wahl, als hier auf Turgut zu warten.

Er sah auf die Armbanduhr und wurde ein weiteres Mal von Ängsten geschüttelt. Eigentlich hätte sich Plasser längst melden sollen. Wenn bei dem etwas schiefgelaufen war, konnte sich die Situation minütlich ändern.

111

Luuk Hendriks war verschwitzt, obwohl auf dem Parkplatz eine kühle Brise geweht hatte. Als sich die Kontrolleure zufriedengaben, fühlte er sich abgekämpft und erschöpft. Für einen Moment wusste er nicht, wie er sich von den Beamten verabschieden sollte. Er wollte vermeiden, dass man ihm seine Erleichterung anmerkte, noch einmal davongekommen zu sein. Er nickte wortlos, kletterte in sein Führerhaus und startete mit zitternden Händen den Diesel. Einige Minuten später, auf der Autobahn in Richtung Stuttgart, wurde ihm erst bewusst, dass er seit dem Rasthaus wie in Trance gefahren war. War der Rauschgifthund wirklich unfähig gewesen, etwas zu erschnüffeln? Auch wenn nichts mehr davon im Laderaum war, hätte er doch eine aufgeregte Reaktion zeigen müssen, zumal die

Hunde – wie er mal gelesen hatte – speziell darauf abgerichtet waren, auch noch winzigste Spuren zu bemerken.

Und was sollte die seltsame Frage, wo er die letzte Pause eingelegt hatte? Waren sie ihm jetzt doch auf der Spur? Hatten sie ihn einfach weiterfahren lassen, um herauszufinden, ob er wirklich den Großmarkt in Stuttgart ansteuerte?

Turgut hatte wahrscheinlich Glück gehabt. Wie üblich, benutzte er nicht die großen Fernverkehrsstraßen, aber wenn sie beide in Leonberg beim Umladen beobachtet worden waren, waren die Fahnder ganz bestimmt schon hinter Turgut her.

Luuk musste sich auf die Straße konzentrieren und scharf abbremsen, weil vor ihm ein äußerst langsamer slowakischer Sattelzug dahinkroch und wegen des nachfolgenden Verkehrs ein Ausscheren nicht möglich war.

Ein Trick der Fahnder? Vielleicht bremsten sie ihn aus. Vieles hatte er über Polizeimethoden gelesen, insbesondere auch über die bestens ausgebildeten Spezialeinsatzkräfte, die über ein reiches Arsenal an Gerätschaften und Ablenkungsmanövern verfügten.

Sollte er Turgut warnen? Nein, schoss es ihm durch den Kopf. Auf gar keinen Fall. Die digitalen Spuren, die das Handy hinterlassen würde, wären verräterisch. Luuk wollte in nichts hineingezogen werden.

112

»Ist da jemand? Hallo?« Die Frauenstimme, die aus dem stockdunklen Keller heraufdrang, klang ängstlich, beinahe panisch. Hofknecht kannte sie. Es war Maleike Cortes. Er verharrte am Eingang und wagte kaum zu atmen.

»Ist da jemand?« Wieder die Stimme, die sich dumpf an den Betonwänden brach. Dann Schritte und der diffuse Schein einer Handlampe, der die Treppen heraufflackerte.

Hofknecht wollte für den Bruchteil einer Sekunde flüchten. Einfach weg. Gleichzeitig übermannte ihn der Wunsch, mit Maleike zu reden. Deshalb war er ihr doch hinterhergeschlichen. Sie war seine letzte Rettung.

Gleich würde Maleike auftauchen. Er ging vorsichtig ein paar Schritte zurück ins Freie, um sie nicht im Treppenhaus zu erschrecken.

»Keine Angst«, kam es ihm aus heiserer Kehle über die Lippen. »Keine Angst, ich bin's. Hofknecht. Christian Hofknecht.« Für einen Moment fühlte er sich erleichtert.

Maleike schien ihre Schritte verlangsamt zu haben. »Herr Hofknecht?«, fragte sie vorsichtig in die Nacht. Der Lichtschein war nur andeutungsweise in der Türöffnung zu erkennen.

»Ja, ich bin's. Keine Angst«, erwiderte er und hatte Mühe, seine Stimme fest und überzeugend klingen zu lassen.

Augenblicke später tauchte Maleike schemenhaft auf und hielt den Lichtstrahl direkt auf sein Gesicht gerichtet. »Sie hier?«

Hofknecht hob abwehrend die Unterarme. Er wollte nicht angriffslustig wirken. »Entschuldigen Sie bitte, aber ich wollte mit Ihnen reden.«

»Reden? Mit mir? Hier? Mitten in der Nacht?« Maleike hatte ihr Selbstbewusstsein wiedergefunden, hielt sich aber auf Distanz.

»Ja, reden«, sagte er. »Ich brauche Ihre Hilfe.« Er machte ihr Platz, damit sie aus dem finsteren Treppenhaus ins Freie kommen konnte. Auch sie achtete darauf, dass zwischen ihr und ihm zwei Meter Platz blieben. Noch konnte sie nicht abschätzen, was diese Begegnung bedeuten würde. Sie richtete den Lampenstrahl auf den Boden, wodurch genügend Streulicht blieb, um sich gegenseitig zu sehen. »Hilfe?«, echote sie irritiert. »Jetzt? Hier?«

»Vielleicht haben wir ja beide ein und dasselbe Problem«, begann er schnell und aufgeregt. »Ich meine: Sie suchen hier unten etwas – und ich ... ich bin dadurch vielleicht in eine dumme Sache reingeraten.«

Maleike wusste für ein paar Sekunden nichts zu sagen, weshalb er sich für eine klare Aussage entschied: »Sie haben doch auch gewusst, woran Vanessa dran war.« Er sprach leise und versuchte, seine Aufregung zu verbergen. »Vielleicht würde sie heute noch leben, wenn Sie schneller reagiert hätten. Aber wer weiß, vielleicht haben Sie ja sogar reagiert.« Die letzten Worte waren ihm wie automatisch über die Lippen gekommen. Kaum hatte er sie ausgesprochen, hätte er sie am liebsten wieder zurückgenommen. Er wollte sie nicht wie eine Drohung klingen lassen.

»Wie bitte?« Maleike war tief getroffen und zielte mit der Lampe wieder in sein blasses Gesicht. »Sie wollen doch nicht behaupten, dass ich ...«

»Nein, bitte verstehen Sie mich nicht falsch«, unterbrach Hofknecht sie. »Ich wollte nur sagen, dass uns beiden, Ihnen und mir, die Sache mit Vanessa sehr nahegeht. Und weil ich dadurch in Bedrängnis geraten bin – in ganz schlimme Bedrängnis –, wollte ich Sie ganz herzlich bitten, mir einen Gefallen zu tun.«

»Einen Gefallen? So. Und der wäre?« Ihrem Tonfall war anzumerken, dass sie nicht gewillt sein würde, Hofknecht zu helfen.

»Ich möchte so schnell wie möglich weg. Und Sie sind eine intelligente, erfahrene Frau, die mir hilfreich sein könnte.« Im Licht der Lampe glitzerten Schweißperlen auf seiner Stirn.

»Und da haben Sie gedacht, mir mitten in der Nacht hier auflauern zu können?«

»Ich habe Ihnen nicht aufgelauert. Ganz bestimmt nicht«, log er.

»Wie kommen Sie dann hierher? Wie haben Sie es überhaupt auf das Gelände geschafft?«

Er spürte, dass seine Chancen gegen null gingen. »Ich hab auf Sie gewartet. Vor dem Büro. Und als Sie dann in diese Richtung gegangen sind, bin ich halt auch hierher …«

»Um mir nachzuschleichen«, beendete sie seinen Satz. »Und dann sind Sie heimlich aufs Gelände.«

»Um ehrlich zu sein, ja, drüben bei den Gräbern, wo man den Zaun öffnen kann«, antwortete er ruhig, um die Situation nicht eskalieren zu lassen.

»Und jetzt? Was soll nun werden?«

»Wissen Sie«, begann er verlegen. »Ich sag Ihnen ehrlich, dass ich Sie unglaublich nett finde. Irgendwie hatte ich immer, wenn wir uns trafen, den Eindruck, dass wir die gleiche Wellenlänge haben.« Sein Lächeln wirkte krampfhaft. Es wurde von ihr auch nicht erwidert.

»Sie haben sich aber wohl eher für Vanessa interessiert«, schleuderte sie ihm eiskalt entgegen.

»Ich hab mich nicht getraut, Ihnen meine Gefühle zu zeigen.«

»Aber jetzt, hier, um Mitternacht, da trauen Sie sich?« Sie entfernte sich einen Schritt. »Und was stellen Sie sich nun vor, wie ich Ihnen helfen soll?«

»Helfen Sie mir, wegzukommen. Ich möchte so bald wie möglich nach Australien, Neuseeland oder Namibia.« Schnell fügte er an: »Ich will kein Geld, nein, kein Geld. Nur Ihre Hilfe. Welche Papiere brauche ich? Wo krieg ich auf die Schnelle ein Ticket? Nichts weiter. Nur diese Hilfe. Bitte. Sie haben doch einen Computer im Büro. Da könnten wir alles rausfinden – und gleich wäre ich weg.« Er sprach immer schneller, aufgeregter, verzweifelter.

»Wie bitte?« Maleike leuchtete ihm wieder ins Gesicht, aber auch ihres, das ihm kantiger und entschlossener vorkam als vor ein paar Minuten, konnte er im Licht der Taschenlampe erkennen. »Das kann doch nicht Ihr Ernst sein, was Sie da sagen?«

»Doch, Frau Cortes, ganz sicher. Und Sie müssen mir helfen. Es gibt sonst niemanden.«

»Und wenn ich Nein sage?«

»Sie dürfen nicht Nein sagen.«

»Und wenn doch?«

»Ich will Sie nicht ängstigen«, erwiderte er, wobei seine Stimme seltsam klang: drohend und bittend gleichermaßen. »Aber irgendwann wird auch jemand die Frage stellen, was wir beide in dieser Nacht da unten im Keller gesucht haben ...«

»Sie versuchen, mich mit etwas zu erpressen, wofür es keine Beweise gibt.«

Er griff in die rechte Jackentasche, wohin Maleike mit dem Lichtstrahl folgte. Hofknecht zog etwas Dünnes heraus, ein Stück grünen Drahtes. »Wissen Sie, was das ist?«

Maleike fehlten die Worte. Flucht, schoss es ihr durch den Kopf. Der Mann muss verrückt sein.

»Blumenbindedraht«, sagte er. »Haben Sie doch sicher auch gelegentlich zur Hand.« Er wickelte ihn mit flinken Finger von einem Stückchen Holz einen halben Meter weit ab und meinte: »Oder haben Sie's lieber mit Rosen? Mit schwarzen?«

Maleike knipste ihre Lampe aus.

113

Sie hatten Plasser Handschellen angelegt und in einen Polizeikombi verfrachtet, wo er an einem Klapptisch Häberle und Linkohr gegenübersaß. Ein angebotenes Glas Wasser lehnte er kategorisch ab – und auch sonst wollte er ohne juristischen Beistand keine Angaben machen.

Häberle zeigte Verständnis für diese rein rechtlich korrekte Verhaltensweise, stellte deshalb auch keine Fragen mehr, sondern sinnierte laut vor sich hin und verfiel in einen jener Monologe, die schon oft einen Festgenommenen nachdenklich gestimmt und somit aussagebereit gemacht hatten.

»Wenn wir Kriminalisten uns etwas zusammenreimen, dann halten wir uns strikt an Fakten – genau so, wie es später die Richter tun werden. Manchmal bleibt aber nichts anderes übrig, als einige Lücken durch Mutmaßungen zu füllen. So überlegt man natürlich, wie kommt ein erfolgreicher Landschaftsplaner auf die Idee, sich mit der Weltraumbehörde anzulegen? Ziemlich abstrus, werden manche denken. Und doch war es dieser Landschaftsplaner, der Drohbriefe verschickt hat. Zweifel bestehen daran nicht.«

Plasser hob seinen gesenkten Kopf und sah Häberle verwundert an.

»Ja«, fuhr der Kriminalist fort, »da sind wir uns ganz sicher. Ein Sprachprofiler hat sich nämlich auf die Worte ›Verderben‹ und ›unverzüglich‹ konzentriert und gewisse Schlüsse draus gezogen. Zum Beispiel, dass der Verfasser möglicherweise aus den neuen Bundesländern stammen könnte. Etwas, was auf Sie zutrifft, Herr Plasser. Und Sie verwenden diese beiden Worte auch im Gespräch. Heute Abend übrigens ebenfalls wieder. Erinnern Sie sich?«

Plasser zeigte keine weitere Regung.

»Sie haben sich mit dem Amerikaner namens Olberding oder Ollenhower – oder wie er auch richtig heißen mag – zusammengetan und bei Pflanzenimporten aus den Niederlanden dafür gesorgt, dass einer der Neubauten auf dem Buga-Gelände zu einem Drogen-Umschlagplatz geworden ist. Für das Einfädeln dieser Dienste hat Olberding Sie fürstlich entlohnt. Schön für Sie«, grinste Häberle.

Linkohr fühlte sich zu einer Ergänzung bemüßigt: »Gelegentlich war auch ein kostenloser Besuch im ›Be Happy‹ bei Iri drin. Sagt Ihnen doch was, oder?«

Keine Antwort.

Häberle machte weiter: »Doch der großzügige Sponsor ist feige. Er schickt seinen Adjutanten vor, wenn's brenzlig wird, und opfert ihn wie einen Bauern beim Schachspielen. Da kann es leicht sein, dass der große Meister schon über alle Berge ist, bis der ›kleine Fritz‹ – in diesem Falle also Sie, Herr Plasser – mit der Sprache herausrückt. ›Immer auf die Kleinen‹«, fuhr Häberle fort, »so heißt es doch, oder? Die Kleinen hängt man und die Großen lässt man laufen. Aber eben nur, wenn die Kleinen nicht bereit sind, die Großen zu benennen.«

Plasser stützte sich mit den Ellbogen auf dem Klapptisch ab, senkte den Kopf und legte die Stirn auf die gefesselten Hände. Er wirkte wie ein trotziges Kind.

Unbeeindruckt davon resümierte Häberle weiter: »Dumm nur, dass da dieser Hofknecht aufgetaucht und allen in die Quere gekommen ist. Der lästige Gärtner aus der Provinz sozusagen.« Häberle grinste. »Der Hofknecht und einige andere seines Berufsstandes fühlen sich benachteiligt – und geraten an einen cleveren Helfer aus Bayern, der sogar mal Polizist war. Der sieht seine Chance gekommen, eine Art ›James Bond‹ einsetzen zu können – nämlich den Hofknecht, dem finanziell das Wasser bis ›Oberkante Unterlippe‹ steht und der deshalb gegen ein gutes Honorar in der Buga-Organisation den Spitzel spielt. Das kann er umso besser, weil er – wie sich's für einen Agenten halt gehört – vollen Körpereinsatz bringt, in dem er sich in die Vanessa verknallt.« Häberle zwinkerte seinem Kollegen Linkohr zu, der eine ähnliche Ermittlungstaktik bei Iri eingesetzt hatte. »Die Vanessa Eickhoff hat wohl auch bemerkt, dass bei den nächtlichen Pflanzentransporten etwas nicht sauber war – und hat es dem Hofknecht geflüstert. Der wiederum gab seine Infos an den Ex-Polizisten aus Bayern weiter. Letztlich wurde aber allen Beteiligten die Sache zu heiß – weil wohl auch Sie, Herr Plasser, von den internen Gerüchten Wind bekommen haben.«

Plasser schüttelte zaghaft den Kopf.

»Ein Mitwisser musste beseitigt werden«, stellte Häberle fest und wartete auf eine Reaktion Plassers. »Natürlich hat man zuerst gedroht, nämlich der Frau Vanessa Eickhoff. Olberding hat sich sogar als NASA-Vertreter ausgegeben und bei ihr offenbar – man muss es ja sagen – auf sehr dezente und seriöse Art durchblicken lassen, dass es im Interesse ihres wissenschaftlichen Projekts sehr von Vorteil wäre, wenn sie die Finger von anderen Dingen lassen würde. Frau Eickhoff wusste natürlich sehr wohl, was gemeint war: ihre Erkenntnisse um die Vorgänge bei den Pflanzentransporten. Man hat ziemlich großes Geschütz aufgefahren, um Frau Eickhoff zu beeindrucken.«

Häberle nahm einen Schluck Wasser. »Aber Frau Eickhoff hat sich nicht beirren lassen. Also musste sie sterben. Und soll ich Ihnen was sagen, Herr Plasser: Genau so, wie Sie sich heute Abend von Ihrem Chef, dem Olberding, haben ausnutzen lassen, so war das auch bei Vanessa Eickhoff: *Sie* haben die junge Frau ermordet.«

»Nein!«, brüllte Plasser plötzlich los. »Nein, nein, nein!« Er schlug mit der Faust auf den Klapptisch, sodass der ganze Wagen dröhnte.

»Doch!«, herrschte ihn Häberle an, wohl wissend, dass die Beweislage noch sehr dünn war. »Deshalb haben Sie sich auch am Tag danach am Neckarufer verdächtig gemacht, wo Sie meinem Kollegen Kuntz aufgefallen sind. Erinnern Sie sich? In diesem Info-Container bei der Wilhelmsschleuse.« Er grinste: »Den Täter zieht's immer an den Tatort zurück. Eine alte Weisheit.«

Häberle wischte sich mit dem Handrücken Schweiß von der Stirn, während Linkohr über die Kombinationsgabe des Chefermittlers staunte. »Und noch eines«, machte Häberle energisch weiter. »Um Angst und Schrecken zu verbreiten, haben Sie den Damen schwarze Rosen verteilt. Jeder weiß doch, dass das eine Art Drohung ist in Mafia- und Drogenkreisen. Alle in dem Büro sollten wissen: Klappe halten, sonst passiert was.«

Plasser legte die Arme angewinkelt flach auf den Tisch und senkte den Kopf darauf.

»Klappe halten«, griff Häberle den letzten Satz seines Monologs auf, »das ist allerdings in unserem Fall das Schlechteste, was man tun kann, wenn man in die Schusslinie geraten ist. Sie sollten es sich deshalb gut überlegen, Herr Plasser, ob Sie weiterhin die Klappe halten wollen.«

Häberle atmete tief durch und sah auf die Armbanduhr. Irgendwann müsste ein Anruf aus Ulm kommen.

114

Maleike war schockiert. Was hatte Hofknecht ihr da gerade gezeigt? War das ein böser Traum oder Wirklichkeit? Einen Blumenbindedraht hatte er aus der Jackentasche gezogen. Das musste nichts bedeuten. Nein. Blumenbindedraht hatte ein Gärtner zuhauf – und auch hier auf dem Gelände gab es dies. Aber dass er ihn ihr zeigte, hatte natürlich eine Bedeutung. Hofknechts Gesicht, das dabei gefährliche Züge angenommen hatte, ließ gar keinen anderen Schluss zu.

»Helfen Sie mir, bitte«, flehte der sichtlich erschöpfte Mann jetzt und steckte den Draht wieder ein. »Ich wollte Sie nicht erschrecken, wirklich nicht.«

Maleike entschied sich zur Flucht. Sie rannte los. Einfach weg. Beinahe wäre sie auf den verschmutzten Bodenbrettern ausgerutscht, doch ein paar Meter weiter spürte sie mit jedem Schritt die Schottersteine unter den Schuhsohlen.

»Warten Sie doch!«, hörte sie Hofknecht hinter sich schreien. Seine festen Tritte brachten den dicken Schotter zum Klackern. Er war dicht hinter ihr.

Maleike rannte weiter, um den Wohnblock herum. In einer Hand die ausgeschaltete Lampe, in der anderen den Lederriemen ihrer Handtasche, die über der rechten Schulter baumelte. Sie musste zur Brücke. Schreien. Ja, um Hilfe, hämmerte ihre innere Stimme. Doch sie war viel zu geschockt, um es zu tun. Außerdem wollte sie vorläufig kein Aufsehen erregen. Wie würde sie erklären können, was sie um diese Zeit hier hatte tun wollen?

»Bitte warten Sie!«, schallte Hofknechts Stimme über das Baugelände. Er war gar nicht mehr fähig, logisch zu denken und seine wilden Gedanken zu zügeln. Warum rannte er überhaupt Maleike hinterher? Was war geschehen? Er fühlte plötzlich, dass seine Reaktion völlig außer Kontrolle geraten war. Es gab keine Umkehr, nur ein Vorwärts. Er rannte einfach los, weg – aber wohin? Weg von seiner Vergangenheit – hinein in eine völlig irre Zukunft.

Maleike war außer Atem. Ihr rechter Fuß schmerzte, weil sie in eine Unebenheit getreten war. Zurück zur Brücke, rüber zur Schranke, zum Büro des Sicherheitsmannes. Was scherten sie jetzt noch ihre eigenen Bedenken? Sie musste sich retten. Schreien? Also doch um Hilfe? Gerade als sie es tun wollte, knickte ihr rechter Fuß in eine Vertiefung, sie taumelte, verlor ihre Handtasche, versuchte sich aufzurappeln und weiterzurennen, doch ein stechender Schmerz im Fußgelenk hinderte sie für ein paar Sekunden daran, ihr Tempo beizubehalten.

»Warten Sie doch.« Hofknechts Stimme ließ erkennen, dass auch seine Kondition allmählich zu Ende ging.

Das Handy, durchzuckte es Maleike, während sie trotz der höllischen Schmerzen weiterrannte, dann aber in der Dunkelheit zwischen Baumaschinen und Humushaufen kurz die Orientierung verlor und in ihrer Panik falsch abbog. Nicht zur Brücke, sondern dorthin, wo der Weg zur Wilhelmsschleuse führte. Finster zeichnete sich vor ihr das bewachsene Ufer des Kanals ab.

Das Handy. Nein, sie hatte es nicht in der Handtasche gehabt. Gott sei Dank nicht. Sondern in der Jackentasche. Sie warf die Handlampe weg, die an einem Schotterhaufen scheppernd zu Bruch ging.

Die Schmerzen im Fuß wurden mit jedem Tritt tausendmal schlimmer und stechender. Aber sie musste durchhalten. Das Adrenalin in ihrem Körper schien den Schmerz zu bekämpfen. Die Trittgeräusche, die in schneller Folge von hinten an ihr Ohr drangen, wurden bedrohlich laut. Schon glaubte sie,

Hofknechts schweren Atem zu hören. Seine Stimme wurde deutlicher: »Jetzt warten Sie doch für einen Moment, bitte.« Er schien ihr es mit letzter Kraft hinterherzuschreien.

Dann hatte sie ihr Handy gegriffen, in der rechten Jackentasche. Sie war mit der Funktion so vertraut, dass sie es auch jetzt, in dieser Ausnahmesituation, blindlings einschalten konnte. Gleichzeitig entsann sie sich, dass ihr iPhone auch ohne die Eingabe des üblichen Geheimcodes unten links auf dem Display einen Notfall-Touchscreen-Button erscheinen ließ. Sie schielte kurz auf das beleuchtete Display und tippte mit dem Finger mehrmals auf das Wort »Notfall.«

Sie hatte keine Ahnung, was nun geschah, hoffte aber inständig, dass sich automatisch eine Verbindung zur Polizei aufbaute.

Wohin mit dem Handy? Ans Ohr und reden? Zu spät. Sie war zu langsam geworden. Ihre Flucht wurde jäh gestoppt. Ein fester Griff hatte von hinten ihre Jacke festgehalten.

»Lassen Sie mich los!«, kam es atemlos aus ihrer trockenen Kehle, während sie sich reflexartig umdrehte und aus dieser Bewegung heraus dem Angreifer einen Schlag ins Gesicht versetzen wollte. Doch Hofknecht duckte sich weg und behielt dabei die Jacke fest im Griff.

Gleichzeitig spürte Maleike, dass ihr das Handy entglitten war. Es war – wie sie im Augenwinkel erkennen konnte – im weichen Erdreich gelandet. Von dort verbreitete das Display seinen matten Schein.

»Hilfe!«, schrie sie jetzt, so laut sie nur konnte. »Hilfe!« Irgendjemand musste es doch hören. Aber sie waren vermutlich viel zu weit von dem Kontrollpunkt auf der Brücke entfernt. Außerdem saß der Sicherheitsmann üblicherweise im geschlossenen Bürocontainer. Und diese waren auf Baustellen meist gegen Lärm gedämmt.

Hinzu kam, dass sie vorhin panisch in die falsche Richtung abgebogen war.

»Hilfe!«, schrie sie noch einmal – doch inzwischen war sie so sehr außer Atem, dass ihr Ruf schwächer wurde und im metallischen Rauschen eines am nahen Bahnhof vorbeifahrenden Güterzuges unterging.

Hofknecht hatte sie unsanft an den Oberarmen gepackt und zu sich hergedreht. »Maleike«, zischte er sie an. Die Anrede mit dem Vornamen und das anschließende Duzen waren aber nur der vergebliche Versuch, sie zum Einlenken zu bewegen. »Ich will nichts von dir, verstehst du? Aber ich brauch deine Hilfe. Du bist die Einzige, die mir helfen kann. Noch heute Nacht.« Er sprach schnell und panisch und roch unangenehm nach Schweiß. »Hast du mich verstanden?« Weil sie nichts sagte, schüttelte er sie so kräftig, dass ihr Kopf und der Hals schmerzten.

Sie überkam plötzlich ein dumpfes Gefühl. Wollte er sie umbringen? Aber er verlangte doch Hilfe. Nein, dann brauchte er sie lebend. Aber war Hofknecht überhaupt noch Herr seiner Sinne? Was musste in ihm vorgegangen sein, dass er plötzlich derart ausrastete?

Allein mit einem Psychopathen? Hier. Das Handy, durchzuckte es sie, noch bevor er etwas sagte. Falls der Notruf angekommen war und jemand zuhören konnte, musste sie jetzt deutlich werden. Sie entschied sich, ihm ein paar Worte ins Gesicht zu schreien – aber nicht so laut, dass er misstrauisch werden würde. »Was willst du hier auf dem Buga-Gelände bei der alten Schleuse von mir? Du, Christian Hofknecht, der du es wahrscheinlich bist, der die Vanessa Eickhoff umgebracht hat.« Sie hatte es zwar mit zitternder Stimme, aber laut und deutlich ausgesprochen. Hoffentlich hatte es ein Polizist gehört, der auch clever genug war, diese Worte zu deuten.

»Was soll das Geschwätz, Maleike«, giftete ihr Hofknecht entgegen. »Ich hab die Vanessa nicht umgebracht. Soll ich dir sagen, wer es war und wer es mir in die Schuhe schieben will?

Entweder dein idiotischer Plasser oder du selbst. Oder hast du diese Heidi, deine Adjutantin, dazu angestachelt? Du hast doch von Vanessa gewusst, dass mit den Pflanzentransporten etwas nicht stimmte. Du hättest es doch abstellen können.«

Maleike versuchte, sich aus dem festen Klammergriff zu lösen, und holte mit dem rechten Knie aus, um ihn schmerzhaft im Schritt zu treffen. Hofknecht hatte ihre Absicht aber bereits bemerkt, wich aus und drehte ihr nun mit Bärenkräften die Arme auf den Rücken. »So einfach geht das nicht, Mädel. Wenn du glaubst, mich auch noch in Vanessas Tod reinziehen zu können, anstatt mir zu helfen, dann wirst du denselben Weg gehen wie sie.«

Maleike spürte Todesangst.

115

Endlich war er gekommen. Olberding hatte das sanfte Brummen von Turguts Geländewagen im stillen Waldgebiet erleichtert zur Kenntnis genommen. Die Begrüßung fiel unterkühlt aus. Olberding unterließ es, dem Türken Vorwürfe zu machen. Das konnte er später erledigen.

Als Motor und Licht abgeschaltet waren, entschied Turgut: »Zuerst Iri. Halt dich zurück.« Es klang so, als dulde er keinen Widerspruch. Er kramte einen verrosteten Schlüssel aus der Jackentasche und stakste durch den hohen Bewuchs, der sich in der Dunkelheit düster abzeichnete, in das Unterholz zu dem in einer eineinhalb Meter tiefen Senke verborgenen Einstieg in den Bunker.

Olberding folgte und half Turgut, das zur Tarnung aufgehäufte, teilweise vermoderte Trockenholz und Dornengestrüpp beiseitezuräumen. Olberding, der darin weniger geübt war als sein Komplize, spürte schmerzhafte Stiche in den Händen.

Mit metallischem Klicken öffnete sich die Tür, worauf Turgut eine starke Taschenlampe aufflammen ließ und langsam die zerbröselten Backsteinstufen hinabstieg. »Iri?«, rief er. Seine Stimme dröhnte dumpf. »Iri?« Noch lauter: »Iri.«

Olberding stockte der Atem. Keine Antwort. War sie tot? Modriger Geruch und feuchte Luft schlugen ihm entgegen.

»Iri?«, wiederholte Turgut noch einmal und stieg langsam hinab. Olberding hielt sich auf Distanz. Der Türke war inzwischen unten angekommen und ließ den Strahl der Lampe durch den Raum tanzen. Zögernd näherte sich Olberding und schaute an ihm vorbei. Was er sah, ließ ihm das Blut in den Adern gefrieren. Beine in Jeans, ein Körper, der auf einer Wolldecke am Boden lag. Eingehüllt in Stoff. An einem Ende lange schwarze Haare. Leblos.

Auch Turgut verharrte.

116

Nichts von der Anspannung war bisher an die Öffentlichkeit gedrungen. Ohnehin hatte die Bedrohung durch den Weltraumschrott bisher die Medien nur am Rande interessiert. Das meiste, was da um die Erde kreiste, würde ja sowieso irgendwann beim Eintritt in die Atmosphäre verglühen. So jedenfalls die weit verbreitete Meinung. Natürlich stimmte dies auch. Nur selten waren die Brocken so groß, dass Teile davon auf die Erdoberfläche stürzten. Und glücklicherweise hatte es dabei nie Schaden gegeben.

»In Momenten wie diesen wird klar, wie wichtig voriges Jahr die internationale Konferenz im Satellitenkontrollzentrum der ESA in Darmstadt war«, knüpfte Marko Jankus an die Gespräche mit seinen Kollegen an. Sie hatten sich im Laufe der quälend langsam dahinkriechenden Nachtstunden nur wenig Ruhe gegönnt, Unmengen von Kaffee getrunken und von Baikonur aus den Kontakt mit Oberpfaffenhofen und dem ESA-Satellitenkontrollzentrum in Darmstadt gehalten. Aber mehr tun, als die Lage zu beobachten, konnten sie nicht. Das war ihnen klar, doch keiner von ihnen hatte schlafen gehen wollen – und jetzt, da in der Steppe von Kasachstan bald der Morgen graute, ohnehin nicht. Schließlich ging es nicht nur um die ISS, sondern vor allem um die sechs Besatzungsmitglieder, die bereits alle Vorkehrungen getroffen hatten, um sich in die beiden angedockten Sojus-Kapseln zu retten. Ob diese bei einem Objekt von der Größe dieses Trümmerteiles wirklich genügend Schutz bieten würde, war keinesfalls sicher. Die Frage war, wo der Einschlag in die Station geschehen würde. Auf den Meter genau ließ sich dies nicht berechnen.

Marko sah auf die digitale Uhr an der Wand. 4.07 Uhr. Noch blieben etwa eineinhalb Stunden. An der berechneten Zeit der drohenden Kollision hatte sich nichts geändert: 5.33 Uhr Ortszeit. »Der Redner, der bei der Konferenz aufgetreten ist, war Donald J. Kessler, ein amerikanischer Astrophysiker, der Zusammenstöße von Objekten im Asteroidengürtel des Sonnensystems untersucht hat und die NASA berät. Er hat dringend davor gewarnt, den Weltraumschrott nicht ernst zu nehmen. In 100 Jahren könnte es sonst viel zu gefährlich sein, noch ins All zu fliegen«, erklärte Marko Jankus, während der englische Sprechfunkverkehr aus der ISS das hell erleuchtete Büro erfüllte. Der Innenraum spiegelte sich in der nachtschwarzen Scheibe, hinter der nur zwei starke Scheinwerfer in der steppenartigen Umgebung etwas anstrahlten, was man nicht sehen konnte.

»Immerhin hat es die Bahn beibehalten«, meinte Florian Winkler. »Aber beruhigend ist das ja nicht. Ich frag mich noch immer, ob dies alles Zufall ist oder ob da nicht doch jemand nachgeholfen hat.«

Stefan Nowak winkte genervt ab. »Vielleicht hast du in deiner Kindheit doch ein bisschen zu viele Science-Fiction-Filme gesehen.«

Ihre Diskussion wurde durch den lauter gewordenen Sprechfunkverkehr unterbrochen. Marko gab seinen beiden Kollegen ein Zeichen, still zu sein.

Offenbar hatte die NASA jetzt vorgeschlagen, die ISS mithilfe der kleinen bordeigenen Triebwerke in eine höhere Umlaufbahn zu bringen. Höchste Zeit dafür, dachte Florian, der aber aus den deutlich aufgeregteren Stimmen das Wort »evacuate« herauszuhören glaubte. Evakuieren.

117

Der Anruf kam – aber nicht so, wie Häberle es erhofft hatte. Nicht vom Ulmer Präsidium, sondern per Funk, direkt von den Kollegen, die im Heilbronner Präsidium den Einsatz auf der Waldheide koordiniert und geleitet hatten.

Inzwischen war Plasser abtransportiert worden.

Häberle hatte noch für ein paar Minuten mit Linkohr gesprochen, der den Gedanken an Iri nicht mehr verdrängen konnte. Er musste sie unbedingt wiedersehen. Vielleicht schaffte er es sogar, sie aus dem Rotlichtmilieu zu holen.

Jetzt aber lauschte er dem Gespräch seines Chefs, dem ein mobiles Funkgerät gereicht worden war. Nachdem sich Häberle gemeldet hatte, erfüllte eine krächzende Lautsprecherstimme den Innenraum des Kombis. »Wir haben einen dubiosen Notruf erhalten. Aus dem Buga-Gelände. Eine Streife ist dorthin unterwegs.«

»Was heißt ›dubios‹?«, fragte Häberle sofort zurück.

»Jemand hat wohl 110 gewählt, sich dann aber nicht gemeldet. Eine Frau anscheinend. Soweit der Kollege in der Leitstelle hören konnte, geht's um den Mord an Vanessa Eickhoff. Die Frau hat deutlich ihren Standort genannt, ›bei der Wilhelmsschleuse‹. Es gab einen hektischen Dialog mit einem Mann, der aber schlecht zu verstehen war. Aber es hat sich so angehört, als habe er ihr gedroht, sie umzubringen, falls sie versuche, ihn zu beschuldigen.« Die Stimme im Funk legte eine Pause ein, doch weil Häberle nichts erwiderte, fuhr der Mann fort: »Wir haben das Gespräch gespeichert. Sie können es selbst anhören.«

»Nicht nötig«, erwiderte Häberle. »Schicken Sie Verstärkung raus. Dringend. Verständigen Sie Kuntz und Dreisamer.

Fordern Sie Bussard an.« Gemeint war ein Polizeihubschrauber. Häberle nickte Linkohr zu. »Wir kommen auch runter.«

Der Chefermittler beendete das Gespräch, zog Linkohr am Ärmel mit aus dem Kombi und winkte einen Uniformierten herbei. »Bringen Sie uns bitte so schnell wie möglich auf das Buga-Gelände. Wilhelmsschleuse. Sie kennen sich doch aus, oder?«

118

Turgut ging vorsichtig auf das Kleiderbündel zu, neben dem eine halb leere Wasserflasche stand.

Olberding blieb auf der letzten Stufe stehen und verfolgte mit rasendem Herzschlag, was Turguts Lampe erhellte. Gerade als Turgut sich langsam bückte, um die Wolldecke beiseitezuziehen, unter der er Iris leblosen Körper vermutete, hallten schnelle Schritte die Treppe herab. Olberding drehte sich instinktiv um, seine Augen wurden von hellen Lampen geblendet, eine ganze Horde schwarz gekleideter, vermummter Männer schien sich mit wildem Gebrüll, das dumpf von den Wänden widerhallte, auf ihn zu stürzen. Zu Tode erschrocken, machte er ihnen Platz, wich von der Treppe und drückte sich rechts gegen die Innenwand des Raumes, während Turgut für den Bruchteil dieser Schrecksekunde in gebückter Haltung verharrte. Diese Schockstarre reichte zwei schwarz Vermummten, ihn zu packen und auf den Boden zu ringen. Sekunden später klickten Handschellen.

Olberding war teilnahmslos dagestanden. Geradezu apathisch und gar nicht in der Lage, das plötzliche Geschehen zu realisieren, ließ er sich widerstandslos Handschellen anlegen. Sein Blick war dabei starr auf das Kleiderbündel gerichtet, das sich während der ganzen Aktion noch immer nicht bewegt hatte. Iri war tot. Daran bestand kein Zweifel.

119

Der Uniformierte am Steuer fuhr wie der Teufel. Das Blaulicht zuckte durch den Wald, die Einsatzsirene heulte. Die wenigen Autos, die auf der Strecke von der Waldheide hinab in die Stadt unterwegs waren, setzten beim Annähern des Streifenwagens artig den Blinker und gewährten freie Fahrt.

Noch waren sie in den Weinbergen unterwegs, als Häberles Handy anschlug und er es hastig aus der Jacke zog. Linkohr, der hinter ihm Platz genommen hatte, hätte gerne gehört, worum es bei dem Anruf ging. Er konnte aber nur verstehen, was sein Chef nach wenigen Sekunden angestrengten Zuhörens sagte: »Super gemacht, Kollegen. Kompliment. Und was hat dieser Turgut angeliefert?«

Kurze Pause, dann Häberles erstaunter Kommentar: »Das gibt es doch nicht. Das kann überhaupt nicht sein. Seid ihr euch ganz sicher?«

Häberle lauschte und beendete das Gespräch. Während sie den Stadtrand von Heilbronn erreichten, steckte er sein Handy wortlos ein. Sowohl Linkohr als auch der Fahrer warteten gespannt, was den Chefermittler so sehr aufgewühlt hatte.

»Die haben den Turgut und den Olberding im Bunker geschnappt. Das SEK war wieder mal super. Aber …«, Häberle drehte sich zu Linkohr, »jetzt können Sie Ihren Allerweltsspruch mit dem weggehauenen Blech wieder loswerden.«

»Ach, ist was mit Iri?«, fragte der junge Kollege erschrocken zurück.

»Keine Sorge, die Iri hat das SEK rechtzeitig rausgeholt. Die Herrschaften haben nur eine Schaufensterpuppe vorgefunden. Aber etwas anderes ist merkwürdig: Bisher haben sie kein Rauschgift gefunden. «

Linkohr nahm es nur am Rande zur Kenntnis. Viel wichtiger war ihm, dass Iri lebte.

120

Egeas Petridis litt seit einer Woche unter Schlaflosigkeit. Tagsüber war er müde und abgespannt, konnte sich auf nichts konzentrieren und kämpfte mit Selbstvorwürfen über sein Verhältnis zu Vanessa. Natürlich hatte er sich in den vergangenen Monaten zu wenig um sie gekümmert – aber sie war auch zunehmend abweisend gewesen. Vielleicht war es genau das, weshalb sie mit ihm nicht über ihre Ängste und tiefsten Sorgen sprechen wollte. Dass das Verhältnis abgekühlt war, hatte er vor einigen Wochen besonders deutlich zu spüren bekommen, als sie auf seinen Vorschlag, nach dem erfolgreichen Start der Rakete groß zu feiern, mit keiner Silbe eingegangen war. Im Nachhinein schien es ihm so, als habe sie geahnt, dass sie bis dahin gar nicht mehr leben würde. Nein, so durfte er keinesfalls denken. Das war natürlich Unfug. Aber es waren solche finsteren Gedanken, die ihn in dieser Nacht wieder einmal beschäftigten. Er konnte nicht einschlafen, seit zwei Stunden nicht. Er hörte jeden Glockenschlag irgendeiner Kirche in der Umgebung.

Jetzt war er einfach aufgestanden, um etwas zu trinken und – wie von einer inneren Macht getrieben – den auf »Standby« stehenden Computer zu wecken und die Homepage der DLR aufzurufen, obwohl es immer dieselben Bilder waren, die man dort sehen konnte: entweder aus einem Fenster der ISS auf die Erde – sofern es nicht gerade Nacht war – oder eine skizzenhafte Darstellung der aktuellen Flugroute. Im Moment war die angedeutete ISS mitten über dem Südatlantik im Anflug auf Marokko. Dass zu dieser nächtlichen Zeit kein Sprechfunkverkehr übertragen wurde, empfand er als nicht außergewöhnlich, obwohl es ja in der ISS keinen Tagesablauf wie auf der Erde gab und es auch nicht überall auf dem Planeten Mitternacht war.

Er zog den Bürostuhl näher an den Schreibtisch heran, um sich anlehnen und trotzdem den Monitor sehen zu können. Alles schien so friedlich und wie selbstverständlich zu funktionieren. In den nächsten Tagen würde Alexander Gerst den Mini-Umweltsatelliten aussetzen, woraufhin das Gerät mit einigen Mini-Triebwerken auf die vorgesehene Umlaufbahn gebracht wurde.

Für einen Moment musste Petridis daran denken, wie viele Mini-Satelliten, aber auch größere Flugkörper für Spionage, Navigation, Telekommunikation und Wetterbeobachtung inzwischen um die Erde kreisten. Ein Wunder, dass es so selten Zusammenstöße gab, jagte ihm plötzlich ein Gedanke durch den Kopf.

Natürlich war er als Astrophysiker auch mit der Problematik des sogenannten Weltraumschrotts befasst, wenngleich nur am Rande. Damit mussten sich andere auseinandersetzen. Allerdings glaubten zu viele Menschen, dass es dort draußen massenhaft Platz gab. In Wirklichkeit drängten sich in den idealen Umlaufbahnen eine ganze Menge Objekte.

Würden irgendwann einmal Außerirdische diesen Planeten ins Visier nehmen, wüssten sie sofort, dass hier eine intelligente Spezies mit ihrer Technik am Werk war. Und wer wusste es schon – so kam es ihm zwischen all den wilden Gedanken, die sich seiner bemächtigten, plötzlich in den Sinn –, vielleicht kreiste dort oben auch bereits etwas, womit eine fremde Zivilisation das Treiben auf diesem Planeten studierte. Oder bereits studiert hatte und dann mit Grausen wieder verschwunden war.

Seine Augenlider wurden schwer. Als er gerade für zwei Sekunden in einen Schlaf gefallen war, holte ihn das blitzende Bild am Monitor sofort wieder in die Realität zurück:

Abbruch der Übertragung. Wieder der Text, der ihn schon einmal zutiefst erschreckt hatte: »Please stand by, the High Definition Earth Viewing experiment ist either switching cameras, or we are experiencing a temporary loss of signal with the International Space Station.«

Abbruch. Verbindung zur ISS weg. Er griff zur Maus, um auf den Link für eine andere Darstellung zu klicken – doch auch da gab es nur den gleichen Hinweis.

Obwohl er vor einigen Tagen eine ähnliche Störung erlebt hatte, kam es ihm diesmal so vor, als sei das Signal wegen eines schlimmen Zwischenfalls verloren gegangen.

Absurd, mahnte er sich selbst.

Das Schweigen im Funkverkehr gewann plötzlich eine ganz andere Bedeutung. Also doch, blieb die innere Stimme hartnäckig. Noch war die Gefahr für die ISS nicht ausgestanden. Solange der Mini-Satellit an Bord war, konnten etwaige Angreifer versuchen, das Vorhaben gewaltsam zu torpedieren.

Er spürte den Herzschlag bis zum Hals.

Er würde nie mehr glücklich werden können, wenn sechs Kosmonauten starben, nur weil Vanessa und er dieses Experiment entwickelt hatten.

Würde jemals etwas davon an die Öffentlichkeit dringen, wenn auf die ISS ein Anschlag verübt wurde?

121

Maleike war völlig außer Atem. Sie zerrte an Hofknechts Klammergriff, versuchte, ihn zu treten, spuckte ihm ins Gesicht. Ihre Haare klebten inzwischen schweißnass am Kopf, ihr Puls raste. Ihre Schreie waren schwach, ihr Fußgelenk schmerzte immer heftiger, ihre Widerstandskraft ließ nach. Hofknecht zerrte sie immer weiter, immer gewalttätiger in Richtung der alten Schleuse.

Maleike betete, irgendjemand möge ihren Notruf richtig gedeutet haben. Widerstand war zwecklos, das spürte sie inzwischen. Ein letzter Versuch deshalb, ihn zu besänftigen: »Sag, was willst du? Ich werd versuchen, dir zu helfen«, flüsterte sie, schwer atmend. »Was willst du?«

»Nichts mehr will ich«, presste er hervor. »Nichts mehr. Ich will nur, dass du für dein Schweigen büßen musst.«

»Wieso hab ich geschwiegen? Bei wem, worüber? Ich hab der Vanessa nichts getan. Wirklich nicht«, flehte sie, doch es war nicht dazu angetan, Hofknecht zu besänftigen.

Er zerrte, schubste, stieß und trat sie, um sie möglichst schnell bis zur Schleuse zu bugsieren.

»Hättest du auf Vanessas Andeutungen richtig reagiert, wäre dem Scheißamerikaner und dem Plasser rechtzeitig das Handwerk gelegt worden. Aber an dem Plasser hast du wohl einen Narren gefressen. Ausgerechnet an dem. Du hast nicht glauben wollen, dass dein angeblich fleißigster Mitarbeiter dunkle Geschäfte macht. Nächtelang hat er gearbeitet, ja, das hat er – aber nicht allein im Interesse deiner Buga.«

Sie hatten das Geländer zur Schleuse erreicht. Hofknecht drückte sein Opfer mit dem Rücken gegen das harte Metall.

Maleike fühlte, dass er in seiner Ausweglosigkeit zu allem entschlossen war. »Bitte«, wimmerte sie, während er mit seinen Beinen die ihrigen gegen den unteren Teil des kalten Geländers klemmte, ihr mit einer Hand an die Kehle griff und ihren Kopf nach oben drückte – und mit der anderen Hand etwas aus seiner Jackentasche holte.

Blumenbindedraht, jagte es ihr panikartig durch den Kopf.

122

Das Martinshorn heulte durch die Heilbronner Innenstadt. Die Einsatzleitung hatte alle im weiten Umkreis zur Verfügung stehenden Einsatzkräfte alarmiert. Dazu das SEK, das innerhalb kürzester Zeit mit einem Hubschrauber eintreffen würde. Häberle überlegte, ob diese Spezialeinheit möglicherweise direkt von dem inzwischen abgeschlossenen Einsatz im Alb-Donau-Kreis hergeflogen wurde.

Eine erste Streife meldete per Funk bereits »Ankunft am Zielobjekt«. Häberle drehte die Lautstärke hoch, Linkohr bückte sich zwischen den Sitzen nach vorne, um besser mithören zu können.

»Bisher keine Erkenntnisse«, sagte die Männerstimme.

Der Fahrer schien jetzt noch mehr Gas zu geben. Reifen quietschten in den Kurven. Die beiden Passagiere im Streifenwagen hielten sich an allem fest, was sich dafür eignete. Jede rote Ampel, die sie passierten, bescherte ihnen ein ungutes Gefühl, weil man nie wissen konnte, ob der Querverkehr das Einsatzfahrzeug wahrgenommen hatte.

Noch vor der Auffahrt zur Bleichinselbrücke war ein weiterer Streifenwagen aufgetaucht, der jetzt vor ihnen fuhr.

Die Schranke, mit der auf der Brücke das Buga-Gelände üblicherweise gesperrt war, ragte in die Höhe, der Sicherheitsposten stand vor seinem Büro und verfolgte sichtlich ratlos und irritiert, was sich um ihn herum abspielte.

Der Uniformierte hinterm Steuer des Streifenwagens kannte sich aus. Kaum hatte er den Alt-Neckar überquert, jagte er das Auto in eine Linkskurve. Steine prallten gegen das Bodenblech, schon zuckte ihnen das Blaulicht zweier anderer Streifen entgegen. Handscheinwerfer leuchteten das Gelände ab.

Eine Lautsprecherdurchsage schallte durch die Nacht: »Hier spricht die Polizei. Bitte melden Sie sich.«

Offenbar war noch niemand entdeckt worden. Der Streifenwagen stoppte, Häberle und Linkohr stiegen aus, um sich schnell bei dem halben Dutzend Uniformierter vorzustellen, das sich um die anderen Fahrzeuge gruppiert hatte. »Da vorne ist die Schleuse«, wies einer von ihnen die beiden Kriminalisten ein. »Da ist aber niemand.«

»Auch nicht im Wasser?«, hakte Häberle nach, als er zusammen mit Linkohr das Geländer der Schleuse erreicht hatte. Ein Lampenstrahl war auf das unter ihnen langsam in den beiden schmalen Kammern dahinfließende Wasser gerichtet, auf dem einige welke Blätter trieben. Die vorderen Schleusentore waren geöffnet.

»Soweit wir sehen können, ist da nichts«, stellte jemand fest. »So schnell geht da niemand unter.«

Häberle stutzte. »Das ist aber nur der Auslauf vom Kanal – wie sieht's da drüben aus?« Ihm fiel ein, dass nur wenige Meter davon entfernt, parallel zum Kanal, der Alt-Neckar vorbeifloss. Beide Wasserläufe vereinigten sich hier am Ende der Kraneninsel wieder, während sie stromaufwärts von der Eisenbahnbrücke überspannt wurden. Und diese wiederum, so rief sich Häberle die komplexe Situation in Erinnerung, querte den Kanal zwischen Wilhelmsschleuse und dem Hafen, wo auch Plasser sein Boot liegen hatte.

»Wir haben die Wasserschutzpolizei und Taucher angefordert«, meldete einer der Männer, die sich im gleißenden Scheinwerferlicht versammelt hatten und sich sofort an ihre Arbeit machten, um das Gelände zu durchsuchen.

Als immer mehr Fahrzeuge mit Martinshorn und Blaulicht eintrafen, darunter inzwischen auch vorsorglich Notarzt und Rettungswagen sowie die Feuerwehr, teilten sich die Kräfte gruppenweise auf.

Drei Uniformierte verschwanden auf der Kraneninsel in Richtung der Eisenbahnbrücke, die sich schwarz und bedrohlich vor ihnen erhob. Im ruhig dahinfließenden Alt-Neckar spiegelte sich das Licht einzelner Straßenlampen, gespenstisch zuckten die Blaulichter darüber hinweg. Noch immer lag über der Stadt das Heulen der Martinshörner, jetzt allerdings überlagert von den Fahrgeräuschen eines Zuges. Für die drei Beamten, die in die Finsternis unter der Brücke vorgedrungen waren, hörte es sich über ihnen wie ein unheimliches Rumpeln an.

Das Licht ihrer starken Handlampen strich am gemauerten Ufer entlang, an dem das tiefschwarz erscheinende Wasser gemächlichen dahinfloss. Gerade als einer der Polizisten feststellte, dass wohl gleich der Zaun des Buga-Geländes den Uferweg begrenzen würde, stieß ihn einer seiner Kollegen erschrocken an. »Da, siehst du das?« Sie hatten noch nicht einmal die halbe Strecke unter der Brücke zurückgelegt. Der Lichtstrahl traf etwas, was direkt am gemauerten Ufer lag. Halb im Wasser.

Mit vier, fünf Schritten hatten sie die Stelle erreicht. Kein Zweifel: Das war ein Mensch, der Unterkörper bis zum Bauch im Wasser, der Oberkörper auf den Steinen. Eine Frau. »Das ist sie«, stellte einer der Männer fest und griff zum Funkgerät, das er um den Hals trug.

123

Noch war es in Baikonur eineinhalb Stunden vor Sonnenaufgang. Draußen in der Steppe herrschte tiefe Dunkelheit. Doch das stille, friedliche Bild trog. Denn nicht nur hier, sondern in vielen Observatorien der Welt waren die Augen auf Computerdarstellungen gerichtet, die unablässig Zahlenreihen auflisteten oder Radarbilder zeigten, die nur Fachleute deuten konnten.

Die drei Männer in Baikonur, die die ganze Nacht den Kontakt mit verschiedenen Weltraumorganisationen hielten, glaubten zu spüren, wie überall der Atem angehalten wurde. Eine angespannte Atmosphäre – sowohl bei den Technikern als auch bei den Koordinatoren. Dazwischen englische Wortfetzen, die entweder nur schwer oder gar nicht zu verstehen waren. Stoßgebete zum Himmel.

Die NASA hatte auf die Zündung der ISS-Triebwerke gesetzt – und nach langem Zögern in letzter Sekunde der Besatzung den Befehl zum Anziehen der klobigen Raumanzüge erspart. In diese hätten sie sich nämlich vor dem Umsteigen in die Sojus-Kapseln zwängen müssen.

So blieb jetzt das bange Warten auf die Mitteilung, ob die ISS unbeschadet die bedrohliche Begegnung mit dem unbekannten Weltraumschrott-Teil überstanden hatte. Kam es zur Kollision, wäre das nicht nur eine Katastrophe für die sechs Personen an Bord, sondern für die gesamte Raumfahrt. Jahrelang war die ISS mit vielen Shuttle- und Transportern zusammengebaut worden. Und wenn sie jetzt in Bruchstücke zerfiel und Hunderttausende von Trümmerteilen übrig blieben, so wäre dies ein gewaltiger Rückschlag. Sofort würden wieder Stimmen laut, die Milliarden für die Raumfahrt wären sinnvoller für soziale Projekte auf der Erde angelegt.

Da würde es wenig nützen, auf die wissenschaftliche Bedeutung der bemannten Raumfahrt hinzuweisen – mit all ihren segensreichen »Abfallprodukten« für unzählige Bereiche: für Medizin, Physik, Biologie, Umwelt und Telekommunikation. Natürlich auch für die militärische Seite.

Wahrscheinlich würde es Generationen dauern, bis wieder eine Aufbruchsstimmung für einen Flug ins All zu spüren wäre. Von einer Marsmission ganz zu schweigen. Natürlich hatte es immer wieder Rückschläge gegeben: Zwei Shuttles gingen verloren, in den Frühzeiten des Apollo-Mondprogramms der Amerikaner waren drei Astronauten auf der Startrampe verbrannt. Und welche Opfer es in den anderen Raumfahrtnationen gegeben hatte, würde sich wohl niemals ergründen lassen.

Die drei Männer sahen in die langsam heller werdende Steppe hinaus, wo sich jetzt die Metallgerüste der Starttürme abzeichneten. Der Himmel war grau – der Tag begann offenbar so trist, wie die Stimmungslage während der Nacht gewesen war.

Doch dann zerriss ein nervtötendes Geräusch die angespannte Atmosphäre in dem Büro – ein Knacken und Krachen aus dem Lautsprecher, eine Frauenstimme im Funk, die nicht zu verstehen war.

124

Hofknecht war erschöpft, physisch und psychisch. Die Einsatzsirenen schienen von allen Seiten auf ihn zuzukommen. Kaum hatte er das erste Martinshorn gehört, war er geflüchtet. Den Draht hatte er noch um Maleikes Hals legen können, während ihre Schreie glücklicherweise unter dieser Brücke vom Lärm eines Zuges verschluckt worden waren. Aber dann diese Martinshörner, von allen Seiten, von überallher.

Maleike hatte sich gewehrt. In Todesangst. Mit letzten Kräften. Er hätte nur den Draht festziehen müssen. Aber sie wehrte sich, brüllte und versetzte ihm einen schmerzhaften Stoß zwischen die Beine. Dann hatte er sie an den Kopf geschlagen. Mit Fäusten, mit der flachen Hand. Und ihr einen Fußtritt verpasst, der sie niederstreckte. Ob sie ganz im Wasser lag oder nur halb, ob sie ohnmächtig war und ertrank – das konnte er jetzt nicht mehr nachvollziehen. Wie überhaupt es ihm nicht mehr möglich war, klare Gedanken zu fassen, zu unterscheiden, was ein böser Traum oder die Realität war. Was er in Verzweiflung, aus Wut, Angst und Zorn getan hatte. Es war einfach über ihn gekommen. Etwas schien ihn gesteuert zu haben.

Von einer Panik in die andere. Von einer Ausweglosigkeit in noch mehr Chaos.

Nun war er geflüchtet, quer über das Gelände der Gartenschau, vorbei an den großen Wohnkomplexen, hinüber zu den Bäumchen des »Inzwischenlandes«, zu den Rosensträuchern, hinauf zu dem Damm, der wie eine schwarze Barriere vor ihm lag. Wie das Ende der Welt. Er kannte sich hier aus. Oft genug schon war er hier gewesen. Mit Vanessa, mit Maleike und Heidi. Auch mit Plasser. Schön war es gewesen. Und schön würde es nächstes Jahr hier sein. Aber alles war jetzt in der Schwärze der Nacht versunken. Alles, was er sich erhofft und erträumt hatte. Ein neues Leben mit Vanessa, das er sich während der Namibia-Reise so märchenhaft vorgestellt hatte – ohne zu wissen, wie er es hätte anstellen sollen, sich von Katharina zu trennen und die hochverschuldete Gärtnerei zu halten. Eigentlich hatte er sich treiben lassen, plan- und ziellos, in der Hoffnung, es würde sich alles irgendwie zum Guten wenden. Ganz ohne sein eigenes Zutun. Heimlich hatte er etwas vorbereitet, was er nie zu realisieren imstande gewesen wäre. Heimlich hatten sie telefoniert, mit dem Handy, das er aus Namibia mitgebracht hatte. Niemals hatte er gedacht, dass Katharina schneller sein würde – dass sie ihn mit Warnecke betrog. Ausgerechnet mit dem, für den er alles riskiert hatte, für den er sich und auch Vanessa in Gefahr gebracht hatte. Vielleicht wäre es sogar einfach gewesen, den Absprung zu schaffen, weil doch Katharina auch andere Pläne hatte.

Nur dass Vanessa plötzlich nicht mehr wollte – am Mittwochabend, als er ihr liebevoll noch ein Blatt des Mopane-Strauches mitgebracht hatte –, das war ein tiefer Schlag gewesen, ein Schock, der seine Seele verletzte und zerstörte. Als sie es ihm gesagt hatte, mitten ins Gesicht, schonungslos, nach dieser Besprechung über die Friedhofsgräber, da war er ausgerastet. Ja, ausgerastet. Genauso wie jetzt. Hier und heute. Maleike war schuld. Sie hätte erkennen müssen, was um sie herum vorgegangen war. Vanessa hatte es ihr gegenüber angedeutet.

Schon vorher hatte er vermutet, dass Warnecke nicht mehr ehrlich zu ihm war. Der Forderung, seine »Spitzel-Dienste« endlich zu honorieren, war er mehrfach ausgewichen. Zuletzt sogar ziemlich unfreundlich.

Hofknecht hatte sich in den tiefschwarzen Schutz der Kletterwand gesetzt, die in den aufgeschütteten Damm eingebaut worden war. Natürlich würden sie ihn finden. Wohin sollte er jetzt auch noch flüchten?

Das Auto, durchzuckte es ihn. Er könnte wegfahren. Es stand gleich da drüben, jenseits des Neckars, beim Mediamarkt. Auch hier kannte er einige Möglichkeiten, durch den Begrenzungszaun zu schlüpfen. Aber dann? Sie hatten sicher längst Straßensperren eingerichtet, Kontrollstellen, das mobile Einsatzkommando alarmiert und überall Posten aufgestellt. Er spürte Hunger und Durst, sein Darm rebellierte, er fror und zitterte. Wie sollte er in diesem Zustand flüchten? Noch verdrängte er den langsam aufkommenden Wunsch nach Ruhe, Essen und Geborgenheit. Ja, Geborgenheit. Die gab es für ihn nie wieder. Allenfalls im Gefängnis.

Ein schockierender Gedanke, den er abschütteln wollte. Dabei war es nur noch eine Frage der Zeit, bis er aufgeben musste.

Er schloss die Augen und sah Katharinas Gesicht. Warum jetzt? Sie hatte gelitten – bis zuletzt, als sie in jener Nacht überfallen worden war, als man ihn nach Tachenhausen gelockt hatte. Natürlich war es Plasser gewesen, der die Worte »Vergiss Vanessa« auf den Kombi gesprüht hatte. Zur Einschüchterung. Plasser, so kam es ihm in den Sinn, hatte natürlich vieles über ihn gewusst und zuletzt sogar versucht, ihn von weiteren Spitzeleien abzuhalten. Einmal hatten sie sich nach einem Meeting sogar ganz nett unterhalten. Männergespräche. Plasser hatte ihm den Tipp gegeben, sich einsame Abende in Heilbronn mal im »Be Happy« zu verschönern. Augenzwinkernd hatte er ihm die Visitenkarte von Iri zugesteckt. Nie zuvor war Hofknecht in so einem Etablissement gewesen. Doch an jenem Abend, als das mit Vanessa geschehen war, hatte er nicht gleich heimfahren wollen, sondern sich dieser Visitenkarte besonnen.

Wieder schreckten ihn die Einsatzsirenen auf – und jetzt schien sich sogar noch ein Hubschrauber zu nähern. Aus der Ferne drangen Rotorengeräusche durch die Nacht. Sie würden kommen. Mit Scheinwerfern.

Aber noch mal wegrennen? Dazu war er viel zu schwach. Du hast jetzt auch noch Maleike umgebracht, dröhnte eine Stimme durch seinen Kopf. Vanessa und Maleike. Sie werden dir keine Chance mehr geben. Womöglich würden sie ihm auch noch irgendeinen Bezug zu dem Verbrechen an den beiden Polizisten auf der Theresienwiese anhängen. Dort war es auch mit Vanessa geschehen. In ihrem Auto. Er hatte ihre Leiche dann umgeladen, in seinen Kastenwagen – und zum Sportboothafen gebracht. Wo Plasser sein Boot liegen hatte. Plasser wäre der ideale und logische Täter gewesen.

Das hatte er sich so gedacht. So eingefädelt, wie man dies aus Fernsehkrimis und Kriminalromanen kannte. Nur: Zwischen dem, was sich Autoren einfallen ließen, und der Realität klaffte oft ein riesiger Unterschied. Außerdem brauchte man starke Nerven und die nötige Kaltblütigkeit, um dies alles psychisch zu überstehen. Die Tat war das eine – und die Ermittlungen der Polizei das andere. Dann begann der Nervenkrieg doch erst. Bis hin zu der Gerichtsverhandlung. Mit dem möglichen Gang durch weitere Instanzen. Jahrelang. Die Justiz konnte grausam sein.

Nein, das wollte er nicht.

Der Hubschrauber kam näher. Vorsichtig wagte sich Hofknecht aus dem tiefen Schwarz vor der Kletterwand hervor, um zum Himmel zu sehen. Noch waren keine blinkenden Positionslichter eines Flugobjekts zu sehen. Ihm blieben noch ein paar Minuten Freiheit.

Wieder tauchte Katharina in seinen Gedanken auf. Mitleid? Zorn? Sehnsucht? Enttäuschung? Ein seltsamer Mix aus allem überfiel ihn. Wie sie ihn nach dem nächtlichen Überfall empfangen hatte. Völlig verstört und panisch. Natürlich konnte nur einer der Täter gewesen sein: Olberding, der auch schon Vanessa heimgesucht hatte, aber nicht brutal, sondern auf andere Weise. Sein Ziel war aber dasselbe gewesen: Die Recherchen zu den Ungereimtheiten bei den Pflanzentransporten zu verhindern.

Blaulicht zuckte über das Areal. Starke Scheinwerfer flammten auf. Hofknecht drückte sich gegen die raue Kletterwand. Er könnte jetzt mit erhobenen Händen nach unten gehen, hinüber zu dem großen Teich, der friedlich vor ihm lag und der im nächsten Jahr wunderschön in die Bepflanzung eingebettet sein würde. Von all dem, so beschlich Hofknecht ein Stück Wehmut, würde er aber nichts mehr zu sehen bekommen. Obwohl er vermutlich nicht allzu weit weg sein dürfte: in einer Zelle entweder in Stuttgart-Stammheim oder in Bruchsal. Niemand würde sich mehr dafür interessieren, welches Schaugrab er auf der Buga zu gestalten begonnen hatte. Kaum anzunehmen, dass es Katharina zu Ende führen würde.

Der Hubschrauber tauchte im Tiefflug über der Kletterwand auf.

Die Suchscheinwerfer eingeschaltet.

Hofknecht rutschte mit dem Rücken an der Wand entlang in die Hocke.

Er schloss die Augen, denn der Scheinwerfer hatte ihn getroffen.

Martinshörner heulten aus allen Richtungen auf ihn zu.

125

Petridis hatte kein Bild mehr bekommen. Instinktiv schaltete er sein kleines digitales Radio ein, denn jetzt würden gleich im Radio-Nachtprogramm die 1-Uhr-Nachrichten gesendet. Aber dass eine etwaige Katastrophe im Weltall jetzt bereits gemeldet würde, war eher unwahrscheinlich. Die Öffentlichkeit hätte ja nichts davon mitbekommen und die NASA war sicherlich nicht daran interessiert, ein Unglück so schnell wie möglich in die Welt hinauszuposaunen. Tatsächlich ging es in den Meldungen nur um ein Nachgeplänkel zu dem Gipfeltreffen von Trump und dem Nordkoreaner in Singapur sowie um den »Dauerbrenner« Flüchtlingskrise.

Petridis schaltete das Radio wieder ab und versuchte erneut, am Computer ein aktuelles Bild oder wenigstens einen Funkverkehr von der ISS zu erhalten. Vergeblich.

126

Einsatzleiter Jochen Kubitsch vom Ulmer Polizeipräsidium, ein forscher Kriminalist mittleren Alters, der sich zum Ziel gesetzt hatte, notfalls mit Ellbogen in höhere Ämter zu streben, hatte sich noch an Ort und Stelle den smarten Deutsch-Amerikaner vorgeknöpft. Während Iri im Ulmer Präsidium von einer Psychologin betreut wurde und Turgut in einem Kombi auf dem Weg dorthin war, saß Kubitsch mit zwei Uniformierten in einem Mannschaftstransportwagen am Rand des Waldstücks. »Jetzt hören Sie mal gut zu«, fuhr er den gefesselten Deutsch-Amerikaner an. »Wir wissen, was Sie für Geschäfte machen. Also – wo ist das Zeug?«

Olberding blieb gelassen. »Ich weiß nicht, wovon Sie reden.«

»Sie wollen uns im Ernst weismachen, Sie hätten diesen Bunker da draußen nur als Zwischenlager für Ihre Südfrüchte genutzt?« Kubitsch wurde energisch, seine Gesichtszüge nahmen kantige Formen an. »Für wie dumm wollen Sie uns eigentlich verkaufen?«

»Wie oft soll ich es Ihnen noch sagen, Herr Kommissar? Ich handle mit Südfrüchten und Pflanzen, seit Jahr und Tag schon. Da gibt es nichts, was Sie interessieren könnte.«

»Und was haben Sie mit der Buga in Heilbronn zu tun?« Kubitsch hatte sich detailliert in die Akten der dortigen Sonderkommission eingelesen und gestern auch mehrfach mit Häberle telefoniert, nachdem die Hinweise auf dieses Waldstück auf der Alb aufgetaucht waren.

»Ich habe dorthin Pflanzen geliefert, ganz legal.«

»Und gegenüber der Frau Eickhoff haben Sie sich als NASA-Vertreter ausgegeben und ihr gedroht, ihr wissenschaftliches

Weltraumexperiment käme in Gefahr, wenn sie nicht die Finger von etwas lassen würde.«

»Kein Kommentar«, erwiderte Olberding stur. »Sie sollten nicht alles glauben, was man Ihnen sagt.«

Kubitsch wurde sauer: »Da haben Sie recht.«

127

In Heilbronn ließ sich Häberle erschöpft auf einen Bürostuhl sinken. Vor ihm hatten Kuntz, Dreisamer und Linkohr sowie ein halbes Dutzend weiterer Kollegen am Besprechungstisch Platz genommen. Die Gesichter waren blass und von dem stundenlangen nächtlichen Einsatz gezeichnet. In einer silbernen Kanne wurde heißer Kaffee herumgereicht. Es war inzwischen 4 Uhr morgens.

»Also«, begann Häberle mit belegter Stimme, »der Frau Maleike Cortes geht es den Umständen entsprechend, sagt die Klinik. Vernehmungsfähig ist sie allerdings noch nicht. Rein körperlich hat sie es aber wohl, von einigen Blessuren abgesehen, gut überstanden. Der Blumenbindedraht um ihren Hals war nicht zugezogen.«

Sie nippten erleichtert an ihren Kaffeetassen.

»Und dieser Hofknecht«, fuhr Häberle fort, »der hat sich

dann unter dem Eindruck der massiven Einsatzkräfte widerstandslos festnehmen lassen.«

»Und inzwischen gestanden«, meldete sich einer aus der Runde. »Er hat die Vanessa Eickhoff in ihrem Auto auf der Theresienwiese umgebracht, sie in seinen Kombi umgeladen und beim Sportboothafen in den Wilhelmskanal gelegt. Angeblich, um den Plasser, der dort sein Boot liegen hat, verdächtig zu machen.«

Häberle nickte. »Also doch eine Beziehungstat. Mit dem, was Frau Eickhoff recherchiert hat, hat ihr Tod wohl nur indirekt zu tun.«

»So sieht es aus«, meinte der Kollege. »Hofknecht sagt, er sei ausgerastet, nachdem Frau Eickhoff das Verhältnis mit ihm ganz plötzlich beendet habe.«

»Und wie war das mit Maleike Cortes?«, wollte Linkohr wissen.

»Wohl auch so etwas wie eine Kurzschlusstat. Er hat sich von ihr Hilfe versprochen, weil er irgendwo auf der Welt ein neues Leben beginnen wollte. Ob er sich in seiner Wahnvorstellung das mit Frau Cortes erhofft hatte, wird wohl erst ein Psychiater feststellen können.« Der Kriminalist überlegte. »Ich will dem Psychiater nicht vorgreifen, aber mir scheint, der Hofknecht war in einem seelischen Ausnahmezustand: Verschuldete Gärtnerei, die Ehefrau betrügt ihn mit jenem Mann, also mit Warnecke, von dem er sich Hilfe und finanzielle Unterstützung erhofft hat – und dann bemerkt Plasser, dass er mit Vanessa die merkwürdigen Pflanzentransporte im Auge hat, und in dieser Situation gibt ihm Vanessa auch noch den Laufpass. Das muss erst mal verkraftet werden.«

»Das kann ich mir vorstellen«, bemerkte Linkohr, dem plötzlich all seine gescheiterten Beziehungen in den Sinn kamen. Und Iri. Der schrille Ton eines Handys holte ihn und die anderen aus ihren Gedanken zurück. Kuntz wurde angerufen. Er lauschte kurz in das Gerät, beendete das Gespräch schnell und gab bekannt: »Ulm sagt, Olberding und Turgut verweigern die Aussage. Aber jetzt kommt's, Kollegen. Jetzt steht es endgültig fest: tatsächlich kein Rauschgift. Nichts. Wirklich nur Südfrüchte.«

Häberles Stuhl knarzte, weil er sich in die Lehne fallen ließ: »Wie bitte?«

»Nichts. Auch die Hunde haben nichts festgestellt.«

»Wie? Die transportieren Orangen und Bananen in den Bunker?«

Linkohr war ein weiteres Mal baff: »Da haut's dir 's Blech weg.«

»Ich glaube«, stellte Heilbronns Kripochef Dreisamer fest und musste ein Gähnen unterdrücken, »wir sollten uns jetzt erst mal ein paar Stunden Ruhe gönnen. Die Herrschaften, um die es geht, können uns ja nicht mehr weglaufen.«

128

Gleich würde die Sonne über den Horizont kommen. In der Steppe von Kasachstan wich das Morgengrauen dem nahenden Tag, als die Meldung eintraf. Endlich. Die drei Männer, die in den vergangenen Stunden verfolgt hatten, wie die NASA und die Besatzung der ISS den Zusammenstoß mit einem unbekannten Objekt verhindern wollten, lauschten angestrengt dem Funkverkehr. Auch wenn sie nicht alles verstanden, so schien eines klar zu sein: Das Ausweichmanöver der ISS war gelungen. Allein schon der weniger hektische Klang der Stimmen ließ dies vermuten.

»Das war Präzisionsarbeit«, zeigte sich Marko zufrieden und sah auf die digitale Uhr. 5.38 Uhr Ortszeit. Greenwich 23.38 Uhr.

»Aber was da die Bahn der ISS gekreuzt hat, bleibt ein Rätsel«, meinte Florian, worauf sein Kollege Stefan stirnrunzelnd grinste: »Ganz sicher eine ›Star-Wars-Rakete‹, deren Ziel es war, den Mini-Satelliten aus Ulm zu zerstören.«

Marko schloss sich der Stichelei an: »Gesteuert von Donald Trump persönlich, um den endgültigen wissenschaftlichen Beweis für den Klimawandel zu verhindern.«

129

Mittwoch, 13. Juni. Es war bereits taghell, als Häberle zu Hause eintraf. Seiner Frau Susanne hatte er noch von unterwegs telefonisch vom Ausgang des Einsatzes berichtet – auch, um sich auf der Autobahn wach zu halten.

Jetzt, daheim, stellte Susanne in Anlehnung an einen alten

Reinhard-Mey-Song fest: »Und der Mörder war wieder mal der Gärtner?«

Häberle war es nicht nach ironischen Bemerkungen zumute. Er wollte nur noch eines: schlafen. Aber Susanne, die noch vor seiner Ankunft aus dem Bett gekrochen war, um ihm Kaffee zu brühen, wollte, am Esszimmertisch sitzend, mehr wissen: »Und Rauschgift war tatsächlich keines im Spiel?«

»Doch, davon bin ich überzeugt, aber ob wir das jemals nachweisen können, das bezweifle ich.«

»Und euer Warnecke? Der hat doch angeblich alles gewusst. Du hast mir erzählt, der habe todsichere Hinweise, dass die Ladung in diesen Wald bei Merklingen kommt.«

»Hat er behauptet, ja. Aber inzwischen glaub ich, dass er sich als Möchtegern-V-Mann betätigt hat und von der Gegenseite ziemlich an der Nase herumgeführt wurde.«

»V-Mann?«, wurde Susanne hellhörig. Im Zusammenhang mit Heilbronn und dem Verbrechen an den Polizisten hatte sie viel von dubiosen verdeckten Ermittlern gehört. »Du bist dir sicher, dass Warnecke kein echter V-Mann war?«

Häberle war mit einem Schlag wieder hellwach. Erstaunlich, worauf Susanne oftmals schon vor ihm kam.

130

Linkohr hatte kaum geschlafen. Er war aufgewühlt, musste an all das denken, was sich in den vergangenen Tagen ereignet hatte. Und an Iri. Natürlich an sie. Wie clever war das SEK gewesen, das den gesamten »Bombenwald« innerhalb kürzester Zeit durchsucht und den alten Bunker entdeckt hatte. Fieberhaft hatten sie daran gearbeitet, dort möglichst keine Spuren zu hinterlassen, als sie das Schloss der alten Metalltür fachmännisch öffneten. Außerdem hatten sie darauf geachtet, nicht von dem verwachsenen Weg aus zu agieren, sondern von der anderen Seite, wo es unter den dicht stehenden Fichten nur Nadelboden und keine Sträucher gab, in denen Trittspuren sofort zu sehen gewesen wären.

Sie hatten Iri befreit und aus der SEK-»Trickkiste« eine Schaufensterpuppe samt Bekleidung und schwarzer Perücke in das Verlies gelegt. Anschließend war es den Spezialisten gelungen, die Tür wieder fachgerecht zu verschließen. Auch das Totholz und das Dornengestrüpp wurden zurück auf die verwitterte Treppe gelegt.

Linkohr hatte mit Häberle abgesprochen, sich um Iri kümmern zu wollen. Der Chef war augenzwinkernd damit einverstanden gewesen, flüsterte ihm aber väterlich zu: »Bitte nicht mit vollem Körpereinsatz.«

Gegen halb zwölf, die Sonne stand schon hoch, wagte er, den Traum seiner schlaflosen Nacht anzurufen – in der Hoffnung, dass Iri ihn sprechen wollte. Bereits nach dem zweiten Rufton meldete sie sich. Linkohr war erleichtert, ihre Stimme zu hören. Er erklärte, dass es ihm leidtue, sie nach diesen traumatischen Ereignissen stören zu müssen, aber es sei aus dienstlichen Gründen unumgänglich.

»Aus dienstlichen?«, kam es zurück.

Linkohr war verwundert, doch dann kam es ihm locker über die Lippen: »Auch, ja, aus dienstlichen.«

Eine Stunde später stand er ihr an der Tür zu ihrer kleinen Wohnung in Münsingen gegenüber. Iri hatte sich offenbar den Schlaf und die Angst der vergangenen Tage aus dem Gesicht geschminkt, trug ein buntes T-Shirt und weiße Shorts, die das Tattoo auf ihrem rechten Schenkel freigaben. Die Rose, die ihr Turgut hatte stechen lassen.

Linkohr vermied es, seinen Blick darauf zu richten, sondern sah ihr in das strahlende Gesicht. Es war nicht zu übersehen, dass sie sich für ihn fein gemacht hatte.

»Du siehst ein bisschen mitgenommen aus«, grinste sie ihm an der Tür zu und führte ihn zu einem kleinen Esszimmertisch, auf dem Orangensaft und zwei Gläser standen.

»Ich hab kaum geschlafen«, räumte Linkohr ein. »Um ehrlich zu sein, ich hab ziemlich oft an dich gedacht.«

Sie grinste wieder und setzte sich ihm gegenüber. »Dienstlich oder privat an mich gedacht?«

Linkohr wurde verlegen. »Sowohl an unsere Begegnung auf der Waldheide als auch an das, was du durchgemacht hast.«

Sie wurde ernst. »Es war die Hölle, Mike. Ich hatte wirklich Angst, die würden mich verhungern lassen. Du kennst Turgut nicht …«

»Der hat dich dort eingesperrt«, stellte Linkohr fest, ohne es als Frage klingen zu lassen.

»Er hat uns verfolgt, Mike. Er war es in dem Auto, das da plötzlich aufgetaucht ist. Erinnerst du dich? Am anderen Tag ist er hier aufgekreuzt und hat mir gedroht. Ja – er werde mich mit in die Türkei nehmen und als Sklavin verkaufen.«

Linkohr war zutiefst getroffen. »Der hat dich verschleppen wollen?«

»Ja, das tun die oft, glaub mir, Mike«, sie fasste hilfesuchend an seinen Unterarm. »Reiche Araber bestellen sich junge Frauen …«

»Du hast meinem Kollegen und mir, als wir bei dir waren, das alles verschweigen wollen.«

»Aber ich hab's dann dir gesagt, nur dir, verstehst du. Ich hab Vertrauen zu dir. Manchmal …«, sie überlegte, »weiß man ja nicht, welche Beziehungen Leute wie Turgut zur Polizei haben. Soll es auch schon gegeben haben.«

»Lass mich jetzt mal kurz dienstlich werden, Iri«, versuchte Linkohr, seine Emotionen zu unterdrücken. »Wie bist du in all das hineingeraten?«

»Hab ich dir doch schon gesagt. Eigentlich bin ich Floristin – durch den Kontakt zu einem Blumenhändler hier. Du weißt, da war ja dieser Mord, vor vielen Jahren. In Heilbronn hab ich dann einen lukrativeren Job gefunden«, sie lächelte vage, »aber ich bin dann in diese Szene reingeraten … mit Turgut. Weißt du, Mike, ich hab das anfangs gar nicht so kapiert, wie das läuft. Turgut, der hier in Münsingen lebt, hat sich an mich herangemacht, mir den Porsche aufgeschwatzt und ich sollte ihn ratenweise abzahlen.«

»Auch eine Möglichkeit, jemanden gefügig und abhängig zu machen.«

»Anfangs noch hat er so getan, als wolle er mich beschützen, weil es doch für mich als Nutte sehr gefährlich sei, gerade in einer Großstadt.«

»Also doch so was wie ein Zuhälter?«

»Ich war viel zu naiv, um das zu kapieren, ehrlich, Mike. Bis er vor einigen Monaten, im Winter ist's gewesen, dann massiver geworden ist. Er hat mich in Heilbronn abgepasst und mir erklärt, ich sei jetzt ›seine Hure‹ und falls ich nicht einwillige, würde er dafür sorgen, dass ich für keinen Mann mehr attraktiv sei.« Ihre Stimme wurde schwächer. »Er hat von Säure gesprochen oder dass er meine Beine mit heißem Wasser verbrühen würde.«

»Ach!«, entfuhr es Linkohr. »Und weshalb hast du dich nicht bei der Polizei gemeldet?«

»Weil ich Angst hatte, Mike. Kannst du das denn nicht verstehen? Er hat mich sogar gezwungen, mir das Tattoo stechen zu lassen.« Sie stand auf und deutete auf die Rose. »Alle ›seine Frauen‹, die er beschütze, seien auf diese Weise gezeichnet.«

Linkohrs Kehle war trocken geworden. Er nahm einen Schluck Orangensaft. Auch wenn Turgut kein Drogenhandel anzuhängen war, so reichte allein Iris Aussage, ihn wegen Zuhälterei und Freiheitsberaubung für längere Zeit hinter Gitter zu bringen, dachte er.

»Du hast es zwar schon mal angedeutet, aber wie ist nun der Kontakt mit Plasser und dem Gärtner aus Geislingen zustande gekommen?«, bohrte Linkohr weiter.

»Turgut ist dann mal mit diesem Deutsch-Amerikaner aufgetaucht, den man wohl Oldi nennt«, fasste sich Iri wieder. »Es ging ihnen darum, dass ich einige Männer umsonst ›bedienen‹ sollte – als eine Art Honorar oder Bestechung oder was auch sonst.«

Ja, das hatte sie ihm bereits auf der Waldheide angedeutet, erinnerte sich Linkohr. »Und dazu zählte der Plasser«, stellte er nun fest.

»Der Dicke, ja«, nickte Iri. »Er ist dann ganz oft aufgetaucht – mit ziemlich perversen Ideen.«

Linkohr verzichtete darauf, sie sich schildern zu lassen. »Aber du hast dich nicht wehren dürfen.«

»Ja, hat Turgut so gesagt.«

»Plasser hat dich dann auch diesem Gärtner empfohlen?«

»Ja. Ich sollte versuchen, ihn auszuhorchen. Was er so tut und wie er die Pflanzenlieferungen empfindet – oder so ähnlich.«

»Das hast du gemacht?«

»Nein. Der Mann, der sich Flores genannt hat, war wirklich nett ...«

Linkohr nahm's zur Kenntnis. Offenbar hatte Iri auch noch für andere Männer aus der Kundschaft was übrig.

»Sag mal«, gab er sich charmant, »wirst du jetzt aus deinem Job aussteigen?«

Sie grinste und streckte ihr rechtes Bein so um den kleinen Tisch, dass sie auf ihr Tattoo deuten und Linkohr einen Seitenblick darauf werfen konnte. »Du willst doch nicht etwa mein neuer Rosenkavalier sein?«

Linkohr verschlug es die Sprache.

131

Nachdem die Haftbefehle gegen Turgut und Olberding vorlagen – beide wegen des Verdachts der Freiheitsberaubung und des Menschenhandels –, wurden sie in die Justizvollzugsanstalt nach Heilbronn gebracht, wo sich seit vergangener Nacht bereits Christian Hofknecht befand.

Häberle war erst wieder am frühen Nachmittag im Präsidium aufgetaucht. Nach und nach trudelten auch die Kollegen ein, die sich mit ihm die Nacht um die Ohren geschlagen hatten. Kuntz konnte mit einer Neuigkeit aufwarten, die alle munter werden ließ: »Die Jungs von der Verkehrspolizei haben davon gehört, dass wir noch Rauschgift suchen.«

»Oh?«, staunte Häberle.

»Ja, sie haben uns darüber informiert, dass ihnen gestern Abend auf der A 8 bei der Raststätte Sindelfinger Wald ein Lkw aus Amsterdam merkwürdig erschien. Es gab zwar keine Beanstandungen, aber der Fahrer hat kurz vor der Kontrollstelle, am Leonberger Dreieck, eine Pause eingelegt. Ist extra von der Autobahn runter, um über die A 81 in einem Gewerbegebiet zu pinkeln.«

»Das hätt aber doch noch locker bis zur Raststätte Sindelfinger Wald gereicht«, brummte Häberle, der die Strecke inzwischen zur Genüge kannte, weil er sie in den vergangenen Tagen viele Male gefahren war.

»Das haben die Kollegen auch gemeint. Der Fahrer hat dann behauptet, er habe eine schwache Blase.« Kuntz blätterte in Unterlagen. »Wir haben aber seinen Namen und seine Adresse. Er wohnt in einem Vorort von Amsterdam. Vermutlich ist er inzwischen längst wieder daheim.«

»Wenn ich dich richtig verstehe«, konstatierte Häberle, »dann gehst du davon aus, dass am Leonberger Dreieck aus- oder umgeladen wurde?«

»Es sieht ganz danach aus. Aber jetzt halt dich fest, August, die Kollegen, die den Hinweis entgegengenommen haben, haben schnell reagiert und sich bei den Firmen in diesem Gewerbegebiet erkundigt, ob es auf den Parkplätzen dort Überwachungskameras gibt.«

»Die gibt's natürlich«, grinste Häberle, musste aber sofort daran denken, dass der deutsche Datenschutz es privaten Kamerabetreibern nicht erlaubte, öffentliche Flächen zu filmen. Da gab es in der Justiz einige Herrschaften, die Beweismittel dieser Art sogar bei Wohnungseinbrüchen strikt abgelehnt hatten, obwohl auf den Videos die Täter zu sehen waren. »Sind die Aufnahmen schon gesichtet?«, wollte Häberle schnell wissen, als habe er Angst, ein Richter würde die Beschlagnahme verbieten.

»Die Kollegen haben sich die Aufnahmen von einem großen Parkplatz vorführen lassen, der nachts ziemlich leer ist und sich auch zum Wenden eines 40-Tonners eignet.«

»Und was sieht man?« Linkohr, Dreisamer und die anderen verfolgten den Dialog mit Spannung.

»Man sieht tatsächlich einen Sattelzug zur angegebenen Zeit heranfahren – das Kennzeichen ist aber nicht ablesbar, dafür eine holländische Aufschrift auf dem Aufleger. Und man sieht, dass der Fahrer aussteigt und mit einer männlichen Person verhandelt, die aus einem dunklen Geländewagen gestiegen ist. Anschließend wird die Heckklappe des Lkws geöffnet, aus dem drei oder vier Kisten in den Geländewagen umgeladen werden.«

Häberle runzelte die Stirn. »Kennzeichen vom Geländewagen?«

»Leider nein. Auch die Personen sind nur als graue Schattenrisse zu sehen. Die Kamera ist wohl nicht lichtstark genug.«

Dreisamer warf ein: »Bei der anschließenden Kontrolle des Lkws auf der Autobahn waren aber doch Rauschgiftspürhunde eingesetzt, oder nicht?«

»Ja, so ist es«, bestätigte Kuntz. »Haben aber nichts entdeckt.«

»Hätten sie angeschlagen, wenn zehn Minuten vorher noch Drogen drin gewesen wären?«, fragte Dreisamer.

»Eigentlich schon«, meinte Kuntz kleinlaut.

Linkohr gab zu bedenken: »Mal angenommen, der Geländewagen gehört dem Turgut, dann hat der die Ware dort abgeholt, um sie in diesen Bunker auf die Alb zu bringen, wohin der 40-Tonner natürlich nicht unauffällig hätte fahren können. Aber nun ist der Turgut, wie wir wissen, nur mit Südfrüchten auf der Alb angekommen. Es würde doch keinerlei Sinn machen, hätte er die Drogen anderswo ausgeladen, um dann mit den Südfrüchten am Bunker aufzutauchen. Das wär doch ganz schön hirnrissig, oder?«

Nachdenkliche Stille machte sich breit, bis Häberle sie unterbrach: »Nichts kann hirnrissig genug sein, als dass es nicht gemacht würde.«

132

Für den späteren Nachmittag hatte der Heilbronner Polizeipräsident Franz Häcker eine Pressekonferenz anberaumt, um die immer drängenderen Fragen der Medien zu beantworten. Auch der zuständige Staatsanwalt hatte sich angesagt – und sogar der Oberbürgermeister hatte sein Kommen angekündigt.

Alle im Präsidium waren der Meinung gewesen, neben dem Kripochef Volker Dreisamer müsse auch August Häberle anwesend sein. Dem waren jedoch Veranstaltungen dieser Art ein Graus, weshalb er sich oftmals erfolgreich davor gedrückt hatte. Doch Dreisamer hatte ihn mit Engelszungen überredet: »Vielleicht einer deiner letzten großen Fälle.«

Der Saal war mit gut zwei Dutzend Medienvertretern proppenvoll. Kameras standen auf Stativen, die Objektive auf den quer stehenden Tisch gerichtet, auf dem Namenskärtchen die Sitzordnung zeigten. Fotografen saßen schussbereit, dazu viele Journalisten mit Mikrofonen, deren Windschutzkappen die Logos von Radiostationen zierten.

Präsident Häcker, ein sportlicher Mann mittleren Alters und mit grau meliertem Haar, begrüßte die Anwesenden, stellte die

Riege der Offiziellen vor und brachte sofort seine Freude über den raschen Ermittlungserfolg zum Ausdruck. Pflichtgemäß tat dies dann auch der Staatsanwalt, während die Medienvertreter bereits unruhig wurden, weil sie keine Begrüßungsfloskeln, sondern Fakten hören wollten. Immerhin hatte der Fall über eine Woche lang für Schlagzeilen und Gerüchte gesorgt. Ein Boulevardblatt hatte sogar getitelt: »Ein Mörder treibt sein Unwesen: Ist die Buga noch sicher?« Diese reißerische Schlagzeile war im Rathaus auf großes Missfallen gestoßen.

Dreisamer durfte die Details schildern und hob sogleich hervor, dass der Mord an Frau Eickhoff nicht direkt mit der Buga in Verbindung zu bringen sei. »Es war, wie wir nun wissen, die Tat eines verschmähten Liebhabers, über dessen Person wir aus datenschutzrechtlichen Gründen nicht allzu viel sagen können.« Schon machte sich Unmut durch verärgertes Murmeln breit. Dreisamer fuhr unbeirrt fort: »Auch hat sich der Verdacht, es könne innerhalb der Buga-Organisation korruptes Verhalten vorhanden gewesen sein, in keinster Weise bewahrheitet. Alles, was dazu in den vergangenen Tagen in den Medien veröffentlicht und spekuliert wurde, waren unhaltbare Gerüchte. Tatsache ist, dass es einen einzigen Mitarbeiter gegeben hat, der nach dem jetzigen Kenntnisstand einigen Pflanzentransporten Vorschub geleistet hat, mit denen möglicherweise Drogen aus den Niederlanden nach Baden-Württemberg gebracht wurden.« Wieder ein Murmeln im Saal. »Der Verdacht besteht«, sprach Dreisamer ruhig und betont langsam weiter, »dass möglicherweise Drogen auf dem Gelände der Buga umgeladen beziehungsweise vorübergehend deponiert wurden. Abgesehen von diesem einen Mitarbeiter, den ich gerade erwähnt habe, war niemand aus der Buga-Organisation in die Angelegenheit involviert. Ich betone dies ausdrücklich, weil immer wieder in den Medien unterschwellig zu lesen und zu hören war, verantwortliche Personen hätten etwas verschweigen wollen.« Dreisamer sah in die Runde und dann in die Kameras. »Eine Teamleiterin, die vergangene Nacht diesen Gerüchten auf den Grund gehen und sich in einem der Gebäude auf dem Buga-Areal vergewissern wollte, ob ein weiterer Transport eintreffen würde, geriet dabei in einen Hinterhalt. Aber nicht durch einen Dealer …«, er sah wieder zu den anderen Medienvertretern, von denen er hoffte, dass sie seinen Ausführungen auch folgen konnten, »… sondern durch jenen Mann, der inzwischen gestanden hat, Frau Eickhoff umgebracht zu haben. Dieser Mann hat dann auch die Teamleiterin zu töten versucht, was durch den raschen Zugriff unserer Einsatzkräfte Gott sei Dank verhindert werden konnte.« Dreisamer nahm einen Schluck Wasser. »Die Teamleiterin erlitt mittelschwere Verletzungen, war aber im Laufe des Tages bedingt vernehmungsfähig. Sie sagt, der Mann habe sie zwingen wollen, ihm bei der Flucht ins Ausland behilflich zu sein. Ein Sexualdelikt fand nicht statt.«

Im Saal war zu spüren, dass den Medienvertretern jede Menge Fragen auf der Zunge lagen. Dreisamer erwähnte schließlich auch noch die Einsätze auf der Waldheide, wo jener Angestellte der Buga dingfest gemacht werden konnte, der in engem Kontakt mit dem mutmaßlichen Drogendealer aus Amsterdam stand. Ein weiterer Zugriff sei in einem Waldstück nahe der A 8 bei Merklingen im Alb-Donau-Kreis erfolgt, erklärte Dreisamer weiter. Dort habe man diesen mutmaßlichen Drogendealer und einen »in der Rauschgift- und Zuhälterszene bekannten Mann mit Migrationshintergrund« festgenommen, leider aber keine Drogen aufgespürt.

Ein Reporter der »Heilbronner Stimme« hatte offenbar Wind von der nächtlichen Lkw-Kontrolle am Rasthaus Sindelfinger Wald bekommen und stellte nun eine entsprechende Frage. Dreisamer und der Polizeipräsident waren für einen Moment irritiert, sahen sich gegenseitig an und gaben Häberle zu verstehen, dass er die Antwort geben solle. »Nun ja«, begann er völlig unvorbereitet und räusperte sich. »Da gab es eine routinemäßige Lkw-Kontrolle von der Verkehrspolizei und dem Zoll. Dies stand aber in keinem Zusammenhang mit unseren Ermittlungen.«

»Da sollen verdeckte Ermittler im Einsatz gewesen sein?«, hakte der Journalist nach. Häberle fühlte sich für einen Moment an den heimischen Georg Sander erinnert, der ebenfalls ausdauernd recherchiert hatte und deshalb hartnäckig nachfragen konnte.

Außerdem fiel ihm ein, dass auch Susanne vergangene Nacht von »V-Leuten« gesprochen hatte.

»Davon weiß ich nichts«, erwiderte Häberle.

»Sie wissen es nicht, können es aber nicht ausschließen?«, blieb der Journalist am Ball.

Der Polizeipräsident wollte das Thema beenden: »Ich glaube, das Thema brauchen wir nicht zu vertiefen.«

Eine junge Journalistin meldete sich. »Das Auto der getöteten Frau stand auf der Theresienwiese. Wir wissen alle, was dort vor elf Jahren geschehen ist. Die jetzt getötete Frau hat sich vor geraumer Zeit hier in Heilbronn einer ›Protestbewegung gegen Rechts‹ angeschlossen, also gegen den sogenannten NSU, der mit dem Verbrechen an den Polizisten auf der Theresienwiese in Verbindung gebracht wird. Hat die von Ihnen ausgehobene Drogen- und Zuhälterszene auch damit etwas zu tun?«

Jetzt sah sich der Staatsanwalt zu einer Äußerung genötigt: »Also bitte – wir haben keine ganze Szene ausgehoben, weder eine Drogen- noch eine Zuhälterszene. Sie sollten mit diesen Worten vorsichtig sein, weil damit der Eindruck entstehen könnte, Heilbronn sei ein gefährliches Pflaster. Wir haben nur einige Personen festgenommen, die im Verdacht stehen, Drogen geschmuggelt zu haben. Das Tötungsdelikt an Frau Eickhoff liegt auf einer anderen Schiene. Und was den NSU anbelangt, kann ich sagen: Es gibt keine Verbindungen.«

Ein Reporter stellt fest: »Ich vermisse in Ihren Ausführungen bisher, dass Sie zur Menge des beschlagnahmten Rauschgifts Angaben machen.«

Nach kurzem Zögern ergriff der Polizeipräsident das Wort: »Dazu wollen wir aus ermittlungstaktischen Gründen keine Angaben machen.«

»War's im Kilobereich?«, blieb der Reporter hartnäckig. »Nennen Sie doch einfach eine ungefähre Zahl.«

»Auch das nicht, tut mir leid.«

»Das heißt, Sie haben den ganz großen Dealer noch gar nicht gefasst?«

Dreisamer kam seinem Chef zu Hilfe: »Die Ermittlungen gestalten sich in solchen Fällen äußerst schwierig. Wir sind natürlich an den Hintermännern interessiert.«

Die Diskussion dauerte eine Dreiviertelstunde, bis zwar viele Fragen beantwortet waren, sich einige der Journalisten aber trotzdem frustriert zeigten. Bevor die Fernsehteams nun Einzelstatements aufnehmen konnten, ergriff der Oberbürgermeister das Wort. Er freue sich, dass der Fall so schnell geklärt worden sei und seine Stadt somit im Vorfeld der Bundesgartenschau nicht schon wieder den Schatten eines schlimmen Verbrechens ertragen müsse. An die Kriminalisten der Sonderkommission gewandt, sagte er: »Damit Sie nächstes Jahr gerne und unbeschwert zu uns nach Heilbronn kommen können, mit Ihren Familien natürlich, möchte ich Ihnen zum Dank für Ihre aufopfernde Tätigkeit schon jetzt Freikarten für die Buga überreichen. Und denken Sie daran: Sie sind bei uns immer herzlich willkommen, auch in den Jahren nach der Buga, denn was wir hier geschaffen haben, das wird die Zeit überdauern und auch weiterhin ein Grund sein, uns zu besuchen und dieses wunderschöne Buga-Gelände zu genießen.«

133

Warnecke und Eickhoff waren nach dem Einsatz auf der Waldheide noch im Heilbronner Präsidium gewesen, wo sie mit gewisser Genugtuung erfahren hatten, dass Olberding festgenommen worden war. Einzelheiten jedoch hatten die Kriminalisten trotz Warneckes hartnäckiger Nachfrage nicht preisgeben wollen. Auch nicht, als er betonte, dass er es doch gewesen sei, der letztlich das Treffen auf der Waldheide eingefädelt und den Tipp auf den »Bombenwald« bei Merklingen gegeben habe. Ziemlich frustriert hatte er zusammen mit Eickhoff das Präsidium verlassen.

Eickhoff war erst in den frühen Morgenstunden, als der Sommermorgen schon graute, in seine Stuttgarter Wohnung zurückgekehrt. Obwohl er erschöpft und todmüde war, konnte er nicht einschlafen. Viel zu sehr beschäftigten ihn die Bilder der vergangenen Stunden, die sich mit denen von Vanessa vermischten, dazu noch mit tief in seine Seele eingebrannten Erlebnissen, als er auf der Waldheide gegen die Amerikaner und für den Frieden gekämpft hatte. Eine innere Stimme sagte ihm, er müsste es wieder tun, falls es die politische Weltlage erforderte. Nie hätte er gedacht, dass es einmal erneut an allen Ecken und Enden brodeln würde: Die USA mit einem unberechenbaren Präsidenten, Verrückte auch in der Türkei, in Nordkorea, ja selbst in Großbritannien und neuerdings in Russland. Und Berlin? Was war da im vergangenen halben Jahr nicht alles geschehen! Ein »Tollhaus« hatte er den Bundestag bis zur Regierungsbildung genannt. Und momentan ging es wohl gerade so weiter.

Aber dann tauchte wieder Vanessas Gesicht auf. Vanessa. Sein einziger Halt, den er nach dem Tod seiner Frau noch gehabt hatte.

Auch Warnecke, der noch eine Dreiviertelstunde länger hatte fahren müssen, fand keinen Schlaf mehr, zumal die Landschaft, auf die er vom Hotelfenster aus blickte, bereits im hellen Morgengrau lag. Dass Katharina nicht mehr da war, hatte ihn schockiert. In der Gärtnerei war ihm gestern Nachmittag von der Mitarbeiterin Angi bereits zum wiederholten Male erklärt worden, dass ihre Chefin für niemanden zu sprechen sei. Auch nicht für einen Herrn Warnecke.

Vermutlich wusste sie noch gar nicht, was mit Christian geschehen war, hämmerte es durch Warneckes Kopf. Er versuchte sich vorzustellen, wie sie die Nachricht aufnehmen würde: Christian ein Mörder. Christian im Gefängnis. Nein, er wollte sie damit nicht am Telefon konfrontieren. Hoffentlich übernahm dies die Polizei.

Den Gedanken an eine Zukunft mit ihr verwarf er. Es waren schöne Stunden mit Katharina gewesen – aber ihr plötzlicher Weggang aus dem Hotel und Angis Reaktion am Telefon ließen darauf schließen, dass sie wieder nach Hause zurückgekehrt war. Und der Hinweis, sie wolle auch keinen Herrn Warnecke sprechen, war eindeutig.

Trotzdem entschied er sich, am Abend zu ihr zu fahren, am besten kurz vor Geschäftsschluss. Bis dahin hatte er Zeit, seine Gedanken zu ordnen – und vor allem zur Ruhe zu kommen. Sofern dies überhaupt möglich war.

Kurz vor halb zehn, als er endlich in den Schlaf gesunken war, während draußen die Sonne schon hoch über den Albbergen stand, riss ihn sein Smartphone aus verworrenen Träumen. Er erwachte und stellte fest, dass er in den Kleidern, die er die halbe Nacht getragen hatte, auf dem Bett liegend eingeschlafen war.

Er erkannte auf dem Display, dass keine Nummer übertragen wurde. »Ja«, meldete er sich.

»Herr Warnecke?«, fragte eine vertraute Männerstimme.

»Ja, guten Morgen.«

»Herzlichen Glückwunsch, Herr Warnecke«, kam es zurück.

Warnecke schloss die Augen. Er wollte jetzt nicht reden. Auch nicht mit diesem Mann.

»Alles hat geklappt. Aktion erfolgreich. Fast.« Die Stimme stockte. »Nur ein kleines Problem: Es gibt keinen Stoff. Null. Nichts.«

Warnecke war mit einem Schlag hellwach, sprang auf und starrte aus dem Fenster, hinunter zur Autobahn und hinüber zum Aichelberg. »Das gibt's nicht.«

»Doch. Wie erklären Sie sich das?«

Warnecke wusste keine Antwort.

134

Häberle hatte sich erfolgreich dagegen gewehrt, vor den Fernsehkameras ein Statement abzugeben. Mehrere Journalisten hatten ihn dazu drängen wollen, zumal er doch – wie sie behaupteten – »inzwischen im ganzen Lande« bekannt sei. Doch Häberle beharrte darauf, dass es besser sei, den Präsidenten und den Staatsanwalt zu interviewen. Er flüchtete aus dem Saal und nahm seine engsten Mitarbeiter mit in den Raum, in dem die Sonderkommission nun einige Tage beisammen gewesen war. Dreisamer und Kuntz blieben artig zurück und scharten sich um ihren obersten Präsidiumschef.

»Leute«, sagte Häberle, »es war super mit euch. Ich bin gerne zu euch dazugestoßen – und das kann ich wohl auch von meinem Kollegen Linkohr behaupten, der sich heute schon um Iri gekümmert hat.«

»Um wen auch sonst?«, keifte eine Männerstimme dazwischen. »Fragen wir mal lieber nicht, wie es dazu gekommen ist.«

Häberle grinste. »Am Ende zählt der Erfolg.«

»Aber sag mal, August«, wollte ein anderer wissen. »Wie erklärst du dir, dass die Suche nach den Drogen eine ›Aktion Wasserschlag‹ geworden ist?«

»Zwei Möglichkeiten«, wurde Häberle deutlich, »erstens: Bei der Lieferung ist etwas schiefgelaufen. Wäre übrigens ja nicht das erste Mal. Ihr entsinnt euch, wie erst im September in ganz Bayern plötzlich in verschiedenen Supermärkten Kokainpäckchen in Bananenkisten entdeckt wurden. Irgendwo beim Transport muss etwas versehentlich ausgetauscht worden sein. Oder zweitens: Die Jungs haben Lunte gerochen und uns ganz schön an der Nase herumgeführt.«

»Wogegen aber sprechen würde, dass sie das Mädel in dem Bunker eingesperrt haben«, gab jemand zu bedenken.

»Vielleicht haben nur die großen Bosse im Hintergrund gewusst, wo der Hase langläuft. Dieser Turgut ganz sicher nicht, sonst hätte er ja wohl kaum das Umladen am Leonberger Kreuz mitgemacht. Er war mit Sicherheit der Meinung, kistenweise Kokain oder sonst was zu bekommen. Wer weiß – vielleicht ging's auch um ein illegales Waffengeschäft … Jedenfalls hätten dies die Rauschgifthunde nicht erschnüffeln können.«

»Woher war eigentlich der Warnecke so gut informiert?«, meldete sich eine Frauenstimme.

»Tja, liebe Kollegin, das bleibt wohl ein letztes Rätsel. Ich hab ihn vergangene Nacht noch drauf angesprochen, aber da hat er sich ziemlich wortkarg gegeben. Er habe halt so seine Kontakte …«

»Und nun?«

»Ich hab ihn angerufen und gesagt, dass ich ihn persönlich sprechen will. Er und ich werden uns in der Gärtnerei Hofknecht in Geislingen treffen. Zusammen übrigens mit Linkohr.«

»Wie?«, wollte der inzwischen eingetroffene Kuntz wissen. »Ihr besucht die Frau Hofknecht? Die ist ziemlich fertig, haben deine Kollegen aus Geislingen gesagt, die ihr heute Vormittag schonend beigebracht haben, was mit ihrem Mann geschehen ist.«

Häberle nickte betroffen. »Das kann ich mir vorstellen. Aber ich denke, es gibt noch einiges zu klären.«

135

Katharina Hofknecht hatte sich nach dem Besuch zweier Polizeibeamter den ganzen Tag über in ihre Wohnung zurückgezogen. Sie war von einem wilden Gedankenstrudel zerrissen worden, hatte sich aufs Bett fallen lassen und weinte in ihr Kissen. Christian ein Mörder, hämmerte es in ihrem Kopf. Nein, das konnte, das durfte nicht sein. Christian hatte sie betrogen, natürlich – aber sie ihn doch auch. Nun gab es weder für ihn noch für sie eine Zukunft. Der schrille Ton des Haustelefons verhinderte, dass erneut das Schreckliche sie wie eine schwarze

Welle überrollte. Sie überlegte, ob sie den Anruf annehmen sollte. Es war natürlich Angi, die irgendetwas wissen wollte. Nach vier Klingelzeichen erhob sie sich, taumelte zum Telefon, das an die Wand montiert war, und meldete sich mit schwacher Stimme: »Ja?«

Angi entschuldigte sich. »Da ist ein Herr da, der möchte zu Ihnen.«

»So? Wer ist es denn?«

»Warnecke heißt er.«

In Katharina machte sich ein Gefühl breit, das zwischen Zorn, Erleichterung und Wut schwankte. Sie ließ ein paar Sekunden verstreichen, dann flüsterte sie: »Schick ihn hoch.« Sie wischte sich die Tränen aus den Augen. Weil auch noch die beiden Kriminalisten angekündigt waren, hatte sie vorgehabt, sich ein bisschen den Kummer aus dem Gesicht zu schminken. Doch nun war es ihr egal, wie sie aussah.

Augenblicke später saß ihr Warnecke im Esszimmer gegenüber. So charmant, wie sie ihn kannte und schätzte, versuchte er nun, sie zu trösten. Doch sie schluchzte in ihr Taschentuch, zitterte und konnte nicht mit ihm reden. »Es haben sich auch zwei Kriminalisten angesagt«, flüsterte sie.

»Ich weiß …«

»Du weißt das?« Sie sah ihn entgeistert an, um sofort wieder ihr Taschentuch an die tränennassen Augen zu pressen.

»Katharina«, er rückte näher zu ihr und legte einen Arm um ihre Schulter, »ich weiß, was du durchgemacht hast. Aber vergiss bitte nicht: Ich werd dir helfen.«

Sie hustete, schloss die Augen und hielt den Kopf gesenkt. »Ich … ich … ich weiß nicht, ob ich das will.«

Er schwieg. War die Vorahnung, die ihn gestern schon beschlichen hatte, also doch keine Einbildung gewesen?

»Christian war verzweifelt«, weinte sie und umklammerte ihr Taschentuch, den Blick auf ihre Hände gerichtet. »Die Polizei sagt, er habe keinen Ausweg mehr gesehen. Daran bin auch ich schuld, Rainer. Wir beide …«

Warnecke schluckte und streichelte ihr übers Haar. Er musste jetzt Ruhe bewahren, vor allem aber seine Worte behutsam abwägen. Noch bevor er etwas sagen konnte, zerriss das Haustelefon die Stille.

Weil Katharina in sich versunken blieb, fragte er leise: »Das werden die Kriminalisten sein. Soll ich hingeh'n?«

Sie nickte zaghaft.

Warnecke nahm den Hörer und hörte Angis Stimme: »Zwei Herren von der Kripo. Soll ich sie raufschicken?«

Warnecke zögerte und suchte Blickkontakt zu Katharina, doch sie hatte die Augen geschlossen und atmete schwer. Er entschied, dass es keinen Sinn machen würde, sie unten im Laden warten zu lassen. »Sollen hochkommen«, sagte er und ließ den Hörer wieder in die Halterung einrasten.

»Kripo«, ließ er Katharina wissen und ging durch die Diele, um die Tür ins Treppenhaus zu öffnen. Häberle, der als Erster hochkam, zeigte sich verwundert, dass sie von Warnecke begrüßt wurden. Er stellte seinen Kollegen Linkohr vor.

Warnecke begleitete sie nach oben und erklärte leicht verlegen: »Ich hab mich schon mal ein bisschen um Frau Hofknecht gekümmert. Es geht ihr ziemlich schlecht.« Er führte die beiden Kriminalisten ins Esszimmer, wo sich Katharina langsam erhob.

Häberle und Linkohr schüttelten ihre kalte Hand und setzten sich zu ihr und Warnecke, der an der Stirnseite des Tisches Platz genommen hatte. Der Chefermittler bat für den Besuch um Verzeihung und fand für Frau Hofknecht tröstende Worte: »Wir werden alles tun, was in unseren Kräften steht, um die Angelegenheit so schnell wie möglich zu erledigen. Ihr Mann hat bereits einen Anwalt gestellt bekommen.«

Katharina schnäuzte in ihr Taschentuch.

Warnecke hielt sich zurück.

»Ein paar Fragen können wir Ihnen aber leider nicht ersparen«, machte Häberle weiter. »Ihr Mann und Herr Warnecke«, er warf ihm einen Seitenblick zu, »haben wohl eng zusammengearbeitet, um diesem deutsch-amerikanischen Pflanzen- und Obstlieferanten auf die Spur zu kommen.«

Katharina sah die beiden Kriminalisten an. »Davon hab ich erst jetzt erfahren. Durch Rainer …«, sie korrigierte sich schnell, »Herrn Warnecke.«

Der fühlte sich ebenfalls angesprochen: »Wie ich Ihnen doch schon sagte, Herr Kommissar, Herr Hofknecht hat mich um finanzielle Unterstützung gebeten – und ich ihn um ein paar Informationen aus der Buga-Organisation, wohin er – na, sagen wir mal – persönliche Kontakte pflegte.«

Häberle spürte, dass Warnecke damit das Abenteuer mit Vanessa meinte. Linkohr lauschte dem Gespräch aufmerksam.

»Ihre Kontakte«, fuhr der Chefermittler fort, »haben uns ein ganzes Stück vorangebracht. Nur scheint zuletzt dann doch etwas anders gelaufen zu sein, als Sie es – ja, sagen wir mal – erwarten ließen.«

Warnecke stutzte. »Inwiefern ›anders gelaufen‹?«

»Na ja«, entgegnete Häberle gelassen, »die anvisierte Warenlieferung ist ein bisschen anders als erwartet ausgefallen.«

»Soll das ein Vorwurf sein?«, wurde Warnecke misstrauisch.

»Soll es nicht, nein«, meinte Häberle und wunderte sich, dass Warnecke keine Details erfahren wollte. Deshalb fuhr der Kriminalist fort: »Um ehrlich zu sein, hätte ich jetzt, da Sie gerade hier sind, gerne ein bisschen mehr über Ihre Kontakte gewusst.«

»Kontakte? Das hab ich Ihnen doch schon alles ausführlich erzählt.«

»Da gab es wirklich niemanden, den wir noch kennen sollten?«

Warnecke schwieg, Katharina drehte den Kopf langsam zu ihm, als erwarte auch sie eine Antwort. Linkohr verfolgte die Szene gespannt.

Häberle hob eine Augenbraue, sprach ruhig weiter und bohrte fragend nach. »Niemand, der vielleicht Interesse daran gehabt hätte, die Drogen- oder Zuhälterszene ein bisschen aufzumischen?«

Warnecke sah zu Katharina, doch sie wich seinen Blicken aus. »Ich versteh nicht so recht, was Sie damit sagen wollen.«

»Nun«, überlegte Häberle, »Sie hatten ja zumindest Kontakt zu anderen Friedhofsgärtnern geknüpft …«

»Was heißt ›geknüpft‹. Die waren dankbar, dass ich ihnen Tipps geben konnte. Aber glauben Sie mir, da war nie von Drogen und Prostitution die Rede gewesen.«

»Vielleicht ging's auch nur um die Person Olberding. Ein dubioser Amerikaner, von dem wir wissen, dass er nicht davor zurückgeschreckt ist, sich als Agent auszugeben.« Häberle ließ bewusst den Hinweis auf die NASA weg.

»Agent!«, Warnecke quälte sich ein Lächeln ab. »Wie das klingt, Herr Kommissar. Vermuten Sie, ich sei hinter US-Agenten her gewesen?«

Häberle riskierte eine provokante Bemerkung: »Vielleicht nicht *hinterher* gewesen – sondern ein bisschen *dabei*?«

Katharina war anzusehen, dass sie dem Gespräch nicht folgen konnte. Linkohr blieb stumm, Warnecke wusste offenbar nicht, was er sagen sollte, erklärte dann aber: »Ich verstehe Sie immer weniger. Ich liefere Ihnen eine Drogenbande und ganz nebenbei können Sie Ihren Mord aufklären – und nun zweifeln Sie an meiner Seriosität!« Er bekam einen roten Kopf. »Und denken Sie daran, dass Frau Hofknecht hier in ihrem Haus überfallen worden ist – auf übelste Weise und ganz sicher von Olberding, auch wenn es vermutlich keine Beweise gibt. Weshalb Herr Hofknecht an besagtem Abend nicht zu Hause war, wissen wir nicht. Ob tatsächlich, wie er gesagt hat, bei einem Vortrag an der Hochschule in Nürtingen oder weggelockt oder ganz woanders – das kann er Ihnen selbst sagen. Haben Sie schon wieder vergessen, dass ich Ihnen bei Ihren Ermittlungen behilflich war?«

Häberle blieb trotz des gemäßigten Zornesausbruchs Warneckes weiterhin gelassen. »Da geb ich Ihnen recht. Wir haben Ihnen in der Tat viel zu verdanken. Stutzig macht mich nur, dass sich plötzlich die ganze angebliche Drogenbande in Wohlgefallen aufgelöst hat – als sollten wir an der Nase herumgeführt werden. Hätte dieser Türke, der Turgut, nicht dummerweise die Iri entführt, täten wir uns schwer, ihn hinter Schloss und Riegel zu kriegen.«

Linkohr ergänzte jedoch: »Zuhälterei wird wohl auch dabei sein.«

»Sie meinen …«, wurde Warnecke zunehmend unsicher, »ich hätte da etwas dran gedreht?«

»Was ich persönlich meine und was nachzuweisen ist, sind zweierlei Stiefel, Herr Warnecke. Ich spreche nur aus, was mir durch den Kopf geht.«

»Dann nennen Sie das Kind doch beim Namen: Sie meinen, ich sei ein V-Mann eines Geheimdienstes – ein gar als Ex-Kollege von Ihnen getarnter verdeckter Ermittler«, wurde Warnecke nun lauter. »Dann fragen Sie doch dort Ihre Kollegen.«

Häberle grinste. Er wollte nichts dazu sagen. Nur Linkohr wusste, was der Chef jetzt dachte: dass schon viele Male jemand gegen eine Wand gelaufen war, wenn er innerdienstlich solche Fragen aufgeworfen hatte.

Erst vor zwei, drei Monaten war durch eine offenbar unbedachte Äußerung des Landes-Innenministers die sogenannte »MoRF« bekannt geworden, die »Mobile Rauschgiftfahndung« des Landeskriminalamts, die in Sigmaringen zum Einsatz gekommen war. Polizisten hatten bei einer Razzia im Drogenmilieu sogar versehentlich einen eingeschleusten Kollegen des Landeskriminalamts in Handschellen abgeführt, weil sie keine Ahnung von dessen verdeckter Tätigkeit hatten. Häberle hatte noch gut in Erinnerung, wie der Freiburger Verein »PolizeiGrün«, politisch den Grünen nahestehend, gegenüber einer breiten Öffentlichkeit publik gemacht hatte, was verdeckte Ermittler seien: nämlich Beamte, die eine falsche Identität annähmen, um sich ins Rotlicht- oder Rockermilieu einzuschleusen oder Terroristen oder politischen Extremisten zu Leibe zu rücken.

Warnecke – auch ein solcher?

Auch Linkohr gingen ähnliche Gedanken durch den Kopf.

Immerhin, so fiel es dem jungen Kriminalisten ein, war ja gerade Heilbronn mit dem spektakulären Verbrechen an den Polizisten sozusagen ein »belastetes« Terrain, was V-Leute und deren Geheimnisse anbelangte. Da hatten sich plötzlich viele an nichts mehr oder nur ungenau erinnern können. Irgendwann, so dachte Linkohr, stieß man auf eine politische Mauer des Schweigens. Und hatte sich nicht auch Vanessa für diesen bis heute ziemlich rätselhaften Fall interessiert? Und was hatte Maleike Cortes wirklich gewusst?

Häberle war ebenfalls in Gedanken versunken, wollte aber nicht weiterbohren und wandte sich an Katharina: »Ich wünsche Ihnen viel Kraft für die schweren Tage, die nun auf Sie zukommen. Vielleicht kann Ihnen Herr Warnecke zur Seite stehen.«

Katharina senkte wieder den Kopf und weinte. »Nein, nein.« Ihr ganzer Körper wurde von einem Schüttelfrost erfasst. »Nein, das will ich nicht. Nicht mehr. Ich werde das schaffen, zusammen mit meinen beiden Kindern.«

Warnecke sah sie entgeistert an.

136

Häberle war müde und wollte diese Themen auch im Kollegenkreis nicht mehr weiter vertiefen. Zusammen mit Linkohr verließ er die Gärtnerei und schlug seinem jungen Kollegen vor, erst einmal auszuschlafen. Beim Verabschieden grinste er ihm zu: »Oder kümmern Sie sich um Iri, die hat es vielleicht nötig.«

»Iri«, echote Linkohr seufzend. »Die wird sich selbst helfen können.«

»So?«, staunte Häberle. »Alles schon wieder vorbei?«

»Sie hat gesagt, sie wolle unsere Gegend verlassen und irgendwo ganz neu anfangen.« Es klang bitter.

»Das Vergangene vergessen«, meinte Häberle und gab den väterlichen Rat: »Ich glaube, das wäre in diesem speziellen Fall auch besser für Sie.«

Linkohr sagte nichts. Er würde Heilbronn trotzdem in guter Erinnerung behalten.

Häberle genoss daheim die behagliche Ruhe, die er nach all den hektischen Tagen nötig hatte. Seine Frau hatte ihm ein herzhaftes Vesper zubereitet: viel Wurst aus regionaler Herkunft, wie er es liebte, dazu sahnigen Käse, Zwiebel und eine kleine Knolle Knoblauch. Selten hatte das kühle Weizenbier so gut geschmeckt wie an diesem Abend. »Gönn dir jetzt einfach Ruhe«, mahnte Susanne und spürte, dass ihn das Rätsel um das fehlende Rauschgift wurmte. »Sei doch zufrieden, dass der Mord aufgeklärt ist. Nichts anderes war deine Aufgabe. Vergiss das nicht!«

Natürlich hatte Susanne recht. Aber dass ausgerechnet Warnecke eine wichtige Rolle gespielt hatte, hinterließ einen schalen Geschmack.

»Und wie denkst du jetzt über diesen Warnecke?«, wollte Susanne wissen, weil sie merkte, dass August an dieser Frage zu knabbern hatte.

Er nahm einen kräftigen Schluck Weizenbier. »Ich glaube, dass der von vorneherein auf die Drogen angesetzt war und sich über diese Friedhofsgärtner geschickt in die Buga-Organisation eingeschleust hat.«

»Und nun denkst du, er hat irgendwann und irgendwie die Hintermänner in Amsterdam gewarnt, sodass diese nur Bananen und Orangen in die Kisten reingesteckt haben? Ohne den Olberding, den Plasser und den Turgut davon zu unterrichten? Um sie sozusagen ins offene Messer laufen zu lassen, ohne dass die wertvolle Fracht beschlagnahmt werden konnte – und er womöglich selbst in illegale Geschäfte verwickelt und somit in die Schusslinie geraten wäre?« Susanne machte eine abwehrende Geste. »Nein, August, das halte ich für unwahrscheinlich. Ich glaube, du solltest dich mit der anderen Theorie anfreunden: dass im Versand etwas schiefgelaufen ist.«

Häberle brummte etwas Unverständliches. »Vielleicht hast du recht. Was sind schon einige Kilo Kokain gegen ein Menschenleben«, sinnierte er und musste an Doktor Erich Eickhoff denken, dessen Tochter zum Zeitpunkt ihres größten wissenschaftlichen Erfolges ermordet worden war. Und dies nicht des Rauschgifts wegen – sondern weil sie die Beziehung zu ihrem Liebhaber abrupt beendet hatte. Warum auch immer. Ob dies mit den heimlichen Recherchen zu tun hatte, die Christian Hofknecht im Auftrag Warneckes angestellt hatte, würde sich vermutlich nie klären lassen.

Häberle entschied, morgen noch einmal Richtung Stuttgart zu fahren. Zu Doktor Eickhoff. Aber bis zur Eröffnung der Fußballweltmeisterschaft in Russland morgen Nachmittag wollte er wieder zu Hause sein. Vielleicht gab's ja für die deutschen Kicker wieder so ein Sommermärchen wie 2006, dachte er – wohl wissend, dass sich nichts wiederholen ließ. Die Erwartungen der allzu euphorischen Kollegen hatte er schon mal relativiert: »Vergesst nicht, eine Fußballmannschaft ist wie eine SOKO. Nur der Teamgeist führt zum Erfolg. Ist die Harmonie gestört, sind die Köpfe blockiert.« Im Übrigen, so hatte er betont, dürfe man nicht dem Irrglauben verfallen, immer nur erfolgreich sein zu können. »Da muss ich immer an ein leider völlig unbekanntes Lied von Udo Jürgens denken, in dem es heißt: ›Wer nie verliert, hat den Sieg nicht verdient‹.«

137

Donnerstag, 14. Juni . Eickhoff wirkte erstaunlich gefasst. Als Häberle an diesem sonnigen Vormittag bei ihm in Stuttgart eintraf, war der Ruheständler gerade dabei, die Tageszeitung zu studieren. Auch die »Stuttgarter Zeitung« hatte in großer Aufmachung über den aufgeklärten Mord auf der Buga und »das Mysterium mit dem Rauschgift« berichtet. Ein Kommentator mutmaßte, dass »auch in diesem Fall, wie bei dem Verbrechen vor elf Jahren auf der Theresienwiese, einige V-Leute oder verdeckte Ermittler eine dubiose Rolle gespielt haben könnten«.

Eickhoff bot seinem Gast einen Platz auf der Couch an und deutete auf die Zeitungsseite, die vor ihnen auf dem Tisch lag:

»Was sagen Sie zu dem Gerücht, ein Geheimdienst und V-Leute könnten beim Mord an Vanessa mitgemischt haben?«

»Sie sollten jetzt nicht darüber nachgrübeln«, wich Häberle der Frage aus. »Es war eine Beziehungstat. Das haben wir zweifelsfrei festgestellt.«

»Aber der Herr Warnecke, der sich so rührend um alles gekümmert hat, ist doch kein verdeckter Ermittler – oder wie sehen Sie das? Sie müssten das doch wissen. Polizist will er ja mal gewesen sein.«

Ja, natürlich, er war Polizist, überkam es Häberle. Und wenn doch verdeckter Ermittler? Wenn Warnecke eine andere Vita angedichtet worden war? Wenn seine Identität eine ganz andere war? Wenn seine angebliche Beteiligung an einem Gartengroßhandel nur erfunden war, sozusagen eine Legende? Wenn man das Rauschgift rechtzeitig ausgetauscht hatte, um ihn nicht in Verbindung damit zu bringen? Durch Häberles Kopf rasten plötzlich tausend wilde Gedanken. Warum die Lkw-Kontrolle? Rein zufällig? Und ganz bewusst erst nach dem Umladen?

»Wissen Sie, Herr Häberle«, sprach Eickhoff ruhig weiter. »Wir Kleinen werden stets belogen und für dumm verkauft. Damals in den 80er-Jahren habe ich dies gelernt – und sehe mich seither in dieser Einschätzung immer wieder aufs Neue bestätigt. Wüssten wir alles, was um uns herum geschieht, könnten wir keine Minute mehr ruhig schlafen.«

Häberle nickte verständnisvoll.

»Haben Sie zum Beispiel gewusst, Herr Häberle, dass wir am 9. November 1983 – welche Ironie des Schicksals: auf den Tag genau sechs Jahre vor dem Mauerfall – nur eine Haaresbreite von einem Atomkrieg entfernt waren? Die Mächtigen – oder ich sag heute voller Überzeugung: die Wahnsinnigen und Verrückten – spielen mit uns Menschen, als seien wir nur eine wertlose Masse, die man nach Belieben beseitigen kann.« Er begann zu flüstern: »Kann überhaupt jemand von denen ermessen, was es bedeutet, einen nahestehenden Menschen zu verlieren? Ein Leben?« Er holte tief Luft: »Leben ist etwas Einmaliges, Herr Kommissar. Wir Ärzte sind uns dessen bewusst und versuchen, jedes Leben zu erhalten. Mit sehr viel Mühe und Aufwand. Und dies, obwohl wir wissen, dass jedes Leben vergänglich ist. Aber jedes ist einmalig und wertvoll. Doch die, die immer neu aufrüsten, für die ist Leben nichts. Sie würden sogar unseren Planeten zerstören, die Grundlagen allen Lebens, der Schöpfung.« Eickhoff zitterte und trank seine Kaffeetasse leer. »Und der Irrsinn ist, dass die, die auf den Knopf drücken, dann selbst auch vernichtet werden. Wie bescheuert sind diese Leute?«

Eickhoff faltete die Hände auf dem Tisch und wurde noch nachdenklicher: »Am 9. November 1983, kurz nachdem wir die Menschenkette von Stuttgart nach Neu-Ulm organisiert hatten, da gab es ein großes Manöver. Die Amis haben es ›Able Archer‹ genannt – zu Deutsch: ›fähiger Bogenschütze‹. Die Westmächte haben dabei einen Atomkrieg so realistisch wie möglich simuliert. Den Alarmcode, den wir damals in unserer Friedensinitiative gekannt haben, hab ich noch heute im Gedächtnis: ›Defcone‹ hieß er. Die Sowjetunion hat daraufhin ihre Kampfflugzeuge auf dem Gebiet der DDR mit scharfen Atombomben bestückt. Stellen Sie sich das vor, Herr Kommissar. Oder war Ihnen das bewusst?«

»Damals nicht, nein, aber ich hab vor einem Vierteljahr eine Dokumentation darüber im Fernsehen gesehen. Kam aber allerdings erst gegen Mitternacht. Wie das meiste, was wichtig ist. Es wird im Programm versteckt, wenn ganz Deutschland schon pennt.«

»Damals, an diesem 9. November 1983«, fuhr Eickhoff aufgewühlt fort, »hätte es nur der winzigen Nervosität eines Verantwortlichen beim Militär bedurft und Mitteleuropa wäre heute nicht mehr bewohnbar. Verstrahlt, wie das Land rings um Tschernobyl.« Eickhoff lehnte sich in seinem Sessel zurück. »Das Volk soll so etwas nicht wissen. Dass die Sache trotzdem bekannt wurde, haben wir dem Direktor des britischen ›Nuclear Information Service‹ zu verdanken, der den Mut hatte, die Papiere zu veröffentlichen.«

Häberle hörte dem Mann gerne zu. Eickhoff hatte trotz seines Alters das analytische Denken bewahrt. Und er war trotz des Todes seiner Tochter nicht verbittert oder polemisch, sondern versuchte, der unendlichen Trauer eine Botschaft für all jene abzugewinnen, die über das Leben anderer entschieden. »Sie dürfen mir glauben, Herr Kommissar, ich würde mich auch heute wieder genau so wie damals aktiv gegen den Wahnsinn der nuklearen Aufrüstung stellen – denn ich bin davon überzeugt, dass eine Protestwelle wie die aus den 80er-Jahren etwas zu bewegen vermag. Wenn Millionen von Menschen gute Gedanken hegen und ein Ziel verfolgen, werden die Verrückten, die derzeit an den Schalthebeln der Macht sitzen, früher oder später gestürzt. Alle sollten wissen«, wurde Eickhoff nun lauter, »wir sind wieder so weit, dass wir zusammenstehen müssen. Um uns und die Schöpfung zu bewahren.«

Er lächelte Häberle zu: »Ein Stück von dieser schönen Welt können wir auf dem Gelände der Buga genießen – ein Vermächtnis von Vanessa, deren Tod dann nicht vergebens war. Ich hab mir sagen lassen, dass ihr Mini-Satellit noch heute von der ISS in die Umlaufbahn gebracht wird. «

Häberle versprach dem Arzt, mit ihm gemeinsam 2019 die Buga zu besuchen. Und vielleicht gab es dann auch einmal für beide die Gelegenheit, mit »Astro-Alex« zu plaudern, dem er in Gedanken für das halbe Jahr im All die besten Wünsche sandte.

DANKSAGUNGEN

Meinem Anspruch, jeden Krimi so realitätsnah wie möglich zu schildern, kann ich nur dank vieler Informanten gerecht werden. Damit ich die Situation in und um die Bundesgartenschau Heilbronn darstellen konnte, hat mir die Buga-Pressesprecherin Suse Bucher-Pinell ebenso geholfen, wie ihr Kollege Christopher Bollmann und die Rathaus-Pressesprecher Dr. Anton Philipp Knittel und Christian Britzke. Freundlich unterstützt haben mich auch der Vorsitzende des Württembergischen Motorbootclubs (WMBC), Thomas Hammann, und seine Frau Constanze, die Club-Schriftführerin. Ohne deren Einladung zu einer Bootsrundfahrt (an einem heißen Julitag 2018) hätte sich mir das komplizierte Wasserstraßennetz um Heilbronn nicht erschlossen. So konnte ich aber Alt-Neckar und Kanalhafen ebenso sehen wie die handbetriebene Schleuse. Was die polizeiliche Seite anbelangt, haben mich die Pressesprecher des Polizeipräsidiums Heilbronn, Erster Polizeihauptkommissar Achim Küller und Polizeikommissarin Yvonne Schmierer, informiert, ebenso der inzwischen pensionierte einstige Polizeirevier-Chef Manfred Malchow aus Geislingen (Steige) und der Pressesprecher der Polizeidirektion Ulm, Rudolf Bauer. Die medizinischen Informationen verdanke ich mal wieder – wie seit Jahren schon – Dr. med. Frank J. Reuther, dem stellvertretenden Ärztlichen Direktor der Klinik für Psychiatrie, Psychotherapie und Psychotraumatologie am Bundeswehrkrankenhaus Ulm.

Mein Dank gilt auch Dr. rer. nat. Jens Mende vom Institut für Technische Physik des Deutschen Zentrums für Luft- und Raumfahrt (Stuttgart) sowie dem dortigen Abteilungsleiter für Aktive Optische Systeme, Wolfgang Riede. Dank auch an Denise Nüssle, die am DLR-Standort Stuttgart für Politikbeziehungen und Kommunikation zuständig ist, sowie an Miriam Poetter vom DLR-Standort Oberpfaffenhofen. Freundlich unterstützt hat mich auch Jürgen Vorreiter, als Ingenieur im Bereich »Radarsysteme« bei der Ulmer Firma Hensoldt für die Produktsicherheit der Radarsysteme verantwortlich. Meinem Journalisten-Kollegen Joachim Lenk aus Münsingen und seiner in Buchform erschienenen Dokumentation »Klein-Amerika links und rechts der Donau« (Wiedemann Verlag, ISBN 978-3-941453-30-2) ist es zu verdanken, dass ich den »Bombenwald« in Merklingen mit einbeziehen konnte. Details dazu gibt es unter www.USGarnison.de.

Mit viel Geduld und Einfühlungsvermögen hat sich nun schon im 19. Jahr der Häberle-Krimis meine Lektorin Claudia Senghaas des Manuskripts angenommen. Ohne sie hätte es diese Serie niemals gegeben. Ganz lieben Dank dafür.

Hinweis:

Allen Lesern, die auch einmal die Flugbahn der Internationalen Raumstation live verfolgen möchten, sei der Hinweis gegeben, dass sich die entsprechende Internet-Seite unter Google findet. Stichwort: »Fliegende Webcam auf der ISS.«

Dort kann man aktuelle Bilder aus der Raumstation, aber auch die Zeiten für Sichtungen am Nachthimmel abrufen.